WO DER BLITZ EINSCHLÄGT

BLUTENDE STERN
BUCH 3

A.L. JACKSON

PROLOG

Das grelle Licht schimmerte auf dem strahlend weißen Boden. Im verzweifelten Versuch, zu entkommen, stürzte ich den schmalen Flur hinunter.

Mit jedem weiteren Schritt spürte ich, wie die Kluft wuchs. Ein Abgrund, der sich immer weiter auftat, bis ich das Gefühl hatte, entzweigerissen zu werden.

Nach Luft ringend, stolperte ich aus dem Gebäude und in die Leere der finsteren Nacht. Der Wind peitschte durch mich hindurch.

Über mir tobte ein Sturm. Die Wolken waren dunkel, schwer und unheilvoll.

Die knisternde Energie der Blitze umhüllte mich wie ein Mantel aus Schmerz.

Für einen Moment ließ ich mich darauf ein und erlaubte mir, zu fühlen. Ich hob mein Gesicht in den wütenden Himmel und griff mit den Händen in mein Haar, während ich schrie.

Ich schrie vor Qualen. Ich schrie vor Reue.

Ich schrie so laut, dass ich es nie vergessen würde. Donnergrollen erschütterte die Nacht und es regnete in Strömen.

Ich verkrampfte die Hände an den Seiten und vergrub die Erinnerung an sein Gesicht und daran, wie er sich in meinen Armen angefühlt hatte, tief meinem Inneren.

Ich versiegelte sie und verschloss mein Herz.

Meine Seele hielt sich an dem Versprechen fest, das ich ihm gegeben hatte. Ich würde mich nie wieder verlieben.

Nie wieder. Nicht nach dieser Nacht.

1

———

TAMAR

ICH DRÄNGTE mich durch die Menschenmenge, die sich auf dem Bürgersteig tummelte.

Was zum Teufel war mit mir los?

Ich rannte?

Ich versteckte mich?

Das war nicht ich. Das war nicht die Person, für die ich so hart gearbeitet hatte.

Aber Lyrik West hatte mich verändert.

Und nun war ich verzweifelt auf der Flucht vor der überwältigenden Bedrohung, die am Himmel brodelte.

Weißt du, wie es sich anfühlt, kurz bevor der Blitz einschlägt? Wenn der Strom durch deine Adern fließt? Wenn sich die Luft bedeutungsschwer kräuselt? Wenn die Energie über deine Haut knistert und dich bis in die Knochen erschüttert?

Als wären Stickstoff und Sauerstoff zum Leben erwacht.

Als wäre jedes Element in der Luft brennbar.

Explosiv.

Dein Herz schlägt schneller, weil du weißt, dass du in Gefahr bist. Es ist ein Instinkt. Das Wissen, dass du im

Bruchteil einer Sekunde und ohne Vorwarnung von dieser Macht verschlungen werden könntest. Von der Natur und dem blendenden Licht.

Eingeäschert.

Aber zugleich ist da auch dieses überwältigende Hochgefühl. Eine Kraft, die entsteht, wenn du unter diesen bedrohlichen Wolken stehst und dein Gesicht zu ihren geschwollenen, durchhängenden Bäuchen hebst, als würdest du die mutigste Bitte überhaupt aussprechen.

Lass mich ein Teil von dem sein, was du bist!

Du fühlst dich so klein. Verängstigt. Aber gleichzeitig auch stark. Als wärst du Zeuge einer unsichtbaren Schönheit. Als würdest du eine Erfahrung machen, die man eigentlich nur aus der Ferne beobachten kann.

Dieses Gefühl hatte ich lange, lange Zeit gesucht.

Die Aufregung.

Den Nervenkitzel.

Einst war ich das Mädchen gewesen, das alles hatte ausprobieren wollen. Ich hatte gedacht, dass mich diese Einstellung mutig machen würde. Aber tatsächlich hatte sie mich dumm gemacht. Naiv, ahnungslos und verletzlich.

Am Ende hatte sie mich zerstört.

Jetzt tat ich alles, was in meiner Macht stand, um mich möglichst weit von diesem Gefühl fernzuhalten.

Ich suchte Schutz vor dem Sturm hinter den Mauern, die ich um mich herum aufgebaut hatte. Hinter der Fassade meines abgehärteten Äußeren – Tattoos, Make-up und gefärbtes Haar – hatte ich mein Zuhause gefunden.

All das war nicht länger nur eine Maske.

Sondern *ich*.

Doch trotzdem ... tauchte *er* immer wieder am Rande meines Lebens auf, drängend und treibend, und lockte mich zurück in all diese aufgeregten, verworrenen Gefühle, die ich nicht fühlen wollte.

Lyrik West.

Feige rannte ich weiter und spähte dabei wie eine Verrückte ständig über meine Schulter.

Ich schrie erschrocken auf, als ich mit einem Typen zusammenstieß, drehte mein Gesicht und begegnete seinem irritierten Gesichtsausdruck.

»Pass doch auf, wo du hingehst!«

»Es tut mir so leid«, murmelte ich. Ich war zu aufgewühlt, um auf seine Vergebung zu warten. Also senkte ich den Kopf und verschwand tiefer in der Menschenmenge des Bauernmarkts auf dem Bürgersteig.

Meine Nerven rasten wie ein panischer Hund, während ich ständig über meine Schulter schaute – aus Angst, er könnte mich entdeckt haben.

Ich musste verrückt sein. Wahnsinnig. Jeder vernünftige, rationale Teil in mir schrie mich an, stehenzubleiben und die Sache wie ein normaler Mensch anzugehen.

Es gab absolut nichts zu befürchten.

Lyrik West war nicht Cameron Lucan.

Und doch ließ er mich Dinge fühlen, die ich mir nicht zu fühlen erlauben konnte.

Der Nachmittag in Savannah war heiß und die Luftfeuchtigkeit hoch. Bäume, die schon seit über einem Jahrhundert hier standen, überragten den Bürgersteig – ihre alten Äste ausgestreckt, voller Blätter und Louisianamoos, als wären sie mit dem Gewicht der Weisheit beladen. Die Junisonne stand hoch am Himmel, die Strahlen steil und hell.

Die Hitze machte mich unruhig. Seine Anwesenheit auch.

Ich blickte wieder auf.

Ein Schopf aus ebenholzschwarzem Haar wippte durch die Masse, während er den belebten Bürgersteig entlangschlenderte, als wäre er ein ganz normaler Mensch, der durch das malerische Savannah spazierte.

Es spielte keine Rolle, dass er von unzähligen Menschen umgeben war. Er hätte genauso gut allein sein können. Oder besser gesagt, im Rampenlicht, auf einer Bühne.

Er stach hervor wie ein heller Funken, bereit, sein Feuer zu entzünden. Ein Streifen aus Licht und eine Decke der Dunkelheit. Er war so zerstörerisch und fesselnd, dass es unmöglich war, wegzuschauen.

Ich sah mich nach einem Versteck um.

Du bist stark. Du bist stark, redete ich mir ein.

Ich hasste es, dieses Mädchen zu sein. Ängstlich und verunsichert von Emotionen, die ich nicht haben wollte. Aber genau das machte dieser Junge mit mir. Ich zitterte und verlor den Halt der sorgfältig aufgebauten Mauern, an die ich mich klammerte.

Als würde jeder Schritt, den er machte, meine Welt weiter aus den Angeln heben.

Er hätte nicht hier sein dürfen.

Nicht in meiner Wahlheimat.

Noch nicht.

Im vergangenen Herbst wäre ich fast auf die Knie gefallen und hätte meine Erleichterung in den Himmel geschrien, als er für sieben Monate nach Los Angeles zurückgekehrt war. Er war mit den anderen Mitgliedern seiner Band *Sunder* losgezogen, um dort an ihrem neuesten Album zu arbeiten.

Ich hatte gewusst, dass er zurückkehren würde. Aber ich hatte gedacht, ich hätte noch eine Woche Zeit. Eine weitere Woche, um mich vorzubereiten und all meine Schutzschilde zu stärken.

Ich brauchte diese Woche.

Doch da war er, nicht mal zehn Meter entfernt.

Er hielt unter einer der vielen Markisen auf dem

Bürgersteig inne und grinste eine Frau mittleren Alters an, die ihre Waren an ihrem Stand feilbot. Er lächelte und sprach Worte, die ich aus der Entfernung nicht hören konnte, aber ich war mir ziemlich sicher, dass das arme Mädchen dahinschmolz.

Ich verstand ihren Schmerz.

Sein Haar war dicht und schwarz, einzelne Strähnen störrisch und wild. Genauso widerspenstig wie seine fast pechschwarzen Augen. Ich war davon überzeugt, dass sie komplett schwarz wären, wenn diese dunklen Pfützen aus Obsidian nicht mit grauen und braunen Flecken gesprenkelt wären, die einen in ihre Tiefe zogen. Wie einst geschmolzene Flammen, die sich in seinen Augen zu scharfkantigen Kristallen verfestigt hatten.

Er war groß.

So verflucht groß.

Er war schlank, aber auf eine gefährliche Art stark. Das *Böse* war ihm anzusehen, und dahintersteckte mehr als nur die Tattoos, die jeden Zentimeter seiner Haut bedeckten. Jedes eingebildete Grinsen war mit einer tödlichen Dosis Männlichkeit versehen, und ich war mir sicher, dass jede einzelne seiner Bewegungen die gleiche Warnung verkündete:

Berühren auf eigene Gefahr.

Gefahr und Aufregung durchströmten mich und sammelten sich in meinem Bauch.

Das Summen vor dem Blitzschlag.

Nein. Nein. Nein.

Plötzlich riss er den Kopf zur Seite und seine Augen fanden meine Richtung. Ich wandte meine Aufmerksamkeit wieder nach vorn und tat so, als wäre ich nur allzu sehr an den Red-Delicious-Äpfeln interessiert, die aus einem kleinen Holzfass quollen, das auf die Seite gedreht und auf dem Tisch vor mir ausgestellt worden war.

Verdammt!

»Die sind ganz frisch«, sagte der Mann, der den Stand betrieb. »Ich habe sie heute Morgen selbst gepflückt.« Mein Kopf wippte zustimmend und wie von selbst, als besäße ich die Fähigkeit, seine Worte zu verarbeiten, während ich gegen das warme Gefühl ankämpfte, das sich viel zu schnell in mir breit machte.

Das Prickeln von Energie und ein Lichtblitz.

Näher kommend.

Stärker werdend.

Eine tätowierte Hand schoss durch mein Blickfeld und nahm einen Apfel. Er begann, ihn in die Luft zu werfen.

Da ich mich nicht mehr verstecken konnte, beschwor ich das Versprechen herauf, das ich mir selbst gegeben hatte. Das Versprechen, die Kontrolle zu behalten.

Kein Mann würde jemals die Macht haben, mich zu verletzen. Nie wieder.

Mit zusammengekniffenen Augen drehte ich mich um und starrte zu ihm hoch.

Die Luft kräuselte sich. Vibrierte.

Oder vielleicht waren es meine Knie.

Lyrik grinste und Belustigung umspielte seine roten, vollen Lippen, die bestimmt genauso lecker waren wie der Apfel.

»Sieh an, sieh an, sieh an, wenn das nicht Red ist.«

Dieser verdammte Sebastian Stone. Er, der Leadsänger der Band *Sunder*, hatte mir *diesen* Spitznamen verpasst. Ja, ich hatte rotes Haar. Aber er hätte sich doch wirklich etwas Originelleres einfallen lassen können.

Aber Red war hängengeblieben.

Und wenn das Wort von Lyriks Zunge glitt, hörte es sich an, als wäre es eine der sieben Todsünden. Eine, für die er seine Seele verkaufen würde.

»Was machst du hier?« Ich zwang mich zu einem Grinsen

und betete, dass er meinen Wink verstehen und weitergehen würde.

Er warf weiterhin den Apfel in die Höhe, um ihn dann geräuschvoll mit seiner großen, kräftigen Hand wieder aufzufangen.

Plopp.

Plopp.

Plopp.

»Ich bin wegen der großen Hochzeit hier. Was denkst du, was ich hier mache? Und erzähl mir nicht, dass du mich nicht vermisst hast!«

»Man kann nicht vermissen, was einem nicht einmal in den Sinn kommt.«

»Autsch.« Er betonte das Wort, als wäre es nichts weiter als ein Scherz. Als wäre die Idee völlig absurd. Sein Lachen war kühl und selbstbewusst. »Willst du mir wirklich erzählen, dass du in den vergangenen sieben Monaten überhaupt nicht an mich gedacht hast?«

»Ja, das will ich.«

Eine große, fette Lüge.

Eine, die ich mit in mein Grab nehmen würde.

Als bestünde überhaupt die Möglichkeit, dass ich ihm in den Sinn gekommen war. Nicht ein einziges Mal. Dieser Junge sah nicht nur böse aus. Er *war* böse.

Es gab kein Foto von ihm, auf dem nicht mindestens zwei Mädchen an ihm hingen, mit seinen Armen um ihre Schultern geschlungen und einem lüsternen Schimmer in seinen Augen. Ganz zu schweigen davon, dass ich ihn in der Bar, in der ich arbeitete, öfter in Aktion gesehen habe, als mir lieb war.

Es war offensichtlich, dass Lyrik West auf einen bestimmten Typ Frau stand.

Vielleicht passte mein Äußeres ins Schema. Kurze Röcke

und hohe Absätze, dunkel umrandete Augen, Tattoos und Spitze.

Aber ich war nicht wie diese Mädchen.

Es war egal, wie sehr er versuchte, mich dazu zu überreden, wie sie zu sein.

Er gluckste. Dies war sein Spiel. Dieser Typ war so absurd heiß, so verdammt gutaussehend, dass er auf einem Wagen der Anmaßung herumfuhr.

Er nahm sich einfach alles, was er wollte, wahrscheinlich, weil er es gewohnt war, dass man *es* ihm ohnehin vor die Füße warf.

»Eine Schande, Red«, sagte er und warf den Apfel noch einmal in die Höhe. »Ich hatte gehofft, dass du und ich nach meiner Rückkehr *Freunde* sein könnten.«

Mein Mund blieb offenstehen, um eine schnippische Antwort zu formulieren, aber ich machte den Fehler, ihn wieder anzusehen. Die Worte klebten auf meiner Zunge und mein dummer, unzuverlässiger Blick wanderte zuerst nach oben, dann nach unten – dann wieder zurück, aber dieses Mal langsamer. Er trug die engsten schwarzen Skinny-Jeans, die ich je gesehen hatte, und ein noch engeres weißes T-Shirt mit V-Ausschnitt.

Jeder Zentimeter seiner Haut war mit Tinte versehen, eine riesige Leinwand aus wunderschöner Kunst. Er war ein dunkler, wunderschöner Mann.

Ich wusste, dass auch sein Rücken bedeckt war, obwohl er diesen mit diesem winzigen Stück Stoff versteckte.

Unter der extravaganten, komplizierten Bemalung befanden sich pralle, feste Muskeln.

Die Anziehungskraft, vor der ich monatelang geflohen war, floss warm und langsam durch meine Adern, und dieses nervöse Gefühl, das ich so hasste, pulsierte durch mich hindurch.

Gott, dieser Typ tat alles, um mich dazu zu bringen, die Versprechen zu brechen, die ich mir selbst gegeben hatte.

Ich wollte das nicht. Ich wollte mich nicht gegen die Verlockung und Verführung wehren. Ich wollte nicht zugeben, dass er mich Dinge fühlen ließ, die ich nicht fühlen wollte.

Dinge, die ich seit langer, langer Zeit nicht mehr gefühlt hatte.

Gefährliche Dinge.

Seine dunklen Augen verfolgten, wie meine Kehle zuckte. Dann sah ich zu ihm auf und versuchte, so zu tun, als wäre ich völlig unbeeindruckt.

Unverfroren streckte er die Hand aus. Seine schwieligen Fingerkuppen glitten an meinem Hals hinunter zu meinem Schlüsselbein, als könnte er nicht anders, als meine Entschlossenheit infrage zu stellen.

Ich hätte mich dagegen wehren sollen. Aber ich wusste, dass diese Schwielen von jahrelangem Spielen auf den Saiten seiner Gitarre stammten, geprägt von der Musik, die er schuf.

Das Kribbeln verbreitete sich wie ein Lauffeuer.

Die Energie wurde stärker.

Ich schüttelte mich.

»Was denkst du, Red? Willst du mit mir befreundet sein?«, murmelte er. Seine Stimme war verlockend, als er seinen Kopf zu mir neigte.

Ich riss mich los und unterdrückte ein ungläubiges Schnauben. »Bild dir nicht zu viel auf dich selbst ein, *Rockstar*!« Aus meinem Mund klang es wie ein Schimpfwort. »Nicht jedes Mädchen wird dir zu Füßen fallen.«

Er warf den Apfel noch einmal, dann fing er ihn auf und biss in die feste Frucht. Er kaute und sein Grinsen kehrte zurück – verdammt! Seine roten Lippen verformten sich wie eine dekorative Schleife. »Bist du sicher, dass du nicht probieren willst?«

Ein Satz voller Anspielung.

»Ich würde lieber verhungern.«

Er lachte bellend. »Willst du wissen, was ich denke?«

»Nö.«

Das wollte ich ganz sicher nicht. Das war mein Stichwort, mein Kommando zur Flucht.

Ich wich einen Schritt zurück.

Doch er kam näher und neigte dabei seinen Kopf in meine Richtung. Dann bückte er sich, bis seine Nase fast die meine berührte, und seine Stimme wurde heiser. »Ich glaube, du bist ganz wild auf eine Kostprobe. Ich glaube, dein frecher kleiner Mund lechzt genauso sehr danach, dein Bauch danach verlangt, gefüllt zu werden. Und ich glaube, ich muss dir zeigen, wie es wirklich ist, *befriedigt* zu werden, um diesen Stock aus deinem Arsch zu schaffen.«

Trotzig hob ich das Kinn – gleichzeitig rollte ich meine Schultern nach hinten und mein harter, unnachgiebiger Panzer ging in Position. »Und wie kommst du darauf, dass du mich befriedigen kannst?«

Sein Grinsen war selbstgefällig, als er sich aufrichtete und einen weiteren Bissen nahm. »Bist du mutig genug, es herauszufinden?«

Mein Mund blieb offen stehen und ich suchte in meinem vernebelten Gehirn nach einer Antwort, nach einem Weg, ihn zum Schweigen zu bringen und ihn auszuschalten.

Er nannte es mutig.

Ich nannte es dumm.

Er lächelte selbstzufrieden, als er in seiner Tasche kramte und einen Fünfer herauszog. »Schau nicht so erschrocken, Red! Alles, was du sagen musst, ist Nein.«

Da ich keinen Ton herausbrachte, konnte ich nichts sagen.

Seine Aufmerksamkeit gehörte nun dem Mann, der die Äpfel verkaufte, und er warf den Schein auf den Auslagetisch.

»Köstlich.«

Er zwinkerte mir zu.

Er hatte *tatsächlich* gezwinkert, verdammt noch mal!

Dann drehte er sich um und ging in dieselbe Richtung, aus der er gekommen war. Sein schreckliches Versprechen lag in der Luft, als er mir lässig über die Schulter zuwinkte.

»Man sieht sich, Red.«

Ich war mir sicher, dass ich spürte, wie der Boden bebte.

2
———

LYRIK

Loyalität.

Ein Konzept, das für verschiedene Menschen verschiedene Bedeutungen hatte. Seltsam, denn es sollte ganz einfach sein und kein Nachdenken erforderlich machen. Aber dieses Thema deckte so viele Bereiche ab, dass es oft verworren und unübersichtlich war.

Wie etwa der Vergleich zwischen einem Mann, der seiner Frau gegenüber loyal war, und dem besten Freund eines anderen Mannes, der diesem half, eine Affäre zu vertuschen. Ich war davon überzeugt, dass es sich dabei um einen Widerspruch handelte, obwohl manche behaupten würden, dass es dabei um genau das Gleiche ging. Und zwar darum, zu der Person zu stehen, die einem am meisten bedeutete.

Für mich war Loyalität absolut.

Ohne Fragen, Ausnahmen oder Einschränkungen.

Loyalität war die einzige unerschütterliche Moral, die ich kannte. Das Einzige, was ich als gut erachten konnte.

Ich drückte mein Handy etwas fester an mein Ohr, knirschte mit meinen verfluchten Zähnen und wünschte mir, die Zeit zwei Minuten zurückdrehen zu können, um Red noch etwas mehr zu quälen. Das Messer noch ein bisschen tiefer zu bohren. Zu beobachten, wie sie stotterte und strampelte. In den kaum zu bändigenden Wellen der Lust zu schwimmen, bevor ihre blauen Augen wütend wurden.

Verdammt, ich liebte ein Mädchen, das keine Angst hatte, ihre Meinung zu sagen, während ihr Körper eine ganz andere Geschichte erzählte.

Das war die Art von Widerspruch, nach der ich mich sehnte. Das Auf und Ab. Hass, der vor Verlangen strotzte.

Der Sex mit *Red* würde mich umhauen. Da war ich mir sicher. Und ich vermutete, dass dies auch der Grund war, warum ich den Gedanken daran nicht mehr loswurde. Das Mädchen war ein ganzes Bündel von Feuerwerkskörpern, und ich war mir sicher, dass wir explodieren würden.

Aber nein.

Stattdessen sprach ich mit diesem Arschloch.

»Ich habe Ihnen bereits gesagt, dass das nicht passieren wird. Ich weiß nicht, warum Sie immer wieder anrufen, denn ich versichere Ihnen, *Mr. Banik*, es ist reine Zeitverschwendung.« Ich fauchte seinen Namen, als fände ich ihn genauso furchtbar, wie dieses Gespräch mich fühlen ließ. Der Bezeichnung *Mr.* fehlte jeglicher Respekt, den diese normalerweise mit sich brachte.

»Hören Sie mich zumindest an!«

Ich stieß ein tiefes Glucksen aus. »Ich höre Sie hervorragend. Was ich verstehe, ist, dass Ihre Eier groß genug sind, dass Sie es mir vorzuschlagen wagen, meine Band zu verlassen. Ist das korrekt? Haben Sie schon mal das Wort Loyalität gehört, Mr. Banik? Und was ist mit Verrat?«

Da war es wieder. Schon wieder dieses Wort.

Loyalität.

Genau darum ging es hier.

Um meine Loyalität.

Um *Baz' Loyalität*.

Mein Magen zog sich zu einem harten Knoten zusammen, voller Angst, Sorge und Fassungslosigkeit. Ich schluckte schwer und er seufzte, und ich konnte vor meinem inneren Auge sehen, wie das schmierige Stück Scheiße mit seiner schmutzigen Hand über seinen kahlen Kopf fuhr.

»Das Einzige, was ich Ihnen vorschlage, ist, dass Sie sich Ihre Optionen vor Auge führen.«

Eric Banik, der Manager von *Tokens of Time*, hatte mir fast einen Monat lang nachgestellt. Er wollte, dass ich in die Fußstapfen ihres Leadsängers trat, der sich aus dem Staub gemacht hatte. Ich war mir sicher, dass die drei verbliebenen Mitglieder verzweifelt einen Namen suchten, der sie weiterbrachte.

»Diese Arschlöcher sollten genau wissen, wie es ist, von jemandem im Stich gelassen zu werden. Geben Sie eine Anzeige in der Zeitung auf! Veranstalten Sie ein verdammtes Casting! Es ist mir scheißegal, was sie machen. Finden Sie jemand anderen!«

Tokens of Time hatten in L. A. ein paar Mal für *Sunder* eröffnet, und ihr Frontmann hatte sie verlassen, als sie gerade dabei gewesen waren, sich zu etablieren. Er hatte als Solokünstler unterschrieben und präsentierte sich nun mit seinem eigenen verdammten Namen, als hätte er das Recht, ihn wie ein Abzeichen zu tragen.

»Ihr Frontmann heiratet.« Er sagte es, als wollte er mich zur Vernunft bringen. Als wären die Konsequenzen sonnenklar.

»Sebastian ist bereits verheiratet«, antwortete ich.

»Dann heiratet er eben noch mal oder was auch immer die beiden glauben, da zu tun. Vielleicht war es beim ersten Mal nur ein Testlauf und dieses Mal ist es echt. Aber Sie wissen, dass *Sunder* so instabil ist wie nie zuvor.«

Sunder hatte schon tausend Kontroversen überlebt. Eine

Million Gerüchte überdauert. Wir hatten Gefängnisstrafen, Überdosen und den Tod unseres Schlagzeugers Mark – einen der schmerzhaftesten und tragischsten Verluste überhaupt – hinter uns gebracht.

Wir hatten den Mist durchgestanden, in den Baz mit Martin Jennings hineingeraten war, eine Verbindung, die tiefer und dunkler gewesen war, als wir es uns je vorgestellt hatten.

Der Rest der Band – Ash, Zee und ich – hatten Baz in dieser Zeit den Rücken gestärkt. Wir hatten an ihn geglaubt, als alles um uns herum zusammengebrochen und unsere Welttournee abgesagt worden war. Als uns unser Label uns fast fallen gelassen hatte.

Wir hatten es geschafft, und ich musste daran glauben, dass Baz uns jetzt nicht im Stich lassen würde.

Mein Schweigen hatte Eric wohl ermutigt, denn er schien sich plötzlich dafür entschieden zu haben, mich zu duzen – vielleicht, um auf intimerer, persönlicherer Ebene mit mir zu sprechen. »Du bist genau das, wonach wir suchen, Lyrik. Du bist talentiert und lässt dir von niemandem etwas gefallen. Du hast den Vibe, den wir brauchen. Verdammt, du schreibst die besten Texte, die wir je gehört haben, und spielst Gitarre, als wärst du damit geboren worden. Und schau dich an! Du weißt genauso gut wie wir, dass du ganz vorn stehen solltest. Du musst führen, weil du zu gut bist, um im Schatten zu stehen.«

Vor langer Zeit hatte ich mir angewöhnt, einen Scheiß auf all das zu geben.

Ich mied Stress, Sorgen und den ganzen Mist, den die meisten Menschen auf ihren Schultern trugen, wie eine Art lästiges Markenzeichen.

Ich? Ich hatte die Last abgeschüttelt.

Um ehrlich zu sein, war es viel einfacher und schmerzfreier, das Leben mit dieser Sichtweise anzugehen. Das hatte ich auf die harte Tour gelernt.

Es gab zwei Ausnahmen von dieser Regel.

Meine Familie – meine Eltern, meine kleine Schwester und meine Nichte.

Und Baz und der Rest unserer Band.

Das waren die wenigen Menschen auf der Welt, auf deren *Loyalität* ich mich verlassen konnte – und die ich erwiderte. Man könnte sagen, dass die Jungs unter Bestandschutz standen. Sie hatten einen privilegierten Platz in meinem verschrumpelten, schwarzen Herzen bekommen, bevor es zerstört worden war.

»Rufen Sie mich nicht mehr an!«

Ich beendete den Anruf ohne ein weiteres Wort und ging weiter über das Kopfsteinpflaster, das vor den alten Gebäuden der Uferpromenade verlief.

Ich bog um die Ecke und schlenderte die im Schatten liegende Straße entlang, bevor ich die Außentreppe eines alten, zerklüfteten Gebäudes erklomm. Ich nahm zwei Stufen auf einmal und landete auf dem kleinen Treppenabsatz, der zu den beiden Wohnungen im obersten Stockwerk führte, deren Türen einander direkt gegenüberlagen.

Diese abgeschiedene Adresse befand sich im Herzen des historischen Viertels von Savannah im US-Bundesstaat Georgia.

Ich hatte verdammtes Glück gehabt, da reinzukommen, schließlich war die Wohnung meistens vermietet – an Touristen und Leute wie mich, die nur auf der Durchreise waren.

Meine Tür befand sich auf der rechten Seite, und ich steckte den Schlüssel ins Schloss und betrat mein temporäres Zuhause. Es war ein ehemaliges Lagerhaus, in dem jetzt ein modernes Studio mit freiliegenden Backsteinwänden, hohen Decken und einer Trennwand zum Schlafzimmer untergebracht war. Flügeltüren führten auf einen Balkon, von dem ich annahm, dass er früher einmal eine Feuertreppe gewesen war.

Ich warf die Schlüssel auf den kleinen Tisch, der dort stand, fuhr mit der Hand durch mein Haar, schüttelte das Gespräch ab und ließ meine Gedanken wieder zu dem Mädchen wandern.

Gott, dieses Mädchen.

Mein Blut pulsierte immer noch ein bisschen zu heftig, und mein Schwanz war nur allzu begierig darauf, eine Runde zu drehen.

Als ich gestern nach Savannah geflogen war, hatte ich gewusst, dass ich sie sehen würde. Ich hatte gewusst, dass sie mich noch ein wenig quälen würde. Das Problem war nur, dass mein Bedürfnis nach ihr mit jeder Abfuhr, die sie mir erteilte, größer wurde.

Das Mädchen mixte Drinks im *Charlie's*, der Bar, in der Shea – Baz' Frau – gearbeitet hatte, als die beiden sich kennengelernt hatten. Der Bar, die Sheas Onkel Charlie gehörte. Jedes Mal, wenn ich durch die Türen dieser Bar ging, durchfloss ein verrücktes Gefühl meine Adern und erfüllte mich mit einer dummen Aufregung, die ich schon so verdammt lange nicht mehr gespürt hatte.

Ich wusste nicht, was über mich kam, wenn sie in meiner Nähe war. Sie war wie eine rothaarige Sirene, die mich auf unruhigen Gewässern umkreiste, bis ich in einer Art Strudel gefangen war. Dann wurde ein Schalter in mir umgelegt und mein Schwanz übernahm das Reden.

Und mein Schwanz ... war ein Arsch.

Ich schätze, er mochte es nicht, ignoriert, abgeschossen und zurückgewiesen zu werden.

Keiner von uns beiden war das gewohnt. Ich jagte keine Frauen – die Frauen jagten mich. Sie kamen in Scharen, wirklich. Und das war nicht wieder mein Schwanz, der da sprach. Es war einfach so. Nach den Shows waren sie immer da und zogen ihre Kreise, manche schüchtern, andere unverhohlen aufdringlich. Aber sie waren alle auf ein Ziel aus.

Mich.

Aber nicht *Red*. Jeden meiner Vorstöße blockte sie energisch ab.

Es war kein Geheimnis, dass ich Frauen liebte. Ich liebte es, wie sie rochen. Ich liebte es, wie sie schmeckten. Vor allem aber liebte ich es, wie sie sich anfühlten.

Aber ich *liebte* keine Frau.

Jemanden zu lieben, bedeutete, sich freiwillig für Herzschmerz, Kummer und ein ganzes Leben voller Mist zu entscheiden.

Aber eine Frau wollte ich.

Tamar King.

Zwischen uns herrschte eine Art Hassliebe.

Ich liebte es, mich mit ihr anzulegen, und sie liebte es, mich dafür zu hassen.

Ich wollte, dass sie losließ – nur ein einziges Mal. Ich wollte, dass sie mich mit all ihrer Feindseligkeit angriff, die von dem schneeweißen Fleisch ausging, das hinter den hübschen Tattoos an ihren Armen hervorlugte. Tattoos, an denen ich unbedingt lecken wollte.

Ja.

Das Mädchen sah aus wie die perfekte Sünde.

Aber da war noch etwas anderes. Etwas Dunkleres. Wut sickerte aus ihr heraus. Echte Wut – nicht die Show, die all die anderen Mädchen, die hinter der Bühne herumtanzten, gern zum Besten gaben.

Für eine Nacht wollte ich, dass sie mir diese Wut schenkte. Sie mit mir ausfocht. Mit Händen, Zähnen und Körpern. In meinem Bett.

Mein Handy piepte und ich warf einen Blick aufs Display.

Ash.

Hast du das Hochzeitsgeschenk für Shea und Sebastians besorgt, Arschloch?

Ich schrieb grinsend zurück. Ash war einer meiner ältesten Freunde an und konnte keine fünf Sekunden lang ernst bleiben. *Jepp.*

Seine Antwort kam augenblicklich: *Du beeindruckst mich.*

Ich konnte den Sarkasmus in seinen Worten spüren.

Wie auch immer, Mann. Ohne mich würdest du deinen Kopf vergessen.

Rede dir das nur immer wieder ein! Wir alle wissen, dass ich das Gehirn der Band bin. Wir sehen uns um zehn.

Ich lächelte und wieder durchströmte mich diese Aufregung. Diese kleine Pause war keine schlechte Idee gewesen.

3

———

TAMAR

Das *Charlie's* brummte um mich herum. Das Licht war gedimmt und die Musik voll aufgedreht. Gäste drängten sich an die glattpolierte, urige Bar und buhlten um meine Aufmerksamkeit, während ich dahinter herumwuselte und Bierkrüge mit Microbrews füllte und parallel dazu Purple Lamborghinis mixte.

Ich schob die beiden Martinis zu den zwei blonden Damen am Ende der Bar, die gerade ihr Liebesleben beklagten.

»Bitte schön, zwei Purple Lamborghinis. Vorsicht damit – die gehen schnell runter, wirken aber echt heftig.«

Die Frau auf der rechten Seite lächelte breit. »Hmm ... nach dem Tag, den ich hatte, ist das genau das Richtige. Immer her damit!«

»Natürlich, gern.«

»Hey, Prinzessin, wie wäre es mit einer weiteren Runde Bier hier drüben?« Das Arschloch, das mich schon den ganzen Abend über beäugt hatte, schenkte mir ein schmieriges Lächeln. Zweifellos, um mein Höschen zum Schmelzen zu bringen.

Widerlich.

Meine Augenbraue wölbte sich wie von allein und ich

setzte einen unschuldigen Tonfall auf. Ich wurde immer besser in diesem Spiel. »Na, na ... sehe ich in deinen Augen etwa wie eine Prinzessin aus?«

»Ne, Püppchen, dann doch eher wie ein feuchter Traum.«

Zur Wiederholung ...

Widerlich.

Dermaßen widerlich.

Und ernsthaft, *Püppchen?*

Was für ein Mistkerl.

Man sollte meinen, dass ich mir nach allem, was passiert war, ein anderes Arbeitsumfeld ausgesucht hätte. Weg von Männern, Sex und Anzüglichkeiten.

Aber vielleicht war es gar nicht so seltsam, dass ich das nicht getan hatte.

Vielleicht war ich hier gelandet, weil es sie ins Licht lockte, die unverhohlenen Annäherungsversuche und kitschigen Anmachsprüche, die jeden Abend ausgeteilt wurden. Ich war immer vorbereitet. Ich wurde nie überrumpelt.

»Ein feuchter Traum? Den kannst du haben. Wenn ich mit dir fertig bin, wirst du dich noch wochenlang nachts einpissen.« Ich grummelte leise vor mich hin, während ich drei Gläser für ihn und seine beiden Freunde füllte, die – Überraschung! – genauso bescheuert waren wie er.

»Immer mit der Ruhe, Liebes.« Charlies beruhigende Stimme ertönte hinter mir. »Wie ich sehe, bist du heute besonders streitlustig. Ich kann es nicht gebrauchen, dass du die Kunden verjagst.«

Charlie war der Besitzer des *Charlie's*, einer Bar in bester Lage am River Walk hier in Savannah. Sie war sehr beliebt und jeden Abend gut besucht. Die Leute strömten herbei, um ihren Feierabend zu genießen und sich die ortsansässigen Bands anzusehen. Ich arbeitete hier schon seit vier Jahren, zuerst in der Küche, bevor ich alt genug dafür gewesen war, mich direkt ins Getümmel zu stürzen.

Ihm gehörte auch die Wohnung, die ich ebenfalls seit vier Jahren mietete und die im Obergeschoss eines seiner Gebäude lag. Charlie trug ein zerfleddertes T-Shirt und sein Bart war genauso verwahrlost, aber nicht einmal der Urwald von Gesichtsbehaarung konnte das aufrichtige Lächeln verstecken, das sich darunter verbarg. Er war einer der Guten.

Charlie war ein wahrer Retter – zweifellos hatte er mich gerettet.

Er grinste, als ich ihn ansah. »Was macht dich so mürrisch, Kleines?«

Ich zuckte lässig mit den Schultern, als ich an ihm vorbei stolzierte und auf den Haufen von Deppen zuging, die mich anglotzten. »Ich weiß nicht, wovon du sprichst.«

Ich konnte mir mein höhnisches Grinsen nicht verkneifen, als ich den Arschlöchern ihre Biergläser zuschob.

Charlie lachte, als ich mich umdrehte und wieder an ihm vorbeiging. »Bist du dir da sicher?«

»Spiel hier nicht den Seelsorger, alter Mann! Mir geht's bestens.«

Ein neckisches Glucksen entwich ihm und er hob den Zeigefinger. »Ich wette, ich weiß, was dich so aus der Fassung gebracht hat ... Du warst heute Nachmittag mit Shea-Bär unterwegs, um dein Brautjungfernkleid anzuprobieren. Ich wette, es ist die Hölle für dich, ein Rüschenkleid anziehen zu müssen – wenn auch nur für einen Tag.«

Shea und Sebastian hatten uns alle schockiert, als sie vor sechs Monaten in Las Vegas geheiratet hatten – eine Hochzeit nur für sie, hatten sie erklärt. Die nun anstehende Hochzeit sollte ihre Freunde und Familien zusammenbringen. Eine Zeremonie, um das Leben zu feiern, das sie gemeinsam begannen.

Ich fühlte mich sehr geehrt, dass Shea mich gebeten hatte, eine ihrer Brautjungfern zu sein. Als ich in diese Stadt geflüchtet war, hätte ich nie erwartet, Freunde zu finden – freundliche, selbstlose Menschen, die mir so ans Herz gewachsen waren, dass ich sie nun als Familie betrachtete.

Vielleicht hatte Charlie die Ursache des Problems also nur gestreift. Das Kleid machte mir nicht wirklich etwas aus. Es war sogar wunderschön. Shea plante ihre Hochzeit im Landhausstil; alles war lässig, leicht und schön, genau wie ihre Persönlichkeit. Und unsere rustikalen Kleider waren da keine Ausnahme.

Mein Problem war das Arschloch, mit dem sie mich zusammengetan hatten. Der Typ, neben dem ich zum Altar schreiten sollte. Der, mit dem ich den gefürchteten Tanz absolvieren musste.

Er war derjenige, wegen dem ich mir gerade fast ins Höschen machte und am liebsten vor Frustration geschrien hätte.

Er war derjenige, der Gefühle in mir auslöste, die ich nicht fühlen wollte. Gefühle, die diese spröde, zerbrechliche Stelle, die irgendwo in meiner Brust versteckt war, dazu brachten, vollends zerspringen zu wollen.

Und ... *verdammt!*

Er war gerade durch die Tür gekommen.

Die Luft flirrte, als wäre sie elektrisch aufgeladen, und meine Haut kribbelte. Ich war mir dieser Auswirkungen auf meinen Körper überdeutlich bewusst und mir stockte der Atem.

Verlangen.

Bedürfnis.

Als hätte der Junge die Macht, jede Schwachstelle in meiner Rüstung aufzuspüren.

Ich hasste es, dass er diese Wirkung auf mich hatte.

Aber mein Körper schien meinen Hass nicht zu

berücksichtigen, denn mein Herz hämmerte und mein Magen verkrampfte sich in Erwartung.

Ich zog meine Unterlippe zwischen die Zähne und konzentrierte mich auf die bevorstehende Aufgabe. Ich gab Salz auf die Ränder von vier Shot-Gläsern, schenkte Tequila ein und garnierte die Getränke mit Limettenspalten, während mich das Wissen, dass er zehn Meter weiter in seiner ganzen Rock 'n' Roll-Pracht stand, schmerzhaft ablenkte.

Die Jungs von *Sunder* und Shea strömten hinter ihm herein.

Charlie stieß mich mit der Hüfte an. »Sieh mal, Süße. Shea und der Rest der Hochzeitsgesellschaft sind gerade hereingekommen.«

Als hätte ich das nicht bemerkt.

»Warum machst du nicht Schluss und entspannst dich ein wenig mit deinen Freunden? Du solltest bei den anderen sein, anstatt dir die Finger wund zu arbeiten, wie du es Abend für Abend für mich tust. Ich kann mich um den Laden kümmern.«

Immer der Kümmerer.

Ich kämpfte gegen das Grinsen an und schüttelte den Kopf, als ich mich an die Arbeit machte und den bereits glänzenden Tresen abwischte. »Jetzt machst du dir schon wieder Sorgen um mich, alter Mann. Ich fühle mich hinter der Theke sehr wohl. Es ist der Ort, an den ich gehöre.«

Das Letzte, was ich brauchte, war, mit Lyrik und den anderen abzuhängen.

»Pah.« Er scheuchte mich zurück. »Geh schon, Mädchen! Auch wenn du gern so tust, als wärst du glücklich damit, eine Einzelgängerin zu sein, gehörst du doch genauso zu dieser Gruppe wie der Rest von ihnen. Außerdem weißt du, dass Shea dich sonst ohnehin holen kommt. Es ist einfacher, direkt aufzugeben.«

»Tamar.« Und schon war sie da und rief meinen Namen.

»Was habe ich dir gesagt?«, fragte Charlie und seine Lippen kräuselten sich unter seinem struppigen Bart.

Ich warf den Lappen weg. »Schön.« Ich zeigte mit dem Finger warnend auf ihn, als ich zurücktrat. »Aber ich mache nicht Feierabend. Ein Drink, dann gehe ich wieder an die Arbeit.«

»Wie du meinst, Süße. Wir wissen alle, wer hier der Boss ist.«

Das *Charlie's* war in einem der alten Baumwoll-Lagerhäuser untergebracht. Die Sparren in den hohen Decken waren noch sichtbar, die Holzwände durch den Rauch, die vielen Besucher und ein Jahrhundert voller Geheimnisse fast schwarz.

Ich trottete zum hinteren Ende der Bar, die die Mitte des riesigen Raums ausmachte und deren verziertes, geschnitztes Mahagoniholz der Blickfang des *Charlie's* war. Der Eingangstür wandte ich den Rücken zu, um die Zeit zu nutzen, mich darauf vorzubereiten, Lyrik West in die Augen zu sehen.

Ich wusste, dass es verrückt war – völlig irrsinnig –, wie sehr ich mich davor fürchtete, diesem Mann gegenüberzustehen. Wegen der Gefühle, die er in mir auslöste. Wegen der Art und Weise, wie er Wünsche und Sehnsüchte in mir weckte und all die Versprechen infrage stellte, die ich mir selbst gegeben hatte.

Das Schlimmste war, dass ich wusste, wie sehr er es genoss, mich so zu beeinflussen.

Ich wusste es genauso gut wie er.

Er spielte mit mir, zog mich auf wie ein Aufziehspielzeug.

Es reizte ihn, mir dabei zuzusehen, wie ich mich immer weiter drehte, bis ich schließlich schwankte, taumelte und vornüber fiel. Erschöpft und verbraucht.

Es war grausam.

Ich war mir ziemlich sicher, dass das die Definition von Lyrik West war.

Ich duckte mich unter der kleinen Öffnung am Ende hindurch, vorbei an der Country-Band, die auf der Bühne spielte.

Und dann ging ich in Richtung des Manns, den ich mit jeder Zelle meines Körpers gleichzeitig abstieß und anzog.

Ein Schauer durchfuhr mich. Eine Vorahnung. Eine Warnung, dass diese Anziehung stärker war als jeder Widerstand.

Wie eine Aurora aus tanzenden, fesselnden Lichtern, die sich schließlich als Schwarzes Loch entpuppte.

Leben und Licht verzehrend.

Mit seinen fast schwarzen Augen sah er mich an und ich wäre beinahe abrupt stehengeblieben, denn sie schimmerten dunkel und voller Verderben, als würde er jeden Moment zuschlagen.

Die Hand ausstrecken und mich festhalten.

Verschlingen, zerstören und verwüsten.

Doch ich weigerte mich, einzuknicken, und hob herausfordernd mein Kinn. Ich betete nur, dass er nicht sah, wie es zitterte.

Irgendwie schaffte ich es, meinen Blick von ihm zu lösen und ihn auf meine Freundin zu richten.

»Shea, ich dachte, du hättest deine Tage im *Charlie's* hinter dir gelassen«, stichelte ich, während sich meine Lippen zu einem einladenden Lächeln verzogen – ein echtes, für Shea.

Sie erwiderte es mit Aufrichtigkeit und Erleichterung und ich wusste ohne Zweifel, dass ihr Lächeln daher stammte, dass Sebastian wieder in der Stadt war.

Shea kam zu mir und umarmte mich, wobei ihr Babybauch mich anstupste.

Ja. Shea Stone war das süßeste schwangere Mädchen, das ich je getroffen hatte. Ihr Sechs-Monats-Bauch sah aus, als hätte sie nichts anderes getan, als einen Basketball unter ihr Kleid zu stopfen.

Kein Wunder, dass sich Sebastian nicht von ihr fernhalten konnte.

Ich trat zurück und drückte ihre Hände, während ich einen Blick auf ihren Mann warf, der sich hinter sie drängte und seine Hände besitzergreifend über ihren Bauch legte.

Ich wölbte eine Braue in seine Richtung. »Ah ... der berüchtigte Sebastian Stone. Was machst du denn hier? Ich dachte, Savannah wäre noch mindestens eine Woche lang vor dir und deinen Jungs sicher. Wir sollten den Katastrophenalarm der Stadt auslösen.«

Ein spielerisches Grinsen machte sich auf seinem Gesicht breit. »Als wären meine Jungs gefährlicher als du.«

Ha, offenbar *konnten* Äußerlichkeiten tatsächlich trügen.

»Außerdem«, fuhr er fort und seine Stimme wurde etwas tiefer, als er Sheas Kopf küsste, »konnte ich keine Sekunde länger wegbleiben.«

Sheas Lächeln erhellte den ganzen abgedunkelten Raum. »Er hat am Haus gewartet, als ich nach der letzten Anprobe zurückgekommen bin. Du hättest Kallies Gesicht sehen sollen, als sie ihren Daddy auf der Veranda stehen und auf uns warten sah. Ich glaube, ich habe den kleinen Schmetterling noch nie so schnell aus dem Auto steigen sehen.«

Es war hart für die beiden gewesen, nachdem Shea vor zwei Monaten mit ihrer Tochter nach Savannah zurückgekehrt war und Sebastian zurückgelassen hatte, während *Sunder* im Studio die Aufnahmen für ihr neues Album abgeschlossen hatte.

Sebastian gluckste und kuschelte sich an ihren Hals. »Ich glaube, ich habe dich auch noch nie so schnell aus dem Auto steigen sehen.«

»Kannst du es mir verübeln?«, flüsterte sie zurück.

Wieder überkam mich das Gefühl, dass ich anvisiert wurde

– wie eine Welle der Erkenntnis, des Bewusstseins. Mein Körper wurde ins Fadenkreuz genommen.

Die damit einhergehende Intensität umhüllte, umkreiste und umgarnte mich.

Ich stieß einen zitternden Atemzug aus und versuchte, stark zu bleiben. Aber da war nichts, was ich hätte unternehmen können. Ich konnte mich nicht gegen die Macht des Blicks wehren, der sich in mein Fleisch bohrte.

Ein Gefühl der Unsicherheit brachte meine Beine zum Zittern und meine Ohren zum Summen.

Mein Blick huschte wie von selbst in seine Richtung.

Ich war machtlos.

Lyrik stand da und sah mich an, die tätowierten Hände in die Taschen gesteckt. Alles an ihm war lässig und ungezwungen. Und doch auffällig und kühn.

Heftig, grausam und ganz und gar unnahbar.

Ein verdammtes Rätsel, das die törichte Seite in mir erforschen wollte.

Schicht für Schicht.

Berührung für Berührung.

Ich schluckte um den Klumpen herum, der in meiner Kehle festsaß.

Ich wusste es besser, als mich wie ein naives Schulmädchen zu verhalten.

Wie ein Raubtier würde er alles, was ihm im Weg stand, in Stücke reißen und die Welt in Brand setzen.

Ohne Bedauern.

Ohne Rücksicht auf das Chaos, das er anrichtete.

Ohne Skrupel.

Er schwelgte in seinen Sünden.

Wie gesagt, grausam.

Ash durchbrach mit forscher Stimme die Spannung. »Hat jemand von euch wirklich gedacht, dass Baz zwei Monate lang in L. A. bleiben würde, während Shea und Kallie hier sind? Der Typ war kurz davor, durchzudrehen. Dieser Sklaventreiber hat uns in der vergangenen Woche gewissermaßen im Studio festgehalten, damit wir früher zurückkommen konnten.« Er streckte seine tätowierten Arme aus. »Aber wir sprechen hier natürlich von einer Gruppe von knallharten Typen. Es war also überhaupt kein Problem, das Album früher fertigzustellen. Wir schaffen Magie, Baby.«

Ash Evans war einer der eingebildetsten Typen, denen ich je begegnet war. Das Erschreckende daran war, dass ihn das nur noch liebenswerter machte und den Charme intensivierte, den er ohne nachzudenken versprühte.

Und er war hinreißend.

Die armen Mädchen hatten keine Chance.

Aber seine Selbstüberschätzung war so anders als das Verhalten, das ich von Lyrik kannte. Während Ashs Selbstbewusstsein sympathisch rüberkam, fühlte sich Lyriks wie eine Drohung an.

»Ich nehme an, ihr seid alle hier, um zu feiern? Dann werde ich mich mal um die Drinks kümmern.« Ich ließ meinen Blick über die Gruppe hüpfen, wobei ich Lyrik am wenigsten Aufmerksamkeit schenkte.

Wie offensichtlich.

Einfach großartig.

»Möchte jeder das Übliche?«, fragte ich.

»Hört sich gut an, Darling«, sagte Ash nur allzu schnell. »Aber wenn man bedenkt, was wir feiern ... Wie wäre es mit einem Doppelten?«

»Du weißt schon, dass du immer nach einem Doppelten fragst, oder?«

Er lachte. »Dann mach einen Dreifachen!«

Guter Gott!

Diese Jungs bedeuteten nichts als Ärger. Alle bis auf Zee,

der sich mit einem liebevollen Kopfschütteln für seine Gesellschaft zu entschuldigen schien. Aber er würde es auch nicht anders haben wollen. Er umarmte mich kurz.

»Schön, dich wiederzusehen, Tamar.«

»Ich freue mich auch, dich zu sehen.«

Er ging zu der abgelegenen Nische, die erst Sebastian und dann *Sunder* für sich beansprucht hatten.

Shea rief mir ein »Danke« zu, während Sebastian sie bereits zur Nische zog. Ash folgte ihnen eilig.

Lyrik bewegte sich langsamer und warf mir einen weiteren beunruhigenden Blick über die Schulter zu, als wollte er sichergehen, dass meine Aufmerksamkeit ihm gehörte.

Damit er mich noch ein bisschen weiter quälen konnte.

Ich zwang mich zurück hinter die Bar und füllte drei Tumbler halbvoll mit Jägermeister.

Das Einschenken der dicken, dunklen Flüssigkeit erinnerte mich an das Versprechen in Lyriks Augen. Die verlockende, verführerische Aussicht auf eine Nacht voll von köstlichem, ungezügeltem Spaß.

Aber diese Nacht würde einen üblen Kater nach sich ziehen.

Ich füllte ein Glas mit dem lächerlich teuren Tequila, den Sebastian Stone so gern trank, und holte eine Flasche Wasser für Shea. Dann stellte ich alles auf ein Tablett und schlängelte mich zurück durch die wachsende Menge.

Ash grinste zu mir hoch, als ich die Shots verteilte. »Ah ... ich hätte nie gedacht, dass ich das mal sagen würde, aber es ist schön, wieder in Savannah zu sein. Sag mal, Tam-Tam, haben diese Mauern mich vermisst? Was ist mit den Damen? Sag mir, dass sie nach mir gefragt haben! Du weißt doch, dass dieser Ort seit meinem ersten Besuch hier nicht mehr derselbe war.«

Ich verdrehte die Augen. »Klar. Die Hälfte der weiblichen

Bevölkerung leidet noch unter den Nachwirkungen deines letzten *Auftauchens*.«

»Ach, komm schon! Tu nicht so, als wüsstest du nicht, dass meine Anwesenheit alles besser macht.« Die Grübchen in seinen Wangen vertieften sich. »So ähnlich wie Bacon. Pack ihn auf einen Burger – besser. Auf einen Salat – besser. Wenn du Ash damit einwickelst – besser.«

Ich konnte nicht anders, als zu lachen. Verdutzt und fassungslos, aber ich lachte.

»Siehst du ...«, stieß er hervor, als hätte er gerade ein neues Theorem bewiesen, »*besser*. Gib zu, dass du mich vermisst hast!«

»Okay, okay, wenn es dich zum Schweigen bringt, gebe ich gern zu, dass ich dich vermisst habe.«

Ash war der Erste, der sein Glas hob. »Auf Baz und die schöne Shea, zwei Menschen, die einander so sehr lieben, dass sie meinen, sie müssten zweimal heiraten.«

Zee lachte, Lyrik grinste.

»Aber im Ernst ... ihr beide?«, fuhr Ash fort. »Ihr habt da etwas Gutes gefunden. Gebt es niemals auf!«

Gebt es niemals auf.

Die Worte echoten in meinem Kopf und ein Anflug von Traurigkeit drohte, mich zu verschlingen und mit sich zu reißen. Ich drückte die Augen zusammen, hob mein Glas und kippte den Shot hinunter. Das feurige Brennen rollte durch meine Kehle und hüllte mich wie eine warme Decke ein, bevor es sich in meinem Bauch niederließ.

Es ebnete die rauen Kanten, die immer wieder drohten, auszufransen.

Ich weigerte mich, den Erinnerungen nachzugeben, die in den Tiefen meines Bewusstseins tobten, wo ich sie zurückgelassen hatte. Doch noch immer kämpften sie dafür, ihren Weg nach draußen zu finden. Vier Jahre lang war ich gut zurechtgekommen. Ich war in die Rolle des Mädchens geschlüpft, das ich sein wollte, und hatte alles andere verdrängt.

Die Vergangenheit war Vergangenheit. Ich musste sie dort lassen.

Aber all diese Angst kämpfte für eine Neuauflage.

Ich war nicht dumm. Ich wusste, warum. Der Beweis dafür war die Facebook-Nachricht, die ich vor zwei Monaten auf meinem inaktiven Konto erhalten hatte. Es war eine, die ich in einem schwachen Moment gesehen hatte. Überwältigt von Einsamkeit und Bedauern, hatte ich mich mit deaktivierter IP-Adresse angemeldet.

Ich hatte nur einen flüchtigen Blick auf meine Familie werfen wollen. Um an ihre Gesichter erinnert zu werden. An ihre Stimmen.

Um das Gefühl zu haben, ein Teil ihres Lebens zu sein, obwohl ich mich vier Jahre zuvor aus diesem Leben entfernt hatte.

Als könnten diese Krümel jemals genug sein.

Aber es war die wartende Nachricht gewesen, die mich buchstäblich in die Knie gezwungen hatte.

Wir benötigen Ihre Hilfe. Wir verstehen Ihr Zögern, aber wir benötigen jede Information, die Sie uns zu Cameron Lucan geben können. Bitte kontaktieren Sie mich so schnell wie möglich!

Sosehr ich auch versuchte, mir vorzumachen, dass es keine Rolle spielte, dass meine Einmischung nichts ändern würde, drängten sich diese Gedanken immer wieder in den Vordergrund.

Bohrend.

Fordernd.

Treibend.

Sie zwangen mich, in eine Vergangenheit zurückzublicken, die ich unbedingt vergessen wollte.

Und nun, mit Lyrik in der Nähe?

Ich spürte, wie meine Mauern Risse bekamen und das feste Fundament unter meinen Füßen bröckelte.

Ich schenkte ihnen mein bestes Lächeln und warf einen Blick über meine Schulter. »Sieht so aus, als hätte Charlie heute ordentlich was zu tun. Wir sollten den alten Mann retten, bevor es dort drüben ungemütlich wird. Ich schicke einen der Kellner rüber, damit er sich um euch kümmert.«

»Danke, Tamar.« Shea sah mich an, als würde sie sich dafür entschuldigen, dass ich nicht bleiben konnte, aber in Wahrheit konnte ich es kaum erwarten, wegzukommen.

Ich machte mich wieder an die Arbeit und ließ mich von der Stimmung mitreißen, von der Dringlichkeit, die mich antrieb, als die Dunkelheit den Raum einhüllte und die Country-Band weiterspielte. Ich war schnell im Mixen von Drinks und noch schneller darin, Annäherungsversuche von allzu freundlichen Männern abzuwehren.

Vielleicht war es falsch, dass mir das das Gefühl gab, stark zu sein. Als hätte ich für eine kurze Zeit die volle Kontrolle. Als könnte mir niemand etwas anhaben oder mich verletzen. Aber ich wusste, dass dies nur eine Illusion war.

»Der Goose geht zur Neige, Charlie. Ich gehe nach hinten ins Lager und hole welchen.«

»Kein Problem, Süße. Wir kommen hier zurecht.«

Ich ging durch die Küche in den hinteren Lagerraum.

Mit dem Fuß schob ich den Tritthocker zu den Regalen mit den verschiedenen Wodkas und kletterte hinauf, um die Kiste Grey Goose zu erreichen, die ganz oben stand.

Vorsichtig machte ich mit meinen fünfzehn Zentimeter hohen Absätzen einen Schritt zurück und manövrierte mich wieder nach unten. Dabei balancierte ich die Kiste in einem Arm, während ich mich mit der anderen Hand an der Metallstange des Regals festhielt.

Schließlich drehte ich mich um.

Ein Aufschrei entfuhr mir, als ich die einsame Gestalt entdeckte, die an der Regalwand lehnte.

Mein Herz galoppierte wie sprintende Pferde; ihre Hufe trommelten über meine Brust.

Meine Hände zitterten so sehr, dass ich die Kiste gerade noch festhalten konnte, bevor sie zu Boden fiel.

Warum tust du mir das an?

»Was glaubst du, was du hier hinten machst?« Meine ersten Worte waren genauso zittrig wie meine Hände, die letzten voller Wut und Empörung.

Warum?

Lyrik ließ dieses träge Grinsen über sein zu hübsches Gesicht huschen. Schatten spielten auf einer Seite und ließen ihn noch gefährlicher erscheinen als sonst.

»Ich habe nach dir gesucht.«

Ich verdrängte die aufkommende Faszination, ignorierte das Klopfen meines Herzens und das Verlangen in meinem Bauch und sprach mit fester Stimme: »Du kannst aufhören, nach mir zu *suchen*, denn ich will nicht gefunden werden.«

»Bist du dir da sicher?«

»Was glaubst du, was du von mir willst, Lyrik?«

Ich hatte den ganzen Sommer damit verbracht, seine Annäherungsversuche abzuwehren, und mein Bestes gegeben, ihm jede zickige Abfuhr zu erteilen, die mir eingefallen war. Es war an der Zeit, dem Ganzen ein Ende zu setzen.

Meine Worte waren hart und harsch, angetrieben von der Verzweiflung, die sich dahinter verbarg. Ich hoffte nur, dass diese nicht am offensichtlichsten war. »Willst du einen schnellen Fick? Willst du, dass ich auf die Knie falle und deinen Schwanz lutsche? Es gibt genug andere Mädchen da draußen, die um den Job betteln würden. Tu mir den Gefallen und hör auf, mir nachzulaufen!«

Voller Adrenalin stürmte ich zur Tür.

Seine raue Stimme und seine Worte trafen mich von hinten, seine überwältigende Präsenz war so nah, dass ich sie spüren konnte. »Was ist mit den Blicken, die zu mir zuwirfst?«

Ein Schauer lief über meinen Rücken, während der Rest meines Körpers erstarrte.

Überwältigt von dieser Anziehungskraft.

Warum wollte ich ihn so sehr?

Das Sprichwort schien zu stimmen – wir wollten immer das, was wir nicht haben sollten.

Langsam drehte ich mich um. Sein starker, schöner Körper überragte mich. Ich reagierte auf seine Nähe.

Hitze.

Feuer.

Verlangen.

Er legte seinen Finger unter mein Kinn und zwang mich, durch die Dunkelheit des engen Raums zu ihm aufzusehen. »Du denkst, ich sehe es nicht, Red. Wie du mich beobachtest. Wie du mich willst. Nur, weil du dich weigerst, die Worte auszusprechen, heißt das nicht, dass sie nicht wahr sind.«

Ich knirschte mit den Zähnen und in mir tobte der Kampf. Ich hasste die Gefühle, die er in mir auslöste, hasste die alte, naive Schwäche und das aufkeimende Vertrauen, die sich ihren Weg nach draußen bahnen wollten.

Es fühlte sich an wie ein Tornado, der an Geschwindigkeit gewann.

Hinter meinen Augen flackerte es und sämtliche Nervenbahnen kribbelten.

Nein. Nein. Nein.

»Was wäre denn so schlimm daran, eine Nacht mit mir zu verbringen?«

Das war ja das Problem.

Das Einzige, was ich je für ihn sein würde, war einfacher, vergesslicher Sex.

Eine weitere von einer Million gesichtsloser Frauen.

Ein schneller Fick, der nicht einmal lange genug dauern würde, um als Affäre durchzugehen. Der Schmerz sammelte sich hinter meinen Rippen. Seltsam, dass sich sein Vorschlag wie eine Ablehnung anfühlte.

»Oh, da fällt mir so einiges ein.« Schließlich würde ich sowohl mein Herz als auch meine eigene Unantastbarkeit riskieren.

Ich kämpfte darum, die Fassade aufrechtzuerhalten, und meine starre, undurchdringliche Rüstung vor dem Durchbruch zu bewahren.

Ich wackelte mit den Fingern meiner freien Hand vor seinem Gesicht und feuerte die Worte wie Kugeln ab. »Glaub mir, ich verbringe die Nacht lieber mit *ihnen* als mit dir.«

Er schnappte nach meinem Handgelenk.

Mein Mund blieb vor Schreck offen stehen. Angesichts der Hitze seines Griffs. Der Schwere seines Blicks.

Der Mann nutzte meine momentane Benommenheit voll aus und seine dunklen Augen funkelten, als er meine beiden mittleren Finger langsam in seinen heißen Mund nahm.

Ein panisches, ersticktes Keuchen entwich meiner Kehle und weitete meine zu enge Lunge.

Flammen entzündeten sich und ein Feuer breitete sich schnell in meinen Adern aus, bis es sich schließlich zu einem heißen Schmelzpunkt zwischen meinen Schenkeln verdichtete.

Er grinste breit, als er meine Finger mit einem Plopp losließ.

Dann schockierte er mich erneut, als er meine Hand an seinen Oberkörper drückte. Er fühlte sich viel zu stark an – und verdammt, sein Herz klopfte bestimmt genauso heftig wie meins.

In seinen Augen blitzte etwas auf. Etwas Weiches. Und das

reiche und auch in mir wollte etwas Weiches nachgeben.

Ich wollte aufgeben und alles geben.

Dann kräuselte er seine verruchten Lippen und führte meine zitternde Hand nach unten.

Nach unten.

Nach unten.

Nach unten.

Während ich wie ein Trottel dastand und ihn gewähren ließ.

Er hielt genau über der offensichtlichen Beule in seiner zu engen Jeans inne.

»Ich bin sicher, dass deine Hände Wunder bewirken können, aber offen gesagt, hatte ich andere Dinge im Sinn.«

Meine Sinne kehrten schlagartig zurück.

Dumm. Dumm. Dumm.

Und das nur wegen dieser weichen Stelle in meinem Herzen.

Ich war nicht mehr als eine Figur in einem ausgeklügelten Spiel.

Ich riss mich mit einem Ruck los und flehte meine Füße an, mir zu gehorchen, während ich mit all dem Selbstvertrauen, das ich noch hatte, zur Tür lief und meine schnell schwindende Kraft zusammennahm.

Als ich an der Tür ankam, war mein Kinn hocherhoben.

Denn ich *erinnerte* mich.

Ich erinnerte mich daran, wie hart ich dafür gekämpft hatte, zu dieser Person zu werden.

Schließlich sah ich ihn an. »Nie im Leben.«

Er schenkte mir sein selbstgefälliges, eingebildetes Lächeln, als könnte er direkt durch mich hindurch sehen. »Du musst nur Nein sagen, Red.«

Ich hob einen Mittelfinger.

Nimm das als mein Nein, Arschloch!

»Fick dich doch selbst!«

Er lachte und seine schwarzen Augen schimmerten. »Nein, Baby. Im Gegensatz zu dir bin ich nicht so scharf darauf, es allein zu tun.«

»Du bist ein Arschloch.«

»Und du, Red, bist eine verklemmte Schlampe.«

Er war nicht der erste Typ, der mich eine Schlampe genannt hatte.

Normalerweise störte mich das nicht.

Meistens betrachtete ich es sogar als Kompliment. Eine Bestätigung dafür, dass es niemand wagte, sich mit mir anzulegen.

Aber, dass Lyrik mich so beschimpft hatte ... Nun, es war das erste Mal, dass dieses Wort mich mit erstickender Traurigkeit und Wut erfüllte.

Gott, er war ein egoistischer, unverschämter Mistkerl.

Und ich war eine Idiotin, weil ich zuließ, dass es wehtat.

Ich hätte mich umdrehen und den Mund halten sollen.

Aber ich konnte nicht verhindern, was nun aus mir heraussprudelte.

»Ein Mädchen ist also eine Schlampe, wenn sie nicht mit dir ins Bett hüpfen will?« Ich war mir sicher, dass mein Kopfschütteln zu viel verriet.

Abscheu. Enttäuschung. Niedergeschlagenheit.

»Weißt du was, Lyrik? Vielleicht will ich mehr in meinem Leben. Und ich werde nicht zulassen, dass du dir das nimmst, was ich nicht zu geben bereit bin.«

Ich war stinksauer.

Aufgewühlt.

Entschlossen, Lyrik in seine Schranken zu weisen.

Sie hatten eine weitere Runde Getränke bestellt.

Ich hatte sie schnell zusammengestellt und etwas Besonderes für einen gewissen Lyrik West gezaubert. Einfach, weil ich ihn so sehr *mochte*.

Eine Stunde war vergangen, seit er mich im Lagerraum in die Enge getrieben hatte, und genauso viel Zeit war vergangen, seit er an den Tisch zurückgekehrt war, an dem jetzt drei Mädchen saßen.

Shea und Sebastian hatten ihren Verstand benutzt und den Tisch verlassen.

Jetzt saß Zee praktisch allein da und spielte auf seinem Handy, während ein Mädchen seitlich auf Ashs Schoß saß, die Arme um seinen Hals geschlungen, und seine ganze Aufmerksamkeit auf sich zog.

Aber es waren die beiden, die wie glitzernde Ornamente an Lyriks Seiten hingen, die mich auf die Palme brachten.

Er hatte die Arme um ihre Schultern gelegt und sich zurückgelehnt.

Es war ihm völlig egal.

Ein leises Knurren entlud sich in meiner Kehle.

Er hatte nicht lange gefackelt.

Was für ein Schwein!

Und warum zum Teufel machte mich das so wütend?

Aber das tat es.

Die Wahrheit war, dass ich erzürnt war. Ich fühlte mich benutzt, schmutzig und entbehrlich.

Die Gläser klirrten, als ich die Getränke auf das Tablett stellte, und obwohl ich meist hinter der Bar blieb, wollte ich sie verdammt noch mal selbst servieren.

Ich schlitterte über den Boden und schlängelte mich zwischen den hohen Tischen hindurch, wobei ich darauf achtete, dass meine Hüften und mein Hintern das Reden übernahmen, als ich mich an den Tisch heranpirschte. Ein zuckersüßes Lächeln zierte mein Gesicht, als ich den Mädchen, die eigentlich nur ein bisschen Spaß haben wollten, aber irgendwie in meinen Weg der Wut gestolpert waren, ihre Cosmopolitans hinstellte.

Sie schienen die Wucht nicht einmal zu bemerken, mit der ich die Gläser auf die Tischplatte knallte.

Aber Lyrik bemerkte sie, denn er nahm seinen speziellen Drink in Augenschein. Die leuchtend rote Flüssigkeit schwappte über den Rand und lief auf den Tisch, als ich das Getränk vor ihm abstellte.

Mit einem überheblichen Grinsen blickte er zu mir auf. »Was ist das?«

Ich drückte meine Handflächen flach auf den Tisch und beugte mich nah an sein Gesicht heran, meine Stimme so bitter, wie ich mich fühlte. »Das ist eine *Rothaarige Schlampe*. Das ist es doch, was du wolltest, oder?«

Diesmal nahmen die Mädchen Notiz von dem Geschehen und starrten mich an, als wäre ich plötzlich eine Konkurrentin, wobei mein flammend rotes Haar nur allzu deutlich machte, dass ich mich selbst meinte. Eine der Damen hatte den Anstand, beleidigt dreinzuschauen, als Lyrik mir ein schiefes Lächeln schenkte und seinen verletzenden Mund öffnete. »Eigentlich wollte ich einen *Blauäugigen Engel*, aber ich nehme dich auf jede Art und Weise, die ich bekommen kann.«

Meine blauen Augen verengten sich, während ich mich bemühte, den Schmerz, die Wut und all die verworrenen Gefühle, die ich nicht erleben wollte, zu unterdrücken. Gleichzeitig wurde sein Lächeln immer breiter und zufriedener.

Er hob das Glas und leerte es in einem Schluck.

Genauso schnell spuckte er den Schnaps wieder aus. Die rote Flüssigkeit spritzte über den Tisch und tropfte über sein perfektes Kinn. Wütend wischte er mit dem Handrücken über seinen Mund. »Was zum Teufel war das?«

»Das war eine Warnung, mich nicht mehr anzufassen.«

Vielleicht enthielt mein geheimes Rezept für *Rothaarige Schlampen* ein wenig Cayennepfeffer und Tabasco. Nichts, womit ein echter Mann nicht umgehen könnte.

Ungläubig schüttelte er den Kopf. »Du bist wirklich eine Schlampe, nicht wahr?« Er stieß die Mädchen von sich, richtete sich auf und winkte ihnen, ihm zu folgen. »Kommt, wir hauen ab!«

Er kramte in seiner Tasche, zog zwei Hunderter heraus und warf sie vor sich auf den Tisch, wobei die Scheine nach unten flatterten. »*Danke* für den Drink«, zischte er.

Er stapfte davon wie ein heulender, finsterer Sturm, und die beiden kleinen Schlampen stolperten ihm nach.

Ein dumpfes Gefühl kroch meine Kehle hinauf, verstärkt durch das Bedauern, das hart gegen meine Brust drückte.

Du bist wirklich eine Schlampe.

Was kümmerte es mich? Das war es doch, was ich gewollt hatte, oder nicht? Ihn wegzujagen. Dolche zu werfen und Schilde zu errichten, um mich hinter dieser Barrikade zu verstecken und zu isolieren.

Dort, wo es sicher war.

Ash schenkte mir ein wissendes Grinsen. »Oh, Tam-Tam, erinnere mich daran, dich nicht zu verarschen, Darling! Du machst mir nämlich eine Scheißangst.«

Ich schluckte schwer.

Ja. Manchmal machte ich mir selbst auch Angst.

Zwanzig Minuten vor vier erreichte ich den Parkplatz hinter dem Gebäude, das Charlie gehörte.

Seufzend stellte ich den Motor ab und stieg aus dem Auto.

Mein Blick fiel auf das Motorrad, das auf dem für Wohnung

Zwei reservierten Platz stand, und ich bemerkte kaum das Auto, das ungünstig dahinter abgestellt worden war.

Die geistige Erschöpfung, die in meinen Knochen steckte, erlaubte mir keinen anderen Gedanken als den, mich dieser Klamotten und dieser Maske aus Make-up zu entledigen, damit ich mich in mein Bett verkriechen konnte.

Ich unterdrückte ein Stöhnen, als ich die Musik aus Wohnung Zwei hörte, dazu Gekicher und nervtötende Frauenstimmen.

Fantastisch.

Ich hatte neue, unangenehme Nachbarn. Diese Nacht wurde ja immer besser.

Zumindest blieben sie nie lange, denn die Wohnung wurde für Kurzzeitvermietungen genutzt, was in der Regel auf wöchentlicher Basis geschah.

Zweifellos verdiente Charlie mit diesen Vermietungen ein kleines Vermögen, aber er weigerte sich, meine Wohnung auf diese Weise zu vermarkten. An jenem Tag, an dem ich verzweifelt nach einem Job suchend in seine Bar gekommen war, ohne eine Adresse für meine Bewerbung zu haben, hatte er mich hingesetzt und gefragt, wann ich zuletzt etwas gegessen hatte. Als ich nicht in der Lage gewesen war, zu antworten, hatte er mich erst gefüttert, dann in seinen Truck geladen und hierher gebracht.

Dieser Fremde hatte mich versorgt und mir ein Zuhause gegeben.

Es war der Tag, an dem der Mann ein Teil meines zerbrochenen Herzens gerettet und mir ein Stück meines Glaubens zurückgegeben hatte.

Ich zog mich am Geländer die Treppe hinauf, um den Aufstieg zu erleichtern; meine Füße waren wund und mein Körper müde.

Dieser ganze Scheiß hatte mich mitgenommen, obwohl ich mir nicht leisten konnte, all das an mich heranzulassen.

Ich betrat meine dunkle Wohnung, zog meine Schuhe an der Tür aus und ging direkt ins Bad, um mein Gesicht zu waschen. Dann ging ich in mein gemütliches Schlafzimmer, wo ich mir Schlafshorts und ein T-Shirt anzog, bevor ich mich auf mein weiches, großes Bett mit dem hübschen, verzierten Kopfteil aus Metall fallen ließ.

Es sollte Gemütlichkeit ausstrahlen.

Stattdessen fühlte ich mich verloren.

Hohl.

Allein.

Ein Blick auf die Kopfhörer auf dem Nachttisch ließ mich innehalten. Warum um alles in der Welt sollte ich mich nach der Nacht, die ich hinter mir hatte, auf diese Weise quälen?

Offensichtlich war ich masochistisch veranlagt.

Ich lehnte mich an mein Kopfteil, nahm die Kopfhörer, schloss sie an mein Handy an und öffnete meinen Musikplayer. Aus meinem Lieblingsalbum von *Sunder* wählte ich direkt das Lied aus, das ich einfach nicht mehr aus dem Kopf bekam. Normalerweise blieb Lyrik im Hintergrund und begleitete Sebastian mit seiner Stimme nur.

Aber in diesem Song sang ausschließlich er.

Seine Stimme war anders als das dröhnende Gebrüll, für das Sebastian bekannt war. Lyriks Stimme war tief und rau.

Und doch irgendwie sanft.

Eindringlich und hypnotisch.

Ich hatte immer das Gefühl, in den Song hineingesogen zu werden. Er war sanfter als ihr übliches Geknüppel, wie ein dunkles Schlaflied, das mich Nacht für Nacht in den Schlaf schaukelte.

Ich drückte die Stöpsel in meine Ohren und ließ mich von seiner Stimme überschwemmen. Sie sickerte unter meine Haut, bis es mir vorkam, als kämen die Akkorde aus meinem Innersten.

Vor zwei Jahren hatte ich dieses Lied zum ersten Mal gehört und mich gefragt, wer der Mann dahinter wirklich war. Empfand er wirklich so viel Schmerz, wie in dem Lied besungen wurde? War der Kummer hinter seiner Stimme echt? Entsprachen seine Gefühle meinen eigenen?

War er ebenfalls so voller Reue, dass er nicht mehr wusste, wer er war?

Ich hatte irgendwie den Eindruck gewonnen, diesen Mann zu kennen. Intim. Ganz und gar. Als verbände uns – zwei völlig Fremde – eine Art Band.

Doch das war nichts weiter als ein böser Traum gewesen.

Denn Lyrik war nicht so, wie ich ihn mir vorgestellt hatte.

Damals hätte ich natürlich nie damit gerechnet, dass wir uns eines Tages tatsächlich gegenüberstehen würden. Ich hätte nie gedacht, dass er mich wollen könnte. Ich hätte nie gedacht, dass er diese naiven Fantasien entfachen würde.

Dass er mich in Versuchung führen, mich herausfordern und aus der Fassung bringen würde.

Ich wette, er hatte gelacht, als er mich fallen gesehen hatte. Grausam.

Ich atmete ein, schloss die Augen und betete, dass die Erschöpfung mich in den Schlaf ziehen würde. Aber stattdessen fühlte ich mich unruhig und so unwohl in meiner Haut wie schon lange nicht mehr.

Als ich mich nicht mehr zum Liegenbleiben zwingen konnte, schlüpfte ich unter der Decke hervor und ließ mich vor der Truhe am Fußende meines Betts auf die Knie fallen. Beinahe widerwillig hob ich den Deckel an, voller Misstrauen gegenüber dem, was mich darin erwartete.

Ich zog den schwarzen, in Leder gebundenen Aktenkoffer heraus. Er fühlte sich schwer in meinen Händen an, als ich ihn zu meinem Bett trug und auf meine übereinandergeschlagenen Beine legte.

Es kam mir vor, als würde eine Stunde vergehen, während ich ihn einfach nur anstarrte.

Schließlich hatte ich den Mut gefunden, den Koffer zu öffnen und die Fotos herauszuholen.

Die Motive waren weder kontrovers, obszön noch geheimnisvoll.

Lediglich helle Blitze durchkreuzten jedes Blatt.

Es waren Hunderte von Schwarz-Weiß-Fotos. Viele von ihnen waren mit Photoshop bearbeitet worden, sodass die einst weißen Blitze lila, blaugrün und in jeder anderen Farbe erschienen, die man sich vorstellen konnte. Wie bunte Pfeile, die durch den Himmel geschossen worden waren und auf dem ausgetrockneten Boden einschlugen.

Diese Bilder? Sie repräsentierten mich.

Vorher.

Als ich so begierig darauf war, die Schönheit zu sehen. Sie zu jagen. Ich hatte den Nervenkitzel gesucht, in Gefahr zu sein. Mich in Gefahr begeben, um diese absolut beeindruckenden Bilder einzufangen.

Damals war ich davon überzeugt gewesen, dass die Welt da draußen nur darauf wartete, dass ich alles einfing, was sie zu bieten hatte.

Mein erstes Foto von einem Blitz hatte ich mit fünf Jahren gemacht. Ich hatte an der Seite meines Großvaters auf unserer Veranda gestanden, während er auf das Gewitter über den Bergen hinter unserem Haus gezeigt und mir das beeindruckende Phänomen erklärt hatte.

Dieses erste primitive Bild, das ich mit einer billigen alten Kamera aufgenommen hatte, war bald zu meiner Leidenschaft geworden. Ein Abbild dessen, was ich sein wollte.

Kreativ und mutig. Positiv und aufgeschlossen. Aufrichtig,

ehrlich und mutig. Ohne Skepsis oder den tief verwurzelten Splitter, der jetzt fest in meiner Schulter verankert war.

Meinen letzten Blitz hatte ich mit zwanzig Jahren fotografiert.

Ich hatte gedacht, die Blitze wären ein Ausdruck dessen, was in mir brannte.

Aber sie waren nichts als eine Lüge.

Nach meiner Ankunft hier hatte ich mich davon überzeugt, nicht der Typ Frau zu sein, der weinte. Tränen waren ein Zeichen von Schwäche. Also hatte ich sie getrocknet und eine Tapferkeit an den Tag gelegt, die nicht ganz gefakt war. Ich hatte einen Teil meines Wesens angezapft, von dem ich gar nicht gewusst hatte, dass er existierte.

Er war hart, frech und unerschütterlich.

Unzerbrechlich.

Nicht so wie das unscheinbare Mädchen, das diese Fotos geschossen hatte.

Die Tränen, die ich so lange verdrängt hatte, brannten in meinen Augen und ein Kloß wuchs in meinem Hals. Es war eine Woge der Emotionen, die ich zunächst hinunterschlucken wollte. Aber nur für heute Abend, nach der Aufregung und den heftigen Gefühlen, die in mir aufgewühlt worden waren, musste ich sie loslassen.

Nur für eine kleine Weile durfte ich mich daran erinnern, wer ich einmal hatte sein wollen.

Ich wachte entschlossen auf.

Die letzte Nacht war ein Sprungbrett und kein Stolperstein gewesen. Eine Erinnerung daran, dass ich vorsichtig sein musste, damit nicht alles, wofür ich so hart gearbeitet hatte, vergebens gewesen war.

Es war schon schlimm genug, dass sie mich aufgespürt und Fragen über Cameron gestellt hatten. Sie hatten die Zuflucht bedroht, die ich in meinem neuen Zuhause gefunden hatte. Und ich weigerte mich, ihnen zu erlauben, mich von dort wegzureißen.

Ich putzte meine Zähne und zog meine Laufsachen an.

Dann wählte ich die lauteste und wütendste Playlist aus, die ich finden konnte, und setzte mir dieselben Kopfhörer auf, die mich in den dunklen Hafen seiner Stimme gebracht hatten. Gleichzeitig schwang ich meine Haustür auf – und wäre fast auf die Nase gefallen.

Es wäre vielleicht besser gewesen, wenn ich es getan hätte. Vielleicht hätte ich damit den entsetzten Gesichtsausdruck kaschiert, der mich in den zwei herzzerreißenden Sekunden, die es dauerte, bis der Schock nachließ, beherrschte.

Schließlich riss ich mich zusammen und zwang mich, das Grinsen, das ich mir angeeignet hatte, wieder aufzusetzen.

Aus der anderen Wohnungstür stolperten die beiden Mädchen, die vergangene Nacht an Lyrik geklebt hatten. Zerknitterte Klamotten, verschmiertes Make-up, die Frisuren eindeutig vom Sex verunstaltet. Es war ein Walk of Shame, für den sie sich offensichtlich nicht schämten.

Sie sahen sogar ziemlich stolz aus.

Und zufrieden.

Eifersucht flammte auf.

Ein Gefühl, das ich ihn nicht sehen lassen wollte, als sein Blick den meinen einfing.

Aber es war da, so offensichtlich wie der Schmerz in meiner Brust, als er die Arme über den Kopf streckte und sich am oberen Rand des Türrahmens festhielt, während seine ganze Aufmerksamkeit plötzlich mir galt.

Sieh nicht nach unten! Sieh nicht nach unten! Sieh nicht nach unten!

Es klang wie ein Flehen, als meine Augen genau das taten, was ich hatte verhindern wollen. Mein Blick glitt wie von selbst über seine nackte Brust. Als würde ich von ihm angezogen – hungrig und ohne einen Funken der Willenskraft, mit der ich mich kurz vor dem Verlassen der Tür gestärkt hatte.

Für eine kurze Sekunde gab ich nach und gönnte mir das bittersüße Vergnügen, das mit Tinte bedeckte Fleisch zu bewundern. Die Muster waren so kompliziert und verschlungen, dass ich nicht sagen konnte, wo ein Bild aufhörte und ein anderes anfing, obwohl der wirklich dumme Teil in mir darauf brannte, sich die Zeit zu nehmen, sie zu entwirren.

Die Jeans, die er trug, hingen so tief, dass ich mir sicher sein konnte, dass er darunter nichts anhatte.

Aber da war mehr. Mehr als ein wunderschöner Körper. Es war, als würde er mich dazu zwingen, genauer hinzusehen. Tiefer zu gehen. Mein Selbsterhaltungstrieb warnte mich davor, dass mir das, was ich sehen könnte, nicht gefallen würde.

Ich beendete meinen Blick mit einem verwirrten Zucken meiner Augen. Natürlich hatte ich auch weiterhin keine Kontrolle über sie und sie sprangen sofort wieder auf sein viel zu perfektes Gesicht. Dieser Kerl war so unerträglich gutaussehend, dass ich spürte, wie mich das Ausmaß dieses Anblicks wie ein Erdbeben erschütterte.

Aber dieses Mal glitzerte kein Schalk in seinen Augen.

In ihnen schwamm pure, erdrückende Hitze – Gefahr und Lust, die mit einem Unterton von Verzweiflung einhergingen.

Meine Haut kribbelte und ich wippte auf meinen leuchtend pinken Nikes vor und zurück. Ich fühlte mich nackt. Entblößt. Es half nicht, dass ich nur mit einem Sport-BH bekleidet dastand, meine Brüste zusammengedrückt und an den Stellen vergrößert, wo sie über das Oberteil hinausragten, mein Bauch nackt und die Shorts kurz.

Aber es war mein Gesicht, das die Welle der Unsicherheit

auslöste. Ich hatte kein bisschen Make-up aufgelegt und mein rotes Haar war zu einem unordentlichen Knoten auf meinem Kopf zusammengebunden.

Langsam kehrte das Grinsen auf seinen Mund zurück, aber während es normalerweise an Unnahbarkeit grenzte, zitterte es heute Morgen mit einem Hauch von Feindseligkeit, den es noch nie zuvor gegeben hatte. »Na, sieh mal einer an, wenn das nicht meine *Lieblingsbarkeeperin* ist. Bist du nicht ein cleveres, cleveres Mädchen?«

»Was machst du hier?«, fragte ich.

Seine dunklen Augen verengten sich. »Diese Frage könnte ich dir auch stellen.«

»Ich wohne hier.«

»Ich auch«, schoss er zurück.

»Gott, willst du mich verarschen?« Kopfschüttelnd rieb ich meine Schläfen mit Daumen und Mittelfinger, während ich einen einzelnen Schritt in Richtung Treppenabsatz machte.

Ein trockenes Glucksen entwich ihm. »Es scheint, als würden wir in denselben Kreisen verkehren. Charlie gehört dieses Gebäude, erinnerst du dich? Wenn man bedenkt, dass mein bester Freund und seine Nichte geheiratet haben, sind wir praktisch eine Familie.«

Ich hätte kotzen können. Charlie war *meine* Familie.

»Und du hast dir ausgerechnet diese Wohnung ausgesucht?«, warf ich ihm vor.

Achselzuckend lehnte er sich gegen den Türrahmen und lenkte mich für den kurzen Augenblick einer Sekunde von meiner Wut ab, als er seine starken Arme über seiner starken Brust verschränkte.

Verflucht sei er!

»Ich wollte Anthony nicht belästigen, da seine Frau und seine Kinder für eine Woche nach Savannah kommen, um die Hochzeit zu besuchen. Ich werde für ein paar Monate hier sein und brauche einen Platz zum Pennen. Charlie hatte eine Wohnung zu vermieten. Es war eine Win-win-Situation.«

Nicht für mich.

»Außerdem«, fuhr er fort, »hatte ich das Gefühl, etwas Ruhe zu benötigen. Es ist, als hätte ich mein halbes Leben lang mit den Jungs zusammengewohnt. Ich dachte, ich komme hierher und genieße die Ungestörtheit.«

Ungestörtheit?

Ich schnaubte und reckte mein Kinn empört in Richtung des Geräuschs des Automotors, der gerade auf dem Parkplatz ansprang. »Sicher, so sieht es aus.«

Ein ungläubiges Lächeln umspielte seine Mundwinkel und er legte den Kopf schief.

»Bist du etwa eifersüchtig, *Red*? Wenn ich mich recht erinnere, habe ich deutlich gemacht, dass es mir nichts ausgemacht hätte, wenn du die diejenige gewesen wärst, die sich heute Morgen aus meiner Tür gestohlen hätte. Aber du hast selbst gesagt, dass es *Millionen* von Mädchen gibt, die um die Stelle betteln, nicht wahr?« Verdammter Mistkerl, es mir so unter die Nase zu reiben. »Ich habe nur auf deinen Rat hin gehandelt. Zwei für den Preis von nichts. Genau wie ich es mag. Aber ich war bereit, eine Ausnahme zu machen und einen Einfachen anstatt eines Doppelten zu nehmen, wenn das bedeutet hätte, dass ich mit dir spielen darf.«

»Du bist ekelhaft.«

»Wenigstens stolziere ich nicht herum und tue so, als wäre ich nicht schmutzig.«

Er hätte mich genauso gut ohrfeigen können. Mein ganzes Wesen zuckte zurück und ein scharfes Keuchen entwich meiner Lunge, als die Stimme, die ich so gern vergessen würde, boshaft in mein Ohr flüsterte.

Schmutzig.

Die Erinnerung löste Schock, Demütigung und Hass in mir aus.

»Fick dich«, flüsterte ich. Der lähmende Schmerz, der durch meinen Körper schoss, saugte die ganze Feindseligkeit aus meiner Stimme. Ich war mir sicher, dass ich wie ein wehleidiges Baby klang.

Ich knallte die Tür hinter mir zu, riss meinen Blick von ihm los und dankte Gott, dass ich Laufklamotten trug. Denn laufen zu gehen, war in diesem Moment die einzig richtige Entscheidung.

Auch wenn ich High Heels getragen hätte, würde ich vermutlich losrennen, und ich könnte es nicht ertragen, die Verletzlichkeit, die aus mir herausquoll, noch deutlicher zu machen. Ich hüpfte die Treppe hinunter, wobei meine Hand schnell über das Geländer glitt, während ich die Flucht ergriff.

Lauf!

»Verdammt noch mal!« Sein Schrei traf mich von hinten in derselben Sekunde, in der ich den vernichtenden Schlag hörte, und seine Reaktion ließ mich erschauern, obwohl ich mich weigerte, mich umzudrehen. Ich wusste ohne Zweifel, dass seine Faust es mit der Tür aufgenommen hatte. Das Holz krachte, als die Tür gegen die Innenwand schlug, bevor er erneut brüllte und sie zutrat.

Die Luft zitterte und bebte.

Ich konnte sie spüren. Die Wellen der Gefahr. Die Bedrohungen, die von oben auf mich zukamen.

Lauf!

Ein Sturm war im Anmarsch.

Verzweifelt schob ich die Kopfhörer in meine Ohren und stürzte auf den Bürgersteig, wo ich Zuflucht im gleichmäßigen Aufprall meiner Füße suchte.

4

———

LYRIK

IN MEINEN SCHWEREN schwarzen Stiefeln schritt ich auf dem abgenutzten Hartholzboden auf und ab.

Strahlen von grellem Sonnenlicht fanden ihren Weg an den Vorhängen vorbei, als würde die Sonne an den Außenwänden des Hauses entlangkriechen und einen Weg in unsere kleine Höhle der Dunkelheit suchen.

Das Lied wollte einfach nicht kommen.

Oder vielleicht war ich nicht in der Stimmung.

Vielleicht pochte meine Hand wie verrückt und mein Verstand war von den Ereignissen des heutigen Morgens verwirrt.

»*Alter!*«, stieß Ash frustriert hervor. »Hast du vor, ein Loch in den Boden meines nagelneuen Hauses zu laufen?«

Nagelneu? Wohl kaum. Es war einhundert Jahre altes Herrenhaus und befand sich nicht weit von der Wohnung, die ich gemietet hatte, außerdem ganz in der Nähe von Sheas Zuhause. Das Haus war geradezu lächerlich mit seinen acht Schlafzimmern. Wenn man darüber nachdachte, dass nur Zee, Ash und dessen aktuelle Mieze darin wohnen würden, konnte niemand abstreiten, dass es übertrieben war.

Aber Ash war so ziemlich der impulsivste Mensch, den ich je getroffen hatte. Gestern waren wir mit Baz im Suburban auf dem Weg zu Shea gewesen, nachdem wir uns um einigen Hochzeitskram gekümmert hatten, als Ash plötzlich Baz angeschrien hatte, anzuhalten.

Er war aus dem Wagen gesprungen, als würde er einem lang vermissten Freund hinterherjagen – die Arme weit ausgebreitet –, und direkt auf die Treppe zugelaufen, die zur Veranda dieses überdimensionalen Hauses führte. Er war wie ein Verrückter umhergeirrt, bevor er die Nummer auf dem *Zu-verkaufen*-Schild vor dem Haus angerufen hatte.

Er hatte herausgefunden, dass das Haus einst zum Abriss freigegeben und dann komplett restauriert worden war.

Etwas an dieser Tatsache schien Ash zu gefallen. Er behauptete, das Haus hätte nach ihm gerufen und dies sei der Grund, warum er es gefunden hatte – oder so etwas in der Art von *psychopathischem* Gebrabbel. Vier Stunden später hatte Ash das Geld übergeben, um das Haus zu erwerben.

Seiner Ansicht nach würden wir künftig ohnehin viel Zeit in Savannah verbringen, weil Baz nicht von Shea, Kallie und dem Baby getrennt sein wollte. Das Haus wäre also schlichtweg eine *Notwendigkeit*.

Natürlich hatte er noch jede Menge Papierkram zu erledigen, aber da das Haus unbewohnt und bereits möbliert war, hatte er es auf unbekannte Weise geschafft, dem Verkäufer die Schlüssel abzuluchsen.

Der Kerl hatte Talent, das war sicher.

»Mir wird schwindelig, Mann«, fuhr er fort, während er auf der Couch saß, seinen Bass auf dem Schoß balancierte und mit dem Gesicht zur Decke blickte. Auch er suchte nach dem Gefühl, das keiner von uns zu finden schien.

»Tut mir leid«, murmelte ich und zwang mich zurück zu

meiner Gitarre. Ich hatte meinen Sessel dicht an den Couchtisch geschoben und mein Notizbuch weit geöffnet.

Leere Seiten.

Kaum überraschend.

Ich hielt meine schwarze E-Gitarre in der Hand. Schließlich war sie mein Baby. Mein Liebling. Meine ständige Begleiterin. Sie war ein wenig ramponiert, abgenutzt von unseren Touren, als hätte sie in den vergangenen sechs Jahren ein ganzes Menschenleben hinter sich gebracht – voller Städte, Shows und vergesslicher Gesichter.

Ganz ähnlich wie ich.

Ash richtete seine Aufmerksamkeit auf mich. Seine blauen Augen sprudelten vor Aufregung, als wäre er plötzlich von einer Quelle der Inspiration überflutet worden.

»Verdammt, ja! Ich hab's. Ich weiß genau, was fehlt. Es ist die *Atmosphäre*, Mann. Dieses alte Haus ist seit Jahren unbewohnt. Wir müssen ihm etwas Leben einhauchen. Einen Herzschlag. Lasst es uns taufen – mit der besten Party, die diese Stadt je gesehen hat! Ich meine, eine echte, legendäre Party. Die Art, die in die Rock 'n' Roll-Geschichte eingehen wird. Wir werden diesen alten Mauern zeigen, wie sich Musik wirklich anfühlt. Dann werden die Songs nur so aus uns heraussprudeln.«

Von wegen Inspiration.

Ash war einfach nur Ash.

Ich stieß einen Seufzer aus und widerstand dem Drang, mit den Augen zu rollen wie ein dreizehnjähriges Mädchen. Wenn man berücksichtigte, dass Ash sich wie ein Kind verhielt, hätte er es verdient. Das Problem war nur, dass ich normalerweise der Erste war, der sich auf seine Mätzchen einließ. Aber seit der Sekunde, in der ich zurückgekommen war, hatte ich einfach keine Lust mehr.

»Oder vielleicht liegt es auch daran, dass du hier mit deiner

Negativität hereingestürmt bist«, warf er mir vor und sah aus, als wollte er schmollen, weil ich ihm in die verdammte Parade gefahren war, in der er immer mitzumarschieren schien.

»Wer hat dir in die Suppe gespuckt, hm?« Er beäugte mich über die Flasche hinweg, während er einen langen Zug nahm und seine Augen spekulativ zusammenkniff. »Hast du es gestern Abend nicht mit den beiden Tussis zurückgeschafft? Denn das sah so aus, als wären sie ganz nach deinem Geschmack.«

Ich warf ihm einen finsteren Blick zu. »Hast du uns nicht zusammen gehen sehen?«

Ein Grinsen, das komplett auf meine Kosten ging, breitete sich auf seinem Gesicht aus. »Hey, Mann, ein Mädchen kann immer zur Vernunft kommen.«

»Glaub mir, die beiden hatten keine Vernunft, zu der sie hätten zurückkommen können.«

»Hmmm«, sinnierte er, als wollte er dieser Logik offensichtlich nicht widersprechen. Er nahm noch einen Schluck, bevor er die Flasche in meine Richtung neigte, als würden wir *Lasst uns Lyriks mieser Laune auf den Grund gehen* spielen. »Hast du ihn nicht hochgekriegt?«

»Fick dich, Mann!« Das war verdammt beleidigend. Und nicht einmal annähernd das Problem. Der kranke Teil daran war, dass das Blut schwallweise gen Süden floss, wenn ich an Red dachte. Wenn ich mir vorstellte, wie ich das sexy Tattoo, das die gesamte Außenseite ihres linken Oberschenkels bedeckte, mit meinen Fingern nachzeichnete. Das Wasser lief mir im Mund zusammen, wenn ich gedanklich dazu überging, das Gleiche mit meiner Zunge zu tun.

Das Tattoo – der leuchtend rote Apfel mit der sich darum windenden Schlange – hatte etwas an sich, das mich dazu brachte, tief in dieses Mädchen eintauchen und all ihre Geheimnisse ergründen zu wollen.

Ich wollte mich mit ihr *schmutzig* machen.

Verdammt!

Ash setzte ein siegessicheres Lächeln auf. »Ah, Mann, es geht also um meine Tam-Tam.«

Volltreffer.

Aber *seine* Tam-Tam?

Ich konnte meinen finsteren Blick nicht unterdrücken.

Als er meinen Gesichtsausdruck bemerkte, kreischte das Arschloch wie eine Todesfee; sein Lachen prallte an den Wänden ab und er schlug sich auf die Knie. Er bekam nicht mal genug Luft, um zu sprechen.

»Das – heilige Scheiße – war *legendär*. Das könnte ich nicht übertreffen, auch wenn ich es versuchen würde. Gott, ich glaube, ich habe mich gestern Abend ein bisschen in sie verliebt. Gibt es außer ihr jemanden, der mutig genug wäre, so etwas mit einem Typen wie dir zu machen? Ein Traum. Und heißer als Feuer.«

Ich knirschte mit den Zähnen, als ich auch nur an sie dachte.

Und am liebsten wäre ich ihm an die Gurgel gegangen.

Ich konnte immer noch nicht glauben, dass sie meinen Drink mit Pfeffer und Tabasco versetzt hatte. Zuerst hatte ich gedacht, sie würde endlich mitspielen, aber in Wirklichkeit hatte sie einen Krieg angezettelt. Die Wahrheit war, dass es nicht meine Absicht gewesen war, die Mädchen mit nach Hause zu nehmen.

Nicht, dass ich *Red* etwas schuldig wäre.

Ich würde keinem Mädchen etwas schulden. Nie wieder.

Aber meine Gedanken waren zu sehr mit ihr beschäftigt. Meine Haut juckte noch immer. Lust pulsierte in meinen Adern und ich hatte das enorme Bedürfnis, mich in all dem Fleisch und der Verlockung zu verlieren – in ihren Augen, die

die Farbe des Himmels hatten, in ihrem Körper, der direkt aus der Hölle entsprungen zu sein schien.

Versuchung.

Ich hatte sie nicht mehr so stark gespürt, seit ich in jener Nacht nachgegeben und alles verloren hatte.

Ash zwinkerte mir zu. »Ich hätte wissen müssen, dass du gestern Abend nichts Gutes im Schilde geführt hast, als du behauptet hast, pinkeln zu müssen und erst nach zwanzig Minuten zurückgekommen bist. Du hast es nicht anders gewollt. Hat dich das Mädchen nicht schon oft genug abblitzen lassen? Jetzt mal im Ernst, dein Ego muss doch verletzt sein. Wann hat *der* Lyrik West zum letzten Mal das Wort *Nein* gehört?«

»Ich habe keine Probleme mit meinem Ego.«

Zumindest, wenn ich es mit der Größe seines Egos verglich.

»Und ich habe erst vorhin mit ihr geredet.«

Der Ausdruck in seinem Gesicht sprach Bände. *Willst du mich verarschen? Vergiss nicht, mit wem du sprichst!*

Ich würde mir gern eingestehen, dass ich eine Grenze überschritten hatte, als ich diese köstlichen Finger in meinen Mund genommen und die Hitze ihrer Hand an meinen harten Körper gepresst hatte. Als ich mich gefragt hatte, wie weit sie mich gehen lassen würde. Es war wirklich eine Verzweiflungstat gewesen, als ich sie angefleht hatte, uns aus dieser Misere zu befreien. Denn offen gesagt war ich bereit, dieses Mädchen aus meinem Verstand zu verbannen, bevor sie mich um ebendiesen brachte.

Das war ein Teil des Problems. Egal, wie oft ich sie darum bat – sie sagte einfach nicht Nein. Es war, als gefiele ihr die Verfolgungsjagd.

Aber nach diesem Drink war es die logische Rache gewesen, die beiden Mädels mit nach Hause zu nehmen. Und dieser Morgen war die perfekte Gelegenheit gewesen, dem

Ganzen noch eins draufzusetzen. Um zu betonen, dass sie diejenige war, die darunter zu leiden hatte, dass sie der Anziehung, die zwischen uns loderte, auswich.

Ich würde einfach weitermachen.

Business as usual.

Nur hatte die Nacht mit den beiden Mädchen nicht dazu beigetragen, das Feuer in mir zu löschen.

Tamar allein hatte die Macht, das zu tun.

Ash gluckste und schüttelte den Kopf. »Was hast du auch gemacht, Mann – warst erst mit ihr auf der Toilette und hast dich dann von diesen Mädchen besteigen lassen? Ich an ihrer Stelle hätte mich auch an deinem Getränk zu schaffen gemacht. Dieser Scheiß ist nicht cool. Wir reden hier von Tam-Tam. Nicht von irgendeiner Tussi, die du nie wieder sehen wirst. Wo hast du nur deinen Kopf, Mann? Sie gehört zur Familie.«

Familie? Ich hatte alles an Familie, was ich benötigte.

»Vielleicht habe ich ja etwas gesagt, was sie nicht hören wollte.«

»Und du hieltest es für klug, dich sofort an Candi und Bambi heranzumachen?«

Ich hob eine Braue. »Oh, so hießen sie also?«

»Alter, du bist ein echtes Arschloch.«

»Wer war ihre Freundin?«, fragte ich herausfordernd, während sich ein einseitiges Grinsen in mein Gesicht schlich.

Ertappt lachte er. »Keine Ahnung, Mann. Gleich und gleich gesellt sich gern, und so weiter. Weißt du denn gar nichts?«

Offensichtlich tat ich das nicht.

Ich hatte geglaubt, alles im Griff und meinen Scheiß unter Kontrolle zu haben. Aber wenn es um Tamar ging, schien ich langsam aber sicher den Verstand zu verlieren.

Es war unbeschreiblich – dieses wahnsinnige, kribbelnde Gefühl von Macht, Ego und Stolz, das sich in meiner Brust festgesetzt hatte, als ich heute Morgen genau im richtigen Moment *ihre* Tür klappern gehört hatte. Es hatte sich angefühlt, als hätte ich eine unbekannte Heldentat vollbracht, als dieser Feuerball abrupt an ihrer Tür innegehalten hatte, weil ich im selben Moment die beiden Blondinen aus meiner Tür geschoben hatte.

Ja, ich hatte gewusst, dass sie nebenan wohnte, als ich die Wohnung gemietet hatte. Na und?

Aber natürlich war ich der Leidtragende gewesen, als sie herausgestolpert war – halb nackt und mit einem wilden Haardurcheinander auf dem Kopf.

Heilige Scheiße, das Mädchen hatte den straffsten Körper, den ich je gesehen hatte. Mit ihren üppigen Titten und ihrem knackigen Arsch würde diese kurvenreiche, kleine Granate perfekt in meine gierigen Hände passen.

Aber das war nicht das, was mich sprachlos gemacht hatte.

Ich hatte sie vorher noch nie nackt gesehen. Ohne das Make-up, von dem ich nicht gewusst hatte, wie sehr es ihr Aussehen verändern konnte.

Es war wie ein Schlag in die Magengrube gewesen, als ich herausgefunden hatte, wie umwerfend dieses Mädchen wirklich war – so natürlich und sanft, entblößt auf eine Art und Weise, von der ich bezweifelte, dass viele sie zu Gesicht bekamen. Ihre blauen Augen waren groß vor Schock und brutaler Ehrlichkeit gewesen, und für einen kurzen Moment war darin etwas aufgeleuchtet, das nach Unschuld ausgesehen hatte.

Das war eine Beschreibung, die ich nie zuvor mit *Red* in Verbindung gebracht hätte.

Unschuldig.

Ein *Engel*.

Der Gedanke war mir durch den Kopf geschossen und hatte mich sprachlos gemacht.

Dann hatte ich es gesagt, nur ein weiterer Seitenhieb, der auf den Punkt hatte bringen sollen, was ich wollte.

Ich mochte es, mich schmutzig zu machen – und ich wollte es mit *ihr* tun.

Aber verdammt, ich war mir nicht sicher, ob ich jemals den entsetzten Gesichtsausdruck vergessen würde, der all die grimmige Intensität, die sie normalerweise ausstrahlte, unterdrückt und mit etwas ganz anderem ersetzt hatte.

Es war, als wäre ich überrollt worden.

Von einer Welle nach der anderen.

Schmerz.

Scham.

Was mich am meisten beunruhigte, war, dass ich glaubte, etwas gesehen zu haben, was mich an Angst erinnert hatte.

Ash spielte ein paar Töne. »Dachtest du wirklich, dass du sie nicht verärgern würdest, wenn du dich mit diesen Mädchen einlässt, nachdem du dich ihr kurz zuvor angeboten hast?«

»Darum ging es ja.«

Aber Gott, ich fühlte mich ... schlecht.

»Du liebst es einfach, dich mit ihr anzulegen. Ist dir klar, dass du das schon seit jenem ersten Abend im *Charlie's* machst? Eines Tages wirst du es bereuen.«

Reue. Gewissensbisse. Das waren Gefühle, die ich mir nicht zu fühlen erlaubte. Nicht mehr. Sie machten einen lediglich anfällig für alle möglichen Arten von Bullshit und Leid.

Scheiße!

Ich fuhr durch mein Haar, riss dabei an den längeren Strähnen und legte dann die Hände in den Nacken.

Ich wusste nicht, was ich verbrochen hatte. Aber was auch immer es gewesen war – es war verdammt falsch.

Und da war es.

Reue.

Gewissensbisse.

Schwere, unangenehme Gefühle, die meine Brust wie eine eiserne Faust umklammerten.

Ich mochte diese Gefühle nicht.

Ganz und gar nicht.

Aber wenn es um sie ging, war es irgendwie anders.

»Bist du wirklich sauer auf sie wegen des Drinks? Das war echt der Hammer, Mann.«

Ein bitteres, verwirrtes Lachen entwich mir. »Ich weiß es nicht. Sie hat einfach …« Ich verstummte, weil ich nicht wusste, wie ich es einordnen sollte.

Die Belustigung verließ Ash und eine Anspannung, die ich nicht gewohnt war, erfüllte die Luft.

Genau das war der Grund, warum ich versuchte, mich von diesem ganzen Scheiß fernzuhalten.

Meine Schultern hoben sich in meiner Verwirrung bis zu meinen Ohren. »Ich habe heute Morgen etwas wirklich Beschissenes zu ihr gesagt. Und sie verletzt. Das habe ich in dem Moment gemerkt, als ich es gesagt habe. Sie ist vollkommen ausgeflippt und abgehauen.«

Was mich am meisten erschreckte, war, dass ich den überwältigenden Drang verspürt hatte, ihr nachzulaufen und sie zu küssen. Aber sie zu küssen, war keine Option. Zu intim.

Aber vielleicht hätte es gereicht, das zu erwärmen, was kalt geworden war – wie Schnee oder gefrorener Regen.

Die Hitze, die immer zwischen uns gebrodelt hatte, war verdampft und hatte sich in weniger als einem Wimpernschlag in messerscharfe Eissplitter verwandelt. Also hatte ich stattdessen ein Loch in meine Tür geschlagen. Meine pochende Hand war nichts weniger als ein wirksames Ventil für diese wahnhafte, gefährliche Impulsivität.

»Du … hast ihre Gefühle verletzt?«, fragte Ash so langsam, als würde er versuchen, die Details der schwierigsten Gleichung zu entschlüsseln. Denn sich Sorgen um eine Tussi zu machen – und darüber, ihre Gefühle zu verletzen –, war für uns alle Neuland.

Ich stieß einen Seufzer aus.

Warum zum Teufel hatte ich mich in dieses Gespräch verwickeln lassen? Aber das war Ashs Art. Er könnte nicht einmal ein ernstes Gesicht bewahren, wenn es um sein Leben ginge. Er lächelte immer. Er lebte das Leben. Aber er verstand Sachen, die sonst niemand verstand, und er wusste Dinge, die niemand sonst wusste.

Er atmete durch die Nase aus und zog die Augenbrauen fassungslos zusammen. »Magst du sie?«

»Nein«, antwortete ich schneller, als mein Verstand es verarbeiten konnte. Aber mein Herz hatte hinreichend Zeit.

Gott, ich wollte sie hassen – zumindest diese kranke, verdrehte Seite in mir, die sie dafür bezahlen lassen wollte, dass sie die Fähigkeit hatte, mich so zu beeinflussen.

Die mich dazu brachte, sie zu wollen, zu begehren und zu hinterfragen.

Aber ob ich sie mochte?

Sie zu mögen, wäre etwas zu heftig angesichts dessen, was erlaubt war.

»Heilige Scheiße!« Ash gluckste leise. »Du *magst* sie.«

Ich hob den Blick und stoppte das Fortschreiten des Lachens, das sich über sein ganzes Gesicht ausbreitete und Grübchen in seine Wangen und sein Kinn zauberte.

Lass es!

Es war eine stille Warnung.

Er wusste es verdammt noch mal besser.

Diesmal schnaubte er enttäuscht, strich ein paar Haarsträhnen aus seiner Stirn und starrte zwei Sekunden lang die Wand an, bevor er sich mit zur Seite geneigtem Kopf wieder mir zuwandte. »Wann lässt du endlich los, Mann? Wirst du für immer daran festhalten, es in dir schmoren und faulen lassen, bis nichts mehr von dir übrig ist?«

Ich schluckte schwer.

Er tippte mit dem Finger auf mein Notizbuch. »Denkst du, ich weiß nicht, was in den Liedern, die du für uns schreibst, zum Ausdruck kommt, Lyrik? In deinen Worten? Glaubst du, ich kann den Schmerz nicht hören? Er wird dich ruinieren.«

Zu spät.

»Du hast einen Fehler gemacht«, fuhr er fort, als ich nicht antwortete.

Ein Strudel der Wut wirbelte durch meine Eingeweide, meine Stimme wurde hart und hasserfüllt. »Einen Fehler? Ein Fehler ist es, zu vergessen, die Handyrechnung zu bezahlen. Während eines Auftritts an den Bünden der Gitarre herumzupfuschen. Jemandem eine Delle ins Auto zu fahren und es ihm nicht zu sagen. Was ich getan habe, das war kein *Fehler*.«

Es war böse.

Unmenschlich.

Unverzeihlich.

Ein düsteres Lächeln breitete sich auf seinem Gesicht aus, während ich mich unbehaglich wand.

Ich beobachtete, wie Ashs Kehlkopf wippte, als er zu sprechen begann. »Weißt du, jedem Mann wird mindestens einmal das Herz gebrochen. Wir alle erleben diesen entscheidenden Moment, in dem wir feststellen, dass die Welt wirklich beschissen ist. Dass sie uns immer mehr nimmt, als sie uns gibt. Vielleicht ist es der Vater eines Kindes, der diesem das Herz bricht, wenn er mit fliegenden Fäusten auf ihn losgeht oder auf dessen Mutter einprügelt. Vielleicht ist es der Tag, an dem der Hund, den ein Mensch sein ganzes Leben lang hatte, stirbt. Vielleicht ist es der Tag, an dem das Mädchen, für das ein

Typ sich das Herz herausgeschnitten hätte, stattdessen darauf herumtrampelt.«

Seine eigene Reue machte sich in seinem Gesichtsausdruck bemerkbar und sein Unterkiefer verkrampfte sich. »Die meisten von uns brechen sich einfach selbst das verdammte Herz.«

Das wussten wir beide.

»Du weißt so gut wie ich, dass sich die Vergangenheit nicht ungeschehen machen lässt. Vielleicht ist es an der Zeit, dass du damit abschließt. Denn du machst niemandem etwas vor.«

Damit abschließen?

Ash wusste es besser, als das vorzuschlagen.

Es gab kein verdammtes Abschließen.

Ich würde nicht nach vorn blicken.

Denn ich steckte an jenem Tag fest – stagnierend und schal.

Dort würde ich für immer bleiben.

Abweisend schüttelte ich den Kopf, denn darüber würde ich nicht sprechen. »Das ist es nicht. Ich fühle mich einfach nur ... mies.«

Seltsam. Anders. Unruhig.

Er schüttelte den Kopf. »Wie du meinst, Mann.«

Ich faltete die Hände zwischen den Knien. »Was soll ich tun?«

Er schnaubte, als wäre es offensichtlich. »Vielleicht fängst du damit an, dich zu entschuldigen.«

Richtig.

Mich *entschuldigen.*

Vermutlich tat es mir sogar wirklich leid.

Ash rückte den Bass auf seinem Schoß zurecht. »Wollen wir jetzt loslegen oder werden wir den ganzen Tag herumsitzen und uns wie Weicheier aufführen?«

»Legen wir los!«

Denn diese Band war der Grund dafür, dass ich lebte. Schließlich hatte ich hierfür meine Seele verkauft.

5

TAMAR

Ein leichter Schweissfilm bildete sich in meinem Nacken. Mein Haar hatte ich mit einem roten Bandana zusammengefasst, denn der schwüle Sommer hatte auch Savannah erobert. Vögel zwitscherten in den Bäumen, und die leichte Brise, die durch die Äste wehte, war die einzige Erleichterung in der erdrückenden Hitze. Die Sonnenstrahlen zeichneten Muster auf den Boden und glitzerten durch die Blätter wie ein Kaleidoskop.

Ich bog um die Ecke und machte mich auf den Weg zurück zu meiner Wohnung, wobei mich ein unruhiges, nervöses Gefühl beschlich, je näher ich kam.

Ich wusste, was ich vorfinden würde.

Natürlich war es da.

Das bedrohlich aussehende Motorrad, das am Bordstein vor unserem Haus stand. Es spielte keine Rolle, wie oft ich es dort entdeckte. Es schaffte es jedes Mal, mir den Atem zu rauben und mich mit Zögern und Angst zu erfüllen, mit einem zittrigen und aufgeregten Gefühl, das durch meine Adern pulsierte.

Mit diesem Nervenkitzel, den ich so sehr fürchtete.

Die letzten anderthalb Wochen waren eine Übung darin gewesen, ihm aus dem Weg zu gehen wie die Pest.

Denn keine Frage – der Junge war eine Krankheit.

Eine Krankheit, die sich langsam einschlich und schnell ausbreitete.

Nein, ich war nicht stolz darauf, dass ich ihn die meiste Zeit wie eine gestörte Stalkerin durch meine Jalousien beobachtete. Ich konnte mich einfach nicht zurückhalten.

Ich hatte diesen kranken Zwang, ihm zuzusehen, wenn er in seiner berüchtigten Rockstar-Pracht aus der Tür kam. Jedes Mal, wenn ich einen Blick auf sein dunkles, wildes Haar erhaschte, auf seine großen Hände, seinen kräftigen Körper und seinen markanten Unterkiefer, raubte er mir erneut den Atem.

Noch schwieriger war es, stoisch so zu tun, als gäbe es ihn nicht, wenn er in die Bar kam. Ich gab nur ungern zu, dass ich mich darüber ärgerte, dass er sich ebenfalls entschieden hatte, so zu tun, als würde ich nicht existieren. Er respektierte meinen Wunsch, in Ruhe gelassen zu werden.

Schließlich war es das, was ich gewollt hatte.

Bis ich es nicht mehr gewollt hatte.

Denn am schlimmsten war die Zeit, in der ich auf dem Boden meines Wohnzimmers saß, meinen Rücken gegen die Wohnungstür gepresst.

Dann verlor ich mich in seiner tiefen, eindringlichen Stimme.

Sie trieb in der dicken Luft, als wäre die Traurigkeit, die sie enthielt, lebendig, und glitt in den tiefsten, einsamsten Stunden der Nacht durch die Ritzen seiner Wohnung in meine.

Es war, als weinten Stimme und Gitarrenklänge um die Wette, während sich diese Schwaden wie Bänder seiner Traurigkeit um mich legten. Jedes Mal spielte er dasselbe Lied. Es war ein Lied, das ich noch nie zuvor gehört hatte, außer durch die Wände seiner Wohnung. Der Text war gedämpft und undeutlich, aber die Botschaft war klar.

Kummer.

In diesen wenigen törichten Momenten wagte ich den Gedanken, dass wir Gefährten für die Leere des anderen werden und den schrecklichen, hohlen Raum im jeweils anderen ausfüllen könnten. Als würden wir irgendwie zusammenpassen.

Denn die Angst in seiner Stimme versprach, dass er genauso leer war wie ich.

Diese Leere zeigte sich auch in den Momenten, in denen ich ihn dabei erwischte, wie er mich beobachtete. In den Momenten, in denen die Intensität in seinen dunklen, rätselhaften Augen etwas Bedauerndes und Reales ausstrahlte. Aber sie war weg, bevor ich sie beim Namen nennen konnte.

Wie ich schon sagte, töricht.

Ich schüttelte die Gedanken ab, ergriff das Geländer und joggte die Treppe hinauf.

Ein lautes Klappern aus seiner Wohnung bremste meinen Aufstieg.

»Scheiße, scheiße, scheiße!«, fluchte er in plötzlicher Panik; seine unverwechselbare Stimme kam aus dem offenen Fenster.

Vorsichtig schob ich mich eine weitere Stufe nach oben und dann noch eine.

Mein Herz klopfte wie verrückt, als ich auf dem Treppenabsatz unterhalb seiner Wohnung ankam, und ich keuchte auf, als seine Tür plötzlich aufflog. Eine Rauchwolke quoll heraus.

»Scheiße«, sagte er wieder, dieses Mal in der weit offenstehenden Tür. Dann verschwand er erneut, ohne meine Anwesenheit zu bemerken.

Ohne mich aufhalten zu können, bewegte ich mich vorwärts.

Die zerbrochenen Teile in mir kämpften darum, sich zu befreien und das naive, unwissende, von Neugier getriebene Mädchen in die Welt zu lassen.

Und das war die Wurzel allen Übels, weshalb ich wusste, dass ich mich fernhalten sollte.

Lyrik West drohte, dieses Mädchen zurück ins Leben zu holen.

»Verdammt noch mal«, hörte ich ihn murmeln.

Ein weiterer Schauer des Unbehagens vermischte sich mit dem Anflug von Interesse.

Das Summen vor dem Blitzschlag.

Zögernd atmete ich ein und hielt dann den Atem an, während ich mich auf Zehenspitzen vorwärts bewegte.

Angezogen.

Wie eine dieser dümmlichen Schauspielerinnen in einem Horrorfilm, von der man wusste, dass sie direkt in eine Falle lief.

Der Typ ist bekannt – das unsinnige Mädchen läuft die Treppe hinauf, wo es offensichtlich keine Chance zur Flucht gibt, stolpert und fällt in der Sekunde auf die Nase, bevor ihr ein Messer ins Herz gestoßen wird.

Ja. Sie.

So unüberlegt und vorhersehbar. Und doch war ich hier und kam immer näher.

Diese Anziehungskraft.

Wie war es möglich, dass dieser Mann mich so in seinen Bann zog? Aber genau das tat er. Als wären unsichtbare Fäden an den falschen Stellen meines Herzens, meines Verstands und meines Geists befestigt. Als zerrten und zögen diese verruchten Augen an mir, bis ich hilflos vor ihm stand.

Lauf!

Aber ich realisierte, dass ich das nicht konnte.

Ich stand vor seiner offenen Tür. Und genau wie das unwissende Mädchen im Film trat ich wie benommen vor.

Meine Augen weiteten sich, als ich seine Wohnung musterte, die aussah, als wäre der tasmanische Teufel durch sie gewirbelt.

Rauch quoll aus dem Ofen und Lyrik warf Topflappen neben einen verbrannten Kuchen, den er herausgerissen und auf die Herdplatte geworfen hatte.

»Was ist passiert?« Die besorgten Worte, die ich nicht hätte aussprechen sollen, waren schneller gesagt, als ich sie stoppen konnte, und Lyriks Aufmerksamkeit fiel auf mich.

Er trug kein Shirt.

Natürlich nicht.

Hätte ich überhaupt hoffen sollen, dass es anders war?

Das Traurige daran war, dass ich die Antwort darauf nicht kannte.

Er kam näher und ging zurück zu einem kleinen runden Tisch, auf dem ein weiterer Kuchen auf einer Platte lag.

Mein Blick fiel auf einen Klecks Schokoglasur auf seinen markanten Wangenknochen und dann auf den Fleck auf seiner Schulter, mit der er offensichtlich versucht hatte, die Wange abzuwischen, ohne die Hände zu benutzen.

Ich verspürte den überwältigenden Drang, daran zu lecken – und stieß tausend stumme Flüche aus.

Seine dunklen Augen verengten sich, dann glitzerten sie schalkhaft.

Ich spürte ihren Funken von der anderen Seite des Raums.

»Oh, ich glaube, die bessere Frage wäre, was zum Teufel du hier machst? Nicht wahr, Red? Schließlich stehst du uneingeladen in meiner Wohnung und siehst dabei aus wie das Pin-up-Girl aus meiner Lieblingsfantasie.«

Er klang so, als wüsste er nicht, ob er wütend oder amüsiert sein sollte.

Ich warf einen Blick auf meine Kleidung, auf meine ärmellose, geblümte Bluse, die knapp unter meinen Brüsten zugeschnürt war und einen dicken Streifen meines Bauchs zum Besten gab, auf die kurzen weiten Shorts und meine schmalen weißen Schuhe.

»Es ist heiß draußen«, murmelte ich fast unverständlich, schließlich hatte er mich völlig überrumpelt.

»Offensichtlich ein bisschen zu heiß«, antwortete er gerade so laut, dass ich es hören konnte.

Er wandte sich wieder der hohen Kristallkuchenplatte zu und widmete sich dem weißen Spritzbeutel mit Wirbel-Tülle in seinen tätowierten Händen. Er beugte sich vor und streckte seine Zunge konzentriert zur Seite, während er eine weitere Blume aufsetzte.

Okay, vielleicht war ich nicht in einem Horrorfilm gelandet.

Ich war direkt in der Twilight-Zone angekommen.

Ich riss meinen Blick von ihm los und überprüfte kurz die sonst so makellose Wohnung. Die schicken Möbel waren mit Seidenpapier und Schleifenband bedeckt. Kisten lagen umgedreht auf der Seite, Einkaufstüten mit Stoffen, Garn und Nähzubehör waren auf der Couch und den Sesseln ausgekippt.

Sein Anzug für den Hochzeitstag hing in einem Plastikkleidersack über den Flügeltüren.

Mein fassungsloser Blick wanderte weiter in die Küche, wo alle Schranktüren offen standen, alle Werkzeuge und Kleingeräte auf den Arbeitsflächen herumlagen und die Spüle vor schmutzigem Geschirr überquoll.

»Ernsthaft ... was in Gottes Namen machst du da?«

Vielleicht war ich dieses Mal tatsächlich um seinen Verstand besorgt, denn ich war mir sicher, dass dieser Rockstar völlig durchgedreht war.

»Wonach sieht es denn aus?«

»Es sieht so aus, als würdest du Kuchen backen.«

»Als hätte ich einen Kuchen gebacken«, korrigierte er mit einem Schulterzucken. »Jetzt dekoriere ich ihn.«

»Und ... warum sollte das so sein?«

»Was, sehe ich etwa nicht aus wie das Knack&Back-Teigmännchen, Dr. Oetker oder Paul Hollywood?«

Eine Strähne seines seidigen Haars fiel über eines seiner Augen, als er den Kopf neigte und sein zu hübsches Gesicht ganz auf die bevorstehende Aufgabe konzentrierte.

Ich lachte.

Verdammt!

Ich lachte.

Er hatte recht. Er hatte die bessere Frage gestellt. Was zum Teufel machte ich hier?

Eine Million Warnglocken schrillten in meinem Kopf, aber trotzdem ging ich noch einen Schritt weiter in seine Wohnung, wobei meine Worte eine gezwungene Leichtigkeit enthielten. »Äh ... nein. Nicht einmal ein bisschen. Sollte ich mir Sorgen machen? Jemanden anrufen? Ich mache mir Gedanken um deine Sicherheit. Du hättest das Haus niederbrennen können.«

Er gluckste leise und ich beobachtete, wie sich seine Augenbraue, die immer noch auf Höhe des Kuchens war, leicht hob.

»Du bist um meine Sicherheit besorgt, was? Ich dachte, es würde dir nichts ausmachen, wenn hier alles in Flammen aufginge ... mich eingeschlossen.« Er zupfte mit den Zähnen an seiner dicken Unterlippe. »Ich wette, du wärst ganz vorn dabei, um das Streichholz anzuzünden.«

»Ich mag meine Wohnung, also wäre ich überhaupt nicht glücklich, wenn *alles* in Flammen aufginge.«

Ich spürte, wie sich ein Lächeln auf mein Gesicht legte.

Verdammt! Verdammt! Verdammt!

Jetzt machte ich auch noch Witze mit ihm.

Das Grinsen, das er so gern zeigte, zupfte an einer Seite seines Munds, bevor sich etwas in seinen tiefschwarzen Augen abzeichnete. Wie die Dämmerung, die die Welt in Dunkelheit hüllte.

Er legte den Beutel beiseite und atmete tief durch, während er die Hände auf beiden Seiten des Kuchens flach auf den Tisch drückte.

»Hör zu ... Ich muss dir etwas sagen.«

Unbehaglich schluckte ich. »Ja?«

»Ja.« Er senkte den Blick und atmete erneut durch. »Ich ... äh ... verdammt!«

Ein raues Lachen entwich ihm. Ein Lachen, das von purem Unglauben erfüllt war. Offensichtlich war es an ihn selbst gerichtet.

Er wippte so weit zurück, dass er seine nackten Füße zwischen seinen ausgestreckten Armen betrachten konnte. Die lebhaften Tintenmuster tanzten auf den kräuselnden Muskeln seines Rückens, seines Oberkörpers und seiner Arme.

»Ich mache so etwas nicht«, sagte er schließlich.

Ich verschränkte die Arme vor der Brust und hob in derselben Sekunde mein Kinn.

Ich suchte nach dem Schutzschild.

»Was machst du nicht?«

Er sah auf und umklammerte die Tischkante. Die Luft war geladen, als er mich mit seinem unerschütterlichen Blick fixierte.

»Ich kümmere mich nicht.«

Seine Worte trafen mich wie ein Elektroschocker. Mein Puls raste wie wild und Adrenalin strömte durch meine Adern.

War er überhaupt fähig, sich zu kümmern?

Meine Gedanken wanderten zu dem Lied.

Zu seiner Stimme.

Zu den ungreifbaren Worten, die von Trauer geschrieben waren.

Wie könnte er nicht dazu in der Lage sein?

Er richtete sich auf und strich mit der Hand durch sein Haar. Dann warf er einen Blick zur Seite, bevor er zögernd zu mir zurücksah.

»Normalerweise mache ich mir nicht viele Gedanken über irgendetwas.« Er runzelte die Stirn. »Die Dinge, die ich sage? Die Dinge, die ich tue? Ich denke nicht darüber nach. Und die Mädchen um mich herum sind normalerweise einverstanden. Sie stellen keine Fragen. Und ich habe mich geirrt, als ich dachte, dass das auch auf dich zutrifft.«

»Du dachtest also, ich sei simpel?« Ich zwang mich zu einer scherzhaften Antwort, um mein Unbehagen zu zügeln.

Er grinste verschämt. »Tut das nicht jeder?«

»Wow ... du bist wirklich ein Charmeur.«

Er schnaubte verdutzt, stemmte die Hände in seine schmale Taille und blickte kopfschüttelnd zur Decke. Schließlich ließ er seinen fragenden Blick wieder auf mich fallen.

»Aber ich glaube langsam, dass nichts an dir simpel ist, Red. Und was auch immer ich neulich Morgen gesagt habe ...«

Unbehaglich deutete er hinter mich auf den Flur zwischen unseren Türen und ich gab mir Mühe, nicht zu zeigen, wie verletzlich ich in diesem Moment war.

Ich versuchte, die Mauern aufrechtzuerhalten.

»Es tut mir verdammt leid. Ich wollte dich nicht verletzen, und ich habe gesehen, dass ich genau das getan habe. Gott ... du willst gar nicht wissen, wie wenig ich mich darum kümmern will, dass ich dich verletzt habe. Aber ich tue es.«

Sein Geständnis war wie ein Pflock in meinem Herzen.

Könnten wir einander wirklich so ähnlich sein?

»Ich weiß nicht, ob ich das als Kompliment oder als Beleidigung auffassen soll.« Mein Versuch, einen Scherz zu machen, fiel flach, die Worte waren ebenso fadenscheinig wie trocken. Ich bemühte mich, auf Distanz zu bleiben, um mich an die zickige Schlampe zu klammern, die sich um nichts scherte.

Ich wollte mich der gleichen Gleichgültigkeit anschließen, die dieser Mann normalerweise an den Tag legte.

Aber in diesem Moment gab er mir *mehr*.

War es das, was ich wollte? War das der Grund, warum meine Haut kribbelte und mein Herz hämmerte, wenn er in der Nähe war?

Gott, das war töricht.

Aber ich wollte ihm das Gleiche geben.

Er schnaubte. »Du kannst die Entschuldigung auffassen, wie du möchtest. Du musst nur wissen, dass so etwas selten vorkommt und es wahrscheinlich nie wieder passieren wird. Aber wir müssen diese Hochzeitssache durchziehen, und ich sehe keinen Sinn darin, dass wir einander dabei umbringen.«

Ich zwang mich zu einem spielerischen Lächeln und tat so, als könnte ich nicht fühlen, wie sich kleine Teile in mir auflösten.

Zerbrachen.

»Bittest du um einen Waffenstillstand?«

»Ich denke schon.«

»Dann tut mir das mit dem Drink leid.«

Er runzelte die Stirn. »Wirklich?«

»Nein.« Ich spürte, wie das Grinsen zurückkam, dieses Mal aufrichtiger. »Ganz und gar nicht. Das war absolut verdient.«

»Wahrscheinlich war es das, hm?«

Sein tödliches Lächeln war ebenfalls zurück und ich zitterte.

Das musste mein Lieblingslächeln sein.

»Du bist eine gefährliche Frau, Tamar King.«

»Nur für diejenigen, die eine Bedrohung darstellen.«

Ich nahm das zerknitterte schwarze T-Shirt, das über der Lehne eines Stuhls hing, und warf es ihm zu. »Hier. Wenn wir Freunde sein wollen, musst du dir ein verdammtes Shirt anziehen.«

Er schnappte es sich aus der Luft. »Weißt du, als ich vorgeschlagen habe, dass wir *Freunde* sein könnten, hatte ich etwas anderes im Sinn. Wie wäre es, wenn du deins ausziehst und wir quitt sind?«

Ich klopfte mit dem Fuß auf den Boden. »Da hat wohl jemand Durst. Soll ich dir noch einen Drink zaubern?«

Er warf den Kopf zurück und lachte.

Der Kummer, den ich nachts hörte, war verschwunden. Ausnahmsweise war sein Gesichtsausdruck völlig sorglos. Er sah mich mit einem Lächeln an, das meine komplizierte kleine Welt zu zerstören drohte.

Denn nur für einen kurzen Moment wollte ich in seine Welt eintauchen.

Ich wollte diese andere Seite von ihm kennenlernen. Die des unwiderstehlichen, knallharten Rockers, der Kuchen backte.

Er zog das T-Shirt über seinen Kopf. Der enge Stoff spannte sich über seinen perfekten Körper und tat nichts anderes, als zu betonen, wie makellos er war.

Er fuhr mit den Händen durch sein zerzaustes Haar und versuchte, es zu bändigen. »Ich glaube, ich bleibe bei meinem üblichen Drink, vielen Dank. Ich bezweifle, dass ich noch mehr Überraschungen von Leuten wie dir will.«

»Ach, komm schon, du bist doch ein großer Junge. Du schaffst das schon.«

Er griff nach dem Spritzbeutel und ich konzentrierte mich auf seine Hände. Eine große rote Rose bedeckte den einen Handrücken und ein Totenkopf den anderen.

Aber es waren die Worte *Sing my soul*, die seine Fingerknöchel zierten, die mich innerlich erschütterten. *Du lässt meine Seele singen.* Ohne Grund oder Zweifel wusste ich, dass dieser schöne Mann aus tiefster Seele sang. Ich wusste, dass hinter der seichten Oberfläche, die er zur Schau stellte, wesentlich mehr steckte.

Wenn ich nur einen Zentimeter tiefer graben könnte, würde ich mich auf einer anderen Ebene befinden. An einem Ort, an dem es Emotionen gab, die das Oberflächliche verdrängten.

»Nein, das bezweifle ich«, sagte er, während er sich wieder an die Arbeit machte. »Es sieht vielleicht nicht so aus, aber ich bin ein Routine-Typ. Derselbe Drink. Dieselben Freunde. Unkomplizierter Sex, Musik schreiben, ins Studio gehen, durch die Gegend touren. Und dann wieder von vorn.«

»Das klingt furchtbar *langweilig*.« Meine Worte trieften vor Sarkasmus, als ich auf den Tisch zuging, um es mir bequem zu machen.

»Klingt dämlich, was? Aber es ist alltäglich. Vorhersehbar.«
Ich warf einen Blick auf den Kuchen, der zwischen uns stand.

»Und das Backen. Du darfst das Backen nicht vergessen.«
Er lachte. »Richtig.«

Dann veränderte sich sein Gesichtsausdruck und er war geradezu sanft, als er mich ansah.

Und wieder wurde diese harte Stelle in mir weicher.

Offensichtlich befand ich mich nach einem perfekten Schwalbensprung nun mitten in einer Abwärtsspirale. Ich tauchte meine Zehen in gefährliches Terrain – in das Reich des Neuen. Für ein paar unwissende Sekunden gab ich mich dem Gefühl hin, frei, ungehemmt und spontan zu sein.

Ich benötigte eine Verschnaufpause und wandte mich von ihm ab, während meine Füße nach sicherem Boden suchten. Ich begann, die im Wohnzimmer verstreuten Sachen zu durchstöbern.

Schließlich waren wir *Freunde*.

»Mal im Ernst, was machst du da, Lyrik?«, fragte ich mit dem Rücken zu ihm. »Ich muss zugeben, dass ich mit etwas anderem gerechnet habe, als ich in deine Wohnung eingebrochen bin.«

Ein dumpfer Seufzer drang durch die Luft und ich konnte die Schwere seines Zögerns spüren. Er sah kaum in meine Richtung, als ich über meine Schulter zu ihm spähte. Er überlegte, was er sagen sollte. »Meine Mutter ...«

Mein Herz verkrampfte sich angesichts des plötzlichen Wechsels in seinem Tonfall. Die unverhohlene Zuneigung, die er ausstrahlte, der liebevolle Ausdruck, der kurz über sein Gesicht huschte, die flüchtige Verletzlichkeit, die dazwischenlag ...

Mit einem verlegenen Lachen senkte er seinen Blick wieder auf den Kuchen. »Mein Gott ... warum erzähle ich dir das?«

Ich merkte, dass ich den Atem anhielt. »Weil ich gefragt habe.«

»Meine Mutter ...« Die Worte kamen nur schwer aus seinem Mund, als er endlich zu sprechen begann. »Sie hat immer gesagt: *Mach es selbst, wenn es von Bedeutung sein soll.*«

Er schüttelte den Kopf und seine Worte klangen angestrengt, als er zugab: »Und ich will, dass es von Bedeutung ist.«

Überrumpelt drehte ich mich zu ihm um. »Ist das für Shea und Sebastian? Für das Probeessen morgen Abend?«

»Ja.«

Das Summen war zurück.

Die Luft war so schwer, dass es wehtat, zu atmen. Meine Brust pochte.

Unfähig, diesen verwirrenden, ärgerlichen, schönen Mann weiter anzusehen, wandte ich mich wieder ab. Ich tat so, als würde ich nicht spüren, wie der Boden unter meinen Füßen bebte.

Aber sie war da – eine Intensität, die den Raum direkt unter meiner Hautoberfläche einnahm.

Bedeutend und beängstigend.

So mächtig und kühn, dass es mich in die Dämmerung trieb.

Als würde ich von der Dunkelheit angezogen, die ihn umgab. Als hätte er die Macht, das Licht zu vertreiben.

Und ich wusste, dass ich meine Sachen packen und gehen sollte. Denn ich konnte nichts besser, als wegzulaufen.

Stattdessen wurde ich tiefer in sein Wohnzimmer gesogen, unfähig, mich loszureißen.

Meine Finger spielten mit dem zugeschnittenen Stoff und ich versuchte, zu verstehen, wo ich da hineingeraten war. Ich versuchte, mir einen Reim auf diesen bedrohlichen, gefährlichen Jungen zu machen, der wollte, dass etwas *Bedeutung hatte.*

Mein Blick fiel auf den grob zusammengenähten Teddybären auf seiner Couch. Ich griff nach ihm.

»Nicht anfassen!«

Die dunkle Verzweiflung in seiner Stimme ließ meine Hand, die bereits um den dünnen Körper geschlungen war, erstarren. Die verschiedenen Teile waren mit buntem Garn zu einem langen, schlaksigen Bären zusammengebunden und - genäht, und zwar auf eine Art und Weise, die zwar gelernt, aber nie perfektioniert worden war.

Ich spürte, wie sich eine tiefe Furche zwischen meinen Brauen auftat, als ich in seine Richtung blickte. Verblüfft hielt ich ihm den Bären entgegen. »Ist der für das Baby? Hast du den gemacht?« Es klang fast wie eine Anschuldigung.

Schmerz flackerte über sein Gesicht, bevor dieses sich verhärtete. »Leg ihn weg!«

Ich schüttelte den Kopf. »Warum?«

Er warf den Beutel mit dem Zuckerguss zur Seite und kam auf mich zugestürmt. »Ich warne dich, Red. Dieser Waffenstillstand geht nur so weit. Ich sagte, du sollst den Bären weglegen.«

Guter Gott! Wer war dieser Typ?

Ich blinzelte und suchte verzweifelt nach meinen Schutzschilden, aber mein Herz hämmerte und das Blut pulsierte in meinen Ohren, als er sich mir näherte – dieser hochgewachsene Junge, der seinen harten, harten Körper an mich presste.

Er löste meine Finger von dem Bären und warf ihn zurück auf die Couch. Mit derselben Bewegung drückte er mich mit dem Rücken gegen die Wand, die Hände über mir, um mich festzuhalten.

»Was glaubst du, was du da tust, *Red*?«

Ich legte den Kopf zurück, um sein Gesicht zu sehen, weil sein unglaublich großer Körper mich überragte.

Ich fühlte mich so winzig unter ihm. Klein und unsicher.

Ängstlich und mutig und verletzlich.

Zum ersten Mal seit einer Ewigkeit wollte ich mich wieder so fühlen.

Ich wollte mich daran erinnern, wie sich das *Leben* anfühlte.

Was immer sich in diesem Jungen verbarg – es zwang mich, ihm zu vertrauen.

Seine dunklen Augen funkelten wie schwarze Diamanten, als könnten sie mein hartes Äußeres durchdringen und das Mädchen finden, das sich darunter versteckte.

Als könnte er die Hand ausstrecken und es *berühren*.

Ich rang nach einer Antwort.

»Ich lerne meinen neuen Freund kennen«, flüsterte ich mit flacher, heiserer Stimme.

Ich sah zu, wie er unschlüssig schwankte, beobachtete das Wippen seines tätowierten Halses, als er schluckte, bevor er mit dem Daumen über meine Unterlippe strich. Vor und zurück. Vor und zurück.

Seine intensiven Augen waren wie gebannt auf diese

Bewegung gerichtet und seine Zunge fuhr heraus, um seine Lippen zu befeuchten.

Er schien hin- und hergerissen zu sein, als er sich zu mir lehnte. Sein Körper war starr, voller Zweifel, Ungewissheit und dieser wahnsinnigen Anziehungskraft, die uns einfach nicht loslassen wollte. Die Spannung umhüllte uns, füllte die Luft, lockte und beschwor uns.

Seine dunkle Anziehungskraft winkte mich näher heran.

Lyrik West würde mich küssen.

Und Gott, ich war verrückt, weil ich ihn gewähren lassen wollte.

Ich wimmerte, als er stattdessen seinen Daumen in meinen Mund steckte.

Die Lust – der Hunger, der seit dem Moment schwelte, als er zum ersten Mal durch die Türen des *Charlie's* getreten war – flammte in mir auf wie eine Stichflamme, kribbelte in meinem Magen und pochte zwischen meinen Beinen.

Er schürte meine Ängste.

Nährte mein Verlangen.

Er drückte den Finger gegen meine Zunge und ich wusste genau, wie es schmecken würde, ihm nachzugeben. Nach süßer Verführung und Gefahr. Nach der Verheißung überwältigender Glückseligkeit.

Das Unheimlichste von allem war, dass ich bereits das Pochen der Wunden spürte, die er hinterlassen würde.

Dieser Junge war nichts weiter als ein böser Traum.

»Wir sind nicht wirklich Freunde – oder, *Red*?«

Mit zur Seite geneigtem Kopf murmelte er die Warnung ganz nah an meinem Gesicht. »Wir beide wissen es besser.«

Er zog seinen Daumen zurück und streichelte damit meinen Hals.

Mein Kinn hob sich und mein Magen bebte, als er sich auf den Weg zu meiner Brust machte.

Mit seiner schwieligen Daumenkuppe streichelte er das verzerrte Herztattoo, das zwischen den offenen Knöpfen meiner Bluse hervorlugte. Er zeichnete die Inschrift auf dem zerfledderten Band nach, das sich um das Herz wickelte, als würde er Blindenschrift lesen.

Ante omnia cor tuum custodi.

Er entzifferte die Worte.

Als könnte er meine Bedeutung dahinter verstehen.

Hüte dein Herz.

Plötzlich trat er zurück. »Geh nach Hause, Red!«

Mein Körper sackte nach vorn und ich keuchte.

Desorientiert.

Aufgewühlt.

Gedemütigt.

Wut und Erniedrigung übermannten mich, und ich versuchte, mich zu sortieren, als ich in das blendende Nachmittagslicht taumelte. Innerlich bettelte ich darum, meine Mauern zurückzubekommen und mit der Maske den Schmerz in meinem Gesicht zu verbergen.

Was zum Teufel ist gerade passiert? Was habe ich zugelassen? Mal wieder?

Ich drehte mich um und starrte ihn an. »Du bist so ein Arschloch.«

Er lachte und es war ein schreckliches, schneidendes Geräusch.

»Ich glaube, das haben wir bereits festgestellt.«

Mein Körper stand in Flammen und in meinem Kopf arbeitete die Erinnerung daran, wie sich der einfache, primitive Bär in meiner Hand angefühlt hatte. Ich wurde von Gefühlen überschwemmt – von Hass und Sehnsucht und dem verrückten Drang, einen Mann kennenzulernen, den ich nicht annähernd verstand.

War ich dumm, weil ich das wollte?

Ich hob mein Kinn und verdrängte jede Verbindung, die ich zwischen uns vermutet hatte.

Ich biss so fest auf meine Unterlippe, bis sie blutete – alles, um zu verhindern, dass sie zitterte. »Gut, dass du dich nur selten entschuldigst ... denn deine Entschuldigungen bedeuten sowieso nichts.«

6

———

TAMAR

»Wow!« Mit einem übertriebenen Seufzer ließ sich Ash zwischen April, Sheas längster und bester Freundin, und mir auf einen Stuhl fallen.

Lichterketten funkelten in den Bäumen über uns. Sie waren so drapiert worden, dass sie die Illusion einer Decke über der Lichtung im Wald hinter der Kirche schufen, wo die Zeremonie stattgefunden hatte. Die runden Tische bildeten ein Hufeisen um die Tanzfläche und die Bühne, die in der Mitte aufgebaut worden war.

Eine kühle Brise wehte durch die Nacht, ließ die Blätter rascheln und vermischte die Stimmen und das Lachen des Empfangs mit dem leisen Rauschen des Baches, der in der Ferne floss.

Es war atemberaubend – und keineswegs überraschend, dass Shea diesen Ort gewählt hatte.

»Wow, was?« Anthony hob seinen Drink und musterte Ash grinsend. Er saß ihm gegenüber, neben seiner Frau. Anthony war *Sunders* langjähriger Manager, aber ich wusste, dass er für die Jungs mehr ein Freund als ein Geschäftspartner war.

Neben ihm, fast im Schatten verborgen, saß Lyrik mit ernstem Blick. Seine grauen Augen waren dunkel und verwirrend – und absolut nicht wohlwollend, was meine Verfassung anging. Sie intensivierten den Knoten in meinem Magen, der sich nicht lösen wollte, seit er mich vor zwei Tagen in seiner Wohnung zum Narren gehalten hatte.

Aber was hatte ich auch erwartet? Ich kannte diese Typen und ihre Spielchen. Und ich hatte mich bereitwillig darauf eingelassen.

Diesen Fehler würde ich nicht noch einmal machen.

Ash schnaubte verblüfft und frustriert. »Ich dachte, bei Hochzeiten geht es nur darum, jemanden abzuschleppen? Ich habe mehr erwartet – haufenweise hübsche Frauen, ein Buffet, ein Charcuterie-Brett. Aber wisst ihr, wer die einzigen alleinstehenden Frauen hier sind?«

Er deutete mit dem Daumen über seine Schulter auf einen Tisch auf der anderen Seite der Tanzfläche. »Die drei habe ich schon in L. A. aufgerissen. Bleiben also noch April und meine Tam-Tam.«

Er wackelte mit den Augenbrauen in unsere Richtung. »Wer von euch Hübschen möchte zuerst? Eine Nacht mit einer Rocklegende?« Er streckte die Arme aus und präsentierte seine überschäumende Selbstsicherheit, wobei Grübchen seine Wangen zierten. »All-Access-Pass.«

April rümpfte angewidert die Nase. »Igitt, nein ... einfach nein.«

Er drehte sich zu mir um und seine blauen Augen funkelten. »Dann bleiben wohl nur noch wir beide, Tam-Tam. Das Einzige, worum ich dich bitte, ist, dass du mir nicht mitten in der Nacht den Schwanz abhackst.« Er grinste. »Du machst mir irgendwie Angst, aber ich bin bereit, das Risiko einzugehen.«

Ich hob neckend eine Augenbraue. Seltsam, dass ich mit

Ash rangeln konnte, ohne dass sich Schweißperlen auf meiner Stirn bildeten oder Angst meinen Körper durchströmte. »Du fühlst dich ganz schön mutig, was?«

Er stützte sich auf seine Unterarme und balancierte den Rand seines halbleeren Glases auf dem Tisch. »Mutig?« Er tat so, als würde er intensiv darüber nachdenken. »Nein ... nein ... Ich glaube, die richtige Beschreibung wäre ... geil. Ja, ja, das ist es.«

»Igitt«, sagte April wieder, schüttelte den Kopf und knuffte ihn in die Schulter. Er fiel in meine Richtung und ich schob ihn zurück.

»Was? Bekommen die Männer hier keine Liebe? Hat nur Baz, dieser verdammte Glückspilz, dieses Privileg? Das ist verdammt unfair. Wie wäre es mal mit ein bisschen Unterstützung?«

Ich lachte. »Sieht so aus, als müsstest du dir heute Abend selbst helfen, Kumpel, denn ich werde es sicher nicht tun.«

»Ich kenne da noch jemanden ... der die Dinge gern selbst in die Hand nimmt.« Eine dunkle, sanfte Stimme durchschnitt die Luft.

Meine Augen flogen in Lyriks Richtung.

Hatte er das eben wirklich gesagt?

Ich verengte die Augen voller Warnung, Hass und einem Anflug von Schmerz, den ich einfach nicht unterdrücken konnte. Ich wusste, worauf er hinauswollte, erinnerte mich an die Nacht, in der er mich im Lagerraum in die Ecke gedrängt hatte. Ich hatte ihn abgewiesen, und Tage später hatte er das Gleiche mit mir gemacht.

Aber ich war der Meinung gewesen, dass wir beide endlich die Nase voll, das Handtuch geworfen und dieses dumme, sinnlose Spiel aufgegeben hätten. Dass wir damit aufhören würden, einander aus Spaß zu verletzen.

Denn keiner von uns würde gewinnen.

Aber – nein.

Er machte einfach weiter, als hätte er noch lange nicht genug, und beobachtete mich, als könnte er nicht anders.

Die große Frage war – warum?

Warum gab er nicht auf?

Sein grimmiger Blick wechselte zwischen Hunger, Bedauern und einer Entschuldigung, von der ich nicht wollte, dass er sie aussprach.

Nicht, dass ich so dumm gewesen wäre, noch einmal darauf hereinzufallen.

Lässig lehnte er sich zurück, als wäre er nur eine weitere Person in der kleinen Gruppe, die sich auf Sheas und Sebastians Hochzeitsfeier versammelt hatte.

Als hätte er nicht im Alleingang meine sichere kleine Welt in Brand gesetzt.

Die Lichterketten tauchten sein Gesicht in einen sanften Schimmer.

Der Heiligenschein eines dunklen Engels.

Ich hatte das Gefühl, unter seinem Blick langsam zu sterben. Stück für Stück. Gedanke für Gedanke.

Ich konnte spüren, wie dieses ... Leiden immer tiefer rutschte und sich in mir breitmachte.

Warum fühlte es sich so an, als wäre dieser gefährliche Junge zu meinem letzten Wunsch geworden?

Schatten spielten über seine ausgeprägten Wangenknochen und betonten den scharfen Winkel seines Unterkiefers. Seine Krawatte lockerte sich, als er sich in einem so geschmackvollen Anzug zurücklehnte, dass es ihm eigentlich nicht hätte erlaubt sein sollen, ihn zu tragen.

Denn an seinem Körper war dieser Anzug nichts anderes als eine unwiderstehliche Schlinge.

Wirkungsvoll und herausfordernd.

Mein Inneres bebte und zitterte.

Kannte er kein Schamgefühl?

Ich hob mein Kinn. »Vielleicht entscheiden sich manche Menschen dafür, die Sache allein anzugehen, weil sie keine weitere Enttäuschung ertragen können. Weil sie schon genug davon hatten.«

Er runzelte die Stirn. »Vielleicht suchen sie an den falschen Stellen.«

»Oh, ich habe keinen Zweifel, dass sie an den falschen Stellen suchen. Und dann, in einem schwachen Moment, denken sie, dass sie vielleicht ... nur vielleicht ... etwas gefunden haben. Dass sie vielleicht doch am richtigen Ort gesucht haben. Doch in der nächsten Sekunde zeigt sich, dass ihre Instinkte immerzu richtig gewesen waren.«

Wäre ich nicht in seinem Blick gefangen gewesen, wäre mir vielleicht entgangen, dass er angesichts meines Seitenhiebes zusammenzuckte.

Wir wussten beide, dass ich in Gedanken in seiner Wohnung war, wo ich ihn aufgesucht hatte und an seiner Wand gelandet war. Wo ich so dumm gewesen war, nachzugeben.

Aufzugeben.

Ich war in seine Falle getappt.

Am Tisch wurde es still und alle schauten zwischen uns hin und her. Sie wussten, was der Auslöser für dieses Unbehagen war.

Mit einem Halbgrinsen im Gesicht tadelte Ash: »Ach, kommt schon, ihr zwei, das ist eine Hochzeit. Es sollte einzig und allein um die Liebe gehen und jetzt streitet ihr euch wie Hund und Katz.«

Ash ließ seinen Blick über mich schweifen, über das wunderschöne, süße und filigrane Kleid, das sich gegen meine harte, steife Rüstung abzeichnete.

»Wenn man bedenkt, dass unsere Tam-Tam hier nichts weiter als ein Sexkätzchen ist ...«

Er drehte sich um und sah Lyrik mit großen Augen an. »Und du, mein Freund, bist ein richtiger Hund. Wir wissen, dass ihr beide nicht anders könnt. Aber bevor ihr einander in Stücke reißt – oder besser gesagt, einander die Klamotten vom Leib reißt – sollten wir der Heiligkeit des Abends etwas Respekt zollen, oder?«

Er schaute zwischen uns hin und her.

Lyrik setzte einen finsteren Gesichtsausdruck auf – sein Blick war immer noch auf mich gerichtet –, bevor er Ash angrinste. »Ich stelle nur sicher, dass die Damen alle ihre Optionen kennen.«

Er sah wieder zu mir. »Ich möchte nicht, dass sie die schönen Dinge des Lebens verpassen.«

Ash gluckste leise. »Aber sicher, mein Freund. Sicher tust du das.«

Ein seltsamer Moment spielte sich zwischen den beiden ab und Ash neigte sein Kinn zur Seite. Lyrik schüttelte kurz den Kopf.

Einfach fantastisch. Jetzt wurde ich Zeugin einer stummen Manwhore-Konversation. Es juckte mich vor Unbehagen und ich rutschte auf meinem Stuhl hin und her.

Hatte Lyrik über mich gesprochen?

Kallie, Sheas kleines Mädchen, kam plötzlich über die Tanzfläche geflogen und schrie mit in die Luft geworfenen Händen: »Onkel Ash!«

Den kleinen Wundern sei Dank.

Ash drehte sich um und hob sie genau in dem Moment vom Boden, in dem sie sich ihm in die Arme warf. Er setzte sie mit dem Gesicht zu sich auf den Tisch, drückte sie an sich und zwinkerte allen Zuschauern übertrieben zu. »Das hier ist mein eigentliches Date.« Er lächelte sie an. »Kleine Miss Trauzeugin.«

»Heute bin ich eine Schmetterlingsprinzessin«, sagte sie mit einem entschlossenen Nicken.

Er stupste sie am Bauch an und sie kicherte und versuchte, seinen Finger zu erwischen. »Hör auf, Onkel Ash! Das kitzelt ganz, ganz, ganz schlimm.«

»Nun, das machen Kitzelmonster nun mal ... sie kitzeln.« Er kitzelte sie weiter, ganz sanft, bevor er ihre Nase berührte. »Hebst du dir deinen ersten Tanz für mich auf?«

»Ja, ja, ja! Genau wie wir es geübt haben.«

»Braves Mädchen.«

Er stellte sie auf die Füße, und sie kam auf mich zu, stellte sich auf die Zehenspitzen und drückte mir einen Kuss auf die Wange. Wärme breitete sich in mir aus.

Das Kind war einfach zu süß.

Sie drehte sich zu April um, küsste auch sie und tat dasselbe mit Anthony und seiner Frau Angie, bevor sie zu Lyrik gelangte.

Aber er beugte sich nicht hinunter, um ihren Kuss zu empfangen.

Nein.

Stattdessen zog er sie auf seinen Schoß.

Er zog sie auf seinen Schoß.

Er umarmte sie und flüsterte Worte, die ich nicht hören konnte, die sie aber zum Kichern brachten, und drückte ihr sanfte Küsse auf die wilden Locken auf ihrem Kopf.

Wer war dieser Mann?

Ich nahm einen großen, stärkenden Schluck Wein und versuchte, sie nicht zu beobachten. Ich versuchte, so zu tun, als wäre ich nicht gerade Zeuge von etwas so Süßem und Sanftem geworden. Ich versuchte, mir einzureden, dass ich nicht miterlebte, wie dieser verworrene, verruchte Mann jemandem seine *Liebe schenkte*.

Gott, er machte mich wahnsinnig.

Er sah mich über ihren Kopf hinweg an und hielt mich mit seinem Blick fest, während er das kostbare kleine Mädchen in seinen sicheren Armen hielt.

Die Luft vibrierte.

Nein. Nein. Nein.

Dieser Idiot würde mich zerstören. Ich konnte es in meinen Knochen spüren. In meinem Mark. In diesem leeren Raum in mir, der, egal, wie sehr ich dagegen ankämpfte, danach verlangte, gefüllt zu werden.

Jeder Teil von mir befand sich im Krieg. Hass und Angst kämpften gegen das Bedürfnis, berührt zu werden. Ein Teil von etwas zu sein. Zu jemandem zu gehören.

Ich sehnte mich danach.

Vermisste es so sehr, dass es schmerzte.

Einsamkeit war eine Qual.

Aber Einsamkeit war sicher.

Und bei Lyrik West war nichts sicher.

Hand in Hand arbeiteten sich Shea und Sebastian zurück zu unserem Tisch, nachdem sie sich persönlich bei allen Gästen für ihr Kommen bedankt hatten.

Ash hob neckend seine Stimme, als sie sich näherten. »Ahh ... Baz, der Mann der Stunde, der mir die schöne Shea weggeschnappt hat.«

»Verdammt richtig.« Sebastian grinste.

»Wie viele Mädchen willst du denn noch beanspruchen?«, fragte April mit einem Lachen.

»So viele, wie ich haben will, natürlich.«

Shea trat vor und drückte Ash einen zärtlichen Kuss auf den Kopf. »Eines Tages wird ein Mädchen dein wildes Herz stehlen und du wirst nicht wissen, was du mit dir anfangen sollst.«

»Keine Chance, Darling.«

»Gott, bitte lass es jemanden tun!« Zee unterbrach das Gespräch, das er gerade an einem anderen Tisch geführt hatte, und kam auf uns zu.

»Ich bin mir nicht sicher, wie lange ich es noch mit ihm aushalte. Ständig gehen Mädchen bei uns ein und aus. Als ich heute Morgen aufgewacht bin, lag ein Mädchen neben mir, das ich nie angefasst habe ... Sie hatte nur vergessen, aus welchem Zimmer sie gekommen war, als sie in die Küche gegangen war, um sich ein Glas Wasser zu holen.«

Ash heulte auf und zeigte auf ihn. »Hey, Mann, gern geschehen.«

Zee schüttelte nur den Kopf und murmelte leise »Arschloch«.

Lyrik gluckste auf diese leise, geheimnisvolle Art, die mich ganz und gar einhüllte.

Sieh nicht hin! Sieh nicht hin! Sieh nicht hin!, rief mein Kopf.

Ich musste mich abschotten, schützen und verschanzen. Die Stahlbarrikade verstärken, die mein Herz bewachte.

Doch ich hatte keine Macht, mich selbst zu stoppen.

Wie sollte ich auch?

Nicht, als ich Kallie wieder kichern hörte.

Vorsichtig huschte mein Blick in ihre Richtung, und ich sah, wie dieser böse, bedrohliche, niederträchtige Mann den Engel auf seinen Knien hüpfen ließ.

Dunkel und hell. Verdorben und rein.

Mein Herz verkrampfte sich in der Mitte meiner Brust und ich konnte das Grollen unter meinen Füßen fühlen, konnte es in der Luft spüren, als sein düsterer Blick erneut den meinen einfing.

Ich versuchte verzweifelt, so zu tun, als hätte er keine Wirkung.

Keine Kontrolle.

Keine Faszination.

Doch die ganze Zeit über umkreiste mich dieses überwältigende Bewusstsein mit der Kraft eines Wirbelsturms.

Schlängelnd, windend, strudelnd.

Ich wurde von der Energie mitgerissen.

Von seiner Intensität.

Von diesen Augen, die zu viel sahen.

Er löste seinen Blick von mir und schaute Shea an; seine vollen Lippen zuckten liebevoll. »Ich glaube, hier hat jemand Lust auf Kuchen.«

»Ich, ich, ich!«, schrie Kallie, als wüssten nicht alle, dass er von ihr sprach.

»Wirklich? Bist du sicher, dass du Kuchen willst?«, fragte er und drückte ihr ein paar lautstarke Küsse auf die Wange.

O Gott!

Warum? Warum? *Warum?*

Sebastian hob sie hoch und warf sie in die Luft. Sie quietschte. »Dann ist es wohl an der Zeit, meinem kleinen Käfer ein Stück Kuchen zu besorgen.«

Er blickte in die Runde. »Seid ihr bereit, die Party in Gang zu bringen?«

»Aber hallo«, sagte Ash.

Ich verdrehte die Augen. War jemand überrascht?

Ash richtete sich auf und hob sein Kinn in Richtung der Band, die während des Essens leise gespielt hatte. Sie ließen ihr Lied verklingen und er hüpfte die drei Stufen hinauf auf die Bühne und nahm das angebotene Mikrofon entgegen.

Shea trat hinter mich, beugte sich vor und legte ihre Wange an meine. Ihre Stimme war ein Flüstern. »Vielen Dank, dass du ein Teil dieses Tages bist. Ich weiß, das ist nicht dein Ding.«

Ich blinzelte heftig.

Denn das war genau mein Ding.

Zumindest war es das damals gewesen, bevor ich zu der geworden war, die ich heute war.

»Ich hätte diesen Tag um nichts in der Welt verpassen wollen«, versprach ich, wobei mir die Worte ein wenig im Hals stecken blieben.

So töricht es auch war, Teil dieser Hochzeit zu sein, es stimmte.

Ich hätte diese Feier nicht verpassen wollen.

Nicht wegen alter Unsicherheiten.

Nicht wegen gestohlener Träume und unauslöschlicher Ängste.

Nicht wegen eines Jungen, der mich so aufgewühlt hatte, dass ich kaum noch wusste, wer ich eigentlich sein sollte.

Ashs Stimme ertönte aus den Lautsprechern und alle drehten sich zu ihm um. »Wie hat euch das Essen geschmeckt? Köstlich, nicht wahr?«

Ein zustimmendes Gemurmel ging durch die exklusive Runde von Sheas und Sebastians Freunden und Familienmitgliedern. Keine Frage, die Hochzeit war klein. Sie hatten das Ereignis geheim gehalten, weit weg von den neugierigen Augen Hollywoods und den Paparazzi, die nur allzu gern noch mehr Unruhe in ihr Leben bringen würden.

Ich musste zugeben, dass ich absolut nicht in ihre Rollen schlüpfen wollen würde. Ständig über meine Schulter schauen zu müssen. Ständig Angst zu haben, beobachtet zu werden.

Darüber machte ich mir schon hinreichend Sorgen.

»Shea und Sebastian werden gleich die Torte anschneiden, aber vorher möchte ich noch ein paar Dinge sagen.«

»Natürlich tust du das«, rief Anthony.

Gelächter ertönte und ich spürte, wie sich ein Lächeln auf mein Gesicht legte, während ich mir des Mannes, der hinter mir am Tisch saß, mit jeder Faser meines Körpers bewusst war.

Es war, als könnte ich den hitzigen Blick, der über die nackte Haut meines Rückens glitt, mit Händen greifen.

Als könnte ich die Liebkosung seiner schwieligen Fingerkuppen spüren.

Ich erschauderte.

Ash fuhr fort: »Wie ihr alle wisst, sind wir hier, um einen meiner besten Freunde, Sebastian Stone, und seine umwerfende Frau Shea zu feiern.«

Er nickte zum Kuchentisch, wo die beiden nun standen. Sebastian hatte seine Arme von hinten um Shea geschlungen, sein Kinn ruhte auf ihrer Schulter, die Hände auf ihrem Bauch, während die kleine Kallie an ihrer Seite herumsprang.

Meine Gefühle verdichteten sich.

»Wie der Kerl das Glück hatte, meine schöne Shea zu heiraten, werde ich nie verstehen«, scherzte er und sein Grinsen wurde immer breiter.

»Hey, pass auf, Mann!«, rief Sebastian lächelnd und hielt Shea noch etwas fester.

»Ich sage nur die Wahrheit, mein Freund.« Ash grinste und hob beschwichtigend die Hand. »Macht euch keine Sorgen, Leute! Sebastian hat mich versprechen lassen, dass ich mich von meiner besten Seite zeige, wenn ich hier oben stehe und mit euch rede. Als könnte ich jemals *unartig* sein.«

Er zwinkerte mir zu und ich lachte und schüttelte den Kopf.

Man musste Ash einfach lieben.

Er wurde ernst und schaute sich unter den Gästen um. »Wir Jungs kennen Sebastian schon fast unser ganzes Leben lang. Wir sind zusammen aufgewachsen, haben Tragödien erlebt, zu viele Fehler gemacht, um sie zu zählen, und eine Menge harter Lektionen gelernt.«

Ich spürte, wie Lyrik hinter mir ernst und schwermütig

wurde, und mich überkam das überwältigende Verlangen, ihn anzuschauen. Um zu sehen, welchen Ausdruck ich auf seinem Gesicht finden würde. Um zu wissen, was er erlitten hatte.

Denn ich wusste, dass unter all dem Verruchten eine Menge Leid steckte.

»Aber wir haben auch einige der besten Zeiten unseres Lebens erlebt.« Ash gluckste leise. »Ich war mir ziemlich sicher, dass keiner von uns jemals heiraten würde. Ich dachte, wir hätten einen unausgesprochenen Pakt, wonach wir vier niemals in diese Falle tappen würden. Aber unser Junge hier hat es getan, und er hätte sich nicht besser entscheiden können.«

Er hob sein Glas und alle taten dasselbe. »Auf Shea und Sebastian, möget ihr für immer vereint bleiben. Mögen all eure *besten* Momente noch kommen.«

»Prost!«, hallte es durch die Nacht und der Wind trug die Worte mit sich.

Wir kippten unsere Gläser zurück, und ich schluckte schwer und versuchte, mich zu sammeln.

Ich versuchte, das Klopfen meines Herzens zu verlangsamen.

Gott, ich wünschte, ich könnte gehen, aber ein großer Teil von mir wollte bleiben.

Ich fühlte mich hin- und hergerissen.

Shea und Sebastian schnitten den Kuchen an und scherzten, während sie einander damit fütterten. Meine kleine Welt wirbelte weiter.

Immer schneller. Immer intensiver.

So kurz davor, aus der Bahn zu geraten.

Und dann war da dieser Magnet, der unaufhörlich an mir zerrte.

Ich holte erschrocken Luft, als ich spürte, wie sich Lyrik hinter mir erhob und den Tisch umrundete. Seine Schritte waren lang, kräftig und zielstrebig, sein Anzug schmiegte sich perfekt an seinen schlanken, muskulösen Körper. Dieser Mann war so unwiderstehlich, dass ich nicht wegschauen konnte, als er auf die Bühne zuging.

Er kletterte die drei Stufen nach oben, schnappte sich eine Akustikgitarre von einem Ständer und zog sich einen Hocker vor das Mikrofon, bevor er sich setzte.

Scheiße. Scheiße. Scheiße.

Lyrik und seine Gitarre würden mein Untergang sein.

Verzweifelt ließ ich meinen Blick durch den Raum schweifen und versuchte, mich zu konzentrieren.

Auf irgendetwas, nur nicht auf ihn.

Er räusperte sich.

Mein Blick fiel auf ihn zurück.

Gebannt.

Ein Windstoß kam auf und rüttelte an den Bäumen, die funkelnden Lichter tanzten über uns.

Mit seinem Zeigefinger kratzte er sich an der Schläfe. Als fühlte sich dieser verwegene, arrogante Mann in diesem Moment fehl am Platz. Er suchte die Menge ab und ließ seinen Blick auf Shea und Sebastian ruhen.

Seine Worte waren tief und weich und ich spürte sie in meinem Bauch. »Baz ... wie Ash gesagt hat, kenne ich dich schon fast mein ganzes Leben. Wir hatten ein paar gute Zeiten. Siege, die wir nie erwartet hätten. Wir haben gefeiert und gejubelt und diesen verrückten Lebensstil in vollen Zügen ausgelebt.«

Sein Ton wurde tiefer. »Aber du warst auch da, als ich ganz unten war.«

Sebastian erstarrte, als wäre er von diesem Geständnis überrascht.

Lyriks Kehlkopf wippte, als er schwer schluckte. Er schien sich zu den Worten zwingen zu müssen. »Ich möchte, dass du weißt, dass ich dir für immer für das dankbar sein werde, was du mir gegeben hast. Denn manchmal ist ein einziger Moment, eine einzige Erinnerung, wichtiger als alles andere zusammen.«

Baz fuhr mit der Hand durch sein Haar und schaute zu Boden. Ganz offensichtlich war er von Lyriks unverblümter Erklärung überwältigt.

Von der Verletzlichkeit, die er zeigte.

Mein Puls beschleunigte sich und mein Mund fühlte sich trocken an.

»Ich kann dir das nie vergelten, aber ich kann sagen, dass niemand sonst es so verdient hat wie du, das zu finden, was du gefunden hast. Du hast ein Mädchen wie Shea dazu gebracht, dich zu lieben, und als Bonus dieses süße kleine Mädchen bekommen.«

Kallie tanzte umher und grinste zu Lyrik hoch, als wäre er die Sonne.

Als wäre er nicht dunkel und verrucht.

Als wäre er keine zerstörerische Kraft.

»Heute Abend wollte ich etwas für euren ersten Tanz spielen.«

Er stellte den Fuß auf eine Querstrebe des Hockers und rückte die Gitarre auf seinem Schoß zurecht. Sein dunkler Haarschopf fiel zur Seite und über seine Stirn, als er sich nach vorn lehnte.

Fasziniert sah ich zu, wie er seine große Hand um den Gitarrenhals legte und mit seinen tätowierten Fingern die Bünde ergriff. Seine Hand mit der Rose schlug einen nachhallenden Akkord an, während er die Augen schloss.

»Für mich hat ein Lied immer mehr bedeutet als alles, was ich je sagen könnte. Mögen diese Worte für euch beide immer wahr bleiben.«

Ich spürte ein Zerren in der Mitte meiner Brust.

Ein Vibrieren in der Luft.

Das Summen vor dem Blitzschlag.

Lyrik zupfte an den Saiten und in diesem Moment wollte ich nur noch wissen, was er in seinem Inneren verborgen hielt. Ich wollte, dass er mir alles zeigte.

Ich stand auf.

Ich konnte nicht anders. Meine Füße trugen mich bis zu den Schatten, die auf der Tanzfläche schwebten.

Angezogen.

Niemand würde es bemerken. Die anderen Gäste taten das Gleiche und schauten zu, wie Sebastian Shea in die Mitte der Tanzfläche führte. Dort zog er sie in seine Arme und tanzte mit ihr zum ersten Mal als Mann und Frau.

Wie der Rest der Gäste hätte auch ich ihnen zusehen sollen.

Aber ich konnte es nicht.

Denn Lyrik beugte sich vor, drückte seinen sinnlichen Mund dicht ans Mikrofon und begann, zu singen.

Er sang *Thinking Out Loud* von Ed Sheeran.

Aber seine Stimme.

Seine Stimme war rau, tief und so voller Gefühle, dass ich sie schmecken konnte. Gefühle, von denen ich hätte schwören können, dass sie in den einsamen Stunden der Nacht, in denen seine Lieder vor Schmerz weinten, besonders ausgeprägt waren.

Ich schluckte schwer. Ich sehnte mich nach meiner Rüstung. Ich wollte alle Schilde hochfahren, um ihn von meiner Seele fernzuhalten. Von den Orten, die er erst überschwemmte und dann in ihnen versank.

Ich war kurz davor, unterzugehen.

Sein ganzer Körper spannte sich an, als er sang.

Der Wind peitschte durch sein Haar.

Er öffnete seine dunklen Augen und sie landeten direkt auf mir.

War es möglich, dass er das auch spürte?

Seine Stimme erfüllte die Luft und hüllte mich in sanfte,

weiche Bänder. Diese Bänder wanden sich, bis sie immer enger wurden.

Erstickend.

Als wäre er das Einzige, was ich atmen konnte.

Ein panisches Zittern durchlief meinen Körper. Mein Herz galoppierte, als er mich in der Dunkelheit anschaute und sich weiter in das Lied stürzte, das er für seinen Freund sang.

Er hielt seine Stimme, als das Lied zu Ende ging. Ehrfurcht erfüllte die Nacht. Die Stimmen verstummten.

Und ich fragte mich, ob sie es auch spüren konnten.

Lyrik stand auf und ich blieb wie erstarrt unter seinem Blick.

Die angeheuerte Band nahm ihren Platz wieder ein. Ihr Sänger sprach ins Mikrofon: »Wir möchten nun die Hochzeitsgesellschaft zu einem gemeinsamen Tanz mit dem Brautpaar einladen.«

Davor ... davor hatte ich mich gefürchtet.

Aber jetzt verwandelte sich diese Furcht in kleinen Schüben der Aufregung.

Benommen machte ich zwei Schritte nach vorn auf die Tanzfläche.

Zur selben Zeit kam Lyrik die drei Stufen herunter und strahlte mit jedem Schritt dunkle Schönheit aus.

Seine Tattoos lugten unter dem maßgeschneiderten Anzug hervor. Der perfekte Kontrast von düster und geradlinig.

Gott.

Kein Mann sollte so gut aussehen.

Er pirschte sich an mich heran, als die Band loslegte.

Ich zitterte und ballte meine Hände zu Fäusten. Hände, die sich verzweifelt nach Berührung sehnten.

Wollte ich wirklich hier herumstehen und das geschehen lassen? Was auch immer *es* war?

Heiße Hände landeten auf meinen Seiten.

Ich fühlte mich, als hätte man mir einen Stromschlag verpasst.

Helles Licht blitzte hinter meinen Augen auf.

Mein Körper erwachte.

Er zog mich näher an sich, gegen seine Hitze, seine harte und zerstörerische Schönheit.

Ich drückte meine Hände an seine Brust und suchte verzweifelt nach Abstand, nach einem Weg, mich nicht mehr so zu fühlen. Stattdessen krallten sich meine Finger in sein Jackett.

Er hüllte mich in seine starken Arme.

Sie fühlten sich sicher an.

Sein Atem kitzelte mein Gesicht und seine Lippen streiften meine Ohrmuschel.

»Ich habe noch nie ein Mädchen gesehen, das so gut aussieht wie du heute«, murmelte er an meiner Schläfe. »Du hast mir den Atem geraubt, als du durch die Kirchentür getreten und den Gang entlanggegangen bist. So verdammt sexy, gekleidet wie ein Engel, obwohl ich weiß, dass sich darunter eine kleine Dämonin verbirgt.«

Er legte eine Hand auf meinen Rücken, mit der anderen entfachte er eine Flammenspur bis zu meinem Nacken. Dann zwang er mich, ihn anzuschauen. Seine langen Finger verhedderten sich in den Locken, die ein Lockenstab gezaubert hatte. »Ich kann nicht aufhören, an dich zu denken. Ich kann nicht aufhören, dich zu beobachten. Ich kann nicht aufhören, dich zu begehren. Was hast du mit mir vor?«

Mit der Handfläche auf meinem Rücken zog er mich näher zu sich. Gegen seinen Schwanz, der sich hart in meinen Bauch drückte.

O Gott!

Meine Knie bebten vor Angst. Aber sie wurde von dem Verlangen überschattet, das durch meine Adern rauschte und sich in meinem Bauch sammelte.

»Das ... das ist es, was du mit mir machst. Ein verdammter Blick, eine Berührung, und ich sterbe für etwas, von dem ich weiß, dass ich es nicht haben sollte. Denn du«, sagte er düster, »du tust Dinge mit mir, die du nicht tun solltest. Es macht mich fast wahnsinnig, zu wissen, dass du nur ein paar Schritte entfernt bist, direkt vor meiner Tür, und ich dich nicht haben kann.«

Ich kämpfte um meine Sinne und umklammerte sein Jackett ein wenig fester. »Das mit uns ... wäre eine schreckliche Idee.«

Er lachte rau und hart, so leise, dass nur ich es hören konnte. Wie eine Warnung. »Täusche dich nicht, Red – ich will kein Uns. Ich werde der Erste sein, der das zugibt. Ich bin ein Arschloch. Ich bin nicht so veranlagt. Nicht mehr.«

Nicht mehr.

Gott, war ich eine Närrin. Mein Selbsterhaltungstrieb hatte versagt. Denn in diesem Moment wollte ich einfach nur fragen, was das bedeutete, tiefer graben, verstehen.

Entdecken, wer sich darunter verbarg.

Ich wusste es. Fühlte es.

Er war genau wie ich.

Seine Stimme wurde leiser, ein Wispern an meinem Ohr. »Aber was ich will, bist *du*. Ich will dich mit zu mir nehmen, dich auspacken wie ein Geschenk und dich auf meinem Bett liegen sehen. Ich will dich berühren, schmecken und erforschen. Dich um den Verstand bringen, so wie du mich um den meinen gebracht hast. Sag mir, was du willst, Red!«

Ein Schauer lief mir über den Rücken.

Er presste seinen Mund an meinen Nacken und murmelte die Worte in meine Haut. »Alles, was du sagen musst, ist *Nein*. Sag es und ich werde gehen und nie wieder in deine Richtung schauen.«

Ich hatte das Gefühl, als würde er mich anflehen, Nein zu sagen.

Lautes Gitarrengeklimper hallte durch die Lautsprecher. Dann verklang das Lied.

»Schon gut, schon gut«, rief der Sänger mit verstärkter Stimme ins Mikrofon. »Es wird Zeit, dass wir die Stimmung etwas anheizen. Alle auf die Tanzfläche!«

Das rüttelte uns aus unserer Benommenheit und zurück in die schmerzhafte Realität.

Sie stimmten einen dieser Disco-Songs aus den Siebzigern an, denen keine Generation widerstehen konnte.

Ich ging zwei Schritte zurück und starrte den Mann an, der nach Luft ringend vor mir stand. Er sah aus, als wäre er bereit, sich auf mich zu stürzen. Um mich zu zerstören, zu plündern und zu verwüsten.

»Onkel Wyrik ... Onkel Wyrik, tanz mit mir! Tanz mit mir! Ich bin ein Schmetterling!«

Dann war Kallie an seiner Seite und sprang mit ihren Armen in der Luft auf und ab.

Vorsichtig schaute er zwischen uns hin und her, seine Brust bebte. Er hob sie hoch. Ihr Grinsen wurde vor Freude immer breiter, als sie ihre Arme um seinen Hals und ihre Beine um seine Taille schlang. Er warf mir einen letzten flehenden Blick zu, bevor er sich abwandte, um mit ihr zu tanzen.

Er ließ sie hüpfen und schwingen und sie jauchzte vor Lachen.

Die Erde bebte und die Luft wurde kalt.

Die Angst hat mich fest im Griff.

Ich darf das nicht fühlen.

Und wie ein Feigling drehte ich mich um und rannte davon.

Schließlich war es das, was ich am besten konnte.

· · ·

Ich fuhr direkt zu meiner Wohnung, stellte den Motor ab und saß einige Augenblicke in der Stille, um mich neu zu orientieren.

Um die Kontrolle wiederzuerlangen.

Ich stieß einen Atemzug aus, öffnete die Tür und trat in die Nacht hinaus. Windböen zerstörten die Ruhe, rauschten durch die Bäume und wirbelten über den Boden.

Mit einer Hand auf dem Geländer zog ich meinen müden Körper langsam die Treppe hinauf. Meine Schuhe baumelten von den Fingern meiner freien Hand, mein Kopf war gesenkt.

Taumelnde Einsamkeit überflutete mich.

Welle um Welle um Welle.

Ich hasste es, wie sehr es wehtat.

Ich wollte meine Schutzschilde hochfahren, mein Kinn anheben und mir diesen harten, grimmigen Gesichtsausdruck aufmalen.

Aber ich wurde schwach.

Irgendwo in der Ferne leuchtete ein schwacher Blitz auf und Strähnen meines Haars peitschten um meinen Kopf.

Ich stieg die letzte Stufe der Treppe hinauf und ging auf meine Tür zu.

Ein tiefes, hartes Grollen hallte durch die Luft. Es kam näher. Immer näher.

Es durchfuhr mich wie Energie, Licht und Leben.

O Gott!

War er hinter mir her?

Warum tat er das?

Ich wusste, dass ich weglaufen sollte. Dass ich mich in meiner Wohnung einschließen und nie wieder herauskommen sollte.

Aber ich war wie erstarrt mit der Hand auf dem Türknauf.

Ein helles Licht blendete meine Augen, als Lyrik sein Motorrad auf seinen Platz lenkte. Sobald es zum Stehen kam, setzte er seine Füße auf. Der Motor brummte und dröhnte, das Geräusch pulsierte in meinem Herzen und durch meine Adern.

Er schaltete den Motor ab und der Scheinwerfer wurde dunkel.

Die Straßenlaterne warf einen milchigen Dunst auf ihn und schuf ein Schattenspiel auf seinem Gesicht.

Und ich fragte mich, ob ich falsch veranlagt war. Ob ich mich zu Arschlöchern und Manipulatoren hingezogen fühlte und zu denen, die mir nur Schmerz zufügen würden.

Denn mein Verlangen nach ihm war größer als die Angst, die meine Kehle verstopfte. Größer als das Wissen, dass er mich zurücklassen würde, wenn er fertig war.

Mein trostloses Ich, das alles unter Verschluss halten wollte.

Alle Gefühle im Zaum, versteckt, begraben und getarnt.

Die perfekte Maskerade.

Als der Mann zu mir aufschaute und ich zu ihm hinunter, suchte ich tief in mir nach Entschlossenheit. Nach dem Selbstvertrauen, das ich gefunden hatte. Nach dem Vertrauen in die Person, die ich geworden war.

Ich war *Tamar King*.

Und Tamar King war niemandes Sklavin.

Ich hatte die vollständige und totale Kontrolle.

Aber Lyrik West hat mir im Alleingang das Gefühl gegeben, diese Kontrolle zu verlieren. Ich konnte spüren, wie sie sich auflöste. Wie Teile davon absplitterten und zerbrachen.

Er hob sich von seinem Motorrad und stellte sich aufrecht hin.

So groß, bedrohlich und wunderschön.

Alarmglocken ertönten.

»Du bist gegangen«, sagte er mit harter Stimme.

»Und du bist mir gefolgt«, flüsterte ich.

Mir kamen alle Versprechen, die ich mir jemals gegeben hatte, wieder in den Sinn. Diejenigen, die ich als Kind geschworen hatte. Als ich mutig und aufgeregt gewesen war und alles im Leben mindestens einmal hatte erleben wollen.

Sie kollidierten mit denen, die ich mir mit zwanzig Jahren gegeben hatte. Als ich dem Mädchen meiner Jugend den Rücken zugekehrt hatte und zu diesem harten Mädchen geworden war, das in seinem Leben nichts außer sich selbst brauchte.

Lyrik stieg langsam die Stufen hinauf.

Unerbittlich.

Oben angekommen, blieb er stehen. Seine dunklen Augen verschluckten mich ganz.

In der Ferne grollte der Donner und ich wandte meinen Blick in die entsprechende Richtung.

»Ein Gewitter zieht auf«, murmelte ich leise. Ich konnte spüren, wie es sich in der Luft zusammenbraute, und richtete meine Aufmerksamkeit auf den immer heftiger werdenden Sturm. Ich war mir nicht sicher, ob ich Lyrik weiterhin ansehen konnte, ohne ihm völlig zu erliegen.

Er sagte nichts, als er näher kam.

Erst, als er mich mit dem Rücken gegen die Tür drückte, schaute ich zu ihm auf. Seine Hände befanden sich auf beiden Seiten meines Kopfes.

Und wieder kesselte mich dieser gefährliche Mann ein.

Und ich fühlte mich verletzlich, klein und mutig.

Die Versprechen des kleinen Mädchens schwirrten in mir herum.

Ich wollte nicht mehr verängstigt sein.

Ich wollte nicht mehr allein sein.

»Gib mir eine Nacht! Zeig mir, wer du bist! Zeig mir diese Wut! Zeig mir, warum! Kämpfe es mit mir aus, mit diesem heißen kleinen Körper!« Seine Worte waren rau und verzweifelt. »Oder sag Nein, *Red*, sag Nein! *Sag es* und ich verschwinde!«

Die Angst kroch über meine Haut und mischte sich mit dem Feuer, das Lyrik entfacht hatte.

Zusammen waren die beiden explosiv.

Der Atem stockte in meiner Lunge.

»Ich kann nicht.«

7
———

LYRIK

Ich schob mich ein Stück weiter nach vorn und drückte sie dichter an die Wand. Sie sah mit wilden blauen Augen, in denen ein Sturm tobte, zu mir auf. Ich strich mit meiner Nase an ihrer Schläfe entlang und atmete ein. Sie roch so verdammt gut. Ein Hauch von Zimt und so viele andere Gewürze.

Dieses Mädchen brachte mich um den Verstand. Fuck! Sie *machte* mich wahnsinnig.

Wenn ich bei klarem Verstand wäre, würde ich gehen. Ich würde mich sofort umdrehen, weglaufen und nie mehr zurückschauen. So wie ich es ihr versprochen hatte. Ich wusste es genau. Ich wusste es mit der Sicherheit der untergehenden Sonne, die mich Nacht für Nacht in Dunkelheit hüllte.

Diese Sache würde böse enden. Allein die Tatsache, dass ich sie verfolgte, war Beweis genug.

Aber in diesem Moment war mir das egal, denn ich war nicht annähernd zurechnungsfähig.

Egal, wie sehr wir beide uns dagegen wehrten und einander abstießen, wenn der andere zu nahe kam – beim nächsten Mal kamen wir uns noch näher.

Näher und näher, bis es kein Zurück mehr gab.

Ich konnte nicht mehr.

Als ich auf der Bühne gesessen, den Song gespielt und dabei ihren zerrissenen Gesichtsausdruck gesehen hatte, war mir das klar geworden.

Ich wollte sie für eine Nacht. Ich wollte ihre Geheimnisse. Ich wollte meine Finger in ihr versenken und sie für mich beanspruchen. Sie war genau die Art von Widerspruch, nach der ich mich sehnte.

Das Drücken und Ziehen.

Aber dieses Mal war die Anziehungskraft zu groß, um sie zu ignorieren.

Ich fuhr mit meinen Daumen die zarte Neigung ihres Halses entlang über ihre unendlich weiche Haut. Ihr Puls raste. Ich zwang sie, mich anzuschauen, während mein ganzer Körper glühte.

»Sag mir, was du willst, Red!« Die Worte entglitten mir in einem rauen Murmeln.

In der Ferne grollte der Donner. Ihre blauen Augen blitzten auf – da war Mut und Angst.

Etwas daran ließ mich erschaudern.

Fast trotzig hob sie ihr Kinn, streckte ihre kleinen Hände aus und umfasste meine Handgelenke.

»Ich will, dass du mich küsst.«

Verdammte Scheiße!

Red verlangte genau das, was ich nicht geben wollte. Erinnerungen bahnten sich einen Weg der Panik durch mein Bewusstsein und riefen mir ins Gedächtnis, was ich getan hatte. Den Grund dafür, warum ich niemandem zu nahe kommen durfte.

Daran, wo meine Loyalität wirklich lag.

Ich presste meine Kiefer aufeinander und drückte sie fester an mich. Mein Herz wehrte sich mit aller Kraft dagegen, schrie mich an, zur Vernunft zu kommen – schnell –, mich umzudrehen und wegzugehen. Kein Zweifel, meine Füße hatten offiziell die verbotene Zone betreten. Das Tabu.

Red wollte mich an einen Ort bringen, an den ich nicht gehen wollte.

Innerlich kämpfte ich wie ein verdammter Verrückter. Ich war hin- und hergerissen zwischen dem Bedürfnis, um mich zu schlagen – wie zuletzt, als sie mich in Versuchung geführt hatte, in ihr zu versinken und die unzähligen Geheimnisse zu entdecken, die sie in sich trug –, und dem Wunsch, sie in meine Arme zu schließen und in alle meine Geheimnisse einzuweihen.

Ich befand mich in einem totalen Krieg mit meinen Instinkten. Das Beschissene daran war, dass ich nicht einmal mehr wusste, wie die aussahen.

Nicht, wenn es um sie ging.

Schwankend und unschlüssig wippte ich vorwärts und dann wieder zurück. Mit jedem Schritt kam ich diesen vollen roten Lippen näher.

Sie ließ ihren Blick über mein Gesicht huschen, sprang von meinen Augen zu meinem Mund und wieder zurück. Sie hielt mein Jackett in ihren Fäusten.

»Was willst du?«, fragte sie. Ihre Stimme war einerseits die der dreisten Sirene, die kein Problem damit hatte, mich in die Schranken zu weisen, und andererseits die der sanften Verletzlichkeit, die immer wieder durchdrang.

Ich ließ meine Zunge herausschnellen und leckte über meine Unterlippe – ich lechzte nach einer Kostprobe ihres Mundes.

»Scheiß drauf.«

Sie würde mich sowieso umbringen.

Ich presste meinen Mund fest auf ihren. Gleichzeitig schob ich meine Hände in ihre rubinroten Locken.

Ja, zweifellos war es das, was wir wollten. Jedes Zögern verließ mich.

Ich wickelte ihr Haar um meine Faust und riss ihren Kopf zurück, um ihren Mund, der in mehr als nur ein paar meiner Fantasien die Hauptrolle gespielt hatte, besser erreichen zu können. Ich brauchte mehr von diesem Mädchen.

Denn verdammt, wenn ich schon nachgab, dann würde ich mir alles nehmen.

»Red«, stöhnte ich, als ich mich einen Moment zurückzog. Dann tauchte ich wieder ab und umschloss ihre pralle Unterlippe, die mich schon seit Monaten faszinierte.

Verdammt, sie war köstlich.

Ich zupfte und saugte daran, bevor ich mich der Oberlippe zuwandte und das Spiel wiederholte.

Ein scharfer Atemzug verließ sie und ich zuckte zusammen, als sie ihre Nägel in meinen Nacken grub und das Brennen meine Erregung intensivierte.

Tamar war klein und ich ertappte mich dabei, wie ich gegen ihren Mund lächelte, als sie sich auf die Zehenspitzen stellte, um mir näherzukommen, während ich sie gegen die Wand drückte. Ich presste sie gegen meinen Schwanz, der schon seit Tagen hart für sie war – seit einem verdammten Jahr, um genau zu sein.

Aber Gott, es war unerträglich, seitdem ich sie vor zwei Tagen aus meiner Wohnung geworfen hatte. Ich war verzweifelt versucht gewesen, sie fernzuhalten, obwohl ich genau gewusst hatte, dass sie versucht hatte, zu mir durchzudringen. Damals war ich so dumm gewesen, zu glauben, dass die Chance bestand, dass wir nicht dort enden würden, wo wir nun gelandet waren.

Ihre Zunge berührte meine. Zuerst nur zaghaft. Als hätte auch sie schon so lange niemanden mehr geküsst. Als wäre es fremd und zu viel und zu wenig, alles zur gleichen Zeit.

Dann öffnete sie sich. Sie brauchte mehr.

Ihre Zunge streifte meine, als ich mich tiefer schob. Sie stöhnte.

Verdammt sexy.

»Das ist es ... Zeig es mir, Red!«, lockte ich an ihrem Mund. »Zeig mir, was du drauf hast!«

Mein Schwanz pochte und ich hob sie hoch, damit ich ihre Beine um meine Taille legen konnte. Genau da, wo sie hingehörten. Und dieses Kleid ... dieses verdammte Kleid, das mich fast in die Knie gezwungen hatte, als sie durch die Kirchentür geschritten war, sammelte sich nun an ihren Schenkeln.

Während ich sie mit meinem Körper an die Tür drückte, streckte ich meine Hände aus und ließ sie entschlossen über ihre Seiten gleiten. Ein einziges Ziel vor Augen. Mit den Daumen streichelte ich ihre harten Nippel, die sich durch den dünnen Stoff ihres Kleids abzeichneten.

Verdammt!

»Lyrik.« Es war ein Keuchen.

Ich stöhnte durch mein Grinsen hindurch. Mein ganzer Körper vibrierte mit einer neuen Welle der Lust. »Gib mir ein paar Minuten, Baby, und du wirst diesen Namen schreien.«

Dafür würde ich sorgen.

Ein Schauer durchfuhr sie und ich packte ihren üppigen Hintern, bevor ich mich weiter nach unten bewegte, um ihre Schenkel zu umfassen.

Ich hatte recht behalten.

Diese kurvenreiche Sexbombe passte perfekt in meine Hände.

Meine Handfläche bewegte sich über das Tattoo der Versuchung – der Apfel und die Schlange, die auf die Außenseite ihres Oberschenkels gemalt worden waren.

Ich fragte mich, wer von uns beiden wer war.

Ich küsste sie weiter, weil sie so verdammt gut schmeckte, und rieb mich an dem kleinen Stück Seide zwischen ihren Schenkeln. Unsere Erregung wuchs immer weiter.

»So gut«, murmelte sie fast verwirrt.

Den Klang ihrer Stimme hätte ich am liebsten verschluckt und zu einem Teil meiner selbst gemacht. Ich wollte sie verschlingen – genauso sehr, wie ich jeden Zentimeter schmecken und genießen wollte.

Verdammt!

Ich fühlte mich wie ein Hund auf der Jagd, der keine Ahnung hatte, dass er gleich gebissen werden würde.

Noch dazu von einer kleinen roten Schlange.

Ich drückte mich fester an sie und empfand eine schmerzende Sehnsucht, wie ich sie seit Jahren nicht mehr erlebt hatte.

Vielleicht sogar jemals.

Sie war heiß.

So verdammt heiß.

Ihr strammer kleiner Körper strahlte Hitze aus. Ihre Haut brannte.

»Red«. Dieser Spitzname schwebte im Delirium des lustvollen Verlangens, das sie in mir auslöste.

Mit diesem einen Wort fingen wir Feuer.

Plötzlich waren wir ein Wirrwarr aus verzweifelten Händen und angespannten Körpern.

Münder, Zunge und Zähne.

Sie zerrte an meinem Jackett und versuchte, es mir in derselben Sekunde über die Schultern zu ziehen, in der ich mit dem Türknauf herumfuchtelte.

Ich konnte es nicht erwarten, in dieses Mädchen zu kommen.

Ich wollte überall sein.

In ihrem Mund.

In ihrer Pussy.

In ihrem Arsch.

Ich wollte alles haben.

Eine Nacht lang würde ich mich auf diesen verwirrenden Widerspruch einer Frau einlassen.

Scheiß auf die Konsequenzen, die Gefühle oder das anhaltende Bedauern. Scheiß auf den ganzen Mist, den sie mit einem einzigen Blick auf ihre Verletzlichkeit auslöste.

Als hätte mich dieser blauäugige Engel auf eine Weise verstanden, wie es niemand sonst je getan hatte.

Denn in diesem Moment ... in diesem Moment waren die Spuren des Sanften und die Andeutungen des Süßen verschwunden.

Diese rothaarige Dämonin hatte mich schon zu lange in Versuchung geführt.

Die Tür gab nach und öffnete sich ruckartig hinter ihr. Ihr Gewicht lag plötzlich ganz in meinen Armen. Ich hob sie hoch und sie klammerte sich noch fester an mich.

Wir stolperten hinein, ich trat die Tür hinter uns zu und drückte sie gegen die nächste Wand. »Fuck ... Red ... ich brauche dich. Ich brauche dich auf eine Art und Weise, die einfach nicht richtig ist. Du hast mich so durcheinander gebracht.«

Ich zerrte sie mit mir und trug sie in Richtung Flur.

»Ich weiß ... ich weiß ... ich weiß«, rief sie und küsste mich immer noch wie verrückt, während wir beide gegen Wände prallten.

»O mein Gott ... das ist verrückt ... Was mache ich nur? Was mache ich nur?«, murmelte sie in unsere wilden Küsse hinein.

»Wir nehmen uns, was wir brauchen. Das, was sich abzeichnet, seit ich das *Charlie's* betreten und dich hinter der Bar gesehen habe.« Ich bewegte mich weiter, tastete mich in

Richtung des Schlafzimmers, das genauso aussah wie meines. »Schon damals wusste ich, dass ich dich haben muss.«

Ein sanftes Licht erhellte die Trennwand, die nicht ganz bis zur Decke reichte und ihr Zimmer nach hinten separierte.

Mein Herz raste. Zu hart. Zu falsch.

Trotzdem ging ich weiter, trug sie in ihr Zimmer und warf sie auf die Mitte ihres Betts.

Sie federte zurück und wimmerte ein gepresstes »Lyrik«.

Verdammt! Ich mochte diesen Klang, mochte ihn in besonderem Maße.

Mein Blick wanderte über das Mädchen, das genau meine Art von Perfektion war. Kurven, große Titten und ein runder Hintern. Eine schlanke Taille, genau richtig, um meine Hände darum zu legen.

Ihr Kopf wackelte leicht auf dem Kissen, und ihre Brust hob und senkte sich in kleinen Erschütterungen. Für einen Moment brachte mich ihr Gesichtsausdruck aus dem Konzept, denn er durchlief so viele Emotionen, dass ich sie nicht einordnen konnte. Nicht, solange ich mit meinen eigenen nicht zurechtkam.

Aber heute Abend ging es nicht darum, sie zu entschlüsseln. Es ging darum, nachzugeben, zu nehmen. Wir würden uns für eine Minute hingeben, denn es war klar, dass keiner von uns beiden einen weiteren Tag durchstehen würde.

Ich kroch auf sie und ließ dabei meine Hände an der Außenseite ihrer Oberschenkel hinauf wandern.

Sie presste den Kopf zurück und stöhnte leise.

Mein Blut pumpte so heftig, dass es in meinen Ohren rauschte.

Ihre flinken Finger lösten meine bereits gelockerte Krawatte und rissen die Knöpfe meines Hemds auf. Ich schüttelte es ab und griff nach ihrem Hals. Dann küsste ich das schneeweiße Fleisch und ihr Puls wurde unter meiner Zunge lebendig.

Währenddessen zog ich den Reißverschluss ihres Kleids nach unten und schob es über ihren Kopf.

Sobald ich das getan hatte, ging ich in die Knie und öffnete den Verschluss des trägerlosen BHs zwischen ihren Titten.

Er fiel zur Seite.

»Scheiße«, zischte ich und warf einen prüfenden Blick auf das Mädchen, das ich seit einem Jahr unbedingt haben wollte. Sie lag zitternd da, nur mit ihrem knappen Höschen bekleidet. »Du bist das Beste, was ich je gesehen habe.«

Jemals.

Tamar sah immer wie ein Pin-up-Girl aus. Exakt die Art von Mädchen, das meine Wände geschmückt hatte, als ich mich vom Jungen zum Mann entwickelt hatte. Als ich gerade eine Vorstellung davon bekommen hatte, was ich mochte. Mädchen, die rote Lippen hatten, frech und energisch waren ...

Aber das hier ... das ...

Sie.

Sie war hart und weich. Tätowiert und makellos. Luder und Engel.

Schmutzig und rein.

Der Krieg, den ich ausgefochten hatte, formierte sich zu einer neuen Schlacht und rief mir zu, wegzulaufen. Denn mein Magen verkrampfte sich und mein Herz hämmerte. In meiner Brust bildete sich ein seltsames Gefühl, das ich kaum wiedererkannte.

Zähneknirschend verdrängte ich es und nahm stattdessen die rosige Knospe einer dieser Titten in meinen Mund. Ich saugte an dem harten Fleisch und ließ meine Zunge darum kreisen. Ich schnalzte, schmeckte und neckte.

Sie wölbte sich keuchend.

Ein Knurren vibrierte in meiner Brust. »So verdammt heiß ... Fuck, Red! Fuck ... Du bist jedes Mädchen, das ich je wollte.«

Ich wusste nicht einmal, was ich sagte. Die Worte waren ein wirres Durcheinander, ohne jegliche Logik. Alle rationalen Gedanken waren aus mir herausgefallen, als ich mich über das Tattoo auf ihrer Brust zu ihrer anderen Titte bewegte. Ich leckte über die Wölbung, bevor ich mich erhob und einen Nippel in meinen Mund nahm.

Während sie ihre Nägel über meinen Rücken zog, stemmte sie ihre Hüften gegen meine.

Bettelnd.

Als ich es keine Sekunde länger aushielt, kletterte ich vom Bett, knöpfte meine Hose auf und zog mich bis auf die Unterwäsche aus, während ich Red dabei zusah, wie sie sich auf dem Bett wand. Die Augenbrauen hochgezogen, ihre Hände im Laken unter ihr vergraben.

Ich wusste, dass ich nur noch fünf Sekunden davon entfernt war, dieses Feuerwerk zu zünden, das in ihr knisterte und brannte.

Ich kroch wieder über sie und kniete mich zwischen ihre Beine. Sie zitterten vor Verlangen und Lust. Ich umklammerte ihre Knie, ihre Haut war heiß und gerötet und ließ mir das Wasser im Mund zusammenlaufen. Meine Hände glitten nach unten und meine Finger berührten die Schlange und den Apfel an der Außenseite ihres linken Oberschenkels, während ich ihre blauen Augen aufblitzen sah.

Bei der Berührung stieß sie einen kleinen Schrei aus.

Das Geräusch brachte mich um den Verstand. Ich lehnte mich vor und beugte mich über ihr Bein, sodass ich abtauchen konnte, um das Tattoo zu schmecken. Mit meiner Zunge fuhr ich über die Linien auf ihrer Haut und bahnte mir schließlich einen Weg über die Oberseite ihres Oberschenkels bis zur Innenseite. Ich saugte an der zarten Haut, die auf den Rand ihres Höschens traf, während ich das winzige Stückchen Stoff an ihren Hüften in meine Hände nahm.

Der Stoff musste weg.

Ich begann, ihn nach unten zu ziehen.

Red wimmerte wieder und etwas daran ließ mich erschaudern. Ihre Beine krallten sich um meine Seiten.

Nicht, um mich festzuhalten.

Sondern, um mich in Schach zu halten.

Sie bebten. Fast so sehr wie die Arme an ihren Seiten.

Ich riss den Kopf hoch, um in ihr Gesicht zu sehen.

»Red«, flüsterte ich eindringlich. Als ich ihren Gesichtsausdruck sah, wich ich so schnell zurück, als hätte ich mich verbrannt.

Blanke Panik.

Ihre Augen waren weit aufgerissen und nach oben gerichtet. Aber irgendwie wurde mir klar, dass sie nicht wirklich hier war. Nicht mit mir. Nicht mehr. Ihr Körper war starr und Tränen flossen unkontrolliert aus ihren Augenwinkeln und in ihr Haar.

Dieses Mal klang ihr Wimmern eher wie ein Schluchzen.

»Red«, flüsterte ich wieder. Ein Flüstern, das fast wie ein Betteln klang, denn ich würde betteln, wenn ich sie dadurch von dort zurückholen könnte, wo sie hingegangen war.

Mein Herz pochte. Fuck! Ich war so weit außerhalb meines Elements, dass ich keinen blassen Schimmer hatte, was ich tun sollte. Ich versuchte, ihr Raum zu geben.

Sie atmen zu lassen.

Aber da war ein Teil in mir, der mich nicht weit kommen lassen wollte. Sogar trotz der Warnung in meinem Kopf, dass ich verdammt noch mal abhauen sollte. Es war der Teil, der mich dazu drängte, sie zu trösten. Sie zu besänftigen. Sie wegzubringen.

Es war der Teil, der verrücktspielte, wenn ich sie so ansah.

Völlig verletzlich und entblößt.

Ein Engel.

Unschuldig.

Sie rollte sich auf die Seite und zog ihre Knie schützend an ihre Brust; ihr Kopf verschwand im Kissen.

Ihr ganzer Körper bebte und ihre Schluchzer wurden immer lauter, je mehr sie sich zusammenrollte. Als würde sie alles dafür geben, zu verschwinden.

Wieder verkrampfte sich das Herz in meiner Brust. Schmerzhaft. So fest, dass ich nicht mehr atmen konnte. Es war, als ob dieses *Ding*, dieses Monster in mir, drohte, mich zu ersticken. Mich überrollte eine unmenschliche Welle der Fürsorglichkeit, des Beschützerinstinkts. Gefühle, die ich mir nicht leisten konnte, zu fühlen. Langsam kochte die Wut unter der Oberfläche meiner Haut hoch.

Raus hier! Geh! Geh! Geh! Du kannst das nicht tun.

Hilflos stand ich auf und sah mich in ihrem Zimmer um. Wonach ich suchte, wusste ich nicht.

Einer Antwort.

Oder vielleicht einem Namen.

Ja.

Ich suchte nach einem verdammten Namen. Denn ich war mir ziemlich sicher, dass ich jemanden töten musste. Denjenigen jagen, der ihr wehgetan hatte.

Ich schaute zurück zu dem Mädchen, das halbnackt dalag und zitterte, als hätte man sie zum Sterben im Schnee liegen lassen. Ich schnappte mir eine Decke und deckte sie zu.

»Red«, flüsterte ich. Vorsichtig fuhr ich mit den Fingern durch ihr Haar.

Sie zuckte zusammen, aber sie flippte nicht aus wie zuvor.

»Red, Baby, Red. Ich bin's ... Lyrik, ich werde dir nicht wehtun ... Ich verspreche es«, murmelte ich, während ich sie in meine Arme nahm.

Ich passierte eine weitere Grenze.

Ich trug sie zu dem großen Sessel, den sie in der Ecke ihres Zimmers hatte, und setzte sie auf meinen Schoß.

Sie weinte und zitterte weiter in meinen Armen.

»Red.« Ich streichelte ihren Rücken auf und ab. Schaukelte sie. Beruhigte sie. Alles, um sie zu trösten.

Um es besser zu machen.

Fuck. Warum hatte sie nicht einfach Nein gesagt?

Ich hatte sie angefleht, es zu tun.

Dann wären wir beide nicht hier. Genau da, wo wir nicht sein sollten.

»Es tut mir so leid.« Ihre Stimme war ein heiseres Röcheln. Sie war so verzweifelt und klein, dass ich spürte, wie sie meine Knochen erschütterte. Sie vergrub ihr Gesicht in meiner Brust und umklammerte mich, als wäre ich ihre Rettungsleine. Raus aus der Dunkelheit, zurück ins Licht. Das freche, zickige Mädchen, das in einer Spelunke Drinks ausschenkte, war längst verschwunden. »Es tut mir so leid.«

Ich fuhr mit meiner Hand über ihren Rücken und drückte ein paar kleine Küsse auf ihren Scheitel, während meine Stimme in ihrem Haar verschwand. »Shh ... Entschuldige dich nicht. Es gibt nichts, wofür du dich entschuldigen musst. Für nichts. Du bist in Sicherheit. Du bist in Sicherheit.«

»Lyrik.« Schmerz. Pein. Reue.

»Baby ... ich habe dich ... Ich werde nicht zulassen, dass dir etwas passiert.«

Ich zuckte zusammen, sobald die Worte aus meinem Mund gekommen waren.

Ich schaute an die Decke und kniff die Augen zusammen.

Worauf hatte ich mich da bloß eingelassen?

»Versprochen?«, flüsterte sie, als wäre sie nicht mehr als ein verängstigtes kleines Mädchen.

»Versprochen.«

Das war gelogen.

Die Wahrheit war, dass ich niemanden beschützen konnte.

Denn Typen wie ich züchteten Zerstörung.

Ich spürte, wie alles auseinanderbrach, während ich sie festhielt. Ich hielt sie fest, bis ihr Wimmern verstummte und ihr angespannter Körper sich endlich lockerte. Währenddessen drohte meiner, zu zerspringen.

Als ich mir sicher war, dass sie schlief, trug ich sie vorsichtig zurück zu ihrem Bett. Vorsichtig, um sie nicht zu wecken, legte ich sie in der Mitte der Matratze ab, noch immer in die Decke eingerollt. Ein Stöhnen entrang sich ihren roten Lippen und sie kuschelte sich ein. Ihr rotes Haar fiel zur Seite.

Ich strich mit den Fingern hindurch und die Wut pulsierte in mir.

Unaufhaltsam.

Was zum Teufel sollte ich tun?

8

———

TAMAR

Ich konnte meine Hände nicht davon abhalten, zu zittern. Glas klirrte, als ich nach zwei Biergläsern tastete, die an den Eisenstangen über der Bar hingen. Ich holte tief Luft, ein vergeblicher Versuch, mein Herz, meinen Verstand und meine Hände zu beruhigen. Es brachte nichts, außer meine Nerven noch mehr zu strapazieren.

Ich hätte mich krankmelden und den ganzen Tag im Bett verkriechen sollen. Genau in der Position, in der ich mich heute Morgen – bis auf meine Unterwäsche nackt – wiedergefunden hatte.

Oder vielleicht hätte ich meine Sachen zusammenpacken, in den Kofferraum meines Autos werfen und verschwinden sollen.

Mein Herz pochte heftig und schmerzhaft. *Genau das hätte ich tun sollen.* Das wusste ich. Ich konnte nicht mehr lange hierbleiben, an diesem Ort, der mein Zuhause geworden war. Wo ich Freunde hatte. Menschen, die sich um mich sorgten. Menschen, die zu meiner Familie geworden waren.

Das war das Problem. Ich hatte Wurzeln geschlagen, mich emotional gebunden. Und genau deshalb wollte ich nicht gehen, um erneut von vorn anfangen. Ich konnte mir nicht vorstellen, eine Einsamkeit willkommen zu heißen, die größer war als die Leere, in der ich bereits schwebte.

Warum hatte ich nach all dieser Zeit nachgegeben?

Und vor allem, warum hatte ich *ihm* nachgegeben?

Die Unruhe wütete in mir wie ein glühender Feuersturm. Mein Inneres brannte unter den Spätfolgen von Lyriks Berührung und der Art und Weise, wie er mich hatte fühlen lassen. Dieses Chaos wurde durch meine erbärmliche Reaktion am vergangenen Abend noch genährt. *Damit* hatte ich nicht gerechnet. Aber ich hatte mich gehen lassen. Ich hatte mich in Gefühlen, Berührungen und hungrigen Worten verloren.

Verloren in allem, was ich in den vergangenen vier Jahren gewollt und mir selbst verweigert hatte.

Ich hatte mich in Lyrik verloren, bevor ich mich in den Tiefen meines Verstandes verirrt hatte. Ich hatte mich in den dunklen Ecken verloren, von denen ich so tun wollte, als gäbe es sie nicht.

Ich konzentrierte mich darauf, meine Lunge mit Luft zu füllen, während ich das Bier zapfte.

Die Lichter auf der Bühne flackerten. Der Rest der Bar war abgedunkelt, die Energie lebendig. Normalerweise war das genau die Art von Stimmung, in der ich aufblühte.

Aber nicht heute Abend.

Die Band, die auf der Bühne spielte, war laut und schroff. Jedes Wort, das der Sänger von sich gab, knirschte in meinen Ohren. Jeder Akkord der Gitarre fühlte sich an wie das Kreischen von Nägeln auf meiner Wirbelsäule.

Mein ganzes Wesen war nervös, unruhig und aus dem Gleichgewicht gebracht. Meine Konzentration tot.

Der Schaum schwappte über die Seiten der Gläser. »Scheiße!«, zischte ich und stellte die Biere beiseite. Meine

Frustration wurde offensichtlich, als ich nach einem Lappen griff und aggressiv mein Missgeschick aufwischte.

»Schaffst du es, das Bier bis nach hier drüben zu befördern? Oder bist du nicht einmal zu dieser einen kleinen Aufgabe fähig?« Der Satz traf mich wie eine Ohrfeige.

Ich hatte heute Abend keine Kapazitäten für Bullshit.

Mit zusammengekniffenen Augen schnappte ich mir die Gläser und richtete meine Aufmerksamkeit auf den Idioten, der am anderen Ende der Bar saß. Ein Typ, der wahrscheinlich Anfang dreißig war. Seine Attraktivität war auf den ersten Blick das Einzige, was für ihn sprach.

Er schenkte mir ein süßes, spöttisches Lächeln. »Ist es wirklich so schwer? Wenn du Hilfe brauchst, musst du nur fragen. Ich bin sehr *geschickt* mit meinen Händen.«

Er hatte mich in einem Atemzug beleidigt und versucht, mich anzubaggern. Was für ein Arschloch.

Meine Oberlippe kräuselte sich. »Ich denke, ich bin sehr wohl imstande dazu, vielen Dank«, erwiderte ich mit aller Zurückhaltung, die ich aufbringen konnte. Ich gab mir Mühe, mich im Zaum zu halten, obwohl ich diesem Arschloch am liebsten die ganze Feindseligkeit, die in mir brodelte, entgegengeschleudert hätte. Mit einem Grinsen schob ich ihm und seinem Freund die Getränke zu und legte den Kopf schief. »Zufrieden?«

Seine Stirn hob sich, seine Stimme war sanft. »Nicht mal annähernd. Warum suchen wir uns nicht eine dunkle Ecke, damit du es wiedergutmachen kannst?«

Als hätte er mich geschlagen, wurde ich blass und wich zitternd einen Schritt zurück.

»Ach komm schon ... Sieh dich doch mal an! Tu nicht so schüchtern! Du weißt, wozu du gut bist. Soll ich dafür bezahlen?« Seine Augen funkelten vor Lust, als wäre ich nur zu seiner Unterhaltung da. »Ich habe nichts dagegen.«

Die Flammen loderten, der Sturm tobte weiter. Oder vielleicht war es der Raum, der sich drehte.

Zitternd suchte ich nach dem Atem, den er mir genommen hatte. Mein Brustkorb wurde zu voll und mir wurde schwarz vor Augen. Ich fühlte mich gefangen zwischen dem verletzlichen, dummen Mädchen, das ich nie wieder sein wollte, und der Schlampe, die sich am liebsten auf die ganze Welt gestürzt hätte. Nur zu gern würde ich über die Theke springen und dem Kerl die Kehle aufreißen. Um ihn bezahlen zu lassen.

Instinktiv schlang sich meine Hand um den Hals einer großen Flasche Jack Daniels.

Dann spürte ich einen festen Arm, der mich an der Taille zurückzog, und hörte eine beschwichtigende Stimme an meinem Ohr. »Ganz ruhig, Süße.«

Charlie.

Ich sackte mit dem Rücken gegen seine Brust und schnappte keuchend nach Luft, als ich den Atem wiederfand, den ich gesucht hatte.

»Ganz ruhig«, murmelte er, als er mich wegzog. Er schob mich unter der Theke hindurch und führte mich durch die Schwingtür in die Küche. Auf der linken Seite befand sich ein altes, heruntergekommenes Büro, in dessen Mitte eine einzelne schummrige Lampe auf dem Schreibtisch brannte. Er schlug die Tür hinter uns zu, sobald wir in der Stille des Zimmers standen.

Schließlich drehte er mich um und legte seine Hände an die Außenseiten meiner Oberarme. Ich zuckte zusammen, als ich seinen Gesichtsausdruck sah. Sein Mund war offen, seine freundlichen braunen Augen voller Sorge und ohne die gewohnte Leichtigkeit.

Seine Stirn war gerunzelt. »Hey«, beruhigte er mich. »Bist

du da drin, Süße? Was ist heute Abend mit dir los? Du hast dem Typen fast die Augen ausgekratzt.«

Ich schnaubte, aber es war ein unsicheres Geräusch. »Er hätte es verdient.«

»Daran habe ich keinen Zweifel. Ich habe Nathan schon eingeschaltet. Der Typ ist raus. Ich kann es nicht gebrauchen, dass Abschaum wie er meine Bar aufmischt.«

Er drückte meine Oberarme fester. »Aber wir wissen beide, dass du jeden Abend mit solchem Gesindel zu tun hast. Normalerweise kommst du damit klar, ohne dass sich deine hübschen kleinen Federn sträuben, aber heute Abend bist du so unruhig wie die alte Waschmaschine meiner Mutter.«

Ich fuhr mit einer unsicheren Hand durch mein Haar und sah zu Boden, während ich mit zusammengepressten Lippen einen Lufthauch ausstieß. Zögernd sah ich ihn wieder an. »Tut mir leid, Charlie. Ich bin heute Abend nicht gerade in Höchstform.«

Ein zärtliches Lächeln erschien auf seinen Lippen und er senkte die Stimme. Voller Ehrlichkeit sagte er: »Ich erwarte nicht, dass du immer gut gelaunt bist, Darling. Wir alle haben gelegentlich einen schlechten Tag.« Falten bildeten sich auf seiner Stirn. »Aber ich glaube, ich habe dich nicht mehr so verloren gesehen, seit du das erste Mal durch die Türen des *Charlie's* gestolpert bist. Und du hast mir an jenem Tag fast das Herz gebrochen. Sag mir, woher dieser verzweifelte Blick in deinem süßen Gesicht kommt.«

Süß?

War es das, was er sah, wenn er mich betrachtete?

Langsam schüttelte ich den Kopf und schluckte den Kloß in meinem Hals hinunter. Ich bemühte mich um das Grinsen, das ich so gern aufsetzte, aber es wollte einfach nicht kommen. Stattdessen zitterte meine Unterlippe. »Es ist nichts.«

»Lüg mich jetzt nicht an! Ich kenne dich zu gut.« Seine

Augen verengten sich. »Hat es etwas mit der Hochzeit von Shea und Sebastian gestern Abend zu tun? Ich wusste, dass das schwer für dich sein würde.«

Wusste?

Woher?

Hatte mich dieser Mann einfach so durchschaut?

Ein frustrierter Laut drang durch meine Lippen und ich fuhr mit einer Hand durch mein Haar. »Nein, das war es nicht.«

Es war das ganze Drumherum. Der Schritt aus der Deckung. Dass ich mich selbst angreifbar gemacht hatte. Der gefährliche Junge, der möglicherweise eine ähnliche Last wie ich mit sich herumzuschleppen hatte.

»Du sahst wunderschön aus, Süße«, versicherte er mir in seinem Versuch, mich zu beruhigen. »Wirklich wunderschön.«

Sein Kopf bewegte sich zur Seite. »Ich hoffe, du lässt dich eines Tages von mir zum Altar führen, so wie mein Shea-Bär mir gestern die Ehre erwiesen hat.«

Und ich wusste, dass er versuchte, mir auf den Zahn zu fühlen. So wie er es immer getan hatte. Ich kämpfte darum, meine Maske zu finden und aufzusetzen, als sich ein unerträglicher Schmerz in meiner Brust festsetzte.

Alles in Charlies Tonfall war väterlich. Fürsorglich. Hoffnungsvoll für meine Zukunft.

Daddy.

Erinnerungen durchströmten mich. Ich war zu schwach und aufgewühlt, um sie aufzuhalten.

Charlie wusste nicht einmal, dass mein Vater existierte. Er dachte, meine Eltern wären weg. Tot. Dass ich allein sei. Ich hatte diesen selbstlosen, großzügigen Mann, der sich immer nur um mich gekümmert hatte, belogen, weil ich geglaubt hatte, mich nur so schützen zu können.

Und ich tat es weiter, weil ich keinen anderen Weg kannte.

Diese hohle Einsamkeit, die aus meinem Inneren quoll, war schlimmer als alles, was ich in den vergangenen vier Jahren erlebt hatte. Vielleicht in all meinen Jahren überhaupt. Es war, als würde sie sich wie ein verlorener Geist in meine Seele schleichen und nach einem Zuhause suchen.

Denn ich spürte, dass dieses Leben der Verstellung zu Ende ging.

Ich setzte ein verschmitztes Lächeln auf – ein wackeliges Durcheinander, offensichtlich genauso falsch wie die schwachen Worte, die ich nun herauspresste. »Erwarte nicht zu viel, alter Mann. Wir beide wissen, dass das nicht passieren wird. Dieses Mädchen arbeitet allein am besten.«

Er hob mein Kinn an. Seine Lippen zuckten aufrichtig und wissend. »Wem möchtest du hier etwas vormachen, Süße? Denn mir bestimmt nicht.«

»Charlie ...«

»Glaube nicht eine Sekunde, dass ich dich nicht sehe, Tamar King. Dass ich Einsamkeit nicht erkenne, wenn ich sie vor mir habe. Ich habe selbst zu lange in ihr gelebt.«

Gott.

»Einsamkeit erkennt Einsamkeit, verstehst du das nicht?«

Ich versuchte, den Kloß in meinem Hals zu ignorieren, und tat so, als hätte mich das, was er gesagt hatte, nicht wie eine Lawine überrollt.

»Ich kann gar nicht zählen, wie oft ich gesehen habe, dass Frauen hierher strömen, nur um dich zu sehen, Charlie. Und hübsche dazu«, versuchte ich es mit einem lockeren Spruch – und wusste, dass ich kläglich versagte.

Er lächelte traurig. »Aber keine von ihnen wird jemals meine Sadie sein.«

Seine Worte bohrten sich in meine Brust.

»Brich mir nicht das Herz, alter Mann!«, murmelte ich neckend, flehend.

Seine braunen Augen wurden weicher. »Sieht ganz so aus, als wäre es schon gebrochen.«

Ich zuckte zurück.

»Wage es ja nicht!«, warnte er mich, während seine große Handfläche mein Gesicht umschloss.

»Was?«

»Wegzulaufen. Lauf nicht wieder vor dem weg, vor dem du einst geflüchtet bist!«

Schnell schüttelte ich den Kopf. »Ich weiß nicht, ob ich bleiben kann.«

Sanft drückte er mich an sich und küsste meine Schläfe, bevor er sich umdrehte und zur Tür ging. Als sie offen war, hielt er inne und schaute mich über seine Schulter an. »Wenn du weiter wegläufst, wird dir das, wovor du wegläufst, immer folgen. Die einzige Möglichkeit, es aufzuhalten, ist, umzudrehen und dem den Weg abzuschneiden.«

Furcht erfüllte mich. Das konnte ich nicht. Ich war nicht bereit. Und nach der letzten Nacht war ich mir nicht sicher, ob ich es jemals sein würde.

Ich blinzelte, als die Bilder zurückkamen.

Lyrik, wie er meinen Oberschenkel küsst.

Zu nah.

Zu viel.

Zitternd.

Erschrocken.

Verschlingende Dunkelheit.

Ich schluckte die Reste der Angst hinunter.

Würde es immer so sein?

Charlie schloss die Tür hinter sich. Ein schwerer Atemzug verließ mich und ich wandte mich von der Tür ab, während ich mit um die Taille geschlungenen Armen nach vorn sackte.

Als könnte ich mich so vor dem Sturm schützen.

Aber mir wurde klar, dass die Schutzschilde keine Wirkung

zeigten. Sie gaben mir nichts weiter als ein falsches Gefühl von Sicherheit. Und ich brach unter ihnen zusammen.

Die Tür schwang wieder auf.

»Charlie«, flüsterte ich, immer noch mit abgewandtem Blick. »Ich kann nicht ...«

Ein Schauer lief mir über den Rücken, als ich die Präsenz des Manns spürte, der gerade in den Raum getreten war.

Mit einem Keuchen drehte ich mich um, öffnete den Mund und stolperte zurück.

Lyrik stand in der Tür, die Hand auf dem Türknauf. Schockwellen strahlten von ihm aus, eine intensive Energie strömte auf mich zu – und raubte mir den Atem. Die leckenden Flammen, die er entfachte, loderten auf und versengten mich in Bedauern, Angst und einem Anflug von unwillkommener Erleichterung.

Nein.

Der dunkle, bedrohliche Junge stand wie ein Schatten in dem dunstigen Licht, sein Gesicht war hart und stumpf. Selbst von der anderen Seite des Raums sah ich das Funkeln seiner obsidianschwarzen Augen. In ihnen erkannte ich Widerstand, als würde er vielleicht den gleichen Kampf führen wie ich. Und keiner von uns wusste, für welche Seite er kämpfen sollte.

Ich wollte ihn auffordern, zu gehen, und ihn anflehen, zu bleiben.

Ein Gefühl der Demütigung durchflutete mich. Gott, ich konnte die Erinnerung daran, wie ich mich an ihn geklammert hatte, nicht ertragen. Wie ich ihn angefleht hatte, alles in Ordnung zu bringen, wie ein schwaches kleines Mädchen.

Ich hatte alles zerstört.

Ich trat zurück, meine Stimme war leise, aber fest, als ich sagte: »Bitte, geh einfach.«

Panik machte sich in mir breit, als er natürlich nicht auf mich hörte. Stattdessen schob er sich ganz ins Büro und schloss die Tür hinter sich. Er schien auf einem Wirbelwind der Wut zu reiten, sein Unterkiefer war verkrampft, seine Muskeln fest und angespannt. Das Klicken des einrastenden Schlosses hallte in der spannungsgeladenen Luft wider.

»Du weißt, dass das nicht passieren wird. Nicht jetzt. Nicht nach letzter Nacht.«

Ich taumelte einen Schritt zurück, als er sich weiter vorwärts bewegte.

Irgendwann in der Nacht hatte er mich verlassen. Vermutlich hatte er die Nase voll gehabt und entschieden, mich gehen zu lassen. Und dass Lyrik West mich in Ruhe ließ, war das Einzige, was ich brauchte – und das Letzte, was ich wollte.

Ich presste meine Hände flach gegen die Wand hinter mir, die meine Flucht verhinderte. Bei jedem Schritt, den er näher kam, bebte der Boden unter meinen Füßen. Ein Heiligenschein aus Dunkelheit umgab ihn, seine Stärke ließ die Luft vibrieren.

Das Summen vor dem Blitzschlag.

Dieses Gefühl intensivierte sich weiter, bis er mich wieder einmal in die Ecke gedrängt hatte. Gefangen. Ich atmete seinen Atem und spürte den schnellen Schlag seines Herzens.

Ich versuchte, meine Aufmerksamkeit nach unten zu richten. Ich wollte mich weiter verstecken, obwohl er schon alles gesehen hatte, was ich ihm nie hatte zeigen wollen. Aber ich konnte nicht widerstehen, als er über mir schwebte, ohne ein Wort zu sagen. Als würde er in meinem Schweigen die Antwort finden, die er suchte.

Als ich es nicht mehr aushielt, schaute ich auf und begegnete seinem Blick. Hass. In seinen dunklen, ausdrucksstarken Augen konnte ich einen unergründlichen Hass sehen.

Aber er war nicht gegen mich gerichtet.

Denn seine Augen waren außerdem beschützend.

Irgendwie schaffte er es, einen weiteren Zentimeter der

Distanz zwischen uns zu beseitigen und mich völlig einzuschließen. Seine Stimme war rau, als er sprach. »Hat dir jemand wehgetan?«

Mein ganzer Körper zuckte zusammen und ich riss meinen Kopf zurück. Seine Hand fand mein Kinn und seine Berührung war sanft, während alles andere um ihn herum grob war.

»Bitte.« Ich drückte die Augen zusammen, als er mein Kinn hob.

»Red.« Die Art, wie er meinen Spitznamen aussprach, durchbohrte mich wie ein heißes Messer. Der Schmerz ließ mir keine andere Wahl, als mich zu ergeben.

»Schließ mich nicht aus«, murmelte er und fuhr mit dem Daumen über meine zitternde Unterlippe. »Glaubst du, du kannst so tun, als wäre die vergangene Nacht nicht passiert? Selbst, wenn du es könntest, ich kann es nicht.«

Ein hartes Lachen erschütterte mich und ich öffnete abrupt die Augen, als sich die Bitterkeit von meiner Zunge löste. »Ich verstelle mich schon seit Jahren.«

»Wie viele?«, flüsterte er mit der Stimme, die mich Nacht für Nacht verfolgte. »Wie viele Jahre verstellst du dich schon? Wie viele Jahre ist es her, dass du dich von einem Mann anfassen lassen hast?«

Ich wimmerte.

»Wie viele?«, verlangte er.

»Vier.«

Ich hatte das Wort nicht zurückhalten können. Es war, als hätte er es mir entrissen.

Ich beobachtete seine Kehle, als er sich räusperte und hart schluckte, und sein Blick schnellte zur Seite, als müsste er sich sammeln, bevor er wieder zu mir sah. Seine ernsten Worte hatten etwas Verzweifeltes an sich. »Wolltest du es? Mit mir zusammen sein?«

Meine Antwort war ein knappes Röcheln, als ich sie schließlich zwischen meinen Lippen hervorpresste. »Ja.«

Das Erschreckende daran war, wie sehr ich es gewollt hatte.

»Willst du es immer noch?«

Vielleicht sah er die Antwort in meinen Augen, in der Art, wie sich meine Lippen teilten und ich voller Verlangen ausatmete. Denn blitzschnell war sein Mund auf meinem und seine großen Hände umschlossen beide Seiten meines Halses, wobei seine Finger bis in meinen Nacken reichten.

Besitzergreifend.

Der Schock erlosch auf meiner Zunge, als er sie in einem dominanten Tanz bearbeitete. In mir erwachte eine Energie. Der Nervenkitzel, für den ich einst gelebt hatte, brach sich Bahn, entzündete alle Nervenenden und überzog meine Haut.

Ich stöhnte auf und zerrte an seinem Haar. »Lyrik.«

»Sag mir«, murmelte er gegen meine Lippen, »sag mir, dass du es immer noch willst.«

»Ja.«

Das war die einzige Antwort, die er gebraucht hatte.

Er küsste mich, als wäre ich nicht das schwache Mädchen, das gestern Abend in seinen Armen zusammengebrochen war.

Ein kleiner Teil von mir verliebte sich in ihn. Genau in diesem Moment. Genau dort.

Mit rauer Stimme sprach er zwischen seinen Küssen. »Ich bin für die nächsten zwei Monate hier. Lass mich sie damit verbringen, jede Erinnerung an diesen Bastard aus jedem Zentimeter deines Körpers zu löschen. Bis es ihn nicht mehr gibt und du nur noch mich kennst.«

Ich keuchte und mein Herz schlug so heftig, dass ich es in meinen Ohren pochen hörte – dieses ständige Bumm-Bumm-Bumm, das mit meinen rasenden Gedanken Schritt halten wollte.

Denn ich hatte einige Wunden, die zu tief waren, als dass

man sie je hätte auslöschen können. Aber Gott, ich wollte, dass er es versuchte. Dass er etwas von dieser akuten Einsamkeit wegnahm. Um etwas von dieser unausweichlichen Anziehungskraft zu sättigen.

Alles, was ich wollte, war, zu fühlen, zu berühren und berührt zu werden. Zu lieben und geliebt zu werden.

Aber ich war nicht dumm. Lyrik würde mich nicht lieben. Nicht so, wie ich es brauchte.

Er zog sich ein Stück zurück, umfasste beide Seiten meines Gesichts und ließ seinen Blick über mich schweifen. »Ja? Wir können uns so langsam oder so schnell fortbewegen, wie du es willst.« Er drückte mein Gesicht in seinen Händen. »Alles, was du sagen musst, ist Nein.«

Meine Zunge schoss heraus, um meine trockenen Lippen zu befeuchten, und die röchelnden, flehenden Worte purzelten heraus, bevor ich sie stoppen konnte. »Was ist, wenn es wehtut ... wenn du gehst?«

O Gott! Er musste mich für erbärmlich halten.

Die Dunkelheit intensivierte sich und in seinen Augen ging die Sonne unter, während sich eine Seite seines köstlichen Munds zu einem halben Grinsen verzog, das mich innerlich zerriss. Denn es war in jeder Hinsicht traurig.

»Baby, ich verspreche dir, dass ich den Schmerz nicht wert bin.«

»Wir sind eine furchtbare Idee«, murmelte ich in einer Art letztem Versuch, ihn zu einer Vernunft zu bringen, die keiner von uns beiden zu finden schien. Ich wünschte, ich könnte ihn wegstoßen, während ich immer näher kam und tiefer sank.

Unsere Stimmen wurden mit jedem Wort, das wir sprachen, leiser. Die Spannung stieg. Die Luft wurde dicker. Unsere Atemzüge wurden schwerer und unsere Körper angespannter.

»Ja. Eine schreckliche, schreckliche Idee«, sagte er. »All die

Monate, in denen du mich weggeschoben hast? Nun, du hattest recht ... mit allem, was du gesagt hast. Ich bin durch und durch verdorben. Und verdammt ... ich weiß, dass ich mich fernhalten sollte ... Ich habe es den ganzen Tag versucht. Ich habe mir immer wieder gesagt, dass ich dich in Ruhe lassen soll. Und doch bin ich hier. Ich habe dir gestern Abend gesagt, dass ich nicht aufhören kann, an dich zu denken. Ich kann nicht aufhören, dich zu begehren. Und ich kann nicht aufhören, daran zu denken, dass du mich vielleicht genauso brauchst, wie ich dich brauche.«

Er streckte seine Hand aus, strich mit dem Fingerknöchel über meine Wange und hob mein Kinn zu sich. Ich zuckte nicht zurück, sondern blinzelte nur zu diesem schönen, dunklen, bedrohlichen Jungen hoch, der gar nicht so bedrohlich zu sein schien.

Wir schienen zu verharren – unschlüssig, in welche Richtung wir gehen sollten. Ob wir auf Zurückspulen, Vorspulen oder Löschen drücken sollten.

»Ich glaube dir nicht«, flüsterte ich schließlich, so leise, dass man es kaum hörte. Ich streckte die Hand aus und zog am Ausschnitt seines T-Shirts, sodass noch mehr Tinte auf seiner starken Brust und in seinem Nacken zum Vorschein kam.

Ich zitterte, wollte berühren, schmecken und erkunden. Für ein paar Momente wollte ich mich wie mein altes Ich fühlen. Das war das Problem mit Lyrik West. Er hatte das tapfere Mädchen zurück ins Leben geholt. Aber ich war mir nicht mehr sicher, wer sie war. »Ich glaube, du bist unter all dem ein kleines bisschen perfekt.«

Ich konnte fast spüren, wie sich sein Herzschlag erhöhte. »Glaub mir, es wird nur hässlicher, je tiefer du gräbst.«

Es fühlte sich ein wenig so an, als wäre das seine letzte Warnung gewesen.

»Seltsam, denn je mehr ich sehe, desto besser gefällt es mir.«

Ein kleines Lächeln umspielte seine Lippen und er schlang einen Arm um meine Taille, zog mich dicht an sich heran, gegen all seine Härte, Hitze und Gefahr, während seine andere Handfläche sanft meine Wange liebkoste.

»Blue«, flüsterte er.

Blue.

Verwirrt rümpfte ich die Nase.

Er lächelte breiter und fuhr mit den Fingern durch mein Haar. »Wilde, verruchte Red und süße, wunderschöne Blue.«

Oh.

Scheiße.

Ja. Ein bisschen zu perfekt. Und ganz und gar falsch.

Ich kaute auf meiner Unterlippe und stieß ein schallendes Lachen aus. Als könnte ich der Schwere dieser Welt entfliehen, solange ich in der Sicherheit seiner Arme lag. »Willst du mir vorwerfen, bipolar zu sein?«, stichelte ich, während meine Füße kaum den unruhigen Boden berührten.

Er lachte, ein kehliges Geräusch, das ich bis in meinen Bauch spürte. »Ich werfe dir nur vor, dass du alles bist, was ich mag. Rau, hart und frech. Süß und weich. Dieser sexy kleine Widerspruch, den ich Stück für Stück entwirren will.«

Mein Inneres zitterte. »Jetzt forderst du den Ärger ja förmlich heraus, Rockstar.«

Er lehnte sich dicht an mein Ohr. »Und ich kann es kaum erwarten, darin zu ertrinken.«

Die Lust in mir schwoll an und ich drückte ihn fester an mich.

Die Wahrheit war, dass ich das auch wollte. Ich wollte diesen verblüffenden, wütenden Mann kennenlernen. Von innen und außen. Geist, Körper und Seele.

Würde er mich lassen?

»Das ist verrückt«, sagte ich.

»Wahrscheinlich.«

Ein Lächeln umspielte meinen Mund, als ich zu ihm aufsah. »Ich bin mir nicht einmal sicher, ob ich dich mag.«

Er lachte schallend. »Sicher tust du das. Zumindest ein bisschen.«

Er strich mit seinen vollen Lippen über meine. Ich sollte recht behalten. Sie waren genauso köstlich wie dieser verdammte Apfel.

Sanft fuhr er mit dem Daumen über meine Wange. »Du bist so verdammt schön. Du bringst mich um den Verstand.«

Nein, *dass ich den Kopf verlor*, lag allein an mir. Denn es stand außer Frage, dass ich wahnsinnig sein musste. Völlig verrückt.

Denn ich wusste es besser. Ich war stärker. Ich hatte meine Welt neu aufgebaut, um die zu werden, die ich sein wollte.

Und mit einer Berührung brachte Lyrik sie zum Einsturz.

Ich richtete mich auf und brachte ein paar Zentimeter Abstand zwischen uns, denn ich musste erst einmal Luft holen, um diese komplizierte Situation zu verstehen. »Wie soll das funktionieren?«

Er zuckte mit den Schultern. »Wie wir es wollen.« Mein Lieblingslächeln bahnte sich den Weg zu seinem Mund. Die tödliche Art von Lächeln. Die Art, die ganze Städte unbemerkt in Schutt und Asche legen konnte. Nur ein Blitz und fertig. »Ich denke, wir sollten damit anfangen, dass du wieder zurück zu mir kommst, damit ich dich küssen kann. Jetzt, da ich angefangen habe, bin ich mir nicht sicher, ob ich aufhören will.«

Meine Augen wurden zu Schlitzen. »Nur du und ich? Denn ich werde auf keinen Fall in meiner Wohnung sitzen und jeden Morgen dabei zusehen, wie eine Schar aufgetakelter Mädchen aus deiner Tür stolpert.«

Ein leises, zufriedenes Glucksen ertönte in seiner Brust und er rückte näher, wobei er seine Hand fest um meine Hüfte legte. »Da ist sie ja ... Red.« Er beugte sich zu mir und Aufrichtigkeit prägte seinen Gesichtsausdruck. »Das war falsch, Blue. Diesen Scheiß mit dir zu machen. Dir etwas unter die Nase zu reiben, was du nicht sehen solltest. Zwei Monate ... nur du und ich. Und ich verspreche dir, dass du das einzige Mädchen sein wirst, das in meinem Bett liegt.«

Und Lyrik küsste mich.

Er küsste mich, als wollte er nicht mehr damit aufhören.

Vermutlich hatte ich wirklich den Verstand verloren.

Das deformierte Herz zwischen meinen Brüsten pochte.

Hüte dein Herz.

Hüte dein Herz.

Denn ich hatte Angst, dass dieser Junge derjenige sein könnte, der es mir stahl.

9

LYRIK

ICH LIESS mich mit meiner Crew in die abgelegene, hufeisenförmige Nische fallen. Ash saß mir direkt gegenüber und Zee in der Mitte. Sein Blick huschte zwischen uns beiden hin und her.

Ich verstand, warum seine Gedanken so unruhig waren.

Zee war der Unbescholtene von uns allen. Er hatte nicht einen böswilligen Knochen in seinem ehrlichen Körper. Manchmal wünschte ich mir, er wäre nicht in die Fußstapfen seines Bruders getreten. Mark hatte sich so sehr in die Korruption unseres Lebens verstrickt, dass er seins mittendrin verloren hatte.

Als Mark vor zwei Jahren gestorben war, hatte Zee dessen Platz als Schlagzeuger eingenommen. Er wollte, dass das Erbe seines Bruders durch ihn weiterlebte. Ich verstand das vollkommen. Das hieß aber nicht, dass ich damit einverstanden war, dass er den hässlichen Mist mitbekam, der unsere Welt bestimmte. Dass er davon befleckt wurde. Nicht, wenn es sich so anfühlte, als wären wir für ihn verantwortlich.

»Ist sie okay?«, fragte Ash und hob steif sein Kinn. Die Scheinwerfer der Bühne beleuchteten nur schwach seine

Gesichtszüge. Normalerweise war Ash so lässig wie nur möglich. Nonchalant. Alles ein verdammter Scherz. Bis der Scheiß, der passierte, überhaupt nicht mehr lustig war.

»Ja. Sie ist okay.« Ich schluckte etwas von der Heftigkeit hinunter, die immer noch durch meine Adern strömte und nach Erlösung suchte. Denn wenn ich ehrlich war, wusste ich nicht, ob sie wirklich okay war. »Was ist mit dem Stück Scheiße?«

Ash schüttelte seine rechte Hand und ballte die Faust. »Ich habe mich darum gekümmert. Ich glaube nicht, dass man den Schwanzlutscher in nächster Zeit im *Charlie's* sehen wird.«

Ich nickte heftig, denn ich hatte unbedingt derjenige sein wollen, der das Arschloch blutig schlug. Aber Ash kannte mich gut genug, um zu wissen, wann ich ins Abseits gestellt werden musste. Er hatte es sofort erkannt, als ich kurz davor gewesen war, auszurasten und die Situation eskalieren zu lassen.

Gestern Abend, nachdem ich Tamar verlassen hatte und in meine Wohnung zurückgegangen war, hatte ich mich die ganze Nacht hin und her gewälzt. Hatte mir Sorgen um sie gemacht, obwohl ich kein Recht dazu hatte, und gegen den verdammten, überwältigenden Zwang angekämpft, den Wichser aufzuspüren, der ihr wehgetan hatte. Ich wollte ihm den Schmerz, den er ihr zugefügt hatte, hundertfach zurückgeben.

Am stärksten aber hatte ich gegen das Bedürfnis gekämpft, zu ihr zurückzugehen und sie in meine Arme zu schließen. Sie zu halten und ihren Schmerz zu lindern.

Und genau das war es, was mich zu der Entscheidung gebracht hatte, zu gehen. Mich abzuwenden und nie wieder zurückzuschauen. Genau wie ich es von Anfang an hätte tun sollen.

Ich konnte es mir nicht leisten, mir Sorgen zu machen.

Mich zu *kümmern*.

Ich hatte mich davon überzeugt, dass eine Einmischung in

ihr Chaos alles nur noch schlimmer – und sie *schmutziger* – machen würde.

Und ich wusste ganz genau, dass dieses Mädchen das nicht brauchte. Sie brauchte keinen Platz in meinem schwarzen, verdreckten Herzen.

Sie brauchte den guten Scheiß, den ich ihr nicht geben konnte.

Seltsam, dass es Ash gar nicht viel gekostet hatte, mich zu überreden, für ein paar Drinks in die Bar zu gehen. Nicht, nachdem ich den ganzen verdammten Tag aus dem Fenster gestarrt hatte, um einen Blick auf sie zu erhaschen. Um sicherzugehen, dass es ihr gut ging. Schuldgefühle nagten an mir wie eine fleischfressende Krankheit, denn es stand außer Frage, dass ich es war, der sie in den Abgrund gestürzt hatte.

Wieder hatte ich das dumme Bedürfnis verspürt, mich zu entschuldigen.

Stattdessen hatte ich mich mit dem Rücken an die Wand gepresst, um mich zu verstecken, als sie aus der Tür gekommen war und wie die schönste Frau ausgesehen hatte, die mir je unter die Augen gekommen war. Wie alles, was ich nicht haben konnte. Also hatte ich mir wieder eingeredet, sie einfach in Ruhe zu lassen.

Aber das war natürlich schnell vergessen gewesen, als Ash, Zee und ich ins *Charlie's* gekommen waren. Sie hatte mich nicht gesehen, aber ich hatte mitbekommen, was das Arschloch zu ihr gesagt hatte.

Das Schlimmste war, dass ich den Blick in seinen Augen gesehen hatte.

Als wäre sie Dreck und er dabei, sich schmutzig zu machen.

Charlie hatte eingegriffen und ich war mir verdammt sicher, dass das Mädchen kurz davor gewesen war, die Fassung zu verlieren, während Nathan, der riesige, bullige Barkeeper, der auch als Sicherheitsmann fungierte, das Schwein zur Tür geschleppt hatte.

Ich hatte *Rot* gesehen.

Sie war ganz plötzlich gekommen – die Wut, die mich wie ein feuriger Pfeil durchbohrt hatte. Wie ein Orkan war das Bedürfnis über mich gekommen, dieses Mädchen zu beschützen und all denen wehzutun, die ihr etwas angetan hatten.

Ich war direkt hinter Nathan gewesen.

Ich wusste, dass es die Nachwirkungen der vergangenen Nacht waren, die mich dazu verleitet hatten. Ich hatte mich so verdammt hilflos gefühlt, dabei wollte ich doch nur den Bastard aufspüren, der ihr diese Angst eingepflanzt hatte.

Nichts hatte mich auf den Blick des absoluten Entsetzens und der Angst auf der sonst so wilden, schönen Red vorbereitet.

Ash war dazwischengegangen, hatte sich vor mich gestellt und mich zurückgestoßen. Er wusste aus Erfahrung, dass es kein Halten mehr geben würde, sobald ich meine Wut entfesselte. Also hatte er mir aufgetragen, nach seiner *Tam-Tam* zu sehen, während er und Zee sich um das Nötigste gekümmert hatten. Charlie hatte mir bereitwillig den Weg gewiesen.

Es war nicht mein Plan gewesen, sie an die Wand zu pressen, meine Hände und meinen Mund auf ihren üppigen Körper zu drücken und Worte zu sprechen, die nicht hätten gesagt werden sollen.

Aber in der Sekunde, in der ich sie zusammengesunken stehen gesehen hatte – als würde sie alles geben, um sich aufrecht zu halten –, war ich nicht mehr zu bremsen gewesen.

Es war, als wäre es richtig gewesen, sie zu halten.

Als hätte ich vielleicht etwas *Gutes* getan.

Ja, ich wollte sie ficken. Diesbezüglich würde ich nicht lügen. Ich wusste, dass ein Teil von mir einfach nur gierig war. Ich wollte etwas, das ich nicht haben sollte.

Aber vielleicht würden zwei Monate ihr mehr bieten als das. Vielleicht würde es ihr etwas von dem zurückgeben, was sie verloren hatte. Vielleicht würde ich ausnahmsweise mal nicht als Schandfleck, sondern als Bereicherung betrachtet werden.

Ich betrachtete Zee, dessen Knie so energisch wippten, dass er die ganze Stadt hätte beleuchten können.

»Geht es dir gut?«, fragte ich.

Er zuckte nur mit einer Schulter. »Er hat es verdient.«

Ash deutete auf ihn und sagte zu mir: »Eines Tages wird er selbst mitmischen.«

Zee lächelte. »Sah so aus, als hättest du das ganz gut im Griff.«

Ash lachte. »Der Kerl war ein Weichei. Ihm musste nur ein bisschen Respekt beigebracht werden. Nathan und ich haben ihm nur zu gern eine Lektion erteilt. Ich bin mir ziemlich sicher, dass er es an den richtigen Stellen spüren wird.«

»Danke, Mann«, sagte ich zu Ash.

»Immer«, erwiderte er ernst, bevor sich ein wissendes Lächeln auf sein Gesicht schlich.

Großartig.

Ich ließ meinen Blick über den verdunkelten Raum schweifen. Die Menge war in Bewegung und drängte sich dicht an die Bühne heran, auch in der Bar wimmelte es von Menschen.

Tamar hatte sich aufgerafft und hinter die Theke gestellt. Mit fliegenden Fingern hatte sie ihr Shirt geglättet und ihr wildes rotes Haar gebändigt, um die Spuren zu beseitigen, die ich in fünfzehn Minuten hinterlassen hatte.

Sie bemerkte meinen Blick und ein sexy Grinsen umspielte ihren süßen Mund. Aber da war auch Schüchternheit. Sie winkte mit einer Flasche Jägermeister in meine Richtung.

Willst du?

O ja, ich *wollte* auf jeden Fall.

Ich hob mein Kinn zur Bestätigung.

Sicher.

Ash gluckste. Die Schwere war weg, das Drama vergessen. »Du bist also wie ein Ritter in glänzender Rüstung herangeritten und hast die Jungfrau in Nöten gerettet? Irgendwie ironisch, denn meine Tam-Tam scheint nicht der Typ dafür zu sein. Mir scheint, als wäre sie durchaus in der Lage, sich selbst zu verteidigen.«

Das lag daran, dass er sie nicht kannte.

Überhaupt nicht.

Und wie durch ein Wunder ... kannte ich sie.

Ich zog die Schultern hoch, um nicht zu verraten, was sie mir gestern Abend mehr oder weniger anvertraut hatte. »Wir haben geredet. Sie ist okay. Und ich bin mir sicher, dass sie gut auf sich selbst hätte aufpassen können.«

Er hob eine Braue, als vermutete er vielleicht mehr. Als hätte er meinen Bluff durchschaut und machte sich bereit, mich darauf anzusprechen. »Bist du dir sicher ... dass ihr beide nur miteinander geredet habt? Willst du mir erzählen, was letzte Nacht passiert ist? Tamar ist verschwunden, als die Party gerade richtig losging.« Er lächelte breiter. »Genau wie du. Nachdem ihr beide so ausgesehen habt, als würdet ihr einander an die Gurgel gehen wollen. Und ich dachte schon, du hättest deine Entsprechung gefunden. Hast du nicht gesagt, dass du sie nicht *magst*?«

Ich funkelte ihn finster an. »So ist es nicht.«

»Nein?«

»Nein.«

»Wie ist es dann?«

Ich knirschte mit den Zähnen. »Es ist, wie es immer ist. Ich ficke. Ich gehe. Ganz einfach.«

Aber einfach war nicht annähernd eine Beschreibung dessen, was *das* hier war.

Ash wusste es genauso gut wie ich. Er wusste, dass ich mich wie ein Narr verhielt. Ich betrat ein Gebiet, in das ich nicht gehörte. Alles daran fühlte sich auf wundersame Weise richtig und gottlos falsch an.

Enttäuscht lehnte er sich zurück. »Du bist ein Idiot.«

Ich beugte mich vor und neigte den Kopf zur Seite, dann sagte ich leise: »Selbst wenn ich mehr wollte – hast du vergessen, wer ich bin? Was ich getan habe?«

Er schnaubte frustriert. »Ich weiß genau, wer du bist, mein Freund. Und du bist nichts weiter als ein Narr.«

Tamar nutzte den Moment, um sich unter der Theke hindurch zu ducken und auf uns zu zu stolzieren, wobei sie aussah wie meine liebste Fantasie. Dünne weiße Bluse, enge schwarze Lederhose, fünfzehn Zentimeter hohe Killer-Heels. Sie wirbelte wie ein Tornado auf uns zu und verdrehte jedem verdammten Kerl im Laden der Kopf. Jeder Typ hechelte nach einer Kostprobe, während das Mädchen nur in meine Richtung schaute.

Red.

Diese Seite von ihr war in Höchstform.

Verdammt! Das Mädchen war ein hinreißender Albtraum.

Meine Brust verkrampfte sich wie eine Faust.

Vielleicht hatte ich meine Entsprechung tatsächlich gefunden.

Sie balancierte ein Tablett auf ihrer Hand, voller Feuer und Frechheit, als ihr Blick über unseren Tisch schweifte. Sie stellte ein winziges Glas Jägermeister vor Zee auf die Tischplatte. »Bitte sehr, mein Hübscher«, sagte sie.

Ein Hauch von Verlegenheit schwang in Zees Lachen mit. »Willst du mich wie ein Weichei aussehen lassen? Ich weiß, ich bin der Jüngste und so ... aber im Ernst, ich glaube, ich kann einen ganzen Shot vertragen.«

Am Ende grinste er breit.

»Nee.« Sie lächelte ihn augenzwinkernd an. »Ich weiß nur, dass du viel schlauer bist als die beiden, die anscheinend denken, dass es eine gute Idee ist, Nacht für Nacht so viel Alkohol wie möglich zu konsumieren.«

»Autsch.« Ash schlug die Hand auf sein Herz. »Was willst du damit andeuten, Darling?«

Sie stellte ein kleines, dickwandiges Glas mit einer fast schwarzen Flüssigkeit vor ihm ab. »Mach dir keine Sorgen, du weißt, dass ich dich liebe.«

Ash schenkte ihr sein bestes Grübchenlächeln. »Oh, Tam-Tam, du bist meine Traumfrau. Du bringst mir Drinks, ohne dass ich danach fragen muss.«

»Und das ist ein Dreifacher«, sagte sie.

»Ich bin verliebt. Das war's – jemand soll mir einen Ring besorgen. Ich werfe mich hier und jetzt auf die Knie und mache dir einen Antrag.«

Sie lachte und knuffte ihn in die Schulter. »Spar dir den Atem, Kumpel.«

Ash ergriff ihre Hand. »Komm schon, Tam-Tam, wir würden Magie zusammen machen. Fast so gut wie die Magie, die ich im Studio erschaffe.«

Er warf mir einen herausfordernden Blick zu, während Zee mich mit einem verschmitzten Grinsen ansah. »Willst du da sitzen und ihn so über dein Mädchen reden lassen?«

Mein Mädchen?

Was sollte der Scheiß?

Arschlöcher. Alle beide. Sie stachelten mich an, als hätte ich etwas zu geben.

Sie waren beide so gut darin, mir zu zeigen, was nicht vorhanden war.

Als würde ich sie jemals verdienen.

Tamars Gesichtsausdruck wurde weicher, als sie sich mir zuwandte. Alles an ihr schien schüchtern zu werden. Sie beugte sich zu mir herunter, schaute mich durch ihre Wimpern an und schob mir langsam einen Drink zu. Er war ganz anders als die anderen.

Leuchtend neonblaue Flüssigkeit tanzte im Glas.

Hypnotisierend.

Genau wie sie.

In Erinnerung an die besondere *Rothaarige Schlampe*, die sie mir gemixt hatte, beäugte ich den Drink misstrauisch, obwohl sich gleichzeitig Erregung in meinem Bauch breitmachte. »Was ist das?«

»Das ist ein *Blauäugiger Engel*«, flüsterte sie so dicht an meinem Ohr, dass nur ich es hören konnte. Ihr warmer Atem kitzelte meinen Hals und sämtliches Blut in meinem Körper strömte nach Süden.

Blue.

Und ich verstand. Sie zeigte mir eine Seite von sich, die sie sonst niemandem zeigte.

Die unschuldige Seite.

Die Seite, die zerbrochen, weich und rein war.

Und sie vertraute sie mir an.

Ich schnappte mir das Glas und leerte den Drink.

Ja. Die Arschlöcher hatten recht. Wenigstens für kurze Zeit gehörte dieses Mädchen mir.

10

TAMAR

Ich warf einen Blick auf die Uhr.

Noch fünf Minuten. Ich war so aufgeregt, als würde ich einen alten Freund zu Hause willkommen heißen, außerdem war da ein Hauch von Angst.

Vor dem großen Spiegel stehend, betrachtete ich mich in meinen Skinny-Jeans, die am Knie zerrissen waren, dem eng anliegenden schwarzen T-Shirt mit coolem Aufdruck und den einzigen flachen Stiefeln, die ich besaß.

Ja, ich hatte mein Haar so hochgesteckt, wie es Lyrik gefiel, denn wenn es um ihn ging, war ich ein echtes Dummchen.

Zieh dir etwas Bequemes an, denn ich will dich hinten auf meinem Motorrad haben.

Das hatte er gestern Abend gesagt, als wir uns an meiner Tür verabschiedet hatten. Er hatte darauf bestanden, mir nach der Arbeit nach Hause zu folgen, und mir dann mitgeteilt, dass er heute mit mir ausgehen würde, da Sonntag war und ich die nächsten beiden Tage freihatte.

Er hatte mir eines dieser gefährlichen Lächeln geschenkt und mir einen kleinen Kuss auf die Lippen gedrückt, bevor er sich zurückgezogen hatte, während ich an der Tür fast geschmolzen wäre.

Ich war enttäuscht gewesen, dass er nicht darum gebeten hatte, mit reinzukommen.

Das war wohl die Antwort auf all meine Fragen, Was-wäre-wenns und inneren Warnungen gewesen.

Ich wollte ihn.

Ich wollte, was er zu geben bereit war, auch wenn ich das ungute Gefühl hatte, dass es nie genug sein würde.

Dieser Junge würde mich auf eine ganz andere Art vernarben.

Es klopfte dreimal an der Tür. Ich atmete tief durch, verließ mein Schlafzimmer und öffnete die Tür ohne die erwarteten Hemmungen.

Sein Anblick raubte mir den Atem.

Lyrik stand in meinem Türrahmen – füllte ihn aus, wenn ich ehrlich war. Seine Präsenz war so intensiv und kraftvoll, dass meine Knie schlotterten. Sein schwarzes Haar wehte in der Brise. Seine Augen waren verspielt.

»Hey«, sagte er mit einem Grinsen im Gesicht. Ein Hauch seiner Überheblichkeit kehrte zurück, als er sich mit der Schulter gegen den Pfosten lehnte und seinen Blick über mich schweifen ließ.

Ich hob eine Augenbraue. »Hey.«

Er grinste. »Ich hoffe, du bist bereit.«

»Ja.« Ich trat hinaus und schloss die Tür hinter uns. »Wirst du mir verraten, wofür ich bereit bin?«

»Nun, zum Auftakt habe ich eine kleine Überraschung für dich. Ich dachte, danach ziehen wir das normale Pärchen-Ding durch und gehen einen Happen essen.« Er zuckte mit den Schultern. »Dann könnten wir in meine Wohnung gehen und wie Teenager rummachen.«

Er lehnte sich vor und flüsterte in mein Ohr: »Wenn du Lust hast, lasse ich dich sogar kommen.«

Alles in mir kribbelte und ich verspürte ein Verlangen, das ich nie erwartet hätte.

Eine Sicherheit, von der ich nie gedacht hätte, dass ich sie finden würde.

Und wieder gefiel es mir, dass er nicht zimperlich war. Es gefiel mir, dass er mich nicht behandelte, als wäre ich zerbrechlich. Als würde ich beim ersten falschen Blick auseinanderfallen. Ich kämpfte darum, diese Lässigkeit beizubehalten. Die Stichelei. »Wow, du hast es wohl nicht nötig, um den heißen Brei herumzureden. Du scheinst dir deiner Sache sehr sicher zu sein, Rockstar.«

Ein leichtes Lachen dröhnte durch die Luft und pulsierte in meiner Brust. Er schlang seine Arme um meine Taille, woraufhin ich seufzte, und zog mich an sich. Mit einem Glitzern in den Augen ließ er die Zähne über seine Unterlippe gleiten. »Was? Willst du lieber zu dir nach Hause gehen? Damit habe ich kein Problem.«

»Oh, du denkst, es geht um die Location? Ich dachte da eher an deine Fähigkeit, zu *befriedigen*.«

»Baby, ich weiß alles über die *Location*. Und meine Fähigkeit, zu befriedigen, steht außer Frage. Du sagst mir einfach, wenn du bereit bist.«

Ich lachte und schlang einen Arm um seinen Hals. Es fühlte sich zu einfach an, zu gut, wenn wir einander neckten. Allerdings geschah das jetzt ohne die Feindseligkeit, die zuvor geherrscht hatte. Ich blinzelte ihn mit großen Augen an. »Ich werde es dich wissen lassen, keine Sorge.«

Er schenkte mir ein Grinsen, das die Erde zum Beben bringen könnte, bevor sich sein Gesichtsausdruck veränderte. Eine Sanftheit, die ich gerade erst in diesem Mann zu erkennen begann, zeichnete sich darauf ab. Er fuhr mit den Fingern durch mein Haar und neigte den Kopf so weit zurück, dass er mich ganz in Augenschein nehmen konnte. »Danke.«

Meine Kehle wurde enger und ich spürte, wie sich Falten auf meiner Stirn bildeten. »Wofür?«

Er wandte den Blick ab, als würde er mit sich ringen, bevor er mich wieder ansah. »Dafür, dass du mir vertraust. Das hat schon lange niemand mehr getan.«

Er schien die Fassung zurückzugewinnen, trat einen Schritt zurück, schnappte sich den Helm, den er auf dem Boden liegen gelassen hatte, und reichte mir die Hand. »Komm, lass uns gehen, sonst kommen wir zu spät.«

»Zu spät, hm? Soll ich raten, wohin du mich bringen wirst?«

»Nein.« Er sah mich an, als er mich die Außentreppe hinunterführte. »Bist du schon mal auf einem Motorrad gesessen?«

Ein heftiger Schmerz durchzuckte mich und ich stolperte einen Schritt zurück. Ich zwang das Gefühl zurück und vergrub es dort, wo es hingehörte. »Ja … ein paar Mal.«

Damals, als ich noch mutig gewesen war und geglaubt hatte, die Welt läge mir zu Füßen. Damals, bevor *er* mich rücksichtslos auf die Knie gezwungen hatte.

»Gut … dann muss ich dich nicht schonen, *Red*«, sagte Lyrik schelmisch.

Ein leises Glucksen entfuhr mir. Nicht, dass ich jemals gedacht hätte, dass dieser Junge das tun würde.

Vor seinem Motorrad drehte er sich zu mir um und setzte den visierlosen Helm auf meinen Kopf. Er ließ den Blick über mein Gesicht schweifen, während er die Riemen unter meinem Kinn befestigte. Dann nahm er wieder meine Hand und schwang sich auf das Motorrad, wobei er seine langen Beine weit ausstreckte, um das Gleichgewicht zu halten. Dieser Mann war so intensiv schön, dass mein Herz stotterte.

Ich atmete tief ein, um mich zu beruhigen. Er ließ mich nicht los, als er mich anleitete, hinter ihm aufzusteigen.

Ich zitterte ein wenig, als ich das tat, denn die alten Erinnerungen kamen genauso schnell zurück, wie mein Untergang gekommen war. Instinktiv schlang ich meine Arme um Lyriks Taille und drückte meine Nase direkt unterhalb seines Halses in sein T-Shirt. Ich atmete seine Schärfe ein. Seine Hitze. Die Gefahr, die von ihm ausging. Und irgendwie hatte ich keine Angst.

Er warf den Motor an und seine Harley erwachte rumpelnd zum Leben. Das glänzende Chrom vibrierte vor Kraft. Ein bisschen wie der Mann, der am Steuer saß. »Halt dich gut fest!«, rief er, während er mich näher an sich zog und seine Hand schützend auf meinen Oberschenkel legte. Genau über das Schlangentattoo, von dem er ein wenig besessen zu sein schien.

Versuchung.

Diese Tätowierung war später gekommen.

Ich hatte sie als Erinnerung daran machen lassen, wie leicht wir uns von den Dingen blenden ließen, die wir vielleicht wollten. Von den Dingen, die vielleicht nicht unbedingt gut für uns waren.

Wie das extra Bonbon, das ich immer gewollt und vor dem meine Mutter gewarnt hatte, weil es Bauchschmerzen verursachen oder die Zähne verderben könnte.

Lyrik rollte uns mit den Füßen ein Stück zurück, bevor er auf die Straße fuhr.

Und ich wusste, dass ich dieser Versuchung schutzlos ausgeliefert war. Welchen Weg er auch immer einschlug, ich würde ihm folgen, egal, ob er mich verletzen oder heilen würde.

Ich war überzeugt davon, dass er beides tun würde.

Das Motorrad ratterte über die Straße, während Lyrik durch die malerischen Straßen von Savannah fuhr. Die Hitze blies mir ins Gesicht und der Motor röhrte. Die Bäume, die hoch und stolz aufragten, spendeten mir Schatten, um mich vor der intensiven Sommerhitze zu schützen. Trotzdem brannte mein Innerstes und meine Haut war lebendig, als ich mich an dem gefährlichen Jungen festhielt, der mich auf eine Spritztour eingeladen hatte.

Wohin auch immer er mich führen würde.

Vertrauen.

Es war eine heikle Angelegenheit. Aber es war da.

Fünf Minuten später lenkte er den Wagen in eine Parklücke an der Straßenseite im historischen Viertel, das nicht weit von unseren Wohnungen entfernt lag. Das Schild, das vor dem Laden im Erdgeschoss des alten Gebäudes direkt vor uns hing, pries sein Angebot an.

Tattoos.

Ein unangenehmes Gefühl machte sich in meinem Magen breit.

Lyrik half mir ab und ich wartete, während er meinen Helm öffnete und ihn über den Lenker hängte.

Er musterte mich, wobei goldene und graue Flecken im Schwarz seiner Augen tanzten. »Was ist los?«, fragte er schließlich.

Ich rang meine Hände und schaute misstrauisch in Richtung des Ladens. »Wir lassen uns tätowieren?«

Lächelnd zupfte er an meiner Hand und ging irgendwie aufgeregt rückwärts in Richtung Laden. »Ich dachte, das wäre angemessen, oder?«

Ich zögerte.

»Komm schon, Red!« Sein Tonfall klang neckisch. »Sag nicht, du hast Angst vor einer kleinen Nadel!«

Er ließ seinen Blick über meinen Körper wandern, der nicht annähernd so bunt war wie seiner, aber es war offensichtlich, dass mir die Tätowiermaschine nicht fremd war.

»Nein ... Ich bin nur ...« Ich blinzelte, als ich nach der

richtigen Beschreibung suchte. O Gott! Das war bescheuert. Was sollte ich denn sagen?

»Ich bin glücklich«, entschied ich und hoffte, dass ihn das beruhigte.

Er zog eine Augenbraue hoch und sprach dann so langsam, als hätte er Schwierigkeiten, mit meiner Verrücktheit mitzuhalten. »Und du ... lässt dich nicht tätowieren, wenn ... du ... glücklich bist?«

Ich hatte mich immer nur aus einem einzigen Grund tätowieren lassen.

Ich hatte es getan, um zu verbergen, was Cameron Lucan zurückgelassen hatte.

Das Gefühl, das mich umhüllt hatte.

Kampf oder Flucht.

Seltsam, dass ich stets gedacht hatte, kämpfen und aufrecht stehen zu müssen. Eine uneinnehmbare Festung sein zu müssen, die niemals umgestoßen werden konnte.

In Wirklichkeit war ich immer nur auf der Flucht.

Schon viel zu lange.

Ich holte tief Luft, stellte mich auf die Zehenspitzen und drückte ihm einen Kuss auf seinen verführerischen Mund. »Lass es uns tun!«

Seine Aufregung kehrte zurück und grinsend wandte er sich zur Tür. Er gab mir ein Zeichen, ihm vorauszugehen, hielt mich aber auf, als ich die Schwelle überschritt, und beugte sich herunter, um mir ins Ohr zu flüstern: »Was willst du dir stechen lassen?«

Was würde ich mir stechen lassen?

Lyrik lächelte. Dieser komplexe, verworrene, wütende Mann, in dem ich so lange graben wollte, bis ich alles entdeckt hatte, was es zu finden gab. Bis ich nur noch ihn kannte.

Oder vielleicht, bis er mein Spiegelbild auf mich zurückwarf.

Ja, ich wollte mir etwas stechen lassen, was ich schon lange hätte tun sollen.

»Wie wäre es, wenn ich es dir später zeige, anstatt es dir zu sagen?«

Sein Lächeln verwandelte sich in ein Grinsen. »Ah, Red, ich mag es, wie du denkst.«

Keiner von uns beiden zeigte dem anderen sein neues Tattoo; es blieb für den Rest unseres *ersten Dates* verdeckt und zugeklebt. Wenn man es so nennen wollte. Aber es fühlte sich wie eines an. Als stünden wir erst am Anfang, obwohl wir ein Verfallsdatum für das, was auch immer *es* war, festgelegt hatten.

Das Abendessen war unkompliziert gewesen. Wir beide hatten die ganze Zeit über Witze gemacht und uns nie mit den ernsten Themen befasst, die um uns herum unbeantwortet zu schweben schienen.

In Wahrheit konnte ich nicht anders, als ein wenig stolz auf das zu sein, was ich mir hatte stechen lassen. Das Tattoo war so anders als die Bilder, mit denen ich normalerweise Spuren verdeckte. So anders als die Bilder, die ich als Rüstung trug.

Es war Hoffnung.

Denn zum ersten Mal seit langer Zeit spürte ich sie. Zum ersten Mal seit langer Zeit hatte sich jemand die Zeit genommen, diese Rüstung aufzubrechen, wirklich einen Schritt zurückzutreten und mich zu betrachten.

Jetzt hielt ich mich an seinem schönen Körper fest, während wir durch die Straßen fuhren. Die Wärme war wie eine vertraute Liebkosung, als der Wind gegen unsere Gesichter peitschte.

Lyrik machte ein paar schnelle Kurven in Richtung unseres Wohnblocks, seine Bewegungen waren flüssig und gekonnt. Als wir uns näherten, verlangsamte er das Tempo und streckte die Füße aus, um uns auszubalancieren, während er parkte.

Er stellte den Motor ab.

Die Stille verschluckte uns und eine stumme Vorfreude erfüllte die Luft.

Vielleicht waren es aber auch meine Hände und die Schmetterlinge in meinem Bauch, die nicht stillhalten wollten.

Gott, das war nicht ich – ein Nervenbündel. Nicht, bis Lyrik West gekommen war und alle Regeln geändert hatte.

Ich umarmte ihn ein letztes Mal fest, als bräuchte ich eine Boje der Sicherheit, um mich zu beruhigen. Langsam drehte er sich ein wenig in meine Richtung. Seine dunklen Augen waren prüfend. Als könnte er durch mich hindurchsehen, bis hin zu den Ängsten, die ich in mir verbarg.

Schließlich löste er meine Hände von seiner Taille und half mir von seinem Motorrad. Ohne mich loszulassen, schwang auch er sein Bein über das Bike und stand auf.

Er richtete sich zu seiner vollen Größe auf – und raubte mir den Atem. Meine Gedanken. Und übernahm meinen Verstand.

Ich befand mich auf so gefährlichem Boden. Ich spürte, wie er unter mir bebte.

Er strich mit dem Handrücken über meine Wange. Seine Intensität war süß und herb zugleich. »Du musst nur ein Wort sagen und dieser Abend endet genau hier.«

Ich starrte zu ihm hoch. Mein Herzschlag beschleunigte sich vor Angst, Adrenalin und Verlangen. Und wieder wollte ich keine Angst haben. »Ich will nicht, dass er endet.«

Nein, überhaupt nicht.

Mit nachdenklichen Augen musterte er mich, bevor er sich herunterbeugte und seine Lippen auf meine Stirn presste, wo er sein Versprechen murmelte. »Langsam.«

Langsam.

Überwältigende Dankbarkeit wallte in meiner Brust auf. Es

war verrückt, wie dieser furchteinflößende Junge mich so mühelos besänftigen konnte.

Er schenkte mir Zeit, obwohl ich bis vor zwei Nächten selbst nicht gewusst hatte, wie dringend ich diese benötigen würde.

Er blickte zurück, als er mich die Treppe hinaufführte. »Zu mir oder zu dir?«

»Zu dir.«

Er drehte den Schlüssel im Schloss und geleitete mich in die wartende Dunkelheit seiner Wohnung. Die gedämpften Lichter der Straße von Savannah, die vor seiner Terrassentür verlief, warfen tanzende Schatten ins Wohnzimmer.

Er trat zur Seite. »Fühl dich wie zu Hause.«

Ich betrat sein Wohnzimmer. Über die Schulter blickte ich zu ihm zurück und stellte fest, dass das Desaster, über das ich vergangenen Mittwoch gestolpert war, aufgeräumt worden war.

Mit seinem Zeigefinger kratzte er sich an der Schläfe. Es hatte etwas absurd Liebenswertes an sich, wenn er unsicher wirkte, und ein weiterer steifer Teil meines Äußeren knirschte unter dem Druck.

»Äh ... Ich habe etwas aufgeräumt, seit du das letzte Mal hier warst.«

Seltsam, dass dieser Tag schon eine Ewigkeit her zu sein schien.

Ich lächelte ihn an und versuchte, einen Scherz zu machen, während ich mich im Raum umsah. »Ah ... sieht so aus, als könntest du Meister Proper zu deiner Liste Alter Egos hinzufügen ... oder hast du jemanden hier hereingeschmuggelt, um den Laden auf Vordermann bringen zu lassen? Um mich zu beeindrucken?«

Mein Lächeln verblasste, als ich wieder zu ihm zurückblickte. Er verweilte noch immer in der Nähe der Tür.

Ich neigte den Kopf zur Seite, um ihn zu betrachten, während sein Gesichtsausdruck tausend Emotionen durchlebte.

Bedauern. Kummer. Lust.

Und eine Sehnsucht, die mich fast in die Knie zwang.

Das Verlangen bebte durch meinen Körper.

Ich wollte in ihn hineinkriechen.

Jedes Geheimnis entdecken.

Obwohl ich das erdrückende Gefühl hatte, dass es mein Ende sein würde, ihn zu kennen.

Vorsichtig beugte er sich vor.

Groß.

Schön.

Stark.

Er erfüllte die Luft mit seiner Präsenz. So dick, dass ich nicht sicher war, ob ich atmen konnte.

Sanft fuhr er mit seinen Fingern durch mein Haar. Nicht ganz so sanft zog er meinen Kopf zurück und fixierte mich mit seinem Blick. Langsam senkte er sich herunter, und in meinem Bauch bildeten sich tausend glückselige Knoten, während er eine schwindelerregende Spur von Küssen in meinem Nacken hinterließ.

Weiche, seidige Lippen.

Kleine Zungenbewegungen.

Das Kribbeln breitete sich wie ein Lauffeuer der Gefühle in meinem Körper aus.

Dann war seine Stimme an meinem Ohr und flüsterte: »Blue.«

Blue. Blue. Blue.

Sie war so ängstlich, unsicher und unschuldig mutig. Weil *sie* all die Dinge wollte, von denen ich auf die harte Tour gelernt hatte, dass die Welt sie nicht zu geben hatte. Aber *sie* wollte, dass ich trotzdem für sie kämpfte.

Schwielige Fingerkuppen wanderten an meinen Seiten

entlang und ich zitterte, als sie sich unter den Saum meines Shirts schoben. Haut an Haut.

»Ist das okay?«, fragte er, seine Stimme war rau.

Meine Antwort kratzte in meinem Hals. »Ja.«

Lyrik zog mein T-Shirt über meinen Kopf, langsam aber zielsicher.

Ein Luftzug schickte einen kühlen Schauer über die Flammen. Meine Brust hob sich, als Lyrik mich in Jeans und BH anstarrte. Er verschlang mich mit dieser unwiderstehlichen Intensität.

Ich wusste, dass meine Augen wild waren, als ich zu ihm aufblickte. Mein Puls hämmerte und mein Geist pochte.

»Blue«, murmelte er wieder, als er auf die Knie sank. Er schaute alle paar Sekunden zu mir hoch, während er den Pflasterverband von meiner Seite löste. Mein Bauch zitterte, als er ihn abnahm und den Schriftzug freilegte, der über meine Rippen, von meinem Hüftknochen bis knapp unter die linke Achselhöhle gestochen worden war. Und ich wusste, dass der Bereich sauber bleiben musste. Aber irgendwie war mir das in diesem Moment egal.

Ich wollte nur, dass er sie sah – die vier einfachen Buchstaben in großer, verschnörkelter Schrift. Von den ersten und letzten Buchstaben gingen Wirbel und Blumen aus.

Rise. Steh auf.

Vorsichtig trommelte er mit den Fingerspitzen über das Design, ohne die wunde Haut richtig zu berühren.

Sein unbeugsamer Blick fixierte den meinen. »Ich glaube, das hast du schon getan.«

Unbehaglich schüttelte ich den Kopf. »Nein ... seit einem Jahr jagst du jemandem hinterher, der wegläuft. Alles, was ich getan habe, war, mich zu verstecken und so zu tun, als wäre ich stark.« Ein schmerzhafter Atemzug verließ mich. »Aber das bin ich nicht, Lyrik. All das hier«, ich fuhr mit der Hand über meinen Körper, »das ist alles nur Show.«

Er stand auf und bewegte sich leicht wiegend. Mein Körper folgte ihm. Diesem Magneten konnte ich nicht widerstehen.

Ich war diesem faszinierenden Mann hilflos ausgeliefert.

Er legte seine Handfläche auf meinen Hals und sein Daumen fuhr mein Schlüsselbein entlang. »Nein.«

Seine obsidianschwarzen Augen funkelten und er beugte sich näher zu mir. »Dieses Mädchen ... dieses mutige, tapfere Mädchen. Sie ist ein Teil von dir. Ich sehe sie. Sie ist echt. *Red*«, murmelte er seufzend und drückte seine Lippen auf meine.

Schließlich zog er sich zurück und sah mich an. »Aber vielleicht ... vielleicht bist du aus dieser Phase deines Lebens einfach herausgewachsen. Vielleicht brauchst du sie nicht mehr so sehr wie früher und *Blue* blutet jetzt durch. Vielleicht will sie auch gehört werden. Sie will eine Stimme in deinem Leben haben.«

Ich blinzelte durch die Tränen und schüttelte den Kopf. »Woher kannst du das wissen?«

Das war keine Erwiderung oder Verteidigung.

Es war ein Zugeständnis.

Ergebenheit.

Sein Mund fiel auf den meinen.

Hart.

Unnachgiebig.

Er legte seine großen Hände um mich, die heißen Handflächen flach auf meinem oberen Rücken, und hob mich zu sich hoch.

Ich ließ mich fallen. In seinen Kuss und seine Umarmung und sein heftig schlagendes Herz.

»Ich weiß nicht, wer er ist ... und was er getan hat«, murmelte er, wobei sich die Worte fast manisch mit unserem

Kuss vermischten. Er schnappte nie nach Luft. Stattdessen stahl er sie. Er nahm uns alles. Vernunft, Licht und Angst.

»Aber bei mir ist dein Safeword Nein. Hast du das verstanden, Blue? Keine Spielchen, kein Bullshit. Das hier … das ist echt. Und wenn es zu viel wird … sagst du es. Du sagst es. Alles, was du sagen musst, ist Nein.«

Er zog sich zurück und die Linien in seinem Gesicht wirkten wie ein Appell. »Hörst du mich?«

Zärtlichkeit strömte aus ihm heraus.

»Ich höre dich.«

Ich grub meine Finger in seine Schultern, weil ich nicht mehr stehen konnte.

Ein bedürftiger Laut entrang sich meiner Kehle und er drückte mich gegen die Wand.

Die Position ähnelte der vor zwei Nächten.

Aber alles … alles war anders.

Das Verständnis seiner Berührung war ein ganzes Zeitalter entfernt.

Er war weich, sanft und rau.

Vorsichtig und doch herausfordernd.

Und plötzlich war er wieder auf den Knien.

Ich drückte meinen Rücken gegen die Wand, um mich zu stützen, während ich nach Luft schnappte.

Er öffnete den Reißverschluss meiner Stiefel und zog sie aus, dann lösten seine geschickten Finger die Knöpfe meiner Jeans.

Plötzlich lagen seine Hände auf meinen nackten Oberschenkeln und glitten daran entlang, um mich von meinen Jeans zu befreien. Dabei küsste er meinen Bauch.

Ich keuchte und bäumte mich auf.

Sein Mund wurde sanft und weich, als er vorn an meiner Spitzenunterwäsche atmete.

O. Gott.

Er krallte seine Finger in die Säume. »Alles, was du sagen musst, ist Nein.«

Aber ich hatte keine Luft und keine Worte, und wenn ich welche gehabt hätte, dann hätte ich um mehr gefleht. Stattdessen fuhr ich mit meinen Fingern durch sein weiches Haar.

Und zog ihn mit einem stummen Flehen näher zu mir.

Er stöhnte. »Blue.«

Kühle Luft schlug mir entgegen, als er mich meines Höschens entledigte. Seine Hände glitten ganz nach unten, um es von meinen Knöcheln zu lösen, dann packte er meine Schenkel und starrte mich mit all seiner Dunkelheit an. Ich versank tief in seinen Augen.

Er beugte sich vor, leckte meine Falten und ließ seine Zunge bis zu meiner Klitoris wandern. Nicht ein einziges Mal unterbrach er unseren Blickkontakt.

Ich schauderte, stöhnte und wimmerte. »Ja.«

Das genügte ihm als Zustimmung. Er legte mein Bein über seine Schulter und zog meinen Hintern von der Wand weg. Mit seinen Händen umklammerte er ihn, während er mich näher an sich heranzog und jedes noch so kleine Fünkchen Vernunft verschlang.

Er durchbrach jede Mauer und zerschmetterte jede Verteidigung.

Er leckte, saugte und fickte mich mit seinem Mund, bis ich ein zitterndes Wrack in seinen geschickten Händen war.

Bis ich spüren konnte, wie ein Blitz durch meine Brust schoss. Bis ich das warnende Beben spürte, das die schwere Luft durchströmte. Alles knisterte und die Energie strömte über meine Haut und erschütterte mich bis in die Knochen.

Als wären Stickstoff und Sauerstoff zum Leben erwacht.

Als wäre jedes Element in der Luft brennbar.

Explosiv.

Das Summen vor dem Blitzschlag.

Ich war mir bewusst, dass ich im Bruchteil einer Sekunde und ohne Vorwarnung von der Kraft verschlungen werden könnte. Von der Natur und dem blendenden Licht.

Verbrannt.

Er schob zwei Finger in meine Pussy – und ich explodierte unter der Intensität. Ich wurde in den Sturm hineingetragen. In Hitze und Feuer und blendendes Licht.

Blitz für Blitz für Blitz.

Machtlos.

Verbrannt.

Gebrandmarkt.

Ich sackte zurück und rutschte die Wand hinunter. Direkt in seine Arme.

Er hielt mich fest, küsste mich und fuhr mit den Fingern durch mein Haar. »Blue ... tapfere, schöne Blue.«

Meine Welt geriet ins Wanken und ich küsste ihn ebenfalls. Ich erhob mich auf die Knie, während ich mich auf seinen Schultern abstützte.

Dann wurde ich wie wahnsinnig.

Vor Verlangen. Bedürfnis. Lust.

Ich zerrte an seinem Shirt und er hob seine Arme, damit ich es über seinen Kopf ziehen konnte. Unser Kuss wurde für den Bruchteil einer Sekunde unterbrochen, bevor ich wieder auf ihm war. Ich presste meine Brust an seinen Oberkörper und suchte verzweifelt nach der Verbindung.

Ich schaukelte meinen Körper gegen seinen, jeder große, schöne Zentimeter von ihm war hart und bettelnd.

»Langsam«, murmelte er an meinem Mund und ich lächelte ihn an. Es war ein wehmütiges Lächeln, das meine Gefühle in Wallung brachte.

In diesem Moment verliebte ich mich noch ein wenig mehr in ihn.

In diesen grausamen, gefährlichen Jungen mit dem weichsten Herzen überhaupt.

Ich drängte ihn, sich auf den dicken Teppich zu legen, der den größten Teil seines Wohnzimmers einnahm.

Jetzt war ich an der Reihe, zu sehen, was er auf seiner Seite versteckte.

Ich kniete mich über ihn und zog langsam den Verband ab. Durch die doppelten Flügeltüren fiel ein dämmriger Lichtstrahl und beleuchtete seinen Körper.

Aber was ich nicht aus den Augen lassen konnte, war sein Gesicht. Es war verzerrt, als hätte er körperliche Schmerzen, seine Augen waren zusammengekniffen und sein Rücken wölbte sich vom Boden.

Als bereitete er sich auf einen Krieg vor.

Darauf, sich zu verteidigen.

Voller Qual.

Es stand dort geschrieben, in der Starre seiner Muskeln, in dem Schild, das ich nur zu gut kannte.

Ich unterdrückte mein Keuchen, als ich das Tattoo sah. Es befand sich in einem Bereich, der bereits stark tätowiert war. Es schien unmöglich, dass ein weiteres Tattoo dazu passen oder hervorstechen würde.

Aber das tat es.

Come winter she'll be gone.

Wenn der Winter kommt, wird sie fort sein.

Der heftige Anflug von Eifersucht, der mich überkam, war etwas, das ich mir auf keinen Fall leisten konnte.

Denn ich wusste, dass dieses Geständnis nicht für mich bestimmt war.

Und ich war eine Närrin, weil ich das überhaupt in Erwägung gezogen hatte.

Scheiße. Scheiße. Scheiße.

Das war schlecht.

Was ist, wenn es wehtut, wenn du gehst?

Baby, ich verspreche dir, dass ich den Schmerz nicht wert bin.

Diese Worte brachen über mich herein.

Denn es tat bereits weh.

Ich wollte zurückkriechen. Entkommen. Eine Mauer oder ein Schutzschild finden – oder noch wichtiger, eine Tür.

Ich spürte schon, wie ich auseinandergerissen wurde.

Lyrik streckte abrupt den Arm aus und hielt mich fest, um meine Flucht zu stoppen.

»Nicht!« In die harte Forderung mischte sich eine Bitte. Er zog seine Stirn in Falten und rang nach Worten. »Zwei Monate, Blue ... Wir haben zwei Monate ... und zwei Monate können dich nicht in die Tiefen bringen, in denen diese Worte ihren Ursprung haben.«

Es tat weh – und ich wollte es besser machen. Ich wollte ihm das bieten, was er mir bot.

Zuflucht. Einen Unterschlupf, bis ich stark genug war, einen neuen Weg zu finden. Um mich selbst zu finden. Wer auch immer *sie* sein sollte.

Auch wenn ich wusste, dass ich mich damit nur noch mehr zerstören würde.

Obwohl meine Seele in alle Richtungen zerrte, gab ich nach und küsste wie besessen seinen Brustkorb, die Tintenwirbel und die harten Flächen seines Bauchs. Eine Leinwand der Schönheit mit so viel verstecktem Schmerz.

Ich riss an den Knöpfen seiner Hose.

»Scheiße!«, zischte Lyrik schockiert, aber immer noch völlig erregt. Sein Schwanz sprang frei, als ich seine Jeans bis zu den Oberschenkeln schob.

Ich erschauderte ein wenig bei seinem Anblick. Er war genauso groß, kühn und bedrohlich wie der Rest seines Körpers.

Mein Magen verkrampfte sich und mein Mund wurde trocken.

»Red«, flüsterte er mit einem Stöhnen, als ich beide Hände um seinen Ansatz schlang, seine Länge hinauf streichelte und wieder daran hinunterglitt.

Alles bebte. Mein Herz, meine Hände und der Raum. Denn ich wollte das hier, trotz der Angst, die ich hatte.

Begierde durchdrang die Angst, als ich sah, wie sich die glitzernde Perle an dem winzigen Spalt bildete.

Vielleicht war ich eine Närrin, aber ich liebte es, dass ich die Fähigkeit hatte, ihn auf diese Weise zu beeinflussen.

Ich stöhnte, als ich mich nach vorn beugte, um ihn zu schmecken. So konnte ich diesen Mann erleben. Aus eigenem Antrieb.

Es war meine Entscheidung.

Das Stöhnen wurde zu einem Grollen in meiner Kehle, als ich ihn tief in meinen Mund zog. So weit, wie ich ihn nehmen konnte. Meine Hände machten sich daran, ihn im Rhythmus meines Munds zu bearbeiten.

Ich fühlte mich mächtig und schön.

Echt.

Er bäumte sich auf, wölbte sich und stöhnte, seine Hände verhedderten sich in meinem Haar.

Erregung kochte in der Luft.

Aufregung.

»Blue.«

Ein Energiestoß erfasste mich und ich trieb ihn höher und höher. Bis ich wusste, dass er brechen würde.

»Fuck«, murmelte er.

Als er kam, umklammerte er mich fest. »Blue ... Blue ... Blue.«

Ich schluckte und ritt mit ihm durch jede einzelne Welle. Denn ich wusste ohne Zweifel, dass ich bei ihm sein wollte.

Wir zuckten und bebten beide durch die Nachbeben.

Dann sackte ich nach vorn auf seine Brust. Keuchend. Taumelnd.

Lyrik legte seinen Unterarm über seine Augen, während der andere noch immer durch mein Haar fuhr. Die schwachen Geräusche des Verkehrs draußen gaben uns das Gefühl, über allem zu stehen. Unsere Atemzüge, das Klopfen unserer Herzen und die lauten Fragen, die immer noch in meinem Kopf herumschwirrten, waren die einzigen Geräusche, die ich vernahm.

Seine Stimme durchbrach die plötzliche Stille. »Das war ... unerwartet.«

Ich kaute auf meiner Unterlippe, während ich meine Fingerspitzen über seinen muskulösen Brustkorb gleiten ließ. »Ja«, flüsterte ich leise.

Mein Bedürfnis nach ihm hatte mich mit der Wucht eines Wüstensturms getroffen.

Denn ein Teil von mir war bereits an ihn gebunden. Dieser Teil, der schrie, dass wir gleich waren. Dass wir zusammengehörten.

Wie Charlie gesagt hatte, erkannte der Einsame den Einsamen.

Und mein Herz erkannte ihn.

Fast schüchtern blickte ich zu ihm auf. Er grinste schief.

Gesättigt und zufrieden.

»Du, wunderschöne Blue, hast mich gerade völlig umgehauen.«

»Ich glaube, du bist es, der mich immer wieder umhaut.«

Er schob mich ein Stückchen von sich, damit er seine Hose zurechtrücken konnte, und ich wandte ihm den Rücken zu.

Mit einem Anflug von Unbehagen kramte ich in meinen Jeans und fand mein Höschen, das ich dann wieder anzog.

Was tust du da, Tamar? Er wird dich zerstören.

Vernichten, plündern und besetzen.

Meine Hände zitterten, als ich an meinen Jeans herumfummelte. Ich erstarrte, als ich seinen heißen Mund spürte, der sich langsam über mein Schulterblatt bewegte und meine Wirbelsäule küsste. Von hinten löste er meine Finger aus meinen Jeans und ließ sie wieder auf den Boden fallen.

»Zieh dich nicht an!«, flüsterte er gegen meine Haut. »Versteck dich nicht vor mir! Ich will dich spüren.«

O Gott. Dieser Mann.

Er durchschaute alles und verstand mich. Wie?

Lyrik legte sich wieder hin, nahm meine Hand und zog mich mit sich, bis ich komplett auf ihm lag. Meine Brust auf seinem Oberkörper. Er klemmte meinen Kopf unter sein Kinn, ließ seine Finger träge Kreise über meinen Rücken ziehen, und ich erschauderte, als ich mich noch tiefer in seine Arme schmiegte. Seine sanften Berührungen wurden immer intensiver, bis er die Haut meines unteren Rückens streichelte und erst knapp über meine Unterwäsche Halt machte.

Ich zuckte zusammen, als er zielstrebig über die alten Narben fuhr. Als hätte er bereits gewusst, dass sie dort waren.

»Hat *er* das getan?« Seine Stimme war heiser, als er mich an mein Geständnis von zuvor erinnerte, und ich konnte das Beben der Gewalt spüren, das mit dieser Frage einherging. Ich konnte seinen Hass auf den Mann spüren, der mir meine Unschuld und meinen Glauben gestohlen hatte.

»Das war mein erstes Tattoo«, gab ich in die Stille hinein zu und klammerte mich an seine Seite, während er weiter über die Narben streichelte.

Manchmal fragte ich mich, wie die längst verheilten Wunden, die jetzt kaum noch zu spüren waren, weiterhin so tief reichen konnten.

»Als ich hierherkam, nach Savannah, hatte ich solche Angst. Ich hatte keine Ahnung, wer ich war oder wer ich sein wollte. Ich wusste nur, dass ich nicht mehr das dumme, naive Mädchen sein konnte, also suchte ich mir eine andere Haarfarbe, kleidete mich anders, schminkte mich anders. Alles, damit ich, wenn ich in den Spiegel schaute, nicht die einfache, ahnungslose Tamar sah.« Ich holte tief Luft. »Und sobald die Wunden ausreichend verheilt waren, ließ ich sie abdecken. Irgendwie fühlte ich mich dadurch mutiger. Stärker. Als hätte ich eine Art Trennung zwischen ihm und mir errichtet. Eine Barriere. Als hätte ich etwas von ihm abgewehrt.«

Ein Zittern durchfuhr Lyrik, und sein Griff wurde fester, als er tief Luft holte. »Wer war er? Sag es mir, Baby! Ich muss es wissen.«

Irgendwie klang seine Frage sowohl ermutigend als auch bedrohlich.

Ein Teil von mir wollte ihm sagen, dass zwei Monate nicht ausreichten, um ihn so tief graben zu lassen. Ich wollte ihm seine eigene Verteidigung ins Gesicht schleudern. Ein Teil von mir wollte sich hinter den Mauern verstecken, hinter denen auch er sich versteckte.

Das war jetzt keine Frage mehr.

Ich hörte es nachts in seiner Stimme. In den Worten, die er sang, und dem Kummer, den er damit verband. In den Zeilen, die auf seiner Haut standen. Vor allem aber spürte ich es in seiner Berührung.

Aber der stärkere Teil von mir wusste, dass ich mit jemandem reden musste. Nicht mit *irgendjemandem*. Mit ihm – diesem wunderschönen, Furcht einflößenden Mann, der mich mit so viel Angst und Bedürfnis erfüllte. Der Mann, der sich wie Gefahr und Sauerstoff und Glaube anfühlte. Derjenige, der mich auseinandernahm und freilegte, was darunter war.

Dieses Mädchen wollte hier in der Sicherheit von Lyriks Armen liegen und ihre Geheimnisse in seine Dunkelheit flüstern. Denn ich wusste, dass er sie beschützen würde.

Nein, ich würde ihm nicht alles sagen können. Dieser Name war schon zu lange ein Geheimnis. Aber ich konnte mich nicht davon abhalten, zu sprechen. Ihm die Teile zu geben, die ich ihm geben wollte. »Als ich ihn das erste Mal traf, dachte ich, er sei alles, was ich wollte.«

Lyrik zuckte zusammen, als wäre er geschlagen worden. »Du kanntest ihn? Du warst mit ihm zusammen?«

Ich erschauderte unter dem Ansturm der Erinnerungen und mir wurde klar, dass Lyrik absolut keine Ahnung von meiner Vergangenheit hatte, außer der Tatsache, dass ich ausgeflippt war, als er mich berührt hatte. Ich fragte mich, wie viele verschiedene Szenarien sich in seinem Kopf abgespielt hatten. »Ja.«

Der alte Schmerz durchbohrte mich wie eine rostige Nadel.

Tamar King wollte aufstehen und ihn vernichten. Sie wollte ihr Kinn trotzig heben und höhnisch in die Welt hinausschreien, dass kein Mann die Macht hatte, sie zu verletzen.

Stattdessen drehte ich meinen Kopf so, dass ich gegen Lyriks donnerndes Herz sprach, meine Stimme kaum mehr als ein Flüstern. »Nach außen hin war er dir sehr ähnlich. Dunkel. Gefährlich. Schön.«

Vorsichtig blickte ich zu ihm auf. »Deshalb habe ich es gehasst, dass du mich so beeinflusst hast, wie du es getan hast. Ich habe es gehasst, dass mich der erste Mann, zu dem ich mich seit vier Jahren hingezogen fühle, körperlich so sehr an *ihn* erinnert. Dass du mir das Gefühl von Aufregung und Leben gibst. Also habe ich mich auf die einzige Weise gewehrt, die ich kannte.«

Er presste mich an sich und drückte mir einen heftigen, aber zärtlichen Kuss auf den Scheitel. »Ich würde dir nie wehtun.«

Mein Inneres zitterte. Ich war mir sicher, dass das nicht

stimmte. Dieser Mann war im Begriff, die Macht zu erlangen, mich auf so viele Arten zu zerstören. Aber ich wusste, dass er das nicht gemeint hatte.

Ich nickte gegen seine Brust. »Ich weiß.«

Schweigend drängte er mich, fortzufahren. »Er war mehr als zehn Jahre älter als ich. Zuerst wollte ich so sehr mit ihm zusammen sein – ich wollte die intensiven Gefühle erleben, die er in mir auslöste –, dass ich die Alarmglocken ignorierte. Ich war so dumm. Wenn ich jetzt zurückblicke, ist das sonnenklar. Ich habe meine Eltern ignoriert, als sie mich anflehten, mich nicht mehr mit ihm zu treffen. Ich habe mich von ihnen abgekapselt, um ihre Sorgen nicht hören zu müssen, wenn sie mich zur Vernunft bringen wollten.«

Ich starrte ungläubig in die Schatten, die die Wand zierten. »Ich glaube, meine Mom wusste es bereits bei ihrer ersten Begegnung mit ihm. Wir standen uns immer so nahe und ich konnte es kaum erwarten, ihr meinen neuen *Freund* vorzustellen. Denn alle Jungs, mit denen ich vorher ausgegangen war, waren genau das gewesen. Jungs. Aber *er* war ein Mann.«

Die Worte wurden zittrig und bedauernd, als ich an jenen Tag zurückdachte. Die Erinnerung war so klar. Lebendig. »Ich war so aufgeregt gewesen ... so stolz, ihn vorzustellen. Meine Mutter ... sie wurde blass, sobald sie seine Haut berührte, als sie ihm die Hand schüttelte. Ich kann es immer noch spüren ... das kalte Grauen, das unsere kleine Küche erfüllte. Ich werde nie den Blick in ihren Augen vergessen ... die Angst. Als er weg war, packte sie mich am Arm und warnte mich eindringlich vor der Gefahr, die von ihm ausging. Wenn ich doch nur auf sie gehört hätte.«

Er schluckte schwer. »Blue.«

Ich redete einfach weiter, meine Stimme war ein Flüstern, als ich Lyrik Dinge erzählte, die ich noch nie jemandem erzählt hatte. »Er war ein Monster. Auf die schlimmste Weise verdorben. Am Anfang hat er mich verspottet, dass ich zu jung sei, zu unerfahren, dass ich mit seinem Lebensstil nicht zurechtkäme, und ich habe lediglich versprochen, dass ich es könnte.«

Ein Kloß bildete sich in meiner Kehle, sodass ich kaum sprechen konnte. »Ich hatte keine Ahnung, was ich da versprochen hatte. Und ich *kam* nicht damit zurecht, Lyrik. Keiner sollte damit zurechtkommen. Es begann als grobes Spiel. Dinge, die mir nicht wirklich behagten, mich aber nicht wirklich verletzten. Aber bevor ich wusste, was passierte, bevor ich es aufhalten konnte, war es Folter.«

Wut. Sie war greifbar. Die Art und Weise, wie sie sich ausbreitete und Lyriks Körper überrollte.

»Ich hoffe, er schmort gerade in der Hölle«, sagte er, während er mich noch fester hielt. Als würde er mich niemals loslassen.

»Ich wünschte, das wäre die Wahrheit.«

Ich wünschte, er wäre tot oder säße hinter Gittern, wo der Sadist hingehörte. Aber nein. Er war frei.

Meinetwegen.

Weil ich mich für mutig gehalten hatte – und doch nichts weiter als ein Feigling gewesen war.

Lyrik hob mein Handgelenk und drückte seinen Mund auf die Unterseite, auf die Narben, die an zurückgeblieben waren, als ich versucht hatte, die Fesseln zu zerreißen. Auch hier kaschierte Tinte die Spuren.

»Die Narben sind mein Feind«, flüsterte ich hart. »Als Nächstes habe ich meine Handgelenke tätowieren lassen und wieder hat es sich gut angefühlt. Es wurde zu diesem kranken Muster. Jedes Mal, wenn ich Angst hatte oder mich klein fühlte, ließ ich mir ein weiteres Tattoo stechen. Selbst nachdem die äußeren Wunden bedeckt waren. Bis ich eine Maske trug, die alle abschreckte. Ich wollte nicht gesehen werden. Von niemandem.«

Er senkte sein Kinn und hob mein Gesicht an. Intensive, wissende Augen huschten über mein Gesicht. Suchend. Forschend. Definierend. »Aber du hast mir erlaubt, dich zu sehen.«

Ein leises Lachen entstand tief in mir. »Vielleicht, weil du die erste Person bist, die mir nicht erlaubt, mich zu verstecken.«

Vielleicht lag es daran, dass er all das war, was ich immer gewollt hatte, aber nicht haben sollte. Nicht haben *konnte*. Das dunkelste Licht. Eine verstörende Sicherheit. Steinern, undurchdringlich und zerstörerisch weich.

Ich lächelte wehmütig. »Und ich glaube, ich bin so lange vor dir geflohen, dass du, als ich endlich anhielt, direkt in mich hineingekracht bist und alles weit aufgerissen hast.«

Ich redete ungehemmt weiter.

»Du hast Dinge aufgedeckt, von denen ich nicht einmal wusste, dass sie noch da sind.« Tränen sammelten sich in meinen Augen. Ich wischte die, die fielen, weg. »Ich hasse es, diese Person zu sein. Schwach. Zerbrechlich. Machtlos.«

Er drückte mich fester an sich, seine Worte waren ein Atemzug an meinem Kopf. »Nein ... süße, tapfere, wunderschöne Blue. Ich bin mir ziemlich sicher, dass du die stärkste Person bist, die ich kenne. Du bist hier. Lebendig. Am Leben. Stark genug, um diesen wunderschönen Mund zu öffnen und auszusprechen, was der kranke Bastard dir angetan hat.« Seine Stimme wurde leiser. »Und jetzt bist du hier und liegst bei mir. Du warst stark genug, um wegzugehen.«

Ich sah zu ihm auf und verriet ihm das Einzige, von dem ich nicht sicher war, ob ich es ihm sagen wollte. »Ich bin nicht gegangen ... ich bin geflohen.«

Und seitdem war ich auf der Flucht.

Dunkelheit umspielte seine Züge, ein Sturm, der immer

stärker wurde. »Ich will wissen, wer er ist. Nur einen verdammten Namen. Das ist alles, was ich brauche.«

Meine Antwort kam zitternd. »Und ich will einfach nur vergessen. Ich will, dass du ihn aus meinen Gedanken *löschst*. Wie du es versprochen hast.«

Ich wollte ihn nicht ins Licht zerren.

Denn ich war nicht bereit. Und ich war mir nicht sicher, ob ich es jemals sein würde.

Reine Wut polterte an meinem Kopf. »Oh, ich will ihn *auslöschen*, da kannst du dir sicher sein.«

Dieser Mann. Bedrohlich, furchteinflößend und einschüchternd.

Und ich hatte mich nie sicherer gefühlt.

Ich holte tief Luft und ließ meine Fingerspitzen über die Noten des Lieds fahren, das seinen Arm zierte. Ich fragte mich, ob ich es entziffern könnte. Blumen und Blätter schmiegten sich dazwischen, und ich blinzelte durch das gedämpfte Licht und konzentrierte mich auf den darin versteckten Namen.

Brendon.

Als ich den Schriftzug sorgfältig nachzeichnete, überkam mich ein mulmiges Gefühl.

Als hätte ich eine geisterhafte Erscheinung berührt, verschwanden meine Finger in den nebligen Dunstschwaden.

Ich erkannte den Moment, in dem er ihn traf. Ein Schmerz, der so brutal war, dass ich spürte, wie er durch ihn hindurchging und auf mich einprasselte. Und wieder zuckte Lyrik zurück. Er wich aus, zog sich zurück, schloss mich aus.

Zwei Sekunden, nachdem ich ihn hereingelassen hatte.

Langsam zog ich meine zitternde Hand zurück und versuchte, mein gut trainiertes, abgebrühtes Äußeres wieder aufzurichten. Denn mein Inneres fühlte sich wund an und schmerzte. Als würde ich ausbluten. Ich blutete für diesen Jungen, obwohl er mich noch weiter verletzen würde.

Gott, das wurde schnell unschön. Und ich wusste es besser. Das hatte ich immerzu getan.

»Ich sollte gehen«, murmelte ich, während ich mich von ihm wegrollte.

Er schnappte sich mein Handgelenk. »Bleib!«

Ich keuchte und er lockerte seinen Griff. Seine dunklen, durchdringenden Augen blickten mich aufgewühlt an. »Bitte«, sagte er.

»Ich weiß nicht, was du von mir willst. Was du von mir verlangst.«

»Zwei Monate, Blue. Ich bitte dich um zwei Monate.«

Konnte ich damit umgehen? Damit, dieses kleine Stück von ihm zu bekommen und vielleicht ein paar der fehlenden Teile von mir selbst zu finden?

Zärtlich fuhr er mit den Fingern durch mein Haar. »Bitte.«

»Okay«, flüsterte ich, denn bei ihm schien es kein Nein zu geben.

11

———

TAMAR

IN DER FAST VÖLLIGEN Dunkelheit saß ich an dem kleinen Schreibtisch in meinem Schlafzimmer. Ich starrte auf den verdunkelten Laptop-Bildschirm. Ich wollte, dass er aufhörte, mich anzuschreien, nach dem zu suchen, was er verborgen hatte.

Ich konnte nicht schlafen. Ich konnte mich nicht konzentrieren.

Seit Lyrik mich vor zwei Tagen aus den Angeln gehoben hatte, war es, als würde mich meine Vergangenheit einholen – mit messerscharfen Zähnen und auf den perfekten Moment wartend, um sich in meine Achillesferse zu bohren. Es würde ein harter Aufprall werden, wenn ich schließlich auf dem Boden aufschlüge.

Aber ich konnte spüren, wie sie näherkam, meine Vergangenheit. Wie eine dunkle Wolke, die die Erde verschlang und sich anschickte, mich ebenfalls zu verschlucken.

Ich wusste, dass es Lyrik war, der sie an die Oberfläche geholt hatte. Er hatte mich dazu gebracht, innezuhalten und nachzudenken, obwohl ich in den vergangenen vier Jahren immer so schnell gerannt war, wie meine Füße mich tragen konnten. Durch das ganze Land. Weg von meiner Familie. Ich hatte mich in der Ungewissheit und Unbekanntheit verkrochen.

Und genau wie in jener Nacht vor zwei Monaten, als ich mich auf Facebook eingeloggt hatte, war das Bedürfnis, mich mit einem Teil meiner Vergangenheit auseinanderzusetzen, fast überwältigend. Unvermeidlich. Als würde mich meine Familie anflehen, mich umzudrehen.

Unbehagen durchfuhr mich, als ich an die Nachricht zurückdachte.

Wir benötigen Ihre Hilfe. Wir verstehen Ihr Zögern, aber wir benötigen jede Information, die Sie uns zu Cameron Lucan geben können. Bitte kontaktieren Sie mich so schnell wie möglich!

Sie stammte von einem Staatsanwalt.

Einem Staatsanwalt in Tucson.

Meinem Zuhause.

Dem Ort, an dem Cameron Lucan lebte.

Ja. Alle glaubten, ich käme aus L. A.

Nur eine weitere Lüge.

Ich war so gut darin, sie aus meinem Mund fallen zu lassen.

Jetzt fragte ich mich, wie gut es war, dass mir geglaubt wurde. Ich fing an, daran zu zweifeln.

Seither hatte ich mich nicht mehr eingeloggt. Aber wie in jener Nacht vor zwei Monaten war ich von einem unerträglichen Schmerz erdrückt worden. Die Einsamkeit war so stark geworden, dass sie zum Leben erwacht worden war.

Angst, Hoffnung und Unsicherheit hatten ein Muster der Verzweiflung durch die Fasern meines Wesens gewoben und versucht, mich wieder zu diesem Mädchen zu bringen.

Um mich zu ihr zu machen.

Tamar Gibson.

Ich hatte eine Menge Zeit damit verbracht, sie zu hassen.

Ihr die Schuld zu geben. Aber das Verrückte war, dass ich sie auch vermisste.

Das Licht des frühen Morgens drang durch die transparenten Vorhänge an meinem Fenster. Die sanfte Wärme vor der Hitze des Tages.

Seine Stimme ... seine tiefe, klagende, eindringliche Stimme lag noch in der Luft. Sie strich immer noch über meine Haut.

Doch dieses Mal waren es nicht mehr die feinen Ranken seiner Gegenwart, die durch meine Mauern sickerten, als würden sie einen Weg ins Innere suchen, um mich zu durchdringen und meine Sinne zu überfluten.

Nein, dieses Mal hatte ich auf dem Boden seines Wohnzimmers gelegen und mich mit dem Rücken an seine Couch gelehnt, während er auf ihr gesessen und in die Stille hinein gespielt hatte.

Ich hätte wohl nicht überrascht sein sollen, dass er das Lied nicht gespielt hatte. Das, von dem ich instinktiv wusste, dass es seinen Arm zierte – die kryptischen Noten und Takte, die für das Auge sichtbar, aber für das Ohr schwer zu fassen waren.

Die Lieder, die er spielte, waren leise, aber dennoch kraftvoll und bewegend. Und ich hatte das Gefühl, dass er nichts weiter getan hatte, als durch seinen Song Liebe mit mir zu machen, bevor er meine Wange und mein Kinn berührt und mich mit einem sanften Kuss nach Hause geschickt hatte.

Der Mann brachte mich schleichend um. Da war ich mir sicher. Er entblößte mich, bis ich keine Abwehrmechanismen mehr hatte.

Und jetzt befand ich mich in einem dieser schwachen Momente, in denen ich einen Blick in die Vergangenheit werfen musste.

Wahrscheinlich könnte ich den vorübergehenden Wahnsinn auf ihn schieben.

Mit zittriger Hand ließ ich meinen Finger über das

Touchpad gleiten, und der Bildschirm erwachte zum Leben und durchbrach die Dunkelheit. Das Licht erhellte mein Zimmer, als hätte es den Auftrag, mir die Luft zum Atmen zu nehmen. Die Sicherheit meines halb gelebten Lebens.

Schnell, bevor ich die Nerven oder den Verstand verlor, ging ich mit deaktiviertem Standort ins Internet, wie ich es immer tat, und meldete mich in meinem alten Konto an.

Ich redete mir ein, dass ich nur das Gesicht meiner Mutter sehen wollte, um ihre Berührung aus der grenzenlosen Leere zu spüren.

Obwohl alle Nachrichten als ungelesen markiert waren, erkannte ich dennoch eine neue Nachricht von ihr. Ich hatte die Worte der letzten Botschaft auswendig gelernt.

Aber es war die neue Nachricht der Staatsanwaltschaft, die meine Aufmerksamkeit in Anspruch nahm. Ein verunsicherter Teil in mir schrie seine Kritik heraus. Denn das war so dumm und rücksichtslos. Ich musste verrückt sein. Wahnsinnig. Was ich in letzter Zeit immer öfter zu beweisen schien. Ich setzte mich selbst aufs Spiel. Aber der andere Teil meines Ichs musste die Nachricht lesen.

Ms. Gibson, wir haben mehrmals versucht, Sie zu erreichen. Wir werden den Fall weiter vorantreiben. Wir bitten Sie, sich mit uns in Verbindung zu setzen, bevor eine Vorladung ergeht. Es ist meine größte Hoffnung, dass wir uns nicht in diese Richtung wenden müssen. Wir haben das Video. Wir brauchen lediglich einige Antworten von Ihnen. Sie müssen nicht in den Zeugenstand gehen. Sie müssen keine Angst haben.

Sie waren sofort da. Die Tränen, die mein Gesicht überfluteten. Ununterbrochen. Denn Angst bestimmte mein ganzes Leben.

Sie müssen keine Angst haben.

Ich hatte keine Angst.

Ich war panisch.

Ich blinzelte durch die Tränen hindurch und markierte die Nachricht schnell als ungelesen, bevor ich auf die Nachricht meiner Mutter klickte. Ihre Texte waren immer die gleichen.

Komm nach Hause. Wir vermissen dich. Es war nicht deine Schuld. Du kannst dich nicht dafür verantwortlich machen. Nicht für das, was mit dir passiert ist. Und auch nicht für das, was mit ihr passiert ist. Bitte!

Ihre Worte fühlten sich an wie das schärfste Messer, das sich in mein Innerstes bohren könnte.

Ich hatte meiner Mutter nur einen einzigen Brief geschrieben, als ich durch das Land getrampt war. Einen, um ihr zu sagen, dass es mir leidtat. Um ihr zu versichern, dass ich am Leben war und überleben würde. Ich hatte sie gebeten, sich keine Sorgen zu machen. Aber ich hatte schon damals gewusst, dass diese Bitte einfach nur egoistisch war. Natürlich würde sie sich Sorgen machen.

Schnell markierte ich ihre Nachricht als ungelesen.

Ich zuckte zusammen, als sofort eine weitere Nachricht erschien.

Ich weiß, dass du da bist. Bitte, Tamar, ruf mich an! Sie suchen nach dir. Du musst nach Hause kommen.

Als hätte ich mich verbrannt, schnellte meine Hand zurück und ich klappte den Bildschirm zu. Ich keuchte. Geblendet von den Tränen, die unablässig aus meinen Augen strömten. Verzweifelt suchte ich mein Zimmer ab, als könnte ich ein Versteck finden.

Ich sprang auf und lief unruhig durch den Raum.

Die Angst war erdrückend. Ich konnte nicht mehr atmen.

Ich griff in mein Haar.

Wie konnten sie das von mir verlangen?

Ich konnte das nicht.

Ich konnte mich ihm nicht stellen. Ich konnte ihn nicht

anstarren und ihm sagen, wie schrecklich das war, was er getan hatte.

Denn ich war schwach gewesen.

Ich *war* schwach.

Erbärmlich.

Nur ein naives, kleines Mädchen.

Und es spielte keine Rolle, wie viele Fassaden ich mir zugelegt hatte. Denn sie waren alles, was ich je sein würde.

12
———

LYRIK

Es gibt Zeiten im Leben, in denen man zweifellos weiß, dass man alles falsch macht. Dieses winzig kleine Etwas, das man Gewissen nennt, ist noch immer laut genug, um einem zu versichern, dass man einen Fehler nach dem anderen begeht. Es ist laut genug, um einen darauf hinzuweisen, ein Sünder, egoistisch, verdorben und krank zu sein. Und man hat keinen Zweifel daran, dass all diese Fehler die Menschen verletzen, die einem am meisten am Herzen liegen.

Aber man ist so egoistisch, dass man weiterhin dieselben Fehler macht, ohne groß darüber nachzudenken, damit aufzuhören.

Und wer tatsächlich den Mut besitzt, einen Schlussstrich zu ziehen, ist selbst derjenige, der zerstört wird.

Eine aussichtslose Situation.

Deshalb hatte ich mich schon vor langer Zeit entschieden, niemanden an mich heranzulassen.

Ich wollte alle von mir fernhalten, bis auf die wenigen, die bereits einen Platz in dem brüchigen, feindseligen Ort, der mein Herz war, gefunden hatten.

Das hatte ich auch zu ihr gesagt.

Ich hatte sie gewarnt.

Ich *kümmerte* mich nicht oft.

Aber wenn ich es tat, schien ich es auf eine Art und Weise zu tun, die mich zurück in die kranken Tiefen des Egoismus warf, anstatt mich dazu zu bringen, etwas Gutes zu tun. Es war ein gottverdammter Teufelskreis. Ich nahm so lange, bis nichts mehr übrig war, außer dem, was ich zerstört hatte.

Und doch war ich hier und wollte verzweifelt ihre zerbrochenen Teile wieder zusammensetzen. Ich wollte alles mit ihrer Stärke, ihrer Schönheit und ihren kräftigen, leuchtenden Farben zusammenflicken. Ich wollte die Rot- und die Blautöne mischen. Um ihr zu helfen, ein Bild zu malen, das sie vollständig machte.

Auch wenn ich sie in Wahrheit bereits als vollständig wahrnahm.

Doch währenddessen gab ich mir größte Mühe, sie auszuschließen. Jeden Tag versuchte ich aufs Neue, diese fadenscheinige Vereinbarung zu schützen, während ich gleichzeitig mehr wollte.

Fuck.

Ich wollte mehr. Sie war ein komplexes Rätsel, das ich am liebsten im Schutz meiner Hand gehalten hätte.

Tamar hatte Geheimnisse mit mir geteilt, von denen ich wusste, dass sie sie noch nie jemandem erzählt hatte. Ich war mir auch sicher, dass wir die Oberfläche kaum angekratzt hatten. Aber ich hatte auch das beunruhigende Gefühl, dass ich nicht damit umgehen könnte, wenn ich herausfände, was sie alles verheimlichte. Sie war ein wenig beunruhigend, die Wut, die mich jedes Mal überkam, wenn sich ihre hellblauen Augen verdunkelten, wenn sie finster und gequält wirkten und mein Inneres sich anfühlte, als würde es zerquetscht und zerrissen werden.

Dann dürstete ich nach Rache und Blut, während ich ihr

gleichzeitig leise versicherte, dass sie mutig und stark sei und alles gut werden würde.

Das Mädchen brachte das Beste und das Schlimmste in mir zum Vorschein.

Ash hatte recht.

Ich mochte sie.

Ich mochte sie, verdammt noch mal, und das war ganz und gar falsch. Ein eklatanter Verstoß gegen das wichtigste Versprechen, das ich je gegeben hatte. Aber im Moment konnte ich nicht auf die Bremse treten oder abbiegen.

Und um den Rückwärtsgang einzulegen, war es verdammt noch mal zu spät.

Wie ich schon sagte.

Egoistisch.

Aber ich hatte zwei Monate. Mehr Zeit war mir nicht gegeben worden. Zwei Monate, um diesen Blick auf ihr Gesicht zu zaubern. Zwei Monate, um sie zu berühren, zu necken und ihre Sorgen auszuradieren. Zwei Monate, um so zu tun, als hätte ich das Recht, dies zu tun.

Ich wusste, dass diese Zeit bald ablaufen würde. Viel zu schnell würde diese gute Sache, die mir hier widerfuhr, vorbei sein. Zwei Wochen waren bereits verstrichen und ich wurde gierig. Ungeduldig. *Egoistisch.* Ich wollte all ihre Minuten und Tage und vor allem ihre Nächte.

Ich war entschlossen, das Beste aus ihnen zu machen.

Denn sie war diejenige, die mir zum ersten Mal seit Jahren Gefühle entlockt hatte. Die erste Person, die meinen Hass zerbröckeln ließ. Die Erste überhaupt, die mich dazu brachte, mehr tun zu wollen.

Mehr sein zu wollen.

Das würde nicht so bleiben.

Aber im Moment brauchte ich das ebenso sehr, wie sie sich von ihrer Vergangenheit befreien musste. Sie brauchte jemanden, der an sie glaubte. Der sie so wahrnahm, wie ich es tat.

Stark, süß und mit allem, was sie dieser Welt zu bieten hatte.

Denn sie hatte so viel mehr zu geben, als Drinks zu mixen.

So viel mehr zu erreichen, als Nacht für Nacht allein zu schlafen.

Ich saß in dem übergroßen Sessel in Ashs Wohnzimmer, den ich mehr oder weniger für mich beansprucht hatte, und versuchte, so zu tun, als würde mich das nicht berühren. Ich versuchte, so zu tun, als würde es mir nicht so verdammt gut gefallen, dass sie rechts neben mir auf dem Boden saß und sich an den Sessel, auf dem ich saß, lehnte, während sie mit meinen Freunden abhing.

Als wäre sie schon immer da gewesen und würde es auch immer bleiben.

Aber vielleicht spürte auch sie die Verbindung, von der ich schwor, dass sie jedes Mal da war, wenn sie den Raum betrat. Denn sie drehte sich ein wenig zur Seite und schaute wieder zu mir hoch, mit flammend rotem Haar und Lippen im selben Lust intensivierenden Farbton. Sie schenkte mir eines dieser sexy Grinsen.

Ein einziger Blick reichte aus, um meinen Schwanz hart werden zu lassen.

Und ich war noch nicht einmal in meinem kleinen roten Pin-up-Girl gewesen.

Verrückt, denn sie war mit Abstand der beste Nicht-Sex, den ich je gehabt hatte.

Aber ich spürte, wie wir uns dem näherten. Wir beide machten uns auf den Knall bereit. Ohne Zweifel würde mich dieses Mädchen umhauen.

Sie hatte ein Bein an die Brust gezogen, nippte an einem

Bier und lachte über eine dumme Geschichte, die Ash nicht für sich behalten konnte.

Ich versuchte, sie nicht anzustarren, aber das war ein verdammt schwieriges Unterfangen.

Ja, sie war wunderschön.

Aber da war noch mehr als das. Ich verspürte den Zwang, sie zu betrachten. Ich wollte sie genauer ansehen, als ich je jemanden angesehen hatte. Denn sie hatte mehr zu bieten als nur diese oberflächliche Schönheit. Sie hatte etwas Kühnes und Faszinierendes an sich, das darum bettelte, komplettiert zu werden.

Sie weckte in mir den Wunsch, das Verbotene zu erforschen.

In meine eigene Ausschweifung einzutauchen.

In der Sünde zu schwimmen.

Denn mit ihr zusammen zu sein, war nichts Geringeres als das.

Sünde.

Ash wedelte mit den Händen durch die Luft, wie der Verrückte, der er war, und seine Stimme überschlug sich fast, als er allen ein paar übertriebene – dessen war ich mir sicher – Zeilen vortrug.

»Ihr hättet dabei sein sollen. Ich bin buchstäblich um mein Leben gerannt. Ich dachte, ich hätte meinen letzten Tag hinter mir, und war bereit, ins Licht zu gehen, als ich versuchte, von dieser verrückten Tussi wegzukommen. Sie wollte einfach nicht aufgeben oder ein Nein als Antwort akzeptieren. Sie zerrte immer wieder an meinem Hemd und erklärte mir, sie sei ein VIP. Als würde das wirklich etwas bedeuten. Und irgendwo in ihrem verrückten Kopf dachte sie tatsächlich, dass das bedeutete, dass ich ihr gehörte und sie freie Hand hatte. Ich meine, sie war heiß und so, aber dieser Scheiß war beängstigend.«

Ich schmunzelte vor mich hin. Ich hatte schon vor langer Zeit gelernt, dass man dem Kerl keinen Vorwurf machen konnte. Er konnte nicht anders. Er war ein verdammter Clown, für den ich mein verdammtes Leben geben würde.

Für alle von ihnen.

Sebastian, Zee und Ash.

Lachend deutete Sebastian mit dem Hals seiner Bierflasche auf Ash und stichelte: »Was? Kannst du dich nicht mal gegen ein Mädchen wehren?«

»Ein Mädchen? Diese Tussi war eine Art Bodybuilder oder so ein Scheiß. Du hättest die Muskeln sehen sollen. Das war einfach nicht natürlich.« Er erschauderte.

»Das liegt daran, dass auch Tussis Badass sein können, stimmt's, Tamar?«, mischte sich Shea ein und grinste in Tamars Richtung.

Als ich zu Tamar hinunterblickte, schmerzte meine Brust vor lauter beschissenem Stolz, der so gar nicht zu mir passte. Aber es gefiel mir, dass sie sich amüsierte, dass sie sich in meiner Nähe wohl und sicher fühlte. Die Stimmung war leicht und locker und Ashs altes Haus trug zu der entspannten Atmosphäre bei.

Aber vielleicht war das genau mein Problem – ich hielt immer nach der *Blue* unter der *Red* Ausschau. Ich hatte Angst, dass sie durch etwas getriggert wurde und an diesen trostlosen Ort abrutschte, an dem ich sie nicht haben wollte.

Ich wusste nicht, warum ich diese verrückte, intuitive Reaktion hatte, sie davor zu schützen, an diesen Ort zu gelangen. Als wäre es mehr oder weniger meine Verantwortung geworden. Meine Pflicht.

Gegenwärtig war sie jedoch ganz und gar Red und sie grinste mich so an, dass es mich fast um den Verstand gebracht hätte, bevor sie sich wieder Ash zuwandte.

»Ich bin mir sicher, dass du das alles missverstanden hast,

Ash«, sagte sie und legte den Kopf schief. »Sie wollte sich wahrscheinlich vor Leuten wie dir schützen. Ich habe dich in Aktion gesehen, weißt du.«

Ash legte eine Hand auf sein Herz. »Ach, Tam-Tam. Hast du wirklich so wenig Vertrauen in mich?«

Heute Abend hätten wir eigentlich proben sollen, aber überraschenderweise war daraus die Ash-Evans-Show geworden.

Sebastian und Shea waren erst vor ein paar Tagen aus ihren zweiwöchigen Flitterwochen zurückgekommen. In Anbetracht der Tatsache, dass wir nur noch sechs Wochen Zeit hatten, bis wir zurück nach L. A. mussten, um die Tracks fertig zu stellen, hatten wir beschlossen, unsere Routine beizubehalten, anstatt uns dem faulen Leben hinzugeben.

Das schafften wir nicht besonders gut.

Ich hatte gewusst, dass Shea mitkommen würde, da der Song, den sie und Sebastian geschrieben hatten, auf dem nächsten Album zu hören sein würde. Das und die Tatsache, dass er sie kaum aus den Augen ließ.

Offen gesagt hatte ich nicht gezögert, als Sebastian vorgeschlagen hatte, den Song für das Album zu berücksichtigen. Shea hatte eine Stimme, wie ich sie noch nie gehört hatte. Es würde der letzte Track sein. Ein Lied, das unsere erwarteten Thrash-Songs abrunden sollte, ein sanfter, süßer und langsamer Titel, genau wie Sebastians Mädchen es war.

Tamar hatte sie mitgebracht.

Hätte ich sauer sein sollen? Hätte ich mich dagegen wehren sollen, dass sie sich unbewusst in meine enge Gruppe einschleuste?

Vielleicht.

Aber die Wahrheit war, dass ich sie dabeihaben wollte.

Und ich saß einfach hier und tat so, als würde es nichts bedeuten.

Sebastian, der mir gegenüber auf der Couch saß und Shea auf seinem Schoß hatte, hob das Kinn und als ich mich umdrehte, sah ich, wie er mich dabei beobachtete, Tamar zu beobachten. Seine Augen verengten sich fragend. Neugierig.

Ich schüttelte kurz und heftig den Kopf.

Wage es ja nicht!

Auf gar keinen Fall würde ich zulassen, dass er dieses Thema ansprach. Genauso wenig, wie ich es Ash oder Zee gestattete. Na und? Dann war es eben das erste Mal, dass mich seit vielen verdammten Jahren einer von ihnen mit einem Mädchen sah. Das war seit der Zeit, an die ich mich nicht erinnern wollte, nicht mehr geschehen.

Und ich sprach nicht von denen, die schneller kamen und gingen, als ich mir ihre Namen merken konnte.

Ich sprach von einer, die an meiner Seite war, während ich an ihrer stand.

Aber in sechs Wochen würde das alles vorbei sein. Würde sie auch sie am Ende nur ein namenloser, gesichtsloser Körper sein?

Eine Welle von Emotionen blockierte meine Kehle.

Nein.

Dieses Mädchen.

Dieses Mädchen war unvergesslich.

»Also, bevor ich so unhöflich unterbrochen wurde ...«, schleuderte Ash Tamar entgegen und seine großen blauen Augen funkelten. »Jedenfalls lag diese verrückte Schlampe plötzlich auf dem dreckigen, schmutzigen Boden. Ich weiß nicht, ob sie gestolpert ist oder sich auf mich gestürzt hat oder was auch immer, aber da war sie, um mein Bein gewickelt, während ich versuchte, sie abzuschütteln wie einen schlechten Traum. Ich geriet in Panik. So richtig in Panik. Ich fing an, ihren Arsch über den Boden zu schleifen, während sie sich festhielt.«

Er schüttelte sein Bein zur Demonstration.

»Dann wurde sie taktischer und erklärte flehend, dass sie eine Hellseherin getroffen habe und ich ihr Seelenverwandter sei. Ich wüsste es noch nicht, aber wir würden drei Jungs namens Kurt, Kaleb und Kyle bekommen und auf einer Farm in Missouri leben. An diesem Punkt musste ich die Finger dieses Mädchens buchstäblich von meinen Beinen reißen, denn ich hatte genug Psychoscheiß für diese Nacht hinter mir.«

Irgendwie zitterte und grinste er gleichzeitig. »Ich meine, ich weiß, dass ich unwiderstehlich bin und so, aber komm schon, eine Farm in Missouri? Und drei Jungs? Pah. Dieses Mädchen kannte mich offensichtlich überhaupt nicht. Sie hat garantiert gelogen.«

Ich brach in Gelächter aus. »Du glaubst, sie hat gelogen, was? Wie bist du darauf gekommen? Und seit wann bist du so wählerisch?«

»Seitdem ich festgestellt habe, dass sie mich wahrscheinlich in zwei Hälften brechen könnte.«

Ash nahm einen Schluck Bier und legte die Stirn in Falten, als wäre er tief in Gedanken versunken. »Um ehrlich zu sein, ich verstehe das vollkommen und ich mache dem Mädchen keinen Vorwurf.« Er breitete seine Arme aus und lächelte wie der eingebildete Bastard, der er nun mal war. »Mädchen können nicht widerstehen, sich an mir festzuhalten und eine Spritztour unternehmen zu wollen.«

»Im Ernst, Ash!« Tamar schüttelte den Kopf und rüttelte mich mit ihrem heiseren Lachen auf. »Hast du schon mal von dieser kleinen Sache namens Bescheidenheit gehört?«

Er runzelte die Stirn. »Was ist das? Das klingt wie eine schreckliche Krankheit. Hoffentlich fange ich die mir nicht ein.«

»Du bist so ein Arschloch«, stichelte sie lächelnd, während sie einen weiteren Schluck nahm. Ihre Lippen schlossen sich um die Flaschenöffnung und ich wand mich in meinem Sitz.

Verdammt!

Shea schlang ihre Arme um Baz' Hals und grinste ihn an. »Komm schon, Ash, tu nicht so, als könnten wir deine Karten nicht sehen. Dein Pokerface ist nicht so toll und Tamar und ich sind dir auf der Spur. Sieh dir dieses große alte Haus an, das nur darauf wartet, mit einem Haufen Babys gefüllt zu werden. Ehe du dich versiehst, wird eine Herde von Ash-Babys die Treppe hoch und runterrennen.«

Sie ließ ihren Blick über die Anwesenden schweifen. »Wartet nur ab! Ich wette darauf. Hundert Mäuse.«

Zee sprang auf und klatschte in die Hände. »Ich nehme die Wette an und erhöhe um hundert, denn kein Mädchen, das bei Verstand ist, wird lange genug hierbleiben, um sich mit diesem Arsch herumzuschlagen.«

Ash grinste Zee an. »Alle außer dir.«

»Alter ... das ist nicht cool. Überhaupt nicht cool«, sagte Zee mit einem langsamen, beleidigten Kopfschütteln.

Ash drehte sich um und zeigte auf Sheas Bauch und seine Stimme klang künstlich aufrichtig. »Falls ihr es noch nicht bemerkt habt, unser Baz-Boy hat mir mein Mädchen gestohlen ... meine liebste, wunderschöne Shea. Ich musste die niederschmetternde Nachricht ertragen, dass das Baby nicht von mir ist. Alle meine Chancen wurden in den Wind geschlagen, mein Herz gebrochen, das Glück genommen.«

Er täuschte keuchend einen Stoß ins Herzen – inklusive langsamem, qualvollem Tod – vor, als er auf die Knie sank.

Um Himmels willen – Ash musste der Verrückte sein und nicht das Mädchen.

Kichernd streichelte Shea ihren Bauch, der sich seit der

Hochzeit verdoppelt zu haben schien. Baz legte seine Hand schützend über ihre.

Tamar schenkte Shea ihre Aufmerksamkeit und konzentrierte sich auf die beiden ineinander verschlungenen Hände auf ihrem Bauch. Sie lächelte in ihre Richtung. Es war die sanfte, süße Blue, die durchschimmerte und ich versuchte nach Kräften, wegzusehen.

Es war ja nicht so, dass ich Kinder nicht mochte. Ich liebte Kallie, dieses süße kleine Mädchen, das sich an unsere Fersen heftete, als wären wir die coolsten Typen der Welt.

Sie erzählte mir immer wilde Geschichten über Schmetterlinge und Feen und alles, was unerreichbar war, und jagte in ihren Märchen immer dem absurden Happy End hinterher. Sie war noch nicht lange genug dabei, um zu wissen, dass nicht viele Menschen es jemals fanden. Komischerweise machte es mir nichts aus, ihr zuzuhören. Vielleicht lag es daran, dass sie mich an meine kleine Nichte erinnerte.

Aber Sheas hervorstehender Bauch machte mich irgendwie nervös. Ich wurde unruhig, wenn sie in der Nähe war. Trotzdem war ich so dumm gewesen, ihr diesen verdammten Bären zu geben, als wäre das eine gute Idee gewesen.

Aber es ging hier um Baz' Baby.

Und Baz verdiente es.

Baz verdiente alles.

Ich versuchte, den Gedanken abzuschütteln. Das war ein Abgrund, in den ich nicht fallen musste, auch wenn Blue in letzter Zeit den Eindruck machte, dass sie mich hineinziehen wollte.

Stattdessen bemühte ich mich um Entspannung und streckte meine Beine auf beiden Seiten von ihr aus. Sie schlang ihren Arm um mein Bein und drückte ihren Kopf an die Innenseite meines Oberschenkels. Dann legte sie den Kopf zurück und sah mich kopfüber an.

Ihre großen, blauen Engelsaugen waren weit und verspielt, und sie flüsterte so, dass nur ich sie hören konnte. »Damit das klar ist: Deine Freunde sind verrückt.« Sie zeigte auf Ash. »Der da ... völlig bekloppt.«

Die Art, wie sie mich ansah, stellte alles in mir auf den Kopf. Ich fühlte mich aufgeregt und lebendig.

Fuck!

Ich mochte sie.

»Aber du liebst sie«, konterte ich und zog einen Mundwinkel nach oben.

Alles an ihr wurde weicher. »Ja, das tue ich.«

Ich berührte ihr Gesicht und sie stieß einen gehauchten Seufzer aus, der meinen Schwanz wieder zucken ließ. Fuck, vielleicht war ich es, der verdreht war. Denn ich wollte dieses Mädchen auf eine Weise, die einfach nicht richtig war.

»Ich gehe mit, Zee«, sagte Shea, die sich immer noch mit meiner Crew anlegte. »Ich wette zweihundert Dollar, dass Ash alle Zimmer im Obergeschoss rosa und blau streichen wird.«

»Deal«, schoss Zee zurück.

Tamars Lächeln war sanft und deutete Dinge an, die ich nicht sehen wollte. Dinge, die ich nicht geben konnte. Und wieder fragte ich mich, worauf ich mich da eingelassen hatte und wie ich da wieder herauskommen sollte.

Trotzdem blieb ich dort hängen, in der Wärme der blauen Brunnen ihrer Augen, gefangen im Körper einer rothaarigen Betörerin.

Versuchung.

Ich spürte sie in meinen Eingeweiden und in meinem geschwärzten Herzen beben.

Ich wandte den Blick zu Boden.

Loyalität.

Das war das Einzige, was ich hatte. Das Einzige, was ich für gut befinden konnte. Daran musste ich mich festhalten.

Mein Handy summte in meiner Tasche. Dreimal kurz hintereinander.

Ich atmete tief durch, kramte es heraus und wischte über den Bildschirm. Ich versuchte, die Irritation zu verbergen, die ich auf meinem Gesicht aufblitzen spürte.

Scheißkerl.

Ich hatte diesem Arschloch gesagt, mich in Ruhe zu lassen. Anscheinend hatte er die Botschaft nicht verstanden.

Ich scrollte durch seine Texte.

Haben Sie noch mal über unser Angebot nachgedacht?

Ich weiß, dass Ihr Freund Stone kurz davor ist, auszusteigen.

Lassen Sie sich diese Gelegenheit nicht entgehen!

Was zur Hölle? Dieser Kerl musste in seinem früheren Leben ein Gebrauchtwagenverkäufer gewesen sein.

Und es spielte keine Rolle, was er zu sagen hatte. Mit welchen Handlungen seitens Baz er drohte. Trotzdem spürte ich den Knoten, der plötzlich mein Inneres zusammenschnürte, dieses dicke Band der Abwehrhaltung gegenüber meiner Crew, vermischt mit dem zarten Gefühl der Furcht.

Mit einem trockenen Glucksen tippte ich eine Antwort.

Verpissen Sie sich!

Das war so klar, wie ich nur sein konnte.

»Möchtest du uns in den Witz einweihen?«, fragte Ash.

Wahrscheinlich hätte ich das schon früher tun sollen. Allein, nur mit den Jungs. Aber vermutlich würde es keinen besseren Zeitpunkt geben.

»Der Witz? Dieser Mistkerl Banik ... der Manager von *Tokens of Time*?« Ich formulierte den Satz wie eine Frage, während ich auf mein Handy schaute und auf Senden drückte. »Er denkt, ich würde *Sunder* verlassen und für ihren beschissenen Frontmann übernehmen, der den Rest der Band im Stich gelassen hat.«

Seltsam, dass sie mich im Grunde aufforderten, das Gleiche zu tun.

Stille senkte sich über das ganze Wohnzimmer. Anspannung füllte die alten Mauern und eine dichte Wolke bildete sich an der Decke, wodurch die Luft dick und das Atmen schwerer wurden.

Vermutlich hätte ich wirklich früher etwas sagen sollen. Ihr Schock war deutlich spürbar.

Fassungslos.

Als könnte einer von ihnen auch nur eine Sekunde lang denken, dass ich in der Lage wäre, wegzugehen.

Verwirrung und Wut überzogen Ashs Gesicht. »Und warum zum Teufel glaubt er, dass du so etwas tun würdest?«

Vorsichtig sah ich mich im Zimmer um und überlegte, wie viel ich sagen sollte. Sebastian saß wie versteinert auf der Couch, als würde er sich auf das vorbereiten, was gleich kommen würde.

Ich nickte ihm zu. »Banik scheint zu glauben, dass Baz nicht mehr lange durchhält und ich meine Verluste begrenzen sollte, bevor *Sunder* den Bach runtergeht.«

Und vielleicht war das auch ziemlich beschissen, denn ich starrte Baz an, während ich das sagte, suchte seine Reaktion und wartete darauf, wie die Sache ausgehen würde. Ich fragte mich, wie ich mich fühlen würde.

Denn ich war bereit, ihn gehen zu lassen.

Ich würde mich nicht einmal zur Wehr setzen.

Vielleicht war es mehr der Egoismus. Das Bedürfnis, einen kleinen Teil meiner Schuld zu begleichen. Vielleicht lag es aber auch daran, dass er mir so wichtig war, dass ich ihn glücklich sehen wollte. Ein Teil von mir wollte, dass er sich aus dem Staub machte, denn ich hatte schon lange das Gefühl, dass er eine Trennung brauchte.

Warum auch nicht? Schließlich hatte er etwas verdammt Gutes gefunden.

Baz schüttelte den Kopf. »Das Arschloch hat keinen Schimmer, wovon er redet.« Sein Blick hüpfte zwischen Zee, Ash und mir hin und her. »Glaubt ihr wirklich, ich würde ohne Vorwarnung abhauen? Ohne darüber zu reden? Wir haben schon zu viel Scheiß zusammen erlebt, als dass das jemals passieren würde. Banik ist ein Idiot. Die Dinge, mit denen er Lyrik wegzulocken versucht, sind nichts weiter als Vermutungen.«

Ich blickte zwischen ihm, Shea und ihrem Bauch hin und her, und die Worte sprudelten heraus, bevor ich sie stoppen konnte. »Baz, Mann, du weißt, dass wir hinter dir stehen. Wie auch immer du dich entscheidest. Keiner von uns wird es dir übel nehmen, wenn du gehst, denn Songs werden nie so wichtig sein wie die Familie. Das sind wir dir schuldig.«

Vor fünf Jahren hatte ich ihm versprochen, für ihn da zu sein, während er im Gefängnis gesessen hatte. Ich hatte versprochen, dass ich mich an seiner Stelle um die Band kümmern und auf seinen Bruder aufpassen würde. Ich hatte versprochen, dafür zu sorgen, dass nicht alles in die Brüche ging, nachdem er sich geopfert und mir den einen Moment geschenkt hatte, den ich nie hätte haben sollen.

Ich würde es wieder tun. Und ich würde immer so weitermachen.

Doch das laut zuzugeben, fühlte sich an, als fiele ich mir selbst in den Rücken fallen.

Ich hätte es in diesem Moment ohnehin nicht anbieten sollen. Nicht vor einem Publikum. Nicht vor Shea. Und schon gar nicht vor Blue.

Sie hatte sich gedreht und war mir nun zugewandt. Ich fühlte mich unter ihrem Blick wie gefangen. Unter all den Fragen, der Besorgnis und der völligen Verwirrung, die sie ausstrahlte. Ich fühlte mich eingeengt, weil es sich so anfühlte, als würde sie ihre Finger in meine Haut graben und immer tiefer bohren.

Eindringend.

Durchdringend.

Fuck!

Der ganze Raum zuckte zusammen, als eine Bierflasche gegen die Wand knallte. Das Geräusch zerriss die Stille. Glasscherben regneten herab und klirrten über den Hartholzboden. Meine Aufmerksamkeit fiel auf Ash, der mich von der Mitte des Raums aus anstarrte.

Wut.

Enttäuschung.

Mitleid.

Mitgefühl.

Ich atmete scharf ein.

Das war das, was ich am meisten hasste.

Ich hatte mir mein eigenes verdammtes Grab geschaufelt.

»Was soll der Scheiß, Mann?«, schimpfte er und neigte den Kopf zur Seite. »Hast du das Recht, diese Entscheidung für die ganze Band zu treffen? Du hast sie schon einmal getroffen, erinnerst du dich? Du bist einfach abgehauen – und sieh nur, was dir das gebracht hat.«

Ich war auf den Beinen, bevor ich die Situation überblicken konnte. Die Wut schwappte wie eine Welle durch mich hindurch und ich zitterte, als ich versuchte, mich zurückzuhalten. Bitterkeit benetzte meine Zunge. »Ich bin *zurückgekommen* – und sieh nur, was mir *das* gebracht hat. Nicht das Weggehen war das Problem.«

Wütend blinzelte er und fuhr mit beiden Händen frustriert über sein Gesicht. »Im Ernst, Mann ... denkst du, das ist passiert, weil du zurückgekommen bist? Es ist passiert, weil wir kaputt waren. Wir alle. Wir haben es versaut und eine ganze

Menge ist in die Hose gegangen. Und ich weiß, dass du die Hauptlast davon getragen hast. Du hast am meisten verloren. Aber fünf Jahre sind vergangen, Mann, und du lässt uns immer noch dafür bezahlen.«

»Ash«, warnte Sebastian leise, während er sich von Shea löste und aufstand.

Ash zeigte auf ihn. »Das muss gesagt werden, Baz. Laut und deutlich. Wir haben zu viel Zeit damit verbracht, auf Zehenspitzen um diesen Scheiß herumzutänzeln. Wir haben so getan, als würde er uns nicht überallhin folgen. Haben so getan, als säße Lyrik nicht immer noch in jener Zeit fest.«

Er wandte seine Aufmerksamkeit wieder mir zu. Seine Stimme wurde leiser und klang angestrengt. »Es ist Zeit, loszulassen.«

Mein ganzes Gesicht verkrampfte sich. Der Schmerz schoss durch meine Brust, als wäre dieser Tag gestern gewesen.

Denn er hatte recht.

Ich lebte immer noch an jenem Tag. Ich wachte jeden Morgen auf und starb immer wieder aufs Neue.

»Loslassen?« Meine Worte wurden lauter und mein Verstand verdampfte wie zischender Nebel. »Loslassen?«, fragte ich wieder, während ich ungläubig einen Schritt nach vorn machte. »Ich habe alles verloren. *Alles.* Und ich werde für den Rest meines Lebens dafür bezahlen.«

Denn es gab Dinge, die sich nie wieder gutmachen ließen.

Ash wusste es besser, als diesen Unsinn zu verzapfen. Es mir ins Gesicht zu werfen. Vor allem, wenn Außenstehende dabei zusahen.

»Aber das ist es, was du nicht verstehst«, sagte er. »Du musst nicht ständig für etwas bezahlen, was du nicht ändern kannst. Und ich kann nicht zusehen, wie du noch einen Tag länger leidest. Nicht, wenn die Freiheit *direkt* vor dir liegt. Direkt vor deiner Nase. Aber du weigerst dich, sie zu sehen.«

Er machte keinen Hehl daraus, dass er Tamar meinte. Als könnte ich sie jemals wirklich haben. Als könnte ich jemals so mit ihr zusammen sein, wie sie es verdiente.

Wut und Schmerz überrollten mich wie ein schwerer, tosender Sturm. Er kam immer näher. Ich konnte spüren, wie ich aus den Angeln gehoben wurde. Faser für Faser. Erinnerung für Erinnerung. Der Verlust war so intensiv, dass er mich fast in die Knie zwang.

Fuck!

Ich wollte schreien. Ich wollte etwas oder jemanden schlagen.

Ich schob mich an Ash vorbei, bevor ich etwas Dummes tat und mich auf ihn stürzte.

Das Blöde war, dass ein Teil von mir ihm die Schuld gab, obwohl ich wusste, dass es nicht seine Schuld war.

Es war ganz allein meine.

»Lyrik, Mann, komm schon ... mach das nicht, verdammt!«, rief Ash mir nach. »Hör endlich mal auf, dich wie ein verdammter Hitzkopf zu benehmen und hör zu! Wir alle ... wir sorgen uns nur um dich.«

Sorge.

Schön.

Super, dass er vor denen, die nichts mit der Angelegenheit zu tun hatten, einen so prächtigen Job machte, sich zu sorgen. Er zerrte alles ans Licht – vor allem das, was wie der schwärzeste Fleck auf mir lastete.

»Lyrik!«, rief er.

Ich ignorierte ihn, denn ich hatte genug von seinem Bullshit. Ich schob mich durch die altmodischen Flügeltüren, die zur großen Küche führten, und stürmte in den renovierten Raum, der größer war als die Wohnung, die ich gemietet hatte.

Drinnen war es dunkel. Bis auf das Mondlicht, das durch die großen Fenster mit Blick auf den weitläufigen Garten strömte und dessen milchige Strahlen auf die silbernen Sprenkel in den weißen und grauen Granitarbeitsplatten fielen.

Ich drückte meine Handflächen auf die Kochinsel, die die Mitte des Raums einnahm, ließ meinen Kopf zwischen die Schultern fallen und versuchte, meine Atmung zu beruhigen. Um die Erinnerungen aus meinem Kopf zu vertreiben. Um zu verhindern, dass die Flut der Bilder mich erschlug. Mich in zwei Teile schnitt. Um die Bilder der Gesichter zu verdrängen, die mich wieder und wieder heimsuchten.

Donnerschlag um Donnerschlag.

Der Verlust.

Der Verlust.

Der Verlust.

Die Schwingtür knarrte und ließ eine Flut von Licht herein, als sie sich öffnete, bevor sie sich wieder schloss.

Ich war nicht mehr allein.

Die Luft wurde dick und geladen. Das machte mich nur noch unruhiger.

Das Mädchen gab sich alle Mühe, mich völlig zu vernichten.

»Geh!«, stieß ich hervor.

Ich drückte die Augen zusammen, um die Welt auszublenden.

Das war verdammt noch mal das Beste, denn ich wollte auf keinen Fall, dass sie mich so sah.

Angepisst, verletzlich und verletzend. Aber seit sie in mein Leben getreten war, schien das alles unter der Oberfläche zu brodeln.

Ihre High Heels klapperten über den Holzboden. Das Blut pulsierte hart und heftig durch meine Adern. Mit jedem Schritt, den sie sich langsam und bedächtig näherte, schlug mein Herz schneller.

Meine Lunge arbeitete nur noch unter Anstrengung.

Sie zögerte. Ihre Anwesenheit war angenehm und beruhigend und wahrscheinlich das Beängstigendste, was ich je erlebt hatte.

Ich konnte das nicht. Ich musste damit aufhören, bevor ich es noch mehr versaute, als ich es ohnehin schon getan hatte. Bevor meine Schuldgefühle noch größer wurden und ich nichts mehr hatte, worauf ich mich stützen konnte.

Sie schlang ihre Arme von hinten um mich und ich atmete stoßweise aus.

Gott, sie fühlte sich so gut an.

Sie drückte ihr Gesicht in die Mitte meines Rückens.

»Es funktioniert auch umgekehrt, weißt du.« Ihre Stimme schwirrte durch den Raum, Honig und Wärme. Mein Körper verarbeitete sie wie ein Lied.

»Ich war so allein. Nicht nur einsam, Lyrik. Sondern allein. Hohl. Ohne jemanden, der mich verstand. Und dann warst da du ... Du wunderschöner, furchterregender Mann hast dich in mein Leben gedrängt und von mir verlangt, dass ich dir erlaube, mich so zu sehen, wie ich wirklich bin. Nicht so, wie alle anderen mich sehen. Jetzt stehe ich hier und flehe dich an, mich in dein Leben einzuladen. Gib mir die Chance, auch dich zu sehen!«

Ich ergriff ihre Hände, die sich fest an meinen Bauch drückten. »Das kannst du nicht, Blue.«

Sie drückte leichte Küsse auf mein Shirt. Doch sie brannten und versengten meine Haut, die vernarbte, während sie stumm um Einlass bettelte.

»Blue.« Ich nahm ihr Handgelenk und zog sie vor mich. »Du betrittst den Raum ...«

Ich schluckte an dem Kloß in meinem Hals vorbei, als ich das völlige Verständnis in ihrem Gesicht sah. Ich hob sie hoch, setzte sie auf den Rand der Insel und zwängte mich zwischen ihre Beine, die mich begierig empfingen.

Ich streichelte ihr Gesicht. »Du betrittst den Raum und ich erkenne mich selbst nicht wieder. Ich vergesse, wer ich bin. Ich vergesse, wer ich eigentlich sein sollte.«

Blaue Augen musterten mein Gesicht und sie legte ihre Handfläche auf mein rasendes Herz. »Vielleicht fängst du endlich an, zu erkennen, wer du wirklich bist.« Ihre Stimme wurde weicher. »Der Mann, den ich sehe, wenn ich dich anschaue.«

Ich presste meinen Mund fest auf ihren, um sie am Reden zu hindern, und schob meine Finger durch das seidige Rot ihres Haars.

Dann küsste ich sie wie der Wahnsinnige, zu dem sie mich gemacht hatte.

Mit Zunge, Zähnen und Verzweiflung.

Fuck!

Das war dumm.

Ich brauchte sie so sehr.

Aber ich hatte das Gefühl, keine Luft mehr zu bekommen, wenn ich mich auch nur ein wenig zurückzöge. Wenn ich auch nur ein bisschen Abstand zwischen uns brächte. Das wäre das Ende. Ohne sie würde ich keinen einzigen Schritt mehr machen können.

Deshalb sollte ich verdammt noch mal davonlaufen.

Stattdessen ließ ich meine Hände an ihren Seiten hinuntergleiten und schlang ihre Beine um meine Taille. Sie stieß einen gierigen Seufzer aus und verschränkte ihre Knöchel an meinem unteren Rücken.

Dann rieb sich das Mädchen an meinem steifen Schwanz.

Die damit einhergehende Qual dröhnte wie das Heulen eines Waldbrands in meinen Ohren.

Ohrenbetäubende, verzehrende Flammen.

Aber dieses Feuer fühlte sich so verdammt gut an, dass ich nicht loslassen konnte. Denn diese Momente waren zu flüchtig.

Ich hob sie von der Insel und trug sie zu der schmalen Treppe, die von der Küche wegführte.

Sie umklammerte meine Schultern und hielt sich fest. »Wohin gehen wir?«

»Nach oben«, murmelte ich und weigerte mich, nach Luft zu schnappen, da ich fürchtete, etwas zu verlieren. Ich könnte das Gefühl verlieren, zum ersten Mal seit einer gefühlten Ewigkeit wieder etwas Echtes zu haben.

Ihre Fingerspitzen gruben sich in meinen Nacken. »Bist du sicher, dass das eine gute Idee ist?«

»Ich denke, es ist eine verdammt gute Idee«, grunzte ich in ihren Mund. Mein Schwanz, der am Saum ihrer Jeans um Einlass bettelte, schien Beweis genug zu sein.

Ich drückte sie fester an mich und genoss es, sie zum Stöhnen zu bringen.

Ich brauchte sie. Ich brauchte ihre Berührung, ihr Lächeln und ihre keuchenden Atemzüge.

»Ich will dich zum Kommen bringen.«

Sie wimmerte ein Geräusch, das nach Ja klang, während ihre Worte ihren Widerwillen verrieten. »Das wird nicht ungeschehen machen, was da gerade passiert ist. Rede mit mir! Bitte.«

Ich küsste sie weiter, während ich die Treppe hinaufging. Ungeschehen machen. Genau das hatte ich vor. Ich würde selbst über den Schandfleck dieses Mistkerls schreiben. Über die Qualen, den Schmerz, den Schaden und den Ruin.

Ausnahmsweise ... ausnahmsweise wollte ich etwas Gutes zu bieten haben.

Und das wollte ich ihr geben.

Alles, was ich noch zu geben hatte.

Ihre Finger gruben sich tiefer und ihre Nägel bohrten sich in meine Haut.

Und ich wusste ... ich wusste, dass sie das auch geben

wollte. Aber der Unterschied zwischen uns war, dass ich nichts vergessen wollte.

Ich erreichte den Treppenabsatz im hinteren Bereich des Flurs und tastete nach dem Knauf der Tür ganz am Ende. Sie sprang auf und ich trat sie schnell wieder zu, nachdem ich hineingegangen war. Fenster zierten die Rückwand, die Vorhänge waren weit offen.

Ich legte sie auf die Bettmitte und stellte mich an die Seite.

»Wessen Zimmer ist das?«, flüsterte sie in die Stille.

»Meins.«

Das war die Sache mit Ash. Wir stritten. Wir stritten wie Brüder. Denn genau das waren wir auch. Nicht durch Blut. Aber durch jede einzelne Sache, die zählte. Er hatte mich eines der Zimmer aussuchen lassen und mir gesagt, dass ich, egal, wohin ich auch gehen würde, immer ein Zuhause haben würde.

In ihren blauen Augen flackerte eine Art Hoffnung auf.

Bleib! Bleib! Bleib!

Jeder vernünftige Teil von mir wusste, dass ich das verhindern musste. Dass ich Nein sagen musste. Dass ich sie warnen musste, dass nur noch sechs Wochen blieben.

Das war alles.

Dann kam das Ende.

Aber ich schaffte es nicht, die Worte auf meiner Zunge zu bilden. Stattdessen entledigte ich sie eines ihrer sexy High Heels und küsste die Innenseite ihres Fußes, dann drehte ich mich um und tat das Gleiche mit dem anderen.

Ein Schauer durchfuhr ihren Körper und die Lust sammelte sich in meinem Bauch.

Mein Bedürfnis danach, sie zu ficken, war größer als das Verlangen nach Luft.

Ich wollte alles erleben, was sie zu geben hatte.

Ihren Mut schmecken.

Ihre Unsicherheiten schlucken.

»Lyrik.« Es war ein Atemzug. Eine Frage.

»Du bist so verdammt hübsch.« Ein Teil von mir wünschte, sie wäre es nicht. Die Wahrheit war, dass es mir von Mal zu Mal schwerer fiel, sie anzuschauen. Denn ich wollte immer mehr und mehr. Ich suchte den Ärger, den Herzschmerz geradezu.

Ich wusste es besser.

Ich hatte schon vor langer Zeit gelernt, Sorgen und Verpflichtungen abzuschütteln. Das Leben war so viel einfacher, wenn man durch nichts belastet wurde.

Ich trug bereits mehr, als ich ertragen konnte.

Trotzdem schlug mein Herz schneller, als ich mich vorbeugte und den Knopf ihrer Jeans öffnete. Das Geräusch des Reißverschlusses hallte an den Wänden wider. Sie wimmerte und hob ihren Hintern vom Bett, was es mir erleichterte, ihr Jeans und Unterwäsche von den Beinen zu ziehen.

Ich versuchte nicht einmal, mein Stöhnen zu unterdrücken. Das Mädchen war so wahnsinnig heiß. Ein Versprechen des Himmels und eine Versuchung, die direkt aus der Hölle kam.

Genau da, wo ich hingehörte.

Ich positionierte ein Knie auf dem Bett und neigte mich zur Seite, um die Schlangentätowierung an der Außenseite ihres Oberschenkels nachzufahren. Mit meiner Zunge zeichnete ich die Linien nach, während ich meine Hände unter ihr Shirt schob. Meine Zunge folgte dem Pfad, als ich es über ihren Kopf hob.

Mein ganzer Körper zitterte mit einem Verlangen, das immer heftiger wurde. Meine Kontrolle schwand.

Red trug nichts weiter als einen schwarzen Spitzen-BH, der in allen fünfzig Staaten verboten sein sollte. Eine grausame und ungerechte Strafe, denn ich wäre gestorben, hätte ich sie nicht anfassen dürfen.

Ihre Titten quollen oben heraus, während das deformierte Herz-Tattoo in der Mitte weinte.

Ante omnia cor tuum custodi.

Das Verlangen überwältigte mich. Ich wollte sie küssen, bis sie perfekt und ganz war.

Verdammt!

Ich war dabei, den Kopf zu verlieren. Mein Fundament.

Verzehrendes Begehren durchzuckte mich, als ich über das brennende Rot leckte, und ich schob eine Hand unter ihren Rücken, um den Verschluss des BHs zu öffnen. Ich bewegte mich weit genug zurück, um ihn zu lösen.

Ihr Puls raste wie wild und ihre Brust hob sich.

Schnell tauchte ich wieder ab und nahm eine rosafarbene, kecke Brustwarze in den Mund. Ich sog daran und liebkoste sie mit meiner Zunge.

Sie wickelte ihre Hände in mein Haar. »Scheiße ... Lyrik ... das fühlt sich so gut an.« Sie stieß ein verwirrtes Stöhnen aus. »Warum fühlst du dich so gut an?«

Ich grinste gegen ihre Haut. Das war genau das, was ich hören wollte. Dass sie sich *gut* fühlte und dass ich der Einzige war, der ihr dieses Gefühl geben konnte.

Mein Mund wanderte an der Seite ihrer Brust entlang. Ich verweilte an einer Stelle und zog das seidige Fleisch tief in meinen Mund. Vielleicht etwas härter als nötig, aber ich wollte auf jeden Fall eine Spur hinterlassen. Denn genau das hatte ich ihr versprochen.

Mit beiden Händen umschloss ich die Fülle ihrer Titten, drückte und hob sie an, damit ich sie necken und quälen konnte, während ich mich der anderen Brustwarze zuwandte.

»Ich brauche dich«, sagte sie und krallte sich an meinem Shirt fest. Kühle Luft streifte meinen Rücken, als sie es mir entriss, dann bohrten sich ihre Finger wieder in meine Haut.

Sie bettelten, während sie mich verbrannten, kratzten und um mehr baten.

Dies war das einzige Mehr, das ich ihr geben konnte.

Sie verdiente mehr, aber *ihr* würde ich alles geben, was ich hatte.

Ich wollte, dass sie mir auf eine Weise vertraute, wie sie niemandem mehr vertraut hatte, seit dieser Bastard sie gebrochen hatte. Sie musste wissen, dass sie schön war und dass das, was er getan hatte, nicht die Macht hatte, sie zu definieren.

Es hatte nicht die Macht, sie zu zerstören.

Ich wollte, dass sie wusste, welche Schönheit ich in ihr sah.

Welche Güte.

Welch wertvolles Geschenk an diese Welt.

In meinem Kopf drehte sich alles und mein Herz hämmerte warnend in meinen Rippen. Es schlug im selben Takt wie das ihre, wild, unberechenbar und heftig, und ihr Atem ging genauso schwer.

Verzweifelt zog sie meinen Mund wieder zu ihrem.

Meine Haut kribbelte nun überall und dieses unangenehme Gefühl zwang mich, etwas falsch zu machen. Ein Versprechen zu brechen. Aber ich tat nichts weiter, als ihren Kuss zu erwidern.

Denn ich konnte einfach nicht aufhören.

Ihre Zunge glitt köstlich an meinen Lippen vorbei und umspielte meine. Begierig und fordernd.

Jeder Zentimeter meines Körpers brannte.

Eine gefährliche Lust donnerte durch meine Adern und ich stemmte mich auf meine Handflächen. Meinen Kopf neigte ich nach unten, als ich sie leidenschaftlich küsste. Mein noch immer bekleideter Schwanz drückte sich in ihre nackte Pussy. Unverdientes Verlangen erfüllte jede meiner Zellen, meine Atemwege, meine Lunge und meinen Kopf.

Nein.

Ich drückte die Augen zu und sie küsste mich noch intensiver. Fiebrige Hände erforschten meine Haut, als könnte sie eine Schwachstelle finden. Einen Weg hinein. Einen Zugang zu dem, was in mir vergraben war.

»Lyrik«, hauchte sie, während ihre Hände über meine Schultern wanderten. Ihre Berührung sandte Schockwellen über meine Haut. Fingernägel schabten über meinen Oberkörper, bevor sie sich an meinem Hosenbund zu schaffen machten.

Und ich spürte, wie die Angst mich übermannte – gespenstisch und dunkel. Während alles andere lebendig wurde.

Ein qualvoller Widerspruch.

Aber das war es, wonach ich mich sehnte.

Das Drücken und das Ziehen.

Ich wollte. Ich wollte alles. Wollte jeden Zentimeter kennen.

Ihren Körper. Ihr Herz. Ihren Verstand.

Ich wich ein paar Zentimeter zurück und musterte ihr Gesicht, dann blickte ich wieder nach unten und beobachtete, wie ich mit zwei Fingern in ihre Pussy eindrang.

Sie war so verdammt feucht, warm und perfekt.

Ihre Innenwände verkrampften sich und sie wölbte sich vom Bett. Ihr Mund öffnete sich zu einem leisen Stöhnen.

Wunderschön.

Wellen der Angst breiteten sich in mir aus. Ich würde nie genug bekommen.

Ich beeilte mich, mehr von diesem Mund zu bekommen.

Von diesem süßen, süßen Mund.

Ich küsste sie und küsste sie, während ich versuchte, sie langsam mit meinen Fingern zu ficken. Ich bemühte mich darum, die Kontrolle zu behalten, obwohl ich nichts anderes wollte, als loszulassen. Ich wollte alles. Überall. Alles auf einmal.

Ich wollte sie verschlingen und all ihre Ängste und Vorbehalte in den Wind schießen.

Ich wollte nehmen und nehmen und nehmen.

Geben und geben und geben.

Delirium.

Ich ließ meine Hand nach hinten gleiten.

Meine Finger waren glitschig.

Ich schob zwei in ihren engen, perfekten Arsch.

Dort wollte ich auch hin.

Sie zuckte zusammen und ich riss mich gerade noch rechtzeitig zusammen, um die Angst in ihrem Blick zu erkennen. Ihre blauen Augen waren dunkel geworden, als das Mädchen wieder in diese verdorbene Welt hineingezogen wurde.

Shit.

Verdammter Mist!

Was zum Teufel hatte ich mir dabei gedacht, mit diesem Mädchen leichtsinnig zu werden? Ich hätte es wissen müssen. Und das winzige Stückchen, das mein Bewusstsein war, schrie, dass ich einen Fehler nach dem anderen machte. Es nannte mich einen Sünder und schimpfte mich egoistisch, verdorben und krank. Und ich wusste in diesem Moment, dass ich nicht den Mut hatte, sie gehen zu lassen. Noch nicht. Nicht, wenn sie so nah war. So kurz davor, *frei* zu sein.

Tränen lösten sich aus ihren Augenwinkeln und flossen in nassen Bahnen an ihrem Haar vorbei, während mein Herz vor Bedauern, Hass und dem Bedürfnis, denjenigen zu töten, der ihr so wehgetan hatte, übersprudelte.

Ich schloss sie in meine Arme.

»Verlass mich nicht!«, murmelte ich schroff und drückte sie fester an mich. »Ich bin bei dir. Ich bin's, Blue. Ich bin es. Baby, du musst mir nur sagen, dass du nicht willst. Ich werde dir niemals wehtun.«

Aber anhand ihres Blicks wusste ich bereits, dass ich ihr wehtat. Denn ich würde ihr alles nehmen und ihr nicht das Gleiche zurückgeben können.

Sie bäumte sich auf. Mein Schwanz, der aus dem Bund meiner offenen Jeans ragte, rieb sich an ihr. Immer noch weinend vergrub sie ihre Finger in meinen Schultern, als würde sie einen Teil ihres Schmerzes auf mich übertragen wollen.

»Bitte ... fick mich einfach!«, flehte sie.

Der kranke Teil in mir wollte das. Es war der Teil, der sie so sehr wollte, dass er alles nehmen würde, was er bekommen konnte. Aber stattdessen küsste ich sie wieder und murmelte »langsam« auf diese roten Lippen. Ich dankte Gott, dass sie noch bei mir war. Dass ich es nicht so sehr vermasselt hatte, dass sie als zusammengerollter Ball in der Bettmitte lag.

Aber das war es, was ich tat.

Ich fand die kleinen guten Seiten, die sich hinter einer Maske verbargen, holte sie hervor und brachte sie ans Licht.

Dann zerstörte ich sie mit einem vernichtenden Schlag.

»Ich vertraue dir«, sagte sie, drückte mich fester an sich und rieb ihren nackten Kern an mir.

Vertrauen.

Verdammte Scheiße! Ich wollte weinen. Ich spürte es. Die Emotionen ergriffen meine Brust, als würde ich erdrosselt. Mit einer Schlinge um meinen Hals.

Verzweifelt schob ich meine Jeans bis zu den Oberschenkeln hinunter, denn ich war gierig genug, um noch ein bisschen mehr zu nehmen.

»Langsam«, sagte ich angestrengt.

Langsam. Langsam. Langsam.

Ich wiederholte es in meinem Kopf. Auch wenn sie darum bettelte, wusste ich, dass Blue noch nicht bereit für Sex war.

Ich begann, mich zu fragen, ob ich es war. Ob ich ihr gewachsen war. Auch wenn ich unbedingt in ihr versinken wollte.

Ich ließ meinen nackten Schwanz gegen sie gleiten, sammelte all das glitschige Verlangen, das ihre Mitte bedeckte, und umklammerte ihre Schultern, während ich gegen sie schaukelte.

Ein leises Keuchen entwich ihr. Verwirrung und Verlangen.

Ich tat es noch einmal und brachte sie näher, obwohl ich sie nicht nah genug heranbringen konnte.

Nein. Ich bewegte mich nicht genug, um sie zu ficken, obwohl ich mit einem Vorstoß zu Hause gewesen wäre.

Ich bewegte mich nur gegen sie, wie ein perverses Arschloch, das sich einen runterholte.

Dann zog ich mich so weit zurück, dass die Eichel meines pochenden Schwanzes über ihre Klitoris streifte.

Unsere Gesichter waren nur einen Atemzug voneinander entfernt, unsere Lippen berührten sich gerade, unsere Augen waren wild, offen und verletzlich.

Und ich schaukelte und schaukelte und schaukelte. Ich benutzte dieses Mädchen, das eigentlich mich benutzen sollte.

Ich begann, mich zu fragen, wer von uns beiden wen brauchte.

»Lyrik.« Sie packte mich fester und drückte ihre Titten an meinen Oberkörper, während sie versuchte, mir näherzukommen.

»Lass los«, flüsterte ich an ihr Ohr.

Schließlich zitterte sie unter mir, ihre Nägel zerrissen meine Haut, und die kleinen Schmerzstiche waren das perfekte Gegengewicht zu der Lust, die meinen Körper beherrschte.

So warm.

So feucht.

Zu viel.

Verdammt!

Brennende, quälende Glückseligkeit.

Mit einem Stöhnen kam ich über ihren ganzen Bauch.

Ich ließ den Kopf sinken, vergrub mein Gesicht in ihrem Nacken und sog alles an Luft ein, was ich finden konnte.

Die ganze Luft gehörte ihr.

Jeder Atemzug war *Blue*.

Widerwillig bewegte ich mich und blickte auf sie hinunter. Ich strich mit dem Rücken meiner Finger über ihre Wange. Mit glasigen blauen Augen starrte sie mich an, die Tränen liefen noch immer über ihre Schläfen und in ihr Haar.

Blue.

Süße, weiche, vertrauensvolle Blue.

»Es tut mir so leid«, sagte ich leise.

Sie blinzelte und schluckte schwer, ihre Stimme klang aufrichtig. »Mir nicht.«

13

———

TAMAR

Ich klopfte mit den Fingerspitzen auf meine Oberlippe, während ich im Raum auf und ab ging.

Die Jalousien in meinem Schlafzimmer waren zugezogen, das schwindende Sonnenlicht drang nur an den Rändern durch. Ich warf einen Blick zurück auf meinen Schreibtisch, wo meine alte Canon wie ein Symbol meiner Vergangenheit thronte. Wie eine Brücke zu allem, was einmal gewesen war, und zu allem, was sich unerreichbar anfühlte.

Wenn ich mit den Fingerspitzen über die Vertiefungen und Rillen der Kamera fuhr, war es, als würde ich dorthin zurückkehren. Mit einer Drehung der Objektivringe konnte ich mich auf ihre Gesichter und auf all die Dinge konzentrieren, die mir einst wichtig gewesen waren.

Meine Ziele, Hoffnungen und Träume.

Ich dachte, sie wären vernichtet worden. Ausgelöscht.

Aber sie warteten direkt unter der Oberfläche, an der Lyrik kontinuierlich kratzte. Jeden Tag legte er mehr von dem frei, was ich einst gewesen war.

Mein Geist pulsierte angesichts der Möglichkeiten.

Das Schlimmste daran war, dass all diese Möglichkeiten begonnen hatten, sich um ihn zu drehen. Sie erwachten unter seiner Berührung, seinen Worten und seinen dunklen, faszinierenden Augen zum Leben.

Aber ich hatte nie behauptet, dass ich bei klarem Verstand war, wenn es um ihn ging.

Dreimal klopfte es an der Tür und mein Herzschlag beschleunigte sich, als die wenigen Fäden meiner Zurückhaltung rissen.

Bevor ich die Nerven verlor, griff ich nach meiner Kamera. Einen Moment lang drückte ich die Augen zu, als ich sie wie ein verlorenes Kind in den Armen hielt. Als trüge ich einen verlorenen Teil von mir selbst in den Händen.

Als hätte ich etwas Verlorenes wiedergefunden.

Als wäre etwas Verstorbenes wiederauferstanden.

Ein weiteres Klopfen ertönte und ich drehte mich auf dem Absatz und ging zur Tür.

Gespannt.

Hoffnungsvoll.

Anders.

Ich entriegelte das Schloss, und noch bevor ich den Knauf drehen konnte, drängte sich Lyrik über die Schwelle.

Ich keuchte auf, dann kicherte ich wie ein übermütiges Schulmädchen, als er seine starken Arme um meine Taille schlang. Er zog mich dicht an seinen überwältigenden Körper und seine Präsenz war heftig und kühn.

Früher hatte ich das als Warnung empfunden.

Als Vorbote der Gefahr, die mich erwartete.

Ich hätte nie gedacht, dass ich in seinen Armen so viel Sicherheit finden würde.

Seine großen Hände glitten an meinen Seiten hinauf und wanderten bis zu meinem Nacken, wo sie eine Gänsehaut erzeugten. Er neigte meinen Kopf nach hinten, damit er mich küssen konnte. Schnell, hart und atemberaubend.

Dann zog er sich zurück und seine Augen, schwarz wie Ebenholz, funkelten.

Ich entdeckte Unfug, Chaos und das Versprechen einer rasanten, glückseligen Fahrt.

Ich war *mehr* als bereit.

»Hi.« Ein Grinsen umspielte seinen sinnlichen Mund, seine vollen Lippen waren leicht geteilt. Schwarze Haarsträhnen fielen in seine Stirn, als er mich nach hinten neigte. Offensichtlich war der arrogante, eingebildete Junge zum Spielen gekommen.

Ich würde mich nicht beschweren, so viel war sicher.

Ich liebte es, wenn er so war. Verspielt. Frei.

Aber ich liebte es auch, wenn er intensiv und verletzlich war. Ich liebte es, wenn er beschützte, und ich liebte es, wenn er drängte.

Verdammt!

Ich schluckte an dem Knoten der Unruhe vorbei, der sich in meiner Kehle bildete.

Die Energie manifestierte sich plötzlich in Form eines Fröstelns.

Das Summen vor dem Blitzschlag.

»Hi«, flüsterte ich heiser zurück.

Er hatte seine Hände auf meine Taillen gelegt, um mich zu halten, und ließ seinen Blick nun über meinen Körper wandern.

»Da ist ja mein Mädchen – das kleine rote Pin-up-Girl, das direkt aus meiner Lieblingsfantasie entsprungen zu sein scheint und mich in den Wahnsinn treibt.«

Mein Mädchen.

Gott, wie sehr ich mir das wünsche.

Der irrationale Gedanke flatterte in meinem Magen. Der

Gedanke an das, was sein könnte, kam zu oft. Genau wie der Gedanke daran, wie *gut* dieser schöne Mann für mich war. Und in manchen verrückten Momenten dachte ich, dass ich vielleicht auch gut für ihn sein könnte. Dass er sich von mir entdecken lassen würde, während er mich entdeckte.

Dass wir gut zusammen wären.

Aber das Herz dieses Jungen war ein labiler Ort. Hart, dunkel und undurchdringlich. Keine Frage, es war gebrochen, bestand aus Fragmenten, die mit Bitterkeit und Scham zusammengeflickt worden waren. Aber es war all das Gute, das aus den Rissen hervorquoll, das mich mitriss.

Ich zwang mich, auf seine Neckerei einzugehen, und stupste ihn an. »Ich will schließlich, dass du zufrieden bist.«

Er stellte mich wieder gerade hin und zupfte an meinem roten Bikinioberteil, das aus dem schwarzen Tanktop hervorlugte, das ich darüber trug.

Das Badeoutfit war im Stil der Fünfzigerjahre gehalten. Genau sein Ding.

Mit einem einzelnen Finger streichelte er meinen Nacken und mein Schlüsselbein. Er rückte näher an mich heran und seine Nase streifte meine. »Mission erfüllt.«

Das Kribbeln, das seine Berührung auslöste, breitete sich nach unten hin aus, bis er seine tätowierten Finger durch meine schob und die Tinte über die Muskeln auf seinen Armen tanzte.

Er zog an meinem Arm und ich kicherte, als ich nach vorn stolperte, direkt an diesen köstlichen Körper.

Gott, er trieb mich in den Wahnsinn.

»Gehen wir, sonst kommen wir hier nie weg«, sagte er.

Ich schenkte ihm ein kokettes Lächeln. »Klingt doch gut.«

Vier Wochen waren nun vergangen. Vier Wochen, in denen wir unsere Körper erforscht und einander verführt hatten. Vier Wochen, in denen wir unsere Zehen in heißes, kochendes

Wasser getaucht und uns am Rande der Ekstase bewegt hatten. Aber Lyrik schien zu zögern, darüber hinaus zu gehen.

Vielleicht hatten wir beide Angst, dass wir uns verbrennen würden, wenn wir endlich eintauchten.

»Führe mich nicht in Versuchung, Frau! Die Jungs werden mir die Eier abschneiden, wenn wir uns nicht blicken lassen.«

Ich hob eine Augenbraue. »Na schön. Das wollen wir schließlich nicht, was?«

Er knurrte und vergrub sein Gesicht in meinem Haar, wobei seine Nase an meiner Ohrmuschel entlangfuhr. Er knabberte daran. »Weißt du eigentlich, mit wem du dich hier anlegst?«, flüsterte er und es klang wie eine Drohung. Er packte meine Taille und zog mich mit aller Kraft an sich. Seine Stimme war rau und verführerisch. »Und weißt du, was ich mit dir machen werde? Weißt du, dass ich dich betteln und schreien lassen werde, und dass du mich dann anflehen wirst, eine weitere Runde zu drehen?«

Ah. Da war er also. Der böse, böse Junge. Dunkelheit, Gefahr und Stärke. Und das alles, während er mich in der Sicherheit seiner fähigen Hände hielt.

Denn ich wusste ohne Zweifel, dass nur mein Herz in Gefahr war.

Ich hob mein Kinn und als ich seinen Blick auffing, stockte mir der Atem. Verlangen und Lust vermischten sich knisternd in einer chemischen Reaktion mit dem Wunsch nach mehr.

»Das tue ich bereits«, sagte ich schließlich.

Ich flehte.

Ich brauchte.

Ich kapitulierte.

Er wob seine Finger durch mein Haar und presste seine geschlossenen Lippen fest auf meine. Dann ließ er seine Stirn auf meine sinken, bevor er einen Schritt zurücktrat und mir seine Hand reichte. »Ich mache keine Witze ... ich muss dich hier rausbringen. Sofort.«

Ich hängte den Riemen meiner Kamera um meinen Hals und folgte ihm zur Tür hinaus zu seinem Motorrad.

Während er sich auf das glänzende Metall schwang, setzte ich meinen Helm auf.

Das war ein Anblick, der mich nie langweilen würde – Lyriks tätowierte Hände am Lenker.

Und diese Worte.

Sing my Soul.

Jedes Mal, wenn ich den Schriftzug auf seinen Fingerknöcheln sah, schmerzte es mich ein wenig. Sein geschmeidiger Körper war so beängstigend und bedrohlich. Und doch ein starkes, unerschütterliches Fundament.

Der Motor heulte auf und der Boden unter meinen Füßen bebte.

Meine Welt geriet ins Wanken.

Tamar *King* verschwand.

Ich versuchte, mich zusammenzureißen, steckte meine Kamera in die Seitentasche und kletterte hinter ihm auf sein Bike. Er zog mich näher an sich, so wie er es immer tat, und sorgte dafür, dass ich mich fest an seinen Rücken schmiegte.

Er lenkte uns in Richtung Tybee Island und fuhr auf das prächtige Haus am Meer zu, in dem Lyrik und die anderen Jungs gewohnt hatten, als sie vor einem Jahr zum ersten Mal nach Savannah gekommen waren.

Anthony, *Sunders* Manager, war der Besitzer des Hauses und an diesem Wochenende aus L. A. angereist, um die Band zu besuchen. Er hatte alle zu sich nach Hause eingeladen, um zu grillen und ein Lagerfeuer an seinem Privatstrand zu machen, bevor er morgen zu seiner Familie zurückkehrte.

Ich umarmte Lyrik enger und atmete ihn ein.

Noch vier Wochen.

Der hohle Ort in mir ächzte wie ein verfluchter Galgen.

Ich wusste nicht, wie ich den Verlust verkraften sollte.

Die Unausweichlichkeit, das erste echte Gefühl seit Jahren zu verlieren.

Es machte mir Angst, wie verzweifelt ich wollte, dass es nicht zu Ende ging. Aber ich weigerte mich, diese Zeit als Fehler zu betrachten. Denn dieser Mann hatte mir langsam wieder Leben eingehaucht.

Er hatte eine Seele wiedererweckt, von der ich geglaubt hatte, sie wäre verdammt.

Ich fühlte mich nicht mehr so ... wütend. Seltsam, dass ich das diesem nervtötenden Mann zu verdanken hatte.

Der Wind peitschte durch sein Haar und die Landschaft raste auf unserer zwanzigminütigen Fahrt zum Strandhaus an uns vorbei. Schließlich lenkte er sein Motorrad in die große, runde Einfahrt und hielt vor dem Haus an. Lyrik half mir beim Absteigen, und ich nahm schnell den Helm ab und schnappte mir meine Kamera, während er das Bike abstellte und den Ständer hinunterklappte.

Ich holte tief Luft. Es duftete nach Meer, Salz und Sommerhitze.

»Wow, das ist ein beeindruckendes Haus.« Ich beäugte Lyrik von der Seite, bevor ich wieder auf die Extravaganz vor uns blickte.

Das war ein Teil von Lyriks Leben, den ich nicht kannte. Das Geld, den Ruhm und das Rampenlicht nahm er kaum zur Kenntnis. Er war seltsam bescheiden, wenn es um diese Dinge ging. Aber ich ahnte, dass Savannah zu seinem eigenen Zufluchtsort geworden war, wo er sich vor Fans, Ruhm, endlosen Touren und Städten, die sein Leben beherrschten, zurückziehen konnte.

Hier konnte er für ein paar kurze Momente in eine Art Normalität zurückfinden.

Ich empfand es als Ehre, diese Zeit mit ihm zu teilen.

Lyrik küsste mich auf den Mund. »Was ... wirst du jetzt etwa gierig?« Das war reine Neckerei. »Und ich dachte schon, du wärst eine von den Guten und ließest dich nicht so leicht beeindrucken.«

»Das ist korrekt.« Ich sah ihn mit ernstem Blick an. »Aber ich *bin* beeindruckt.«

Er runzelte die Stirn.

»Von dir«, fügte ich hinzu und strich mit meinen Fingern über sein enges T-Shirt und das verwirrte, widersprüchliche Herz, das darunter pochte.

»Du bist so anders als alles, was ich erwartet habe«, sagte ich leise.

Er drehte sich zu mir um und starrte mich eine Sekunde lang nur an. Dann legte er eine große Hand auf meine Wange. »Du bist alles, was ich nie erwartet, niemals vorausgesehen habe. Alles, von dem ich nie wusste, dass ich es benötige.«

Traurigkeit überzog sein Gesicht. Er gewährte mir einen flüchtigen Einblick in etwas sehr Privates. Etwas Echtes. Das wusste ich. Ich sah auch in seinem Gesicht, dass er mich nicht *brauchen* wollte. Und ich wusste tief in meinem Innern, dass er sich dagegen zu wehren versuchte.

Ich schenkte ihm ein zittriges Lächeln, bevor ich mich zu einer verführerischen, aber schüchternen Miene zwang. »Komm schon – bevor deine Crew einen Suchtrupp losschickt. Ich glaube, Ash ist ein wenig empfindlich, wenn es um dich geht.«

»Der arme Kerl würde seine Hand nicht von seinem Arsch unterscheiden können, wenn ich nicht da wäre, um auf ihn aufzupassen.«

Ich stieß ihn mit der Schulter an, woraufhin er seinen Arm um meinen Hals schlang und loslief.

»Und ich dachte schon, es wäre der große böse Baz, der auf

euch alle aufpasst«, sagte ich und verschränkte meine Finger mit seinen, die über meine linke Schulter hingen, und führte seinen Handrücken an meine Lippen.

So einfach.

So leicht.

»Pah ...« Er lächelte auf mich herab. Zuneigung umspielte seinen Mund. »Ich glaube, wir alle wissen, dass das nicht stimmt. Baz ist so weich, wie es nur geht. Der Junge hat seine Eier in Sheas Handtasche gepackt.«

»Und du hattest Angst, dass sie deine auch dort deponieren, nachdem sie sie dir abgeschnitten haben?«

Er lachte tief und herzlich und ich vergrub mich tiefer in der Wärme seiner Seite.

Er führte mich an der Hauswand entlang in Richtung Strand; der Wind blies Stimmen in unsere Richtung. Als wir um die Ecke bogen, breitete sich das Meer vor uns aus. Sanddünen türmten sich davor auf, ehe sie dem Ufer wichen. Die hohen Büschel wilder Gräser bewegten sich sanft im Wind.

Am Horizont kündigte sich bereits die Dämmerung an. Rosa- und Lilatöne hingen tief am Himmel, ein Abglanz der Sonne, die hinter uns im Westen unterging. Die sanften Wellen glitzerten im schwindenden Tag.

Mein Puls beschleunigte sich beim Anblick des Sturms, der sich in der Ferne zusammenbraute. Die Wolken wurden immer dichter. Die Luft Georgias war immer noch heiß und schwül, aber sie war nicht mehr unerträglich, als sie sich mit der kühlenden Brise vermischte, die vom Meer herüberwehte.

Ich hob mein Gesicht und atmete ein. »Es ist so schön hier draußen.«

»Ja«, stimmte Lyrik mit einem kurzen Nicken zu. »Hier draußen empfinde ich mehr Frieden, als ich es seit langer Zeit getan habe. Ganz anders als L. A.«

Ich warf ihm einen kurzen Blick zu. »Besser oder schlechter?«

Ja, ich suchte nach dieser Verbindung. Aber sie war bereits da und zog mich in ihren Bann. Sie zerrte an mir und weckte eine Sehnsucht, die ich noch nie zuvor erlebt habe.

Er hob eine Schulter. »Anders. L. A. ist vertraut. Der Rhythmus der Stadt. Die Hektik. Die Straße. Hier zu sein, fühlt sich wie ein verlängerter Urlaub an. Kennst du das, wenn du an einem tollen Ort bist, in einem Land, das du schon immer mal besuchen wolltest, oder auf einer Insel, von der du nur geträumt hast? Und in dem Moment, in dem du ankommst, denkst du, wie schön es wäre, dortzubleiben? Einfach »Scheiß drauf« zu sagen und alles andere zu vergessen? Aber du weißt, dass du am Ende der Woche deine Koffer packen, in ein Flugzeug steigen und nach Hause fliegen wirst. Es ist unhaltbar. Der Traum klingt wirklich schön. Aber genau das ist er. Ein Traum.«

»Aber du hast hart genug für den Traum gearbeitet, das machen zu können, was du liebst. Jeden Tag.«

»Aber dieser Traum hat den höchsten Preis.«

Ich zog die Stirn in Falten. »Sebastian hat beides. Er lebt beides.«

Lyrik schüttelte den Kopf. »Baz befindet sich in der Schwebe. Er wird bald an einem Scheideweg stehen. Du bekommst das eine oder das andere. Das Leben gibt dir nicht beides – und er wird sich entscheiden müssen.«

»Und wenn du dich irrst?«

Er setzte zu einer Antwort an, unterbrach sich aber, als Shea meinen Namen rief.

Ich entdeckte sie unten am Strand, wo sie mit Kallie an der Hand stand.

Die Stimme der kleinen Kallie vermischte sich mit ihrer. Sie wurde höher und aufgeregter, je näher wir kamen. Gleichzeitig sprang sie an der Seite ihrer Mutter auf und ab. »Onkel

Wyrik ... Onkel Wyrik! Wollt ihr schwimmen gehen? Es ist sooo warm. Mein Daddy war schon mit mir schwimmen und ich werde noch mal gehen. Aber meine Mommy hat gesagt, dass wir erst essen müssen, weil das Abendessen fast fertig ist.«

Zärtlichkeit durchströmte ihn. Es spielte keine Rolle, wie hart dieser Junge war. Es stand für mich außer Frage, dass unter der undurchlässigen Schicht, die er nach außen hin trug, ein anderer Teil wartete. Ein weicher, abgeschirmter Ort unter den Schwielen. Ein Ort, der für etwas Großes reserviert war und nur darauf wartete, durchzubrechen.

»Ja, ich gehe schwimmen, aber nur mit dir. Sobald wir gegessen haben, hast du mich ganz für dich allein. Wie hört sich das an, Kallie-Love?«

Meine Haut fühlte sich zu eng an. »Was ist mit mir?«, fragte ich neckisch, obwohl auch meine Kehle eng war.

Lyrik schenkte mir mein Lieblingslächeln. Das Lächeln, das mich zerstören würde. »Oh, du wirst später noch massig von mir haben.«

Das hoffte ich.

Er führte mich die Seitentreppe hinauf und auf die große Holzterrasse, die an der Rückseite des Hauses angebracht war. Rote Sonnenschirme schützten vor der schwindenden Sonne, das Deck war ein Ort des Schattens und der Gemütlichkeit. Anthony manövrierte gerade einen Haufen fetter Steaks vom Grill auf einen Teller, den Sebastian in der Hand hielt.

Ash kam gerade mit einem Tellerstapel durch die Balkontür, als wir oben ankamen.

Er grinste. »Juhu – Tam-Tam ist da. Mein Tag ist gerettet.« Er funkelte Lyrik gespielt böse an. »Natürlich musstest du dieses Arschloch mitbringen.«

Er sah Lyrik direkt an. »Warum hast du ständig *mein* Mädchen am Arm, als würde sie dort hingehören, obwohl wir beide wissen, dass sie mein ist?«

Lyriks Nasenflügel weiteten sich. »Vorsicht, Mann.«

Ash lachte nur.

Nach dem Streit vor zwei Wochen in Ashs Haus war ich mir nicht sicher gewesen, wie es weitergehen würde. Aber am nächsten Abend waren sie in die Bar gekommen und hatten so getan, als wäre nichts passiert.

Schnee von gestern. Die unnachgiebige Sonne hatte das unreine Schmelzwasser längst weggespült.

Aber ich war nicht dumm. Ich wusste, dass das, was zwischen ihnen vorgefallen war, von überwältigender Bedeutung gewesen war. Etwas jenseits meiner Dimension, an deren Rand ich saß und wie eine Fremde hineinschaute.

Was auch immer Lyrik aufgewühlt hatte – es war der Grund dafür, dass er abschaltete, wenn ich zu tief in die Materie eintauchte. Wenn ich ihm zu nahe kam. Wenn ich zu viele Fragen stellte. Deshalb hatte er sich versteift, als ich mit meinen Fingern über seinen linken Arm gefahren war, der von den Takten und Noten des ungesungenen Lieds und der darin verwobenen Bedeutung bedeckt war.

»Fertig«, rief Anthony, während er die Flammen des Grills reduzierte.

In der Außenküche war eine große Auswahl an Essen vorbereitet. Alle nahmen an den runden Tischen unter den Sonnenschirmen Platz, unterhielten sich angeregt und lachten, während wir aßen und beobachteten, wie der Tag langsam ausklang.

»Alles fertig!«, rief Kallie und klatschte in die Hände.

Ich stupste Lyrik an. »Ich glaube, das ist dein Stichwort.«

»Ich glaube, das ist es.«

Er schob seinen Stuhl zurück und zog Kallie von ihrem Stuhl. »Bist du bereit, schwimmen zu gehen, Kallie-Love?«, fragte er, während er den Knöchel seines Zeigefingers unter ihr Kinn schob.

»Ja, ja, ja!«

Explosion der Eierstöcke.

Ich hatte irgendwie vergessen, dass ich welche hatte.

Dann war Lyrik West in meine Welt getreten.

Shea runzelte die Stirn. »Weißt du, was meine Oma gesagt hätte? Nach dem Essen wird nicht geschwommen, sonst bekommst du einen Krampf.«

Anthony lachte. »Ach, komm schon, Shea! Wie lange lebst du denn schon im Süden? Ich bin mir ziemlich sicher, dass das so ziemlich das älteste Ammenmärchen ist, das je erzählt wurde.«

Sie tat, als sei sie beleidigt. »Du sollst wissen, dass meine Großmutter brillant war.«

Sebastians Lächeln war sanft, als er seine Hand auf ihre legte. Sie unterhielten sich schweigend, als hätte ein einfacher Blick eine Million Worte zwischen ihnen übermittelt. »Sie kommt schon klar, Baby.«

Besorgnis blitzte in ihren Augen auf, bevor sie zu ihrer Tochter aufblickte, die Lyrik schützend festhielt.

»Geh schon, mein Schatz! Viel Spaß und halt dich gut fest.«

»Ich würde nicht im Traum daran denken, sie loszulassen.«

Er sah zu mir herunter. »Willst du mitkommen?«, fragte er.

War ihm klar, dass sich ein Hauch von Hoffnung in seinen Tonfall geschlichen hatte? Hatte er überhaupt eine Ahnung, was er mir damit antat?

Der Boden unter meinen Füßen bebte.

Gott, was machte ich hier eigentlich?

»Ich komme gleich nach«, versprach ich.

Ich brauchte einen Moment.

Abstand.

Klarheit.

Sebastian stand auf. »Ich komme mit, Mann.«

Ash und Zee sprangen ebenfalls auf. Ash zog sich sein Shirt

über den Kopf; sein Körper war ein Wirrwarr aus dicken Muskeln, Tattoos bedeckten seine gesamten Arme und Schultern, sein Rücken und seine Brust waren nackt. Er grinste. Die Grübchen auf seinen Wangen waren wohl seine mächtigste Waffe.

»Hey, wagt es nicht, ohne uns loszuziehen! Wir brauchen alle etwas Kallie-Zeit, nicht wahr, Kallie?«

Sie kicherte und klatschte in die Hände. »Ja ... es ist Kallie-Zeit!«

Ich konnte mir das Lächeln nicht verkneifen, als ich zu ihnen hinübersah. Ich fühlte mich unheimlich wohl in dieser exklusiven Gruppe.

Mein Zuhause fühlte sich so nah an wie schon lange nicht mehr. Die Einsamkeit, die tief in mir saß, schwand mit jedem Tag, mit jeder Schicht, die ich ablegte, mit jedem alten Gefühl, das ich zuließ.

Mein Blick blieb auf ihnen haften, während die ganze Schar wunderschöner Männer die Promenade hinunter zum Strand schlenderte.

Anthony sammelte die Teller ein, lehnte aber jede Hilfe ab, also machten Shea und ich es uns gemütlich. Es wehte eine sanfte Brise, die sich mit den leichten Böen des herannahenden Sturms mischte.

»Es ist nicht fair, oder?«, sinnierte Shea. Ihre Aufmerksamkeit galt den Jungs, die durch den Sand stapften.

Fragend drehte ich mich zu ihr um.

Sie schenkte mir ein skandalöses Grinsen.

»Dass sie alle ... so aussehen. Der ganze Haufen ist irgendwie unwiderstehlich.«

Ich wandte mich wieder der Gruppe zu. Genau in diesem Moment warf Lyrik einen Blick über seine Schulter zu mir. Seine dunklen Augen funkelten in der Ferne und mein Inneres bebte. »Nein. Es ist nicht fair. Ganz und gar nicht.«

Ein leises Schnauben entwich ihr. »Er mag kompliziert sein und eine riesige Nervensäge, aber ich weiß, dass er ein guter Mensch ist.« Sie sagte es, als wüsste sie, dass ich das hören musste.

Langsam nickte ich, weil ich das nicht infrage gestellt hatte. »Aber er ist nicht mit ganzem Herzen hier.«

Ihre braunen Augen wurden vielsagend und schmal. »Ist dir klar, dass ich das Gleiche denke, wenn ich dich ansehe?«

Ich zuckte zusammen, aber sie fuhr fort: »Vielleicht seid ihr beide das fehlende Puzzleteil ... das, wonach der andere gesucht hat.«

Ich unterdrückte ein schallendes Lachen. »Komm schon, Shea! Lass uns nicht so tun, als wüssten wir nicht, was hier vor sich geht. Der Junge ist nur auf der Suche nach ein bisschen Spaß, während er in der Stadt ist. Mit wem könnte er seine Zeit besser verbringen als mit mir?«

Ich hatte mich für das blasierte, knallharte Mädchen entschieden, mit dem Shea jahrelang hinter der Bar gearbeitet hatte. Das Mädchen, das sich von niemandem etwas gefallen ließ. Das Mädchen, das so lange spielte, wie sie gewann.

Aber wem wollte ich hier eigentlich etwas vormachen? Denn ich verspürte den überwältigenden Drang, meinen Hals zu berühren. Um das Pochen zu lindern, das diese Worte auslösten.

Sie streichelte ihren geschwollenen Bauch. »Manchmal schreit die Angst so laut, dass sie alles andere übertönt.«

Nun, ihr machte ich ganz sicher nichts vor.

Wir sahen beide zum Strand hinüber. Es war nicht zu übersehen, dass sie besorgt war, als sie Lyrik mit ihrer Tochter im Meer beobachtete. Sie waren schon so tief, dass die Wellen an seine Taille klatschten.

Das kleine Mädchen quietschte, klatschte und strampelte vor Aufregung.

Ich fragte mich, ob es für sie eine Qual war, dabei zuzusehen. Ob sie das Gefühl hatte, die Kontrolle zu verlieren, weil sie wusste, wie schnell sie ihr kleines Mädchen im vergangenen Jahr in den Wellen verloren hatte. Gott sei Dank hatte Sebastian sie noch rechtzeitig erreicht.

»Wie lässt du sie los? Die Angst?«, fragte ich.

Sie strahlte eine Mischung aus Unbehagen und Trost aus und hob eine Schulter. »Ich glaube, es kommt ein Punkt, an dem du zulassen musst, dass die Hoffnung und der Glaube die Angst überwiegen. Denn ich weiß nicht, ob die Angst jemals wirklich verschwindet. Wir alle fühlen sie. Es liegt an uns, wie wir mit ihr umgehen. Wir können uns verstecken oder wir können leben.« Sie sah zu mir rüber, ihr Tonfall war eindringlich. »Und ich will leben.«

Die Emotionen, die sie in mir auslöste, vermischten sich mit dem Unbehagen, das bereits in meiner Kehle schlummerte. Ich schluckte, als ich den Mann beobachtete, der nach Hoffnung und Glauben schrie, beides aber selbst nicht hören konnte.

Sebastian stand am Rande der Wellen. Er rief Shea zu: »Beweg deinen süßen Arsch hier runter und schwimm mit mir!«

In ihrem Gesicht leuchtete Leben auf. Sie beugte sich vor und schrie zurück: »Glaub mir, das muss niemand sehen. Ich bleibe lieber hier.«

Er schnaubte. »Hast du den Verstand verloren, Baby? Du hast noch nie besser ausgesehen. Jetzt komm runter, bevor ich hochkomme und dich über meine Schulter werfe!«

Ein Kichern entfuhr ihr. »Schon gut, schon gut, ich komme ja.«

Wow! Das hatte nicht viel Überredungskunst gekostet.

Ich lachte leise, als sie sich mit etwas mehr Mühe als sonst aufrappelte. »Komm schon, ich gehe nicht da runter, wenn du es nicht auch tust.«

Kopfschüttelnd schnappte ich mir meine Kamera und

schloss mich ihr an. Ich bezweifelte, dass ich eine andere Wahl hatte.

Aber ich war mir auch nicht sicher, ob ich überhaupt eine wollte.

Unsere Schritte hallten über die Planken der Promenade.

Die Nacht war nah und die Wolken färbten sich am Horizont feuerrot. Die heranrollenden Wellen wurden stärker als zuvor, als sich der Sturm von Süden her näherte.

Ich legte meine Kamera auf die Decke, die Anthony neben seinem Feuer ausgebreitet hatte. Die Flammen sprangen und leckten, als sie in den Himmel stiegen. Sie erwachten zum Leben.

Lyrik hatte Kallie an Sebastian übergeben, da keiner von ihnen gewillt war, sie auf eigenen Füßen stehen zu lassen.

Mein Herzschlag beschleunigte sich, als er sich umdrehte, als würde er meine Anwesenheit spüren.

Als würde er auf mich warten.

Tinte überzog seine Brust und seinen Bauch, kroch über seine Arme bis hin zu den Händen, die ich nur zu gern auf meinem Körper spüren würde. Wasser tropfte von seinem tiefschwarzen Haar und seine Augen waren ernst. Er starrte mich an, als könnte er nichts anderes sehen.

Mein Atem stockte.

Er sah so dunkel und verrucht aus.

Furchterregende, bösartige Schönheit.

Aber ich erkannte noch mehr, sah die Energie, die das Meer aufgewirbelt hatte. Wie magnetisch angezogen, schälte ich mich aus Shirt und Jeans und wagte mich in die plätschernden Wellen hinaus.

Lyrik wandte den Blick nicht ab.

Das kühle Wasser traf meine Füße und kletterte immer höher an meinen Beinen hinauf, während ich mich langsam zu dem Mann bewegte, der auf mich wartete.

So unglaublich groß.

Beeindruckend.

»Komm her!«, sagte er, als ich nur noch einen knappen Meter von ihm entfernt war.

Ich quietschte auf, als er mich zu meinem Entsetzen packte und mich tiefer in die Wellen zog. Er hüllte mich in seine Arme und vergrub sein Gesicht in meinem Nacken. »Da ist mein Mädchen.«

Und ich kämpfte um Vorbehalte. Um meine Schutzschilde. Um die Barrieren. Denn so lange hatte ich geglaubt, Verletzlichkeit wäre mein Feind.

Ich fühlte sie jetzt stärker als je zuvor.

Nicht so, wie ich mich bei Cameron Lucan gefühlt hatte.

Nein.

Ich fühlte sie auf eine Art und Weise, die tiefgründig war.

Lebensverändernd.

Es war, als würde eine unsichere Hand mein Herz behutsam festhalten.

Ein Herz, das entweder genährt oder zerdrückt werden würde.

Lyrik war in der Lage, beides zu tun.

Er unterbrach die Intensität, indem er mich hochhob und in die Luft warf. Das Wasser verschluckte mich und ich sank auf den Grund, bevor ich mich wieder aufrichtete. Ich strich mein durchnässtes Haar zurück, das in meinem Gesicht klebte.

»Lyrik!«, keuchte ich und verpasste ihm einen kräftigen Schlag in die Magengrube. »Du bist so ein Idiot.«

Aber da war keine Wut.

Keine Bosheit.

Denn ich glaubte selbst nicht mehr an diese Behauptung.

Er sprang zurück, sein Bauch war angespannt, seine Körper gebeugt vor Lachen.

Unbeschwert und leicht.

Ich fröstelte und das Verlangen in mir wurde immer stärker.

Er hatte sein eingebildetes Grinsen aufgesetzt.

Gott, das gefiel mir auch.

»Was ist los, *Red*? Glaubst du, ein bisschen Wasser wird dir wehtun?«

In der Erwartung auf genau diesen Moment hatte ich vor dem Verlassen des Hauses nur etwas Lipgloss aufgetragen. Mein Gesicht war ungeschminkt, ohne dass ich mir Gedanken darüber gemacht hätte, dass mich jeder so sehen würde.

Im Wasser mit einem Jungen – wer hätte das vor einem Monat gedacht?

Wer hätte gedacht, dass ich mich revanchieren würde? Dass ich lachen und ausweichen würde, wenn er sich mit den gleichen Waffen wehrte?

Wer hätte gedacht, dass es sich so gut anfühlen würde? Dass ich mich nach seinem Mund sehnen würde, der nur wenige Zentimeter von meinem entfernt war? Dass ich nach seiner Berührung lechzen würde?

Wer hätte gedacht, dass ich mal einen Mann brauchte?

Einen Mann wollte?

Ich umklammerte seine Seiten.

Das tat ich.

Ich brauchte ihn.

Ich brauchte die Sicherheit, die ich in seinen Armen gefunden hatte.

Ich brauchte den Glauben, der in seinen Augen leuchtete.

Ich brauchte all das Schlechte und das unfehlbar Gute.

Es war da.

In ihm.

Seine Nase berührte meinen Unterkiefer und seine Stimme war rau. »Blue ... bei dir fühlt sich alles anders an.«

Es lag etwas Trauriges in seiner Aussage und seine Stimme

durchfuhr mich auf der Suche nach einem Anker, um sich daran festzubinden.

Aber das war okay.

Ich war mir ziemlich sicher, dass ich festgebunden werden wollte.

Wir spielten und planschten, während die Sonne langsam vom Himmel verschwand. Die Dunkelheit wob ein Muster in die Wolken. In der Ferne flackerten schwache Blitze.

Mein Herz schmerzte, klagte und flehte.

Plötzlich überwältigt, machte ich einen tapsigen Schritt zurück.

Lyriks Grinsen wurde besorgt. »Geht es dir gut?«

»Ja, mir geht's gut. Ich werde mich am Feuer trocknen.«

Ihm zu sagen, dass es mir gut ging, war nichts weiter als eine Lüge.

Denn ich war aufgewühlt.

Ich war so kurz davor, mich mutig zu fühlen.

Mehr als mutig.

Vollständig.

Ich drehte mich um und kämpfte mich durch die Wellen, während ich wieder den Strand hinaufkletterte. Das Feuer brüllte und die Holzscheite standen in Flammen. Anthony stand daneben und hielt Wache.

So wie er über die Jungs zu wachen schien. Er war ihr Beschützer. Ihr Unterstützer.

Vermutlich brauchten sogar die härtesten Jungs einen.

Ich warf mein Haar zurück und atmete tief durch, als ich mich ihm näherte.

»Wie war das Wasser?«, fragte Anthony.

»Herrlich«, antwortete ich.

Oder vielleicht waren es die Luft und der Himmel und das aufregende Gefühl, das über die Erde flimmerte, meine eigene abgeschiedene Welt, die in Flammen aufging.

Ich ließ mich auf die Decke neben dem Feuer sinken.

Die Leute, die irgendwie zu meiner Familie geworden waren, spielten weiter im Wasser. Zee, Lyrik und Ash kämpften in den Wellen wie Teenager, während meine süße Freundin, die ich so sehr bewunderte, ihren Babybauch in ihrem weißen Bikini zur Schau stellte. Sie alberte mit ihrem Mann und ihrer Tochter herum, so frei und ungehemmt.

Ein zärtliches Lächeln legte sich auf mein Gesicht und stupste meinen gebrochenen Geist an.

Spott und Hohn waren längst verflogen.

Ängstlich warf ich einen Blick auf meine Kamera. Mein Puls beschleunigte sich und das Blut schoss durch meine Adern. Ich fuhr mit den Handflächen über die Decke, um sie zu trocknen. Meine Finger zitterten, als ich endlich den Mut aufbrachte, meine Kamera in die Hand zu nehmen.

Ein hibbeliges Gefühl überkam mich, als ich das Objektiv über das Wasser und auf die kleine Familie richtete, die mich mit Schmerz und Hoffnung erfüllte.

Vor vier Jahren hatte ich mir versprochen, nie wieder zu fotografieren. Es war wie eine morbide Strafe für die dummen Entscheidungen gewesen, die ich getroffen hatte.

Das Gesicht meines kleinen Bruders tauchte in den dunkelsten Tiefen meiner Gedanken auf, genau wie die deutlichen Worte meiner Mutter.

Komm nach Hause.

Ich wollte es, weil ich sie vermisste.

Weil ich das Richtige tun wollte.

Weil ich dieses Mädchen sein wollte.

Tamar Gibson.

Ich fühlte mich fast wie sie.

Ich wusste nur nicht, wie ich die Hoffnung und den Glauben über die Angst stellen sollte, die so unglaublich stark war. Ich wusste nicht, wie ich die Scham jemals auslöschen könnte. Wie ich meine Schuldgefühle jemals kompensieren könnte.

Aber zu bleiben, verstärkte sie nur noch.

Ich holte tief Luft und drückte ab.

Ich wollte schluchzen, als ich mein Versprechen brach.

Ein Versprechen, das fehlerhaft gewesen war.

Profan.

Irregeleitet.

Eine weitere Gelegenheit, bei der ich Cameron Lucan erlaubt hatte, mir zu stehlen, was ich geliebt hatte.

Es war eine einzelne Träne, die über mein Gesicht glitt, als ich das erste Foto seit vier Jahren knipste. Ein trübes Bild einer Familie, die für Freude stand.

Freude. Freude. Freude.

Lyrik stand plötzlich über mir.

Sein Gesichtsausdruck wurde härter und weicher zugleich, als er auf mich herabblickte. Mein Gesicht war nass von den Wellen. Aber ich wusste ... ich wusste, dass dieser Mann meine Tränen sah.

»Blue«, flüsterte er.

Ich hob das Objektiv zu seinem markanten Gesicht und meine Lunge fühlte sich an, als würde sie gleich implodieren. Ich konzentrierte mich auf seinen vollen Mund, den scharfen Winkel seines Unterkiefers und seine hypnotisierenden Augen.

Klick.

Ich löste mich auf, während sich ein zerbrochenes Stück meiner selbst wieder zusammenfügte.

Er streckte seine Hand aus. »Blue ... komm her!«

Zitternd ließ ich zu, dass er mir half, aufzustehen. Wie hätte ich mich weigern können? Ich wollte es nicht mehr.

Nein.

Ich wollte erleben, fühlen und lieben.

Ich wollte *leben*.

Er beugte sich runter und hob die Decke vom Boden auf.

Er sagte kein Wort, als er mich den Strand hinunterführte. Unsere Schritte markierten unseren Weg, auf dem wir einen Meter von der ablaufenden Brandung entfernt liefen und unsere Zehen in den feuchten Sand eintauchten. Der Wind peitschte um uns herum, als der Sturm näher kam, und wir gingen tiefer in die Nacht hinein, weg von den Lichtern der Häuser hinter uns und zu einem abgelegenen Abschnitt des Strandes.

Als wir völlig isoliert von den Häusern waren, führte er mich eine Düne hinauf, wo wildes Gras wuchs. Er warf die Decke auf eine karge Stelle und half mir, mich zu setzen. Sofort richtete ich meine Kamera auf den Horizont. Auf die wabernden Wolken, die sich immer höher auftürmten.

Blitze zuckten auf und ein leises Keuchen verließ mich, als ich das Bild festhielt.

Gott. Es war so lange her. Nie hätte ich mir vorstellen können, dass es sich so gut anfühlen würde.

Nach Freiheit.

Nach Erlösung.

»Blue«, flüsterte Lyrik, als er sich vor mir hinkniete. Wir trugen beide noch unsere Badesachen, der Stoff war nass und klebte an unseren Körpern. Er drückte mich auf die Decke und kniete sich links und rechts von meiner Taille hin.

Ich war wie gefesselt, aber ich wusste, dass ich frei war. Immer wieder fotografierte ich sein wundervolles Gesicht, während mein Inneres bei jedem Klick erzitterte.

»Blue«, flüsterte er wieder. Behutsam nahm er die Kamera aus meiner Hand. Schatten und Gräser tanzten um uns herum. Sein schwarzes Haar peitschte durch die Luft und sein großer Körper überlagerte meinen.

»Sag mir, was los ist, Baby!«

Das Geständnis purzelte aus meinem Mund. »Das

Fotografieren war meine Leidenschaft. Mein Großvater hat es mir beigebracht, als ich kaum eine Kamera halten konnte.«

Die Emotionen blockierten meine Kehle. »Ich habe die schönsten Dinge fotografiert. Stürme, die Wüste und die Menschen, die ich liebte. Aber am lebendigsten fühlte ich mich, wenn ich draußen in einem Sturm war. Seine Schönheit einfing. Vielleicht ist es dumm ... aber meine Bilder repräsentierten alles, was ich sein wollte. Wer ich sein und wie ich auf die Menschen und Dinge um mich herum reagieren wollte. Sie repräsentierten, wer ich war. Heute Abend ... heute Abend habe ich zum ersten Mal seit vier Jahren wieder ein Foto gemacht.«

Verständnis dämmerte in seinen tiefschwarzen Augen. Die Dämmerung und der Sonnenaufgang.

Er richtete die Kamera auf mich.

Ich zuckte zusammen und drehte meinen Kopf zur Seite.

Er senkte die Kamera einen Zentimeter und spähte über den Rand. Sein Blick bohrte sich in mich und grub immer tiefer, während ich mit aller Kraft versuchte, mich zu verstecken.

»Sag es mir ... zeig es mir! Du hast gesagt, diese Kamera enthält nur die schönsten Dinge. Und dazu gehörst du auch. Verstehst du nicht, Blue? Du bist so verdammt schön, dass mir jedes Mal der Atem stockt, wenn ich in deine Richtung schaue. Das ist es, was du mit mir machst. Ein Blick und ich bin weg.«

Noch mehr Tränen liefen über mein Gesicht, als ich wieder zu ihm aufsah. »Ich mag es nicht, fotografiert zu werden.«

»Warum?«, drängte er.

Enthüllend, entblößend, entdeckend.

Meine Stimme war rau, voller Schmerz, verschlossen.

»Weil er es gemocht hat.«

Verwirrt blinzelte Lyrik. »Er hat Fotos von dir gemacht?«

Ich verzog das Gesicht und kniff die Augen zusammen, während ich mir das Grauen eingestand, das in meinem Geist eingebrannt war. »Er hat Fotos von mir gemacht, wenn ich gegen meinen Willen gefesselt war. Er … hat mich gefilmt, während er mich von einem anderen Mann vergewaltigen ließ.«

Die Erinnerungen überschlugen sich, zu nah, zu schnell. »Dann zwang er mich, mir alles anzusehen. Ich musste mir die Bilder immer wieder anschauen.«

Scham.

Hass.

Furcht.

Sie drohten, mich als Geisel zu nehmen.

Lyrik versteifte sich. Seine Wut war so heftig, dass sie sich im Wind entzündete. Er strahlte etwas Wildes und Gewalttätiges aus und ich konnte spüren, wie diese Gefühle auf mich übergingen – leise, aber heftig.

»Sag mir, dass er tot ist!«

Mit einem heftigen Kopfschütteln schloss ich erst meine Augen und öffneten sie dann langsam wieder, als ich spürte, wie er die Kamera erneut auf mich richtete. Dann sprudelten die Worte aus seinem Mund: »Was willst du, Blue? Du hast die Kontrolle. Diese Kamera gehört dir. Was darauf zu sehen ist und wer sie sieht, ist deine Entscheidung. Alles, was du sagen musst, ist Nein. Hörst du mich? Hörst du mich?«

Ich höre dich.

Ich höre dich.

Ich höre dich.

Entblößt. Das war ich. Ich lag da und sah zu ihm auf.

»Ich weiß nicht, wie ich zu dir Nein sagen soll.«

In diesem Moment wusste ich, dass ich das nie wollen würde.

Klick.

Energie flirrte durch die Luft.

Das Summen vor dem Blitzschlag.

Lyrik schaute auf mich herab, als hätte er das Sonnenlicht zum ersten Mal gesehen.

Mein Herz klopfte in meiner Brust. Vorfreude, Verlangen und das Gefühl, frei zu sein.

Der Wind tobte und Blitze zuckten.

Ja.

Ein Sturm zog auf.

14

LYRIK

In einer Art Rausch stolperten wir die Treppe unseres Wohnhauses hinauf. Tamar war eine Stufe über mir und küsste mich wie das Sexkätzchen, das sie war. Wild und ungestüm und ein wenig ängstlich. Sie bemühte sich, mir näherzukommen, während sie gleichzeitig versuchte, mich die Treppe hinaufzuziehen.

Wir erreichten meine Tür und ich fummelte am Türknauf herum, begierig darauf, hineinzugelangen. Die Tür flog auf und knallte gegen die Innenwand.

Ich warf meine Schlüssel beiseite, denn ich hatte eine bessere Verwendung für meine Hände. Ich schob meine Finger in die rubinroten Locken, während mein Mund erneut abtauchte.

Ich ertrank in diesem Mädchen.

Sie war süß.

So verdammt süß.

»Du schmeckst so unglaublich gut«, stöhnte ich in ihren Mund.

Rote köstliche Lippen. Herbe kleine Zunge.

Red.

Sie stöhnte.

Meine Bewegungen waren hektisch und verzweifelt, als ich sie in meine Wohnung bugsierte und die Tür hinter uns zuschlug.

Die Dunkelheit verschluckte den Raum. Bis auf die glitzernden Lichter von Savannah, die durch die Balkontüren fielen, und die Blitze, die den Himmel erleuchteten.

Bei jedem Blitz keuchte Tamar kurz auf und diese kleinen Laute machten mich heißer als je zuvor. Die Spannung zwischen uns wuchs. Es war eine wilde Energie, die über meine Haut strömte und die ich nicht abschütteln konnte.

Ich wurde in ihren Strudel hineingesogen.

So hart, frech und verdammt sexy. Einfach, süß und gut.

Ich konnte mir keinen Reim auf dieses Enigma machen.

Stattdessen ließ sie es mich entdecken. Stück für Stück.

Der Regen prasselte gegen die Fenster und trommelte auf das Dach. Das Geräusch hallte hämmernd und rhythmisch durch die Mauern und füllte die Luft mit Verlangen, Lust und einer beharrlichen Gier.

Mein Schwanz verkrampfte sich. Er drückte hart und heiß gegen den Saum der Jeans, die ich mir übergeworfen hatte, kurz bevor ich sie nach dem, was auch immer am Strand passiert war, praktisch zu meinem Motorrad geschleppt hatte.

Nachdem sie in der Dunkelheit gelegen und mich ein Foto nach dem anderen hatte machen lassen. Nachdem ich sie gedrängt hatte, mir zu zeigen, was sie mir zeigen wollte. Ihr Gesichtsausdruck hatte mir den Atem geraubt. So voller Vertrauen und Hoffnung. Und immer noch erfüllt von dem alten Schmerz, der mich in zwei Teile zu spalten drohte.

Ihn auszurotten war für mich zu einer Art verdrehtem, beschissenem Heiligen Gral geworden.

Noch nie hatte ich jemanden so vernichten wollen wie

diesen namenlosen Schweinehund. Niemals hatte ich mich so sehr nach Rache gesehnt. Nach Blut. Nach Vergeltung.

Das Beängstigende war der Grund für dieses Bedürfnis. Der Grund für das Gefühl, dieses Mädchen einpacken und vor den Grausamkeiten dieser Welt beschützen zu müssen.

Meine rationale Seite wusste, dass ich sie wegstoßen sollte. Dass ich diesen Wahnsinn stoppen musste, bevor er sich noch weiter ausdehnte.

Aber diese Logik wurde zu einem dumpfen, nörgelnden Geräusch angesichts des Wunsches, sie einzuhüllen und zu beschützen. Sie aus ihrem Schneckenhaus zu locken. Dieses Mädchen sollte strahlen, denn sie war das Lebendigste, was ich je gesehen hatte.

Mir wurde schwindelig. Ich brauchte sie so verdammt dringend.

Ich war völlig und unwiderruflich am Arsch.

Sie zu berühren, fühlte sich an wie Verlockung. Wie Folter.

Ich konnte nicht anders, als mich zu fragen, ob sie als zusätzliche Strafe für das, was ich getan hatte, geschickt worden war.

Denn keine Seele war perfekt. Aber verdammt noch mal, dieses Mädchen war perfekt für mich.

Und schon bald würde sie ein weiteres Stück sein, das aus diesem Halbleben gerissen wurde.

Schuldgefühle engten meine Kehle ein und ich drückte sie etwas unsanft gegen die Wand. Gleichzeitig streichelten meine Hände sanft ihr Gesicht.

Konflikte und Widersprüche.

»Red.«

Ich drückte mich an ihren Körper und schaukelte mich gegen sie, während mein harter Schwanz an ihrem Bauch bettelte.

Ein leises Stöhnen rollte von ihrer Zunge, und ich verlor

mich in ihren intensiven blauen Augen, als sie zu mir hoch starrte.

Eindringlich drückte ich ihr Gesicht zusammen. Ich gab ihr die Chance, zu gehen.

Keine Frage, uns beiden würde es viel besser gehen, wenn sie diese Chance annehmen würde.

»Ich werde dich heute Nacht ficken, Red. Ich werde nicht aufhören, bis du mir gehörst. Bis ich ein bisschen mehr von diesem Arschloch aus deiner Haut entfernt habe. Es sei denn, du sagst Nein. Du kannst Nein sagen und direkt gehen.«

Geh!

Bitte!

Sie krallte beide Hände in mein Shirt. »Ich würde dich nicht aufhören lassen, auch wenn du es versuchen würdest.«

Mit einem Knurren wirbelte ich sie herum und begann, sie den kurzen Flur hinunterzuziehen. Dabei küsste ich sie wie der Verrückte, zu dem sie mich gemacht hatte, während ich ihr Shirt über ihren Kopf zog. Darunter trug sie immer noch das winzige Stück roten Stoff, das sie gern als Bikini bezeichnete.

Die Wahrheit war, dass das knappe Stück Stoff mein absoluter Untergang war.

Ihre Titten quollen hervor und das Tattoo, das direkt über ihnen gestochen war, hob sich mit jedem Atemzug.

»Hör nicht auf!«, flehte sie an meinem Mund. Sie schob ihre Hände unter mein Shirt und legte ihre Handflächen flach auf meinen Bauch, als sie es hochschob und über meinen Kopf zog.

Unter ihrer Berührung bebte ich.

Verdammte Scheiße!

Eine Flut von Emotionen überzog ihre Züge. »Hör nicht auf! Bitte, Lyrik, lass mich fühlen! Lass mich alles fühlen! Bis ich dich kennenlernte, dachte ich nicht daran, das jemals wieder zu tun.«

Blue. *Das* war Blue.

Unschuldig.

Verletzlich.

Keine Spur von der Maske.

Und ich musste einen kühlen Kopf bewahren. Ich musste es langsam angehen, wenn mich der Drang überkam, ihr schneeweißes Fleisch zu verschlingen und zu verzehren. Dieses Mädchen zu erobern – Herz, Geist, Körper und Seele.

Denn vielleicht war ich es, der viel zu lange nichts mehr gefühlt hatte. Stattdessen lebte ich in dieser nicht enden wollenden Hölle aus leerem Bedauern und überwältigenden Schuldgefühlen. All die Frauen, die unter mir und über mir gewesen waren? Nun, ich konnte mich an kein einziges Gesicht erinnern.

Bedeutungslos.

An keinen Namen. An keinen einzigen.

Und dann war sie gekommen.

Red.

Unvergesslich.

Blue.

»Sag mir, was du brauchst!«

Sie biss auf ihre volle Unterlippe und ihre Augenbrauen zogen sich angesichts des Ausmaßes ihres Geständnisses zusammen.

»Ich brauche dich.«

Fuck!

Ich hob sie hoch und sie schlang die Beine um meine Taille. Nase an Nase trug ich sie schnell ins Schlafzimmer und legte sie seitlich auf mein Bett, wobei sie ihre Beine um mich schlang, während ich an der Bettkante stehenblieb.

Das Licht war aus. Die Jalousien waren geschlossen.

Der Sturm, der draußen tobte, illuminierte sie.

Sie hatte mir gesagt, dass sie sich in Stürmen am sichersten fühlte.

Am freiesten.

Ja, ich hatte keine Zweifel daran, dass es dumm und egoistisch war. Aber ich wollte, dass sie ihre Freiheit bei mir fand.

In mir.

Auch wenn ich in Ketten bleiben würde.

Ich wich zurück und zog Schuhe und Socken von ihren Füßen, während etwas Schweres an meinem Herzen zerrte. Ich lehnte mich nah an sie heran, atmete tief ein und füllte meine Sinne mit Zimt und Gewürzen. Dann drückte ich meine Nase an ihren nackten Bauch, während ich den Knopf und den Reißverschluss ihrer Jeans öffnete.

Berauschend.

Vielleicht war es genau das.

Ein Zauber.

Ein Fluch.

Eine rothaarige Dämonin, die geschickt worden war, um zu kreuzigen und zu töten.

Denn ihre Fingerspitzen waren Gnade und ihre Berührung war Elend.

Was zum Teufel hatte ich getan?

Sie so an mich heranzulassen?

Ich wusste es besser, aber ich konnte nichts dagegen tun und war nur allzu begierig darauf, ihr die Jeans von den Beinen zu reißen.

Ich ließ sie auf den Boden fallen, sodass sie nur noch den roten Bikini trug, mit dem sie mich den ganzen Abend über verführt hatte.

»Weißt du eigentlich, wie wunderschön du bist?«, murmelte ich. Ich strich mit meinen Handflächen über die Außenseite ihrer Oberschenkel und umfasste ihre üppigen Hüften. »Weißt du das, Red? Dass ich mich Nacht für Nacht von dir losreißen muss? Dass ich nicht schlafen kann, weil ich weiß, dass du auf der anderen Seite des Flurs in deinem Bett liegst? Allein? Und wenn ich hier bin, denke ich, dass ich genau dort sein sollte.«

Sie atmete zittrig aus und streichelte meine Wange. »Warum gehst du, wenn du weißt, dass ich will, dass du bleibst?«

Bedürfnis und ein anderes Gefühl, das ich nicht fühlen wollte, verknoteten meine Eingeweide.

Ich wich ein paar Zentimeter zurück und ließ meinen Blick über ihren Körper schweifen.

Ihre Haut war schneeweiß, abgesehen von der Farbe, die auf ihr Fleisch gezeichnet war.

Die langen roten Locken waren wie ein feuriger Heiligenschein auf ihrem Kopf.

Mein Mädchen.

Ein Engel.

Eine Sirene.

Rise prangte in dieser hübschen Schrift auf ihren Rippen, und meine Finger zeichneten das Wort nach, bevor ich meine Hände unter ihren Rücken schob, ihr Bikinioberteil löste und es zu Boden warf.

»Verdammt noch mal!«, zischte ich. Ich berührte ihre Titten, zog sie zusammen und drückte sie aneinander. Ich beugte mich hinunter, strich mit den Lippen über den harten Nippel einer Brust und hauchte heiße Luft über das perfekte Fleisch.

Red bäumte sich auf und krallte ihre Hände in mein Haar.

Sie zerrte kräftig daran. »O Gott ... bitte!«

Mein Schwanz explodierte fast.

Ich kümmerte mich genauso sorgfältig um die andere Brustwarze und sorgte dafür, dass sie sich vor Verlangen krümmte.

Dass sie bereit für mich war.

Denn bei allem, was mir heilig war – ich *war* bereit.

Ich zog mich zurück, kniete nieder und schnürte meine Stiefel auf, bevor ich aufstand und meine Jeans auszog. Schließlich stand ich nur in meiner engen Unterwäsche vor ihr, mein Schwanz so verdammt hart.

Bettelnd.

Bedürftig.

Verzweifelt danach, dieses Mädchen zu nehmen.

Mit Leib und Seele. Geist und Fleisch.

Alles.

Ich hatte den verdorbenen, flüchtigen Gedanken, dass ich vielleicht auch in ihr ein kleines Stück Freiheit finden würde.

Unter ihrem unnachgiebigen Blick schob ich meine Boxershorts zu Boden und kickte sie von den Füßen.

Blaue Augen wanderten an meinem Körper auf und ab. Das Mädchen wusste genau, wie sie mich ansehen musste. Ihre Zunge schnellte heraus und strich über ihre Lippen, als ihr berauschender Blick auf meinen Schwanz fiel, der gen Himmel ragte. Doch dann ließ sie den Blick wieder nach oben wandern, über meinen Körper, der von meiner Geschichte überzogen war. Das Gute und das Schlechte. Das Verrückte und das Schöne.

Sie fing meinen Blick auf. Als wäre sie sowohl im Dunkeln – bereit, alles aufzugeben, um die beschissenen Seiten zu lesen, weil sie nicht richtig sehen konnte –, als auch im Licht, wo sie trotzdem alles Wichtige sah.

»Du bist es, der schön ist, Lyrik. Faszinierend. Begabt. Zerbrochen. Und dennoch nimmst du dir die Zeit, mich wieder zusammenzusetzen. Damit ich mich daran erinnere, wie es ist, umsorgt zu werden. Wie es ist, wenn sich jemand kümmert. Wie es ist, keine Angst zu haben.«

Kümmern.

Das tat ich.

Verdammt, das tat ich.

Mein Unterkiefer verkrampfte sich. »Aber meine Zeit läuft ab.«

Schmerz und Hoffnung peitschten über ihr Gesicht. »Das muss sie nicht.«

Aber das tat sie und das würde sie, und es war sinnlos, sich Dinge zu wünschen, die niemals eintreten würden.

Ich schlang meine Hände fest um ihre schmale Taille und zog sie näher an die Bettkante. »Es wird enden, Red. Du und ich wissen das. Sag mir jetzt, dass du damit einverstanden bist! Ansonsten musst du aufstehen und gehen, denn ich bin nicht der Typ, der hier steht und dich mit Lügen füttert. Ich denke, du kennst mich inzwischen besser.«

Mist! Warum verursachten diese Worte einen stechenden Schmerz in meinem Innern?

Aber sie kannte unsere Abmachung. Seit jeher wusste sie Bescheid.

Sie drückte die Augen zusammen und nickte heftig, während ich ihren Hintern knetete.

»Ich will alles, was du zu geben hast. Auch wenn es hier endet, ist das mehr, als ich je erwartet habe.«

Ich legte ihre Knöchel auf meine Schultern und beugte mich hinunter, um das rote Höschen von ihrem strammen kleinen Körper zu lösen. Sie hob ihre Knöchel gerade so weit an, dass ich es von ihren Füßen ziehen konnte.

Die Lust flammte hinter meinen Augen auf und durchtränkte jede Zelle meines Wesens. Das, was von meinen Sinnen übrig geblieben war, wandte sich abrupt gen Süden.

Ihre Pussy war rosa, nackt und feucht. Ich teilte sie und beobachtete ihren Gesichtsausdruck, als ich zwei Finger in sie schob.

Ihre Hüften schnellten vom Bett hoch. »Scheiße ... Lyrik.«

»Ich liebe es, wenn mein Name aus diesem klugen Mund kommt.« Die Worte kratzten an meiner Kehle.

Ich bewegte meine Finger weiterhin in ihr, ihr Kopf rollte nach hinten und ihr Mund öffnete sich weiter, je mehr Vergnügen ich ihr bereitete.

Dieser Mund.

Sie schrie vor Frustration auf, als ich plötzlich meine Finger zurückzog. Die freche rote Bestie kam heraus, um zu spielen. Ihre blauen Augen funkelten und sie setzte sich auf.

»Verdammt, Lyrik ... Wage es ja nicht ...«

Ich unterbrach sie, indem ich meine Finger in die Höhle ihres heißen Mundes drückte.

Sie stöhnte leise und sank zurück auf die Matratze. Das Geräusch ihres Verlangens vibrierte durch meinen Arm bis in meinen Körper, während ihre Zunge über meine Fingerkuppen glitt.

»Fuck ... du bist so heiß, Red. Ich weiß nicht wie ich dich in Worte fassen soll.«

Ich fickte ihren Mund weiter mit meinen Fingern und sie bockte und rieb ihre Pussy an der Eichel meines Schwanzes.

Energetisch. Schwer. Voller Vorfreude, Erwartung und Verlangen.

Ich zog meine Finger zurück und starrte auf sie hinab.

Red wälzte sich auf dem Bett. Ihre zarten Hände waren in meinen Laken gefangen.

Weich und unglaublich wild.

Stark und unerträglich süß.

Dieses Mädchen war mein Untergang.

»In die Mitte mit dir!«, forderte ich sie auf.

Sie wich zurück. Ihre Atemzüge wurden schärfer und härter, als ich die oberste Schublade meines Nachttischs öffnete und ein Kondom herausnahm. Ich warf es neben sie aufs Bett.

»Ich werde dich ficken, bis du nur noch meinen Namen kennst.«

Dieses Versprechen hatte ich ihr schon einmal gegeben, und ich hatte vor, es zu halten.

Sie krümmte sich, als ich über sie kroch. Ihr Herz schlug wie wild. Es war dieser ungestüme Rhythmus, der etwas tief in ihrem Inneren aufwühlte.

Hinter dem Fenster zuckten die Blitze.

Ich kniete mich wieder zwischen ihre zitternden Beine und rollte das Kondom über meinen Schwanz. Meine Hand bewegte sich über das Tattoo der Versuchung, bevor ich sie ihr Bein hinaufgleiten ließ und ihr Knie über meiner Hüfte einhakte.

Die andere Hand legte ich neben ihren Kopf, um mich aufrecht zu halten. Unsere Gesichter waren vielleicht zwanzig oder dreißig Zentimeter voneinander entfernt.

Unsere Atemzüge vermischten sich.

Unsere Herzen stotterten, hämmerten und rasten.

Die Anspannung wuchs und meine Muskeln verkrampften sich. Meine Augen fixierten das Mädchen. »Hörst du mich?«

Tat sie das?

Konnte sie es?

Sie grub ihre Finger in meine Schultern. »Ich höre dich.«

Ihr Rücken war gebeugt und ihre Titten stießen gegen meinen Oberkörper, während sie sich an mich klammerte. Als würde sie mir alles geben und ich mich revanchieren.

Vertrauen.

Hoffnung.

Ein kleines Stück Leben, das sie nicht hatte.

Etwas Gutes.

Dieses Mal drehte sie ihren Mund zu meinem Ohr.

»Ich höre dich.«

Dieses Geständnis traf mich wie ein Erdbeben.

Ich schob meine Hüften zwischen ihre Schenkel, packte

meinen Schwanz an der Basis und drückte die Eichel durch ihre Mitte.

Behutsam. Ich achtete auf jede Andeutung. Auf jedes Anzeichen von Angst oder Panik. Ich hielt inne und beobachtete die Emotionen des Mädchens, das mir etwas anvertraute, obwohl ich nicht das Recht hatte, es zu nehmen.

Aber verdammt, ich wollte dieses Recht haben.

Ich konnte den Gedanken nicht ertragen, dass dieser Moment einem anderen Mann gehören könnte.

Ein Stöhnen entwich ihr, als sie sich aufrichtete und sich an meinem Schwanz rieb. Gierig und atemlos.

Ich stieß in sie hinein. Nur wenige Zentimeter.

»Fuck!«, schrie ich, während sich mein Magen zusammenzog. Ein Feuer der Lust schoss über meine Haut, versengte und verschlang mich schließlich.

Ihre Fingernägel bohrten sich tiefer in meine Schultern und ihre blauen Augen fixierten die meinen. Nervös, aber ohne Horror oder Angst.

»Kein Mädchen sollte sich so gut fühlen.«

Sie stotterte ein ungläubiges Lachen und verschluckte sich fast vor Verlangen. Dann schenkte sie mir eines dieser koketten Grinsen, das vor Sex und Verführung triefte. Sie hob ihr Kinn. »Und du hast mich noch nicht einmal gespürt.«

Jetzt grinste ich auch.

»Das werde ich jetzt ändern.«

Ich schob mich ganz in sie hinein.

Als ich sie nahm, verschwand das Grinsen aus meinem selbstgefälligen Gesicht. Mein Körper bebte. Es war, als wäre ich gerade in einen endlosen Abgrund der Glückseligkeit gesprungen, und auch wenn es mich das Leben kosten sollte, wollte ich nie wieder auftauchen, um nach Luft zu schnappen.

Mit einem Kuss stahl ich das kehlige Stöhnen, das zwischen ihren gespaltenen Lippen hervorquoll. Mein ganzer Körper pulsierte wie ein spannungsgeladener Draht, während sie sich zitternd an meine Größe gewöhnte.

Ich lehnte den Kopf zurück und schaute auf sie hinab. »Geht es dir gut?«

Ein Lächeln umspielte ihren üppigen Mund und sie schien zwischen Ehrfurcht, Hoffnung und Vertrauen zu schwanken. Genauso hatte sie mich am Strand angesehen, als ich das erste Foto von ihr geschossen hatte.

»Zu sagen, dass es mir gut geht, wäre nichts weniger als eine Beleidigung.«

Meine Brust zog sich zusammen und ich rang nach Luft. Ich stützte mich auf beide Hände und ließ den Rest meines Gewichts auf meine Knie fallen.

Wir folgten dem Blick des anderen und sahen gleichzeitig zu der Stelle hinunter, an der wir zusammenkamen, als ich mich zurückzog.

Langsam.

Ein erstickter, bedürftiger Laut glitt von ihrer Zunge.

»Ja?«, fragte ich neckend.

»Ja«, flüsterte sie verzweifelt.

Ich stieß mit aller Kraft zu. Ihre Innenwände umklammerten meinen Schwanz, als ich sie so tief wie möglich nahm. Während ich mich in ihr bewegte, hielt ich ihre Schultern – fest und gleichzeitig zärtlich –, und kämpfte darum, nicht bereits loszulassen.

Aber sie fühlte sich so gut an.

So verdammt gut, dass ich nichts mehr sehen konnte.

Ich konnte mich nicht mehr an Realität, Verstand oder das schwindende Gefühl der Loyalität klammern.

Ich konnte nichts anderes mehr fühlen als Tamar.

Tamar.

Blau, rot, schwarz und blendendes Licht.

Ein Jahr lang hatte ich mich danach gesehnt, dieses

Mädchen zu ficken.

Schon als ich sie das erste Mal gesehen hatte, war mir bewusst gewesen, dass der Sex mit Red mich umhauen würde.

Sie war wie ein Feuerwerkskörper, der nur auf ein Streichholz gewartet hatte.

Jetzt stand ich mitten in den Flammen.

Ich fickte sie unerbittlich, während sie keuchte und stöhnte.

»Lyrik. Lyrik. Lyrik.«

Ein Kribbeln durchströmte meine Brust und meine Rippen schmerzten.

War es falsch, wie sehr es mir gefiel, sie meinen Namen schreien zu hören? Zu hören, wie sie sich dem Abgrund näherte, während ich sie so sehr ausfüllte, dass jeder Laut ihren Mund mit einem Keuchen verließ?

Die Lust wuchs schnell. Sie breitete sich in meinem unteren Rücken aus und riss an meinen Eiern.

»Blue. Du musst jetzt kommen, Baby. Du fühlst dich zu gut an.«

Fünf Wochen waren vergangen, seitdem ich in einem Mädchen gewesen war. Schlimmer noch, es war ein ganzes Leben her, seitdem ich in dieser Frau gewesen war.

Aber das Schlimme daran war, dass ich diesen Moment für immer festhalten würde, wenn ich denn könnte.

Ich würde dieses Mädchen behalten.

Als könnte ich sie jemals verdienen.

»Berühre mich«, flüsterte sie.

Ich wich ein Stück zurück, schob meine Hand zwischen uns und ließ meinen Finger über ihre Knospe gleiten.

Mehr brauchte sie nicht.

Mein blauäugiger Engel glühte.

Tamar schrie meinen Namen.

Ich fingerte sie härter und schneller, als sie kam und ihr Körper nahezu schwebte. Meine Hüften klatschten hektisch und ungleichmäßig gegen ihre, als mich ein intensives Gefühl durchströmte. Von Kopf bis Fuß und überall dazwischen. Es war größer als alles, was ich je gefühlt hatte.

Blendend und gleichzeitig klar.

Energie und Leben.

Bumm!

15

———

TAMAR

DER REGEN TROMMELTE SANFT auf das Dach und Lyrik zog mich tiefer in seine Arme. Mein Rücken lag an seinem Oberkörper und sein Atem umspielte mich. Das Klopfen unserer Herzen hatte sich endlich beruhigt, genau wie der Sturm draußen.

Er drückte mir einen Kuss auf den Hinterkopf. »Wie fühlst du dich?«

Schwer ausatmend, ließ ich mich näher an ihn heranziehen. Mein Geist und mein Körper ließen sich von der Behaglichkeit treiben. Ich fühlte mich leicht und frei.

Ich verschränkte meine Finger mit seinen, als er seine Hand über das Tattoo in der Mitte meiner Brust legte.

»Unglaublich.« Es war ein ehrfürchtiges Flüstern, als ich unsere ineinander verschlungenen Hände anhob und meinen Mund auf den Rücken der seinen presste.

»Du bist unglaublich«, murmelte er zurück, während er seine Nase in mein Haar drückte und seine Worte über meine Haut glitten und sich dann in mein Herz schlängelten.

Ich drehte mich auf die Seite, um ihn anzusehen. Tiefschwarze Augen funkelten mich in der Dunkelheit an. Sein

Haar war ein sexy Durcheinander und seine roten Lippen waren geschwollen.

Ein Schauer durchfuhr mich.

Ich kaute auf meiner Unterlippe.

Ich hatte gerade mit Lyrik West geschlafen.

Heilige Scheiße.

Und es war tatsächlich so gewesen, wie ich es beschrieben hatte.

Unglaublich.

Unbestreitbar, außerordentlich, unglaublich.

Ich hatte mich nicht von Angst oder Panik überwältigen lassen. Ich hatte mich nicht wie eine Gefangene meiner Erinnerungen gefühlt.

Sondern ... befreit.

Wunderschön.

Gewollt und begehrt.

Er grinste, als hätte er sich gerade in meine Gedanken eingeklinkt. »Du siehst ein bisschen ... *befriedigt* aus.«

Ich kicherte. Ja, ich kicherte.

Dann wurde es noch schlimmer und ich gab mich diesem kribbelnden Gefühl der Euphorie hin, als ich grinste und mit den Fingerspitzen über sein Kinn strich. Ich dachte zurück an jenen Tag, an dem er mich auf dem Markt offen herausgefordert hatte, indem er behauptet hatte, ich müsste lediglich mal ordentlich befriedigt werden.

Und Gott, dieser Mann hatte mich herausgefordert. Er hatte jeden Glauben, jede Angst und jede Hoffnung infrage gestellt, die ich je gehegt hatte. Er hatte mich so lange verfolgt, bis ich mich ihnen gestellt hatte.

»Sei nicht zu stolz auf dich, Rockstar!« Ich wollte ihn aufziehen, aber ich konnte die Emotionen in meinen Worten nicht zurückhalten.

O Gott! Ich steckte zu tief in dieser Sache drin.

Dieses Grinsen. »Oh, ich bin ziemlich stolz.«

Ein Lächeln zupfte an meinem Mund. »Ach wirklich?«

»Mmm-hmm.«

Das war er, ich konnte es sehen.

Stolz.

Aber er war nicht stolz auf sich selbst.

Er war stolz auf mich.

»Danke«, sagte ich heiser und das Wort entsprang einem Ort in mir, von dem ich gedacht hatte, ihn nie wiederzusehen. Dem Ort, den er freigelegt hatte.

Er strich mit den Fingern durch mein Haar, dieser harte, kryptische Mann, der doch so weich war. »Nein ... ich danke *dir*. Danke, dass du mir vertraust. Dass du mich eine Seite von dir sehen lässt, die sonst niemand kennt. Dass du mir erlaubst, ihr zu helfen, zu erstrahlen.«

Er schob seinen Finger unter mein Kinn und hob mein Gesicht. »Sie ist unglaublich schön und ich fühle mich geehrt, dass ich derjenige bin, der sie kennenlernen durfte.«

Sämtliche Nervenenden spielten verrückt.

Das war das Irre daran. Er kannte mich besser als jeder andere. Vielleicht war es noch erstaunlicher, dass ich das Gefühl hatte, auch ihn am besten zu kennen. Als hätte nur ich die Macht, die verschleierte Wahrheit in ihm zu verstehen. Als wäre ich ihm so nah und beobachtete ihn dennoch aus der Ferne.

Meine Fingerspitzen wanderten wie von selbst über seine Schulter und streiften dann die Notenlinien, die seinen Arm hinaufführten. Ein ungesungenes Lied, das danach schrie, gespielt zu werden.

Federleicht klopfte ich mit meinen Fingerspitzen dagegen. Als würde ich die Akkorde spielen.

Lyrik zuckte zusammen.

Mein Blick huschte zwischen dem Schmerz, der ihm so

deutlich ins Gesicht geschrieben stand, und den Noten auf seinem Arm hin und her. Ein paar Sekunden lang studierte ich seinen Gesichtsausdruck und versuchte, ihn zu deuten. Ihn zu verstehen. Diesen bedrohlichen, einschüchternden Mann, der manchmal so gefangen und niedergeschlagen wirkte. Ich wollte ihn befreien. Ihm vielleicht ein wenig von dem zurückgeben, was er mir gegeben hatte.

Als ich mich umdrehte, war meine Stimme leise und gedämpft. »Manchmal, mitten in der Nacht, wenn ich nicht schlafen kann und ganz allein bin, höre ich dich spielen.«

Ich riskierte einen Blick auf ihn.

Er hatte die Augen zusammengekniffen und sein Körper war starr. Versteift.

Ich wandte meine Aufmerksamkeit wieder seinem Lied zu. »Es ist mir fast peinlich, dir das zu sagen ... denn ich möchte nicht, dass du denkst, ich könnte dich als etwas anderes sehen als den Jungen von nebenan ... den Jungen, der mich verändert hat.«

Ich schluckte schwer. »Vor drei Jahren habe ich meinen ersten Song von *Sunder* gehört. Es war spät ... Ich kam von der Arbeit nach Hause und war allein in meiner Wohnung, verloren in der gleichen unerträglichen Einsamkeit, in der ich die letzten vier Jahre gelebt habe. Dann lief dieser Song ...«

Ein leises Lachen rollte von meiner Zunge. »Man sollte meinen, dass ich das längst vergessen habe, dass es sich nicht in mein Gedächtnis eingebrannt hat, aber ich erinnere mich an das Kribbeln, das ich verspürte, als die ersten Akkorde aus den Lautsprechern drangen. Ich weiß noch, dass ich wie gebannt auf meinem Bett saß. Ich hatte das Gefühl, herausfinden zu müssen, wer hinter der Stimme steckt, und ihr, die so eindringlich und tröstlich zugleich war, ein Gesicht zu geben.«

Bei der Erinnerung daran fröstelte ich. »Man sagt, dass Musik uns auf eine Weise berührt, wie es nichts anderes kann, und ich schwöre, in diesem Moment fühlte es sich so an, als würde diese Stimme direkt zu mir singen. Als hätte sie die Worte für meine Einsamkeit gefunden. Als hätte sie sich in mein Leben geschlichen. Und für ein paar Minuten fühlte ich mich gar nicht so allein.«

»Blue«, flüsterte er, um mich zum Schweigen zu bringen, aber ich sprach weiter. »Ich habe herausgefunden, dass der Song nicht von dem Sänger gesungen wurde, der normalerweise die meisten ihrer Lieder singt – sondern von einem wunderschönen Jungen mit schwarzem Haar. Er sang *Sunday Gone*, ein Lied, das er geschrieben hatte. Ich saß stundenlang vor meinem Computer und sah ihm zu, wie er seine schwarze Gitarre auf den Schoß legte und den Mund ans Mikrofon presste. Ich spielte den Song immer wieder ab, weil ich mich nur dann wirklich verstanden fühlte.« Ich atmete scharf ein. »Und dann stellte sich heraus, dass du das warst, Lyrik.«

Das war das Lied, mit dem ich mich selbst gefoltert hatte, während ich mich geweigert hatte, Lyriks Avancen nachzugeben. Damals hatten mir die Gefühle, die er in mir auslöste, Angst eingejagt. Damals war ich mir sicher gewesen, dass er mich ausnutzen und wegwerfen würde.

Und ich wusste, dass er das tun würde.

Mich wegwerfen.

Das hatte er mir deutlich zu verstehen gegeben. Mein Herz verkrampfte sich angesichts der Gewissheit, dass all dies ein Ende haben würde. Dass *dies* alles war, was er zu geben hatte.

Aber ich wusste auch, dass er mich nicht ausnutzte.

Er füllte mich aus.

Würde er mir die Gelegenheit geben, ihn auch ein wenig auszufüllen?

Ich drückte eine Hand auf sein pochendes Herz. »Ich höre dich, Lyrik.«

Er zitterte.

»Ich höre deine Worte und ich höre deinen Schmerz. Lass mich etwas davon teilen. So wie du meinen Schmerz teilst. Sing mir dein Lied.«

Im Nu hatte er sein Gesicht in meinem Nacken vergraben. »Verdammt noch mal, Blue! Warum musst du mir das immer wieder antun? Du versuchst immer wieder, den Punkt zu erreichen, an dem ich dich nicht mehr loslassen kann.«

»Was, wenn ich schon dort bin?«

Ich musste es sein.

Das konnte nicht alles einseitig sein, und ich weigerte mich, zu glauben, dass dieser schöne Junge immun sein könnte.

Nicht, nachdem ich so vollkommen berührt worden war.

Nicht nach dem, was wir gerade geteilt hatten.

Nicht, nachdem wir so weit gekommen waren.

Er umklammerte mich ganz fest, atmete rau und schwer und seine Hände brannten sich in meinen Rücken, als er mich fester an sich zog.

Gott, ich fühlte den Schmerz für ihn. Für mich. Für uns.

»Du solltest mir nicht solche Gefühle bereiten«, flüsterte er wie bei einer Beichte – beschämt und voller Schuldgefühle, aber dennoch unnachgiebig, loszulassen. »Das war eine schreckliche Idee.«

Fünf Worte. Wenn überhaupt, bestätigten sie nur die Gründe für meine Zurückhaltung, mein Bedürfnis, mich von diesem am Boden zerstörten Mann fernzuhalten.

Er hielt mich fest, sicher und geborgen, aber ich spürte, wie sich ein Teil seines Geistes löste und davonschwebte. Gleichzeitig kämpfte er mit aller Kraft darum, zu bleiben.

Seine Stimme bebte, als er sie schließlich in einem Sturzbach untröstlicher Leidenschaft auf die empfindliche Haut meines Halses losließ.

Lyrik sang, wie er es nachts tat.

Ich hätte alles gegeben

Aber doch habe ich mich verloren.

Es waren nur zwei Zeilen. Das war alles, was er mir von seinem ungesungenen Lied schenkte.

Zwei Zeilen seines Geheimnisses.

Die Worte waren von Ungewissheit und Unklarheit umhüllt.

Wir beide schienen darin zu schweben, in der nachhallenden Stille, die folgte und sich an der Energie festhielt, die in der Luft lag.

»Ich sollte gehen«, stieß ich hervor, als ich nicht sicher war, ob ich noch länger unter dem erdrückenden Gewicht verharren konnte.

Er zog mich an sich und drückte meinen Kopf unter sein Kinn. Seine Worte waren genauso intensiv wie die Liedzeilen, die er eben gesungen hatte. »Nein, Blue. Nein. Du solltest definitiv bleiben.«

16

TAMAR

Ich klopfte rasch an Lyriks Tür. Als er mehrere Sekunden lang nicht reagierte, neigte ich mein Ohr in Richtung Holz.

Kein Geräusch, keine Bewegung auf der anderen Seite.

Ich holte tief Luft, drehte den Türknauf und ließ mich selbst rein. Ich unterdrückte ein verschmitztes Grinsen, als ich an den Tag zurückdachte, an dem er mir ein wenig mehr Einblick in sein Privatleben gewährt hatte.

»Ich bin heute Nachmittag vorbeigekommen, aber du warst nicht da.«

»Warum bist du nicht einfach reingekommen? Meine Wohnung ist fast immer unverschlossen.« Er grinste. »Die Nachteile einer Freundschaft mit faulen, neugierigen und zu bequemen Typen wie Ash und Zee. Ich habe schon vor langer Zeit aufgegeben, sie aus meinen Angelegenheiten herauszuhalten.«

»Du fühlst dich ganz schön mutig, was, Rockstar? Indem du einfach jedem die Chance gibst, deine Wohnung zu betreten?«

Er zuckte mit den Schultern. »Nein, ich mache mir einfach

nicht so viele Gedanken darüber. Außerdem mag ich es, einen Grund zu haben, jemandem in den Arsch zu treten.«

Seine obsidianschwarzen Augen blitzten auf und er fuhr mit dem Fingernagel über meine Wange. Ein Schaudern überrollte mich wie eine Lawine. »Aber im Ernst, Baby, ich würde nichts lieber tun, als dich beim Nachhausekommen in meinem Bett vorzufinden. Am liebsten nackt. Nächstes Mal zögerst du nicht.«

Mich einfach so in seine Wohnung gehen zu lassen, schien eine große Sache zu sein. Oder? Ich konnte nicht anders, als zu hoffen, dass er seine Meinung ändern würde. Dass er vielleicht anfing, dasselbe zu wollen wie ich, die hoffnungsvollen Ideen zu haben, die in meinem Herzen und meinem Verstand entstanden waren und sich niedergelassen hatten.

Sie enthielten Worte wie *echt* und *für immer*.

Ja, vielleicht war es dumm und naiv.

Ich fröstelte, als ich mich an all die Versprechen erinnerte, die ich mir selbst gegeben hatte. Dass ich mich nie wieder in dieser Lage befinden würde. An einem Ort der Verwundbarkeit und Schwäche. Ich brauchte nur eine Sekunde, um den Gedanken zu verdrängen, denn was Lyrik und ich hatten, war etwas ganz anderes. Nicht einmal annähernd das Gleiche.

Lyrik respektierte mich.

Er sorgte sich um mich.

Ich wusste, dass er das tat.

Wenn es um ihn ging, zögerte ich nicht lange. Nicht mehr. Ich wollte alles, was ich bekommen konnte, und dann wollte ich noch ein wenig mehr.

Die Spätnachmittagssonne schien durch die Balkontür und ließ natürliches Licht in seine Wohnung. In meinen Armen türmten sich die Einkaufstüten und ich stapfte durch den Raum in Richtung Küche, wo ich die Tüten auf dem kleinen runden Tisch platzierte.

Aufregung flimmerte in einem langsamen Tanz durch meinen Magen, als ich begann, die Einkäufe auszupacken.

War es töricht, dass ich mich so gut fühlte, weil ich ein wenig von meinem alten Ich wiedergefunden hatte?

Das Rauschen der Dusche drang durch die Wände des Badezimmers, das sich in Lyriks Schlafzimmer befand, und diese Aufregung wurde noch stärker. Sie war durchdrungen von Verlangen und Lust.

Ich summte leise vor mich hin, holte einen Topf aus dem Küchenschrank, füllte ihn mit Wasser und drehte mich um die eigene Achse, während ich durch Lyriks Küche zum Herd auf der gegenüberliegenden Seite tanzte.

Der Gasherd klickte, als ich den Knopf drehte und den Flammenkranz zum Leben erweckte. Ich stellte den Topf darauf und ging zurück auf die andere Seite, wo ich die Kartoffeln, die ich auf dem Bauernmarkt gekauft hatte, abspülte. Dann warf ich sie ins Wasser, das zu kochen begonnen hatte.

Ich widmete mich den dicken Steaks – ich dachte, wir könnten sie auf den kleinen Grill auf Lyriks Balkon werfen.

Meine Aufregung überschlug sich, als ich die Rohre kreischen hörte, als das Wasser abgestellt wurde.

Das Grinsen, das sich auf meinen Lippen kräuselte, war nicht mehr zu bremsen. War es völlig verrückt, dass ich es nicht erwarten konnte, ihn zu sehen? War es verrückt, dass ich so tief in diese Nicht-Beziehung hineingerutscht war, dass mein Körper in jeder Sekunde, die wir getrennt waren, nach ihm verlangte?

Als wir vor zwei Wochen zum ersten Mal miteinander geschlafen hatten, waren Lyrik und ich eins geworden. Sehnsüchtige Hände. Atemberaubender, unglaublicher Sex. Unbeschwerte Konversation.

Gott, ich konnte nicht genug von ihm bekommen.

Und der Mann war unersättlich, nahm mich immer wieder.

Es war so töricht, dass ich nicht wollte, dass er aufhörte.

Das, was wir hatten, war also nur vorübergehend. Na und? Wir hatten noch zwei Wochen – und ich wollte das Beste daraus machen.

Schritte hallten über den Holzboden, der unter seinem Gewicht knarrte.

Barfuß.

Ich wusste, dass er das war, bevor er überhaupt in Sichtweite kam.

Gott, war ich wirklich so gut auf ihn eingestimmt?

Ich spürte, wie er am Ende des Flurs stehenblieb. Erschrocken blickte ich zu ihm auf. Mein Atem stockte.

Da stand er und rieb ein Handtuch über seinen feuchten Kopf. Sein Oberkörper war nackt. Eine tief sitzende Jeans hing an seiner schmalen Taille.

Barfuß. Genau wie ich es mir gedacht hatte.

Dunkel und hell. Verdorben und rein.

Zwischen uns knisterte es vor Energie, ein Wirbelsturm der Intensität, der sich im ganzen Raum ausbreitete.

Eine Gänsehaut überzog meine Arme.

Bei allem, was heilig war – ein Mann sollte nicht so gut aussehen dürfen. Meine Knie schlotterten und der Boden unter meinen Füßen zitterte.

Das Summen vor dem Blitzschlag.

Er grinste und hob sein Kinn an. »Sieh an, sieh an, wenn das nicht Red ist, die in meiner Küche steht und so aussieht, als käme sie direkt aus meiner liebsten Fantasie. Willst du mich zerstören, Baby?«

Ich riss meinen Blick von dem Mann am anderen Ende des Raums und ließ ihn über meine Klamotten wandern.

Ja, ich hatte mich für ihn herausgeputzt.

Mein Haar war zu einem komplizierten Zopf geflochten

und mit einem schwarzen Bandana zusammengebunden. Ich trug enge weiße Jeans, die nur bis zu den Knöcheln reichten, und eine weiß-schwarze gepunktete Bluse, die unten so gebunden war, dass ein breiter Streifen Haut zum Vorschein kam. Meine Lippen leuchteten rot.

Ich zuckte mit den Schultern, als wäre das nicht wichtig, während Lyrik mich ansah, als würde er mich in zwei Sekunden verschlingen.

Gott, ich hoffte es.

»Nicht, dass ich mich beschweren würde ... dich da stehen zu sehen.« Er umrundete die Theke und betrat die Küche.

Mein Herz schlug schneller und meine Atemzüge wurden flacher, als er von hinten seine Arme um meine Taille schlang. Seine großen, fähigen Hände wanderten direkt zu dem Stück Haut, von dem ich wusste, dass er ihm nicht widerstehen konnte, und er legte seine erhitzten Handflächen fest auf mein Fleisch.

Mein Magen befand sich im freien Fall.

Er vergrub seine Nase in meinem Haar. »Du hättest das alles nicht für mich machen müssen, Baby. Ich hätte dich auch einfach zum Essen ausführen können.«

Ich hob die Schultern und tat so, als wäre das alles nicht der Rede wert. Als wäre es nichts Besonderes. Aber dann rutschten mir die Worte heraus, eine unkontrollierte Äußerung, während ich meinen Kopf gerade so weit drehte, dass wir Nase an Nase standen. »Mach es selbst, wenn es von Bedeutung sein soll.«

Kurzzeitig schwieg er, bevor er mich fester umarmte. Sein Stöhnen ließ meine Wirbelsäule vibrieren. »Was soll ich nur mit dir machen?«

»Was sollst du *nicht* mit mir machen?« Dieses Mal schaffte ich es tatsächlich, zu flirten und zu necken, denn nichts an alledem war gespielt.

Der Mann hatte eine multiple Persönlichkeitsstörung in mir ausgelöst. Kühn, sexy und beherrscht. Sanft und freundlich.

Und doch konnte ich mich des Gefühls nicht erwehren, dass die Mischung einfach ich war.

Ich keuchte, als er seinen Schwanz an meinen Hintern presste. Groß und hart. »Willst du herausfinden, was ich mit dir vorhabe? Worüber ich die ganze Woche nachgedacht habe? An genau den Ort zu kommen, an dem ich noch nicht gewesen bin?«

Er schaukelte gegen meinen Hintern und sein Ton wurde verführerisch rau. »Du musst nur Nein sagen ... aber ich hoffe, dass du es nicht tust.«

Ein Schauer durchfuhr mich, ein Kribbeln bahnte sich einen Weg durch meine Sinne, während die Vorfreude in meinem Magen brodelte.

Er hatte alle meine Barrieren niedergerissen. Er hatte mich überall und in jeder Hinsicht genommen. Außer dort. Ich erwiderte den Druck. »Ich gehöre dir.«

Er hielt inne und schaffte es gleichzeitig, mich ein wenig fester zu umarmen.

Beschützend.

Ich war mir nur nicht mehr sicher, wen er beschützen wollte.

Gott, es wurde immer schwieriger, es in mir zu behalten. Die Art und Weise, wie ich mich fühlte, wurde jeden Tag intensiver und jede Nacht heftiger.

Er drückte mir einen Kuss auf die Schläfe, trat zurück und fuhr mit den Fingern durch das feuchte, dunkle Haar auf seinem Kopf. »Was kann ich tun, um zu helfen?«

Ich drehte den Deckel der Würzmischung und machte mich daran, sie über die Steaks zu streuen. »Warum schmeißt du nicht schon mal den Grill an? Die Kartoffeln kochen und ich mache gerade einen Salat.«

»Mmm ... du verwöhnst mich.«

»Ich will schließlich, dass du zufrieden bist«, schoss ich ihm entgegen, ganz kokett und voller Anspielungen.

Ich gluckste und er berührte meine Nase. »Oh, das bin ich.«

Ich kicherte, als er unsere Worte wiederholte und sich die Stimmung wieder entspannte. Mit Lyrik zusammen zu sein, bedeutete, auf alle Höhen und Tiefen vorbereitet zu sein.

Er zeigte auf mich, während er rückwärts in Richtung Balkon ging. »Beweg dich nicht!«, sagte er.

»Ich gehe nirgendwo hin«, versprach ich.

Er verschwand im gleißenden Licht.

Ich wandte mich dem Waschen des Gemüses zu und tupfte mir die Hände trocken, bevor ich eine Schublade öffnete, um nach einem Haushaltsmesser zu kramen.

Es war die Gerümpelschublade.

Ich wollte sie gerade zuschlagen, als ein Bild ganz hinten meine Aufmerksamkeit erregte. Ja, vielleicht war es unter einem anderen Papierstapel vergraben. Vielleicht war die spitze Ecke das Einzige, was ich sah.

Mit einer Bewegung meines Fingers schob ich die Papiere, die es verdeckten, zur Seite.

Ein Hauch von Besorgnis perlte als Schweißtropfen auf meiner Haut.

Scheiße!

Was dachte ich mir nur dabei?

Vielleicht gar nichts, denn ich griff hinein und zog das Bild heraus.

Und wieder hatte ich das Gefühl, dass ich nicht anders war als das dusselige Mädchen in einem Horrorfilm, das direkt in die Falle tappte.

Augenblicke davon entfernt, ausgeweidet zu werden.

Nein, nicht Augenblicke. Einen Sekundenbruchteil. Denn ich hatte nicht einmal Zeit, um zu Atem zu kommen.

Stattdessen verließ die Luft meine Lunge in einer Art perversem Schock. Als hätte ich ein Recht, mich so zu fühlen, dieses Bild zu betrachten, als wäre es eine Beleidigung.

Als wäre ich durch eine unerlaubte Affäre betrogen worden.

Es war ein Schnappschuss. Lyriks Gesicht leuchtete. Glücklich. So verdammt glücklich und frei, dass es aus allen Richtungen an mir zerrte. Es zerriss mich. Er war frei von der Last und den Ketten, die ihn jetzt nach unten zogen. Ohne diese allgegenwärtige unheilvolle und dunkle Aura.

Er umschlang ein Mädchen von hinten. Ihr langes braunes Haar wehte im Wind und berührte sein Gesicht, ihr Lächeln war genauso breit wie das seine.

Ich versuchte, den Kloß in meinem Hals hinunterzuschlucken.

Unmöglich.

Weil er zu groß war, erdrückend und beschwert mit all den Restriktionen, die Lyrik uns immer noch auferlegte.

Denn das hier?

Das war grenzenlos.

Für immer.

Ich presste eine Hand auf meinen Mund und versuchte, das Schluchzen zu unterdrücken. Ich versuchte, das Brennen in meinen Augen zu ersticken, als die Tränen sie überschwemmten.

Gott, dieses Mädchen sah so jung aus. Keine Frage, auch Lyrik sah jung aus. Das Bild musste mindestens fünf oder sechs Jahre alt sein. Aber das Mädchen – dieses hinreißende Mädchen, das auf eine verführerische Art schön war – strotzte vor Jugend. Das sah ich in ihren Augen.

»Was zum Teufel glaubst du, was du da tust?«

Die Stimme war tief, gefährlich und dunkel.

Ich zuckte zusammen und sah ihn an. Ich war so in das Bild

vertieft gewesen, dass ich gar nicht bemerkt hatte, dass er wieder hereingekommen war.

Wut strahlte von ihm aus.

»Wer ist das?«

Dumm, dumm, dumm.

Wie konnte ich nur so dumm sein, das zu fragen? Hatte ich mich wirklich so weit zurückentwickelt? Zu einem Menschen ohne Selbsterhaltungstrieb?

Das Schlimmste war, dass ich nicht sicher war, ob ich seine Antwort verkraften würde.

Denn ich wusste es bereits.

Das war Liebe.

Sein Unterkiefer verkrampfte sich, und ich konnte fast hören, wie er mit den Zähnen knirschte, während er versuchte, sich zurückzuhalten. »Ich habe dich gefragt, was zum Teufel du da tust? Durchwühlst du meine Sachen? Ich habe dir immerzu gesagt, dass du nicht in Dingen graben sollst, die dich nichts angehen.«

Er kam auf mich zu und stieß mich mit dem Rücken gegen den Tresen.

Ich hielt das Bild zwischen uns. »Wer ist sie?« Die Frage war verzweifelt. Ausgesprochen von einer Närrin. Einer Närrin, die gerannt und gerannt und gerannt war und sich dann umgedreht hatte, um von ihm eingeholt zu werden.

»Nicht. Du.« Die zwei hässlichen Worte durchbohrten mich, als würde er mit Messern werfen.

Zumindest fühlten sie sich so an, als sie mich trafen.

Nicht. Du.

Pfählend.

Unerträglich.

Ich hätte darauf vorbereitet sein müssen. Er hatte mir gesagt, Sex wäre alles, was er zu geben hätte.

Weil er zu einer anderen gehörte.

Langsam drückte ich die Augen zu und betete, dass ich die Tränen unterdrücken konnte. Zumindest so lange, bis ich es aus seiner Tür geschafft hatte. Dort würde ich zusammenklappen. Dort würde ich meine Wunden lecken und mich zwingen, aufzustehen. Dort würde ich die Mauern wieder aufbauen, die ich nie hätte einreißen lassen dürfen.

Aber zuerst gab ich ihm ein letztes Mal etwas von meiner Ehrlichkeit. Behutsam ließ ich meinen Blick ein letztes Mal über sein Gesicht wandern.

»Ich höre dich.«

Dann riss ich mich zusammen und verließ seine Wohnung.

17

TAMAR

Entschlossen trat ich aus meiner Wohnungstür auf den Treppenabsatz. Mein Kopf war hocherhoben, das höhnische Grinsen an seinem alten Platz und meine Lippen waren tiefrot gefärbt. Ich war der Meinung, ich müsste stets auf das vorbereitet sein, worüber ich hier draußen stolpern könnte. Denn ich wollte nie wieder unvorbereitet sein.

Das späte Nachmittagslicht blendete meine Augen und ich prallte gegen eine Wand aus schwüler Hitze.

Es fiel mir schwer, vollständig einzuatmen.

Ich schüttelte den Kopf, um ihn zu klären. Vielleicht war diese Bewegung aber auch eine Ermahnung. Ein stummer Befehl, der mir zu verstehen gab, mich zusammenzureißen.

Ich wusste, dass ich nichts weiter als eine Lügnerin war, wenn ich dieses Gefühl auf das Wetter schob.

Als wüsste ich nicht, warum es sich anfühlte, als wären tausend Ziegelsteine auf meiner Brust gestapelt. Als regneten sie unaufhörlich von oben herab, um mich zu zerstören.

Ich hasste es, dass ich so dumm gewesen war, ihm die Macht zu geben, mich so fühlen zu lassen.

Ich hatte es doch besser gewusst.

Ich hatte es doch besser gewusst.

Ich hatte es doch besser gewusst.

Aber es spielte keine Rolle, wie oft ich das leise vor mich hin sagte. Jedes Einzelne dieser Gefühle blieb. Der Gewinn und der Verlust. Das neue Selbstvertrauen, das er mir gegeben hatte, und das, was er mir so plötzlich entrissen hatte.

Es schien grausam, dass er der Grund für das erste wahre Leben war, das ich seit Jahren erfahren hatte. Der verzweifelte Drang, wieder so zu werden, wie ich einmal gewesen war – nach Hause zu gehen und tapfer zu sein –, war immer noch da und versuchte, sich seinen Weg nach draußen zu bahnen. Doch all das wurde von dem Schmerz verdrängt, der sich wie eine Faust um mein Herz gelegt hatte.

Es war ein alter Schmerz, der sein Gift verströmte.

Wie konntest du so dumm sein? So unvorsichtig? Wie konntest du dich so einfach benutzen und wie Müll wegschmeißen lassen?

Schmutzig.

Meine Lunge fühlte sich zu eng an, als ich nur wenige Schritte von seiner Wohnung entfernt stand. So nah – und doch hätte die Entfernung zwischen uns nicht größer sein können.

Eine Vielzahl von Gedanken, Sorgen und Hoffnungen wirbelte um mich herum wie ein Orkan. Ich war mir nicht sicher, ob ich noch die Kraft hatte, diesem bitteren Gefühlswirrwarr standzuhalten.

Dieser wunderschöne Mann zog mich an und gleichzeitig stieß er mich von sich.

Gott, dieser stechende Schmerz ließ einfach nicht nach. Er wurde nie schwächer oder dumpfer.

Sosehr ich mich auch bemühte, ich konnte der unerschütterlichen Trauer nicht entkommen, die mich durch die Tage verfolgte und mir in den Nächten nachstellte.

Aber hier zu stehen, schuf eine Welle der Wut, des

Schmerzes und des Verrats, die so stark war, dass mein Kopf schwirrte und mein Herz sich anfühlte, als könnte es tatsächlich versagen. Es stotterte, blutete und verkündete das Ende.

Meine Unterlippe zitterte, als ich die Heavy-Metal-Musik vernahm, die aus den alten Backsteinmauern dröhnte, die ihn verborgen hielten. Die Vorhänge waren verschlossen. Genau so, wie sie es in den vergangenen zwei Wochen gewesen waren.

Ich rang um Kontrolle und schrie leise das Mantra, während ich eine Hand zur Faust ballte. *Sieh nicht hin! Sieh nicht hin! Sieh nicht hin!*

Aber das wahnsinnige Gefühl, es dennoch tun zu müssen, ließ mich nicht los, und das Grauen glitt wie Eis über meine Wirbelsäule. Zitternd fiel mein Blick auf den Stapel Umzugskartons links neben seiner Tür.

Lyrik West stand mit Edding darauf.

Ihr Anblick brachte fast alles zum Einsturz. Die Realität holte mich ein.

Zwei Monate.

Nicht einmal das konnte er mir geben. Und ich hatte mir erlaubt, naiv genug zu sein, um von so viel mehr zu träumen. Zu hoffen, dass unsere Momente etwas bedeuteten. Denn mir bedeuteten sie inzwischen alles.

Ich taumelte auf meinen fünfzehn Zentimeter hohen Absätzen und streckte meine Hand nach der Wand aus, um nicht zu Boden zu sinken. Ich schnappte nach Luft, die es nicht gab. Es kostete mich alles, nicht in die Knie zu gehen.

Aber ich blieb stehen.

Denn Tamar King würde immer stehenbleiben.

Rufe wurden laut und versuchten, die Country-Band auf der Bühne zu übertönen. Die Leute lachten und schrien. Viele

Menschen drängten sich um einen Platz in der Nähe des glänzenden Holzes der verzierten, handgeschnitzten Bar, als wäre schon die Berührung ein Garant für eine gute Zeit.

Typisch für einen sommerlichen Freitagabend war das *Charlie's* voll.

Ich konnte nicht anders, als dankbar für die Ablenkung zu sein. Ich wuselte hinter der Bar herum, weil ich verdammt gut in meinem Job war.

Vielleicht war dies nicht mein Lebenstraum gewesen. Vielleicht erfüllte dieser Job mich nicht mit Hoffnung, Ehrfurcht und der Aussicht auf Dinge, die niemals sein könnten.

Aber ich war sicher und frei von all den dummen, absurden Vorstellungen, die Lyrik geweckt hatte.

Es war besser, sie jetzt auszumerzen, als mich am Ende von ihnen zerstören zu lassen.

»Wie geht's dir, Süße?« Charlies Stimme drang von hinten zu mir durch. Weicher als sonst. Als müsste er sich mir mit Vorsicht nähern und nicht mit der Leichtigkeit, die er an den Tag gelegt hatte, bevor Lyrik die Sicherheit meines Lebens zunichtegemacht hatte.

Ich hasste es.

Ich betrachtete meinen alten Freund. Das Stück Familie, das ich hier gefunden hatte. Das aufkeimende Unbehagen in meinem Inneren warnte mich davor, dass ich auch *diesen* falschen Zufluchtsort bald verlieren würde.

Ein schüchternes Lächeln breitete sich auf meinem Gesicht aus. Gezwungen. Falsch. »Ich schlage mich wacker, alter Mann. Was ist mit dir? Warum hilfst du nicht Nathan, anstatt mir über die Schulter zu schauen, als hättest du nichts Besseres zu tun?«

Es war eine neckische Bemerkung und ich hob eine Augenbraue, während sich meine Lippen kräuselten.

Ein Lächeln zeichnete sich unter seinem struppigen Bart

ab, aber seine braunen Augen blieben sanft. »Nun ... ich schätze, da du alles unter Kontrolle hast, sollte ich mich besser an die Arbeit machen.«

Unter Kontrolle.

Richtig.

»Bist du sicher, dass du nichts brauchst?«, fügte er hinzu.

Ich verscheuchte ihn. »Geh schon! Ich habe alles im Griff. Das Letzte, was ich brauche, ist, dass du mich ausbremst. Du weißt, ich lebe für den Trubel.«

Er wich zurück und hob kapitulierend die Hände. »Na gut, na gut. Botschaft angekommen. Tamar kommt *gut zurecht* ... ganz allein.«

Ich blickte finster in seine Richtung. Ich wusste, was er vorhatte. Was er andeuten wollte. Sein Tonfall wurde väterlich und seine Worte waren voller Sorge.

»Ja. Ich komme zurecht. Ganz allein«, betonte ich.

»Was auch immer du dir einreden willst, Süße. Du musst nur wissen, dass du niemandem außer dir selbst etwas vormachst. Aber ich wette, dass du nicht einmal das schaffst.«

Charlie warf mir einen strengen Blick zu, bevor er sich umdrehte, um nach Nathan zu sehen, und ich lenkte meine Aufmerksamkeit wieder auf meine Arbeit.

Denn genau das tat ich.

Ich versuchte, so zu tun, als wäre alles in Ordnung.

Als würde ich nicht auseinanderfallen.

Zerreißen.

Zersplittern.

Zerbröckeln.

Ich versuchte, so zu tun, als hätte ich nicht das Gefühl, in zwei Teile gespalten zu sein.

Sophie, eine der Wochenendkellnerinnen, stellte ihr Tablett auf der Theke ab und beugte sich darüber.

»Wie sieht's mit der Bestellung aus?«, fragte sie. »Tisch

Neunzehn ist kurz davor, durchzudrehen.« Sie seufzte dramatisch. »Manchmal wünschte ich, die Burschenschaftler würden nicht zum Spielen rauskommen.«

Es grenzte an ein Wunder, aber ein leises Lachen rollte von meiner Zunge. Ich schüttelte amüsiert den Kopf. »Ganz deiner Meinung. Gib mir nur ... zwei ... Sekunden ...«, sagte ich langsam, während ich den Tequila auf drei Shot-Gläser verteilte.

Ich schob ihr die Drinks zu. »Hier, Hübsche. Lass die Jungs nicht an dich ran! Keiner von ihnen ist es wert.«

Keiner von ihnen. Nicht eine Sekunde lang.

»Danke.« Sie stellte die Gläser auf ihr Tablett, schenkte mir ein Lächeln und rief mir beim Weggehen zu: »Wünsch mir Glück!«

»Viel Glü...« Die Worte blieben mir im Hals stecken, als die Eingangstür aufschwang, wie sie es schon den ganzen Abend getan hatte. Aber dieses Mal ... dieses Mal brachte sie mich zum Innehalten.

Ich fühlte ihn.

Die Spannung wuchs.

Fester, härter und schneller.

Dann schoss sie wie ein Schnellzug auf mich zu.

Bösartig, dunkel und ahnungsvoll.

Mein Herz blieb stehen, bevor es zum Sprint ansetzte. Wild und unberechenbar.

Ash trat ein, als gehörte ihm der Laden; mit seinem Grübchengrinsen und seinem hungrigen Blick betrachtete er das Chaos, das sich in den alten Mauern abspielte. Es war klar, dass er nur allzu gern dazu beitragen wollte.

Zwei Schritte hinter ihm war Zee.

Aber der Junge, der ihnen folgte, hätte genauso gut an der Spitze stehen können.

Er stellte alles in den Schatten.

Wie zerberstendes, gleißendes Licht.

Der finstere Mann betrat den Raum mit all seiner Intensität. Sein Körper war starr, als hätte sich die Energie in ihm gebündelt und auf einen Punkt verdichtet.

Um zu feuern und alles und jeden zu zerstören, der sich ihr in den Weg stellte – wie die verheerende Schockwelle einer Atombombe.

Das Summen vor dem Blitzschlag.

Aber dieses Mal könnte der Schlag tödlich enden.

Wie krank war es, dass ich ihn immer noch wollte? Dass ich mich, nachdem ich das Foto gesehen und seine Worte gehört hatte, immer noch an die gemeinsamen Momente klammerte, als würden sie zählen. Dabei hatte *er* sie alle zunichtegemacht.

Zwei Wochen. Zwei Wochen der *Stille*. Stille in Form von lauter, dröhnender, ungestümer Musik. Nach allem, was wir körperlich und emotional geteilt hatten, war er einfach gegangen. Er hatte *mich* losgelassen. Ohne ein Wort, ohne Erklärung. Als wäre er mir nichts schuldig.

Warum wollte ich immer die Dinge, die mir am meisten schadeten?

Verstohlen wandte ich meinen Blick in seine Richtung, in der Hoffnung, dass er es nicht bemerken würde, aber ich brauchte ein letztes Bild, an dem ich mich festhalten konnte, wenn er weg war.

Ich würde es mir einprägen.

Das war nicht sonderlich schwer. Niemals würde ich ihn vergessen können. Heute Abend trug er ein enges weißes T-Shirt mit V-Ausschnitt. Die Tattoos, die ich so gut kannte, schimmerten auf den Muskelpaketen, als würde jede Faser seines Körpers vor Wut brodeln.

Tränen brannten hinter meinen verräterischen Augen, und genauso plötzlich, wie ich ihn angesehen hatte, drehte ich ihm den Rücken zu, bevor er die Wut sehen konnte, die sich in meinem Gesicht widerspiegelte.

Zum zweiten Mal an diesem Tag schossen meine Hände nach vorn, damit ich mich abfangen konnte. Mein Körper zuckte, als ich mich an die Thekenkante klammerte und versuchte, mich darauf vorzubereiten, Lyrik West erneut gegenüberzustehen. Ich bemühte mich, hinter den Mauern, die ich aufgebaut hatte, Sicherheit zu finden. Festen Boden zu gewinnen und mich zu verschanzen.

Nie wieder würde ich ihm erlauben, mich zu kontrollieren.

Ich senkte den Kopf und bewegte meine Lippen lautlos, als spräche ich ein stilles Gebet. Ein Flehen, die Wahrheit in den Worten zu finden, die mich über Wasser halten würden.

Du bist stark. Du bist niemandes Sklave. Er hat nur Macht und Wirkung, wenn du sie ihm gibst. Und du wirst sie ihm nicht geben.

Ich atmete tief durch, setzte die stoische, hochmütige Maske auf, hob mein Kinn und ging wieder an die Arbeit. Die ganze Zeit tat ich so, als wäre ich mir nicht schmerzhaft des Dunstes bewusst, der von ihm ausging. Als könnte ich die Hitze seines unbeugsamen Blicks, der mich durchbohrte, nicht spüren,

Sein starkes, ungläubiges Lachen erschütterte meine pochende Brust. Für eine kurze Sekunde ließ ich meinen Schutzschild fallen und war sofort seinen scharfen Blicken schutzlos ausgeliefert.

Warum gerade jetzt? Warum zeigte er mir nach zwei Wochen sein Gesicht, obwohl ich in der ganzen Zeit nicht mehr als einen Blick auf seinen Hinterkopf hatte erhaschen können? Es war, als hätte er jeden seiner Schritte vorausgeplant, um sicherzustellen, dass er jedem meiner Blicke entging.

So leicht zu vergessen.

Schmutzig.

Ich konnte die Veränderung in der Luft spüren und wusste,

dass er Ash und Zee in die abgelegene Nische gefolgt war, in der sie sich gern versteckten. Weit weg von neugierigen Blicken auf ihren Rockstar-Ruhm. Zugegeben, sie schienen hier nicht so viele Probleme zu haben. Die meisten Einheimischen bevorzugten Countrymusik und kamen an den Abenden, an denen die bekannteren Countrybands spielten, in Scharen in die Bar.

Das bedeutete aber nicht, dass die Jungs nicht schon allein durch ihr Aussehen auffielen.

Mädchen, die auf der Suche nach Spaß waren, konnten Jungs, die so verdorben aussahen, nicht widerstehen.

Ärger, Chaos und extrem viel Spaß.

Die Vorstellung, dass Lyrik mit einem von ihnen – oder gar zwei – von hier weggehen könnte, bereitete mir Bauchschmerzen. Das schien sein Stil zu sein. Bilder der Seite des Jungen, die ich nicht wirklich kannte, schossen mir durch den Kopf, das lüsterne Glitzern in seinen sündigen Augen, wenn er sich mit allzu willige Frauen umgab.

Ich wurde die Befürchtung nicht los, dass er in der kleinen Stadt Savannah ein letztes Mal feiern wollte, bevor er alles hinter sich ließ.

Bevor er mich hinter sich ließ.

Er hatte es versprochen.

Aber ich hätte nie gedacht, dass es unter diesen Bedingungen geschehen würde.

»Hey, Tamar.« Sophie unterbrach meine gequälten Gedanken, als sie mich von der anderen Seite der Bar ansprach. Sie drehte ihren Kopf in Richtung der isolierten Nische. »Deine Freunde sind hier.«

Als hätte ich das nicht bemerkt.

»Der süße Blonde besteht darauf, dass du dich um sie kümmerst. Er hat gesagt, es sei ein Notfall. Natürlich tat er das mit einem Lächeln im Gesicht, also bin ich mir nicht sicher, was so dringend sein könnte, aber ich dachte mir, dass es dir nichts ausmachen würde, da du normalerweise in ihre Richtung rennst, sobald sie durch die Tür kommen.«

Ich war gerannt? Wirklich? War es tatsächlich so gewesen in den Wochen, in denen die Dinge zwischen Lyrik und mir noch so unkompliziert gewesen waren? War ich wirklich so bereitwillig zu ihm gegangen?

Nur ein weiteres unwissendes Lamm, das bereitwillig zur Schlachtbank geführt wurde.

Gott, war ich dumm gewesen.

Aber das war vorbei.

Ich ging zu den unzähligen Spirituosen, die auf der hinteren Theke standen, und schnappte mir eine Flasche Wodka. Ich warf kaum einen Blick über meine Schulter, als ich antwortete: »Doch, es macht mir etwas aus.«

Sie zog beide Schultern hoch und wich zurück. »Tut mir leid … zu spät … Ich habe ihm gesagt, dass du dich gern um sie kümmern würdest.«

»Nun, dann sag ihnen, dass ich es nicht gern tue!«

Nervös wippte sie auf den Fußballen und biss sich auf die Unterlippe, so durchschaubar und voller Schuldgefühle. »Der süße Blonde hat mich mehr oder weniger eingeladen, heute Abend nach der Arbeit zu ihm zu kommen, wenn ich die Nachricht überbringe.«

Verärgert und gegen die aufkeimende Angst ankämpfend, rieb ich meine Stirn.

Das musste doch ein Scherz sein.

Ich drehte mich wieder zu ihr um. »Danke, dass du mich den Wölfen zum Fraß vorwirfst. Und falls du es wissen willst, der süße Blonde ist Ash.«

Der Biss in meinen Worten war nicht zu überhören. Aber wirklich. Mich für eine Nacht mit einem Rockstar zu verraten, war absolut nicht cool.

Sie warf mir einen flehenden Blick zu. »Es tut mir leid, Tamar. Wirklich. Aber er war so hartnäckig.«

Vermutlich sollte ich nachsichtig mit ihr sein. Sie arbeitete erst seit einem Monat hier. Und selbst ich wusste, dass diese Grübchen eine gefährliche Waffe waren. Der Typ könnte wahrscheinlich sogar einen Vegetarier dazu überreden, dem Steak-des-Monats-Club beizutreten.

Ich atmete tief ein und aus. »Gut. Ich kümmere mich um sie.«

Entschuldigend legte sie die Stirn in Falten. »Danke. Und übrigens, ich dachte, ich tue dir einen Gefallen.«

Ich runzelte die Stirn. »Bitte tu mir nicht noch mehr von denen.«

Möglicherweise war ich ein Miststück – na und? Ich konnte es nicht ändern. Ich konnte nichts dagegen tun, dass sich die Unruhe in meinem Bauch sammelte, über meine Haut glitt und sich gegen die rohe, starke Energie aufbäumte, die bereits die dicke Luft durchtränkte.

Ich stahl mich zum Ende der Bar, schlüpfte in den Hauptraum und stolzierte auf meinen superhohen Absätzen über die Holzdielen. Die Vibrationen meines Herzens jagten mir eine Gänsehaut über den Rücken – ein ständiges Bumm-Bumm-Bumm, das durch meinen Körper pulsierte.

Das Geräusch meines hämmernden Herzens wurde immer lauter, je näher ich kam, und die Spannung stieg ins Unermessliche, während sich mein Magen zusammenzog.

Diese dummen kindischen Schmetterlinge hatten beschlossen, dass dies der perfekte Zeitpunkt war, sich in die Lüfte zu erheben, als Lyriks stählerner Blick auf mir landete.

Seine sündhaften Augen schienen zwischen Lust und Reue zu wechseln. Der Funke des Verlangens, als seine Nasenflügel flatterten, und die Verzweiflung in seiner Stirn, als er die Brauen hob. Als würde es wehtun, mich anzusehen.

Scheiße, verdammt!

Das war nicht okay.

Ich weigerte mich, ihm noch einmal zum Opfer zu fallen.

Ich kannte seine Spiele.

Sie waren grausam und ungerecht.

Ich setzte mein höhnisches Gesicht auf. Heute Abend war es nicht so schwer zu finden. Denn die Wahrheit war, dass seine gefühllosen Worte *noch immer* Schmerz und Wut in mir nährten. Ich fühlte mich verraten durch die Art und Weise, wie er mich beiseitegeschoben hatte. Wie er mich zur Tür hinausgehen lassen hatte, obwohl er derjenige gewesen war, der mich hinausgedrängt hatte.

Was ich getan hatte, war falsch gewesen. Das wusste ich. Ich wusste, dass ich nicht hätte herumschnüffeln sollen. Ich hätte nicht zulassen dürfen, dass der Zwang, ihn zu kennen, ihm näherzukommen, seine Vorbehalte und Sorgen zu verstehen, den Respekt, den ich für ihn hatte, trübte. Ich hätte keine Antworten verlangen sollen, die er nicht geben wollte. Vor allem, da meine eigene Eifersucht die treibende Kraft gewesen war.

Aber genauso sehr hätte er mich respektieren sollen.

Er hätte mich bitten sollen, die Sache ruhen zu lassen.

Loszulassen.

Stattdessen war er mir direkt an die Gurgel gegangen.

Er hatte mich mit diesen abscheulichen Worten in Stücke gerissen.

Mein höhnisches Grinsen verwandelte sich in ein perfektes Lächeln und ich reckte meine Hüfte zur Seite. »Willkommen im *Charlie's*. Was führt euch heute Abend hierher?«

Ich tat so, als würde ich sie überhaupt nicht kennen, während es schien, als wäre ich das Einzige, was Lyrik sehen konnte.

Vielleicht fand ein Teil von mir etwas zu viel Gefallen daran, so gierig wurde sein Blick.

Du hast mich weggeworfen.

Vielleicht war es falsch, dass ich den Sternen dafür dankte, dass ich mich heute Abend so gekleidet hatte.

Vielleicht bekam er einen Eindruck des Leids, in dem er mich hatte schwelgen lassen. Einen Hinweis auf den hohlen Schmerz, der durch seine Anwesenheit noch verstärkt wurde.

Aber der bessere Teil von mir – der Teil, den er wieder zum Leben erweckt hatte – wollte seine Wange berühren, den unruhigen Schlag seines Herzens spüren und ihm sagen, dass ich ihm einen Teil seines Schmerzes nehmen würde, wenn er mir versprach, mir den meinen zu nehmen.

Wenn er mich nur reinlassen würde.

Aber da sprach die Närrin.

Ash stieß ein unbeholfenes Lachen aus. »Ahhh ... Tam-Tam ... Brich mir nicht das Herz, indem du so tust, als würdest du dich nicht freuen, mich zu sehen! Ich weiß, dass du mich vermisst hast, denn ohne den kleinen Ash sind diese Mauern nicht dieselben. Ich dachte mir, bevor wir morgen nach L. A. aufbrechen, sollten wir noch ein bisschen Rock 'n' Roll in den Laden bringen.«

Der Blick, den er Lyrik zuwarf, verriet seine Worte. Lyrik zog eine Grimasse und blickte zur Wand.

Die Erkenntnis, dass Lyrik nicht hier sein wollte, bereitete mir eine neue Art von Schmerz. Er war durch die Türen geschleppt worden, wahrscheinlich von Ash überredet, gestupst und geneckt, bis er nachgegeben hatte. Seine Anwesenheit bewies, dass er mich wirklich nicht wollte.

O Gott!

Wahnsinnig. Vollkommen, absolut wahnsinnig. Das war ich. Denn plötzlich erkannte ich, dass ich still und heimlich gehofft hatte, er könnte meinetwegen hier sein. Um sich zu entschuldigen oder vielleicht um sich von mir zu verabschieden.

Irgendetwas.

Ich hatte meinen verdammten Verstand verloren.

Genauso wie mein Herz.

Ich zwang mich, meinen Blick über alle drei hüpfen zu lassen, und weigerte mich, zusammenzuzucken, als er auf Lyrik landete.

Red. Red. Red.

Ich hielt mich an ihr fest wie an einer Rettungsleine.

Mein Lächeln wurde breiter, so gezwungen es auch war. »Nun, da ihr hier seid, um ein bisschen Stimmung zu verbreiten, und ihr alle genau wisst, wie gern ich tätowierte und schreiende Jungs mag ...« Ich sah zu Lyrik hinunter, als würde mich das überhaupt nicht irritieren. »Was kann ich euch bringen?«

Ash grinste und zwinkerte mir zu. »Ich nehme das Übliche, Darling.«

Ich warf ihm einen finsteren Blick zu. Er führte etwas im Schilde.

Zees Stimme war leise. »Für mich nur eine Cola. Ich muss diese Arschlöcher durch die Gegend kutschieren.«

Höhnisch wandte ich mich wieder an Lyrik. »Was ist mit dir ... Soll ich dir etwas ganz Besonderes zaubern?«

Die Worte waren gehässig, aber sie schmerzten in meiner Kehle, als wollten sie mich verraten.

Ash meldete sich zu Wort. »Ich glaube, unser Junge probiert gern alles, was du zu bieten hast. Solange er sich nicht daran verschluckt. Er scheint in letzter Zeit nicht ganz auf der Höhe zu sein.«

Gott, Ash. Sosehr ich den Kerl auch mochte, er musste aufhören.

»Klar doch«, sagte ich und wandte mich mit schwingenden Hüften ab.

Konnte mir jemand einen Vorwurf machen?

Ich war diejenige, die mit dem Rücken zur Wand stand. An die Wand genagelt worden war, um genau zu sein.

Ein Feuerball schoss meinen Arm hinauf, als ich spürte, wie sich Lyriks große Hand um mein Handgelenk legte.

Fesselnd

Einschränkend.

Eine eiserne Kette, die ich bis in mein Herz spürte.

Panisch zuckte ich zusammen und schaute ihn mit großen, schockierten Augen an.

Ich zwang mich, sie zu einem starren Blick zu verengen.

Hatte er wirklich die Frechheit, mich anzufassen?

»Was?«, fragte ich zischend, als ich meinen Arm losriss.

Widerstrebend ließ er mich los. Sein Mund verzog sich elendig und seine obsidianschwarzen Augen funkelten. »*Blue.*«

Verflucht sei er! Er und seine Spielchen, mit denen er versuchte, mich zu verwirren, während er mir dabei zusah, wie ich mich wand. Ich würde nicht zulassen, dass er das noch einmal mit mir machte.

Trotz und mein letzter Funken Selbsterhaltungstrieb brachten mich dazu, die Zähne zusammenzubeißen. »Tut mir leid, aber ich weiß nicht, wovon du sprichst.«

Ich drehte mich auf dem Absatz um und suchte schnell Schutz hinter der Bar. Wie durch ein Wunder gelang es mir, einen kühlen Kopf zu bewahren, während ich die Drinks einschenkte.

Ich goss Lyrik ein Glas Jägermeister ein, genau wie Ash.

Er würde mich nicht beherrschen. Nicht mehr. Er würde nicht das bekommen, was ihm heilig und besonders und nur ihm angeboten worden war. Er würde weder meine Freude, meinen Glauben noch meine Hoffnung bekommen.

Als die Getränke auf einem Tablett standen, ging ich in ihre Richtung. Ich stolperte, als ich sah, wie Ash zurück zu ihrem Tisch schlenderte.

Drei Mädchen im Schlepptau.

Mein Magen verkrampfte sich.

Nein. Nein. Nein.

Warum sollte Ash mir das antun?

Damit konnte ich nicht umgehen. Das konnte ich nicht ertragen. Die Eifersucht kroch durch mich wie eine böse Viper. Sie bohrte ihre Giftzähne in meine Haut und versenkte sich in mein Fleisch, um mich mit Gift vollzupumpen.

Gift tat weh, nicht wahr?

Es brannte und stach, als es durch meine Adern floss und jede Zelle zum Zerfall brachte.

Sophie lächelte, als sie vorbeiging. Ich schob ihr das Tablett hin. »Hier, bring das zu meinen Freunden! Nur als Warnung ... es sieht so aus, als hättest du dein Date für heute Abend verloren.«

Oder vielleicht würde Lyrik sie alle drei mit nach Hause nehmen.

Verdammt!

Wenn es nicht schon so spät wäre, würde ich Shea fragen, ob ich bei ihr übernachten könnte.

Ich würde es auf keinen Fall ertragen, heute Abend über diese Mädchen zu stolpern.

Sophie richtete ihre Aufmerksamkeit in die besagte Richtung, dann verzog sie das Gesicht. »Was für ein Arschloch«, murmelte sie leise vor sich hin.

Ja. Was für ein Arschloch. Ich war mir nur nicht ganz sicher, wen ich damit meinte.

Sie steuerte auf sie zu und zeigte dabei genauso viel Gehässigkeit, wie ich es vor zehn Minuten getan hatte, während ich mich davon abgehalten hatte, in ihre Richtung zu schauen.

Ich versuchte, mich nicht zu kümmern. Ich versuchte, zu der Person zu werden, die ich gewesen war, bevor Lyrik vor mehr als einem Jahr zum ersten Mal durch die Tür des *Charlie's* getreten war.

Aber ich war mir nicht sicher, ob ich dieses Mädchen noch kannte.

Ich war mir nicht sicher, wer von uns beiden real war.

Sophie servierte die Getränke und hielt inne, als Ash sie nach unten zog, damit er ihr etwas ins Ohr flüstern konnte. Mit einem Lächeln im Gesicht, das ihr keiner würde entreißen können, tanzte sie gewissermaßen zurück.

»Unser Date steht weiterhin«, schwärmte sie, völlig ahnungslos in Bezug auf meine Qualen.

»Das ist großartig.« Ich schaffte es gerade noch, das zu sagen, ohne dass meine Worte von Sarkasmus durchdrungen waren.

»Er ist wirklich süß«, fügte sie hinzu.

»Ja, das ist er«, stimmte ich ihr zu, denn ich konnte Ashs Charme in jeder Hinsicht verstehen, obwohl ich anscheinend völlig immun dagegen war. Lyrik war der Einzige, der die Macht hatte, mich *fühlen* zu lassen.

»Wer ist süß?«

Ich blickte auf, um die Quelle der Stimme auszumachen. Ein Mann, der kaum mehr als ein Junge sein konnte, stützte sich mit den Unterarmen auf der Theke ab und lehnte sich zu mir herüber. Er konnte keinen Tag älter als einundzwanzig sein, sein Hemdkragen war offen und er offensichtlich einer dieser adretten, hübschen Jungs, die gelegentlich in der Bar auftauchten.

Ich runzelte die Stirn und er lächelte nur.

Frech und verwegen grinste er noch breiter, als er den Kopf schief legte. »Ich hatte gehofft, dass du von mir sprichst, denn ich konnte nicht anders, als das Gleiche über dich zu denken.

Es schien mir eine Schande zu sein, dass du hier drüben bist, während ich dort hinten sitze.«

Er war süß. Am liebsten hätte ich ihm einen Klaps auf den Kopf gegeben und ihn auf seinen Weg geschickt.

Aber als ich Lyriks scharfen, durchdringenden Blick spürte, lehnte ich mich plötzlich in die Richtung des Jungen.

»Du findest mich also süß, hm?« Okay, ich würde mitspielen.

Der Typ gluckste und sein Blick fiel unverhohlen auf meine Brust. Ich versuchte, nicht vor Abscheu zu zittern.

»Ich könnte mir ein paar bessere Beschreibungen für dich ausdenken«, sagte er. »Wie wäre es, wenn ich sie dir später ins Ohr flüstere? Ich habe ein Zimmer nebenan.«

Wow, ich hatte mich geirrt.

Der Junge war nicht süß. Er war ein anmaßender Trottel.

Ich beugte mich weiter vor und ignorierte die Übelkeit, die in meinem Magen rumorte und in meiner Kehle emporstieg.

Rise. Steh auf.

Ich schluckte diesen verirrten Gedanken hinunter.

In den vergangenen vier Jahren hatte ich meinen Körper als Waffe benutzt. Aber immer nur zur Verteidigung. Als Werkzeug, um Männer außer Reichweite zu halten. Mein Körper war zu heiß gewesen, zu gefährlich zum Anfassen. Ich hatte den Eindruck zu vermitteln versucht, dass ich sie nur zu gern in Stücke reißen würde, wenn sie versuchen sollten, mich irgendwie zu verletzen. Dabei war ich in Wirklichkeit diejenige gewesen, die vor Angst gezittert hatte.

Aber heute Abend hasste ich mich ein bisschen mehr, weil ich diese Waffe gegen Lyrik eingesetzt hatte. Selbst nachdem er ein wenig von dem zerstört hatte, was er enthüllt hatte. Ich hatte sie gegen die brennende Hoffnung eingesetzt, die nicht aufhören wollte, in meinem Geist zu brodeln.

Ich griff über die Theke und fuhr mit der Spitze meines

Zeigefingers über das Gesicht des Fremden. »Klar doch, Süßer. Ich habe um drei Uhr Feierabend.«

Als wäre ich so simpel.

Ich kritzelte zehn Ziffern auf eine Serviette und drückte sie ihm in die Hand.

Natürlich waren es die falschen zehn Zahlen. Auf keinen Fall würde ich zulassen, dass er mich berührte.

Ich hasste jede Sekunde dieser Situation.

Ich hasste es, wieder so zu tun, als wäre ich jemand, der ich nicht war.

Ich hasste es, mich mit diesem Jungen abzugeben, obwohl seine Annäherungsversuche offensiv und unverschämt waren.

Ich hasste es, wie rachsüchtig ich in meinem Handeln war.

Aber das Einzige, was in diesem Moment Sinn ergab, war, Lyrik so zu verletzen, wie er mich verletzt hatte.

Langsam und schmerzhaft. Scharf und heftig.

Als würde ich langsam ausbluten.

Ich musste die Mauern wieder hochziehen. Ich musste das Fundament wiederherstellen, das ich zum Überleben errichtet hatte. Ich musste beschützen, bewahren und durchhalten. Ich wusste, dass er mich beobachtete – und dass er die Botschaft verstanden hatte.

Du kannst mich nicht verletzen.

Ich spürte mehr, als dass ich sah, dass Lyrik aus der Nische trat. Mit schmerzendem Brustkorb sah ich in seine Richtung und begegnete seinem Blick.

Hart.

Bitter.

Vielleicht sogar enttäuscht.

Er starrte mich ein paar herzzerreißende Augenblicke lang an. Seine Kiefer waren zusammengepresst und sein Kehlkopf wippte überdeutlich, als er schluckte. Dann drehte er mir den

Rücken zu und verließ die Bar. Er nahm all die Energie mit sich und hinterließ einen hohlen und leeren Raum.

Ich sackte nach vorn. Der schneidende Schmerz war so stark, dass ich nach Luft schnappte.

Du kannst mich nicht verletzen.

Aber ich kannte die Wahrheit.

Lyrik West war der Einzige, der genau das konnte.

18

———

TAMAR

Es war etwa zwanzig nach drei, als ich an diesem Abend endlich zu Hause ankam. Ich stapfte die Außentreppe zu meiner Wohnung hinauf. Erschöpfung und Kummer drückten mich nieder. Als wäre ich mit Ketten beschwert, war mein Körper ausgelaugt und mein Herz träge. Die Dunkelheit klebte am sternenübersäten Himmel, das Summen der Insekten in den Bäumen war ein beständiges Geräusch. Die feuchte Luft klebte an meinem Körper.

Aber ich fühlte mich kalt.

Klamm.

Als hätte ich einen Schock erlitten.

Ich hielt mich am Geländer fest und zwang mich die Treppe hinauf. Das Klackern meiner High Heels war wie ein Ausruf meiner Einsamkeit. Eine deutliche Erinnerung an die Abgeschiedenheit.

Meine Hand zitterte, als ich nach dem richtigen Schlüssel tastete. Ich schob ihn ins Schloss und ließ mich in die Isolation meiner Wohnung fallen.

Ein düsterer Seufzer entrang sich mir, ich warf den

Schlüssel auf den Küchentisch und ging durch den Flur ins Bad, um mir die Maske vom Gesicht zu waschen.

Ich war es so verdammt leid, sie zu tragen.

Ich war es leid, so zu tun, als wäre ich etwas, das ich nicht war.

Ich war es leid, mich vor einer Vergangenheit zu verstecken, die mich immer wieder einholte und darum kämpfte, ein Teil meiner Zukunft zu werden.

Ich wusste, dass ich vor der Wahl stand.

Entweder würde ich mich ihr stellen, nach Hause gehen und meine Vergangenheit konfrontieren.

Oder ich würde weglaufen.

Verschwinden.

Ich wusste nur nicht, ob ich die Kraft für irgendetwas hatte, und ich war mir nicht sicher, was ich tun sollte.

Ich reinigte mit einem warmen Tuch mein Gesicht, um die Spuren des harten, kalten Mädchens zu beseitigen.

Ich ließ den Lappen ins Waschbecken fallen und starrte auf mein ungeschminktes Gesicht. Auf die Trostlosigkeit, die hinter den blauen Augen lag, die mir hoffnungslos entgegenblinzelten.

»Du hast das verursacht«, sagte ich laut. Aber es war nicht Tamar King, die zuhörte. Es war das Mädchen, das schreiend um Hilfe bat.

Ich knipste das Licht aus und machte mich auf den Weg zu meinem leeren Bett, in dem ich mich wälzen und winden würde, in alle Richtungen gezerrt, bis ich in Stücke gerissen würde.

Dort würde ich am Morgen aufwachen und versuchen, die Scherben aufzusammeln, ohne auch nur den Hauch einer Ahnung zu haben, wie ich mich wieder zusammensetzen sollte. Denn ich kannte das Muster des Puzzles nicht mehr.

Ein sanftes Klopfen ertönte an meiner Haustür. Mein Atem

stockte und ich erstarrte mitten in meinem Zimmer stehend, weil ich instinktiv wusste, dass er es war.

Ich schluckte schwer und wusste nicht, in welche Richtung ich gehen sollte. Mein Herz bettelte darum, noch einen letzten Blick auf ihn zu werfen, bevor er weg war, aber mein Kopf befahl mir, ihn gehen zu lassen. Es war das Beste.

Ich hatte es von Anfang an besser gewusst.

Ich hatte es besser gewusst, als mich so tief hineinziehen zu lassen.

Ich hatte es besser gewusst, als ihm zu erlauben, mich zu erforschen und in mich hineinzukriechen. Er war mir unter die Haut gegangen, hatte mich gezeichnet und vernarbt. Wie unsichtbare Tinte hatte er mein Herz mit seinem Emblem versehen.

Es klopfte wieder. Ein zweites Klopfen folgte etwas später, das Geräusch leiser.

Als wäre es aus Resignation geschehen.

Aus Niederlage.

Mit einer letzten Bitte.

Bevor ich es mir anders überlegen konnte, bewegte ich mich auf die Haustür zu, als würde ich durch die Dunkelheit gezogen.

In die Dunkelheit hinein.

Zu dem bedrohlichen, bösartigen Mann, von dem ich wusste, dass er auf der anderen Seite stehen würde.

Langsam entriegelte ich das Schloss.

Das Knirschen von Metall hallte durch die Stille.

Noch langsamer öffnete ich die Tür.

Vielleicht mochte ich den Schmerz.

Allein sein Anblick, das feurige Verlangen und die welterschütternde Energie ließen mich vor Qualen fast zusammenbrechen.

Ein schwindelerregendes Summen erschütterte die Umgebung in winzigen, explosiven Schockwellen.

Obsidianschwarze Augen erwarteten mich. Die Hände in den Taschen. Die Schultern schlaff. Er war so anders als der mutige, unberührbare Junge. Dies war jemand, der von etwas *berührt* worden war.

Ich schluckte.

Gott!

Er war wunderschön.

Wunderschön, auf eine zerstörerische Art und Weise.

Denn das war es, was ich fühlte, als ich zitternd vor ihm stand.

Ich war am Boden zerstört.

Dummes Mädchen.

»Hey«, sagte er und hob die Ellbogen, während er mit den Schultern zuckte, die Hände immer noch fest in den Taschen steckend.

Als wüsste dieser eingebildete, arrogante Junge vielleicht gar nicht, was er mit sich anfangen sollte.

»Hi.« Das Wort kratzte in meiner Kehle.

Ein paar Augenblicke lang waren wir beide Gefangene der Unsicherheit und des Zweifels, bevor er vorsichtig über meine Schulter in die Stille meiner Wohnung spähte. Sein Blick war hart geworden, als er schließlich wieder zu mir zurückkehrte. »Bist du allein?«

Die Scham traf mich mitten in die Brust.

Ich neigte mein Kinn und nickte.

Erleichterung und Frustration mischten sich in sein Ausatmen und ich bemerkte, wie er zu Boden blickte und nervös mit der Hand durch sein Haar fuhr. Er schaute auf, kaute auf seiner Unterlippe herum und der Anflug von Verletzlichkeit verschwand mit dem Wind, der seinen Sturm einläutete. »Ich hätte dich nicht für jemanden gehalten, der so schnell weiterzieht.«

Dieser Mistkerl.

Er stand da und tat so, als wäre es meine Schuld.

Ich schnaubte, aber ich war mir sicher, dass es nicht überzeugend wirkte. »Was kümmert dich das?«

Er lachte trocken. Das Geräusch hallte in mir wider, als stünde ich zu nah an einem rasenden Zug. »Ich habe dir gesagt, dass ich das nicht oft mache. Ich kümmere mich nicht, weil es die Mühe, die Schmerzen nicht wert ist. Aber ich habe nie gelogen, als ich sagte, dass ich mich um dich kümmere. Warum, Red? Warum sollte ich mich um dich kümmern?«

Der letzte Satz war ein verzweifeltes Flüstern.

Die Erde bebte unter meinen Füßen und ich versuchte, stehenzubleiben. Aber ich konnte spüren, wie der Boden knackte. Die Risse und Brüche. Die Gefahr, dass er wegbrach.

Er machte mich so verdammt schwach.

Er beugte sich vor, so nah, dass seine Nase meine berührte. Sein Gesichtsausdruck wechselte zwischen wild und traurig, als er mich aus dem Schatten heraus anschaute. »Wirst du mit ihm in die Kiste steigen? Mich gegen einen hübschen Jungen eintauschen, bevor mein Flugzeug überhaupt abgehoben hat?«

Schuldgefühle kochten in mir hoch, denn er hatte den Nagel auf den Kopf getroffen. Volltreffer. Ich unterdrückte das Gefühl, kämpfte zurück. »Was war mit den drei Mädchen an deinem Tisch?«

»Was soll mit ihnen sein? Ash hat mich dazu überredet, heute Abend in diese verdammte Bar zu gehen. Das Arschloch dachte, er müsse etwas beweisen, indem er mich dorthin schleppt und mir Mädchen vor die Nase setzt, die nur zu gern in mein Bett springen würden.« Wieder wurde seine Stimme zu einem Flüstern. »Ash denkt, dass es sein gottgegebenes Recht ist, mich für meinen Schwachsinn zur Rede zu stellen. Er zwingt mich, die Wahrheit zu erkennen. Und die Wahrheit ist, dass du im Moment die Einzige bist, die ich will. Du.«

Ich kniff die Augen zusammen, um sein Geständnis zu verdrängen. Es war so viel einfacher, mein Herz zu schützen, wenn ich ihn hasste.

»Du bist ein Arschloch«, wimmerte ich, während seine Hand über das entstellte Herz zwischen meinen Brüsten strich. Mein Körper wölbte sich und verlangte bereits nach mehr.

»Ich glaube, das haben wir bereits festgestellt.«

»Was machst du wirklich hier, Lyrik?« Es war schwer, diese Frage überhaupt auszusprechen, schließlich waren seine Kisten gepackt und er war bereit, mir alles wegzunehmen. »Was willst du?«

Was würde es jetzt noch ändern?

Er stieß ein Lachen aus. Es war ein Geräusch, das irgendwo zwischen Hass und Ekel angesiedelt war. Er beäugte mich. Vorsichtig. Abwägend, was er sagen sollte.

»Ich habe die letzten zwei Stunden im Bett gelegen, an die Decke gestarrt und versucht, nicht auf deine Rückkehr zu warten. Auf die Stimmen, von denen ich wusste, dass ich sie nicht ertragen könnte. Ich habe versucht, mir keine Gedanken darüber zu machen, dass der kleine Mistkerl aus der Bar vielleicht mit dir da drin ist.«

Ich schluckte den Schmerz hinunter, der sich in meinem Hals festgesetzt hatte, und versuchte, einen vernünftigen Gedanken zu fassen, aber der Junge schaffte es immer wieder, ihn mir zu nehmen.

»Du hast kein Recht mehr, dir darüber Gedanken zu machen.« Es war kaum ein Flüstern.

Er starrte mich an. Herausfordernd. »Du hast mir zwei Monate versprochen.«

»Ja, die hast du auch versprochen ... und nicht einmal die konntest du mir geben.«

»Blue ...«

Ich zuckte zusammen. »Nenn mich nicht so!«

»Warum?« Er machte einen Schritt nach vorn und ließ mich in seinem Schatten verschwinden. »Warum, Blue?«, fragte er. »Denkst du, ich sehe dich nicht? Denkst du, ich verstehe nicht, was du heute Abend abziehen wolltest?«

Meine Hände verkrampften sich an meinen Seiten. »Sag mir, was du willst ... Sag es mir! Denn ich glaube, ich halte das nicht mehr aus.«

Ich konnte nicht länger so stehen bleiben, ohne zu seinen Füßen zusammenzubrechen.

Er zögerte. Es war, als wollte er sich zurückhalten, während sich alles, was zwischen uns unvollendet geblieben war, zusammenbraute, verstärkte und entzündete. Ich sah es in dem Moment, in dem er endlich einknickte.

Seine Hand flog frustriert durch die Luft, als wollte er auf etwas einschlagen. Erschrocken sah ich zu, wie schnell er sich vor mir aufrichtete. Die Worte sprudelten aus seinem Mund wie ein wütendes Flehen.

»Ich habe dich verdammt noch mal vermisst, okay? Du hast mir verdammt gefehlt, und der Gedanke, dass du den Jungen hierher gebracht haben könntest, hat mich umgebracht. Es bringt mich um, wenn ich daran denke, dass du nach einem anderen Mann greifst. Es bringt mich um, wenn ich daran denke, dass dieser Schweinehund dich anfasst und sich nimmt, was mir gehört. Ich sollte zwei Monate Zeit haben. Zwei Monate.«

»Und jetzt ist es zu spät.« Die Worte rutschten nur mit Mühe von meiner Zunge.

Als wäre er geohrfeigt worden, schnellte sein Gesicht zur Seite. Seine Aufmerksamkeit schien der Nacht, den unruhigen Bäumen und der verrinnenden Zeit zu gehören. Schließlich drehte er sich wieder zu mir um, sein schwarzes Haar peitschte durch den Wind und seine Energie entfachte einen Sturm. »Wir haben diese Nacht.«

Gott, ich wollte es. Ich wollte aufgeben, nachgeben.

»Was ist, wenn es weh tut, wenn du gehst?«, flüsterte ich.

Ein alter Schmerz durchzog seine Miene, und er trat vor und nahm sanft mein Gesicht in seine Hände. Die Worte waren so viel zärtlicher als beim ersten Mal, als er sie zu mir gesagt hatte. »Baby ... hast du es noch nicht verstanden? Ich bin den Schmerz nicht wert.«

Ich berührte seine Wange, meine Finger flatterten über seine Lippen. Sie öffneten sich mit einem Atemzug.

Ich wünschte, er wüsste, dass er es war. Dass ich so viel mehr in ihm sah.

»Blue«, flüsterte er wieder.

Weiche, sanfte Verführung.

Grausam.

Manipulation.

»Ich hasse dich«, sagte ich, aber in meinen Augen sammelten sich bereits Tränen.

Entlarvend. Enthüllend. Entblößend.

Eine fiel und lief über meine Wange. Ein einziges Tröpfchen der Gefahr und der Hoffnung.

Er atmete erleichtert aus und zog mich langsam in die Sicherheit seiner Arme. Er drückte meine Wange an sein Herz, das wie wild schlug. Der Mann war ein einziges Chaos – abstoßend, anziehend und verwirrend. Doch in seinen Armen wurde alles so klar.

»Da ist sie. *Blue.* Meine schöne, tapfere Blue. Ich dachte, ich hätte sie verloren.« Seine Finger fuhren durch mein Haar und wanderten zurück zu meinem Gesicht, wo er mich zwang, ihn anzusehen.

Ich blinzelte und noch mehr Tränen fielen. Die Feuchtigkeit floss in die Falten seiner Finger. Er drückte mein

Gesicht an sich, spannte die Schultern an und schwankte unentschlossen hin und her. Sein Blick wanderte von meinen Augen zu meinem Mund, seine Zunge leckte über seine köstliche Unterlippe, bevor jede Scheu verschwand.

Dann donnerte sein Mund mit der Wucht eines Erdrutsches auf mich. Er schob seine Zunge zwischen meine Lippen und begegnete dem Widerstand in meinem Mund. Der verwandelte sich schnell in Kapitulation.

Denn ich war bereits verloren.

Verloren an diesen Mann. An seine Dunkelheit, seine Gespenster und sein hartes, unerreichbares Herz.

Ich war eine Närrin.

Eine vollkommene Närrin.

Nachzugeben würde mich nur noch mehr verletzen.

Aber in diesem Moment war mir das egal.

Denn die Welt drehte sich und es gab nichts, was sich besser anfühlte als er. Es gab nichts Besseres als die Weichheit seiner Lippen und das Verlangen auf seiner Zunge, seine heißen Hände auf meinem Körper, wenn er sich an meinen schmiegte.

Ich umklammerte seine Schultern und stellte mich auf die Zehenspitzen.

Ich sehnte mich nach mehr.

Genau so fühlte es sich an.

Als müsste ich sterben, wenn ich diese letzte Nacht nicht bekäme.

Ein letzter Happen.

Eine letzte Erinnerung.

Denn die Narben waren immer noch da – die Wunden waren frisch und in meinem Herzen und meinem Verstand herrschte Verwirrung. Mein Geist war unsicherer über meine Zukunft als je zuvor. Aber heute Nacht zählte nur dieser Moment.

»Ich war noch nicht fertig«, knurrte er leise. Seine Zähne streiften mein Kinn, bevor sein Kuss sich einen Weg über meinen Hals bahnte. Lyrik saugte an meinem Puls. Ich keuchte, krümmte mich und stöhnte.

»Zwei Monate«, murmelte er. »Ich sollte zwei Monate Zeit haben. Zwei Monate zum Ausmerzen. Zwei Monate, um meine Spuren zu hinterlassen. Zwei Monate, damit du nichts anderes als meinen Namen kennst.«

Ich erschauderte unter seinem Gemurmel. Dieser Mann hatte keine Ahnung, wie tief er bereits in mich eingedrungen war, welche ewigen Eindrücke er geschaffen hatte und wie groß das Loch war, das er hinterlassen würde.

»Sag Nein, Blue! Sag Nein!«, flehte er, als er mich näher an sich drückte. Die Verzweiflung in seinem perfekten Körper stand im direkten Kontrast zu seinen Worten. Mit seinem Kuss verschlang er meinen Mund, während er meine Sinne vernebelte und das letzte Fitzelchen meiner Willenskraft zerstörte.

Lyrik West besaß mich.

Aber das war mein persönlicher Untergang.

Meine Entscheidung.

Es geschah aus eigenem Antrieb heraus.

Diese eine Nacht war mein Geschenk an ihn.

Obwohl ich wusste, dass die Folgen mich zerstören würden. Ich hatte nur noch so wenig, was mich zusammenhielt. Aber ich hatte das Gefühl, dass ich das brauchte, um zu überleben.

Die überwältigende Wut, der Verrat, das Bedürfnis und die Hoffnung kochten zu einem Tumult hoch. Sie überfluteten mich. Sie entblößten mich. »Ich hasse dich«, murmelte ich erneut, als der Rausch einsetzte. Meine Finger waren wie Krallen, mein Mund fordernd und mein Körper sowohl herausfordernd als auch flehend.

Ich hasste ihn dafür, dass er mich verfolgt hatte.

Ich hasste ihn dafür, dass er mich entblößt hatte.

Ich hasste ihn dafür, dass er mich so fühlen ließ.

Ich hasste mich selbst dafür, dass ich ihn so sehr brauchte.

Und Gott, wie sehr ich das alles liebte.

»Du lässt mich vergessen, wer ich bin«, erwiderte er, als er mich hochzog. Instinktiv schlang ich meine Beine um seine Taille.

Und Lyrik küsste mich, als würde er mich nie wieder küssen.

Denn wir wussten beide, dass das die Wahrheit war.

»Langsam.« Es war wie ein Raunen aus seiner Seele. Eine Erinnerung daran, wer wir waren. An das, was er mir gegeben hatte. An die Geborgenheit, die er mir in seinen Armen vermittelte, die so stark und tröstlich waren, obwohl ich sie eigentlich als Bedrohung hätte empfinden müssen.

Ich wollte weinen – das Gefühl war so intensiv, dass ich mich daran verschluckte –, weil er morgen nicht mehr da sein und alles mitnehmen würde.

Meine Würde.

Mein Herz.

Meine Seele.

Sie alle gehörten ihm.

Er trug mich in die ruhige Dunkelheit meiner Wohnung und den kurzen Flur hinunter in mein Schlafzimmer. Er setzte mich auf dem Boden ab und ging zwei Schritte zurück. Mit seinem eindringlichen Blick auf mich gerichtet, zog er seine Schuhe aus. Seine schweren Atemzüge füllte die ohnehin schon dicke Luft.

»Zieh dich aus!«, befahl er. »Ich will dich sehen.«

Ein röchelnder Atemzug drang zwischen meinen geschwollenen, geschundenen Lippen hervor.

Da war er. Der einschüchternde Mann, der nicht zimperlich war und mich nicht wie Glas behandelte. Der mich nicht wie ein gebrochenes Mädchen betrachtete. Auch wenn ich wusste, dass er im Begriff war, mich noch ein bisschen mehr zu brechen.

Er streifte sein Shirt über seinen Kopf.

Mein Blick wanderte über den Körper, in dem ich am liebsten versinken und für immer verschwinden würde.

Ich unterdrückte ein Stöhnen und genoss den herrlichen Anblick, der sich mir bot. Zweifellos würde es der letzte sein, den ich bekommen würde.

»Jetzt!«, sagte er.

Meine Aufmerksamkeit fiel auf seine glühenden Augen und ich erschauderte, als ich aus meinen Heels schlüpfte und meine Körpergröße um fünfzehn Zentimeter sank.

Der Mann überragte mich.

Unüberwindbar.

Unerreichbar.

Unnahbar.

Aber für heute Nacht gehörte er mir.

Meine Finger zitterten, als ich den ersten Knopf meiner Bluse öffnete und den oberen Teil des deformierten Herztattoos freilegte.

Hüte dein Herz.

Zu spät.

Es gehörte ihm.

Mit klopfendem Herzen öffnete ich den zweiten. Lyriks Körper versteifte sich sichtlich.

»Weißt du, mit wie vielen Mädchen ich schon zusammen war?« Die Worte waren scharf, fast schon zornig.

Ich holte tief Luft und meine Finger wurden steif. »Bitte nicht!«, flehte ich. Das war das *Letzte*, was ich wissen wollte. Die unzähligen Körper, Gesichter und Mädchen, die vor mir gekommen waren. Und die, die mit Sicherheit danach kommen würden. Trotzdem gelang es mir, den dritten Knopf zu öffnen. Mein weißer Spitzen-BH kam zum Vorschein.

Ein erstickter Laut entwich ihm. Er sprach um den Klumpen in seiner Kehle herum und ignorierte mein Flehen. »So viele, dass ich sie nicht zählen kann. So viele, dass ich nicht einmal versucht habe, den Überblick zu behalten. So viele, dass ich mich nicht *erinnern* kann.«

Grausam.

Warum musste er so grausam sein?

Die Eifersucht, die ich bereits in der Bar erlebt hatte, entfachte ein Feuer in mir. Eine Stichflamme des Gifts, das in den vergangenen zwei Wochen in mir gekocht hatte. Der Schmerz durchströmte meine Adern.

Ich wollte nie eines dieser Mädchen sein.

Unvergesslich.

Erschöpft und beiseite geworfen.

Aber nicht einmal das konnte mich davon abhalten, den Knoten am unteren Ende meiner Bluse zu lösen und den Stoff von meinen Schultern fallen zu lassen.

Denn ich war hilflos.

Ich war wie gebannt von seinen Worten und der Verzweiflung, die seinen Ausdruck zierte.

Ich fröstelte unter seiner Intensität, mein Wesen wurde von der aufgestauten Energie umhüllt und der aufkommende Sturm nahm an Geschwindigkeit zu.

»Und du ... du bist es, die ich nicht aus meinem Kopf bekomme. Dich kann ich nicht aus meinen Gedanken vertreiben. Dich kann ich nicht aus meinem Körper waschen. *Du* bist es, die ich nicht vergessen kann.«

Seine Worte verursachten eine Gänsehaut auf meinem Fleisch.

Sie bedeckte mich ganz.

Hielt mich als Geisel.

»Halt die Klappe!«, sagte ich schwach. Nichts, was er jetzt sagte, konnte von Bedeutung sein. Das war das Ende und die Sekunden verstrichen wie im Flug.

Das war unser letztes Lebewohl.

Er schnippte den obersten Knopf seiner Jeans auf und seine dunklen Augen wurden noch finsterer. Die goldenen und grauen Flecken verblassten. Sie gingen unter wie die Sonne und ich wurde in sein endloses Zwielicht gesaugt. Wo ich irgendwo zwischen dem Licht und seiner Dunkelheit schwebte. Verloren zwischen Tücke, Bosheit und Gefahr und diesem weichen, sanften Jungen, der sich die Zeit genommen hatte, mich zu sehen.

Der sich die Zeit genommen hatte, sich um mich zu *kümmern.*

Ich folgte seinem Beispiel, Bewegung für Bewegung. Wir schlüpften beide gleichzeitig aus unseren Hosen.

Ich griff nach meinem BH.

»Nicht«, sagte er und kam auf mich zu. Er nahm mir den Raum, den Atem und den Verstand. Mein Kopf fiel immer weiter zurück, bis sein zu hübsches Gesicht nur noch wenige Zentimeter über meinem schwebte. Er schlang einen seiner Arme um meinen Rücken, um mich am Fallen zu hindern.

In dem Moment erkannte ich es, wenn auch nicht zum ersten Mal.

Er hatte mich Stück für Stück auseinandergenommen, bis nichts mehr wiederzuerkennen war. Und jetzt wusste ich nicht mehr, wer ich war, außer, dass ich ihm gehörte.

Seine Augen schweiften umher, begierig, als wollte er sich mich einprägen, so wie ich ihn mir eingeprägt hatte.

Einatmen.

Ausatmen.

Die Geräusche, die aus seiner Lunge kamen, wurden härter, kürzer und schneller.

Was immer ihn zurückgehalten hatte, brach.

Oder vielleicht war es Lyrik, der gebrochen war.

Er hob mich hoch, als wöge ich nichts. Seine Arme umschlangen mich. Sein Kuss überwältigte mich. Sein Körper gewann die Oberhand.

»Red«, murmelte er gegen meinen Mund, griff mit einer Hand in mein Haar und riss es zurück, um sich Zugang zu meinem Unterkiefer zu verschaffen, zu meinem Hals, zu dem deformierten Herzen, das lebendig geworden zu sein schien. Er drückte mich zurück aufs Bett und schlüpfte im selben Moment aus seiner Unterwäsche, in dem sich sein Mund an meiner Brust verankerte.

Er saugte hart und ich stemmte die Hüften in die Höhe. Ein Schmerz der Lust schoss durch meinen Körper und befeuerte das Verlangen, das zu einem stetigen Pochen zwischen meinen Schenkeln geworden war.

»Ich würde dir nie wehtun, Blue«, murmelte er leise, bevor er zubiss.

Das hast du bereits.

»Nenn mich nicht so!«, flehte ich leise und hauchzart. Ein letzter Versuch, mich an Red zu klammern, das Mädchen, das nicht berührt werden konnte. Das Mädchen, das nicht verletzlich war und nicht in seinen Armen zitterte. Ich griff nach seinem Haar, zerrend und nach mehr verlangend.

Er knurrte, sein Schwanz, der gegen die Innenseite meines Oberschenkels drückte, war schwer, hart und mehr als bereit. Nur noch wenige Zentimeter von dem Punkt entfernt, an dem ich ihn am meisten brauchte.

Das war das Einzige, was ich mit Sicherheit wusste. Von allen Dingen, derer ich mir wirklich sicher war.

Ich hatte die Freiheit in Lyriks Berührung gefunden.

Ich hatte die Gewissheit gewonnen, dass nicht alle Hände bösartig waren.

Die Gewissheit, dass nicht alle Berührungen abscheulich waren.

Der Rest war ein Chaos aus Verwirrung, Unordnung und Zweifel.

Er stützte sich auf seine Hände, sein Haar war so wild wie seine Augen. Meine Brust hob und senkte sich. Als klopften unsere Herzen im Einklang, schnell, intensiv und frei.

Er fuhr mit den Fingern durch mein Haar. Ein Lächeln umspielte seine Mundwinkel. »Du wurdest geschickt, um mich zu quälen, nicht wahr?«, fragte er.

Die Worte klangen fast wie ein Scherz, obwohl sie auf dem Strom des Wahnsinns schwammen, den er im Raum provoziert hatte. »Du siehst immer so aus, als wärst du meiner Lieblingsfantasie entsprungen.«

Fast hätte er gelacht, aber sein Tonfall war traurig. »Versuchung. Das ist es, was du bist. Ein Engel im Körper einer Dämonin. Himmel und Hölle. Ein Geschenk und mein größter Untergang.«

Verwirrt verengte ich die Augen. »Ich verstehe das nicht.«

»Da gibt es nicht viel zu verstehen, Baby. Ein Blick und du hast gewonnen.«

Die Verzweiflung sammelte sich schwer auf meiner Brust. »Warum habe ich dann das Gefühl, dass ich verliere?«

»Fuck ... fuck, Blue!« Seine Schultern strafften sich, als er sich auf seine Hände stützte und mich küsste, wobei sich unsere Lippen kaum berührten und seine Zunge über meine leckte. So, so weich. »Wenn ich könnte, würde ich dir alles geben, Baby.«

Meine Seele schmerzte. Sie stöhnte. Ein wirres Durcheinander, das durch diese abstrakte Behauptung verursacht worden war. Die Fragen, die mir auf der Zunge lagen, wurden durch seinen plötzlichen Vorstoß zum Schweigen gebracht.

»Red.«

Ich schrie auf, als er mich plötzlich an den Armen hochzog. Er lenkte mich auf meine Knie und drehte mich mit dem Gesicht zur Seite.

Sein großer Körper umschloss mich von hinten, und er beugte sich vor und legte meine Hände dicht aneinander auf den Metallrahmen meines Kopfteils. Mit einer Hand hielt er meine Handgelenke gefangen.

Mein Puls raste unregelmäßig, ein Hämmern, ein Donnern.

O Gott!

Ich wimmerte.

Sein Mund streifte meine Ohrmuschel. »Du musst nur Nein sagen.«

Ich fröstelte. Mein Körper brannte. Schaudernd krallte ich meine Hände fester an das Metall. »Ich kann nicht.«

Ich wollte es nicht. Ich wollte ihn und alles, was er zu geben hatte. Ich wollte, dass er mich markierte und vernarbte, dass er die Erinnerungen an das, was er ausgelöscht hatte, zurückließ.

Mein Atem stockte, als ich spürte, wie seine Schwanzkuppe in meiner Arschfalte auf und ab fuhr. Das einzige Hindernis war meine schwarze Spitzenunterwäsche.

»Blue«, murmelte er. Er verlagerte sein Gewicht und legte seine freie Hand flach auf meine Brust. Auf das hämmernde Dröhnen meines Herzens, das ich selbst in meinem Rücken schlagen spüren konnte.

Heute Nacht. Heute Nacht. Heute Nacht.

Das war alles, was wir hatten, und ich lehnte mich zurück, in die sengende Hitze seines Körpers. Ein Flehen nach mehr.

»Bitte.«

Ich beobachtete, wie seine tätowierte Hand nach unten wanderte und über meine Brüste strich. Mein Bauch bebte, als er dagegen drückte, bevor seine Finger in die Vorderseite meines Slips eintauchten. Sanft streichelte er meine Falten und atmete an meinem Ohr aus.

»So warm. So weich. So gut.«

Ich keuchte.

Mit einem Grunzen löste er seine Hände von meinen Handgelenken und machte sich daran, mein Höschen zu entfernen. Als würde ich nichts wiegen, hob er mich so weit an, dass er es von meinen Beinen ziehen und von meinen Knöcheln lösen konnte.

»Du gehörst mir«, grollte er.

Der Klang an meinem Ohr schickte ein elektrisierendes Kribbeln über meine Wirbelsäule. Es sammelte sich in meinem Bauch und ich konnte spüren, wie es weiter wuchs und sich an Aufregung und Nervenkitzel nährte. An der Energie in der Luft. An der verzehrenden Erwartung. An der alles verschlingenden Wolke, die meine Sinne vernebelte.

Du gehörst mir.

Das wollte ich.

Aber das war nichts als Fantasie.

Er öffnete den Verschluss auf der Rückseite meines BHs mit einem Fingerschnippen. Die Träger kitzelten an meinen Armen, die immer noch am Kopfteil fixiert waren.

Er stöhnte, sein Atem war schwer und seine Brust drückte gegen meinen Rücken. Seine Haut, fiebrig und heiß, auf meiner zu spüren, intensivierte die Lust in meinem Bauch.

»Er hat dich gefesselt.« Es war ein schmerzhafter Klagelaut an meinem Ohr, so tief und voller Wut, dass ich erschauderte. In Erwartung oder aus Angst, ich war mir nicht sicher.

Ich nickte.

Lyrik wusste bereits, dass er das getan hatte.

»Vertraust du mir?«

Ich nickte wieder.

Eigentlich hätte ich zögern müssen. Aber das tat ich nicht. Denn ich vertraute ihm meinen Körper an – und *dummerweise* auch mein Herz und meinen Geist, der sich so verzweifelt danach sehnte, jemandem nahe zu sein, der ihn verstand.

Lyrik West war der Einzige, der das tat.

Er wickelte meinen BH um meine Handgelenke und knotete ihn ans Kopfteil. Locker. Es war kein Zwang, sondern ein Versprechen.

Er flüsterte mir ins Ohr: »Alles, was du sagen musst, ist Nein. Alles, was du sagen musst, ist Nein. Du hast die Kontrolle. Du kontrollierst mich. Du besitzt mich ...« Dann verstummte er kläglich.

Ich wankte auf meinen Knien, überwältigt von der Lust und diesem Mann. Er umschloss mich mit seinem Körper und seine Dunkelheit war ein schützendes Tuch.

Er legte seine Hände links und rechts von meinen aufs Kopfteil. »Was willst du, Red?«

»Dich. Alles. Überall. Nimm mich!« Es sprudelte aus mir heraus wie Wasser, das aus einem zusammenbrechenden Damm schoss.

Befreit.

Er holte tief Luft, positionierte sich mittig hinter mir und schob sich dann in mich.

So tief und hart.

Ich keuchte.

Atemlos.

Er zog sich zurück und tat es noch einmal.

»Blue ... Blue ... Blue.« Es war ein undeutliches Gemurmel von Zuneigung.

Ich wollte ihn anflehen, mich Red zu nennen. Aber sie war nirgendwo im Raum. Jede Verwundbarkeit, jede Angst und jede Hoffnung galt ihm.

Er stieß in mich hinein.

Wieder und wieder.

Unerbittlich.

Erbarmungslos.

Unbarmherzig.

Seine Hände umklammerten meine Hüften. Seine Finger bohrten sich in meine Haut.

»Vertraust du mir?«, fragte er erneut. Die Verzweiflung hatte von ihm Besitz ergriffen, seine Bewegungen waren fast hektisch. »Sag es mir, Blue! Sag mir, dass du mir vertraust! Sag mir, dass du mir vertraust und es bis zum Ende durchziehen willst! Lass es mich tun!«

»Ich vertraue dir.«

Er griff nach dem Nachttisch und kramte in der Schublade. Die Tube, die er hervorholte, ließ meinen ohnehin schon unregelmäßigen Puls rasend schnell ansteigen. Er zog sich aus mir heraus und ich spürte, wie er zitterte – genauso unkontrolliert wie ich. Ich keuchte und klammerte mich an das Kopfteil, während ich mit gebeugtem Kopf wartete. Haarsträhnen fielen in mein Gesicht und verdeckten meine Sicht.

Und doch spielte sich jede Bewegung in lebendigen Farben ab, die von schwarzen und weißen Übergängen unterbrochen wurden.

Er öffnete die Tube und benetzte sich selbst, bevor er sich mir widmete.

Sanft.

Behutsam bewegte er seine Finger in meiner Arschspalte auf und ab.

Ich versteifte mich, als er langsam einen in mich hineinschob.

»Alles, was du sagen musst, ist Nein.« Seine Stimme wirbelte um mich herum wie ein Sturm. Peitschend.

Er wusste, dass dies meine größte Angst war.

Eine körperliche Barriere.

Eine, die ich ihm anbot.

»Es liegt bei dir, Blue ... bei dir.« Seine Hand war plötzlich wieder an meinem Hals, unter meinem Kinn, sein Mund neben meinem, als er mich zwang, zu ihm aufzusehen. Seine Augen waren so dunkel, hart und gequält. Doch als er meinen Blick auffing, wurden sie weich.

»Hörst du mich?«, flüsterte er. »Es liegt bei dir.«

»Ich höre dich.«

Seine Zunge schoss heraus, um seine Lippen zu befeuchten, und sein Körper zitterte, als er sich vorsichtig in mich presste.

Dunkelheit flimmerte an den Rändern meiner Sicht.

Der Funke eines Gewitters.

Flackerndes Licht.

»Fuck«, flüsterte Lyrik heiser und drückte mich fester an sich. »Sag mir, dass es dir gut geht, Baby! Sag es mir, Blue!«

»Ja.« Das Wort kam kaum über meine zitternden Lippen.

Er stieß tiefer in mich hinein, sein Körper dehnte meinen in einer sengenden Lust, während mein Atem dünn wurde. Der Schmerz war brennend, herrlich und gefährlich dunkel. Ich keuchte und krümmte mich, als er sich noch tiefer hineinschob. Tiefer und tiefer, bis ich zitterte und bebte.

Er zwang sich, stillzuhalten, und drückte mich enger an sich. Zwischen uns war kein einziger Millimeter mehr. Kein Platz für Atemzüge, Gedanken oder Handlungen, die nicht zwischen uns beiden geteilt wurden.

Schmutzig.

Erinnerungen an das verfluchte Wort huschten am Rande meines Bewusstseins umher.

Nein.

Nie zuvor hatte ich mich einer anderen Seele näher gefühlt. Nie zuvor hatte ich eine solche Schönheit berührt.

Die Art, die man in völliger Hingabe finden konnte.

An einem Ort der Wehrlosigkeit.

Aus freien Stücken.

Wo man von den Händen beschützt wurde, die einen genauso gut zerquetschen konnten.

Die Leidenschaft ergriff jede Zelle meines Körpers, nahm mein Herz in Beschlag und füllte meinen Kopf. Sie wurde so stark, dass ich spürte, wie sie meinen Geist erschütterte. Er zerfiel in einem verzweifelten Versuch, sich mit dem seinen zu vereinen.

Lyrik hatte jede Mauer niedergerissen. Jede physische Barriere ausgelöscht. Jede Angst verdrängt.

Und er hatte sie alle durch sich selbst ersetzt.

Genau wie er es von Anfang an versprochen hatte.

Aber ich wusste, dass es um so viel mehr ging als das.

Dieser bedrohliche, geheimnisvolle Junge hatte mein Herz vollständig erobert.

»Sag mir, dass es dir gut geht!«, forderte er mich mit zusammengebissenen Zähnen auf. Und ich wusste, dass er sich gerade noch so an einem sich schnell auflösenden Faden festhielt. »Sag mir, dass du bei mir bist! Bei *mir*.«

»Ich bin bei dir.«

Weil er mich ganz und gar erobert hatte.

Eingenommen.

Besessen.

Langsam zog er sich zurück, bevor er wieder in mich hineinrutschte. Er legte einen Arm unter meine Brüste und schob die Hand des anderen in mein Haar. Er zog mich ein wenig zur Seite, drückte seinen Mund auf meinen entblößten Hals, knabberte an der Haut dort und folgte den Linien meines Kinns. Es war so sanft, als er mein Ohr berührte.

»Hast du eine Ahnung, wie sich das anfühlt? Auf diese Weise in dir zu sein? Fuck ... so verdammt gut, Blue. Kein Mädchen sollte sich so gut anfühlen.« Er rang nach Luft. »Aber es ist mehr. Dass du mir vertraust. Dass du mich das nehmen lässt. Fuck ... ich wünschte, ich könnte dir etwas zurückgeben. Hörst du mich? Was hast du getan? Was hast du getan?«

Ich hatte mich verliebt.

Er begann, sich in einem hypnotisierenden Tanz zu bewegen.

Langsam und ungestüm.

Vorsichtig und hingebungsvoll.

Schmerzhaft und perfekt.

Von allen Seiten erhob sich diese Energie und wurde dabei immer stärker.

Die ganze Welt verschwand und wir befanden uns im freien Fall.

Es war die Schwerelosigkeit, die sich so gut anfühlte. Wir dachten nicht an den Boden, der so schnell auftauchen würde. Wir nahmen keine Rücksicht auf die scharfen, zerklüfteten Felsen, die darauf warteten, uns zu durchbohren, wenn wir landeten.

Lyrik löste seinen Griff unter meinen Brüsten und legte seine heiße Hand auf meinen Bauch, während er in mir schaukelte und unsere Körper in einen rücksichtslosen Rhythmus versetzte. Seine schwieligen Finger streichelten meinen Unterleib und wanderten tiefer, bis er meine Pussy erreicht, die Falten geteilt und meine Knospe gefunden hatte.

»Lyrik.«

Er verschmolz mit mir, bis ich mich verlor. Bis mir schwindelig wurde und mein Körper vor Glückseligkeit brannte. Bis ich mich zitternd gegen ihn stemmte und mehr wollte, obwohl ich nicht wusste, wie viel ich noch ertragen konnte.

Bis ich, wie er versprochen hatte, nur noch seinen Namen kannte.

Lyrik.

Lyrik.

Lyrik.

Ich schrie, als ich kam, und brach in seinen Armen zusammen, während er sich an mich klammerte und mich aufrecht hielt, weil meine gefesselten Hände im selben Moment schwach wurden wie meine Beine.

Seine Hüften bewegten sich ruckartig und sein Körper krümmte sich um den meinen.

Er zitterte und stöhnte.

»Blue.« Sein Flüstern streichelte mich wie der Hauch eines seidenen Lakens.

Ich sackte gegen ihn und er löste schnell die Fessel, die er aus meinem BH gefertigt hatte, und befreite meine Hände.

Ich brach in seiner Umarmung zusammen. Vorsichtig schob er uns in die Mitte meines Betts und ließ mich nicht mehr los. Inmitten seiner Härte, seiner Hitze und seiner Geheimnisse rollte ich mich zu einem Ball zusammen. Er vergrub seine Nase in meinem Haar und atmete in die Dunkelheit aus. »Meine tapfere, schöne Blue.«

Die einzigen Geräusche, die wir hörten, stammten von den vorbeifahrenden Autos in der Ferne, den Lüftungsschächten, die kalte Luft ansogen, und dem unregelmäßigen Klopfen unserer pochenden Herzen.

Gott.

Ich spürte es.

Fühlte es, als hätte es sich gelöst.

Körperlich entfernt.

Das hartnäckige, raue Äußere war verschwunden.

Zerfetzt.

Das Mädchen, vor dem ich so lange weggelaufen war, erleichtert, als hätte es unter den tiefsten Wurzeln auf der Lauer gelegen. Als hätte es den Winter über geschlummert und war nun in der Sonne aufgeblüht, um neues Wachstum sprießen zu lassen.

Befreit.

Lyrik drückte mich enger an sich, und ich spürte sein Zögern, einen unterdrückten Aufruhr, der sich gegen die Wärme, die uns umgab, stemmte. Es war wie ein Echo meiner eigenen Angst und Hoffnung. »Komm morgen mit mir nach Kalifornien!«

Vor Schreck erstarrte ich, aber er fuhr fort und seine Worte sprudelten nur so aus ihm heraus, als würde er sie vielleicht aufhalten wollen, aber daran scheitern. »Wir brechen früh auf und ich werde meine Familie vor der Show besuchen, die Anthony für morgen Abend organisiert hat. Komm mit mir! Shea wird ein letztes Mal dabei sein, bevor das Baby kommt. Ich möchte, dass du auch dabei bist. Bleib das Wochenende! Ich bin noch nicht bereit, das loszulassen.«

»Das?« Ich wagte die Frage, weil ich nicht mehr verbergen konnte, wie verletzlich ich mich bei ihm fühlte. Welche Dinge er mich begehren ließ. »Uns? Oder den Sex?«

Er schluckte heftig. »Ich bin mir nicht mehr sicher.«

Verwirrt hob ich den Kopf und betrachtete diesen unberechenbaren Mann, der im Schein des Mondlichts wie eine Silhouette wirkte. Diesen Jungen, den ich nicht mehr als böse einstufen konnte.

Aber ich wusste es.

Ich wusste, dass die Worte, die aus seinem Mund gekommen waren, ihn noch gefährlicher machten, als er es zuvor gewesen war. Ich blinzelte und versuchte, mich zu orientieren. Ich versuchte, festen Boden unter den Füßen zu finden, auch wenn es Tamar Gibson war, die ihn fand.

»Wer ist sie?« Ich flüsterte so leise wie möglich, damit er nicht ausflippte. Noch leiser, um die Eifersucht zu verbergen, die die Erinnerung an sie in seinen Armen entfacht hatte.

Aber ich musste es einfach wissen. Ich musste wissen, ob

ich alles riskierte, indem ich diese Sache über diese Nacht hinausgehen ließe.

Ich musste es wissen.

Ich konnte das Pulsieren der Luft spüren. Die Regung der Kräfte.

Trauer zeigte sich in seiner Miene und er berührte mein Gesicht. »Sie ist der Höhepunkt aller Fehler, die ich je gemacht habe. Mein ganzes Bedauern. Alles, was ich nie vergessen werde.«

Wie eine Närrin nickte ich, als könnte ich das akzeptieren, als würde mich das allein nicht erdrücken, und ließ zu, dass er mich in seine tröstlichen Arme schloss und mein Gesicht in die eingefärbte Haut seines Halses drückte.

Unsere Herzen passten sich einander an, die Schläge wurden langsamer, während wir in der trügerischen Ruhe dahintrieben.

Er presste seinen Mund auf meinen Kopf, seine Worte waren gedämpft und undeutlich, als er sich dem Schlaf näherte. Aber trotzdem durchdrangen sie mich.

»Wenn ich mein Herz verschenken könnte, würde ich es dir geben. Aber das liegt nicht in meiner Macht.«

19

TAMAR

»Bist du sicher, dass du klarkommen wirst?« Ich saß auf der Bettkante und umklammerte mein Handy. Der morgendliche Dunst hing noch an den Fenstern, und Charlies Stimme war noch etwas verschlafen, weil mein Anruf ihn aus dem Schlaf gerissen hatte.

»Ach, Süße. Hältst du mich wirklich für so hilflos?«, stichelte er und ich konnte fast vor mir sehen, wie er auf dem Rücken in seinem Bett lag, an den Enden seines struppigen Barts zupfte und mit einem Lächeln zur Decke blickte. Es würde mich nicht wundern, wenn er in fünf Sekunden an meiner Tür auftauchte und mir beim Packen half.

»Mir gefällt der Gedanke nicht, dich im Stich zu lassen. Du weißt, dass das nicht mein Stil ist.«

»Ja ... ich weiß genau, was dein Stil ist. Dich hinter meiner Bar zu verkriechen und so zu tun, als wärst du dort glücklich. Als würdest du dort hingehören. Dabei wissen wir beide, dass das weit von der Wahrheit entfernt ist.«

»Charlie ...«, flehte ich. Ein Schauer lief über meinen nackten Rücken und jagte Lyriks schwieliger Fingerkuppe hinterher, die meine Wirbelsäule nachzeichnete.

»Geh, Tamar!«, drängte Charlie leise. »Ich habe noch nie gesehen, dass du so strahlst, wie du es in seiner Nähe tust. Niemals. Kein einziges Mal. Ich werde nicht so tun, als würde ich alle Details deiner Geschichte kennen, Süße. Deine Geheimnisse. Aber ich bin nicht dumm und ich weiß, dass es sie gibt. Ich weiß auch, dass es dir plötzlich nicht mehr so wichtig erscheint, dich hinter ihnen zu verstecken. Geh! Finde heraus, ob er derjenige ist, nach dem du gesucht hast!«

Die Dankbarkeit wurde eins mit der anhaltenden Angst, die sich unter meinen Rippen verbarg. »Danke.«

»Die Familie geht vor, Tamar.«

Hatte Charlie eine Ahnung, was seine Worte in mir auslösten? Wie sie mein Inneres zum Beben brachten, wie sie Erinnerungen in meinem Kopf wachriefen und mich anspornten?

In Richtung Heimat.

Gott, ich vermisste sie. Ich vermisste ihre Gesichter und ihr Lachen. Die Art, wie meine Mutter mich ansah, als wüsste sie schon, was ich dachte, bevor ich überhaupt ein Wort gesagt hatte. Als verstünde sie, was in mir vorging, bevor ich es selbst erkannte.

Das Bedürfnis, mutig zu sein, war so stark geworden, dass ich spürte, wie die Zeit mich zurückdrängte. Aber nachdem ich einst befürchtet hatte, dass sie mich festhalten könnte, wusste ich jetzt irgendwie, dass sie mich befreite.

Aber der erste Schritt war der schwierigste.

Die Vorstellung, wieder vor Cameron zu stehen, ließ mich in einer Welle der Panik untergehen.

Ich drehte mich um und schaute über meine Schulter zu Lyrik. Der umwerfende Mann lag auf dem Rücken.

In meinem Bett.

Sein schwarzer Haarschopf lag widerspenstig und wild auf meinem Kopfkissen. Meine Laken waren ein Wirrwarr aus

Knoten und Falten. In ihnen hatten wir uns in den wenigen Stunden, die wir in der Nacht geschlafen hatten, verheddert.

Jetzt, im Licht des frühen Morgens, bedeckten sie kaum seine schlanke Taille und enthüllten stattdessen seinen Oberkörper, seine Arme und seinen Hals, auf denen mit fetter Tinte seine unergründliche Geschichte geschrieben stand.

Und ich fragte mich ... Ich fragte mich, ob da noch Platz für mehr war.

Ob er noch einen Platz für mich freihatte oder ob alle seine Seiten bereits beschrieben worden waren.

Denn ich sehnte mich danach, ihn so auszufüllen, wie er mich ausgefüllt hatte.

»Ist es seltsam, dass wir das tun?«, fragte ich.

Lyrik schlang seine Arme um meine Taille und drückte mir einen Kuss auf die Hüfte, bevor er mich mit seinem gequälten Blick ansah. »Seltsam? Nein. Dumm? Ja.«

Ich blinzelte durch einen neuen Schwall von Verwirrung. »Dumm?«

Er umarmte mich fester. »Blue ... mit dir zusammen zu sein ... ist wahrscheinlich das Dümmste, was ich seit langer Zeit getan habe. Rücksichtslos. Ich bettele förmlich um Ärger. Es ist so verdammt egoistisch. Mehr von dir zu nehmen, obwohl wir beide wissen, dass ich dich nicht behalten kann. Aber im Moment weiß ich nicht, wie ich aufhören soll.«

Ich setzte mich auf ihn – meine Knie links und rechts von ihm, meine Hände auf seinen Schultern, unsere Körper aufeinander ausgerichtet.

Lyrik grunzte und packte meine Hüften, als er mich zu sich zog.

»Ich möchte nicht, dass du aufhörst«, flüsterte ich ihm zu.
Niemals.
Auch wenn es dumm war.
Denn Liebe ließ einen dumme Dinge tun.

. . .

Anderthalb Stunden später hielt das Auto vor dem privaten Terminal des Hilton Head Airport. Die Sonne kletterte über den östlichen Horizont, ihre Strahlen reichten bis zu den Wipfeln der üppigen Baumgruppen, die das Gelände umrahmten. Die grünen, mit Tau benetzten Blätter funkelten wie Weihnachtslichter.

Alle anderen waren schon da, versammelt um den kleinen gecharterten Jet, der auf uns wartete.

Ich stieß einen nervösen Atemzug aus und warf einen Blick auf den dunklen, ahnungsvollen Mann an meiner Seite, dessen köstlicher Mund sich zu einem wissenden Grinsen verzog, bevor ich meinen Blick wieder auf die lächerliche Geld-Show vor uns richtete.

Schmetterlinge stürmten meinen Magen.

Ich hatte das Gefühl, Lyriks Welt zu betreten – eine Welt, von der ich nichts wusste, außer den wenigen Blicken, die mir gewährt worden waren. Die wenigen Fans, die ihn in der Bar erkannt hatten. Anthonys Villa am Strand. Die Geschichten in den Magazinen, die ich gelesen hatte, und die Schlagzeilen aus der Unterhaltungsbranche, die mir aufgefallen waren.

»Übertreibt ihr es immer so?«

Lyrik lachte leise. »Nein ... aber es ist echt nett, wenn wir es tun.«

Ich sah ihn mit großen, gespielt unschuldigen Augen an. »Es muss so hart sein, wenn man sich stattdessen der kommerziellen Ersten Klasse ausliefern muss. Diese Scheußlichkeit.«

Diesmal war es ein dumpfes Lachen, das ihn verließ, bevor er sich nach vorn beugte und mein Kinn ergriff, damit ich ihn weiterhin ansah. Er drückte seine Nase an meine. »Wirst du hier sitzen und mich aufziehen, obwohl ich so nett gewesen bin, dich einzuladen? Dich mit ein bisschen Luxus zu verwöhnen? Dich hinter die Kulissen einer Show zu bringen?«

Seine dunklen Augen blitzten schelmisch auf, eine spielerische Drohung, die die Schmetterlinge in meinem Bauch aufwirbelte. »Ich meine, wir wissen doch, dass du auf tätowierte und schreiende Jungs stehst, nicht wahr?«

Seine Lippen berührten meine. Nur kurz. Verrucht.

Ich rang nach Atem.

Er lehnte sich zurück und strich mit den Zähnen über seine Unterlippe.

Bei allem, was heilig war. Kein Mann sollte so gut aussehen oder die Macht haben, Frauen so zu beeinflussen.

Er legte den Kopf schief. »Kommst du jetzt mit oder bleibst du?«

Die Schatten, die gestern Abend noch in seinen Augen gespukt hatten, waren verschwunden. An ihre Stelle war der rücksichtslose Mann getreten, dessen jungenhafte Aufregung alle anderen Gefühle kaschierte. Ich konnte nicht anders, als mitzumachen.

»Oh, ich komme auf jeden Fall mit.«

Glucksend schüttelte er den Kopf und entriegelte seine Tür. »Das habe ich mir gedacht.«

Lyrik lud unsere Taschen aus dem Kofferraum, schnappte sich seinen Gitarrenkoffer und reichte mir meine Kameratasche. Ich hängte sie über meine Schulter und folgte ihm dicht auf den Fersen, als er unsere Koffer zu unseren Freunden rollte.

Shea grinste, als ich mich ihr näherte. Ihr Babybauch war riesig geworden und sie strahlte vor Freude.

Es juckte mich in den Fingern, diesen Moment festzuhalten, und dieses alte Bedürfnis überflutete mich, als befände ich mich bei steigendem Pegel in einer Meereshöhle.

»Ich kann nicht glauben, dass du mit uns kommst«,

quietschte sie, stürzte nach vorn und warf ihre Arme um mich. Sie schaukelte mich, als hätte sie mich schon ewig nicht mehr gesehen. Plötzlich lehnte sie sich dicht an mich heran und sprach so, dass niemand anderes sie hören konnte. »Es ist so schön, dass du zurück bist.«

War es möglich, dass sie mich so leicht durchschaute? Dass sie meine steinerne Fassade durchbrach?

Genauso schnell ließ sie mich wieder los. Dann sprach sie lauter, als adressierte sie die ganze Gruppe. »Das wird das beste Wochenende aller Zeiten. Ich stecke immer mit euch Jungs fest. Es wird Zeit, dass ich Gesellschaft bekomme.«

»Komm nicht auf dumme Gedanken, Shea!« Ich spürte, wie Lyriks Anwesenheit von hinten auf mich einstürmte. »Blue kommt mit, um das Wochenende mit mir zu verbringen. Nicht mit dir.«

Über meine Schulter hinweg warf ich Lyrik einen verwirrten Blick zu. »Wovon redest du? Du hast gesagt, dass Shea mitkommen würde. Nur deshalb habe ich zugestimmt.«

Lyrik schloss mich in seine Arme und presste seinen Oberkörper an meinen Rücken. »Ach ja?«, fragte er und drückte sich ein wenig fester an mich. Er neckte mich mit seinem Körper, denn er wusste, dass ich ihm schutzlos ausgeliefert war.

»Nun ... ich denke, es macht mir nichts aus, auch ein bisschen Zeit mit dir zu verbringen.«

Er nahm meine Hand und drehte mich im Kreis. Sein hübsches Gesicht verzog sich zu einem breiten Grinsen. »Es macht dir nichts aus, hm? Gestern Abend schien es dir auch nicht viel auszumachen.« Er rückte näher und seine Stimme wurde leiser. »Und heute Morgen übrigens auch nicht.«

Ich kicherte.

Kicherte.

O. Gott!

Er hatte mich völlig erledigt.

Er gab mir einen Klaps auf den Hintern. »Und jetzt schwing deinen süßen Arsch ins Flugzeug!«

Mit einem kleinen Aufschrei sprang ich in seine Arme. Ein Strudel aufgeregter und freudiger Nervosität durchfuhr meinen Körper. Dann bremste Lyrik ab, umfasste meine Wange, während er auf mich herabblickte, und küsste mich sanft.

Momente wie dieser brachten mich völlig durcheinander.

Denn das waren die Momente, in denen es sich nach *mehr* anfühlte.

»Komm schon«, flüsterte er. Er drehte sich um und führte mich an der Hand in Richtung der Treppe, die die anderen Jungs und Shea bereits hinaufgingen.

Na ja, bis auf Ash.

Er lehnte am unteren Ende des Geländers und verschränkte die Arme vor seiner breiten Brust.

Lyrik überholte ihn und stieg die Treppe hinauf.

Ash warf uns einen Blick zu, der sowohl spöttisch als auch aufrichtig war.

Wie zum Teufel schaffte der Kerl das nur?

»Ich nehme an, ihr beide hattet gestern einen angenehmen Abend?«, fragte er. Sein Grinsen wurde noch breiter, als er die Augenbrauen hochzog.

Lyrik schien ihn mit seinem Blick erdolchen zu wollen. »Fang bloß nicht damit an, Mann!«

Ash lächelte und zuckte unschuldig mit den Schultern. »Ich fange mit gar nichts an. Ihr beide seht nur etwas gemütlicher aus als gestern Abend, das ist alles. Darf ein Mann keine Beobachtungen anstellen?«

»Nein, das darf er nicht«, warnte Lyrik, aber seine Stimme war sanfter, als ich erwartet hatte, während er weiter die Treppe erklomm und mich dabei hinter sich herzog.

Ash lachte leise, als er uns folgte. »Ich bin einfach nicht der

Typ, der den Kopf in den Sand steckt. Ich bin nicht so dumm, zu übersehen, was direkt vor mir ist.«

Lyrik drehte sich nicht um, sondern drückte meine Hand noch etwas fester.

Vorsichtig warf ich Ash einen finsteren Blick zu. Um ihn zu bitten, mit den Sticheleien aufzuhören.

Ich wollte die wackelige Beziehung – wenn man das überhaupt so nennen konnte – zwischen Lyrik und mir schützen.

Noch vor einem Moment hatte ich mich damit abgefunden, ihn nie wieder anzufassen, und im nächsten saß ich in einem Flugzeug, um mit ihm das Wochenende in L. A. zu verbringen und ausgerechnet seine Familie zu besuchen.

Aber vor allem hatte ich das Gefühl, Lyrik beschützen zu müssen.

Es war schon schwierig genug für uns, auf unbekanntem Terrain zu navigieren. Ich hatte das Gefühl, dass keiner von uns sicher war, wann ein Schritt der falsche sein würde. Derjenige, der nach hinten losgehen und eine Kettenreaktion auslösen würde, die das Ende bedeutete.

Oder vielleicht käme es, wie beim Zwischenfall mit dem Foto, zu einer einzigen verheerenden Explosion.

Aber Ashs Gesichtsausdruck war ganz anders, als ich es erwartet hatte. Sein Lächeln war sanft. Freundlich, als seine Aufmerksamkeit zu Lyriks Hinterkopf wanderte, und fest, als er wieder mich ansah.

Vielsagend.

Er braucht dich so sehr, wie du ihn brauchst.

Verstehst du?

Gib nicht auf! Lass nicht los!

Vermutlich war es das Wissen, dass ich nicht diejenige sein würde, die diese Entscheidung traf, das den pochenden Schmerz in meinem Bauch verursachte.

. . .

Ich war keine geldgierige Schlampe, aber es wäre gelogen, wenn ich behaupten würde, dass mir ein Trip in einem Privatflugzeug nicht zusagte. Auf dem Flug wurde gelacht, geplaudert und unendlich viel Sekt mit O-Saft getrunken. Es fühlte sich so angenehm und natürlich an, dass ich mir leicht einreden konnte, dass ich hierher gehörte.

Die Jungs hatten sich auf eine akustische Übungseinheit gestürzt, in der sie das Set durchgingen, das sie heute Abend spielen würden. Wir legten die schnellste Zwischenlandung der Geschichte ein, um aufzutanken, bevor wir wieder in die Luft gingen.

Los Angeles.

Ich rang die Hände, als mich eine Welle der Nervosität überkam.

Wie verrückt, dass dies mein Zuhause sein sollte. Der Ort, von dem ich allen erzählt hatte, dass ich dort aufgewachsen war, weil es die erste Stadt gewesen war, die mir in den Sinn gekommen war, als Charlie mich nach meiner Herkunft gefragt hatte. Es war ein vertrauter Ort, weil meine Familie dort oft Urlaub gemacht hatte – nur acht Autostunden von der Wüstenstadt entfernt, aus der ich vor vier Jahren geflohen war.

Ich blickte aus dem kleinen Flugzeugfenster auf den Dschungel von Gebäuden und Straßen, der sich uns von unten entgegen reckte.

»Wirst du deine Familie besuchen, wenn du in der Stadt bist?«

Sheas Frage riss mich aus meiner Trance und ich drehte mich zu ihr um. Ihre braunen Augen waren neugierig. Es war, als hätte sie mir die schuldigen Gedanken aus dem Kopf gepflückt und mich auf meine Vergangenheit hingewiesen, der ich immer schwerer entkommen konnte, je näher ich ihr kam.

Auch Lyrik sah zu mir herüber.

Erwartungsvoll.

Als wäre es nur logisch, dass er auch meine Familie kennenlernen würde, da ich ihn auf seinem Heimatbesuch begleiten sollte.

Verdammt! Worauf hatte ich mich da eingelassen? Aber ich hatte immerzu gewusst, dass es kommen würde.

Die Entscheidung.

Flucht oder Konfrontation.

Aber in diesem Moment hatte ich nicht die Kraft, aus diesem Schwebezustand herauszutreten, also schüttelte ich den Dunst ab. Ich zwang mich zu einem Lächeln und räusperte mich.

»Nein.« Ich neigte meinen Kopf in Richtung Lyrik. »Der Trip ist kurz und Lyrik und ich werden vor der Show heute Abend noch seine Familie besuchen. Ich bezweifle, dass wir Zeit haben werden.«

Der Plan, Lyriks Elternhaus zu besuchen, hätte ausreichen sollen, um mich dazu zu bringen, diese ganze Sache zu überdenken. Es als eine verdammt schlechte Idee zu bezeichnen. Allein der Gedanke, dort aufzutauchen, ohne eine Ahnung zu haben, wer sie waren, im Dunkeln zu tappen, nicht eingeweiht zu sein in die Ereignisse, die Lyrik verfolgten, ein Fremder zu sein in dem, was sein unergründliches Herz anging …

Ein schwerer Seufzer entwich meiner Lunge. Ich musste diesen Gedankengang stoppen, bevor ich mehr aus diesem Wochenende machte, als es tatsächlich war.

Lyrik runzelte die Stirn. »Wir haben dir noch kein Ticket für die Heimreise besorgt. Wir können dir Zeit für einen Besuch bei deiner Familie einräumen, wenn du willst.«

Aber seine Worte waren voller Vorsicht, denn nur diesem Jungen war es erlaubt worden, über die Mauern zu spähen, mit denen ich mich umgeben hatte. An den Ort, an dem ich meine Geheimnisse verbarg. Jetzt hatte er den Schlüssel, um sie vollständig zu enthüllen.

Mein gezwungenes Lächeln verrutschte, und es war, als wüsste er es. Als könnte er mich lesen. Das Vertrauen, das uns verband, war so eindeutig, dass die Luft um uns flirrte.

Mit diesem tödlichen Lächeln sah er Shea an. Seine Worte waren eine eindeutige Anspielung. »Ich bin mir ziemlich sicher, dass ich unser Mädchen das ganze Wochenende auf Trab halten werde.«

Aber sein Lächeln war sanft, als er es wieder auf mich richtete.

Sebastian schlang die Arme um seine Frau und flüsterte ihr etwas ins Ohr.

Shea drehte sich zu ihm und küsste ihn.

Und das war's, Thema abgehakt.

Ich war gerettet.

Wir landeten und stiegen aus. Ein überlanger, schwarzer SUV wartete bereits auf uns. Lyrik und ich krabbelten auf den Rücksitz und er nahm mich in den Arm und presste mich an seinen Körper, während ich meinen Kopf an seine Schulter lehnte. Es war, als hätten wir es schon tausendmal getan, als wäre ich sein und er mein und als würde es immer so bleiben.

Unter dem blauen kalifornischen Himmel, der in der Ferne vom Smog gezeichnet war, fuhren wir in Richtung des *Sunder*-Hauses.

Es war, gelinde gesagt, surreal.

Wie oft hatte ich ihre Lieder gehört, wie oft hatte ich mich in Lyriks Stimme geflüchtet, die aus meinen Lautsprechern ertönt war, während ich geträumt hatte, er wäre der einzige Mensch auf der Welt, der mich verstehen könnte.

Verrückt, dass sich herausgestellt hatte, dass er genau dieser Mensch war.

Schicksal.

Gott.

Ich war so töricht. Eine vollkommene Närrin. Denn natürlich wollte ich, dass es das war.

Die Stadt zog an uns vorbei. Freeways, Gebäude und dichter Verkehr, gesprenkelt mit Wahrzeichen, die immer vertrauter wurden, je näher wir den Hills kamen. Der Fahrer verließ schließlich den Freeway und fuhr uns durch West Hollywood.

Ich klebte mit dem Gesicht fast an der Scheibe, um die Aussicht zu genießen.

Ich erschauderte. Wahrscheinlich sah ich aus wie ein Fangirl, das einen Blick auf den Glanz und das Rampenlicht erhaschen wollte – Dinge, die mit dieser Stadt Hand in Hand gingen.

Aber das war ich. Mein altes Ich. Das kleine Mädchen, das die Welt mit großen, unschuldigen Augen betrachtet hatte. Voller Vorfreude und Staunen, bevor sie festgestellt hatte, dass vieles davon in Wirklichkeit voller Schrecken war.

Ich spürte seine Wärme. Lyrik legte von hinten seine Arme um meine Taille und stützte sein Kinn auf meine Schulter. Er sprach so leise, dass es niemand sonst im Auto hören konnte. »Für jemanden, der nach Hause kommt, wirkst du ganz schön beeindruckt von deiner Umgebung.«

Ich stieß ein leises Keuchen aus, drehte mich zu ihm um und sah die Ahnung, die in den goldenen Flecken seiner Augen glitzerte.

Dieser Junge kannte mich wie kein anderer.

Langsam schüttelte ich den Kopf.

Nein.

Ich war nicht zu Hause.

Aber ich könnte es sein.

Er atmete aus, als würde er einen Teil seiner Zweifel

loswerden, oder vielleicht auch, um mich zu akzeptieren. Dann legte er seinen Arm um meine Schulter und zog mich gegen seine feste Brust und den gleichmäßigen Schlag seines Herzens.

Klopf.

Klopf.

Klopf.

Früher hatte ich dieses Geräusch für den Beat der Zerstörung gehalten.

Aber nein.

Es war ein Gesang der Sicherheit und der Vollkommenheit.

Der Fahrer nahm die kurvenreiche Straße, die hinauf in die Hills führte. Es war ein Ort, den ich nur aus Filmen und von Bildern kannte, die in meinem Kopf entstanden waren.

Ich konnte mir nur vorstellen, wer und was sich hinter den Steinmauern und Eisentoren verbarg, eingebettet hinter den Garagenwänden, die so harmlos wirkten, weil sie dicht an der Straße gebaut worden waren und die Häuser auf der anderen Seite tarnten.

Der SUV bog nach links in eine Einfahrt ein, die nahe dem Gipfel verborgen war. Sie führte zu einem massiven zweistöckigen Haus, das von hohen Bäumen und üppigen Gärten umgeben war.

Wir hielten auf dem Kopfsteinpflaster vor der großen Flügeltür an. Der Stuck der Fassade wirkte warm und einladend. Hier suchte dieser harte, bedrohliche Mann Erholung von der Hektik seines glitzernden Lebensstils in der Stadt unter ihm. Es war eine andere Welt als die, die ich erwartet hatte.

Für sie alle, wirklich.

Das Äußere konnte wirklich irreführend sein.

Lyrik drückte seine Nase an mein Ohr. »Wir sind zu Hause.«

»Dein liebstes Schuljahr?«

»Ähm …« Erinnerungen flimmerten durch meinen Kopf wie Schnappschüsse in einem Album. Es dauerte nicht lange, bis ich die richtige gefunden hatte. »Das sechste.«

»Warum?«, fragte Lyrik und warf mir einen kurzen Blick zu, bevor er wieder auf die Straße blickte.

Ich errötete.

Verdammt!

Jetzt wurde ich schon rot? Lyrik hatte wirklich alle Barrieren niedergerissen.

»Das war mein erstes Jahr in der Mittelstufe. Es gab einen Fotografie-Club, der sich zweimal pro Woche nach der Schule traf. An jenen Tagen konnte ich im Unterricht kaum stillsitzen, so sehr war ich darauf erpicht, in die Dunkelkammer zu kommen, um die Bilder zu entwickeln, die ich in der Woche gemacht hatte.«

An einer roten Ampel brachte er seinen großen, polternden Truck, den er in L. A. zurückgelassen hatte, zum Stehen.

Er griff über die Mittelkonsole nach meiner Hand und strich mit den Lippen über meine Knöchel. »Das war schon immer dein Traum, oder? Fotografie?«

Freude durchflutete mich wie ein sanfter Windhauch. »Ja … zumindest seit ich weiß, was Träume sind.«

Ich stellte ihm die gleiche Frage. »Was war dein liebstes Schuljahr?«

Er umklammerte wieder das Lenkrad, seine tätowierten Hände umschlossen das Leder und die Worte auf seinen Knöcheln hoben sich deutlich von den anderen wirbelnden Mustern ab.

Sing my soul.

Und es war meine Seele, die sang, als eine Locke seines

schwarzen Haars zur Seite fiel, als er mich ansah, dieser bedrohliche, wunderschöne Junge, der hinter dem Lenkrad seines Trucks so mächtig aussah, bevor er aufs Gaspedal drückte, als die Ampel grün wurde.

Verdammt, er stellte verrückte Dinge mit mir an.

Verrückte, schöne, wunderbare Dinge.

Sein Blick in meine Richtung verriet mir, dass wir uns beide auf unsicherem Boden befanden.

Wir bewegten uns auf einem Seil, das straff gespannt war. In erschreckender Höhe.

Dabei fühlten sich unsere Füße wendig genug an, um uns im Eiltempo darüber zu tragen.

»Neunte Klasse.« Er runzelte die Stirn und seine roten Lippen wirkten verführerisch. »Ich habe endlich das Mädchen gekriegt.«

Ein Anflug von Besitzanspruch machte sich in mir breit, und sein Grinsen wurde größer und neckischer. »Seitdem schleppe ich sie immer mit mir herum. Sie ist meine ständige Begleiterin. Sie reist mit mir in jede Stadt, ist bei jeder Show an meiner Seite. Sie ist zwar schon ein bisschen alt und abgenutzt, aber ich liebe sie trotzdem.«

Mir dämmerte, was er meinte. Mit einem spielerischen Lachen schlug ich ihm auf den Arm. »Willst du mich eifersüchtig auf deine Gitarre machen?«

Seine Augen weiteten sich. »Hat es geklappt?«

»Vielleicht ... Sie scheint dein Liebling zu sein.«

»Das ist sie.«

»Von wem hast du sie bekommen?«, fragte ich.

Sein Lächeln wurde weicher. »Von meiner Mom. Zu meinem vierzehnten Geburtstag. Ich habe den ganzen Sommer dafür gespart, aber nicht mal annähernd genug Geld zusammenbekommen. Es stellte sich heraus, dass sie die ganze

Zeit über Zusatzschichten geschoben hatte, um sie mir zum Geburtstag zu schenken.«

»Sie hat dir nicht gesagt, was sie vorhatte?«

Er schüttelte den Kopf. »Nein. Sie wollte sehen, dass ich dafür arbeite. Dass sie mir wirklich etwas bedeutet, wenn ich sie endlich in den Händen halte. Sie wollte immer, dass ich verstehe, dass man sich für die besten Dinge anstrengen muss.«

»Hatte sie recht?«

Ich kannte die Antwort bereits. Aber ich wollte hören, wie er es sagte. Ich wollte, dass er mich noch ein bisschen mehr teilhaben ließ.

Seine Stimmung wurde düsterer und er bewegte sich unbehaglich. »Sie hat mir alles bedeutet, bis sie mich alles gekostet hat.«

Ich zog verwirrt die Brauen zusammen. »Ich verstehe das nicht, Lyrik. Es ist, als würde sich alles um deine Band drehen. Die Jungs sind deine Familie, und im nächsten Atemzug scheint es, als würdest du sie als größte Last betrachten. Macht dich die Band nicht glücklich?«

Er atmete seufzend aus. »Ich weiß es nicht, Blue. Sie macht mich glücklich. Wir haben alle so verdammt hart dafür gearbeitet, und auf der Bühne zu stehen ... Lieder zu schreiben und zu erleben, dass die Leute sie nachsingen, als hätten sie *verstanden*, was wir damit sagen wollen ... Dieser Moment, wenn ich den Gesichtsausdruck eines Menschen im Publikum sehe, der die Worte nachspricht, ist unbeschreiblich. Und für einen kurzen Moment denke ich, dass sie es verstanden haben. Dass sie genau dasselbe fühlen, was wir gefühlt haben, als wir den Text geschrieben haben. Als hätten wir einen Unterschied gemacht. Aber alles hat seinen Preis.«

»Und du bereust es, ihn bezahlt zu haben?« Ich hangelte mich an den Fragen entlang, denn ich wusste, dass ich mich auf gefährliches Terrain begab. Aber Gott, ich wollte es wissen. Ich *musste* verstehen, ob ich eine Chance hatte, ihm etwas von seiner Last zu nehmen.

Er fuhr unruhig mit der Hand durch sein Haar und presste mühsam die Worte heraus. »Ich hatte nicht wirklich eine Wahl.«

Sein Zugeständnis löste Chaos in mir aus.

Unsere Stürme nahmen an Geschwindigkeit zu. Sie verdichteten sich, intensivierten sich und prallten aufeinander. Unsere Wege kreuzten sich.

Ich beobachtete seine Kehle, als er hart schluckte und seine Aufmerksamkeit dann wieder auf die Straße richtete. »Es waren all die Entscheidungen, die ich getroffen habe, die mir die Wahl genommen haben. Ich habe dich gewarnt, Blue. Alles Gute, das mir gegeben wird, zerstöre ich. Ich kenne es nicht anders.«

Sein Geständnis strotzte vor Heftigkeit. Ich war mir nicht sicher, ob er die Worte für mich bestimmt hatte.

Zögernd streckte ich die Hand aus und berührte seinen Arm. »Deine Lieder ... sie haben mich verändert.«

Du machst einen Unterschied für mich.

Ich wünschte, ich wäre mutig genug, das zu sagen.

Mutig.

Das wollte ich sein.

Er sah mich an und sein wunderschönes Gesicht war voller Schmerz. »Woher kommst du, Blue?«

Mein ganzes Wesen zuckte zusammen und ich schüttelte langsam den Kopf. »Nicht von hier.«

»Ich glaube, das habe ich bereits herausgefunden.«

Er war die erste Person, die mich seit meiner Flucht wirklich berührt hatte. Er war auf der Suche nach dem Mädchen, das unter den Trümmern begraben war – den zerschlagenen Steinen, die mit Schotter und Schlamm bedeckt waren.

»Tucson«, sagte ich schließlich mit Blick auf meinen Schoß.

So leise, dass ich sicher war, dass er es nicht gehört haben konnte.

»Arizona«, antwortete er leise. Offensichtlich hauptsächlich zur Bestätigung, denn er nickte langsam, als würde er versuchen, das, was ich gesagt hatte, zu verarbeiten. Es in seiner Realität zu verankern.

Er sah mich mit seinen durchdringenden Augen an. »Warum versteckst du dich?«

Eine Sekunde lang drückte ich meine Augen zusammen und versuchte, mir einen Reim darauf zu machen. Schließlich sah ich ihn wieder an, sein Profil, die harte, definierte Kurve seines Unterkiefers und den weichen, vollen Mund. »Was machen wir hier, Lyrik?«

»Wir reden«, sagte er, aber an der Art und Weise, wie er errötete, konnte ich erkennen, dass er mehr wollte.

Vielleicht war es einfach die Tatsache, dass Lyrik uns zu seinem Elternhaus fuhr, die ihn daran erinnert hatte, dass wir wirklich nicht viel voneinander wussten. Wir wussten beide nichts von den winzigen, unbedeutenden Details aus dem Leben des anderen, die sich zu etwas Bedeutendem summierten.

Die Grundlagen dessen, was wir waren.

Ich vermutete, dass es die Summe dieser Details war, die große Konsequenz der Entscheidungen, die wir auf unserem Weg getroffen hatten, die irgendwie den größten Keil zwischen uns trieben. All das blieb im Verborgenen und türmte sich doch von unten auf, wie Magma, das durch den Druck von Millionen Jahren verdichtet worden war.

Es wartete darauf, auszubrechen.

Er lachte trocken. »Weißt du, manchmal sehe ich dich an und habe dieses Gefühl … genau hier …«

Er klopfte zweimal mit den Knöcheln seiner Faust auf die Mitte seiner Brust. »Als würde ich dich besser kennen als jeder andere. Als würdest du *mich* besser kennen als jeder andere. Und verdammt, Blue ... das *gefällt* mir verdammt gut.«

Seine Stimme wurde zu einem schuldbewussten Flüstern. »Und ich will mehr davon. Ich will dich besser kennen.« Vorsichtig drehte er sich in meine Richtung. »Und genau das ängstigt mich am meisten.«

An einer weiteren Ampel begegnete ich seinem intensiven Blick. In diesem Moment wusste ich, dass dieser unantastbare Junge so verletzlich war wie noch nie. Entblößt. Für den Bruchteil einer Sekunde war alles sichtbar. Als würde er um eine Gnadenfrist für seine Dämonen betteln. Um eine echte Chance, *berührt* zu werden.

»Ich habe mich versteckt, denn als ich weglief, rannte ich um mein Leben.« Meine Worte wurden leiser. »Und ich habe nie an die Sicherheit einer Umkehr geglaubt.«

Schneller als ich denken konnte, lag seine große Hand auf meinem Hinterkopf und sein Daumen streichelte mein Kinn. »Ich werde dich beschützen, Blue. Niemand wird dir wehtun. Nie wieder.«

Wir starrten einander an, beide gefangen in dem, was um uns herum geschah. Gefesselt. Wir zuckten zusammen, als hinter uns jemand hupte.

Lyrik riss seine Hand weg und gab Gas.

Eine ruhelose Stille erfüllte das Auto.

Wir wussten beide, dass er eine unsichtbare Grenze überschritten hatte. *Ich werde dich beschützen, Blue. Niemand wird dir wehtun. Nie wieder.*

Ich starrte aus dem Fenster auf die Stadtteile, an denen wir vorbeifuhren. Die Häuser waren kleiner geworden, durchsetzt mit Wohnhäusern, die heruntergekommener wirkten, je näher wir Long Beach kamen.

Lyriks wehmütiger Seufzer durchbrach die Spannung. »Mann, diese Straßen bringen Erinnerungen zurück. Ich und all die anderen Jungs, wir waren nichts weiter als Punks mit großen Träumen. Keiner von uns konnte es erwarten, von hier wegzukommen. Wir dachten, die Welt hätte uns so viel mehr zu bieten. Seltsam, dass sich die Rückkehr immer wie eine Heimkehr anfühlt.«

Ich sah zu ihm rüber und versuchte, ihn mir als Jungen vorzustellen. »Ich wette, du hast jede Menge Ärger verursacht.«

Er lachte. »Immer. Das hättest du von mir auch nicht anders erwartet, oder?«

»Niemals.« Ich sagte es so, als wäre es eine Beleidigung, etwas anderes zu sagen.

Er seufzte erneut. Diesmal heftiger. »Ich habe so viel auf diesen Straßen gelernt. Über das Leben und darüber, wer ich sein wollte. Hier habe ich auch alles vermasselt.«

Er lenkte den Truck in eine schmale Straße, die von winzigen Häusern in allen Farben gesäumt war. Viele von ihnen schienen renoviert worden zu sein. Aufpoliert. Sicherlich mit einem hübschen Preisschild versehen, das auf die nahe gelegenen Strände hinwies.

Andere waren abgenutzt und verblasst, heruntergekommen durch jahrelange Vernachlässigung.

Er deutete auf ein hellblaues Haus. »Das war Ashs Zuhause, bevor seine Eltern zurück nach Ohio gezogen sind. Wir haben die meiste Zeit unserer Teenagerzeit in seiner Garage verbracht, Songs geschrieben, uns bekifft. Wir haben das Leben gelebt, während wir davon träumten, groß rauszukommen. Damals schien es so einfach zu sein.«

Ich fragte mich, wann und wie sie außer Kontrolle geraten waren.

Ich tat nicht so, als wüsste ich nicht von den Problemen der Jungs.

Sex, Drogen und Rock 'n' Roll.

Das war das Motto, das mit ihrem Namen gleichgesetzt

wurde. Und es war nicht nur ein Gerücht. Die Verhaftungen, Überdosen und der Tod ihres Schlagzeugers waren nicht zu leugnen.

Aber Lyrik behielt das alles für sich. Isoliert und verborgen.

Etwa einen halben Kilometer weiter hielt Lyrik vor einem kleinen rosafarbenen Haus mit weißem Dachvorsprung an. Ein ordentlicher Rasen erstreckte sich zwischen dem Haus und der Straße, und zwei ausladende Bäume beschatteten die Vorderseite.

Ein sanftes Lächeln umspielte meinen Mund.

Dieses Haus schien irgendwo zwischen renoviert und heruntergekommen zu liegen.

Bewohnt und geliebt.

»Das ist es«, sagte Lyrik, als er den Motor abstellte.

Mein Magen verkrampfte sich vor Nervosität.

»Bist du sicher, dass das nicht merkwürdig ist?« Ich kam nicht umhin, mich wieder an die Frage zu erinnern, die ich heute Morgen gestellt hatte.

Seltsam, das schien eine Ewigkeit her zu sein.

»Nee ... das sind gute Leute. Du wirst sie mögen.«

Ich nickte und zog am Türgriff, als die Haustür bereits aufflog und ein kleines Mädchen, das ungefähr so alt wie Kallie sein musste, heraussprang.

Braune Zöpfe und ein unglaubliches Lächeln.

Dieses Mal verkrampfte sich mein Herz.

Lyrik kam bereits um die Vorderseite des Trucks herum und steuerte direkt auf sie zu. Er packte sie unter den Armen und schleuderte sie in die Luft. Sie quietschte und ihre süße Stimme erfüllte die Luft. »Onkel 'Lik«, rief sie und schlang ihre Arme um seinen Hals.

»Da ist ja mein Mädchen«, sagte er und küsste sie auf die Wange, während er ihr Gesicht liebkoste. »Ich habe dich wie verrückt vermisst, Penny.«

»Ich habe dich auch vermisst.«

Verlegen schloss ich leise meine Tür hinter mir, als ich auf den Bürgersteig trat, und versuchte, keine Aufmerksamkeit auf mich zu lenken.

»Wer ist das?«, fragte sie.

Lyrik drehte sich in meine Richtung und setzte das kleine Mädchen auf seine Hüfte. »Das da ist meine Blue.«

Meine Blue.

O Gott!

Er versuchte wirklich, mich zu vernichten.

»Bwue? Das ist ein lustiger Name.«

»Nicht so lustig wie Penny.« Er tippte ihr auf die Nase.

Sie brüllte vor Lachen und zappelte wie wild, als er sie kitzelte.

Langsam näherte ich mich. Dabei streckte ich meine Hand vor mir aus.

Richtig.

Okay.

Wollte ich mich wirklich vorstellen, indem ich einem kleinen Mädchen die Hand schüttelte? Vielleicht hatte ich mich wirklich schon zu lange in der Bar versteckt.

Ich zog die Hand zurück und winkte ihr stattdessen zu. »Hallo, Penny. Es ist wirklich schön, dich kennenzulernen.«

Schüchtern schaute sie mich an, während sie ihren Kopf unter Lyriks Kinn vergraben hatte, mit Augen, die fast so dunkel waren wie seine.

»Sieh an, sieh an, sieh an, wenn das nicht mein lang vermisster großer Bruder ist, der von seiner Burg herunterkommt, um das gemeine Volk zu besuchen.«

Ich blickte in die Richtung, aus der die Stimme gekommen war. An den Türpfosten gelehnt und die Arme vor der Brust verschränkt stand ein Mädchen, das wahrscheinlich ein oder zwei Jahre jünger war als ich. Sie grinste breit, als Lyrik sich ihr zuwandte.

»Ha, ha, ha, bist du nicht lustig?«, antwortete er voller Zuneigung.

Die beiden sahen einander so ähnlich, dass ich fast erschrak. Ihr Haar und ihre Augen waren genauso dunkel wie Lyriks.

Lyrik schlang seine freie Hand um meine Taille und zog mich an sich. »Blue ... das ist meine kleine Schwester Mia. Sie ist eine ziemliche Nervensäge, aber ich mag sie ganz gern, denke ich.«

Offensichtlich war der Spott für sie bestimmt.

Sie lachte und schüttelte den Kopf, während sie auf mich zukam, und ich dankte Gott für ihr einladendes Lächeln.

»Schön, dich kennenzulernen, Mia«, sagte ich und löste mich aus Lyriks Umarmung. Ein Teil meiner alten Unsicherheit meldete sich immer wieder zu Wort, wenn ich mich auf diese Weise exponierte und mich fragte, was in aller Welt ich hier eigentlich tat.

»Das Vergnügen ist ganz meinerseits. Es ist schön, jemanden zu sehen, der es länger als drei Sekunden mit diesem Arsch aushält.«

Sie schlang ihre Arme um Lyriks Taille und legte ihren Kopf an seinen Oberkörper. Er zog sie in eine sanfte Umarmung, während er im anderen Arm ihre Tochter festhielt.

»Ich habe dich so sehr vermisst. Bleib das nächste Mal nicht so lange weg!«, sagte sie.

Ähm.

Wow.

Damit hatte ich nicht gerechnet.

Unbehaglich verlagerte ich mein Gewicht von einem Fuß auf den anderen.

Er drückte ihr einen Kuss auf den Kopf. »Versprochen.«

Sie zog sich zurück. »Du gehst besser rein. Mom bekommt gleich ein Aneurysma, so sehr freut sie sich, dich zu sehen. Die ganze Küche steht voll mit Gebackenem und ich kann es nicht mit Sicherheit sagen, aber ich bin mir ziemlich sicher, dass sie dir ein oder zwei neue Unterhosen gestrickt hat.«

»Unterhosen?«, stieß Penny aus, als wäre es das Verrückteste, was sie je gehört hatte.

Lyrik brach in Gelächter aus. »Das traue ich ihr sogar zu.«

Als seine Schwester ihn losließ, streckte Lyrik seine Hand nach mir aus. »Komm mit, ich möchte dir meine Mom und meinen Dad vorstellen.«

Ich konnte die Hitze in Mias Blick fast spüren, die Neugier, mit der ihre Augen zwischen meinem Gesicht und unseren verschränkten Händen hin- und herflogen. Ihre Intensität war wahrscheinlich genauso ausgeprägt wie die ihres Bruders. Aber anders. Wärmer und ohne die Verbitterung, die das Feuer in ihm zu schüren schien.

Immer noch mit Penny im Arm zog mich Lyrik über den Bürgersteig und die eine Betonstufe hinauf zur Tür. »Ich bin zu Hause«, rief er, als wir durch die Tür traten.

Drinnen erstarrte ich.

O mein Gott!

Ich fühlte mich, als wäre ich in ein anderes Universum getreten. So wie an dem Tag, an dem ich uneingeladen in Lyriks Wohnung eingedrungen war und ihn mit Zuckerguss verschmiert vorgefunden hatte. Aber das war zehnmal so heftig.

Verdammt, wahrscheinlich hundertfach.

Die Erinnerungen an das Haus meiner Großmutter konnten damit nicht annähernd mithalten, und ich war mir sicher, dass sie in ihrem ganzen Leben nicht einen einzigen ihrer gesammelten Schätze weggeworfen hatte.

Der Geruch von Zucker und Gewürzen lag in der Luft – keine Frage, dass es nach frischen Zimtrollen roch. Ich konnte fast die Duftwellen sehen, die aus der Küche in den Flur strömten. Fotos bedeckten jeden Zentimeter der Wände, und jedes Regal und jeder Tisch war mit Nippes und Erinnerungsstücken überfüllt. Gehäkelte Deckchen schmückten die antiken Holzmöbel und ein bunter Überwurf zierte die Rückenlehne des Sofas.

Keine einzige Sache passte zusammen.

Mach es selbst, wenn es von Bedeutung sein soll.

Das Chaos wurde durch die vielen Spielsachen noch vergrößert, die auf dem Boden des Wohnzimmers verstreut waren: ein aufklappbares Prinzessinnenschloss in der einen Ecke und ein Haufen riesiger pastellfarbener Bauklötze in der anderen.

Ein Mann, der in einem alten Sessel gegenüber dem Fernseher gesessen hatte und bei dem es sich zweifellos um Lyriks Vater handelte, erhob sich. »Lyrik ... da ist ja mein Junge. Schön, dass du wieder da bist.«

Lyrik ließ meine Hand los, kam ihm auf halbem Weg entgegen, schüttelte seine Hand und klopfte ihm auf die Schulter. Der Mann grinste, als er sich zurückzog. »Natürlich hat das vor allem damit zu tun, dass deine Mom mich mit ihrem Getue in den Wahnsinn treiben will, weil sie meint, sie müsse alles für den Besuch ihres Sohnes vorbereiten.«

»Nicht für ihn, Karl ... für seinen Gast«, ertönte eine Stimme aus dem Flur.

Die Röte kroch meinen Hals hinauf und erwärmte meine Wangen. Schon wieder.

Worauf hatte ich mich da nur eingelassen?

»Ich bin Tamar«, sagte ich, streckte ihm meine Hand entgegen und betete, dass auch nur ein Teil von Tamar King zum Vorschein kommen möge.

»Hey ... ich dachte, du heißt Bwue?«, fragte Penny.

Ich sah sie an. Vielleicht lag es an der Anspannung und der

Nervosität. Vielleicht lag es auch an der Ungewissheit und den Fragen, die mich die ganze Reise über begleitet hatten. Aber als ich die Verwirrung auf dem viel zu hübschen Gesicht des kleinen Mädchens sah, musste ich lachen wie eine Verrückte.

Zu hübsch, genau wie das ihres Onkels und das ihrer Momma.

Guter Gott, es war nicht Karl, der seinen Verstand verloren hatte.

Wenn ich mir zuvor Sorgen gemacht hatte, was sie von mir denken würden, so hatten sie jetzt genug Gründe, um mich für verrückt zu halten.

Wahnsinnig.

Aber so fühlte ich mich schon, seit Lyrik in mein Leben getreten war.

Als hätte sein Einfluss eine Verschiebung meiner Achse verursacht.

Seitdem hatte ich keinen Kontakt mehr zu dem, was ich mir als Realität erkämpft hatte.

Auch Lyriks Dad lachte, und anstatt meinen Händedruck zu erwidern, umarmte er mich. »Wir sind wirklich froh, dass du hier bist. Ich heiße Karl, falls du das Geschrei meiner Frau in der Küche nicht gehört hast.«

Ich lachte an den Gefühlsklumpen in meiner Brust vorbei.

Lyrik sollte recht behalten.

Ich würde sie lieben.

Das wusste ich bereits nach den fünf Sekunden, die ich in ihrem Haus verbracht hatte.

Hektische Schritte hallten den Flur entlang, und Lyrik drehte sich bereits um und stellte Penny auf den Boden, bevor er sich vorwärts bewegte und seine Mom in eine erdrückende Umarmung hob.

Sie wehrte sich nicht und ließ zu, dass er sie wie eine Stoffpuppe herumschleuderte.

Lyrik setzte sie wieder ab und schlang seinen Arm um ihre Schulter. »Und dieser Hippie hier ist meine Mom, Katy.«

Sie ähnelte den anderen am wenigsten. Sie war bestimmt fünfzehn Zentimeter kleiner als ihre Tochter, ihre Füße waren nackt, ihr Haar war dunkelblond, lang und fließend, genauso wie ihr skurriler Rock und der Schmuck, den sie trug.

Aber ihr Lächeln.

Es war seins.

Allerdings fehlte ihr seine Verruchtheit.

Sie tätschelte seine Brust und lehnte gleichzeitig ihren Kopf dagegen. »Oh, sei still! Du liebst es einfach, mir das Leben schwer zu machen.«

»Wozu bist du sonst gut?« Hinter der Stichelei verbarg sich pure Zuneigung, und er drückte sie etwas fester an sich, als wollte er ihr versichern, dass sie zu so viel mehr gut war.

Dass sie alles war. Denn so viel war ganz klar – dies war der einzige Ort, an dem Lyrik wirklich frei war. Ungehemmt und ohne die Geister, die ihn auf Schritt und Tritt zu verfolgen schienen.

Sie entspannte sich, bevor sie sich von ihm entfernte und ihre Aufmerksamkeit auf mich richtete. Ihr Lächeln wurde ganz sanft.

»Und du musst Tamar sein.« Sie nahm meine Hand in ihre und bedeckte sie mit der anderen. »Ich bin so froh, dass du hier bist.«

»Danke, dass ich hier sein darf, vor allem so kurzfristig.«

Sie winkte ab. »Pah ... Ich bin immer mehr als bereit, Besuch zu empfangen. Vor allem, wenn es sich um jemanden wie dich handelt.«

Aus der Küche ertönte ein Piepton. Ihre hellbraunen Augen weiteten sich. »Lyrik sagte, ihr könnt wegen der Show heute Abend nicht allzu lange bleiben, also dachte ich, ich zaubere ein kleines Mittagessen. Ich hoffe, ihr seid hungrig.«

Lyrik rieb sich den Bauch. »Ich bin ausgehungert.«

»Dann ist ja gut. Kommt schon, lass uns essen!«

Wenn Katy West kochte, dann *kochte* Katy West.

Sie hatte Schinken, Kartoffeln, grüne Bohnen und einen Salat gemacht, ganz zu schweigen von den Zimtrollen, die sie noch warm aus dem Ofen servierte.

Wir saßen an ihrem kleinen Küchentisch, Lyrik an meiner Seite. Ich war mir ziemlich sicher, dass ich nicht die Einzige war, die entschieden zu viel gegessen hatte, aber das Lachen war unbeschwert und die Unterhaltung leicht, und es tat so gut, sich in dieser Atmosphäre zu entspannen.

Keiner von ihnen gab mir das Gefühl, eine Außenseiterin zu sein. Nur Penny, die auf ihren Knien auf ihrem Stuhl saß, löcherte mich mit Fragen, die eindeutig aus ihrem eigenen Bedürfnis heraus entstanden waren, alles bis ins kleinste Detail zu wissen – dazu gehörten auch meine Lieblingsfarbe, mein Lieblingsfilm und mein Lieblingsbuch.

Als wir fertig waren, bot ich Katy an, ihr beim Abwaschen zu helfen, aber sie scheuchte uns hinaus und forderte mich auf, meinen Besuch zu genießen. Ich fand mich im Hinterhof auf dem üppigen Rasen wieder, wo Penny kreischte, als Lyrik sie auf der Schaukel anschubste.

»Höher, Onkel 'Lik!«

Ich stand abseits und sah zu, wie sie spielten.

Als sie endlich genug davon hatte, zu rutschen, nachdem sie das etwa zweiundfünfzigmal getan hatte, rief sie: »Jetzt spielen wir Plumpsack! Momma und Bwue müssen auch mitspielen, stimmt's, Onkel 'Lik?«

Sie nahm seine Hand und sah zu ihm auf, diesem bedrohlichen, kräftigen Jungen, der so groß an ihrer Seite stand, so markant und kühn unter dem kalifornischen Himmel und doch so vorsichtig mit diesem kleinen Mädchen.

»Stimmt«, antwortete er. Er grinste in unsere Richtung, während er sich von ihr zu dem begrünten Fleck unter der Esche ziehen ließ, die auf der rechten Seite des Hofs wuchs.

»Bist du startklar?«, fragte Mia. »Sie kann ganz schön anstrengend sein.«

»Sie ist wundervoll«, sagte ich.

Mias Lächeln war warm und wissend, als wäre das eine absolut akzeptable Antwort, denn sie würde mir bestimmt nicht widersprechen. Wir gingen zu dem Kreis hinüber, den Penny gerade organisierte.

»Du sitzt genau hier ... und Momma, du sitzt hier ... und Bwue ... du sitzt dort«, sagte sie und zeigte mit ihrem kleinen Finger auf den Platz neben Lyrik.

»Ja, du sitzt genau hier«, sagte Lyrik, bevor er an meiner Hand zog.

Meine Füße rutschten unter mir weg.

Und ich fiel.

Direkt in seine Arme.

Ich jaulte auf. »Lyrik ... was glaubst du, was du da tust? Das wirst du mir büßen!«

Aber die plötzliche Welle der Freude, die mich überrollte, vernebelte meinen Kopf und ließ meine Knie weich werden. Der Boden bebte und die Luft surrte. Alles wurde so unbeschreiblich leicht. Und all das dank dieses gefährlichen Jungen, der so unfassbar gut war.

Und ich wollte mich darin sonnen, in der Aufregung und dem Nervenkitzel, die mich nach vorn zogen und mich in die offene Weite trieben, wo ich keinen Platz zum Verstecken hatte.

Wusste er das?

Er hielt mich fest und küsste mich auf die Stirn.

So sanft.

So süß.

So *anders*.

Ich spürte sein Lächeln auf meiner Haut, und ich spürte mein eigenes, als ich meine Finger in sein Shirt krallte.

Ich wollte ihn für immer festhalten.

»Ich bin dran«, rief Penny, denn dieses Für-immer schien bereits vorbei zu sein. Ich zwang mich, von Lyriks Schoß zu klettern, rückte mein Shirt zurecht und versuchte, meine verworrenen Emotionen in den Griff zu bekommen.

Ich drehte mich um und sah Mias wissendes Lächeln, sah, wie sie sich auf die Lippe biss, als sie zwischen uns hin und her schaute, bevor sie sich wieder ihrer Tochter zuwandte. »Wir sind bereit.«

Penny begann, mit einem kleinen Säckchen in der Hand um den kleinen Kreis herumzuhüpfen. Sie berührte jeden von uns im Vorbeigehen am Kopf.

»Dreht euch nicht um, der Plumpsack geht um ... wer sich umdreht oder lacht, kriegt den Buckel vollgemacht ...« Sie ging dreimal herum, bevor sie das Säckchen hinter mir fallen ließ und losrannte. Ihr Lächeln war so unbeschwert, als ich sie durch den Kreis jagte.

Sie hüpfte auf meinen Platz.

»In Sicherheit!«

Natürlich war sie das.

»So ein Mist!«, stieß ich aus und Lyrik grinste mich an, als er Penny ein High-Five gab. »Du bist viel zu schnell für unsere Blue hier.«

Ich umrundete den Kreis zweimal, bevor ich das Säckchen hinter Mia fallen ließ.

Na gut.

Ich war ein Feigling.

Aber ich wählte den sicheren Weg.

Denn der Weg, den ich heute zurückgelegt hatte, war

plötzlich gefährlich geworden. Voller Senken, Löcher und unerwarteter Kurven, die sich so gut anfühlten. Ich war mir sicher, dass auf der anderen Seite ein außer Kontrolle geratener Lkw auf mich zukommen musste.

Ich raste um den Kreis herum und bewegte mich dabei schneller, als ich erwartet hatte, denn verdammt, Mia war schnell. Ich krümmte mich, um ihrer Hand auszuweichen, die nur knapp meinen Rücken verfehlte, bevor ich auf ihren Platz glitt.

Penny brüllte vor Lachen. »Du hast meine Momma besiegt!«

Ich stupste ihren Bauch an. »Klar doch ... Man braucht keine langen wunderschönen Beine, um schnell laufen zu können. Wir kleinen Mädchen können das auch.«

»Ha!«, rief Mia, während sie langsam um uns herumging. »Ich würde meine Größe jederzeit für diese Kurven aufgeben.«

Lyrik warf einen Blick in meine Richtung und seine dunklen Augen funkelten schelmisch und sexy. »Ich mag diese Kurven auch irgendwie.«

Ich warf ihm einen warnenden Blick zu.

Kleine Ohren, kleine Ohren.

Schließlich ließ Mia das Säckchen hinter Penny fallen und diese rannte ihr hinterher. Mia rannte langsam, ließ sich aber nicht von Penny einholen, bevor sie auf ihren Platz hüpfte.

»Geschafft!«

Penny war nur allzu begierig darauf, erneut loszulegen, und umrundete den Kreis mehrere Male, bevor sie schließlich hinter Lyrik stehenblieb.

Lyrik sprang auf und jagte seiner Nichte hinterher.

Penny quiekte und bewegte ihre kleinen Beine so schnell sie konnte.

»Los, Penny, los! Lass dich nicht erwischen!«, drängte ich,

während ich ihr meine Arme entgegenstreckte, um sie in Sicherheit zu bringen.

Sie flog in meine Arme und gemeinsam fielen wir nach hinten ins Gras.

Wir lachten beide und sie umarmte mich und ich umarmte plötzlich sie.

Es fühlte sich so gut an.

So natürlich.

Und meine Sehnsucht wurde größer.

Ein Zittern machte sich in mir breit und bahnte sich seinen Weg von innen nach außen.

Zu Hause.

Ich wollte es finden.

Ich wollte die Teile finden, die ich verloren, gemieden und zurückgelassen hatte, und die, die noch darauf warteten, in der Zukunft entdeckt zu werden.

»Ich *gwaube*, ich liebe dich«, sagte sie mit winziger Stimme, als Penny sich noch tiefer in meiner Umarmung verkroch.

So unschuldig und ohne jeglichen Zweifel. Wie leicht sie ihr Herz anbot.

Ich drückte sie fester an mich, genauso fest, wie ich meine Augen zudrückte. »Ich glaube, ich liebe dich auch«, flüsterte ich.

War das in Ordnung? Offen zu lieben? Ohne die Angst, diese Liebe wieder zu verlieren?

Intensität erfüllte die Luft. Eine Hitze, die so groß war, dass sie spürbar wurde, ein greifbares Gewicht. Meine Brust wurde eng. Mir lief ein Schauer über den Rücken, der durch die Sonnenstrahlen, die meine Arme und mein Gesicht streiften, noch verstärkt wurde.

Ich zwang mich, die Augen zu öffnen, und sah den unergründlichen Blick des Mannes, der auf mich herab starrte.

Des Mannes, der so wunderschön, hart und furchterregend war. Ein Sturm, gefährlich und roh.

Gefährlicher, als er es je gewesen war.

Denn dies war nicht der böswillige, hinterhältige Mann, der vor einem Jahr voller Bitterkeit in meine Bar gekommen war. Es war nicht der, vor dem ich weggelaufen war, weil er mich an all die Dinge erinnert hatte, die ich fürchten sollte.

Es war der Junge von dem Foto, das ich in der hintersten Ecke seiner Schublade gefunden hatte.

Sein Gesicht strahlte vor lauter Liebe, Freude und Zuneigung.

Und er sah mich an.

Das letzte brüchige Band meines Herzens riss.

Ich konnte das Knacken spüren.

Und plötzlich war das Gewicht weg, das auf mir gelastet hatte.

Eine Flut von Gefühlen schwoll in meiner Brust an und wirbelte durch meinen Geist.

Meine Seele schrie.

Liebe. Liebe. Liebe.

Nach Luft ringend, löste ich Penny von mir und küsste sie sanft auf die Wange, als ich sie neben mich setzte. »Ich brauche ein Glas Wasser«, sagte ich.

Das war gelogen.

Ich war einfach überwältigt.

Und ich taumelte.

Wackelig stand ich auf.

»Bist du okay?«, fragte Lyrik und legte den Kopf in plötzlicher Sorge schief.

»Mir geht's gut.« Ich lächelte. »Ich hole mir nur etwas zu trinken. Kann ich euch etwas mitbringen?«

»Nein, danke.« Er warf einen Blick auf Penny, die auf den

Schoß ihrer Mutter geklettert war. »Ich spiele noch ein paar Minuten mit meinen Mädchen, dann gehen wir besser los.«

»Okay.«

Ich tappte die zwei Stufen zur Veranda hinauf und ging durch die Tür in die Küche, wo es schummrig und still war. Lyriks Eltern waren nirgends zu sehen.

Langsam ging ich zur Spüle und zum Fenster mit Blick auf den Hinterhof.

Angezogen.

Denn ich konnte nicht wegsehen.

Lyrik saß auf dem Rasen, seiner Schwester und Nichte gegenüber.

Ich starrte hinaus auf alles, was ich wollte. Es fühlte sich so nah an. Doch die Entfernung war mit Hindernissen gespickt.

»Du liebst ihn.«

Ein leises Keuchen entwich mir und ich zuckte zusammen, als ich sah, dass Lyriks Mutter mich vom Kücheneingang aus beobachtete.

Es war keine Frage gewesen.

Mein Mund öffnete und schloss sich, und in meinem Kopf schwirrten immer noch Geräusche, Erkenntnisse und Hoffnungen herum.

»Es war nicht geplant.« Das Geständnis sprudelte aus mir heraus, bevor ich es stoppen konnte, aber sobald ich es ausgesprochen hatte, wusste ich, dass es wahr war.

Ich hatte mich nicht vorsätzlich in Lyrik West verliebt.

Ich war davor weggelaufen.

Hatte dagegen angekämpft.

Dabei war er derjenige gewesen, der um mich gekämpft hatte.

Es war so schwer, sich damit zu arrangieren. Der Junge, von dem ich das Gefühl hatte, dass ich mich mit allem an ihn wenden könnte, der mich mit seinem letzten Atemzug beschützen würde, war derjenige, der sich so verschlossen hatte. Der sich hinter seinen eigenen Mauern versteckte und verschanzte.

Ein leichtes Lachen umspielte ihren zarten Mund. »Das ist es selten.«

Ihre braunen Augen wurden weicher, als sie den Kopf neigte. »Ich bezweifle auch, dass er sich in dich verlieben wollte.«

Hoffnung peitschte durch mich hindurch.

Ich schüttelte meinen Kopf, um ihn zu klären.

Nein.

Sie hatte Unrecht.

»Ich bin mir ziemlich sicher, dass ich lediglich das Glück habe, zeitweilig Teil seines Lebens zu sein«, sagte ich und versuchte, die Tränen, die sich in meinen Augen sammelten, zurückzuhalten.

Schwach.

Das hatte er aus mir gemacht.

»Bist du dir da sicher? In seinem ganzen Leben hat mein Sohn nur zwei Mädchen hierhergebracht. Und das erste? Der Junge war bis über beide Ohren in sie verliebt.«

Der Schmerz, der mich durchzuckte, war das schlimmste Zeichen. Es fühlte sich an, als würde meine Brust in tausend winzige Stücke zerfetzt werden.

Ich war eine Idiotin.

Aber ich erinnerte mich daran, dass mir das Risiko eines Besuchs hier bewusst gewesen war. Ich hatte schon vor langer Zeit gelernt, dass der Himmel nach einem Sturm nicht immer in Regenbogenfarben gemalt war.

»Hat er dir von ihr erzählt?«, fragte sie.

Entschlossen schüttelte ich den Kopf.

Ihr Blick wurde mitfühlend, aber es war klar, dass sie nicht überrascht war, und sie machte einen zaghaften Schritt nach vorn. Mein Blick wurde wieder zum Fenster gelenkt. Draußen sah ich Lyrik lachen, während er seine Schwester und seine Nichte liebevoll ansah.

Der Schmerz in mir wurde nur noch größer.

»Tamar, ich würde dir das nie sagen, um dich zu verletzen oder dir das Gefühl zu geben, dass du weniger wert bist. Und vielleicht sollte ich überhaupt nichts sagen«, fuhr Katy vorsichtig fort. Sie trat näher an mich heran.

»Ich sage es dir, weil es etwas bedeutet, dass er dich hierhergebracht hat. Besonders nach allem, was er durchgemacht hat. Und ich werde mich nicht für meine Kinder entschuldigen. Lyrik hat schreckliche Fehler begangen. Fehler, für die er seitdem bezahlen muss. Fehler, für die er sicher für den Rest seines Lebens bezahlen wird. Aber er hat sie geliebt. Wie verrückt. Oft wird die erste Liebe als das Wichtigste auf der Welt empfunden, obwohl sie in Wirklichkeit nur dazu da ist, uns einen Eindruck zu vermitteln und uns darauf vorzubereiten, wie es sich anfühlt, wenn wir denjenigen treffen, mit dem wir unser Leben verbringen wollen. Denn im Vergleich dazu verblasst alles.«

Meine Kehle war wie zugeschnürt. So eng. Ich versuchte, drumherum zu atmen.

Katys sanfte Stimme dröhnte durch den Raum, als wäre sie wie ich in die Szene in ihrem Garten vertieft.

»Weißt du, als Mia schwanger wurde, war sie noch nicht einmal achtzehn Jahre alt. Lyrik war so beschützerisch ihr gegenüber. Das war er schon immer. Er hätte alles stehen und liegen gelassen, um sich um seine Schwester zu kümmern, als ihr nichtsnutziger Freund sie an jenem Tag verließ, an dem sie von Penny erfuhr.«

Wissend grinste sie in meine Richtung. »Der kleine Bastard hatte Glück, dass Lyrik ihn nicht lebendig gehäutet hat.«

Ihre Stimme wurde wieder sanfter. »Als Penny geboren

wurde, war Baz gerade aus dem Gefängnis raus, nach all dem Ärger, in den sich die Jungs verstrickt hatten.«

Gott, danach wollte ich auch fragen.

Es war so viel schwieriger, etwas zu verstehen, wenn man blind hineinging.

»*Sunder* ist damals gerade durchgestartet«, sinnierte sie. »Die Jungs erlangten nationale Aufmerksamkeit und wurden von einem Label aufgegriffen. Lyrik wollte uns in ein großes Haus umsiedeln. Sich um uns kümmern. Aber das hier war schon immer unser Zuhause. Und noch wichtiger ist, dass Mia ihren eigenen Weg finden musste, wenngleich sie noch immer auf der Suche danach ist.«

Sie sprach langsamer, während sie ihren Kopf gen Fenster neigte. »Genau wie er. Und vielleicht hat dieser Weg schon immer zu dir geführt.«

Überrascht von ihren Worten, drehte ich mich um und sah sie an. Sie hatte mich heute zum ersten Mal gesehen. Und ich konnte fast hören, wie ihr Mund die Worte *für immer* flüsterte.

Mein Blick wanderte aus dem Fenster. Einen Moment lang starrte ich vor mich hin, bevor etwas in meiner Umgebung meine Aufmerksamkeit erregte.

Sie saßen unter dem Fenster auf der linken Seite inmitten eines Haufens von anderem Krimskrams. Es waren zwei dieser handgefertigten Bären, von denen ich einen in Lyriks Wohnung entdeckt hatte. Der Bär, den er für Sebastians und Sheas Sohn gemacht hatte. Diese beiden Exemplare waren abgenutzt, einer war eindeutig für einen Jungen und der andere für ein Mädchen gemacht worden.

Ich konnte mir Lyrik fast als wilden, temperamentvollen Jungen vorstellen, der mit einem Umhang auf dem Rücken durch das Haus rannte, während seine kleine Schwester hinterherwatschelte und versuchte, mitzuhalten – beide mit ihren kleinen Bären im Schlepptau.

Mach es selbst, wenn es von Bedeutung sein soll.

Überwältigt von all dem, drehte ich mich um und sah sie an.

»Das Lied auf seinem Arm, der Name ... Worum geht es da?«, fragte ich, bevor ich mich zurückhalten konnte.

Traurig schüttelte sie den Kopf. »Das ist nicht meine Geschichte. Aber sieh dich an ...«

Für eine Sekunde wich ich zurück und schob mich hinter eine Mauer aus Abwehrhaltung. *Red* zeigte sich.

Aber ihr Blick war alles andere als verurteilend. »Süßes Mädchen ... Ich sehe, dass du versuchst, die Dinge zu verbergen, die du am liebsten auslöschen würdest.«

Konnte sie das wirklich anhand eines Blicks auf mich erkennen?

»Und mein Sohn? Er versteht vielleicht nicht alles, aber das heißt nicht, dass er es nicht begreift. Genauso wie ich weiß, dass du vielleicht nicht jedes einzelne Detail von Lyriks Vergangenheit kennst, aber das heißt nicht, dass du ihn nicht verstehst. Und es ist, als würde er dich im Stillen darum bitten. *Sieh ihn! Verstehe ihn!* Auch wenn ich weiß, dass ihm das Angst macht. Er will nicht vergessen, Tamar, aber es wird Zeit, dass er es hinter sich lässt. Vielleicht bist du diejenige, die ihm dabei helfen kann. Er verdient es, geliebt zu werden. Genauso sehr wie du.«

Könnte sie recht haben? Dass Lyrik wirklich nur mich wollte?

Und sie sah mich an. Sie sah mich an, als könnte sie jeden Tag und jeden Moment der vergangenen vier Jahre sehen. Als spürte sie jede meiner Ängste. Als verstünde sie jede Wunde.

»Ihr habt euch vielleicht selbst aufgegeben. Aber gebt einander nicht auf.«

20

TAMAR

»Bist du sicher, dass du da runtergehen willst?«

Es war düster in den engen Räumen hinter der Bühne, der Gang war schmal und die Decke niedrig, wo Lyrik mich an die Wand gepresst hatte.

Die Leute drängelten sich an uns vorbei und schoben das Equipment umher, während die Vorband Platz für *Sunder* machte. Rufe und Anweisungen ertönten, und eine wilde Aufregung beherrschte die Atmosphäre.

»Sehe ich so aus, als könnte ich nicht auf mich selbst aufpassen?« Ich hob trotzig mein Kinn und ließ ein bisschen *Red* heraus. Es gefiel mir etwas zu gut, dass dieser einschüchternde Junge aussah, als wollte er mich auf den Arm nehmen und verstecken. Na und?

Er war beschützend.

Abwehrend.

Besitzergreifend.

»Ich verstehe einfach nicht, warum du da unten auf der Tanzfläche sein willst, wenn du hier hinten bei Shea sein könntest, neben der Bühne. Das ist die beste Aussicht im ganzen Haus, Baby.«

Ich schnaubte. »Ein Video auf meinem Computerbildschirm ist auch eine ziemlich gute Aussicht, aber wir beide wissen, dass es nicht dasselbe ist.«

»Heute Abend ist die Hölle los«, warnte er, als würde mich diese Information umstimmen. »Kein Zweifel, dass es im Pit verrückt zugehen wird.«

»Noch besser.«

Er rückte näher an mich heran und ich atmete ein, als könnte ich alle Elemente dieses mächtigen Mannes aufsaugen. Oder als könnte ich mich gegen sie zur Wehr setzen.

Denn sie waren überwältigend.

Verzehrend.

Ich drückte mich wieder enger an die Wand.

Seine Stimme war ein Grummeln, als er mit seinem Mund an meinem Unterkiefer auf und ab fuhr. »Das Letzte, worüber ich mir Sorgen machen möchte, während ich auf der Bühne stehe, ist, dass mein Mädchen da unten von einem Haufen Kids zertrampelt wird, die einfach nur loslassen wollen.«

Mein Mädchen. Mein Mädchen. Mein Mädchen.

Könnte ich das sein?

Es fühlte sich so nah an.

Erreichbar.

Dieser unantastbare Junge war zum Greifen nah.

Ich lehnte meinen Kopf gegen die Wand, um ihm einen besseren Zugang zu verschaffen, während er begann, meinen empfindlichen Hals zu küssen. Er grub seine Finger in meine Hüften und drückte seinen bereits prallen Schwanz gegen meinen Bauch.

Okay.

»Versuchst du, mich abzulenken?«, krächzte ich in Richtung der niedrigen Decke. Ich schwankte zwischen der Entscheidung, nachzugeben und ihm seinen Willen zu lassen – und ihn anzuflehen, mit mir in die Umkleidekabine zu gehen.

»Was auch immer nötig ist«, murmelte er gegen meine Haut. »Ein schreckliches, schreckliches Opfer meinerseits.«

»Richtig«, stieß ich hervor. Ein Lachen, das das Schwindelgefühl andeutete, das sein Handeln in mir auslöste, kroch meine Kehle hinauf. Schließlich schaffte ich es, ihn zurückzustoßen und ihm in die dunkelgrauen Augen zu schauen. »Ich werde vorsichtig sein. Ich verspreche es. Es ist nur ...«

Ich kaute auf meiner Unterlippe und fragte mich, ob er mich verstanden hatte.

Er presste den Mund zu einer dünnen Linie zusammen und schien eine Entscheidung zu treffen. Mit einem resignierten Seufzer zog er mich in eine Umarmung. »Ich höre dich«, murmelte er.

In meiner Brust kribbelte es und meine Gefühle gerieten völlig durcheinander, als ich in das Gesicht dieses Mannes blickte. Dieses umwerfenden, bedrohlichen Mannes, der mir alles bedeutete. Das Mädchen, das zu ihm aufblickte, betrachtete die Welt mit großen Augen und einem erwartungsvollen, eifrigen Geist.

Sie fühlte sich, als stünde sie kurz davor, die guten Dinge zu erleben, die diese Welt zu bieten hatte.

Den Nervenkitzel, die Aufregung und das beständige Summen.

Währenddessen flackerten in der Ferne die harten Lektionen auf, die sie auf ihrem Weg gelernt hatte. In den Nischen meines Verstands, die noch nicht ganz eingerostet waren. Sie schürten die Flammen nur noch mehr.

»Lyrik«, rief Ash plötzlich vom anderen Ende des Flurs. »Beweg deinen Arsch hierher, Mann! Es ist Zeit.«

Lyrik schenkte mir ein gefährliches Grinsen. »Zwing mich nicht, von der Bühne zu springen, um jemanden zu töten!« Er drückte seinen Mund auf meinen. »Du weißt, dass ich das tun werde.«

Die Schmetterlinge in meinem Bauch erhoben sich.

O Gott!

»Ich werde mich nicht in die Schusslinie begeben.« Ich stellte mich auf die Zehenspitzen und küsste ihn etwas länger, als er mich geküsst hatte. »Wir sehen uns nachher.«

Ich folgte Lyrik durch den kurzen Flur des Gebäudes, winkte Shea zu, die mich im Vorbeigehen wie eine Verrückte ansah, und machte mich auf den Weg zum Seiteneingang.

Also – ja.

Vielleicht war ich ein bisschen verrückt.

Aber das war völlig in Ordnung für mich.

Der Türsteher trat zur Seite, um mich durchzulassen, und ich hüpfte die fünf Stufen hinunter, bis ich nur noch ein unauffälliges Gesicht in der aufgebrachten Menge war.

Es gab nur Stehplätze – alle drängten sich aneinander, um näher an die Bühne zu kommen.

Die Anspannung sprang auf mich über. Ich füllte meine Lunge damit und wurde eins mit dem lebendigen, pulsierenden Ring aus Energie.

Helle Lichter flackerten über der Bühne auf.

Die Menge tobte.

Unerschrocken bahnte ich mir einen Weg durch die Masse der Menschen, die mich zurückhalten wollten, bis ich es fast bis ganz nach vorn geschafft hatte.

Ich suchte mir einen Platz auf der Seite, von der ich wusste, dass dort Lyrik stehen würde. Dort, wo seine alte schwarze, heißgeliebte Gitarre auf einem Ständer zwischen zwei anderen aufgebaut war.

Bunte Lichter tanzten über die Gesichter der Fans. Aufrüttelnd und mitreißend.

Zee stürmte auf die Bühne und schwang seine Drumsticks durch die Luft.

Rufe und Schreie ertönten aus der Menge.

Als Ash als Nächstes erschien, knisterte die Energie im Raum. Ich spürte, wie sie sich um mich herum auflud, so hell und schimmernd wie die blauen pulsierenden Bühnenlichter.

Der Raum implodierte fast, als Lyrik hinter den dunklen kastanienbraunen Vorhängen hervortrat.

Und das reichte, um mir meinen Atem zu rauben.

Um meine Knie zum Zittern zu bringen.

Um mein Herz manisch pochen zu lassen.

Poch.

Poch.

Poch.

Er lächelte mein Lieblingslächeln, als er über die Bühne schritt. Das Lächeln der tödlichen Art. Der arrogante, eingebildete Junge, vor dem ich mich monatelang versteckt hatte, war zurück, als er den Gurt seiner Gitarre um seinen Hals schlang.

So kraftvoll und kühn.

Umwerfend.

Ein wunderschönes Raubtier, das mit einem Fingerschnippen einen Schwarm williger Beute anlocken könnte.

Gott, war ich töricht, denn ich wusste in diesem Moment, dass ich auch diesen Teil von ihm verehrte.

Ich bewunderte alles an ihm.

Die Gefahr und die Dunkelheit.

Die Bedrohung durch diese großen Hände.

Die sanfte Geborgenheit, wenn er mich in der Nacht festhielt.

Dieser verworrene, verwirrende Mann, der zu etwas Großartigem fähig war.

Die Menge drehte fast durch, als Sebastian hinaustrat und damit die Band komplettierte.

Kein Wunder, dass Shea sich an ihn verloren hatte.

Für einen kurzen Moment gingen die Lichter komplett aus. Die plötzliche Stille steigerte die Stimmung noch weiter.

Die Energie war ungebrochen.

So dick, dass man sie in Flaschen abfüllen könnte.

Dann loderten blendend weiße Scheinwerfer auf.

Und genau in dieser Sekunde schlug Lyrik den ersten Akkord an.

Die Menge tobte. Es war, als würde der Energieball am Fuße der Bühne bersten, sich in alle Richtungen ergießen und alles auf seinem Weg verschlingen.

Die Leute zuckten und hüpften zu dem wilden, harten Beat und den knurrenden, aggressiven Texten, die Sebastian ins Mikrofon brüllte.

Ich fühlte mich, als würde ich dazugehören. Doch während ich dem Jungen vor mir zusah, wie er sich in den Worten und in der Melodie verlor, die er in sein Mikrofon sprach, wurde das Chaos um eine raue, messerscharfe Note bereichert.

Ein düsterer Schleier durchzog den Raum und die Lichter flackerten, während sich die Konzertbesucher mit der Musik bewegten.

Und Lyrik.

Lyrik schaffte es irgendwie, meinen unbeugsamen Blick zu erwidern.

Dunkle, stechende Augen.

Durchdringend.

Provozierend.

Als wäre ich das Einzige, was er sehen konnte.

Angezogen.

Und ich fragte mich, ob er es ebenfalls die ganze Zeit gespürt hatte.

. . .

Als *Sunder* schließlich die Bühne verließ, arbeitete ich mich durch das Menschengewirr zum Seiteneingang, der hinter die Bühne führte. Einige Leute standen herum und unterhielten sich, während die Türsteher versuchten, sie zu den Ausgängen zu treiben. Andere harrten aus, offensichtlich in der Hoffnung, die begehrte Einladung hinter die Bühne zu bekommen.

Ich verspürte einen Anflug von Panik, als ich mich fragte, ob der Türsteher mich wiedererkennen würde.

Das wäre einfach großartig.

Ich würde wie ein Möchtegern-Groupie im Hintergrund herumstehen und darauf warten, dass Lyrik meine Abwesenheit bemerkte. Mein Handy steckte in meiner Handtasche, die ich bei seinen Sachen in der Umkleidekabine gelassen hatte. Ich hätte nicht einmal die Möglichkeit, ihn anzurufen.

Aber ich hätte es besser wissen müssen. Lyrik war bereits da und sein gieriger Blick traf den meinen, als er im Schatten des stämmigen Türstehers auf mich wartete.

Mit einem Lächeln sagte ich ein paar Mal »Entschuldigung«, als ich mich hindurchzwängte, ohne mich darum zu kümmern, dass mein Weg von Murren und Zischen begleitet wurde.

Alles, was ich wollte, war, zu meinem Mann zu kommen.

Mein Mann.

Könnte er das sein? Könnte er mehr sein als diese zwei Monate, die er mir versprochen hatte? Mehr als dieses Wochenende, das keiner von uns beiden definieren konnte? Denn nach der schweren Erkenntnis, die ich heute bei seinen Eltern gewonnen hatte, drängte ein Teil von mir darauf, ihn festzunageln. Ihn dazu zu bringen, die Worte zu sagen, die ich so deutlich in seinen Augen lesen konnte.

Mit jedem Schritt, den ich ihm näher kam, pulsierten die

Gefühle in meinen Adern intensiver. Aber es war ein neues Bedürfnis, wie ich es noch nie zuvor verspürt hatte. Es war, als wären alle Ängste, Vorbehalte und Bedenken, die ich jahrelang aufgestaut hatte, plötzlich frei und losgelöst. Jetzt sprudelten sie wie ein Wasserfall aus mir heraus, vermischten sich mit dem Glauben, den er geschaffen hatte, und erzeugten eine Flut der Hingabe, die schnell jede Ritze und jedes Loch ausfüllte.

Liebe. Liebe. Liebe.

»Da bist du ja«, flüsterte er, während seine große Hand meinen Nacken umfasste und er mich küsste, als spürte er das Ausmaß dessen, was in mir brodelte.

»Was denkst du?«, fragte er, als er sich von mir löste.

Ich umklammerte sein verschwitztes Shirt. »Ich denke, du bist der schönste Mann, den ich je gesehen habe.«

Er lachte frech und grinste dann verschmitzt, während seine Hand über meinen Arm zu meiner Hand glitt, wo er seine tätowierten Finger mit meinen verschränkte, als würden wir vielleicht unsere eigene Geschichte schreiben. »Ich weiß, dass ich unwiderstehlich bin, aber ich meinte die Show.«

Ein neckisches Grinsen umspielte meinen Mund. »Ich glaube, du hängst zu viel mit Ash herum. Er könnte einen schlechten Einfluss auf dich haben.«

Lyrik lachte und es war ein tiefer, melodischer Klang. Er hob ungläubig eine dunkle Augenbraue. »Du glaubst, Ash ist der schlechte Einfluss?«

Sein Lächeln wurde weicher, als mein Gesichtsausdruck in etwas Zärtliches abdriftete. Es war unmöglich, zu verbergen.

»Du weißt bereits, was ich über die Musik denke«, sagte ich.

»Ach ja?«

»Ja ... über deine Stimme. Über die Art und Weise, wie du mich einhüllst, wenn du spielst. Dass ich mich nicht so allein fühle, wenn ich von den Worten umgeben bin, die sich anfühlen, als hättest du sie nur für mich geschrieben.«

Ich setzte ein selbstironisches Lächeln auf, denn Red war gerade so weit weg, dass ich nicht mehr wusste, wer sie war und wer ich so verzweifelt versucht hatte zu sein.

»Ziemlich traurig, was? Das Mädchen zu sein, das ganz allein in seiner Wohnung sitzt und immer wieder denselben Song abspielt, um so zu tun, als wäre dieser unantastbare Rockstar bei ihr und als wäre alles nicht mehr so schlimm.«

Er fuhr mit den Fingern durch mein Haar und neigte dann meinen Kopf nach hinten, um auf mich herabzublicken. »Du bist nicht allein, Blue. Nicht mehr. Du musst dich nicht mehr verstellen.«

Muss ich das nicht?, wollte ich ihn fragen, doch ich wurde von einer weiß schäumenden Welle der Unsicherheit überrollt.

»Komm schon!«, sagte er. »Wir vier haben nach jeder Show eine kleine Tradition. Ich will dich dabeihaben.«

»Und was für eine Tradition soll das sein?«

»Shots.«

»Was eine Überraschung«, murmelte ich trocken.

Ein Grinsen zierte seinen köstlichen Mund, und er machte auf dem Absatz kehrt und begann, uns im Zickzack durch die Menge hinter der Bühne zu führen. Ich schloss meine freie Hand um sein Handgelenk und weigerte mich, ihn loszulassen, während ich versuchte, mit seinem langen, zielstrebigen Schritt mitzuhalten. Er drückte meine Hand, um mir zu versichern, dass er mich festhielt, dass er wusste, wo ich war.

Dass er vielleicht wusste, wer ich war.

Ich höre dich.

Seine Stimme erschütterte meinen Geist.

Die Leute klopften ihm im Vorbeigehen auf die Schulter, und ich nahm die ganze Szene mit großen Augen auf.

Dabei balancierte ich auf einer Kante.

Bereit, den letzten Schritt in Richtung Abgrund zu machen.

Zu springen.

Direkt in den freien Fall.

Würde er unten warten, um mich aufzufangen?

»Tolle Show, Mann«, sagte einer der Jungs von der Vorband zu Lyrik und verlangsamte unser Vorankommen, als er uns den Weg durch den engen Gang versperrte.

Die Hitze durchdrang den Raum, die Luft war feucht, stickig und schwer. Amüsiert ließ der Mann seinen Blick auf unsere ineinander verschlungenen Hände wandern.

»Wo ist der Zwilling?«, fragte er mit einem anzüglichen Augenzwinkern.

Ich zuckte zusammen.

Wow!

Das tat mehr weh, als ich gedacht hatte.

Aber Lyriks Stil war weder ein Geheimnis noch eine Überraschung. Auf fast jedem Bild, das Lyrik mit einem Mädchen zeigte, war ein zweites Mädchen zu sehen. Die Bilder, die von den Paparazzi und den Fans geschossen worden waren, hatten alle dieses Muster.

Lyrik West umhüllte sich stets mit mehreren Frauen.

Seine Körperhaltung ließ fast vermuten, dass er sie gar nicht wahrnahm, außer dass er sich darauf vorbereitete, sie zu verwüsten.

Sie zu plündern und auszubeuten.

Sobald er sie aufgebraucht hatte, war ich sicher, dass nichts mehr übrig war.

Bis auf das eine Mädchen, das ich auf jenem besonderen Foto gesehen hatte.

»Verpiss dich, Brinks!« Das war Lyriks einzige Antwort, als er mich mit einem Ruck wieder in Bewegung setzte. Ich wandte rechtzeitig den Blick ab, um den schockierten Gesichtsausdruck des Mannes zu sehen, der uns anstarrte, als Lyrik mich tiefer in das dunkle Labyrinth zog.

Vermutlich war ich auch ein bisschen schockiert.

Und ziemlich erleichtert.

Lyrik grüßte weitere Leute, als er einen der Empfangsbereiche hinter der Bühne betrat, der fast leer gewesen war, als wir ihn vor der Show besucht hatten.

Jetzt war der Raum rappelvoll und die Menschen standen dicht gedrängt an den Wänden. Einige Stimmen waren laut und befanden sich offensichtlich im Mittelpunkt der Aufmerksamkeit, andere schienen nicht zu wissen, was sie mit sich anfangen sollten.

Aus den Lautsprechern dröhnte Heavy Metal, was die chaotische Stimmung, die den Boden und die Wände vibrieren ließ, nur noch verstärkte.

Lyrik hob kaum das Kinn, wenn jemand seinen Namen rief, und die Leute, die um seine Aufmerksamkeit buhlten, schienen diesen gefährlichen, unberechenbaren Mann nicht zu stören.

Er führte uns in den hintersten Teil, wo eine Bar aufgebaut war.

Der Großteil der Leute im Raum hielt sich zurück und gewährte uns Freiraum.

Anthony erschien mit einem Grinsen im Gesicht an der Seite. Er klopfte Lyrik auf die Schulter. »Lyrik, schön, dein Gesicht zu sehen. Gefällt es dir, wieder in der Stadt zu sein?«

»Na klar«, sagte Lyrik mit etwas weniger Enthusiasmus, als man vielleicht erwarten würde.

Anthony sah mich an – auch er musterte mich abschätzend –, aber während das Arschloch im Gang genau das gewesen war, ein Arschloch, fühlte sich Anthonys Blick sanft und wertfrei an. Er wirkte einfach nur ... neugierig.

»Schön, dich wiederzusehen, Tamar.«

»Gleichfalls.«

Ash quetschte sich zu uns durch, überlebensgroß wie immer, und unterband jede weitere Unterhaltung. »Anthony, wie geht's, Mann? Diesmal hast du dich selbst übertroffen.

Ausverkauft. Etwas Besseres können wir uns wohl nicht wünschen, was?«

»Auf jeden Fall«, stimmte Sebastian zu, während er sich mit Shea im Schlepptau an die Bar stellte.

Sie sah mich mit einem wissenden Lächeln an.

Verrückt, nicht wahr?

Ich schüttelte lächelnd den Kopf und dachte, dass es wirklich verrückt war, dass Lyrik mich so umklammert hielt, wie Sebastian es mit Shea tat.

Unerschütterlich und entschlossen.

Hier zu sein und für den Moment zu ihm zu gehören, prallte erneut auf mich ein. Es war das Versprechen auf etwas Gutes.

Dummes, dummes Mädchen.

Denn dieser Rausch wartete zitternd auf die Konsequenzen, die meine Schwäche und meine Angreifbarkeit mit sich bringen würden.

In diesem Moment war ich mir nicht sicher, ob ich mich noch dazu zwingen konnte, vorsichtig zu sein. Ich war mir nicht sicher, ob ich mich dazu bringen konnte, mich zu wehren.

Ich drückte Lyriks Hand, drehte meine Nase zu seinem Arm, damit ich ihn einatmen konnte.

Vielleicht war es besser, zu leiden, zu bluten und zu weinen, als leer und allein zu sein.

Vielleicht war Angst doch nicht so schrecklich.

Ash lehnte sich über die Bar, nahm sich eine Flasche Jack, stellte eine lange Reihe von Schnapsgläsern auf und machte sich daran, die bernsteinfarbene Flüssigkeit zu verteilen.

Ich spürte, wie sich meine Lippen kräuselten. »Du gibst mir das Gefühl, ein Faulpelz zu sein, wenn du die Drinks einschenkst, während ich hier stehe und so tue, als hätte ich nichts zu tun. Bist du sicher, dass du das nicht einem Profi überlassen willst?«

Ash schüttelte den Kopf und seine blauen Augen blickten verschmitzt zu mir herüber. »Ach, meine Tam-Tam ... Ich weiß die Geste zu schätzen ...«

Seine Aufmerksamkeit wanderte weiter, bis sie auf Lyriks Profil landete. Lyrik neigte den Kopf, damit er hören konnte, was Anthony sagte, und beachtete uns offensichtlich nicht.

Ash wandte sich wieder an mich. »Ich denke, du bist gut beschäftigt. Mein Junge ist eine echte Herausforderung. Ich möchte nicht, dass du das Nachsehen hast.«

Er formulierte es wie einen Scherz, aber mir entging nicht der warnende Unterton, der sich in seine Worte eingeschlichen hatte.

»Ich werde es im Hinterkopf behalten«, sagte ich und nahm das Glas entgegen, das er mir reichte.

»Ich weiß, dass du das tun wirst.«

Ash stupste Lyrik an und Lyrik wandte sich von seinem Gespräch ab und nahm das Schnapsglas, das Ash ihm anbot. Alle schienen ihre Routine zu kennen und alle machten entweder einen Schritt nach vorn oder einen zurück, bis sie einen kleinen Kreis gebildet hatten.

Diese Jungs, die immer so böse erschienen waren.

Diejenigen, die mich in dem Moment erschüttert hatten, in dem sie in Charlies Bar eingefallen waren. Denn sie hatten diesen schwarzhaarigen, kaputten Jungen mitgebracht, der meine Welt erobert hatte.

Ein wunderschöner Sturm.

Lyrik hielt immer noch meine Hand und schenkte mir eines seiner tödlichen Grinsen und ein Zwinkern.

Mein Inneres spielte verrückt.

Ein Zischen und ein Knacken.

Ash hob sein Glas. »Auf die Zukunft von *Sunder*! Mögen alle unsere Wege mit Gold gepflastert sein und mögen weiterhin knallharte Songs aus unseren Seelen strömen. Ach ja, und möge es immer viele, viele Mädchen geben.«

Er grinste wie ein Honigkuchenpferd und kippte seinen Shot zurück.

Shea gab ihm einen Klaps auf die Brust. »Hey.«

Er sprang zurück und hielt ihre Hand fest. »Mach dir keine Sorgen, schöne Shea!. Wir wissen, dass unser Baz-Boy unter Verschluss ist. So bleibt mehr für uns übrig.«

Während sie ihre Hand wegzog, zeigte sie auf ihn. »Ich wette immer noch zweihundert Dollar, dass du das Haus mit einer Herde Ash-Minis füllen wirst. Ich habe deine Karte, Kumpel. Dieses Mädchen benötigt ein neues Paar Schuhe.«

Ash fasste sich an die Brust, als hätte er Schmerzen. »O ... Gott ... du bringst mich noch um, Shea. Ich würde liebend gern deinen ganzen verdammten Schrank mit Schuhen füllen, wenn dich das von deinem Wahn abhalten würde.«

Die ganze Zeit über drückte Lyrik meine Hand. Fest. Ein bisschen hoffnungslos. Als wüsste er auch nicht, wohin das führen sollte, aber als könnte auch er den Gedanken nicht ertragen, mich loszulassen.

Ich erwiderte die Geste.

Lass mich nicht los! Ich brauche dich. Ich will dich. Ich liebe dich.

Hörst du mich?

Plötzlich sah er zu mir herunter. »Sollen wir von hier verschwinden?«

»Ja.«

»Wir machen Feierabend«, sagte Lyrik beiläufig zu den anderen Jungs und wartete nicht auf eine Verabschiedung.

Er begann, mich durch die Menge zurückzuführen. Kurz bevor er den Raum verlassen konnte, erstarrte Lyrik, als sich ihm ein Mann mittleren Alters in den Weg stellte.

Er hatte eine Glatze, grinste und war offensichtlich nicht willkommen.

»Eric Banik ...« Lyrik schien seine Anwesenheit zu verarbeiten, bevor sein Unterkiefer steif wurde. »Was zum Teufel glauben Sie, was Sie hier tun? Dies ist weder die Zeit noch der Ort für Ihre Spielchen.«

Eric Banik.

Ein Gefühl des Unbehagens durchzog mich.

Das war der Name, der Lyrik in der Nacht, in der er sich mit Ash gestritten hatte, ins Straucheln gebracht hatte. In jener Nacht hatte Lyrik einen Teil seiner Kontrolle verloren. Er hatte mich benutzt, als bräuchte er mich – und nicht andersherum.

Eric grinste. »Ich dachte, ich komme mal vorbei und frage, ob Sie sich mein Angebot noch einmal durch den Kopf gehen lassen haben.«

»Ich habe es schon tausendmal gesagt und es hat sich nichts geändert. Aber ich wiederhole mich gern ...« Lyrik rückte näher an ihn heran. »Verpissen Sie sich!«

Eine Kälte, wie ich sie bei Lyrik noch nie erlebt hatte, erfüllte den Raum. Seine dunklen Augen waren schwarz geworden, als er hinter sich zu den Jungs blickte, die sich immer noch an der Bar unterhielten.

»An Ihrer Stelle würde ich mich umdrehen und nie mehr zurückkommen. Ich bin mir ziemlich sicher, dass ich Ihnen einen wärmeren Empfang bereitet habe, als es der Rest meiner Crew tun würde.«

Er lachte, als könnte Lyrik ihn nicht aus der Ruhe bringen. Nicht im Geringsten. »Baz' Frau ist wirklich hübsch, nicht wahr?«

Im Nu hatte Lyrik Eric Baniks Hemd in seiner Faust und hob ihn vom Boden. »Ich warne Sie ... Drehen Sie sich um und verschwinden Sie durch diese verdammte Tür! Kommen Sie nicht zurück. Hiermit bitte ich Sie höflichst. Und ich bin fünf

Sekunden davon entfernt, nicht mehr ganz so höflich zu sein. Verstanden?«

Eric hob beschwichtigend die Hände und machte einen Rückzieher. »Schön. Sie sollten nur wissen, dass das Angebot nicht ewig gelten wird.«

»Wie enttäuschend«, murmelte Lyrik, als er sich um ihn herum schob, und ich hatte Mühe, mit ihm Schritt zu halten, während er mich aus dem Eingangsbereich und zurück in den schmuddeligen Flur zerrte. Er strahlte Wut aus.

Und ich verstand es nicht ganz. Warum ihn ein Angebot so wütend machen konnte. Sicher, der Typ war offensichtlich ein Arschloch. Aber es war ja nicht so, dass er es akzeptieren musste.

Ich war fast überrascht, dass Lyrik den armen, dürren Jungen, der am Ende des Flurs plötzlich vor ihm stand, nicht verprügelte. Schließlich war er ein Hindernis auf Lyriks Kriegspfad.

»Lyrik West. Wäre es okay, wenn ich Ihnen ein paar Fragen stelle?«

Lyrik grummelte etwas von »Arschlöchern« und ich drückte leicht seine Hand. Dieser Typ schien so viel besser zu sein als die Paparazzi, die sich auf uns gestürzt hatten, als wir bei unserer Ankunft hier heute Nachmittag aus dem Escalade gestiegen waren und die uns eine Frage nach der anderen gestellt hatten. Wir hatten sie alle ignoriert.

»Es ist okay«, ermutigte ich ihn, und Lyrik seufzte, fuhr mit der Hand durch sein widerspenstiges Haar und strahlte noch immer eine tiefe Unruhe aus.

»Aber schnell bitte.«

Der Mann lächelte schüchtern, aber dankbar, als er einen dieser altmodischen Notizblöcke hervorholte. »Vielen Dank für die Beantwortung meiner Fragen. Ähm ...«

Nervös kratzte er sich am Kopf. »Wir wissen, dass das

nächste *Sunder*-Album diesen Winter erscheinen soll. Man munkelt, dass Sebastian Stones neue Frau Shea Stone, alias Delaney Rhoads, auf dem Album zu hören sein wird. Können Sie das bestätigen oder dementieren?«

»Es ist kein Geheimnis, dass sie zusammen Musik geschrieben haben.«

»Ähm ... okay ... und wird sie *Sunder* auf der Tour begleiten?«

Lyrik schnaubte. »Das bezweifle ich. Sie hat eine Familie. Und Familie und Tournee vertragen sich nicht gerade gut miteinander.«

Sein Tonfall war bitter. Ich stand an seiner Seite und versuchte, zu verstehen, woher diese Feindseligkeit kam, während ich mich gleichzeitig bemühte, den Anflug von Panik zu unterdrücken, der aufkam, als der Reporter seine Aufmerksamkeit immer wieder auf mich lenkte.

Mit zusammengezogenen Augenbrauen neigte er taxierend den Kopf in meine Richtung. »Sie kommen mir sehr bekannt vor.«

Mist. Mist. Mist.

Ich war so in Lyriks Vorschlag, ihn zu begleiten, vertieft gewesen, dass ich gar nicht daran gedacht hatte, dass mich jemand erkennen könnte.

Langsam schüttelte ich den Kopf und machte einen Schritt zurück. Das Unbehagen, das ich in Gegenwart von Eric Banik verspürt hatte, verdoppelte sich. Aber ich hatte meine Maske nicht umsonst perfektioniert. Ich zwang mich zu einem strahlenden Lächeln, ganz Sex und Ablenkung, und stieß ein leichtes Lachen aus. »Nein ... ich bin ein Niemand. Ich bin sicher, Sie haben mich noch nie gesehen.«

Er nickte langsam und wandte sich wieder an Lyrik. »Wir haben auch gehört, dass es auf dem nächsten Album ein paar mehr Songs im Stil von *Sunday Gone* geben wird, mit Ihrer

Stimme als Lead. Ist das ein Hinweis darauf, dass sich Sebastian Stone aus der Band zurückziehen wird?«

Lyrik wurde unruhig und nervös. »Die Band befindet sich gerade in einer Phase des Umbruchs. Ich habe noch nicht alle Antworten. Aber ich kann Ihnen versichern, dass wir weiterhin zusammen Musik machen werden. Daran wird sich nichts ändern.«

Der Reporter kritzelte etwas auf seinen Notizblock, aber ich spürte das Flackern seiner Augen, als sie mich von der Seite musterten. Die Neugierde, die ihn nicht losließ. Das Gewahrsein.

Fast schon frustriert, richtete er seine volle Aufmerksamkeit auf mich. »Sind Sie sicher, dass ich Sie nicht kenne?«

Wieder schüttelte ich den Kopf und trat einen weiteren Schritt zurück, wobei ich mich hinter Lyrik drängte und wünschte, seine Schatten würden mich verschlingen und an einen Ort bringen, an dem ich verschwinden könnte.

Ein Versteck.

Ich war es so verdammt leid, mich zu verstecken. Ich war es leid, vor allem wegzulaufen, was mir Angst machte, aber ich wusste nicht, wie ich damit umgehen sollte, nachdem ich so lange auf der Flucht gewesen war. Ich wusste nicht, wie ich das alles aushalten sollte. Ich wusste nicht, wie ich mich gegen die plötzliche Erkenntnis wehren sollte, die in seinem Gesicht aufblitzte.

Ich lugte hinter Lyrik hervor, als der Reporter plötzlich mit dem Zeigefinger in meine Richtung deutete. Das Lächeln auf seinem Gesicht machte deutlich, dass er keine Ahnung hatte, dass er mich von dem unsicheren Fundament gestoßen hatte, das ich geschaffen hatte.

Wo ich auf unsicherem Boden balanciert hatte.

Ich hatte gewusst, dass eines Tages eine Seite einbrechen würde.

»Ja ... ja ... Sie sind dieses Mädchen. Tamar Gibson. Madeline Shields ... Sie war von hier ... L. A. Die ganze Sache wird bald in Arizona vor Gericht verhandelt, oder? Ich habe letzte Woche etwas darüber im Fernsehen gesehen.«

Er runzelte die Stirn, als ihm die ganze Geschichte zu dämmern schien und er plötzlich sehr verwirrt wirkte. »Suchen die Behörden immer noch nach Ihnen?«

Und das war's.

Der Boden unter mir brach endgültig weg.

Die Dunkelheit drängte auf mich ein, während ein Schwall von Erinnerungen durch meinen Kopf schoss.

Madeline Shields.

Der Schmerz durchzuckte mich wie der Schnitt einer rostigen, stumpfen Klinge.

Lähmend.

Meine Beine zitterten, mein Herz und meine Knie wurden schwach.

Alle Funktionen versagten.

»Blue.« Lyrik war da und hielt mich fest.

Schützend legte er seinen Arm um meine Taille und ließ mich mein Gesicht in seiner Brust vergraben. »Ich denke, das sind genug Fragen für heute Abend.«

Er begann, mich durch die Schatten, Stimmen und Menschen zu führen. Er legte seine freie Hand an meine Wange, drückte mich näher an sich und bedeckte den Teil meines Gesichts, der noch entblößt war.

Blockierend.

Abschirmend und beschützend.

Lyriks Stimme war ein Echo am Rande der Welt, in der ich verschwunden war. »Es ist okay, Baby. Noch drei Meter. Ich muss es nur durch diese Tür schaffen. Ich habe dich. Ich werde dich nicht loslassen. Ich habe dich.«

Ich krallte meine Hände fester in sein Shirt und hörte das

leise Gemurmel seiner Stimme, die sich mit der eines anderen Mannes vermischte, dann das Scharren einer Metalltür, als diese geöffnet wurde.

Frische Luft streifte mein feuchtes, klebriges Fleisch und wischte den Schmutz des Konzerts weg.

Aber es gab keine Erleichterung.

Es wurde nur eine weitere Schicht freigelegt, die sich versteckt hatte.

Meine vergessene Realität kam zum Vorschein.

Madeline.

Seit Jahren hatte ich ihren Namen nicht mehr in meine Gedanken gelassen. Da war zu viel Schuld. Zu viel Scham.

Jetzt knickte ich unter dem Gewicht fast ein.

Lyrik half mir auf den Rücksitz des wartenden SUVs. Das schwarze Leder war kalt auf meiner ohnehin schon klammen Haut. Er rutschte hinein und schloss mich wieder in seine Arme.

»Ich habe dich«, flüsterte er an meinem Kopf.

»Es tut mir so leid«, murmelte ich durch den alten Kummer hindurch. Aber ich hatte ihn viel zu lange für mich behalten.

»Sscchh ... entschuldige dich nicht. Es gibt nichts, wofür du dich entschuldigen musst. Für nichts. Du bist in Sicherheit. Du bist in Sicherheit.«

Und ich erinnerte mich an diese Stimme und diese Worte.

Lyrik.

An die Nacht, in der er mich gefunden hatte. Als er zum ersten Mal alles freigelegt hatte, was ich wie eine verfluchte Reliquie vergraben hatte.

»Lyrik.« Schmerz. Qualen. Reue.

»Sschh ... Baby ... Ich habe dich ... Ich werde nicht zulassen, dass dir etwas passiert.«

»Versprochen?«

»Versprochen«, sagte er.

Die Fahrt verging wie im Flug, als ich endlich die Tür vollständig öffnete.

Ich öffnete sie, damit alles hereinströmen konnte.

Jede Angst.

Jede Hoffnung.

Jede Erinnerung.

Ich öffnete mich für jede Wunde, die nie verheilt war.

Ich ließ jede einzelne von ihnen eindringen.

Es war an der Zeit. Es war an der Zeit. Es war an der Zeit.

Ich war es so leid, das Mädchen zu sein, das ich nicht war.

Und ich vermisste sie. Tamar Gibson. Das Mädchen, das Cameron Lucan zu zerstören versucht hatte.

Genauso wie er Madeline Shields zerstört hatte.

Nur Sekunden später schien der SUV zum Stehen zu kommen. Lyrik öffnete die Tür, stieg schnell aus und half mir vorsichtig beim Aufstehen.

»Kannst du gehen?«

Mit trüben Augen nickte ich, und er legte seinen Arm wieder um meine Taille und stützte mich, als wir über das Kopfsteinpflaster liefen.

Mit jedem Schritt fühlte ich mich irgendwie stärker.

Mutiger.

Unkontrolliert liefen die Tränen über mein Gesicht.

Früher hatte ich geglaubt, dass sie mich schwach machten.

Aber jetzt wusste ich, dass in ihrer Gegenwart Macht lag.

Und ich fühlte mich ein bisschen verrückt. Vielleicht ein bisschen irre. So viel Aufruhr zu spüren und ihn trotzdem zu begrüßen.

Lyrik fummelte in seiner Tasche und holte seine Schlüssel heraus. Er öffnete die Tür zu dem riesigen Haus, das er sein Zuhause nannte. Die großen Fenster auf der anderen Seite des riesigen Wohnbereichs gaben den Blick frei auf den Pool und die glitzernde Stadt darunter.

Er zögerte nicht, sondern drehte mich einfach nach rechts und führte mich die Treppe hinauf und den Flur entlang in sein Zimmer.

Ich war heute Nachmittag nur ein paar Minuten darin gewesen, bevor wir zu seinen Eltern aufgebrochen waren. Aber es fühlte sich so sehr nach ihm an. Es war dunkel und geheimnisvoll, die Ecken waren voller Schatten, die dieselbe Geschichte erzählen wollten, die er auf seine Haut gemalt hatte.

Er ließ mich los und schloss leise die Tür hinter uns.

In der Mitte seines Zimmers stehend, drehte ich mich um und sah ihn an.

Zum ersten Mal hatte ich nichts zu verbergen.

Ich war offen und frei.

Und es tat so weh und fühlte sich gleichzeitig so verblüffend richtig an.

Er streichelte mein Gesicht.

Sanft.

Behutsam.

»Sag mir, wer du bist.«

Da ich nicht mehr stehen konnte, sank ich langsam auf die Knie.

Ohne mein Gesicht loszulassen, folgte Lyrik mir.

Tränen blockierten meine Kehle. »Alles, was ich je wollte, war, zu vergessen. Aber das kann ich nicht mehr, Lyrik. Ich fühle mich *zu* echt. Zu sehr wie ich selbst. Wer ich einmal war.«

Er nickte, als verstünde er es, ein Zeichen der Ermutigung.

Ich fand meine Stimme wieder. »Du erinnerst dich, dass ich dir erzählt habe, dass ich geflohen bin – und zwar vor Cameron Lucan.«

Ich hatte diesen Namen so lange nicht mehr ausgesprochen.

Lyrik biss die Zähne aufeinander und knirschte hörbar mit

den Zähnen, als er gegen die Wut ankämpfte, die diese Worte so deutlich auslösten.

War es falsch, ihn dafür mehr zu lieben?

Meine Zunge schnellte heraus, um meine Lippen zu befeuchten. »Wie ich dir schon gesagt habe, war es zuerst gut und dann nicht allzu schlimm. Wenn ich jetzt zurückblicke, erkenne ich, dass er mich an seinen Lebensstil gewöhnt hat. Er hat mich desensibilisiert. Er hat mich davon überzeugt, dass seine perversen Begierden meine eigenen sind. Er hat mich meines Selbstvertrauens und meines Selbstschutzes beraubt, bis ich mich seinem Willen vollständig unterwarf.«

Ich holte tief Luft. »Es hat nicht lange gedauert, bis er mich überredet hat, die Verbindung zu meiner Familie abzubrechen. Er hat gemeint, sie würden nur versuchen, uns voneinander fernzuhalten. Ich bin bei ihm eingezogen, bevor die Sache aus dem Ruder gelaufen ist ... damals, als ich mich bereitwillig von ihm benutzen lassen habe, obwohl ich wusste, dass etwas nicht stimmte.«

Ich sah zu Boden, bevor ich wieder in die ernsten Augen blickte, die sich zu einem dunklen Schwarz verfärbt hatten. »Es wurde so schrecklich, Lyrik, so schlimm, so schnell und ich hatte keine Ahnung, wie ich da rauskommen sollte. Ich habe um den Tod gebetet.« Mittlerweile röchelte ich. »Ich habe darum gebetet, dass alles aufhört. Er hat mich gefesselt in diesem Raum im Dunkeln zurückgelassen, wo ich tagelang orientierungslos war. Hungrig. Ich habe nie gewusst, wann und ob er allein zurückkommen würde.«

Lyriks Muskeln zuckten. Eine spürbare Wut brodelte knapp unter der Oberfläche und erfüllte die Luft.

Dennoch behielt er eine sanfte Weichheit bei, die er zuvor nie gezeigt hatte.

Dieser schöne Junge war immer vorsichtig und zugleich

rücksichtslos gewesen, wenn es um mich gegangen war, seine Berührung sanft in ihrer aggressiven Forderung.

Aber ich spürte die Veränderung, als ich ihn mit an den Ort nahm, an den ich nie hatte zurückkehren wollen.

Bilder blitzten auf. Ich blinzelte und betrachtete sie wie alte, verblasste Schnappschüsse, von denen ich nicht wusste, dass sie aufgenommen worden waren, die ich aber irgendwie wiedererkannte.

»Ich habe das Zeitgefühl verloren, aber ich schätze, dass ich etwa sechs Monate in dem Zimmer im Obergeschoss eingesperrt verbracht habe. Als ich eines Morgens aufwachte, sah ich, wie er ein anderes Mädchen in das Zimmer zerrte.«

Das alte Grauen überrollte mich. Ich konnte kaum sprechen. »Ich vermute, dass er in der Zeit, in der er mich isolierte, den gleichen Prozess mit Madeline begonnen hat. Er hat sie dazu gebracht, auf ihn und seine Lügen hereinzufallen. Sie hat die Verbindung zu ihrer Familie abgebrochen, weil er sie davon überzeugt hat, ohne ihn nichts zu sein. Er hat sie völlig von sich abhängig gemacht, bis er sie an den Punkt gebracht hat, an dem er sie haben wollte. Ohne Mittel. Ohne Kampfgeist.«

Ich richtete mich auf, meine Worte wurden plötzlich scharf, als ich seinen glühenden Blick auffing. Voller Wut, voller Schmerz. Als würde er auf der Stelle aufstehen und Cameron zur Strecke bringen wollen. Als würde er jedoch gleichzeitig unbeweglich an meiner Seite bleiben wollen.

Ich berührte seine Wange. »Aber er hat nicht meinen ganzen Kampfgeist gebrochen, Lyrik. Er war immer noch da, tief vergraben. Ich beobachtete und wartete. Hörte zu. Ich zählte die Knoten in meinen Fesseln. Prägte sie mir ein, bis ich sie in meinem Kopf auflösen konnte.«

Ich schluckte. »In der Ecke hat er … tagelang eine Videokamera auf einem Ständer stehen lassen. Um uns zu verhöhnen.«

Bei dem Gedanken daran lief es mir kalt den Rücken hinunter.

»Ich wartete, bis ich sein Motorrad anspringen und wegfahren hörte. Es war so klar in meinem Kopf. Ich würde erst mich losbinden, dann Madeline. Ich würde rennen, springen. Aber sie schien so geschockt zu sein, als ich mich plötzlich befreite, und sie schrie, als ich mit der Kamera das Fenster einschlug.«

Während ich die Wellen der Erinnerung ritt, versagte meine Stimme und ich schaute auf die kahle Wand über Lyriks Schulter. Dann zwang ich mich, weiterzusprechen.

»Madeline ... sie hatte zu viel Angst, Lyrik. Sie war zu verängstigt, um zu springen. Zu verängstigt, um zu gehen. Sie flehte mich an, zu bleiben. Flehte mich an, sie nicht allein zu lassen. Ich werde nie die Niederlage in ihren Augen vergessen, als ich sie ein letztes Mal ansah und ihr eine letzte Chance gab, bevor ich auf den Dachvorsprung des zweiten Stocks kletterte.«

Alles strömte aus mir heraus. »Aber ich war der Feigling, Lyrik. Ich war der Feigling, weil ich sie einfach *verlassen* habe. Ich bin ohne ein Wort gegangen und weggelaufen. Ich habe nie zurückgeblickt. Madeline hatte ihre Entscheidung getroffen und ich die meine. Ich bin nie ans Telefon gegangen, weil ich dann hätte sagen müssen, was Cameron getan hat. Es war so viel einfacher, so zu tun, als wäre es nie passiert. Es war einfacher, jemand zu werden, der ich nicht war. Jemand, dem *niemand* etwas anhaben kann.«

Nicht, bis er in mein Leben getreten war.

Lyriks Griff war unnachgiebig. Unbeugsam. Sein Blick erkundete jeden Zentimeter meines Gesichts.

Voller Kummer schüttelte ich den Kopf. »Erst ein Jahr später erfuhr ich, dass man ihre Leiche gefunden hatte. Ich ... ich habe meine Mom so sehr vermisst. Ich loggte mich in mein altes Facebook-Konto ein ... um einfach ihr Gesicht zu sehen.

Da war ein Artikel, in dem ich markiert war und der uns alle miteinander verband ... Nachdem man sie entdeckt hatte, wurde ich als vermisste Person aufgeführt. Sie suchten nach Cameron als Person von besonderem polizeilichem Interesse.«

Lyrik drückte mich fester an sich, seine Stimme war so scharf wie Glasscherben, ungläubig und voller Hass. »Er hat sie getötet?«

Ich schüttelte den Kopf, während sich noch mehr Tränen lösten, und flehte ihn an, zu verstehen. »Nein, Lyrik. Sie hat sich selbst umgebracht. Er hat sie fallen lassen, sie einfach wie Müll entsorgt. Er war weg, als die Polizei bei ihm zu Hause auftauchte. Sie haben ihn schließlich geschnappt und verhaftet. Er ... bereitet sich gerade auf seinen Prozess vor.«

Der Raum verschwamm und die Entscheidung hing wie eine Schlinge über mir.

Weglaufen.

Oder umkehren.

»Mein Gott.« Alles an Lyrik wurde weicher und behutsamer. Er fuhr mit dem Handrücken über die Tränen, die meine Wangen tränkten, bevor er mit den Fingern durch mein Haar strich.

»Blue. Ich will ihn zerstören. Ich wollte noch nie jemandem so wehtun, wie ich ihm wehtun will. Ich kann es nicht ertragen ... daran zu denken, dass jemand dir wehtun könnte. Was kann ich tun? Sag mir, was ich tun soll, und ich werde es tun! Sag es und es ist getan!«

Ich packte ihn an beiden Handgelenken und bewegte mich auf ihn zu. »Küss mich!«

Vor zwei Monaten hatte er mir versprochen, Cameron Lucan aus meinem Körper zu verbannen. Mich zu berühren und mich auszufüllen, bis ich nur noch seinen Namen kannte.

Aber es war Lyrik, der mich dazu gebracht hatte, mich an meinen eigenen Namen zu erinnern.

Da war kein Zögern. Lyrik drückte mich gegen die Wärme seines starken Körpers. Sein Mund war überwältigend.

Aber dieser Kuss. Dieser Kuss war so unerträglich langsam.

Bedächtig.

Gemessen.

Jedes Zupfen und Ziehen seiner Lippen, jedes Schnippen seiner Zunge.

Ein bewusster Tanz.

Ungehemmt und doch voller Verlangen.

Kaum zu bändigen.

Mir wurde schwindelig davon.

»So mutig. So verdammt mutig.«

Und wir drehten und drehten und drehten uns.

Suchende Hände. Achtsame Berührungen.

Als er zurückwich, zog er mein Shirt über meinen Kopf und flüsterte: »Blue.«

Die kühle Luft prickelte auf meiner Haut, und ich fröstelte, als er sich vorbeugte und meine Schulter küsste.

Mein Kopf fiel nach hinten, sein Mund glühend auf meinen Hals.

Heiße Hände an meinen Seiten.

Ich tastete nach seinem Shirt und streifte es ab. Mein hungriger Blick schweifte umher, als könnte ich jedes Knäuel seiner Muskeln analysieren, jede Wölbung und jeden Winkel, die glatte Haut, die mit aufreizender Tinte verziert war.

Meine Augen wanderten genauso gierig umher wie meine Hände, als ich ihn berührte und erforschte, trunken von Freiheit und Lust.

Mein Geist war frei.

Die Fesseln wurden gelöst.

Schwielige Fingerkuppen streichelten das verzerrte Herz, das auf meiner Brust prangte. Übersetzend. Kommunizierend.

Hüte dein Herz.

Es war seins.

Ich zitterte unter seinem Kuss, der genauso vorsichtig war, als er ihn dort aufdrückte.

O Gott! Dieser Mann.

Ich wölbte mich auf meinen Knien, um ihm entgegenzukommen, und meine Hände krallten sich in sein Haar. Sein Mund bewegte sich sanft über den Spitzenstoff meines BHs, sein Atem war wie eine warme Liebkosung auf meiner Haut.

Ein winziges Wimmern entwich meinen Lippen und ich drückte ihn fester an mich. Näher, als er leckte und sanft saugte.

Das Bedürfnis, ihn zu kennen, war größer als je zuvor. Sein dunkler, dunkler Geist nahm Gestalt und Form an. Er schnürte mir die Luft ab, bis ich nur noch ihn kannte.

Ich ließ meine Handflächen über seine beiden Schultern gleiten und seine Arme hinunterrutschen. Über die Muster. Meine Fingerkuppen zeichneten das Lied auf seinem linken Arm und den dort versteckten Namen nach.

Sag mir, wer du bist!

Die Frage lag mir auf der Zunge, wurde aber von ihm zum Schweigen gebracht, als er sich plötzlich bewegte, um meinen Mund zu erobern. Er legte seine Hand auf meinen Hinterkopf, neigte ihn zur Seite, küsste mich inniger und entführte mich in sein Zwielicht.

Sag mir, wer du bist!

Lyrik hob mich vom Boden und trug mich zu seinem Bett. Er legte mich in die Mitte und ließ mich nicht los, während er über mich kletterte.

Er umschloss und umgab und verschlang mich.

Aber wo Lyrik und ich normalerweise brannten, glühten wir.

Seine Bewegungen waren kontrolliert. Gezielt. Er wich

zurück und ließ mich nicht aus dem Bann seines Blicks, als er meinen Knöchel anhob und den Reißverschluss meines Stiefels öffnete, sich zur Seite drehte und dann das Gleiche mit dem anderen tat.

Sein schöner, kühner Körper beugte sich vor, um an den Knöpfen meiner Jeans zu zupfen, und mein Puls schlug wie wild, als ich von seinem Schatten eingehüllt wurde.

Ein Seufzer entwich meinen Lippen, als ich meine Hüften hob, um ihm zu assistieren.

Er entledigte mich meiner Hose und nahm dabei meine Unterwäsche mit.

»Blue«, flüsterte er an meinem Bauch und legte seine Hand auf den Apfel an meinem Oberschenkel.

»Was hast du getan? Was habe ich getan?« Es war alles ein wirres Durcheinander, verloren in der Energie.

Ich erschauderte und wurde durch das Gewicht seiner Intensität an sein Bett gefesselt. Seine Wucht war so dominant, dass ich spürte, wie unsere Geister zusammenwuchsen.

Es gab nichts außer uns.

Mein Kopf drehte sich, mir wurde schwindelig von diesem Gefühl.

Licht. Licht. Licht.

Plötzlich war er über mir, dieser wunderschöne, nackte Körper, und drang in mich ein.

Vollständig.

Nie zuvor hatte ich mich so ganz gefühlt.

Er packte meinen Nacken, drückte seinen Oberkörper auf meine Brust und das Donnern unserer Herzen war das einzige Geräusch im Raum.

Er schaukelte vorwärts, langsam und irgendwie verzweifelt.

Ein leises Stöhnen flatterte zwischen meinen Lippen.

Seine bodenlosen Augen fixierten mich in der Dunkelheit, sein Mund war nur einen Atemzug von meinem entfernt.

Er drückte meine Handgelenke über meinen Kopf.

Sein Körper schlug einen gleichmäßigen Takt, so schnell, dass er nicht zu bändigen war.

Ein wütender Sturm, in Schach gehalten.

Unser gemeinsames Keuchen erfüllte die Luft.

»Lyrik«, stieß ich hervor.

Er taumelte und vergrub sein Gesicht in meinem Nacken, als er meine Handgelenke losließ. Ich schlang meine Arme um ihn und hielt ihn fest, während er sich in mir bewegte. »Blue ... was hast du getan? Was hast du getan?«

»Lyrik ... bitte ...« Es war eine überflüssige Aufforderung, denn ich war bereits auf dem Weg zum Gipfel, wo sich die Lust schnell sammelte.

»Blue.«

Mein Körper spannte sich unter ihm an, als ich meine Erlösung fand.

Verloren.

Ich schwebte in den dunkelsten Himmeln, durch Wolken, die bedrohlich rumpelten. Durch die Gefahr des aufkommenden Sturms.

Das Summen vor dem Blitzschlag.

Lyrik zuckte zusammen und sein Mund blieb offen stehen, als er sich mit all seiner Unberechenbarkeit an mich klammerte. Er war wie aus den Angeln gehoben. Seine Finger gruben sich in meine Haut.

Beinahe schmerzhaft strömten die Worte aus seinem Mund.

»Du lässt meine Seele singen.«

So leise.

Und doch ohrenbetäubend.

Sing my soul.

Alles erstarrte. Das Taumeln des Raums, das Hämmern meines Herzens und der in Panik geratene Junge, der stocksteif auf mir lag.

Es war eindeutig.

Die Trauer, die plötzlich in den Raum quoll, sickerte aus seinen Poren und mit seinen stockenden Atemzügen aus seiner Lunge.

»Was hast du gesagt?« Ich wollte nicht, dass es so bedürftig klang, aber ich konnte es nicht verhindern.

Denn ich musste es wissen.

Ich versuchte, ihn zurückzudrängen. Um sein Gesicht zu sehen.

Er zuckte zur Seite. Sein Mund war starr. Die Kehle eng.

Noch immer weigerte er sich, mich anzusehen, und rollte sich langsam aus dem Bett.

Er sagte kein Wort, als er sich seine Unterwäsche und seine Jeans anzog. Die Stille war erdrückend, als er sie zuknöpfte.

Er schnappte sich sein Shirt vom Boden und zog es über seinen Kopf.

Die ganze Zeit über lag ich da, das Laken an meine Brust gepresst. Geschockt. Fassungslos. Erfreut und erschrocken zugleich.

»Was hast du gesagt?«, flehte ich erneut.

»Nichts«, murmelte er und fuhr mit der Hand durch sein dunkles Haar.

Ich rappelte mich vom Bett auf. »Sag mir nicht, dass es nichts war, wenn wir beide wissen, dass es etwas war!«

Er sah mich an. Hart und wütend. »Ich sagte, es war nichts. Lass es gut sein!«

Ich packte ihn am Arm. »Lyrik.«

Er schüttelte mich ab und ging auf die Tür zu.

Was zur Hölle?

Ich zog mich so schnell an, wie ich konnte, und folgte ihm die Treppe hinunter.

Ash und Zee kamen gerade durch die Eingangstür, als wir den Treppenabsatz erreichten.

Verdammt!

Aber ich würde das nicht auf sich beruhen lassen.

Ich weigerte mich, diesen starren, undurchdringlichen Mann loszulassen, der so offensichtlich gebrochen war.

Denn vielleicht brauchte er mich genauso sehr wie ich ihn.

Vielleicht musste er auch ein wenig gerettet werden.

Es spielte keine Rolle, wer das bezeugen würde.

Es war mir egal.

Denn was wichtig war, war er.

Was mich interessierte, war, was er sagte und was es bedeutete und wohin es *uns* führen würde.

»Lyrik, bitte!«, flehte ich und griff nach seinem Shirt.

Lyrik drehte sich um. Die Worte, die er mir dann entgegenschleuderte, waren leise, bösartig und abscheulich. »Was bitte, *Red*?«

Er sah mich an, als wäre ich Müll.

Schmutzig.

»Tu nicht so, als wüsstest du nicht, was das war!«, fuhr er fort. »Zwei Monate und du hast bekommen, was du wolltest. Du fickst wie ein Profi. Gratuliere.«

Ein ersticktes Keuchen entwich meiner Lunge und ich zuckte zurück. Beschämt. Von einem solchen Elend übermannt, dass ich fast auf die Knie gefallen wäre. Nach allem, was ich ihm offenbart hatte. Nach allem, was ich ihm anvertraut hatte, war *das* seine Antwort?

Ich holte aus, bevor ich meine Hand aufhalten konnte, und ich merkte kaum, wie sie durch die Luft auf sein verdammt hübsches Gesicht zuflog.

Ich hatte die ganze Zeit über recht gehabt.

Lyrik West war nichts weiter als ein Mistkerl.

21

———

LYRIK

Es gibt Zeiten im Leben, in denen man zweifellos weiß, dass man alles falsch macht.

In denen man weiß, dass man nichts weiter ist als ein Lügner, ein Mistkerl und ein Betrüger.

In denen man in Zeitlupe alles beobachtet, während das Gehirn noch auf Echtzeit eingestellt ist.

In denen man zwar alles sieht, es aber keine verdammte Sache gibt, die man tun könnte, um die Ereignisse zu stoppen.

Vor allem, wenn man selbst das Stück Scheiße war, das alles in Bewegung gesetzt hatte.

Das war zweifellos einer dieser Momente.

Ich wappnete mich für den herben Biss ihrer Hand.

Tatsächlich begrüßte ich ihn.

Hasse mich, Blue! Hasse mich!

Das war die einzige Möglichkeit, die wir noch hatten – jetzt, nachdem ich alles versaut hatte.

Der Knall hallte von den Wänden wider.

Er vibrierte mit dem Echo der Wunde, die ich ihr gerade zugefügt hatte.

Hasse mich, Blue! Hasse mich!

Ich hatte gewusst, dass diese Worte sie tief verletzen würden. Aber es waren die einzigen, die vielleicht die Worte ungeschehen machen konnten, die mich unerlaubt verlassen hatten. Die einzigen, die dieses wunderschöne Mädchen vielleicht davon abhalten würden, mich anzusehen, als wäre ich ihr Retter, ihr Licht und ihr Leben.

Denn Gott wusste, dass ich sie auf diese Weise betrachtete.

Meine Wange brannte wie verrückt, als sie ihre zitternde Hand wegzog. Sie hielt ihr Handgelenk fest und presste ihre Hand an ihre Brust. Ihr Gesichtsausdruck war entsetzt und verletzt und vielleicht auch ein bisschen schockiert, dass sie mich tatsächlich geschlagen hatte.

Ich hatte es verdient.

Ich hatte verdammt noch mal jede Strafe verdient, die auf mich zukommen würde, weil ich *diese* Worte aus meinem Mund hatte fließen lassen.

Zuerst die unerlaubten, dann die darauf folgenden, die einer blinden Panik entsprungen waren. Einer blinden Panik, die noch immer mein Herz erfüllte.

Diejenige, die all das nicht verdient hatte, war Blue.

Die tapfere, schöne Blue.

Ich wollte tausendmal um Verzeihung bitten. Auf die Knie fallen wie ein gottverdammter Bettler und um Vergebung beten. Aber wie sie mir schon einmal gesagt hatte, war es gut, dass meine Entschuldigungen selten waren, denn sie bedeuteten ohnehin nicht viel. Und wenn ich jetzt den Mund aufmachte, würde ich sie nur noch mehr verletzen.

Ich hätte mich umdrehen und weggehen sollen, als sie das erste Mal dieses Gefühl in mir geweckt hatte. Als sie mich das erste Mal mit Bedauern und Reue erfüllt hatte. Als ich das erste Mal diese Flicker der Freude verspürt hatte.

Wissend, wohin mich all diese Gefühle bringen würden.

Und wie ein Scheißkerl war ich ihr trotzdem nachgelaufen. Wieder und wieder. Unfähig, sie loszulassen.

Egoistisch – wie immer.

Ich hatte das Gute, das mir gegeben worden war, genommen und zerstört.

Und in diesem Moment bestand kein Zweifel daran, dass ich genau das erneut getan hatte.

Ich hatte ein unschuldiges Mädchen zerquetscht, weil ich zu schwach gewesen war, mich fernzuhalten.

Meine rothaarige Sirene, die mit aller Kraft versuchte, aufrecht zu stehen und so zu tun, als hätte ich sie nicht gerade vernichtet.

Aber es waren diese warmen, blauen Augen, die keine Lügen erzählten.

Ich spürte es in meinem Bauch und meinem geschwärzten Herzen. Dieses Gefühl, das ich mir nicht leisten konnte, zu fühlen.

Du lässt meine Seele singen.

Gott, dieses Mädchen brachte mich dazu, mehr zu wollen.

Ich wandte den Blick ab und sah zu Boden.

Loyalität.

Das war das einzig Gute, was ich hatte, und es war mir egal, wie sehr mich das alles fertig machte. Wie sehr ich sie verletzte. Das musste ein Ende haben. Ich musste diesen Wahnsinn stoppen, bevor es zu spät war. Bevor ich die Grenzen auslöschte, die ich immer weiter verschoben hatte. Ich wäre ein Narr, so zu tun, als würde ich sie nicht irgendwann überschreiten.

Langsam trat Tamar zurück und schüttelte den Kopf, als versuchte sie, die Katastrophe zu begreifen, die sich gerade ereignet hatte.

Wir waren eine Bombe, die nur darauf wartete, hochzugehen.

Ein Feuerwerkskörper, dem das Streichholz fehlte.

Und ich liebte es, mit dem Feuer zu spielen.

»Fick dich!«, sagte sie schließlich mit zitterndem Mund, durchnässt von den Tränen, die nicht versiegt waren, seit dieser Typ sie im Club wiedererkannt hatte.

Ja.

Fick mich.

Denn alles, was ich wollte, war, die Hand ausstrecken. Sie festzuhalten. Sie anzuflehen, zu bleiben, obwohl es zweifelsohne an der Zeit war, zu gehen. Ich hatte die Sache schon viel zu lange auf sich beruhen lassen.

Als ich nicht reagierte, drehte sie sich um und rannte die Treppe hoch. Ich konnte hören, wie sie dort oben herumpolterte, und ich war mir plötzlich der Hitze von Ashs Blick bewusst, der mir ein Loch in den Rücken brannte, und des Unbehagens, das Zee ausstrahlte, der gemeinsam mit Ash im Türrahmen zur Küche stand.

Genau das hatte mir noch gefehlt.

Ein verdammtes Publikum, während ich ein weiteres Leben zerstörte.

Sie kam wieder nach unten gerauscht; der Koffer, den sie hinter sich herzog, hüpfte bei jedem Schritt über die Stufen. Sie flog an mir vorbei wie ein kleiner Ball feuriger Energie und doch so verdammt groß und tiefgründig.

Dieses Mädchen war überlebensgroß. Sex und Sünde. Rein, weich und süß.

Ein Enigma.

Eine Verlockung.

Ich fuhr mit der Hand durch mein Haar und hatte das Gefühl, als würde mein Inneres in Stücke gerissen werden.

Sie ging auf die Tür zu, ohne mir einen weiteren Blick zuzuwerfen.

Panik breitete sich in mir aus und bevor ich mich zurückhalten konnte, rief ich ihren Namen. »Tamar.«

Sie erstarrte.

Verdammt!

War das das erste Mal, dass ich sie so nannte? Aber ich wusste, dass alles andere nichts anderes als eine Brüskierung gewesen wäre. Eine weitere Beleidigung.

Langsam drehte sie sich um, und mein Magen verkrampfte sich, denn dieses Mädchen war so verdammt schön, dass es mir den Atem raubte. So verdammt hübsch. Und sie sah mich an, als würde sie mich anflehen, sie zu bitten, zu bleiben.

Scheiße. Verdammte Scheiße!

Ich kramte mein Portemonnaie aus der Gesäßtasche und holte alles Bargeld heraus, das ich hatte.

Sechs sauber gepresste Hundertdollarscheine.

Sie stand einfach nur benommen da, Falten der Verwirrung zierten ihre Stirn. Ich drückte ihr die Scheine in die Hand und schloss ihre Finger darum.

Hoffentlich würde das genug sein, um sie wenigstens nach Hause zu bringen. Weg von diesem Ort. Weg von mir. Dorthin, wo ich ihr nicht wehtun konnte, wie dieser Schweinehund Cameron es getan hatte.

Und ich fragte mich, ob wir wirklich so unterschiedlich waren, er und ich, die wir beide etwas so unendlich Gutes zerstörten.

Endlich sah sie zu mir auf. Ihre Augen verengten sich. Ein Hauch von *Red.* »Was zum Teufel ist das?«

Ich schluckte schwer. »Geld ... damit du nach Hause kommst.«

Sie verzog das Gesicht. Beleidigt. Die Worte bitter und ungläubig. »Was? Hältst du mich jetzt für deine Hure? Denkst du, ich will dein Geld?« Sie knüllte es zusammen, bevor sie es mir ins Gesicht warf. »Du kannst zur Hölle fahren, Lyrik West.«

Kein Problem.

Ich war bereits dort.

Sie rannte zu den Doppeltüren und riss den rechten Flügel auf, woraufhin dieser gegen die Innenwand krachte.

Sie war schon halb draußen, als sie wieder zurückflog, als hätte sie es sich anders überlegt. »Weißt du was?«

Als sie mich mit hocherhobenem Kinn anstarrte, waren die Reste von *Red*, die versucht hatten, wieder aufzutauchen, verschwunden.

Zurück blieb mein Mädchen.

Blue.

Die tapfere, wunderschöne Blue.

Sie zeigte auf den Boden neben sich, als würde sie ihren Anspruch anmelden. »Nein.«

Nein.

Meine Brust zog sich zusammen.

So oft hatte ich sie angefleht, Nein zu sagen, und jetzt wollte sie es gegen mich verwenden? Wenn ich nichts dagegen tun konnte? Wenn ich sie nicht so respektieren konnte, wie ich es eigentlich sollte?

Hasse mich, Blue!

»Du hast kein Recht dazu«, sagte sie und machte einen Schritt nach vorn, während ich einen zurückwich. »Ich habe mich jahrelang versteckt und weiß, wie Verstecken aussieht.«

Sie berührte ihre Brust. »Und ich kenne dich. Was du vorhin gesagt hast ...«

Ich ballte meine Hände an den Seiten zu Fäusten und versuchte, nicht die Fassung zu verlieren.

»Ich weiß nicht genau, was es *bedeutet*, aber ich habe dich gehört.«

Ich rieb mein Gesicht, und sie redete einfach weiter, als wüsste sie nicht, dass sie mich völlig aus der Fassung brachte.

»Du hast mich um zwei Monate gebeten. Zwei Monate, Lyrik. Und in diesen zwei Monaten hast du alles verändert. Du hast dich in mein Leben gedrängt und alles auf den Kopf gestellt, was ich für richtig hielt, obwohl ich so falsch gelebt hatte. Du hast mir das Leben zurückgegeben, von dessen Fehlen ich nichts geahnt hatte. Ich dachte, wir hätten einen zeitlichen Rahmen. Ein Ende. Dabei warst du erst der Anfang.«

Ich kniff die Augen zusammen, um zu verhindern, dass ihre Worte mich aufspießten.

Durchbohrten.

Kreuzigten.

Aber ich war kein Heiliger.

Hoffnung bahnte sich ihren Weg in die Traurigkeit in ihrem Gesicht. »Ich gehe nach Hause, Lyrik. Nach Hause nach Arizona. An den Ort, vor dem ich seit Jahren davonlaufe. Ich gehe, weil du mich daran erinnert hast, wie es ist, mutig zu sein. Du hast mir gezeigt, dass es okay ist, ängstlich und verletzlich zu sein. Dass das manchmal die beste Position ist. Und nein, ich bin nicht geheilt. Ich habe noch eine Menge Narben zu versorgen ...«

Sie wischte sich die Tränen weg, die immer noch wie schimmernde Flüsse über ihr Gesicht liefen, und holte tief Luft. »Und ja, es wird mir verdammt viel *Angst* machen, im Zeugenstand gegen Cameron auszusagen. Aber ich werde es tun, weil es das Richtige ist. Weil ich nicht länger vor dem weglaufen kann, was ich bin. Weil du mich dazu gebracht hast, innezuhalten.«

Sie trat einen Schritt zurück. Mit einem Kopfschütteln richtete sie ihre Aufmerksamkeit auf ihre Füße und hielt sich am Griff ihres Koffers fest.

Grübelnd.

Schließlich sah sie wieder zu mir auf.

So mutig und kühn. Lebendige Farben. Die dunkelste Dunkelheit und das blendendste Licht.

»Ich liebe dich, Lyrik West. Und wenn ich durch diese Tür gehe, verspreche ich dir, dass es wehtun wird.«

Sie starrte mich an. *Aber du bist all die Schmerzen wert.*

Sie packte den Türgriff und wandte sich zum Gehen.

Ich knirschte so fest mit den Zähnen, dass ich mir sicher war, dass ich sie zu Pulver zermahlte, und zwang mich, nicht zu reagieren. Nicht nachzugeben, obwohl es das Einzige war, was ich auf dieser Welt wollte.

Denn alles, was ich wollte, war sie.

Aber ich konnte sie nicht haben.

Ich hatte ihr bereits gesagt, dass mein Herz nicht mir gehörte.

Aber verdammt, heute Abend fühlte es sich an, als würde sie es vollständig mit sich nehmen.

Sie hielt inne und warf einen letzten Blick über ihre Schulter. »Und fürs Protokoll: Ich glaube, wir waren die beste Idee, die du je hattest.«

Dann ließ sie die Tür leise hinter sich zufallen.

Und ich ließ sie gehen.

Wie Ash einmal gesagt hatte – die meisten von uns brachen lediglich ihr eigenes verdammtes Herz.

Ich stand da und starrte auf die leere Stelle, wo sie gewesen war.

Ich hasste mich selbst.

Ich hasste meine Entscheidungen.

Ich wünschte, ich könnte zurückgehen und alles ungeschehen machen.

Es irgendwie wiedergutmachen.

»Das war's also? Du wirst wirklich wie ein Weichei dastehen und sie durch diese Tür gehen lassen?«

Mein Blick schoss nach rechts, wo Ash und Zee standen.

Verdammt!

Ich hatte fast vergessen, dass sie Zeuge des Shitstorms geworden waren, der mein Leben weiterhin beherrschte.

»Es hat sich nichts geändert, Ash. Das habe ich schon mal gesagt.«

Zee trat einen Schritt nach vorn und schüttelte enttäuscht den Kopf. »Fick dich, Lyrik! Ich werde dafür sorgen, dass dein Mädchen sicher nach Hause kommt. Es ist verdammt noch mal ein Uhr nachts.«

Er stürmte aus dem Haus und knallte die Tür hinter sich zu.

Das laute Krachen des Holzes ließ mich zusammenzucken. Auch angesichts der Wahrheit seiner Worte. Und meines Verhaltens. Aber ich hatte keine verdammte Ahnung, wie ich das wiedergutmachen sollte.

Ash schnaubte leise und seine Stimme war noch leiser, als er schließlich sprach. »Denkst du, die Leute hier wissen nicht, warum du immer zwei nimmst, Mann? Warum es für dich zu gefährlich ist, nur ein Mädchen mit nach Hause zu nehmen? Weil du jemandem zu nahe kommen könntest? Mir scheint, dass sich doch *etwas* geändert hat.«

Er bewegte sich auf mich zu. Seine Annäherung hatte etwas Feindseliges an sich. Da war dieser Hauch von Wut und Abscheu.

Vielleicht waren es aber auch nur Spiegelungen meiner eigenen Gefühle.

Er neigte den Kopf zur Seite und warf mir einen finsteren Blick zu. »Glaubst du wirklich, dass Kenzie ...«

Er hätte mich genauso gut ins Gesicht schlagen oder mir in den Bauch treten können. Der Klang ihres Namens ließ meinen ganzen Körper taumeln.

Mein Brustkorb verkrampfte sich und mein Herz pochte wie wild in seinem Inneren.

Ash sah es. Er verzog ungläubig das Gesicht und holte tief Luft. »Du kannst nicht einmal ihren verdammten Namen aussprechen, was? Nach all der Zeit kannst du nicht einmal ihren Namen aussprechen.«

»Hör auf!«, mahnte ich. Kämpfend. Ich kämpfte gegen die Wut an. Ich wusste nur nicht, auf wen ich am wütendsten war.

Er machte weiter, kam immer näher und bohrte sich wie ein rasiermesserscharfer Spieß in meinen Verstand. »Glaubst du wirklich, dass *Kenzie* irgendwo am anderen Ende der Stadt Nadeln in eine schwarzhaarige Voodoopuppe sticht? Deinen Namen verflucht? In der Hoffnung, dass du in der Hölle verrottest?«

Mein Lachen war spröde. Es zerbarst wie alles andere in mir. »Glaubst du, nach allem, was ich getan habe, dass sie es nicht tut?«

Er schnaubte erneut. »Die einzige Hölle, in der du steckst, Mann, ist die, die du geschaffen hast. Du hast dich selbst verurteilt, Lyrik, und genau dort wirst du verrotten, wenn du nicht aufwachst und dir ansiehst, was direkt vor dir liegt. Sieh dir an, was dir gegeben wurde!«

Er streckte seinen Arm zur Seite aus. »Du hast gerade das Beste, was dir je passiert ist, durch die Haustür gehen lassen.«

Dieser verdammte Ash und seine Art, alles zu begreifen.

Ich schüttelte den Kopf, meine Stimme war kalt wie Eisregen. »Du weißt, dass ich sie nicht behalten kann.«

Er wurde ernst. »Wann hörst du endlich auf, dir die Schuld zu geben?«

Ich schluckte an dem Kloß, der wie ein Stein in meinem Hals saß, vorbei.

Er machte einen weiteren Schritt nach vorn, eine Bewegung, die sowohl flehend als auch bedrohlich wirkte. »Was ist mit mir, Mann? Gibst du mir immer noch die Schuld? Denkst du, es bringt mich nicht um, zu wissen, dass ich einen Anteil daran hatte? Daran zu denken, dass ich derjenige war, der dich in jener Nacht überredet hat, zu gehen?«

Seine Worte waren eindringlich und hart und er schleuderte sie mir direkt ins Gesicht. »Kenzie war ein nettes Mädchen. Und ja, du hast es versaut. Du hast es total versaut. Wir waren damals alle so verkorkst, haben alles falsch gemacht und einen Fehler nach dem anderen begangen. Und ich weiß, dass es dich am meisten gekostet hat. Aber ich bin so verdammt fertig damit. Ich habe es satt, dass du denkst, das Leben nicht verdient zu haben. Du hast auch verloren, Mann. Sie war nicht die Einzige, die in dem ganzen Schlamassel zu Schaden gekommen ist.«

Ich drehte den Kopf zur Seite, mein Ton war schroff. »Ich habe es versprochen.«

Er wich einen Schritt zurück. »Ja? Sag mir, was dieses Versprechen bewirkt hat! Wem hat es genützt? Nicht ihr und schon gar nicht dir.«

»Ich habe es versprochen. Ich werde es jetzt nicht zurücknehmen.«

Nicht jetzt und auch nicht später.

Er lachte, obwohl nichts daran lustig war. »Du und dein beschissener Sinn für Loyalität. Glaubst du, ich habe diesen Scheißkerl Eric heute Abend bei der Aftershow nicht gesehen? Und weißt du was, Lyrik? Ich bin froh, dass du ihm den Rücken zugekehrt hast. Dass du nicht zulässt, dass er dich mit seinem Schwachsinn vollquatscht. Aber du tust es aus den falschen Gründen. Du tust es aus Pflichtgefühl. Du könntest genauso gut bei ihnen unterschreiben ... denn diese Art von Loyalität brauchen wir nicht. Das Einzige, dem gegenüber du wirklich loyal bist, ist dein Elend.«

Ich schob ihn beiseite und strich mit dem Handrücken über meinen Mund, als könnte ich damit die Bitterkeit wegwischen und den aufkeimenden Hass verdrängen. Ich brauchte frische Luft und ging zu den großen Schiebetüren, die zum Pool führten.

Ich riss die Türen weit auf und blieb nicht stehen, auch nicht, als Ashs Stimme von hinten ertönte: »Sag mal, Lyrik! Was soll dieses verdammte Versprechen? Wem hilft es? Bist du hier bei uns, weil du dich um uns sorgst? Um die Band? Oder weil du denkst, dass du uns etwas schuldig bist?«

Sobald ich draußen war, fasste ich mir an den Kopf. Die Geräusche der Nacht umgaben mich, das Rauschen der kühlen Brise, die sich mit den Überresten einer Party unter mir vermischte, das dumpfe Summen der Käfer, die sich an den Bäumen festkrallten. All das wirkte auf mich wie ein Echo der Einsamkeit, die mich wie eine Krankheit übermannte. Das klaffende Loch wurde immer größer.

In der Ferne grollte der Donner.

Meine Brust fühlte sich so verdammt eng an. So eng, dass ich sicher war, nicht atmen zu können.

Ich konnte fast ihre Gesichter sehen, Erinnerungsfetzen, die mich auf die Probe stellen und verhöhnen sollten.

Ich konnte ihren Namen fast schmecken.

Aber als ich schrie, war der Name auf meiner Zunge Blue.

22

———

LYRIK

SECHS JAHRE ZUVOR

Es war 23:47 Uhr an einem Samstagabend. Ich wusste nicht, wann das Leben zu einer endlosen Party geworden war. Vielleicht war es allmählich geschehen. Vielleicht auch über Nacht. Das letzte Jahr war ein einziges Durcheinander von Höhen und Tiefen gewesen. Ich war mit den Jungs in das kleine Haus gezogen, hatte Musik geschrieben, Veranstalter um Auftritte angefleht und gleichzeitig das Gefühl gehabt, den amerikanischen Traum zu leben.

Aus den Lautsprechern dröhnte Musik, und ich saß auf der schmuddeligen, abgenutzten Couch. Mein Baby war auf meinem Schoß, ich streichelte ihre Saiten und liebkoste ihren Körper. Ich spürte, wie sich etwas in mir regte, etwas Mächtiges, als wäre es meine Seele, die das Lied blutete.

Ash war ganz aus dem Häuschen und der Typ, der vor einer Handvoll Leute, die sich hierher verirrt hatten, davon schwärmte, wie groß *Sunder* sein würde, sobald wir den Durchbruch geschafft hatten. Die Leute waren wie alle anderen auch. Ohne Zuhause. Verloren und verlassen. Auf der Suche nach einem Sinn.

Anscheinend war dies der richtige Ort, um ihn zu finden.

Mark saß in der Ecke, die Augen nur noch Schlitze, und verlor sich in seiner eigenen, abgeschiedenen Welt. In dem alten Sessel rechts neben der Couch war Sebastian bereits von dem Gift, das er in seine Adern gepumpt hatte, weggetreten, und sein kleiner Bruder Austin saß auf dem Boden, die Nase an den Fernseher gepresst, damit er über die Unruhe hinweg hören konnte, während er ein Videospiel zockte.

Zweifellos war das nicht die beste Atmosphäre für ihn. Er wurde Zeuge von Dingen, die kein dreizehnjähriges Kind sehen sollte. Aber es war auch nicht die schlimmste Umgebung. Es war auf jeden Fall besser, als von dem Arschloch verprügelt zu werden, das eigentlich sein Vater sein sollte.

Direkt vor mir stand der Couchtisch. Darauf waren in einer perfekten Reihe fünf Schnäpse in der Farbe von Lakritze aufgereiht.

Daneben befanden sich drei dicke Lines mit Koks.

Ich fing gerade erst an.

Ich sah kaum auf, als es an der Tür klopfte, der Türknauf gedreht wurde und neue Stimmen hereinströmten. Ash schüttelte ein paar Hände und klopfte ein paar Leuten auf den Rücken.

Aber es war dieses kribbelnde Gefühl, das mich den Kopf heben ließ.

Braune Augen schauten mich an.

Weit und neugierig.

Schamlos und schüchtern zugleich.

Sie wanderten über mein Gesicht, über meine Gitarre, hinunter zu dem Scheiß auf dem Couchtisch und wieder hinauf zu mir.

Die ganze Zeit starrte ich einfach nur.

Vielleicht war es der Rausch, der mich überwältigte.

Das Adrenalin, das wie eine Trommel auf mein Herz

einschlug und nur darauf wartete, mich zu etwas Großem zu katapultieren.

Aber es stand außer Frage, dass ich dieses Mädchen haben musste.

Ihre Freundin berührte ihren Arm, um ihre Aufmerksamkeit zu erregen, und widerwillig senkte sie den Blick und folgte ihr in die Küche. Ash legte seinen Arm um die Schultern ihrer Freundin und flüsterte ihr zweifellos etwas Unanständiges zu.

Es war klar, dass Ash die Einladungen ausgesprochen hatte.

Aber ich war nur zu gern bereit, mich zu beteiligen.

Sie nahmen die Drinks an, die Ash ihnen einschenkte, dann kamen sie zurück ins Wohnzimmer und setzten sich. Ich spürte, wie sie sich mir näherte, während ich mich gezwungen fühlte, mich in ihre Richtung zu bewegen.

Die Nacht verging wie im Flug, ein Wirrwarr aus Shots, Lines, schrillen Stimmen und ununterbrochener Musik.

Trotzdem blieb das Mädchen mein Fokus. Meine Augen waren wie gebannt. Mein Schwanz war hart.

Mit jedem Blick in die braunen Augen unter diesen dunklen, dunklen Wimpern wuchs mein Verlangen nach ihr. Ihr strammer kleiner Körper bettelte darum, verschlungen zu werden. Sie trug Skinny-Jeans und ein zerrissenes schwarzes T-Shirt, das hinten zusammengebunden war. Ihre milchig weiße Haut neckte mich mit jedem Aufblitzen.

Ash bediente sie fortwährend mit Drinks, und ich lächelte, als sie plötzlich neben mir saß und mit jedem Shot näher kam. Ich teilte einen mit ihr, wischte das Tröpfchen Alkohol ab, das auf ihrer Oberlippe klebte, und leckte es von meinem Daumen ab. Dann war mein Mund auf ihrem und sie auf meinem Schoß.

Sie küsste mich unablässig, meine Hände waren in ihrem Haar, ihre Fingernägel in meiner Haut.

Ich stand auf und nahm sie mit, ohne den Kuss zu unterbrechen.

Ich schwor mir, dass ich noch nie etwas so Süßes geschmeckt hatte.

Es war ein Rausch, wie ich ihn noch nie erlebt hatte.

Ich trug sie in mein Zimmer, stellte sie ab und trat die Tür hinter uns zu. Dunkelheit durchflutete den Raum. Aber das Mädchen war alles, was ich sehen konnte. Ein schemenhafter Engel, der in dem trüben Licht, das durch das Fenster hereinfiel, wie die beste Sünde aussah.

Einen Moment lang starrten wir beide nur keuchend vor uns hin, bevor ich mich vorwärts bewegte. Sie sah mich mit ihren großen braunen Augen an, als sie mein Shirt anhob. Ihre Finger streiften die Haut meines Bauchs, fast vorsichtig, und verdammt, es war das Schärfste, was ich je erlebt hatte. Dann machte sie sich an den Reißverschluss meiner Jeans, und ich zog meine Schuhe aus, während sie sich ihres Tops und ihres schlichten weißen BHs entledigte.

Ich nahm sie hoch und warf sie auf mein Bett.

Die Rückstände meines Morgen-Highs befanden sich auf einem Tablett auf dem Nachttisch. Ich strich mit dem Finger über das Pulver, kroch aufs Bett und schwebte über ihr, während ich meine Lippen leckte.

Sie wirkte fast zögerlich und ihre braunen Augen waren wild, als ich den Finger in ihren Mund schob, ehe sie mit einem Stöhnen daran saugte und ich sie wieder küsste.

Und ich fühlte mich wie ein König.

So verdammt mächtig.

Als könnte mir nichts auf dieser Welt etwas anhaben.

Nichts außer diesem Mädchen.

. . .

Verwirrt blinzelte ich gegen die gedämpften Strahlen des Morgenlichts, das durch das Fenster hereinfiel. Ein schwindelerregender Glitzerschleier schleuderte etwas in mein Zimmer, das wie durchsichtige Dolche aussah. Ich versuchte, die Quelle dessen ausfindig zu machen, was mich aus dem Schlaf gerissen hatte. Der Schlaf, den ich eigentlich gar nicht loslassen wollte, denn ich war mir ziemlich sicher, dass es nicht länger als eine halbe Stunde her sein konnte, dass ich eingeschlafen war.

In den Armen eines Mädchens.

Das Mädchen.

Das verdammt hypnotisierende Mädchens der vergangenen Nacht.

Sie stand neben mir und sah mich an, als würde sie sich ein Geheimnis einprägen, das sie für immer bewahren wollte. Ihre braunen Augen waren aufmerksam, aber auch verwirrt und ein wenig ängstlich.

Gott.

Bei Tageslicht war sie hübsch. Sie schimmerte in dem feinen Lichtschleier, der um ihr zerzaustes Haar und ihr engelhaftes Gesicht tanzte.

Wirklich verdammt hübsch.

Und wirklich verdammt jung.

Ich wischte mit der Hand über mein Gesicht, als müsste ich das Bild neu arrangieren. Dann blinzelte ich. »Was machst du?«, fragte ich sie schließlich und meine Stimme war rau und heiser.

Ihre Kehle bebte. Ängstlich schob sie ihre Zunge heraus, um ihre Lippen zu befeuchten. Sie wollte einen Schritt nach vorn machen, schien sich dann aber dagegen zu entscheiden. »Ich muss gehen«, sagte sie so leise, dass ich sie kaum hören konnte.

Meine zusammengekniffenen Augen verengten sich weiter. »Warum?«

»Ich muss nach Hause«, flüsterte sie nervös und aufgeregt. »Ich bin schon spät dran ... und wenn mein Dad ...« Sie verstummte und überließ es mir, die Lücken zu füllen.

Verdammt!

Ich schoss in die Höhe und fuhr mit beiden Händen über meinen Hinterkopf, während ich meine Ellbogen auf die Knie stützte.

Das dünne Laken verdeckte gerade so die Spuren meines nackten Körpers.

Ich wandte meine Aufmerksamkeit in ihre Richtung. »Sag mir, dass du nicht das sagen willst, von dem ich denke, dass du es sagen willst!«

Sie zuckte zusammen und schluckte. »Letzte Nacht ... ich ... ich mache so etwas nicht ... Ich meine ... ich habe es schon mal gemacht, aber das war mit meinem Ex-Freund ... aber du hast mich die ganze Zeit angeschaut ...«

Sie deutete auf mich. »*Und schau dich mal an* ... und ich habe getrunken ... und ...«

In ihren Worten schwang Panik mit und sie schwankte auf ihren Füßen.

Die Schuldgefühle nahmen mich in den Würgegriff.

Worauf hatte ich mich da bloß eingelassen?

Sie war unschuldig. Und doch etwas wild. Ich konnte die beiden Punkte nicht ganz miteinander verbinden.

»Komm her!«, sagte ich schließlich.

Sie zögerte.

»Komm her!«, wiederholte ich leiser und streckte meine Hand aus, obwohl ich wusste, dass ich damit nur Ärger heraufbeschwor. Aber ich konnte mich nicht zurückhalten. Ich wollte die Scham in ihrem Gesicht wegwischen.

Na gut. Und ich wollte sie wieder berühren.

Ja.

Ich wollte sie wirklich wieder berühren.

Schließlich gab sie nach. Sie legte ihre weiche Hand in meine und ließ sich von mir zurück aufs Bett ziehen. Sie setzte sich auf mich, die Knie auf beiden Seiten meiner Taille. Sie hielt sich an meinen Schultern fest und ich ließ meine Hände zu ihren Hüften wandern.

Ihr langes Haar fiel wie ein Schleier um uns herum.

Sie verbargen, was nie hätte sein dürfen.

Uns.

Endlich erfuhr ich das Geheimnis, das sie hatte stehlen wollen.

Meine Kehle fühlte sich rau an, als ich schließlich sprach, ohne zu wissen, wie ich es ausdrücken sollte. Denn verdammt, dieses Mädchen hatte mich überrumpelt. »Hör zu ... es tut mir leid, wenn ich dich gestern Abend irgendwie ausgenutzt habe. Ich wollte dir nicht wehtun. Ich hatte keine Ahnung, dass du ...«

Ahnungslos und ein bisschen ängstlich vor der Antwort schaute ich sie Hilfe suchend an.

»Siebzehn«, sagte sie und biss sich auf die Unterlippe.

»Siebzehn«, wiederholte ich. Ich ließ diese Zahl in meinem Kopf kreisen und kam zu dem Schluss, dass der Unterschied zwischen dieser Zahl und zwanzig gar nicht so groß war. Oder?

Ich legte meine Handfläche an ihren warmen Hals, spürte das unregelmäßige Pochen ihres Pulses und ließ meine Fingerspitzen in ihr Haar gleiten. »Es tut mir leid, wenn du bereust, was letzte Nacht passiert ist.«

Sie kaute ein wenig heftiger auf ihrer Lippe. »Ich bereue es nicht. Ganz und gar nicht. Es war ...«

»Irgendwie perfekt«, sagte ich.

Ein hauchzartes Lächeln tanzte über ihren Mund. Irgendwie erleichtert. Als hätte sie sich gefragt, ob sie auf mich so wirkte, wie ich auf sie wirkte.

Wenn sie nur wüsste.

»Ja«, sagte sie mit niedergeschlagenen, schüchternen und süßen Augen.

Sie warf einen Blick zur Tür. »Ich sollte wirklich gehen.«

Ich ließ meinen Blick über ihr Gesicht wandern, während ich eine Entscheidung traf. »Was, wenn ich sage, dass ich nicht will, dass du gehst?«

Ihre Wangen röteten sich, und die Worte sprudelten wie ein Geheimnis aus ihr heraus. »Dann würde ich sagen, dass ich wirklich, wirklich gern zurückkomme.«

Grinsend streichelte ich ihre Wange. »Wie ist dein Name?«, fragte ich.

Sie schenkte mir das sanfteste Lächeln. »Kenzie. Mein Name ist Kenzie.«

In den darauffolgenden Nächten schlich sich Kenzie immer wieder in mein Bett, bis es zur Routine wurde. Bis es sich seltsam anfühlte, wenn sie nicht da war. Als fehlte ein Stück meiner selbst. Es schmerzte in den Nächten, in denen sie sich nicht aus dem Fenster schleichen konnte, weil die Lügen immer zahlreicher wurden und ihre Eltern Verdacht schöpften. Die Ausreden und Geschichten, die sie vorbrachte, waren nichts anderes als ein Beweis unserer Schuld.

Sie konnte schließlich nicht jedes Mal behaupten, dass sie bei ihrer Freundin Tricia übernachtete.

Sie integrierte sich in unsere Gruppe, als hätte sie dort schon immer hingehört. Sie feierte mit den Besten von uns und war die ganze Nacht mit mir auf, bevor sie sich kurz vor dem Morgengrauen zurück nach Hause schlich, wo sie durch ihr Schlafzimmerfenster kletterte, aus dem sie acht Stunden zuvor ausgebrochen war.

Meistens jedenfalls. An diesem Morgen wachte ich mit ihr in meinen Armen auf. Ihr Kopf lag auf meiner Schulter, ihr

Haar klebte an meinem Gesicht. Ich schob mein Gesicht ein Stück nach vorn.

»Kenz, Baby, was machst du noch hier? Du hast doch Schule.«

Ihr Kopf schoss in die Höhe. Verwirrt blinzelte sie. Sie schaute auf die Uhr auf meinem Nachttisch. *11:48 Uhr.* Immerhin konnten wir es noch Morgen nennen.

»Scheiße«, murmelte sie. Dann schien sie den Moment der Panik an sich vorbeiziehen zu lassen und legte ihren Kopf zurück auf meine Schulter. »Ich kann das nicht, Lyrik. Es fühlt sich an, als hätte ich seit Tagen nicht mehr geschlafen. Ich will einfach nur hierbleiben ... in diesem Bett ... den ganzen Tag.«

Ich drehte mich um und schwebte über ihr. »Das hört sich gut an.«

Sie schenkte mir ein kokettes Grinsen, bevor wir beide durch das plötzliche Klopfen an der Haustür erstarrten.

»Ignorier es einfach!«, sagte ich.

Aber das Hämmern dauerte an. Ihr Handy blinkte auf dem Nachttisch. Sie tastete danach und kniff dann die Augen zusammen, als sie die Nummer auf dem Display sah. Schließlich nahm sie es. »Es ist mein Dad. Und ich habe ungefähr ... zehn Anrufe von ihm verpasst.«

Sie scrollte durch ihre verpassten SMS und schüttelte den Kopf. »Er ist in der Schule aufgetaucht, um mit Tricia zu reden. Sie hat klein beigegeben und ihm gesagt, wo ich bin. Das ist alles meine Schuld«, flüsterte sie leise vor sich hin. »Wenn ich nur aufgestanden wäre.«

Das Klopfen wurde lauter, ein unaufhörlicher, verlangender Hammer.

Ich musterte sie einen Moment lang, bevor ich fragte: »Wie möchtest du das angehen?«

»Ich muss da raus. Er ist nur ... besorgt. Und ich bin sicher, dass er sehr, sehr sauer ist.«

Schuldgefühle überzogen ihr Gesicht und das unschuldige Mädchen kam wieder zum Vorschein. Das Mädchen, das nicht hierher gehörte.

Ganz und gar nicht.

»Dann komme ich mit dir.«

»Ich glaube nicht, dass das eine gute Idee ist.«

Ich berührte ihr Gesicht. »Wir können uns nicht ewig verstecken, Kenz.«

»Er wird versuchen, dich von mir fernzuhalten.«

»Ich weiß.« Ich lächelte. »Aber das kann er nicht.«

So etwas wie Zärtlichkeit glättete ihre Züge, bevor das Grauen sie wieder einnahm. Sie nickte knapp und wir zogen uns schnell an. Das Hämmern an der Tür hörte nicht auf. Ich konnte die Angst und die Qualen, die damit einhergingen, fast spüren, die Verzweiflung, die von Wut, Sorge und Panik geschürt wurde.

Meine eigene Panik wuchs und mein Herzschlag beschleunigte sich mit jedem Hämmern. Ich ging in meinem Kopf eine Million Szenarien durch, was ich sagen und tun würde. Denn ich wollte Kenzie auf keinen Fall verleugnen. Alles daran fühlte sich falsch an. Denn dieses Mädchen und ich waren so verdammt richtig zusammen.

Die gleiche Panik hatte auch Kenzie ergriffen, als sie die Füße in ihre Schuhe schob und sich schnell durchs Haar fuhr, um es zu glätten. Sie versuchte verzweifelt, den Anschein von Unschuld zu erwecken, obwohl klar war, dass die Situation alles andere als das war.

Sie verließ das Schlafzimmer und ich folgte ihr. Im Wohnzimmer waren die Vorhänge zugezogen, die Wohnung war abgedunkelt, aber die Spuren der Party vom Vorabend waren noch überall im Raum zu sehen.

Zwei Takte lang zögerte Kenzie an der scheppernden Tür

und holte tief Luft, bevor sie das Schloss entriegelte und die Tür langsam öffnete.

Sofort verstummte das Klopfen und blendendes Licht strömte in den Raum. Die Umrisse einer einzelnen dunklen Gestalt in der Mitte des Raums erweckten den Eindruck eines brennenden Mannes.

Keine Frage, genau das war er auch.

Kenzie stand einfach nur da und ich fünf Schritte hinter ihr, wie ein Monster, das in den düsteren Schatten lauerte.

Kurzzeitig herrschte völlige, unübersehbare Erleichterung. Als wollte ihr Dad nur, dass es ihr gut ginge. Aber es dauerte nur eine Sekunde, bis die Wut zurückkam.

»Steig ins Auto!«, sagte er leise und drohend.

»Daddy.« Sie streckte eine Hand aus, als wollte sie ihn sowohl beruhigen als auch anflehen.

»Es gibt nichts zu besprechen, Kenzie. Steig ins Auto!«

Sie zögerte und ich machte einen Schritt nach vorn ins Licht.

Ich entblößte mich.

Braune Augen – genau wie Kenzies – trafen auf meine. Aber wo ihre weich und süß waren, brannten seine vor unbändigem Hass.

»Steig ins Auto!«, wiederholte er zähneknirschend. Sein Blick war auf mich gerichtet und hatte die Kraft, mich in zwei Teile zu schneiden.

Als sie sich nicht rührte, packte er ihren Ellbogen und zerrte sie hinaus in den Tag.

Sie schrie auf und ich wusste, dass er ihr nicht wehtat, dass dieser Typ sie nur beschützen wollte, aber ich konnte mich nicht davon abhalten, nach vorn zu stürmen. Ich kam abrupt zum Stehen, als er sie hinter sich drückte.

Eine lebende Wand aus Aggression.

Er musterte mich, begutachtete mich, beäugte mich. Ich

stand da in meinen superengen schwarzen Jeans und meinem ausgefransten T-Shirt. Das neue Tattoo, das ich mir gerade auf den Oberarm hatte stechen lassen, stand deutlich hervor, und mein schwarzes Haar war ein einziges Desaster.

Der Hass verstärkte sich.

»Finden Sie es lustig, mit kleinen Mädchen zu spielen?«, fauchte er plötzlich.

»Ich bin kein kleines Mädchen«, argumentierte Kenzie leise.

Er warf ihr einen warnenden Blick zu, bevor er sich wieder auf mich stürzte, wobei seine Feindseligkeit mit jeder Sekunde zunahm.

Er zeigte auf mich. »Halten Sie sich von meiner Tochter fern!«

Ich rieb mit meinen Fingern über meinen Mund und richtete meinen Blick auf meine Füße, als hätten sie eine Antwort. Langsam sah ich ihn wieder an und versuchte, keine Feindseligkeit in meinem Tonfall zu zeigen. »Das könnte ein Problem werden.«

»Ein Problem?«, fauchte er, trat einen Schritt vor und streckte seinen Oberkörper heraus. »Du bist das Problem, und ich verspreche dir, wenn du meine Tochter das nächste Mal auch nur ansiehst, wird die Polizei eingeschaltet.«

Ich wollte nicht höhnisch lachen, aber ich tat es trotzdem. »Wir beide wissen, dass das nichts bringen wird. Glauben Sie wirklich, die scheren sich um ein Mädchen, das in ein paar Monaten achtzehn Jahre alt wird, und einen Mann, der zwanzig ist? Nichts für ungut, aber Ihre Tochter ist kein kleines Mädchen mehr.«

»Ja? Nun, sie ist *mein* kleines Mädchen. Ein Mädchen, das früher eine Musterschülerin war. Ein Mädchen, dem ich vertrauen konnte, dass es mich nicht anlügt. Und seit sie mit Leuten wie Ihnen herumhängt, bekomme ich nur noch Lügen und Anrufe, dass sie die Schule schwänzt und ihre Noten den Bach runtergehen.«

Als wäre ihm gerade erst der Gedanke gekommen, lenkte er seine Aufmerksamkeit ins Wohnzimmer. Ich wünschte mir, ich hätte mich kurz umgesehen. Es lag nichts Konkretes herum, aber die Überreste waren belastend genug.

Es war offensichtlich.

Ihn packte ein heftiger Schmerz, als hätte er einen plötzlichen Herzanfall erlitten.

Er schien Mühe zu haben, aufrecht zu stehen. »Wollen Sie sie wirklich in Ihr Chaos hineinziehen? *Ihr* Leben ruinieren? Sehen Sie sich doch an!«, keuchte er. Es war eine Mischung aus einer Beleidigung und einem Flehen, mich zur Vernunft zu bringen.

Wieder durchzuckten mich Schuldgefühle. Sie hielten mich fest.

Sie *war* zu gut für dieses Leben.

»Wenn Ihnen etwas an ihr liegt, dann halten Sie sich von meiner Tochter fern!« Der Befehl war hart, stählern und von seiner Liebe zu ihr durchdrungen.

Und es tat verdammt weh. Ich stand da wie ein Punk.

Ich wusste, dass er recht hatte.

Und trotzdem wollte ich mich wehren.

Wir hörten wohl beide gleichzeitig, wie sie leise weinte, denn wir zuckten zusammen, bevor wir uns wieder aufeinander stürzten.

Ihre Worte waren kaum lauter als ein Atemzug. »Daddy ... ich liebe ihn.«

Ich liebe ihn.

Sie hatte diese Worte noch nie zuvor gesagt. Sie erschreckten mich, erfüllten mich und erschütterten mich.

Was hatte ich getan?

Er reagierte nicht auf sie, sein Groll war immer noch auf mich gerichtet. »Halten Sie sich von ihr fern!«

Er nahm sie am Arm und zerrte sie zu dem Auto, das am Bordstein wartete.

Kenzie sah mich über ihre Schulter hinweg flehend an.

Tu etwas!

Und ich wollte es. Ich wollte etwas tun. Ich wusste nur nicht, was das sein sollte.

Drei Wochen vergingen in einem trostlosen Wirrwarr, in dem ich sie wie verrückt vermisste und meine Adern mit allem füllte, was den Schmerz lindern könnte. Verdammte Tiefs. Verdammte Hochs. Ich brauchte mehr und mehr und mehr. Natürlich bemerkte das niemand im Haus, denn sie waren alle genauso abgefuckt.

Sex, Drogen und Rock 'n' Roll, Baby.

Bis dahin hatte ich nie wirklich verstanden, was das bedeutete. Es war ein endloser Kreislauf, der einen verschlang, bevor man überhaupt wusste, wie einem geschah.

Nur ein Haufen sorgloser Ratten, die auf das Nagerrad aufsprangen.

Und es drehte und drehte und drehte sich.

Aber natürlich hatte ich keinen Sex, denn egal, wie viele Mädchen durch die Tür kamen, ich wartete nur auf sie.

Ich schrieb ihr zu viele SMS und rief immer wieder dieselbe Nummer an, die nicht mehr erreichbar war. Immer und immer wieder, wie ein Narr, der ein anderes Ergebnis erwartete.

Es hieß, das sei die Definition des Wahnsinns.

Ich hatte nicht vor, die Logik dieser Aussage zu bestreiten. Ich spürte es. Mein Gehirn löste sich langsam auf, während mein Körper nachgab.

Im Bad betrachtete ich mein rotäugiges Spiegelbild und

spritzte mir kaltes Wasser ins Gesicht, als könnte mich das von meiner Benommenheit befreien. Ich schlug meine Stirn gegen den Badezimmerspiegel und stöhnte auf.

Gott, ich musste mich zusammenreißen.

Ich kratzte mich am Kopf, schlurfte hinaus, durchquerte den Flur und öffnete meine Schlafzimmertür. Ruckartig blieb ich stehen.

Kenzie saß auf dem Boden und lehnte an der Wand unter dem Fenster. Ihre Wangen waren tränenverschmiert und ihr Haar klebte auf ihrer durchnässten Haut.

Ich schoss durch den Raum und sank auf die Knie. Ich betete, dass sie keine Halluzination war, und hielt ihr Gesicht fest. »Kenz ... Baby ... du bist hier.«

Ich wischte ihre Tränen mit meinen Daumen weg und wusste, dass es dumm war, dass ich wie ein Idiot lächelte, während sie so aussah, aber ich konnte nicht anders.

Sie war hier.

Sie schniefte und zitterte und löste sich aus meinem Griff, als sie ihren Arm hob, um sich die Tränen mit dem Ärmel ihres Shirts abzuwischen.

Ich streichelte ihr Haar. »Was ist los, Baby, du siehst nicht glücklich aus, mich zu sehen.« Ich versuchte, zu scherzen, und hasste es, dass sie daraufhin zusammenzuckte. In die Erleichterung, sie zu sehen, mischte sich ein langsames Grauen.

Sie sah zu Boden und ich schob meinen Finger unter ihr Kinn, um sie zu zwingen, mich anzuschauen. »Sag mir, was los ist!«

Ihr Gesicht verkrampfte sich. »Ich bin schwanger.«

Ich stolperte zurück. »Was? Wie?«

Ungläubig lachte sie, als wäre ich etwas beschränkt, und die Worte strömten heraus wie eine Anschuldigung. »Hast du in den vier Monaten, in denen wir miteinander geschlafen haben, jemals ein Kondom benutzt? Bist du jemals mit mir zum Arzt gegangen, um die Pille zu holen?«

Sie presste ihre Fingerspitzen in beide Augen. »Gott, wir sind so dumm«, flüsterte sie. »So leichtsinnig und unverantwortlich. Genau wie mein Dad gesagt hat. Er hatte recht, Lyrik. Er hatte vollkommen recht. Ich war so sehr auf dich fixiert, dass ich nicht ein einziges Mal an die Konsequenzen gedacht habe.«

Ich lehnte mich mit dem Rücken ans Bett und stützte mich darauf ab, während ich sie ansah. Hilflos.

Tränen liefen über ihr Gesicht, und ich wollte sie fragen, was sie tun wollte – was ich tun konnte –, aber plötzlich zuckte sie zusammen, als hätte sie körperliche Schmerzen. Sie schlang die Arme um ihren Bauch und ihre Stimme war der reinste Schmerzensschrei. »Was, wenn ich ihm wehgetan habe?«

Gott.

Ich ahnte, dass sie meine Frage damit beantwortet hatte, denn Kenzie hielt sich fest, als würde sie ihn *festhalten*.

Und ich stand irgendwie unter Schock. Ich hatte keine Ahnung, worauf ich mich eingelassen hatte. Wie ich die Veränderung, die in den vergangenen fünf Minuten stattgefunden hatte, bewältigen sollte.

Aber eine Sache wusste ich.

Ich stand auf und hob sie gleichzeitig hoch, einen Arm unter ihrem Rücken und den anderen unter ihren Knien. Ich trug sie zu meinem Bett und legte mich mit ihr an mich gekuschelt hin. Dann flüsterte ich ihr zu: »Ich bin da, Kenz. Wir können das schaffen.«

Mit intensivem Blick wich sie zurück, damit sie mein Gesicht sehen konnte. »Ich weiß, dass wir das können, Lyrik. Aber ich muss wissen, ob du es auch *willst*.«

Ein sanftes Lächeln umspielte meinen Mund. Vielleicht hätte ich zögern sollen. Aber das tat ich nicht. »Ja, das tue ich.«

Sie kaute auf ihrer Unterlippe ... als würde es ihr schwerfallen, das zu sagen. »Wir müssen aufhören.«

Ich wusste genau, was sie damit sagen wollte. Was sie damit andeuten wollte. Ich musste den Schlamassel hinter mir lassen, der mich fast aufgefressen hätte, die ständigen Partys, die Drogen und die endlosen Nächte.

»Ich weiß. Das werde ich.« Ich küsste ihre Fingerknöchel. »Versprochen.«

Ein neuer Schwall Tränen floss aus ihren Augen, aber dieses Mal entsprangen sie nicht der Traurigkeit. »Sag mir, dass du mich liebst!«

Ich strich die Haarsträhnen aus ihrem Gesicht, damit ich ihre braunen Augen sehen konnte. Groß, weit und voller Vertrauen. Dann sagte ich ihr die volle und ganze Wahrheit.

»Du lässt meine Seele singen.«

Ich lag zusammengerollt auf dem kalten Linoleumboden. Nackt. Zitternd. Eiskalt und trotzdem schwitzend.

Ich taumelte und schaffte es gerade noch auf die Knie, um erneut zu kotzen.

Alles tat weh.

Aber die Schmerzen waren es wert.

»Was soll der Scheiß, Mann, du kannst nicht einfach so gehen.«

Ash war mir auf den Fersen und jagte mich von Zimmer zu Zimmer, während ich meine Sachen packte, als würde das etwas an meiner Entscheidung ändern.

Ich hievte meinen Gitarrenkoffer auf den Tisch und legte mein Baby in den Samt, bevor ich ihn zuklappte. »Doch, das kann ich.«

»Was ist mit der Band?«

Ein nagender Schmerz zerrte irgendwo tief in meiner Brust. Er kam von dem Ort, an dem ich mit dem Traum aufgewachsen war, dass ich und der Rest der Jungs groß rauskommen würden. Ich hatte davon geträumt, die Musik zu spielen, die ich so sehr liebte, dass auch andere sie lieben könnten. Das alles vermischte sich mit meiner Loyalität zu den Jungs, meinen Freunden, die mehr eine Familie waren als alles andere.

Aber all das spielte jetzt keine Rolle mehr. Ich warf einen Blick auf Ash, der sich die Haare raufte, als würde er dadurch aus einem Albtraum erwachen.

Ich zuckte mit den Schultern und fühlte mich irgendwie schuldig. »Du weißt, dass ich so nicht weiterleben und gleichzeitig eine Familie haben kann. Das passt einfach nicht zusammen.«

»Warum nicht? Ich meine, komm schon. Du gibst einfach auf und lässt uns hängen ... nach allem, was war? Wir sind so nah dran, Mann. So verdammt nah, dass ich es schon schmecken kann. Wir schaffen es nicht ohne dich.«

Ich hob den Koffer vom Tisch. »Es tut mir leid, aber das müsst ihr.«

Es war immer etwas unangenehm, vor dem Haus eines Mannes zu stehen, von dem man wusste, dass er einen hasste.

In den vergangenen zwei Monaten hatte ich bei meinen Eltern gechillt und mir in der Werkstatt, in der ich einen Job bekommen hatte, den Arsch abgerackert. Ich liebte Autos und Motorräder genauso sehr wie meine Gitarre, also war es eigentlich gar nicht so schlecht, dort zu arbeiten. Ich hatte jeden verdammten Penny gespart, den ich verdient hatte, bis auf das bisschen, was ich meiner Mom für meinen Lebensunterhalt gegeben hatte, und hatte genug für die Kaution und die erste und letzte Monatsmiete für eine winzige Einzimmerwohnung zusammengekratzt.

Vielleicht hätte ich nicht allzu überrascht sein sollen, als wir herausgefunden hatten, dass Kenzie so ziemlich auf Anhieb schwanger geworden war. Hätte ich wirklich etwas anderes erwarten sollen? Aber wenn man Tag für Tag in einem Dunstkreis lebte, verlor man den Bezug zur Realität und machte sich kaum Gedanken über Auswirkungen und Konsequenzen.

Aber offen gestanden konnte ich nicht sagen, dass ich es bereute oder wünschte, ich könnte etwas daran ändern, obwohl unsere Situation nicht die idealste der Welt war. Sie machte mich verdammt glücklich und ich wusste, dass ich mich revanchierte.

Ich öffnete meine Tür und sie kam herausgerannt. Ihr Bauch war erst seit Kurzem zu sehen, obwohl sie bereits im fünften Monat war, und ihr winziger Körper wich allmählich dem wachsenden Embryo.

Heute Abend würde sie mit mir nach Hause gehen. Sie war achtzehn und gehörte endlich mir.

Nicht, dass uns ihre Eltern nicht alle möglichen Steine in den Weg gelegt hätten, um uns voneinander fernzuhalten.

Vielleicht hatten sie sehen wollen, ob ich in der Nähe bleiben würde.

Vielleicht hatte sie sehen wollen, ob sie ihre Meinung ändern würde.

Aber mein Engagement war in dieser Zeit nie ins Wanken geraten, auch nicht, als man mir mit Verhaftung und einer Vorstrafe gedroht hatte. Natürlich war das alles nicht mehr als Drohung gewesen.

Sie warf sich in meine Arme, und ich hob sie hoch und drehte sie im Kreis. »Happy Birthday, Kenz.«

»Der beste Geburtstag aller Zeiten«, quiekte sie aufgeregt.

Ja. Sie hatte ihre Meinung ganz sicher nicht geändert.

Lachend stellte ich sie ab und schlang meine Hand um ihre. »Du willst mir das wirklich antun, was?«

Sie stellte sich vor mich, hielt immer noch meine Hand und grinste, als sie mich rückwärts zur Tür führte. »Wie sollen sie sich in dich verlieben, wenn sie dich nicht kennen?«

»Mir fallen einige Dinge ein, die dein Dad sicher lieber mit mir machen würde, als sich in mich *zu verlieben*«, sagte ich sarkastisch.

Sie kicherte. »Ach, komm schon, sei kein Weichei! Da ist eine ganze Menge zu lieben. Auf beiden Seiten. Sie sind gar nicht so übel. Du wirst schon sehen. Mein Dad will nur das Beste für mich. Er weiß nur nicht immer, was das ist.«

Ich schenkte ihr ein schiefes Grinsen. »Und du denkst, dass ich das bin?«

»Ich weiß, dass du das bist.«

Das war das Besondere an Kenz. Sie liebte ihre Familie und war das süße, unschuldige Mädchen mit einer großartigen Zukunft gewesen – bis sie zu schnell auf eine Bodenwelle zugerannt war. Mich.

Ich schob die Schuldgefühle beiseite.

Die Tatsache, dass ich ihr Leben aus der Bahn geworfen hatte.

Aber vermutlich hatte sie mich auch ein bisschen aus dem Konzept gebracht.

»Sei nicht nervös!«, sagte sie, als sie die Tür öffnete.

Sie wollte uns alle in ihrer Nähe haben, und ich war bereit, einen Abend mit ihren Eltern zu ertragen, wenn sie damit glücklich war.

Schließlich war dies ihr Geburtstag und nach diesem Abend würde ich sie mitnehmen. Ich wusste, dass diese Tatsache für keinen von ihnen einfach sein würde.

Ich rückte den Kragen meines Hemds zurecht und zupfte

an meiner Anzughose, um mich von meiner besten Seite zu zeigen.

»Er ist da«, rief sie, als sie mich durch das Wohnzimmer in die Küche führte. Ihr Zuhause war schön, alles war aufgeräumt und sauber, ganz anders als das Chaos, das in der Wohnung meiner Eltern herrschte. Ihr Dad war Pflichtverteidiger, also verdiente er nicht gerade viel Geld, aber ich wusste, dass sie sich damit wohlfühlten.

Ungemütlich hingegen war die Stille, die die Küche erfüllte, als wir eintraten.

Ihre Mom stand am Herd und verharrte mitten in der Bewegung, ihr Vater stand mit einer Hüfte am Tresen und hatte die Arme vor der Brust verschränkt.

Er wurde starr und hart, als sein Blick auf mich fiel.

Sicher, ich hatte schon mit den beiden gesprochen.

Mehrere Male.

Aber es war nie ein freundschaftliches Gespräch gewesen.

Es war ihre Mutter, Deborah, die schließlich einknickte. Ein steifes Lächeln huschte über ihr Gesicht. »Lyrik ... willkommen bei uns zu Hause.«

Kenzie warf mir einen ermutigenden Blick zu.

Siehst du?

»Danke, dass ich hier sein darf«, erwiderte ich und ließ meinen Blick zu ihrem Vater und dann wieder zu ihr gleiten.

Er schüttelte scheinbar angewidert den Kopf, bevor er zu einem Entschluss zu kommen schien. Er atmete schwer aus, als er mir die Hand reichte. »Es ist schön, dich wiederzusehen, Lyrik.«

Ich hoffte, dass das eines Tages tatsächlich wahr sein könnte. Dass er es wirklich schön finden würde, mich zu sehen. Schließlich hatte ich die Band verlassen. Den Lebensstil. Ich war clean geworden. Alles nur für sie. Ich hoffte, dass er eines

Tages erkennen würde, dass ich nur gute Absichten hatte, wenn es um seine Tochter ging.

Ich schüttelte seine Hand. »Vielen Dank, Sir.«

Er beäugte mich misstrauisch, bevor er erneut den Kopf schüttelte, dieses Mal mit einem resignierten Lachen. »Kommt, lasst uns essen!«

Es war weniger schlimm als erwartet, sich mit Kenzies Eltern zu unterhalten und zu erkennen, wie sehr sie sich um ihr Kind sorgten – so ähnlich wie meine. Sie alle wollten nur, dass unser Leben gut war. Natürlich gab es Unterschiede in der Umsetzung, aber ich würde alles dafür tun, dass Kenzies Leben gut war. Um sicherzustellen, dass *sein* Leben gut war.

Ja, *sein* Leben. Wir hatten ihn vor zwei Wochen auf einem Ultraschallbild gesehen. Es war überwältigend gewesen, zu sehen, was in ihr geschah, dass er echt und vollkommen war und einen Herzschlag hatte. Sie sagten, alles sähe gut aus. Er war stark und wuchs prächtig. Seitdem waren die Angst und die Schuldgefühle, die Kenzie die ganze Zeit über mit sich getragen hatte, verschwunden.

Nachdem wir zu Abend gegessen hatten, brachte Deborah einen runden Kuchen und stellte ihn in die Mitte des Tisches. Um ihn herum brannte ein Kranz von achtzehn Kerzen. Kenzie sah mich an, bevor sie kurz die Augen schloss, um sich etwas zu wünschen, und blies sie dann aus.

Deborahs Kuchen war einfach köstlich. Das sagte ich ihr und sie schenkte mir ein aufrichtiges Lächeln. Kenzie ging zu ihrem Vater, der auf seinem Stuhl saß, schlang ihre Arme um seinen Hals und küsste ihn auf die Wange. »Danke, Daddy.«

Er seufzte, dann lächelte er. »Für mein Mädchen tue ich alles.«

. . .

»Ich liebe es«, sagte sie, während sie sich im Wohnzimmer drehte, das mit der schäbigen Couch, die mir meine Eltern geschenkt hatten, einem zerkratzten Couchtisch, den ich in einem Gebrauchtwarenladen gekauft hatte, und dem Fernseher aus meinem Schlafzimmer in dem Haus, das ich mit den Jungs geteilt hatte, eingerichtet war.

»Es ist klein.« Fast hätte ich geschmollt, denn ich fühlte einen plötzlichen Anflug von Unsicherheit aufsteigen.

Sie lächelte. »Es gehört uns.«

Sie drehte sich zu mir um. Ernst. Ihre Stimme war sanft.

»Sag mir, dass du mich liebst!«

Ich machte einen Schritt nach vorn. Berührte ihr Gesicht. »Du lässt meine Seele singen.«

»Ich bin so dankbar für alles, was wir heute bekommen haben, aber ich muss zugeben, das ist mein liebstes Geschenk«, flüsterte Kenzie in die Stille hinein und umklammerte den bunten Patchwork-Teddybären.

Ein Lächeln umspielte ihren Mund und sie fing meinen Blick auf. »Ich kann nicht glauben, dass du ihn gemacht hast«, murmelte sie. Tief und ehrfürchtig.

So fühlte es sich an, als wir uns in der stillen Dunkelheit auf unserem Bett zusammenrollten.

Ich wusste, dass der Tag für Kenz sowohl aufregend als auch anstrengend gewesen war. Wir hatten eine Babyparty gefeiert, die meine Mom, meine Schwester und Kenzies Mom zusammen organisiert hatten. Irgendwie hatte es mir gefallen, dass die Männer mit dabei gewesen waren, denn ich hätte nicht verpassen wollen, wie sie ihre Geschenke auspackte.

Vor allem nicht das Geschenk, das ich für unseren Sohn gemacht hatte.

Sie umklammerte den schlaksigen Bären und hielt ihn dicht an ihren dicken Bauch, wo Brendon wuchs. Ihr Tank-Top war nach oben geschoben, sodass der dicke Bauch frei lag, ihre Haut war gespannt und die Dehnungsstreifen würden sie für immer prägen. Ich lag ein wenig tiefer als sie, die Arme um beide geschlungen.

»Mach es selbst, wenn es von Bedeutung sein soll.« Ich schmunzelte leise, als ich das Mantra meiner Mom wiederholte. Kenzie gluckste ebenfalls und ihre braunen Augen waren warm und zufrieden.

Ich fuhr mit den Fingerspitzen über den Bären. Er hatte ein unregelmäßiges Muster aus Blautönen, von tiefem Marineblau bis hin zu gespenstischem Weiß. Er war mit saphirblauem Garn genäht, und das Muster war ein wenig schief, weil meine Hände es nie richtig hinbekamen. Nicht so, wie es meine Mutter gemeistert hätte.

»Er ist nicht sehr hübsch, aber er soll eine Familie darstellen, die durch eine Geburt zusammengefügt wird. Jedes Stück Stoff steht für die Menschen, die diese Familie bilden, und das Garn für die Liebe, die alles zusammenhält. Mom sagt, die Bären bringen Glück.«

Mom war schon immer ein wenig ausgefallen gewesen. Sie vertrat einen Glauben, von dem ich nicht wusste, ob ich ihn jemals haben würde. Aber in diesem Punkt konnte ich ihr sicher nicht widersprechen.

Kenzie flüsterte: »Deine Mom ist unglaublich.«

»Sie liebt dich«, sagte ich zu ihr.

Ihre Fingerspitzen glitten über mein Gesicht. »Weil ich dich liebe.«

Brendon trat gegen meine Hand und ich konnte ein Lächeln nicht unterdrücken, als ich meinen Mund auf ihren Bauch drückte und diese wahnsinnige Liebe in meinem Herzen pochte. Sie erschütterte mich durch und durch. Es schien unmöglich, jemanden zu lieben, den ich noch nicht einmal kannte. Nicht so, wie ich ihn liebte.

In weniger als zwei Monaten würde er hier sein.

Gott, ich konnte es kaum erwarten.

»Komm schon, Mann, das ist eine einmalige Sache. Die wird niemandem wehtun.«

Ich schlüpfte unter dem Auto hervor, an dem ich gerade arbeitete. Ash saß über mir auf einem Hocker und schenkte mir sein Grübchengrinsen, als wäre ich eine Tussi, die seinem Charme nicht widerstehen konnte.

Idiot.

Trotzdem lächelte ich kopfschüttelnd. Denn verdammt, ich hatte ihn vermisst. Ich hatte sie alle vermisst, diesen Teil meiner Familie, der nicht mehr ganz zu mir passte.

»Geht nicht, mein Freund. Ich habe verdammt viel zu tun und ... na ja ...«

Ich beendete den Satz nicht.

Das war auch nicht nötig.

Sie alle wussten, warum ich Abstand halten musste.

Ash rieb sich das Gesicht. »Hör zu, Mann, ich verstehe deine Vorbehalte, aber Justin ist einfach abgesprungen. Wir haben seit dir schon fünf Gitarristen ausprobiert. Und diese Show ist riesig. Das Haus wird voller Labels und Agenten sein wird. Wir brauchen dich.«

Ich wischte meine Hände an einem fettigen Lappen ab und hatte ein schlechtes Gewissen, weil ich wusste, dass ich sie hängen gelassen hatte.

»Fünfhundert Mäuse, Lyrik. Fünfhundert Dollar für eine Nacht und du kannst danach wieder abhauen. Du weißt, dass es niemanden gibt, der in deine Fußstapfen treten kann. Aber ich verspreche dir, wir werden uns schon etwas einfallen lassen. Wir dürfen uns diese Chance nicht entgehen lassen.«

Fünfhundert Dollar.

Ich könnte das Kinderbett für Kenz kaufen, auf das sie schon lange scharf war und das wir uns nicht leisten konnten. Sie hatte sich mit dem Stubenwagen zufriedengegeben, den meine Mom uns geschenkt hatte. Es würde reichen. Für den Moment.

Ash spürte mein Interesse, meine langsame Kapitulation, und er stürzte sich auf sie. »Eine Nacht«, versprach er.

Ich warf ihm einen finsteren Blick zu. »Eine Nacht.«

Sebastian klopfte mir auf den Rücken, bevor er mich in eine Umarmung zog. »Lyrik ... heilige Scheiße, Mann, ich habe dich verdammt vermisst.«

»Scheiße, du hast mir auch gefehlt«, sagte ich und grinste breit, als ich zurücktrat, um mir die Location anzusehen. Sie war größer als jeder Laden, in dem wir je gespielt hatten. Der Backstage-Bereich war eingerichtet, als wären wir Könige, mit Garderoben, Wasserflaschen und einer Bar voller Alkohol.

Okay, vielleicht nicht wie Könige.

Aber auf jeden Fall war es besser als die Dreckslöcher, in denen wir in den vergangenen drei Jahren gespielt hatten.

Die Stimmung war ausgelassen. Ich beobachtete mit großen Augen, wie die Roadies herumliefen, um alles für die Headliner-Band vorzubereiten. Die Band, wegen der ich mit dreizehn Jahren gelernt hatte, Gitarre zu spielen, als ich in meinem Zimmer gesessen und die Akkorde einiger ihrer Lieder ausprobiert hatte.

Niemals hätte ich mir vorstellen können, dass wir eines Tages für sie eröffnen würden.

Laute Musik dröhnte aus den Lautsprechern, Menschen rannten hin und her.

Das gedämpfte Licht schien im Takt zu pulsieren.

Mein Herz passte sich dem Rhythmus an und das großartige Gefühl breitete sich schnell aus.

Das musste eines der coolsten Dinge sein, die mir je im Leben passiert waren.

Völlig surreal.

Ash hatte recht.

Das war eine Gelegenheit, die ich nicht verpassen durfte.

Ich schüttelte die Schuldgefühle ab, die versuchten, sich Gehör zu verschaffen, und die kleine Notlüge, die wie ein Stein in meiner Magengrube saß. Eine, die ich Kenzie erzählt hatte, um heute Abend aus der Wohnung zu kommen, ganz zu schweigen von der Tatsache, dass ich meine Gitarre in den Kofferraum meines Autos hatte schmuggeln müssen, während sie ein Nickerchen gemacht hatte.

Meine kleine Schwester braucht mich, Baby. Sie macht eine schwere Zeit in der Schule durch. Ich werde ein bisschen mit ihr abhängen. Allein.

Ich wollte nicht, dass sie sich Sorgen machte, und wenn sie wüsste, wo ich wirklich war, würde sie das tun.

Ash sprang völlig aufgeregt herum. »Sind alle bereit?«

»Na klar«, antwortete Baz und warf mir einen Blick zu. »Es fühlt sich an wie ein Wiedersehen ... so wie es sein soll ... mit Lyrik hier.«

Und das tat es.

Es fühlte sich verdammt gut an, und als ich die Bühne betrat, war ich total high. Ich schwebte auf den alten Träumen, die ich hatte loslassen müssen. Aber für eine Nacht würde ich mich an sie klammern. Sie leben. Ich konnte nur hoffen, dass ich den Jungs etwas Gutes zurückgeben konnte, nachdem ich abgehauen war.

Die Menge war absolut wild. Sie verschlang uns. Ihre Körper waren ein lebendiger, atmender Puls, als sie sich vor uns auf dem Boden wanden.

Es fühlte sich so gut an.

So richtig.

Ich spielte so hart, dass meine Finger zu bluten drohten – ich war so aus der Übung –, und sang, bis meine Kehle wund war und mein Geist in die Höhe stieg. Als wir den letzten Song unseres Sets zu Ende spielten, stand der Saal in Flammen.

Wir taumelten von der Bühne, gaben uns High-Fives und jeder hinter der Bühne sagte, dass die Show genauso geil gewesen war, wie sie sich angefühlt hatte.

Shots wurden herumgereicht.

Ich zögerte mit dem kleinen Glas in meiner Hand.

»Auf die Zukunft!«, sagte Ash, als er sein Glas hob, und Sebastian und Mark taten es ihm gleich. Ich hob meins. Wir stießen alle vier in der Mitte an.

Was zur Hölle? Es war Tradition.

Ich kippte ihn zurück.

Er brannte, als er meine Kehle hinunterglitt, und sammelte sich wie Feuer in der einladenden Vertiefung meines Magens.

Ich stieß einen rauen Atemzug aus.

Verdammt!

Das hatte gut geschmeckt.

Und ich hatte keine Ahnung, warum, aber ich schüttete noch einen nach. Dann noch einen. Ich fand mich in einem Raum hinter der Bühne wieder. Die Hauptband war gerade erst rausgegangen, aber die Afterparty war schon in vollem Gange.

Ich zuckte zusammen, als ich den Haufen Koks sah, den Adrian auf dem Tisch verteilte. Ich kannte ihn schon seit Jahren und der Junge war ein echter Punk, der der Hardcore-Szene folgte, von Party zu Party, von Club zu Club, immer mit einem Vorrat.

Er war sogar ein paar Mal in dem Haus gewesen, das ich mit den Jungs geteilt hatte, vor allem als Lieferant, obwohl er so getan hatte, als wäre es sein Job, sich zu amüsieren.

Ich vertraute ihm nicht.

Ganz und gar nicht.

Aber das hieß nicht, dass mir nicht das Wasser im Mund zusammenlief. Dass es mich nicht juckte.

Ich lenkte meine Aufmerksamkeit von ihm ab und wandte mich wieder Sebastian zu, der mit einem Agenten sprach. Er hatte ihn als Anthony vorgestellt, und ich hatte Mühe, mich auf den Smalltalk einzulassen und mich auf etwas anderes als Adrian zu konzentrieren.

Ich konnte nicht verhindern, dass mein Blick immer wieder dorthin gezogen wurde, wo ich mit meinen Gedanken schon war: am Tisch kniend.

Was konnte ein kleines bisschen schon schaden?

Ich durchquerte den Raum und ballte meine Hände zu Fäusten, während ich zu Adrian hinunter starrte, der auf dem Sofa saß.

Als er aufblickte, grinste er. »Sieh an, sieh an, wenn das nicht der berüchtigte Lyrik West ist. Ich dachte, du wärst verschwunden und hättest beschlossen, dass du zu gut für uns bist.«

Ich wollte ihm sagen, sich zu verpissen.

Stattdessen sank ich auf die Knie. Nicht anders als eine billige Hure, die den zusammengerollten Geldschein und die angebotene Line annahm.

Aber das genügte, um meine Welt in den Fokus zu rücken. Der heutige Abend fühlte sich richtig an. Mein Bewusstsein sprintete dem quälenden Irrtum voraus. Die Show. Diese verdammte, unglaubliche Show. Genau hier gehörte ich hin.

Der Rest meiner Crew schloss sich an und die Party wuchs

von Minute zu Minute. Zu viert verbrauchten wir alles, was auf dem Tisch ausgebreitet worden war.

»Wo sind wir?«, fragte Sebastian und wischte sich die Nase, während er Adrian sein Kinn entgegenstreckte und mehr verlangte.

Adrian gluckste. »Du bist bei fünfhundert Dollar, Bruder. Ich will Geld sehen.«

Sebastians Augen funkelten. »Was soll der Scheiß, Mann? Willst du uns jetzt übers Ohr hauen?« Er schlug mit der Hand auf den Tisch. »Das waren höchstens ... zweihundert ...«

»Das schuldest du mir noch von vor ein paar Wochen bei Benny.«

»Dafür habe ich dich bezahlt.«

Adrian grinste. »Was? Nennst du mich jetzt einen Lügner?«

Schneller als jeder denken konnte, stieß Sebastian den Tisch nach vorn. Adrian heulte auf wie eine Schlampe, als der Tisch sein Schienbein rammte. »Fuck – ja, das tue ich.«

Normalerweise waren nicht viele Leute so dumm, sich gegen uns zu stellen, aber dieses Arschloch stand auf und starrte auf uns herab, als würde er es nur zu gern mit uns aufnehmen. Er zischte in Baz' Richtung: »Ich verspreche dir, dass du nicht auf die Idee kommen wirst, mich abzuzocken. Das ist eine Geschichte, die nicht gut enden wird.«

Sebastian war wütend und diese Wut sickerte heraus. Es war dieses kranke Gift, das er an jenem Tag in sich aufgesogen hatte, an dem einer seiner Brüder gestorben war.

Es war ansteckend.

Denn ich konnte spüren, wie sich diese Reißzähne in mich bohrten. So war es schon immer zwischen uns gewesen. Sebastian und ich zehrten voneinander und ließen es an jedem Arschloch aus, das sich uns in den Weg stellte.

Heute Abend war es Adrian.

Sebastian stand langsam auf und richtete sich zu seiner vollen Größe auf.

»Und was genau gedenkst du, dagegen zu tun?«

Ich stellte mich neben ihn.

Aggression durchströmte meine Muskeln und schlängelte sich immer weiter, bis ich völlig überdreht war. Das alte Gefühl, das ich schon so verdammt lange nicht mehr gespürt hatte, ergriff von mir Besitz. Etwas Mächtiges und Großes. Größer als das Leben. Mein Herz pochte wie wild, schwer in meinen Händen und schwer in meinen Fäusten.

Ash war plötzlich nur noch ein Schatten in meiner Peripherie, alles andere konzentrierte sich auf Adrian. Seine Worte durchbrachen nur knapp die Heftigkeit, die mich übermannte. »Geh nach Hause, Lyrik! Du bekommst ein Baby. Diese Nacht sollte nicht so ablaufen. Du weißt, dass du das nicht willst.«

Kenzie.

Brendon.

Die Gedanken an sie versuchten, zu meinem Verstand durchzudringen. Sie schrien mich an, zurückzutreten. Aber Adrian grinste so selbstzufrieden, dass sich Übelkeit in meinem Magen breitmachte. »Ich habe gehört, dass du die *Sunder*-Schlampe geschwängert hast.«

Der finstere Blick, der mein Gesicht verzerrte, war fast schmerzhaft, und ich drängte mich vor und stieß Ash weg, der versuchte, sich mir in den Weg zu stellen. »Was hast du gesagt?«

Adrian lachte. »Was? Sag mir, dass ihr sie nicht zuerst herumgereicht habt. Ich wette, das tut ihr noch immer. Wir wissen doch alle, wie es mit solchen Mädchen läuft.«

Er grinste noch ein bisschen breiter. »Wisst ihr was ... vergesst, was ihr mir schuldet ... ich gehe zu ihr und kassiere bei ihr ab.«

Es war, als würde ich von einem Feuer getroffen, einem Energieblitz, der mich in zwei Hälften riss.

Denn genau das geschah.

Ich rastete aus.

Ich hielt ihn an der Kehle fest, presste ihn an die Wand und drückte zu, als wäre mir sein Leben scheißegal.

Abschaum.

Genau.

Er keuchte und krümmte sich an der Wand, seine Zehenspitzen berührten kaum den Boden.

Sebastian verpasste ihm drei schnelle Schläge in die Seite.

Ich konnte spüren, wie sich die Muskeln in seinem Nacken kräuselten, als er versuchte, durch den Schmerz hindurch zu atmen.

Ash stellte sich zwischen uns und stieß mich zurück.

Der Mistkerl rutschte zu Boden, und Sebastian war sofort auf ihm, klopfte ihn ab und holte Tüten mit dem Pulver aus seinen Jackentaschen.

Ich dachte mir, es könnte nicht schaden, selbst ein paar zu nehmen. Also steckte ich drei in meine Vordertasche und schenkte dem Bastard mein eigenes selbstgefälliges Grinsen. »Das kannst du als meine Bezahlung betrachten. Du denkst, etwas über mein Mädchen sagen zu können? Denk noch mal nach!«

Ich versetzte ihm einen letzten Tritt in den Magen. Ein gurgelndes Stöhnen entwich seinem Mund und er blieb wie ein nutzloser Sack auf dem schmutzigen Boden liegen.

»Verdammt noch mal!« Ash fuhr mit beiden Händen durch sein Haar, seine Augen waren völlig wild und funkelten vor Angst, als er die versammelte Menge ansah.

In diesem Moment bemerkte ich, dass der ganze Raum uns entsetzt beobachtete. Als hätten sie gerade einen Logenplatz für eine Freakshow ergattert.

Was hast du getan?

Eine Stimme drängte sich in meinen rasenden Verstand, als mein Hochgefühl zu verebben begann. Ich wich einen Schritt zurück, als mich die Angst überkam. Sebastian drückte meine Schulter. »Lass uns von hier verschwinden!«

Wir machten uns auf den Weg zur Seitentür. Etwas wie Reue und Bedauern zupfte an meinen Sinnen und die Tüten in meiner Tasche brannten wie Schuldgefühle. Die Fehler, die ich die ganze Nacht über gemacht hatte, liefen in meinem Kopf ab wie auf einer Spule. Fehler, die ich seit der Sekunde gemacht hatte, in der ich zugestimmt hatte, heute Abend zu kommen.

Was hast du getan?

Eine Stimme ertönte hinter uns, und ich erstarrte bei den Worten, die abgehackt, aber klar und deutlich waren. »Lauft lieber, ihr Arschlöcher, denn damit kommt ihr nicht davon. Ihr habt euch mit dem falschen Kerl angelegt.«

Für einen Moment kniff ich die Augen zusammen, bevor Ash mich am Arm packte und fluchend hinauszog. Wir stolperten in die späte Nacht hinaus. Kühle Luft prallte auf meine schweißnasse Haut.

Schockierend.

Wie ein Schlag ins Gesicht.

»Was zum Teufel habt ihr getan?«, fragte Ash, als er mich von sich stieß. Er ging auf und ab und zog die Stirn in Falten, während er zwischen mir und Baz hin und her sah. »Ihr habt seinen Scheiß mitgenommen? Habt ihr eine Art Todessehnsucht? Ich nämlich ganz sicher nicht.«

Sebastian stieß einen spöttischen Laut aus. »Der Typ ist nur ein Weichei. Er wird nichts unternehmen.«

»Ja«, schoss Ash zurück, »was ist mit Benny? Glaubst du wirklich, er wird nichts unternehmen, nachdem du ihn abgezockt hast? Das ist dumm, Mann. Tu nicht so, als wäre es das nicht! Und das vor all diesen Agenten. Ich habe die Schnauze voll von diesem Scheiß.«

Ash hatte die Schnauze voll?

Unruhe machte sich in mir breit und ich fuhr mit den Händen über meinen Kopf. »Ich werde Kenz holen. Ich bringe sie für die Nacht zu ihren Eltern.«

Scheiße. Scheiße. Scheiße.

Ich lief ein paar Runden, um mir die Realität vor Augen zu führen. Wollte ich das wirklich tun? Mein schwangeres Mädchen mitten in der Nacht aus dem Haus schleifen?

»Ich habe doch gesagt, dass er nur ein Weichei ist«, sagte Sebastian lässig, lehnte sich an mein Auto und steckte die Hände in die Taschen, als würde er sich um nichts in der Welt scheren.

»Das Risiko gehe ich bei ihr nicht ein.«

»Geh mit ihm, Baz!« Ash gestikulierte zu meinem Auto. »Ich werde Mark nach Hause bringen. Der Kerl kann kaum noch stehen.«

Sebastian zuckte mit den Schultern. »Also gut.«

Er kletterte in mein Auto und ich fuhr die kurze Strecke zurück zu meinem Haus. Die Angst schwappte durch mich hindurch.

Fuck!

Was hast du getan?

Ich stieg aus und hüpfte die Treppe hinauf, um mich in die stille Dunkelheit der Wohnung zu begeben. Dieses Zuhause, das wir uns geschaffen hatten, sollte ein Ort des Friedens sein. Der Sicherheit.

Ich schlüpfte in unser Schlafzimmer und stopfte ein paar Sachen in eine Tasche. Kenzie lag schlafend auf der Seite und ich stupste sie an. »Kenz, Baby, wach auf!«

Sie rührte sich ein wenig und blinzelte, bevor sie dieses sanfte Lächeln aufsetzte. »Hey, du bist zu Hause.«

Schuld. Schuld. Schuld.

Ich schluckte sie hinunter. »Komm schon, Baby, ich muss dich hier rausbringen.«

Verwirrt schüttelte sie den Kopf. »Wovon redest du?«

»Komm schon! Bitte ... vertrau mir einfach.«

Vertrau mir.

Ich verkniff mir ein zynisches Lachen und konzentrierte mich stattdessen darauf, ihr aus dem Bett zu helfen, denn ihr Bauch war so dick, dass es ein Wunder war, dass sie noch stehen konnte. Sie hatte nur noch vier Wochen und ich war mir nicht sicher, wie ihr kleiner Körper noch größer werden konnte. Sie taumelte, und ich hielt sie fest und versuchte, die Ruhe zu bewahren, während ich ihr half, sich einen Schuh anzuziehen.

»Sag mir, was los ist!«, flüsterte sie ihre wachsende Angst in die Dunkelheit. Ich konnte sie spüren. Sie zitterte, als sie sich an meine Schultern klammerte, während ich ihr den zweiten Schuh anzog.

Ich antwortete nicht, sondern packte ihre Hand und begann, sie aus dem Haus zu ziehen.

»Ist Mia verletzt?«, fragte sie, als würde sie der Gedanke quälen. Dieses Mädchen dachte immer an andere.

Ich wollte etwas sagen. Ich wollte mir eine Ausrede oder eine Lüge einfallen lassen, um die Sache wieder in Ordnung zu bringen, aber ich zog sie hinaus in die tiefste Nacht, in die stille Stunde, in der die Luft in Erwartung des anbrechenden Tages stillstand.

Wir stiegen die betonierten Außentreppen hinunter.

»Lyrik, bitte«, bettelte sie, stolperte aber, als sie sah, dass Baz vom Beifahrersitz auf den Rücksitz kletterte.

Sie atmete überrascht aus, schüttelte dann den Kopf und zerrte an mir, als ich sie zum Auto zog.

»Warum ist Sebastian hier?«, fragte sie leise, aber mit einem Hauch von Vorwurf in der Stimme.

Ich antwortete nicht, sondern riss nur die Beifahrertür auf, setzte sie ins Auto, schnallte sie so schnell ich konnte an und warf ihre Tasche zu ihren Füßen auf den Boden.

Ich umrundete die Vorderseite des Autos und kletterte auf den Fahrersitz. Der Motor lief noch im Leerlauf und ich legte den Rückwärtsgang ein. Ich flog nahezu vom Parkplatz auf die Straße.

Die Stille war erdrückend wie ein kohlensäurehaltiges Gift – geschüttelt und bereit, zu explodieren.

Kenzie starrte mich von der Seite an, mit dem Rücken an die Tür gepresst, als könnte sie mich lesen, ihre Atemzüge scharf und kaum kontrolliert. »Lyrik, sieh mich an!«

Mit weißen Knöcheln umklammerte ich das Lenkrad fester und richtete meinen Blick nach vorn.

»Ich sagte, sieh mich an!«, forderte sie fester.

Eine Sekunde lang wehrte ich mich und schüttelte mehrmals den Kopf, bevor ich meinen Blick auf sie richtete.

Mit zusammengebissenen Zähnen.

Starrem Kiefer.

Der Schmerz schoss ihre Kehle hinauf. Und sie würgte. »Du bist high?«, keuchte sie, während Tränen ihre Augen füllten. »O mein Gott! Du bist high. Du hast es versprochen ... du hast es versprochen.«

Sie fing an, auf ihrem Sitz zu zappeln, und kämpfte darum, das Schloss des Sicherheitsgurts zu erreichen. »Halt an, lass mich aussteigen!«

»Nein. Ich bringe dich zu deinen Eltern.«

»Ich sagte, halt an und lass mich raus!«, jammerte sie.

»Kenzie, beruhige dich!«, rief ich. Ich wollte nicht, dass es so rüberkam, als würde ich ausrasten, aber sie flippte total aus und riss am Türgriff, als wollte sie abhauen.

»Lass mich raus!«, schrie sie.

Vielleicht war es ihr Kreischen, das mich wissen ließ, dass

ich unsere dünn gewordene Fassade zertrümmert hatte. Dass ich die gute Sache, die wir hätten haben können, ruiniert hatte.

Knack.

Knack.

Knack.

Zumindest dachte mein beschissener Verstand, dass es unsere Verbindung war, die physisch zerriss und uns durch meine dummen Fehler in zwei Hälften teilte. Bis das verdunkelte Auto links an uns vorbeifuhr und Adrian sich herauslehnte und aus dem Beifahrerfenster schoss.

Die Windschutzscheibe zersplitterte.

Ich holte erschrocken Luft und riss das Lenkrad ganz nach rechts, während ich auf die Bremse trat.

Sebastian hatte sich geirrt.

Adrian war kein Weichei.

Er war verrückt.

Und er war auf Rache aus.

Aus Stolz und wegen des Geldes.

Geld.

Das war es, was mich überhaupt erst hierher gebracht hatte.

Oder vielleicht war es auch nur mein Stolz gewesen.

Niederträchtig und abscheulich.

Ich hatte noch einmal all das probieren wollen, was ich nicht haben sollte.

Das Auto geriet ins Schleudern und das Lenkrad schlingerte, während ich dagegen ankämpfte.

Ein Straßenlaternenmast kam schnell näher. Lichtschlieren glitzerten in der zersplitterten Windschutzscheibe. Frontal prallten wir dagegen. Das Auto kam zum Stillstand.

Das einzige Geräusch war das Klingeln in meinen Ohren.

Fassungslos saß ich da und hielt mich am Lenkrad fest, während mein Verstand versuchte, zu verarbeiten, was gerade passiert war.

Langsam setzte sich die Erkenntnis durch. Wir waren nicht hart aufgeschlagen. Nicht einmal die Airbags hatten ausgelöst.

Ich atmete erleichtert aus und schüttelte den Kopf, um mich zu orientieren und das dumpfe Brummen zu vertreiben, das mein linkes Ohr betäubte.

Ich blinzelte durch das hohe Pfeifen und versuchte, mich auf Kenzie zu konzentrieren, die mich mit ihren großen braunen Augen anstarrte.

Wild und erstarrt.

Schockiert.

Völlig schockiert.

»Kenz, Baby, geht es dir gut?«, flüsterte ich schließlich durch die Angst hindurch. Ich tastete nach meinem Sicherheitsgurt, als alles ganz taub wurde.

Kenzie hob die Hand, die sie an ihre Seite gepresst hatte.

Sie zitterte so sehr, als sie sie vor sich hochhielt. Verwirrt. Die Farbe war hell, fast schimmernd im Schein der Straßenlaterne.

Ihre Finger waren blutverschmiert.

»Kenzie! Baby! Kenz ... wo bist du verletzt?«

Verzweifelt suchte ich sie ab.

Oben an ihrer Seite breitete sich der rote Fleck über ihr Shirt aus.

»O mein Gott, Kenzie!«

Mit zitternden Händen tastete ich nach meinem Handy und wählte den Notruf.

Was soll ich tun?

Was soll ich tun?

»Bitte, beeilen Sie sich!«, flehte ich, als der Dispatcher abnahm.

Was soll ich tun?

Stille.

Das Klicken des Motors, als er abkühlte. Das Zischen des Kühlers.

Stille.

Ich riss meine Tür auf und stolperte hinaus. Ging auf und ab. Ich griff in mein Haar. Schließlich schaffte ich es um das Auto herum.

In der Ferne heulten die Sirenen.

Ich riss ihre Tür auf.

»Kenzie.« Es war ein Flehen.

Lichter blendeten mich von hinten und die Sanitäter stürmten auf mich zu. Sie schoben mich aus dem Weg.

Plötzlich blendete mich eine Taschenlampe. Der Blick in den Augen des Polizisten, der mich voller Misstrauen musterte, versetzte mir einen Stich ins Herz.

Kenzie.

Ihr Name war das Einzige, woran ich denken konnte.

Ich schlug die Taschenlampe aus meinem Gesicht.

Ein anderer Beamter befahl Baz, aus dem Auto zu steigen. Sebastian wehrte sich und ein abfälliges »Verpiss dich!« entglitt seinem Mund.

Als Nächstes wurde ich auf den Boden gedrückt. Mit dem Gesicht nach unten auf den Bürgersteig.

»Unten bleiben!«, rief eine harte Stimme, als jemand auf meinen Nacken trat, nachdem ich versucht hatte, aufzustehen. Stiefel schnitten mir in die Haut, die Arme wurden hinter meinem Rücken verdreht.

Meine Augen waren vor Entsetzen weit aufgerissen. Lichter funkelten, ein schwindelerregender Strudel aus Farben, Sirenen und polternden Füßen.

»Kenzie!«, schrie ich immer wieder, als die Sanitäter vorbeizogen, ihre Stimmen undeutlich und von der Panik, die noch immer in meinen Ohren hallte, übertönt.

»Kenzie!«

Neben mir lag Sebastian ebenfalls mit dem Gesicht nach unten auf dem Bürgersteig. Die Handgelenke waren hinter seinem Rücken gefesselt. Der Polizist, der über ihm stand, zog ein Tütchen nach dem anderen aus seinen Taschen, während ein anderer mich abtastete.

Und meine Schuld entdeckte.

Jemand las mir meine Rechte vor, aber die Worte waren verzerrt, als würde ich sie unter Wasser hören. Es war mir egal, ob sie mich für immer einsperrten. Es war mir verdammt egal. Ich wollte nur wissen, dass es ihr gut ging. Dass es ihm gut ging.

Der Beamte zerrte mich auf die Beine.

»Kenzie ... bitte ... Kenzie. Bitte ... sagt mir, dass es ihr gut geht! Bitte.«

Bitte.

Stunden vergingen. Jede Minute war quälend. Jede Sekunde die reinste Folter. In einer Arrestzelle saß ich auf einer Bank, mit dem Rücken an die Wand gelehnt, die Knie an die Brust gepresst, die Augen geschlossen und ein stilles Gebet sprechend, zu dem ich gar kein Recht hatte.

Darin verschacherte ich mein Leben.

Als wäre es überhaupt etwas wert.

Die Zeiger der runden Uhr an der gegenüberliegenden Wand zeigten mir, dass mehr als zwölf Stunden vergangen waren, seit sie mich hier ohne ein Wort zurückgelassen hatten. Ohne zu wissen, was mit einem von ihnen passiert war. Sie hatten mich mit meinen Gedanken, meinem Selbsthass und meiner Angst allein gelassen.

Höllenqualen.

Ich hatte seit fast zwei Tagen nicht mehr geschlafen, und dieses Tief nach meinem Hoch verlangte nach Schlaf. Danach, dass ich mich zusammenrollte, damit ich vielleicht einfach sterben konnte.

Ich kämpfte gegen die Müdigkeit an, schlug meinen Kopf gegen die Wand und brüllte wieder.

»Kenzie!«

Erschrocken zuckte ich zusammen, als das Schloss surrte und die schwere Tür nachgab.

Ich rappelte mich auf.

»Besuch, West. Gehen wir!«

Sie fesselten mich vorn an den Handgelenken und führten mich einen langen Flur entlang, bevor sie mich in einen kleinen Raum brachten, dessen Wände genauso schmuddelig weiß waren wie die der Zelle.

Aber hier stand ein Tisch in der Mitte, ein einzelner Stuhl auf der Seite, die mir am nächsten war, und zwei auf der anderen Seite.

Doug Cartwright saß auf einem der beiden anderen Stühle. Sein braunes Haar stand in alle Richtungen ab, als wäre er schon eine Million Mal mit den Händen hindurchgefahren, sein billiger Anzug war zerknittert, die Krawatte locker, die Augen rot.

Das Grauen erschütterte mich bis ins Mark und meine Knie wurden schwach. Ich stolperte. Der Wachmann schnaubte und packte mich am Ellbogen, zwang mich hoch und schob mich nach vorn, wo ich auf den Stuhl gegenüber von Doug sank. Ich schloss die Augen, meine Kehle war so verdammt dick und trocken, dass ich mir sicher war, ich würde ersticken.

»Sag mir, dass es ihnen gut geht!«, flehte ich gegen die Schwärze meiner Augenlider an, unfähig, Kenzies Vater anzusehen, sollte er etwas anderes sagen.

Es herrschte eine angespannte Stille, bevor er endlich sprach, seine Stimme war rau und zurückhaltend. »Sie haben es beide geschafft.«

Ich konnte nichts mehr tun. Mein ganzer Körper sackte nach vorn, meine Knochen verschoben sich vor Erleichterung. Ein Schluchzen brach aus mir heraus und es kam von einem Ort so intensiv und tief, dass ich spürte, wie es aus mir herausgerissen wurde. All der aufgestaute Schmerz verließ mich, hallte von den Wänden wider, Qual und Erleichterung, während meine Stirn auf den kalten Tisch schlug.

Es war mir egal, dass ich mich wahrscheinlich wie eine wehleidige Schlampe anhörte.

Dass ich wusste, dass Doug mir dabei zusah, wie ich in eine Million Splitter zerfiel, mich auflöste.

Und dass er mich mit Abscheu betrachtete.

Ich zwang mich, Luft zu holen, mich aufzusetzen und diesen Mann anzusehen, der alles in seiner Macht Stehende getan hatte, um mich von seiner Tochter fernzuhalten.

Wie hätte ich ihm das je verdenken können?

Er räusperte sich, obwohl alles, was aus ihm herauskam, immer noch schroff und von Trauer durchdrungen war. »Sie haben Brendon mittels Kaiserschnitt geholt. Er wurde heute Morgen um 6:12 Uhr geboren. Er hatte keine anderen Probleme als leichten Stress, wahrscheinlich ausgelöst durch Kenzies Trauma. Sie haben ihn entbunden und sie direkt in den OP gebracht, um ihre Bauchdecke zu reparieren.«

Seine Unterlippe zitterte. »Drei Zentimeter tiefer und sie wären beide tot.«

Meine Augen fielen wieder zu. Ich dachte, wenn ich sie lange genug schlösse, könnte ich die Zeit zurückspulen. Und mich dorthin zurückbringen, wo alles begonnen hatte. Zu dieser einen Entscheidung, die ich getroffen hatte.

Ein Fehler.

Es brauchte nur einen Fehler, um die Welt um einen herum zum Einsturz zu bringen.

Ein Fehler, der einen mit sich selbst auf Kollisionskurs brachte.

Ich hatte es immerzu gewusst.

Kenz gehörte nicht in meine Welt, sosehr ich auch versucht hatte, sie dort zu behalten.

Doug lehnte sich vor. Die Wut verdrängte den Kummer und die Erschöpfung, die noch vor einer Minute seine Schultern hatten durchhängen lassen. Er rammte seinen Zeigefinger in den Tisch. »Drei Zentimeter, Lyrik ... drei Zentimeter und du hättest mein und dein Baby getötet.«

Ich konnte nicht einmal etwas erwidern, denn was sollte ich schon sagen?

Ich wusste, dass es meine Schuld war.

Die Schuldgefühle verschlangen mich wie ein Schiff, das mitten im eisigen Ozean unterging.

Ich fröstelte.

Er klappte den Ordner auf, der auf dem Tisch lag.

Ich versuchte, zu atmen.

Ich versuchte, stillzusitzen und meine Strafe zu akzeptieren, als ich irgendwie realisierte, dass der Henker gekommen war, um mich einzukassieren.

Ich blinzelte lange, mein Blick war verschwommen und doch unerträglich klar.

Oben lag ein Blatt, auf dem meine Anklagepunkte aufgelistet waren, und er schob es mir zu.

Besitz von Kokain und Heroin mit der Absicht des Weiterverkaufs. Zwei Fälle von fahrlässiger Gefährdung.

Ich nickte leicht, um ihm mein Verständnis zu zeigen.

Er zog einen kleinen Papierstapel hervor, der oben zusammengeheftet war, und schob ihn mir mit zitternder Hand zu.

Es war ein Deal.

Was zum Teufel?

Ich richtete meine Aufmerksamkeit auf die Müdigkeit in seinem Gesicht.

»Bist du jetzt etwa mein Anwalt?« Ich wollte nicht, dass es so bitter klang.

»Ich will nur das Beste für alle Beteiligten.«

»Was soll das denn heißen?«

Er hob eine Schulter. »Lies!«

Ich legte meine gefesselten Handgelenke auf den Tisch und das Metall klirrte, als ich die Papiere näher heranzog, um die Details zu erkennen.

Die verdammten bitteren Details.

Ich bekam einen Freifahrtschein.

Kein Zweifel, es wurden alle möglichen Fäden gezogen, und Doug hielt sie wie ein Puppenspieler in der Hand.

Ich konnte gehen, solange ich meine elterlichen Rechte abtrat.

Solange ich zustimmte, Kenzie nie wiederzusehen.

Ich wusste nicht einmal, ob dieser Scheiß legal war.

Ich schüttelte den Kopf. Blinzelnd. Ungläubig.

»Du willst, dass ich sie verlasse.« Das war keine Frage.

Seine Stimme blieb ruhig. »Ich will nur das Beste für sie.«

Schwer seufzend kramte er in der Innentasche seiner Jacke und zog einen Umschlag heraus. »Den kann ich nicht zu den Akten legen, aber wenn du unterschreibst, gehört es dir. Es ist alles, was ich zu geben habe. Wenn du verschwindest, verspreche ich dir, dass ich mich um sie kümmern werde. Ich werde dafür sorgen, dass sie das Leben haben, das du ihnen nie bieten könntest. Oder du kannst die nächsten fünf bis zehn Jahre im Knast verrotten und wirst sie trotzdem nicht haben. Du hast die Wahl.«

Die Wahl? Ich hatte keine verdammte Wahl. Auf jeden Fall hatte ich meine Familie verloren.

Ich hatte alles ruiniert.

Er legte den dünnen Umschlag neben den Vertrag.

In jeder Zelle meines Wesens sammelte sich überwältigende Trauer. Aber ich verdrängte sie und ließ stattdessen jeden Zentimeter meines Herzens verhärten, bis es schmerzte. Bis ich spröde, gebrochen und hart war. Ich begrüßte es. Ich konnte das Knirschen meiner Zähne spüren. »Und Baz?«

»Dein Freund wird in jedem Fall ins Gefängnis wandern. Ich habe ihn auf ein paar Jahre heruntergehandelt und er wird wahrscheinlich in weniger als einem Jahr wieder draußen sein, wenn er drinnen sauber bleibt.«

Ich schob meinen Finger unter den offenen Rand des Umschlags und hob ihn so weit an, dass ich einen Blick hineinwerfen konnte. Nicht, dass es mich interessiert hätte, was auf der Zahl stand.

Einhunderttausend Dollar.

Zweifellos waren das ihre gesamten Ersparnisse.

»Ich muss mit Baz sprechen ...« Ich schluckte an den Rasierklingen in meiner Kehle vorbei. »Und ich will es Kenzie selbst sagen.«

Er zögerte, aber ich schüttelte den Kopf. »Anders geht es nicht.«

Er wirkte widerwillig, aber schließlich nickte er. Schnell überflog ich den Vertrag und kritzelte meinen Namen auf die Linie, ohne Rücksicht darauf, ob ich unwissentlich mein Leben verschenkte. Ich hatte gerade für das Einzige bezahlt, was ich wollte.

Eine Minute mit Kenzie.

Eine Minute mit meinem Sohn.

Ich nahm den Umschlag in die Hand und schenkte Doug ein Grinsen.

Er senkte den Blick.

Als könnte er es nicht ertragen, mich anzusehen.

Das passte, denn ich konnte mich selbst nicht ausstehen.

»Hast du etwas anderes erwartet?«, fragte ich, während die Bitterkeit ihre Zähne fletschte.

Er schaute auf und begegnete meinem Blick direkt. »Ja ... das habe ich wohl.«

»Das Letzte, was ich möchte, ist, dich zu verraten und in diesem Loch allein zu lassen, obwohl ich auch hierher gehöre. Aber ich kann nicht anders.« Meine Stimme war verzweifelt, mein Benehmen unverändert. »Es ist das Einzige, was ich von dir verlange. Ich muss sie einmal sehen. Ich werde den Rest meines Lebens damit verbringen, es wiedergutzumachen.«

Ich musste sie nur einmal sehen.

Baz packte mich, seine Umarmung war wie ein Würgegriff, seine Stimme ein raues Flüstern in meinem Ohr. »Nein, Mann. Es ist meine Schuld. Alles. Ich habe meine ganze Crew in diesen beschissenen Lebensstil mit hineingezogen. Du weißt, dass ich schuld daran bin.« Er zog sich zurück und betrachtete mein Gesicht. »Bist du sicher, dass du das möchtest?«

Natürlich war ich das nicht.

Ich hatte das Gute, das mir gegeben worden war, genommen und es zertrampelt, als wäre es nichts. Ich hatte es in einer einzigen Nacht weggeworfen.

Aber ich hatte vor, etwas Gutes zu tun.

Ich wollte das Gute gehen lassen.

»Ja.«

Baz trat einen Schritt zurück und packte mich an beiden Schultern. »Nimm dir all die Zeit, die sie dir geben! Dann geh ... und übernimm meinen Platz, solange ich hier drin bin. Halte die Band zusammen. Sorge dafür, dass dieser ganze Nonstop-Party-Blödsinn aufhört. Kümmere dich um die Jungs. Pass auf meinen kleinen Bruder auf. Ich brauche dich, Mann.«

Ich nickte ruckartig. »Alles. Betrachte es als erledigt.«

. . .

Die Tür surrte und ich schlurfte hinaus in die hereinbrechende Nacht.

Freiheit.

Aber ich hatte mich noch nie so angekettet gefühlt.

Ich ging zurück in unsere winzige Wohnung, duschte, zog mich um und kämpfte gegen die Einsamkeit an, die in den Mauern stöhnte und mit ihren Tentakeln in meiner Haut nach einem Weg suchte, um mit mir eins zu werden.

Sie würde es schaffen.

Ich wusste es.

Aber ich hatte noch eine Aufgabe, bevor ich das zulassen konnte.

Ich nahm ein Taxi zum Krankenhaus und trat auf den Bürgersteig. Es war mitten in der Nacht und der Himmel schien eine müde, schlaffe Leinwand zu sein, ergraut durch die Reflexion der Lichter der Stadt. Ein dichter Nebel breitete sich über alles aus und vermischte sich mit den Wolken, die in der Ferne aufzogen.

Stürmisch.

Heftig.

Eine bedrohliche, dunkle Energie.

Die Warnung, dass ich kurz davor war, meine Seele zu verkaufen.

Willkommen in der Hölle.

Ich holte tief Luft und fand den Weg nach drinnen, während ich ängstlich auf den Aufzugsknopf drückte. Er brachte mich in den siebten Stock, wo ich mich an den Krankenschwestern vorbeidrückte und den Flur hinunter zu der Zimmernummer ging, die Doug mir gegeben hatte.

Vor ihrem Zimmer musste ich mir einen Moment nehmen, um mich davon zu überzeugen, dass das, was ich tat, richtig war. Als das nicht klappte, erzählte ich mir einfach ein paar Lügen, dann riss ich die Tür auf.

Kenzie lag in ihrem Krankenhausbett, das Nachthemd über eine Schulter gezogen. Unser Sohn zappelte an ihrer Brust.

Die Trauer traf mich wie ein Schlag. Ein weiterer Pfahl in meiner geschwärzten Seele.

Ich zwang mich, einen Schritt nach vorn zu machen, und ließ die Tür hinter mir zufallen.

Erschrocken richtete Kenzie ihre Aufmerksamkeit auf mich. Ihre Miene verwandelte sich in einen Ausdruck purer Erleichterung. Sie öffnete den Mund und ein Lächeln umspielte ihn. Tief durchatmend, wischte sie sich über das Gesicht und ich sah gerade noch die Tränen, die sich langsam einen Weg über ihr Gesicht gebahnt hatten.

Ich wollte sie ansehen. Mir ihr süßes, weiches Gesicht einprägen. Denn ich würde sie nie wieder sehen können.

»Du bist hier.«

»Ja.«

Ich stellte mich über sie, und sie schaute nach unten, weg von mir, zärtlich, als sie sein Gesicht berührte. Dieses winzige Ding mit den geschwollenen Augen und den vollen Lippen, dieser kleine Junge, der alles in mir zerriss, was noch übriggeblieben war.

Sie lachte leise, blickte zwischen uns hin und her und schwankte dabei zwischen Ehrfurcht und Trauer. »Das ist viel schwieriger, als sie es einem weismachen ... das mit dem Stillen ...« Sie plapperte drauf los. »Ich versuche es schon den ganzen Nachmittag und er schläft immer wieder ein ... und ich versuche es immer wieder ... und ...«

Beim letzten Satz versagte ihre Stimme und sie schluchzte auf.

Von Scham überwältigt, ging ich durch den Raum, setzte mich auf einen Stuhl und starrte zu ihr hinüber.

»Ich bin so wütend auf dich«, flüsterte sie schließlich durch ihre Tränen hindurch.

»Ich weiß.«

»Lyrik ... du kannst nicht ...«

Ich unterbrach sie, indem ich schnell wieder aufstand, weil ich es nicht ertragen konnte. Ich konnte es nicht ertragen, dass sie mich anflehte, jemand zu sein, der ich offensichtlich nicht sein konnte.

Ich ging wieder zu ihnen hinüber und strich mit dem Fingerrücken über Brendons Wange. »Darf ich?«

Sie runzelte die Stirn. »Natürlich darfst du ... Er ist dein Sohn.«

Nur war er das nicht wirklich. Nicht mehr.

Vorsichtig hob ich seinen winzigen Körper an, der in eine Decke gewickelt war und eine blau-rosa Mütze auf dem Kopf trug. Sein Gewicht war so gering und doch so gewaltig.

Ich legte ihn auf meine Schulter und atmete ihn so tief wie möglich ein.

Ich erinnerte mich an alles, was ich verloren hatte, und schob ihm alles zu, was ich noch hatte.

Ich liebte ihn mit allem, was ich hatte.

Stille Versprechen begannen, aus mir herauszuströmen.

Mein Herz. Es gehört dir. Ich werde es nie wieder jemandem geben. Du bist der Letzte. Ich werde mich nie wieder verlieben. Nicht nach dir.

Mein Sohn.

Er gab dieses gurgelnde, liebliche Geräusch von sich. Mit meiner Hand schützte ich seinen Kopf, als ich ihn wegnahm, damit meine Augen sein Gesicht entdecken konnten. Damit ich es mir einprägen konnte.

Sein winziger Mund öffnete sich zu einem übertriebenen

Gähnen, als er sich in meiner Hand zurücklehnte, die Zunge herausstreckte und versuchte, sich die Faust in den Mund zu stecken.

Ein warmes Lachen drang aus meiner Brust.

»Er ist perfekt, Kenz.«

»Ja.« Ein sanftes Lächeln zeichnete sich auf ihrem müden Gesicht ab.

»Ihr werdet klarkommen«, sagte ich und umarmte Brendon noch ein bisschen fester.

»Ich weiß«, sagte sie, als hätte sie nicht verstanden, was ich sagen wollte. Und ich wusste, dass sie das nicht tat. Dieses unschuldige, süße Mädchen hatte keine Ahnung, dass sie im Begriff war, vernichtet zu werden.

Fuck, ich würde alles tun, um zurückzugehen und alles zu korrigieren, was ich getan hatte.

Aber Doug hatte recht.

Ich würde nie gut genug sein.

Ich hielt meinen Sohn so fest, wie ich konnte.

Ich schaukelte ihn langsam, denn ich wollte ihn nicht loslassen.

Meine Kehle brannte höllisch und ich kämpfte gegen die Tränen an, die mir in die Augen traten. Schnell, bevor ich die Nerven verlor, ging ich zu dem hypnotisierenden Mädchen zurück, legte unseren Sohn wieder auf ihre Brust und küsste ihr durch das verfilzte Haar die Stirn. Ich bewegte mich nicht von ihr weg, sondern sprach meine Worte an ihrem Kopf.

»Ich gehe, Kenz. Ich verlasse dich und Brendon, weil ihr beide etwas viel Besseres verdient habt als alles, was ich euch jemals geben könnte.«

Sie zuckte zusammen. »Nein.«

»Doch.«

Ich konnte spüren, wie die Panik in ihr anschwoll. »Nein ... Lyrik ... nein, nicht. Wir können ...«

»Nein, wir können nicht. Dein Dad hat mich da rausgeholt, Kenz. Er hat mich bezahlt und ich nehme das Geld. Die Band und die Jungs brauchen es. Du kommst auch ohne mich zurecht.«

Ein Schauer der Abscheu und der Ablehnung durchfuhr ihren Körper. »Nein. Du lügst. Du lügst.«

Ja, das tat ich. Aber sie würde es nie erfahren.

So war es besser.

Hasse mich, Kenz! Hasse mich!

Und so sehr ich mich auch bemühte, mich zurückzuhalten und einfach zu gehen, weil ich wusste, dass es so einfacher für sie wäre, wurde ich egoistisch und drückte ihr einen letzten Kuss auf die feuchten Lippen. Ich schloss die Augen, als ich ihr die komplette und absolute Wahrheit mitteilte. »Du lässt meine Seele singen.«

Es kostete mich alles, was ich hatte, mich loszureißen.

Sie schrie meinen Namen, als ich die Tür aufriss und hinausflog.

»Lyrik!«

Ein schriller, erschrockener Schrei des kleinen, unschuldigen Jungen ließ die Wände vibrieren, als wäre er ein Komplize der Qualen seiner Mom – als hätte man ihm etwas Lebenswichtiges aus der Seele geschnitten.

»Lyrik ... bitte ... nein ... verlass mich nicht!«

Ich wurde nicht langsamer und beachtete ihren Vater nicht, der wie ein gebrochener Wächter vor ihrer Tür saß, den Kopf zwischen den Schultern und die Ellbogen auf den Knien.

Ich flüchtete.

Das grelle Licht schimmerte auf dem strahlend weißen Boden. Im verzweifelten Versuch, zu entkommen, stürzte ich den schmalen Flur hinunter.

Mit jedem weiteren Schritt spürte ich, wie die Kluft wuchs.

Ein Abgrund, der sich immer weiter auftat, bis ich das Gefühl hatte, entzweigerissen zu werden.

Verlass uns nicht!

Unmöglich, aber ich konnte sie noch immer hören, obwohl sie zu weit weg war und ich sie nicht berühren konnte.

Lyrik, bitte …

Ich wusste, dass meine kaputte, schwarze Seele sie immer *hören* würde.

Nach Luft ringend, stolperte ich aus dem Gebäude und in die Leere der finsteren Nacht. Der Wind peitschte durch mich hindurch.

Über mir tobte ein Sturm. Die Wolken waren dunkel, schwer und unheilvoll.

Die knisternde Energie der Blitze umhüllte mich wie ein Mantel aus Schmerz.

Für einen Moment ließ ich mich darauf ein und erlaubte mir, zu fühlen. Ich hob mein Gesicht in den wütenden Himmel und griff mit den Händen in mein Haar, während ich schrie.

Ich schrie vor Qualen. Ich schrie vor Reue.

Ich schrie so laut, dass ich es nie vergessen würde. Donnergrollen erschütterte die Nacht und es regnete in Strömen.

Ich nahm den Scheck aus meiner Tasche und mit bebendem Herzen riss ich ihn in Stücke. Dicke Regentropfen nahmen sie mit sich, als ich sie in die Luft warf.

Ich verkrampfte die Hände an den Seiten und vergrub die Erinnerung an sein Gesicht und daran, wie er sich in meinen Armen angefühlt hatte, tief meinem Inneren.

Ich versiegelte sie und verschloss mein Herz.

Meine Seele hielt sich an dem Versprechen fest, das ich ihm gegeben hatte. Ich würde mich nie wieder verlieben.

Nie wieder. Nicht nach dieser Nacht.

23

TAMAR

Die Morgendämmerung berührte den Himmel, nur ein Hauch von Rosa, das sich am Horizont erhob und die Erde küsste. Das Haus war still wie ein Gefangener der Nacht. Ruhig und regungslos.

Die Berge, die ich so sehr liebte, rahmten es ein. Als würden sie über diejenigen wachen, die darin Zuflucht suchten.

Ich rieb meine trüben Augen, wobei mein Herz bis zum Hals schlug und mir dann in den Magen rutschte, während mein Puls unaufhörlich hämmerte.

Zu Hause.

Es hatte sich so weit weg angefühlt.

Wie ein Märchen. Als ich als Tamar King aufgewacht war, hatte ich es als Traum empfunden.

So erschien es mir auch jetzt. So warm, gemütlich und einladend, dass es nur ein Traum sein konnte.

Aber Lyrik hatte mich daran erinnert, dass dies meine Realität sein könnte.

Ich stellte den Motor des Mietwagens ab und öffnete langsam die Tür. Meine Knie fühlten sich schwach an, als ich auf den Wüstenboden trat und die Tür leise hinter mir zuzog.

Käfer summten in den aufkommenden Tag hinein und die Wärme der aufgehenden Sonne hüllte mich in ihre Arme.

Zu Hause.

Ich ging auf das Haus meiner Kindheit zu und nahm leise die zwei Holzstufen zur Veranda hinauf, wobei ich mich mit der Hand am Geländer abstützte.

Zu Hause.

Alles in mir erstarrte, als ich meine Faust hob und an die Tür klopfte.

Gedämpft und doch stark.

Es dauerte eine gefühlte Ewigkeit, bis es auf der anderen Seite raschelte. Das Drehen des Schlosses. Das Knarren der Tür.

Meine Mutter stand wie erstarrt auf der Schwelle.

Die Hände vor dem Mund.

Schnell sammelten sich die Tränen in ihren Augen und sie sank auf die Knie.

Ich folgte ihr.

Vermutlich ließ ich all die Tränen los, die ich jahrelang aufgestaut hatte. Denn es fühlte sich an, als hätte ich seit Tagen nicht mehr aufgehört, zu weinen. Mein Herz war gebrochen, aber in diesem Moment war es irgendwie wieder ganz.

Liebe erfüllte mich, während der leere Raum, den Lyrik hinterlassen hatte, schmerzte.

Sie hielt mein Gesicht und ihre Berührung war sanft und ermutigend. Fest und unnachgiebig.

»Tamar. Mein kleines Mädchen. Du bist zu mir nach Hause gekommen. Du bist hier.«

Mein Vater rannte den Flur entlang und blieb abrupt stehen, als er meine Mutter und mich auf dem Boden kniend vorfand. Ihm stockte sichtlich der Atem.

Ich fühlte mich wie das verlorene Kind, das auf den Knien um Vergebung für das bettelte, was es versäumt hatte.

Ihre Liebe, ihr Glaube und ihre unendliche Unterstützung. Ich hätte immer wissen müssen, dass sie stark genug sein würden, um mich zu unterstützen. Um mich zu begleiten. Aber ich begann, zu akzeptieren, dass nicht jede schlechte Entscheidung die falsche gewesen war. Dass ich vielleicht diese Zeit gebraucht hatte, um zu wachsen, um überhaupt stark genug zu sein, um zu bestehen.

»Du bist hier«, sagte sie wieder.

Ja.

Ich war hier.

Wegen eines Jungen.

Eines Jungen, der mich daran erinnert hatte, dass ich mutig war.

24

———

LYRIK

Was braucht es, um eine Person zu definieren?

Wie viele Momente?

Wie viele Entscheidungen?

Wie viele Fehler?

Vielleicht ist es das erste Mal, wenn man auf eigenen Füßen steht und merkt, dass man es geschafft hat. Wenn man nicht mehr auf die tröstende Führung der Eltern angewiesen ist.

Vielleicht ist es der Tag, an dem man erkennt, was man werden will. Wenn der Ehrgeiz in einem aufblüht und man weiß, dass man alles tun wird, um das zu erreichen, was man sich am meisten wünscht.

Vielleicht ist es die erste Liebe.

Vielleicht ist es die letzte.

Vielleicht ist es die Summe aller.

Was ich wusste, war, dass es zu meiner Definition geworden war, Kenzie und Brendon im Stich gelassen zu haben.

Ich wusste nicht, ob dies das Ergebnis jahrelanger Fehlentscheidungen oder eines fatalen Fehlers war.

Denn sie zu verlieren, hatte sich wie die Todesstrafe angefühlt.

Meine Seele war zu einer lebenden Hölle verflucht.

Ich hatte das Krankenhaus verbittert und hart verlassen. Verurteilt zu einem Leben voller Reue und Selbsthass. Es hatte nicht lange gedauert, bis es mich geprägt hatte. Mich neu geformt hatte. Ich wurde oberflächlich, egoistisch und schlug um mich. Das einzig Gute, was ich hatte, waren meine Familie, die Jungs und meine Loyalität zur Band.

Meine Songs waren meine einzige wahre Freude.

Auf dem Weg dorthin hatte ich mir zwei Laster erlaubt. Frauen und Alkohol ohne Ende. Beides hatte natürlich nur dazu geführt, dass ich noch ausgehöhlter wurde.

In diesem Hohlraum hatte ich all den Hass und die Feindseligkeit abgelegt. Dort schwelten die Erinnerungen an das, was ich getan hatte.

Ich hatte gedacht, dass diese Definition für immer unverändert bleiben würde.

Bis Tamar wie ein Hurrikan über mich hereingebrochen war. Ein aufkommender Sturm, der sich in der Ferne zusammengebraut hatte. Stärker als erwartet. Heftig und wild auf die schönste Art und Weise.

Sie war mit der Kraft eines Orkans über mich hinweggefegt.

Hatte mich verformt, umgeschrieben und neu definiert.

Sie hatte all die Dunkelheit in so viele Farben getaucht – Rot, Blau und dieses strahlende, blendende Weiß.

Bis ich nicht länger gewusst hatte, wer ich war. Denn irgendwann, ohne meine Erlaubnis, hatte ich einfach ihr gehört.

Eine sanfte Brise, die nicht wirklich kühlend war, rauschte durch die Bäume. Sie deutete den nahenden Winter an und dämpfte die Hitze des warmen kalifornischen Himmels.

Damals um diese Zeit hatte ich Kenzie verloren.

Gerade an der Schwelle zum Winter.

Zu einer Zeit, in der alles kalt geworden war.

Fünf Jahre später hatte ich auch Blue verloren.

Ich wischte müde über mein Gesicht.

Fuck!

Ich wusste nicht mehr, wie ich den Verlust verkraften sollte.

Also wartete ich hier wie eine Art verrückter Stalker.

Ich wartete.

Beobachtete.

Und fragte mich, ob es richtig oder falsch war, das zu tun.

Aber ich hatte in meinem Leben so viel falsch gemacht, dass ich etwas richtig machen musste.

Und ich war bereit, darauf zu wetten, dass dieser Moment auch definierend sein würde.

Ich fröstelte, als ich den silbernen Toyota Highlander sah, der sich mir langsam näherte.

Harmlos.

Doch etwas an ihm fühlte sich absolut an.

Er bog in die Einfahrt, direkt gegenüber dem kleinen Stadtpark, in dem ich saß. Die roten Bremslichter blinkten, als der SUV in die Garage einfuhr, bevor der Motor abgestellt wurde.

Mein Puls raste und beschleunigte sich.

O Gott! Was machte ich nur? Aber ich konnte nicht aufhalten, was ich bereits in Bewegung gesetzt hatte. Was mein Herz bereits verkündet hatte. Also stand ich auf und überquerte in dem Moment die Straße, als sich die Fahrertür öffnete und Kenzie herauskam.

Ich wusste, dass sie allein sein würde.

Genau wie in den vergangenen drei Tagen, an denen ich an dieser Stelle gesessen und ihre Routine studiert hatte. Denn obwohl ich meinen Sohn unbedingt sehen wollte, wusste ich, dass ich zuerst ihre Zustimmung benötigte. Ich wusste, dass ich mich nicht mit Gewalt in sein Leben zurückdrängen konnte, falls keine Chance bestand, dass ich in sein Leben passte. Und schon gar nicht, wenn ich Kenzie damit noch mehr wehtun würde, als ich es ohnehin schon getan hatte.

Völlig ahnungslos beugte sie sich durch die Autotür und sammelte ihre Sachen ein, warf sich eine Laptoptasche über die Schulter und tat das Gleiche mit ihrer Handtasche. Sie trug High Heels und ein Outfit, das gut in ein Büro passen würde.

Ein Klumpen bildete sich in meiner Kehle. Schwer. Genauso schwer wie der Felsbrocken, der in meinem Magen saß.

Sie trat zurück und schlug die Tür zu. Dann machte sie einen Schritt auf die Tür zu, die ins Haus führte.

»Kenzie«, sagte ich heiser.

Zerbrochen.

Voller Vorwürfe.

Mit dem Rücken zu mir blieb sie wie erstarrt stehen, ihre Schultern hüpften auf und ab. Als würde sie versuchen, den Atem zu finden, den ich ihr geraubt hatte. Den Boden, den ich ihr unter den Füßen weggezogen hatte.

Ziemlich beschissen, wenn allein deine Anwesenheit diesen Effekt auslösen konnte.

Langsam drehte sie sich um und die Riemen ihrer Taschen rutschten ihren Arm hinunter. Sie fielen mit einem dumpfen Schlag zu Boden.

Ihr Gesicht war aschfahl, ihre Augen weit aufgerissen.

Bis aufs Mark erschüttert.

»Kenzie«, sagte ich wieder und machte einen Schritt nach vorn, in der Hoffnung, sie würde verstehen, dass ich nicht gekommen war, um ihr noch mehr Schmerzen zu bereiten.

Auch wenn ich nicht so dumm war, zu glauben, dass diese Begegnung nicht wehtun würde.

Sie wich einen Schritt zurück, blinzelte, als müsste sie sich konzentrieren, bevor sie den Kopf schüttelte. »Nein.«

»Kenzie ... bitte ... Ich bin nicht hier, um dir Ärger zu bereiten.«

Ein Schluchzen entrang sich ihr und sie schlug sich die Hand vor den Mund. Als würde sie versuchen, es zu unterdrücken. Ihre Augen verengten sich so sehr, dass ich das Gefühl hatte, sie würde alles tun, um mich nicht zu sehen, aber als traute sie mir nicht genug, um wegzuschauen.

Ich konnte es ihr nicht verdenken.

Das war alles meine Schuld.

»Was machst du dann hier?«, fragte sie schließlich mit einer Stimme, in der sich Vorwürfe und Tränen mischten.

Ich räusperte mich. »Ich bin hier, weil ich vor fünf Jahren den größten Fehler meines Lebens begangen habe. Vor fünf Jahren habe ich meinen Sohn überschrieben.«

Aus Verzweiflung machte ich einen weiteren Schritt nach vorn. »Und ich weiß, dass ich kein Recht habe, hier zu sein, Kenzie. Dass all die Fehler, die ich gemacht habe, mich dieses Recht gekostet haben. Aber ich muss wissen, dass es ihm gut geht. Ich muss wissen, dass es euch beiden gut geht.«

Meine Haut kribbelte vor Nervosität. Ich fuhr mit der Hand durch mein Haar und tat mein Bestes, um meine Bewegungen zu kontrollieren. Um mich ausnahmsweise mal wie ein Mann zu verhalten. Ich begegnete der Angst in ihrem Blick. »Ich muss ihn sehen, Kenz. Wenn du mich lässt, muss ich meinen Sohn sehen.«

Der letzte Satz war nicht mehr als ein Flüstern und sie zuckte zusammen, als hätte ich sie geschlagen.

»Warum jetzt?«, fragte sie mit bebenden Lippen. »Warum jetzt, nach all dieser Zeit?«

Ich blickte zu Boden und rieb mein Gesicht, um die Spannung zwischen uns zu lösen, die sich aufgebaut hatte.

Wut.

Feindseligkeit.

Ein uralter Schmerz, von dem ich nicht wusste, ob er jemals verschwinden würde.

»Weil mir kürzlich jemand gezeigt hat, wie es ist, mutig zu sein.«

Mutig.

Sie musterte mich mit ihren braunen Augen. Vielleicht bemerkte sie erst jetzt, wie anders ich aussah, seit sie mich zuletzt gesehen hatte. Die Tinte bedeckte jetzt fast jeden Zentimeter meiner Haut.

Ich hatte all meine Qualen aufgeschrieben.

Ihre.

Meine.

Sie zuckte zusammen, als sie auf Brendons Namen stieß, der in sein Lied eingewoben war.

Schließlich fiel ihr Blick auf meine Augen, die wahrscheinlich mehr sagten, als die Tinte es je könnte.

Denn es tat mir leid.

Es tat mir so verdammt leid.

Aber ich wusste nicht, ob das im großen Ganzen einen verdammten Unterschied machen würde.

Ob es die Erschütterung ihres Lebens wert war. Denn keine Frage, das Haus hinter ihr war ein Zuhause. Dort lebte sie mit unserem Sohn und dem Mann, den sie vor zwei Jahren geheiratet hatte, was ich herausgefunden hatte, als ich versucht hatte, sie online ausfindig zu machen.

Sie waren eine Familie und ich war mir nicht sicher, wie ich jemals dazugehören würde, denn ich war ganz sicher nicht da, um sie zu zerstören.

Ich hatte nicht gelogen, als ich gesagt hatte, dass ich nicht gekommen war, um ihr Ärger zu machen. Aber das spielte kaum eine Rolle, denn Ärger schien mit meinem Namen verknüpft zu sein.

Sie kaute auf ihrer Unterlippe, so wie sie es immer tat, wenn sie nicht wusste, was sie mit sich anfangen sollte. »Ich wusste immer, dass du kommen würdest.«

Unbehaglich wippte ich auf meinen Fußballen vor und zurück und schob meine Hände ein wenig tiefer in meine Taschen. »Ja? Ich hätte ja selbst nie gedacht, dass ich es tun würde.«

Ich beobachtete das Wippen ihres Kehlkopfs. »Weil du es nicht wolltest?«

Ich schüttelte den Kopf. »Nein, Kenzie. Weil es das Einzige auf der Welt war, was ich tun wollte.«

Sie nickte, als hätte sie es verstanden, und sah mich genau an. »Okay.«

Okay.

Ich stieß den Atem aus, von dem ich nicht wusste, dass ich ihn angehalten hatte.

Okay.

Sie hob ihr Kinn in Richtung des Parks, in dem ich gewartet hatte. »Ich bringe ihn raus … Warte im Park auf uns!«

Sie drehte sich um, dann hielt sie inne. Taumelnd. Vorsichtig schaute sie mich über ihre Schulter an. »Lyrik … Er weiß nicht …«

Sie verstummte, als könnte sie sich nicht überwinden, es laut zu sagen.

Ich brauchte keine weitere Erklärung, sondern nickte sofort.

Natürlich wusste er es nicht.

Ich hatte nicht erwartet, dass er wusste, wer ich war.

Ich hob die Schultern und zuckte unbeholfen mit den Schultern. »Stell mich vor, wie du willst, Kenz. Was auch immer Sinn ergibt. Es ist mir egal. Ich will ihn nur sehen.«

Ein trauriges Lächeln umspielte ihre Mundwinkel und sie wischte sich die Tränen weg, die ihre Augen trübten. »Ich bin gleich wieder da. Brad muss Bescheid wissen.«

So etwas wie Eifersucht packte mich.

Ja.

Ich hatte Brad jeden Tag mit Brendon zurückkommen sehen, auch wenn ich meinen Sohn nie wirklich zu Gesicht bekommen hatte. Ich wusste nur vage, dass er auf dem Rücksitz des Trucks gesessen hatte, der täglich eine Stunde vor Kenzie in die Garage gefahren war.

Ich ging zurück in den Park, setzte mich auf die Bank und stützte die Ellbogen auf meine Knie. So wie ich es die letzten drei Tage getan hatte. Doch dieses Mal ... dieses Mal bebte mein Inneres und mein Herz pochte. Es pochte vor Bedauern genauso, wie es vor Hoffnung raste.

Mit der Hoffnung auf etwas anderes.

Der Hoffnung auf etwas Gutes.

Das Gute kam, als die Tür etwa zehn Minuten später aufging. Über die Autos in der Garage hinweg konnte ich nur Kenzies Scheitel und den Mann sehen, der hinter ihr auftauchte. Sie drängten sich durch die Lücke zwischen dem Auto und der Garagenwand, bevor sie in das schwindende Tageslicht traten.

Die Luft verließ meine Lunge.

Mein Atem, mein Herz und mein Geist erstarrten.

Alles war zeitlos und raste doch vorwärts.

Kenzie hielt eine kleine Hand fest umklammert.

Brendon.

Mein ganzes Wesen war in Wallung.

Eine Emotion nach der anderen überrollte mich.

Schmerz.

Verlust.

Bedauern.

Liebe. Liebe. Liebe.

Sie standen wie erstarrt da, denn vielleicht musste die Zeit auch sie einholen. Der Junge trug ein Shirt mit und Jeans, die an den Knöcheln hochgeschlagen waren, und sah mit den karierten Vans an seinen Füßen wie ein kleiner Badass aus. Sein freier Arm war voller Spielzeug.

Ich spürte, wie sich das Grinsen auf meinem Gesicht ausbreitete, während mein Geist in alle Richtungen flatterte.

Eine Brise peitschte durch sein Haar.

Schwarz.

Genau wie meins.

Ich stand auf.

Angezogen.

Die Emotionen kochten hoch, als Kenzie ihn über die Straße zu führen begann. Ihr Mann blieb zurück und verschränkte die Arme vor der Brust. Sein Blick war misstrauisch, hart und mahnend.

Ich konnte es ihm nicht verübeln.

An seiner Stelle würde ich mir auch in den Arsch treten wollen.

Aber das war egal. Denn dieser Junge ... dieser Junge war alles, was ich sehen konnte. Die Art und Weise, wie sich sein Mund zur Begrüßung verzog, die Augen, die fast schwarz waren und vor Schalk sprühten. Es war, als würde ich die Bilder betrachten, die meine Mom an den Wänden aufgehängt hatte.

Dieser Junge war meiner.

Sie blieben nur ein paar Schritte von mir entfernt unter einem schattigen Baum in der Nähe der Bank stehen. Er schaute immer wieder zu mir hoch, mit diesem endlosen Lächeln, das sich durch mich schlängelte wie Ketten und Seile und unzerstörbare Bänder.

Ein unzerbrechliches Band.

Neugierde spielte in seinen dunklen Augen, und seine Mom sank vor ihm auf die Knie, etwas zittrig und hektisch, als sie ihm die zu langen Ponyfransen aus der Stirn strich. »Baby, ich möchte, dass du jemand wirklich Wichtiges kennenlernst, okay?«

»Okay«, stimmte er zu und grinste mich an.

»Das ist Lyrik.« Sie sagte es wie ein Geheimnis, und ich sank ebenfalls auf die Knie, völlig schutzlos, als er seine ganze Aufmerksamkeit auf mich richtete.

Er zeigte eine gerade Reihe von Milchzähnen. Unten fehlte einer.

Und ich wollte weinen, als ich ihn ansah.

Als ich all die Jahre sah, die vergangen waren, und das Staunen in seinem Blick und das, was aus seinen Armen quoll, als er plötzlich seinen Haufen Spielzeug auf den Boden warf. Er wühlte in seinem Haufen und riss ihn dann kopfüber an einem Bein hoch.

Diesen verdammten Bären, der Glück bringen und eine Familie zusammenhalten sollte.

Das Ding war ein totales Trauerspiel und hätte wahrscheinlich schon vor Jahren weggeworfen werden sollen – er war zerfleddert, zerrissen und ausgefranst.

Er hielt ihn hoch wie einen Preis. »Den hast du gemacht!«

Für eine Sekunde verkrampfte sich jeder Teil meines Wesens.

Ich kniff die Augen zusammen und kämpfte gegen den unerträglichen Schmerz an. Dann schaute ich Hilfe suchend zu Kenzie, denn ich wusste nicht, was ich davon halten sollte.

Ihr liefen die Tränen übers Gesicht und sie schwieg. Als würde sie mir *vertrauen*, dass ich die Sache richtig anging. Für mich war die Situation zerbrechlich und ich könnte sie entweder fördern oder in eine Million unerkennbare Stücke zerbrechen.

»Ja, Kumpel, das habe ich.«

Er drehte sich wieder zu seinem Haufen und kramte ein blaues Auto hervor. »Hey, magst du Autos? Das hier ist mein Lieblingsauto.«

Ein leises Glucksen dröhnte in meiner Brust. »Ich mag sie sogar sehr.«

Sein Grinsen wurde breiter. »Ich auch. Mein Dad sagt, das hier ist super schnell.«

Ich gab mir die größte Mühe, nicht zusammenzuzucken, aber ich konnte nicht anders, als diesen Anflug von Eifersucht zu spüren. Aber ich hatte mich damit abgefunden, dass ich das wahrscheinlich fühlen würde, als ich diese *Wahl* getroffen hatte. Als ich die Richtung gewechselt und diese eingeschlagen hatte.

Als ich hierhergekommen war.

Ich zwang etwas Leichtigkeit in meine Worte. »Dein Dad hat völlig recht. Er ist super schnell. Noch schneller und es wäre ein Rennwagen.«

Seine Augen wurden groß. »Wow, das ist echt schnell. Weißt du, was Grün bedeutet?«

Ein wenig verwirrt hob ich die Schultern. »Los?«

»Ja!«

Er gab ein lautes Geräusch von sich und schob das Auto über den Boden, ohne zu wissen, dass er damit meine Welt komplett zum Einsturz brachte.

»Los!«, rief er und fragte dann: »Was ist mit Gelb?«

»Ähm ... langsamer?«

Er warf mir einen Blick zu und lächelte. »Stimmt! Denn genau das sagt mein Lehrer immer, wenn ich meine Karte von Grün auf Gelb umdrehen muss. *Langsamer*«, sagte er grinsend und seine Augen funkelten wieder schelmisch. »Denn wenn man auf Rot kommt, dann heißt das Stopp – was bedeutet, dass man in der Pause nicht spielen darf. Und das wird auf keinen Fall passieren.«

Kenzie unterdrückte ein Lachen.

Ja.

Ich hatte recht.

Er war ein Badass.

Und so verdammt süß.

Ich könnte wetten, dass er anstrengend, widerspenstig und einfach perfekt war.

Er fing an, das Auto über meinen Arm zu schieben – und über sein Lied. Ein Lied, das ich noch nie für jemanden gesungen hatte. Es war ein Lied, das für die einsamsten Stunden der Nacht reserviert war. Eines, das ich gefühlt tausendmal gespielt hatte. Ein Lied, das ich wie eine Art abgefuckte Hommage spielte. Wenn ich noch mehr dieser Gebete anstimmte, zu denen ich kein Recht hatte.

Wenn ich für seine Lebensfreude bat.

»Hey, das ist mein Name«, sagte er plötzlich und fuhr mit den Rädern über seinen Namen, der für immer auf meinem Arm eingeprägt war.

Meine Kehle wurde eng vor Ergriffenheit.

»Ja, das ist er, kleiner Mann, das ist er.«

Er grinste wieder und es kostete mich alles, was ich hatte, um ihn nicht in den Arm zu nehmen und wegzustehlen.

Stattdessen saß ich da, während er redete und mir all seine Lieblingsspielzeuge zeigte, die er offensichtlich überallhin mitnahm. Er plapperte ununterbrochen, lebhaft und ungezügelt. Er redete mit mir, als würde er mich schon ewig kennen.

Als wäre ich sein bester Freund.

Mein Blick wanderte zu Kenzie, die auf der kleinen Bank Platz genommen hatte und uns mit den Ellbogen auf den Knien beobachtete. Ihr Blick war sanft, traurig und wissend.

Im Stillen sagte ich ihr, welch tolle Arbeit sie mit diesem Kind geleistet hatte. Genauso, wie ich es mir vorgestellt hatte.

Und ich konnte mir nicht verkneifen, mich zu fragen, wie es wohl gewesen wäre, wenn ich dabei gewesen wäre, wenn ich alles miterlebt hätte, wenn ich irgendwie ein Teil davon gewesen wäre.

Von den Schwierigkeiten, den Freuden und den Errungenschaften.

Den kleinen Dingen.

Den Momenten, die ich für eine Nacht des Vergnügens aufgegeben hatte.

Ich beobachtete, wie Brendon sich in seinem eigenen Spiel verlor, sein Auto durch die Grashalme schob und es dann in seine Tasche steckte, als er aufstand und zur Rutsche rannte.

Stille umhüllte mich und Kenzie, als sie mir Zeit gab. Aber ganz ehrlich, keine Zeit würde jemals ausreichen.

»Danke«, sagte ich schließlich. Denn ich hatte keine Vorstellung davon gehabt, wie ihr Empfang ausfallen würde. Schließlich schuldete sie mir nichts. Vor allem, weil ich sie nicht vor meinem Eindringen in ihr Leben gewarnt hatte. Ich schlang die Arme um meine Knie und wippte, um mich durch das Unbehagen zu kämpfen und zu überlegen, was ich sagen sollte.

»Also ... er weiß ... von mir?«

Sie atmete langsam zwischen gespitzten Lippen aus. »Ich war ehrlich, als ich sagte, dass ich wusste, dass du eines Tages kommen würdest. Und ja, es war ein Schock, als ich mich umdrehte und dich dort vorfand, aber nachdem der Schock abgeklungen war, kann ich nicht sagen, dass ich wirklich überrascht war.«

Sie neigte ihren Kopf in Richtung ihres Mannes, der immer noch auf der anderen Straßenseite Wache stand. Ich fragte mich, wie verdammt schwer das für ihn sein musste, denn für mich war es ganz sicher die Hölle.

»Wir haben ihn auf diesen Tag vorbereitet, Lyrik. Auf den Tag, an dem du in unser Leben zurückkehren würdest. Und selbst wenn du es nie getan hättest, wussten wir doch, dass er eines Tages herausfinden würde, dass Brad nicht sein biologischer Vater ist. Wir wollten ihn deswegen nicht anlügen.«

Ich rieb meinen verspannten Nacken und versuchte, mich mental auf den Eindruck vorzubereiten, den Brendon vielleicht schon von mir hatte. »Was weiß er, Kenz?«

Sie schaute mich mit trüben Augen an. »Lyrik ... Er weiß, dass er deine Augen und dein Haar hat und dass du ihm diesen Bären gemacht hast.« Sie verschluckte sich an dem Geständnis. »Er weiß, dass du ihn in meinen Bauch gelegt hast. Er hat nur noch nicht herausgefunden, was das bedeutet.«

Alles pochte und schmerzte.

Und ich war mir nicht sicher, ob ich atmen konnte.

Nicht durch die Reue, den Kummer und die Dankbarkeit hindurch.

Ein wehmütiges Lächeln zerrte an ihrem Mund, als sie Brendon ansah. »Auch wenn ich nicht mehr in dich verliebt bin, heißt das nicht, dass ich dich nicht mehr liebe, Lyrik. Dass ich kein Vertrauen in dich habe. Dass ich nicht geglaubt hatte, dass du nach all den schrecklichen Entscheidungen, die du getroffen hast, nicht eines Tages die richtige Entscheidung treffen würdest. Also habe ich ihm Geschichten über dich erzählt ... die guten ... von dem Typen, den ich kannte, bevor ich dich überhaupt nicht mehr kannte.«

Ihr Lächeln verschwand und weitere Tränen liefen über ihr Gesicht. »Aber ich schätze, ich habe dich doch gekannt, was?«

Unsicher richtete ich meine volle Aufmerksamkeit auf sie.

»Ich weiß, dass du den Scheck nicht eingelöst hast. Mein Dad hat es schließlich zugegeben ... am Abend vor meiner Hochzeit mit Brad. Er wollte sicher sein, dass ich mir sicher bin. Dass ich mit dem Herzen heiratete und nicht, weil ich dachte, ein Mann wäre gut für meinen Sohn und mich.«

Ihre Stimme wurde zu einem Flüstern. »Er wollte mir die Chance geben, zu dir zurückzukehren.«

»Und du hast dich für ihn entschieden«, ergänzte ich mit einem Nicken und einer subtilen Geste in Brads Richtung.

Zwei Wochen lang hatte ich mich gefragt, was ich fühlen würde. Für Kenzie. Für das Mädchen, von dem ich gedacht hatte, es würde für immer mein Herz halten.

Das war wohl meine Antwort.

Die Tatsache, dass sie sich für den anderen Kerl entschieden hatte, obwohl sie von der Lüge in Bezug auf mein Verschwinden wusste, tat nicht weh. Stattdessen erfüllte sie mich mit einem seltsamen Gefühl von Trost.

Ich freute mich einfach darüber, dass sie glücklich war.

Das war alles, was ich je für sie gewollt hatte.

Wahrscheinlich hatte ich mich ebenfalls *entliebt*, obwohl ein Teil von mir sie immer noch liebte und sich um sie sorgte.

Das hatte mir mein dummes Herz wohl in den vergangenen zwei Monaten eingeredet. Und deshalb waren auch diese Worte aus mit herausgesprudelt.

Blue.

Du lässt meine Seele singen.

Ein warmer Schmerz erfüllte meine Brust.

Es war keine Frage mehr, wem ich gehörte.

Diesem Mädchen.

Meiner tapferen, schönen Blue.

Kenzie lachte unsicher und errötete. »Ich glaube, was wir hatten, war echt, Lyrik. Aber ich glaube, es hat mich darauf vorbereitet, was ich fühlen würde, wenn ich auf den Mann treffe, mit dem ich mein Leben verbringen soll.«

Zärtlich sah sie zu dem Mann auf der anderen Straßenseite.

Ich schmunzelte. »Warum klingt das nach einem Satz, den meine Mutter sagen würde?«

Sie lachte. »Weil deine Mom unglaublich ist.«

Und Gott, es war seltsam. Auf diese Weise mit Kenzie zusammenzusitzen.

Sie wurde ernst und ließ ihren Blick über mein Gesicht schweifen. »Bist du glücklich, Lyrik?«

Ich atmete aus und schob die Strähnen zurück, die mir ins Gesicht wehten. »Nein, Kenz. Ich bin nicht glücklich. Ich habe es mir nicht erlaubt, glücklich zu sein, seit ich dich und Brendon verlassen habe.«

Diese Worte waren tief in mir verschlossen gewesen, bis sie nun in einem leisen Geständnis aus mir herausströmten. »Aber ich bin ... fast am Ziel.«

Ja.

Es war auch seltsam, das zu begreifen.

»Ich habe dich beobachtet«, gab sie zu, »ich habe beobachtet, wie *Sunder* es geschafft hat. Ich habe die Schlagzeilen gelesen ... den Erfolg, die Partys und die Frauen. Du hättest glücklicher sein müssen als jeder andere. Aber ich wusste es, Lyrik. Ich wusste es. Ich habe es in deinem Gesicht gesehen.«

Sie begegnete dem Blick ihres Mannes. »Ich möchte, dass du weißt, dass es in Ordnung ist. Es ist okay, loszulassen. Die Schuld, die du immerzu mit dir herumgetragen hast.« Sie sah mich wehmütig an. »Ich habe dich schon vor langer Zeit losgelassen.«

Meine Welt bewegte sich im Schnelldurchlauf. In Zeitlupe. Alles wurde klar.

So verdammt klar.

Du lässt meine Seele singen.

»Du gehst jetzt besser«, sagte sie schließlich mit einem zärtlichen Lächeln. »Brad ist der beste Kerl, den du je kennenlernen wirst, aber auch er hat seine Grenzen.«

Mit einem Nicken stand ich auf und klopfte das Gras und die Blätter von meiner Hose.

Brendon kam wieder herbeigeeilt. Er hatte die Arme

ausgestreckt und mir blieb nichts anderes übrig, als ihn hochzuheben.

Ich drückte ihn an mich und atmete ihn ein, so wie ich es in jener Nacht seiner Geburt getan hatte, und er kicherte, als er sich zurücklehnte und an einer Strähne meines Haars zog, als würde er sich daran erinnern, was seine Mom zu ihm gesagt hatte. Eine seltsame Verbindung erfüllte die Luft.

Energie, Licht und Leben.

Eine Anziehungskraft, die mich an ihn band. Und zu *ihr* führte.

»Ich werde dich vermissen, kleiner Mann«, murmelte ich an sein Ohr.

»Wir sehen uns bald wieder«, sagte er, als hätte er eine Ahnung. Als wollte er mir sagen, mir keine Sorgen zu machen. Als würde er mir mitteilen, dass die Kluft zwischen uns vielleicht gerade kleiner geworden war.

Nah genug, um überbrückt zu werden.

»Ja ... das hoffe ich sehr.«

Vorsichtig setzte ich ihn ab und steckte meine Hände in meine Taschen. Brendon rannte zu seinem Dad, der bereits die Straße überquerte und mit Liebe und Fürsorge in seinen Augen direkt auf Brendon zuging.

Vollkommen und absolut.

Langsam wich ich zurück und genoss die letzten Sekunden mit meinem Sohn.

Kenzie fing meinen Blick auf. »Er wird Fragen stellen, wenn du weg bist. Und ich werde es ihm sagen, Lyrik. Ich hoffe wirklich, dass du das Richtige tust.«

Die Worte waren gedämpft und voller Versprechen, während ich rückwärts davonging. »Wann immer er bereit ist, mich zu finden, wann immer er weiß, was das alles bedeutet, halte ihn bitte nicht auf. Ich werde auf ihn warten.«

Sie nickte, und ich schenkte ihr ein sanftes Lächeln. Ich drehte mich um und begann, den kleinen Hügel zu erklimmen.

»Hey, Lyrik«, rief Kenzie mir nach. Sie grinste breit, als ich sie ansah. »Wer auch immer sie ist ... sie ist ein Glückspilz.«

Ich erwiderte ihr Grinsen und schüttelte den Kopf.

Ich beschleunigte mein Tempo und rannte im Sprint zu meinem Truck.

Denn Blue war kein Glückspilz.

Aber wenn ich es schaffen würde, sie zurückzugewinnen? Dann wäre ich es ganz sicher.

TAMAR

Meine Mutter drückte meine Hand. Es war ein stilles Zeichen der Ermutigung, als sie an meiner Seite stand. Um uns herum eilten die Menschen durch die belebten Straßen der Innenstadt, während ich wie erstarrt mitten auf dem Bürgersteig vor den kurzen Stufen stand, die zum Gerichtsgebäude führten.

Schweiß benetzte meine Hände und sammelte sich in meinem Nacken.

Lauf! Lauf! Lauf!

Es war diese kleine, verängstigte Stimme, die in meinem verwirrten Kopf gequälte Bitten flüsterte.

Sie flehte mich an, zu verschwinden.

Mir die Folter zu ersparen, die hinter diesen Türen wartete.

Mutig.

Aber es war die Erinnerung an diese tiefe, eindringliche Stimme, die mich davon überzeugte, zu bleiben. Die anhaltende Wärme seiner Anwesenheit.

Seltsam, dass Lyrik derjenige gewesen war, der meinen inneren Mut zum Vorschein gebracht und mir gezeigt hatte, dass ich nicht länger hinter Mauern leben musste, während er seine eigenen immer weiter aufgebaut hatte.

Stein für Stein – brutal.

Er war ablenkend und ausweichend gewesen und hatte ein zusammengewürfeltes Herz beschützt, in dem so viel Gutes verborgen war. Das wusste ich. Es lauerte in seinen bedrohlichen Schatten.

Das bedeutete aber nicht, dass sein wildes Herz nicht die Macht hatte, mich zu dezimieren.

Ich war immer noch geschockt von der Tatsache, dass er sich entschieden hatte, *mich* zu dezimieren.

Ich hatte gedacht, wir wären so nah dran gewesen ... so nah dran, das zu finden, was wir sein sollten. Zusammen. Aber das war wohl das Problem.

Lyrik war mir zu nahe gekommen.

Dieser Junge, der sein Herz nicht verschenken konnte, weil es nicht seins war.

Aber trotzdem gehörte ihm meins.

Meine Mutter drückte erneut meine Hand. »Wir müssen reingehen.«

»Ich weiß«, flüsterte ich, immer noch unbewegt.

Sie drehte sich zu mir um, ihr Blick war ehrlich und verständnisvoll, als sie mir zärtlich die langen Strähnen aus der Stirn strich, die der Wind aufgewühlt hatte.

Mein Haar war jetzt so dunkelbraun, dass es fast schwarz war.

Red war verschwunden.

Ich hätte wissen müssen, dass *sie* nicht bleiben konnte, nachdem Lyrik in mein Leben getreten war.

Ich hatte meine natürliche Farbe wiederhergestellt. Die Farbe, die mich vor meiner Flucht definiert hatte. Bevor ich mich maskiert, getarnt und versteckt hatte.

Genauso wie es sein würde, wenn ich den Zeugenstand einnehmen und gegen Cameron Lucan aussagen würde.

Nein.

Ich hatte erkannt, dass ich mich nicht mehr für die Tattoos schämen musste, die meine Narben verdeckten, oder dafür, wie ich mein Haar gefärbt hatte.

Aber wenn er mich dort sitzen sah, würde er mich nicht verschleiert oder verkleidet sehen.

Ich würde Tamar Gibson sein.

Das Mädchen, das er fast zerstört hatte.

In all den Jahren, in denen ich auf der Flucht gewesen war, hatte ich nie begriffen, dass ich ihm durch mein Versteckspiel erlaubt hatte, sie in diesem Zustand zu belassen.

Gebrochen.

Versteckt.

Unterwürfig.

Und so viel Angst ich auch hatte, ihm gegenüberzutreten, er würde mich nicht länger auf- oder zurückhalten.

»Du schaffst das, Tamar«, sagte meine Mutter. Eindringlich. »Ich weiß, dass du es kannst, und ich weiß, dass es eines der schrecklichsten Gefühle sein wird, mit denen du dich je auseinandersetzen musst. Aber du hast schon mehr als die Hälfte geschafft. Du bist *hier*. Du bist *gekommen*.«

Tränen kullerten über meine Wange und ich lächelte zittrig. Seit ich vor zwei Wochen im Morgengrauen an ihre Tür geklopft hatte, war meine Mutter meine ständige Stütze gewesen. Sie war für mich da, wenn ich jemanden zum Reden brauchte, und sie war in der Stille für mich da, wenn sie wusste, dass ich allein sein musste.

Sie zog ihre Unterlippe zwischen die Zähne und wischte die einzelne Träne weg, die meine Wange hinunterrutschte. »Ich bin so stolz auf dich. Habe ich dir das schon gesagt?«

Ich lachte unter Tränen. »Nur ungefähr tausendmal.«

Sie lächelte. »Dann erzähle ich es dir gern noch tausendmal.«

»Danke«, flüsterte ich und ich war ihr dankbarer, als sie je wissen würde.

»Oh, süßes Mädchen. Ich bin deine Mutter. Egal, wie weit du gehst, ich werde immer hier sein und auf dich warten. Du bist ein Geschenk, keine Last. Denke nie etwas anderes!«

Als sie das sagte, wollte ich sie einfach nur festhalten, umarmen und ihr immer wieder danken. Stattdessen nickte ich. »Okay. Gehen wir!«

Wir betraten das Gebäude und gingen durch die Sicherheitskontrolle. Ich hatte es abgelehnt, mir weitere Zeugenaussagen und Befragungen anzusehen oder mich der Präsentation von Beweisen auszusetzen. Ich war hier, um meine Geschichte zu erzählen. Und ich war hier, um für Madeline zu sprechen, denn Cameron hatte ihr die Möglichkeit genommen, dies selbst zu tun.

Das bedeutete nicht, dass meine Schritte nicht langsamer wurden, als wir uns dem Gerichtssaal näherten. Dass ich nicht spürte, wie mein Herz in meiner Brust pochte, so stark, dass ich sicher war, dass man es unter meiner weißen Bluse sehen konnte, und dass jeder Schritt eine Panik in mir auslöste, die sich in meinen Adern ausbreitete.

Sie verstärkte sich noch, als ich durch die doppelten Holztüren geführt wurde.

Ein Kribbeln überzog meine Haut.

Böse und abscheulich.

O Gott!

Ich schluckte die Galle hinunter, die in meiner Kehle aufzusteigen drohte, und die Angst, die mich in die Knie zu zwingen versuchte.

Lauf!

Aber das hatte ich schon so lange getan und ich war es leid, mich zu verstecken.

Ich hatte einen Scheideweg erreicht, genau, wie ich es vorausgesehen hatte.

Die Entscheidung war gefallen.

Ich hatte mich in die Richtung meiner Vergangenheit gewandt.

Eine unruhige Energie erfüllte den Raum, die Stimmen wurden leiser und gedämpfter, weil sie auf meine Ankunft warteten. Die Wände waren mit getäfeltem Holz verkleidet, das dort, wo die Bänke der Richter und Geschworenen standen, noch dunkler schimmerte. Auch der Bereich, in dem sich die Zuschauer dicht drängten, war auf dieselbe Art und Weise gestaltet worden.

Es wirkte dunkel.

Unheimlich.

Kalt.

Ein Schauer lief mir über den Rücken, und ich reckte mein Kinn in die Höhe und suchte nach der Kraft und dem Mut, die mich überhaupt erst auf diesen Weg gebracht hatten.

Tapfere, schöne Blue.

Ich klammerte mich daran, an das Mädchen, das Lyrik enthüllt hatte, obwohl ich mich so schwach und verängstigt fühlte, als ich mich zögernd durch den schmalen Gang bewegte. Menschen drehten sich zu mir um und starrten mich an, während diese ruhelose Energie über den Boden kroch und sich an den Wänden festkrallte. Die gewölbte Decke schien sie sogar noch zurückzuwerfen, zu verstärken.

Es war erdrückend.

Aber das war nichts im Vergleich zu dem Moment, in dem *er* sich umdrehte und mich ansah.

Ich hatte das Gefühl, dass ich buchstäblich sterben könnte,

als ich in dem abscheulichen Blick von Cameron Lucan gefangen wurde.

Seine dunklen Augen enthielten keine Wärme und sein Herz war nicht in der Lage, Mitgefühl zu zeigen.

Als ich zurücktaumelte, stieß ich mit meinem Vater zusammen, der mir dicht auf den Fersen war. Er hielt mich fest, als ich am liebsten zusammengebrochen wäre, seine Unterstützung stets unerschütterlich.

Wie hatte ich die beiden jemals miteinander vergleichen können?

Lyrik und Cameron.

Denn ich erkannte den Unterschied. Den Unterschied zwischen gebrochen und verdorben.

Ich wurde vereidigt und trat in den Zeugenstand. Ich spürte das Gewicht seiner schrecklichen Augen auf mir. Als könnte er mich mit einem einzigen Blick in eine weitere Ecke treiben. Mich als Geisel in diesem dreckigen, ekelhaften Raum festhalten.

Die Erinnerungen überschlugen sich.

Schmerz.

Ich konnte nicht aufschauen. Ich konnte mich nicht überwinden, ihm in die Augen zu sehen.

Zitternd hielt ich mich an der Stuhlkante fest, um mich daran zu hindern, zu fliehen. Meine Füße brannten darauf, sich zu bewegen.

Ich kann das nicht.

Ich kann das nicht.

Mir wurde übel und das Atmen fiel mir schwerer.

Panik machte sich in mir breit.

Aber ich musste bleiben.

Für mich.

Für Madeline.

Für die Schande. Für die Schuld, die ich auf mich geladen

hatte. Um diesen Mann wegzusperren, der mich erniedrigt, unterdrückt und missbraucht hatte. Um sicherzustellen, dass er das nie wieder tun konnte.

Ich wusste nur nicht, wie ich meinen Kopf heben sollte.

»Ms. Gibson, können Sie uns sagen, wann Sie Cameron Lucan zum ersten Mal getroffen haben?« Die Staatsanwältin stand ein paar Schritte von mir entfernt und drängte mich mit mitfühlender Stimme.

»Ms. Gibson?«

Lauf!

Ich drückte die Augen zusammen. Fester als zuvor.

Ich zitterte, als sich mein Herzschlag beschleunigte und ein verwirrendes Gefühl meine Haut überzog.

Ich atmete tief aus und hob langsam den Kopf.

Angezogen.

Von diesem Magneten, der mich nicht loslassen wollte.

Mit schwarzen Augen sah er mich an, dieser einschüchternde, verwirrende Junge, der wie eine Vision vor der Tür des Gerichtssaals stand. Mein Puls hämmerte und raste, mein Verstand und mein Herz befanden sich im Krieg gegen die starke Erleichterung in seiner Gegenwart und das Echo seiner vernichtenden Worte.

Schweigend machte er zwei Schritte nach vorn und sein Blick war unerschütterlich, als er sich in die hinterste Bank schob. Dennoch hätte er genauso gut im Scheinwerferlicht stehen können, denn seine verruchte Schönheit war eine Verlockung, und seine Tätowierungen hoben sich von seinem makellosen, dunkelgrauen Anzug ab.

Grimmig und geradlinig.

Hart und so unerträglich weich.

Feindselig und gelassen.

Ein unverhohlener, kühner Widerspruch.

So zerstörerisch und fesselnd, dass es unmöglich war, den

Blick abzuwenden, denn der Mann war bereit, Feuer zu entfachen.

Aber ich stand bereits in Flammen.

Verbrannt von diesem Mann.

Und ich litt unter seinem sorgenvollen Blick, seine vollen Lippen ernst.

Warum?

Ich blinzelte und Tränen liefen über mein Gesicht.

Warum?

Warum bist du hier?

Warum tust du mir das immer wieder an?

Meine Zunge schoss heraus und befeuchtete meine Unterlippe, während ich versuchte, mich zusammenzureißen. Ich wollte mich auf den Grund meines Hierseins konzentrieren.

»Ms. Gibson«, sagte die Staatsanwältin erneut, dieses Mal mit Nachdruck.

Lyrik legte den Kopf schief. Vorsichtig.

Tapfere, schöne Blue.

Er versprach mir, dass ich die Kraft dazu hatte.

Er erinnerte mich daran, dass ich sie immerzu besessen hatte.

Ich blinzelte das tröstende Gesicht weg und wandte meine Aufmerksamkeit wieder der Staatsanwältin zu. »Tut mir leid«, flüsterte ich.

Sie schüttelte den Kopf. »Ist schon gut. Ich verstehe, dass das schwer für Sie ist. Fangen wir noch einmal an. Können Sie uns sagen, wann Sie Cameron Lucan kennengelernt haben?«

Ich räusperte mich, obwohl die Worte nur schwer von meinen Lippen kam. »Ich war neunzehn Jahre alt. Es war Sommer und ich arbeitete in einem Diner, als er das erste Mal auftauchte ...«

Wunde Kehle, trockener Mund, verknotete Finger. So trug ich meine Aussage vor, wobei die Erinnerungen mit der Kraft einer Projektion auf einer 3-D-Leinwand zum Leben erweckt wurden. Mir kam die Galle hoch, als ich jeden Moment noch einmal durchlebte, wie er mich verdreht und manipuliert hatte, bis mein Wille nicht mehr der meine gewesen war. Die körperlichen Narben waren fast so tief wie die emotionalen. Das Geständnis glitt mir wie Gift von der Zunge. Scharf wie ein Dolch und schwer wie ein Stein.

Entsetzen und Hass.

»Danke, Ms. Gibson«, sagte sie schließlich leise. Genauso leise wie der Rest des Raums, der den Atem anzuhalten schien, für einen Moment auch Gefangene der Gräueltaten, die durch Camerons Hand geschehen waren.

Vorsicht war in ihrem Tonfall zu hören. »Ms. Gibson, erkennen Sie die Person, die Sie gerade in Ihrer Aussage beschrieben haben, in diesem Gerichtssaal wieder?«

»Ja«, flüsterte ich, obwohl ich mich bis zu diesem Zeitpunkt noch geweigert hatte, in seine Richtung zu schauen.

»Können Sie bitte auf den Platz zeigen, an dem diese Person sitzt?«

Ich schloss die Augen und der Druck wurde stärker. So stark und intensiv. Denn selbst nach all den Worten, die aus meinem Mund geflossen waren, fühlte sich dies wie der Höhepunkt an.

Der Moment, in dem ich endlich Stellung bezog.

Der Moment, in dem ich mich gegen Cameron Lucan erhob.

Meine Augen öffneten sich und fielen auf den Jungen. Meinen Jungen. Auch wenn er nie wirklich mir gehören würde. Sein Unterkiefer war starr und die Wut schwappte in Wellen aus ihm heraus. Sie berührten mich wie eine sanfte Ermutigung.

Und ich hatte keine Zeit, den Grund zu hinterfragen,

warum Lyrik West hier war. Um seine Motive, Wünsche oder Bedürfnisse zu untersuchen.

Denn in diesem Moment wusste ich, dass er für mich da war.

Ich hob mein Kinn, meinen Blick und meine Hand.

Cameron saß auf der anderen Seite des Raums unbeweglich in seinem Stuhl. Als spürte er das Ende und wollte, dass ich diejenige war, die es auslöste. Bei so vielen Beweisen, die gegen ihn vorlagen, bestand praktisch keine Chance auf Freispruch. Ich bezweifelte, dass es einen Unterschied machen würde, auf ihn zu zeigen.

Aber das spielte keine Rolle.

Denn ich würde nicht länger schweigen.

Ich würde mich nicht länger verstecken, maskieren oder weglaufen.

Ich zeigte mit einem Finger auf Cameron Lucan.

Der Rest ihrer Fragen war verschwommen. »Können Sie bitte die Kleidung dieser Person für das Gericht beschreiben?«

Ich murmelte die Antwort und sackte dabei nach vorn.

Keuchend.

Taumelnd.

Frei.

»Im Gerichtsprotokoll wird festgehalten, dass die Zeugin soeben den Angeklagten, Cameron Lucan, identifiziert hat.«

Ich zitterte am ganzen Körper, als ich aus dem Zeugenstand entlassen wurde. Das Kreuzverhör war nur noch ein gedämpftes Summen am Rande meines Bewusstseins.

Lyrik West lächelte mich aus dem hinteren Teil des Raums an.

So verdammt sanft und voller Verständnis.

Und ich sah es.

Es stand diesem verworrenen Mann förmlich ins Gesicht geschrieben.

Stolz.

Ich stolperte auf meinen Platz, an dem meine Mutter mich in ihre Arme zog und mir feuchte Küsse ins Haar drückte. Ihr Gesicht war tränenüberströmt. »Ich bin so stolz auf dich. Ich bin so stolz auf dich.«

Und als ich über meine Schulter zurückblickte, war Lyrik weg.

Mom schlich sich auf die Veranda und reichte mir eine heiße Tasse Tee.

»Danke.« Ich pustete in die Tasse, während ich auf einem hölzernen Schaukelstuhl saß und beobachtete, wie die Berge ein letztes Mal von der Sonne geküsst wurden, bevor diese am Horizont am anderen Ende des Himmels unterging.

Diese Berge waren schon immer einer meiner Lieblingsorte in meiner Heimat gewesen. Ich hatte die Stürme beobachtet, die sich über ihnen zusammenbrauten, und dabei eine unvergleichliche Schönheit erlebt. So stark, mächtig und gefährlich.

Mom ließ sich neben mir nieder und stützte ihre Füße auf dem Geländer ab. »Wie kommst du zurecht?«

Zwei Tage waren seit meiner Aussage vergangen. Ein Tag seit der Verurteilung von Cameron Lucan.

Ich nahm einen Schluck und ließ ihn meine schmerzende Kehle beruhigen. »Es fühlt sich ... gut an.«

Ich sah sie mit einem Halblächeln an. »Und seltsam. An dem Tag meiner Flucht habe ich mich damit abgefunden, dass dies etwas sein würde, das mich für immer verfolgen würde. Dass ich auf Schritt und Tritt nach hinten schauen und immer bereit sein würde, wegzulaufen. Es fühlt sich so seltsam an, damit abzuschließen.«

»Und doch bist du nicht zur Ruhe gekommen.« Wenn es um mich ging, war sie schon immer so gewesen. Intuitiv.

Ich schüttelte den Kopf. »Nein.«

»Wie geht es jetzt weiter?«

Ich hob eine einzelne Schulter. »Ich weiß es nicht, Mom. Ich fühle mich einfach so ... verloren. Ich weiß nicht mehr, wohin ich gehöre.«

»Ich würde dich für immer hierbehalten, wenn du mich lassen würdest.« Es klang fast wie ein Scherz, obwohl ich die Ehrlichkeit dahinter erkannte.

»Ich weiß, dass du das würdest. Und du weißt, dass ich es hier liebe, aber ...«

»Ich weiß, Tamar. Ich weiß es. Du wirst deinen Platz finden.«

Ihr Lächeln war wissend. »Bist du bereit, mir von dem Jungen zu erzählen, der meinem Baby das Herz gebrochen hat?« Sie hob eine Augenbraue. »Ich will wissen, wem ich in den Arsch treten muss.«

Ich lachte wehmütig auf. »Vielleicht ist das der schwierigste Teil von allem. Er hat es auf die beste Weise gebrochen. Er hat mich gefunden, als ich nicht wusste, dass ich verloren war. Er hat mich in die richtige Richtung gelenkt. Er war es, der mir den Weg nach Hause gezeigt hat.«

»Du bist seinetwegen hier?«

Ich zuckte leicht mit den Schultern. »Nein ... aber in gewisser Weise schon. Er hat mich dazu gezwungen, mich selbst zu sehen. Zu hören, wohin ich gerufen wurde.«

»Es braucht jemanden, der mutig ist, um zuzuhören.«

Ich verschluckte mich an der Welle meiner Gefühle. »So hat er mich auch immer genannt ... mutig.«

Mitleid trübte ihre blauen Augen, die die gleiche Farbe wie meine hatten, und ihre Stimme war sanft, als sie mit ein paar Strähnen in meinem Haar spielte. »Du liebst ihn?«

Mein Inneres zitterte, schrie und schlug um sich.

Ich suchte nach einem Weg, das Loch zu füllen, das er hinterlassen hatte. Aufgerissen und blutend.

Hohl.

Jedes Mal, wenn er in mein Leben getreten war, hatte er ein bisschen mehr genommen, als er zurückgelassen hatte.

»So sehr«, flüsterte ich, als ich die Tränen losließ, von denen Lyrik mir gezeigt hatte, dass sie keine Schwäche waren.

Es waren Tränen, die ich verdient hatte, zu vergießen.

Und Gott. Ich vermisste ihn so sehr, dass es mich an den Tod erinnerte. Sein Name war gleichbedeutend mit Verlust, Trauer und Kummer. Und doch war seine Berührung meine Auferstehung gewesen.

Dieser wunderschöne, gequälte Junge.

Er hatte mich zerstört und mir gleichzeitig neues Leben eingehaucht.

Die widersprüchlichen Gefühle blockierten meine Brust. Denn der tiefste Teil in mir wusste, wo ich hingehörte: zu ihm.

Und ich erinnerte mich.

Ich erinnerte mich, auch nachdem er gegangen war.

Er war jede Sekunde des Schmerzes wert.

Ein sanftes Klopfen an meiner Tür weckte mich aus dem Schlaf. Es war die schwebende Sorte, bei der ich nur knapp über der vollen Kohärenz schwamm, als würde ich mein Leben von oben beobachten.

Es war eine seltsame Kombination aus Gefühlen – mein Herz war gebrochen und doch fühlte ich mich überwältigend frei. Ich vermisste ihn und war gleichzeitig so dankbar, zu Hause zu sein.

Die Tür öffnete sich knarrend. »Hey«, sagte meine Mutter, als sie in mein Zimmer schlüpfte. Das späte Nachmittagslicht fiel durch die geöffneten Vorhänge und die Schatten spielten mit der Aussicht, tanzten auf den Gipfeln und Kämmen der Berge auf und ab.

»Hi«, sagte ich, während ich versuchte, mich zu orientieren. Ich blinzelte durch die Benommenheit hindurch und setzte mich auf.

Sie ließ sich neben mir aufs Bett sinken und fuhr mit den Fingern durch mein Haar. »Es tut mir leid, dass ich dich geweckt habe.«

»Das ist schon in Ordnung.«

Sie zögerte. »Ich dachte, du möchtest den vielleicht haben.«

Mein Blick fiel auf den kleinen gelben Umschlag, den sie in den Händen hielt.

Furcht und Hoffnung stürzten auf mich ein.

Gott, was war nur los mit mir?

Sie musterte mich von der Seite. »Er ist für dich ... glaube ich.«

Unbehagen durchströmte mein schummriges Zimmer und ich holte tief Luft, während ich den Mut aufbrachte, einen Blick auf das zu werfen, was auf der Vorderseite stand. Aber irgendwie wusste ich bereits, was dort stehen würde.

Keine Adresse.

Kein Vor- oder Nachname.

Da stand einfach nur *Blue* in seiner breiten Schrift. Als würde er die Hand ausstrecken. Mich berühren. Dieser Junge, der mich in meinen Träumen verfolgte und meine Nächte heimsuchte.

»Wo hast du den gefunden?«

Ihre Lippen wurden schmaler. »Der Umschlag lag vor der Haustür. Ich nehme an, er ist von ihm?«

Ich nickte. »Ja.«

Sie berührte mein Kinn. »Okay ... ich lasse dich allein.«

»Danke«, flüsterte ich, während ich den wattierten

Umschlag entgegennahm. Ich drückte ihn an meine Brust, bis sie die Tür hinter sich zuzog. Stille senkte sich über den Raum und mein Atem wurde zu einem Keuchen.

Beklemmung. Meine Gefühle überschlugen sich.

Wollte ich wirklich zulassen, dass er mir das noch einmal antat? Dass er an mir zog und zog und zog, um mich letztlich doch wegzustoßen?

Ich schluckte und öffnete ihn. Eine CD fiel heraus. Auch darauf stand *Blue*.

Nervös stand ich auf, schritt umher und überlegte. Dann setzte ich mich an den kleinen Schreibtisch und klappte den Deckel meines Laptops auf, um die CD einzulegen.

Es war nur eine Datei darauf.

Ein Video.

Umständlich drückte ich die Kopfhörer in meine Ohren, mein Puls raste und mein Geist war in heller Aufregung, während meine rationale, logische Seite mich anschrie, die CD in den Müll zu werfen. Um mich zu schützen. Um einen Ansatz dieser Mauern zu finden.

Aber ich konnte mich nicht davon abhalten, auf Play zu drücken.

Lyrik tauchte auf dem Bildschirm auf.

So groß und schön.

Mein Atem stockte und mein Herz setzte einen Schlag aus.

Er saß auf einem Hotelbett mit einer Akustikgitarre auf dem Schoß. Seine Augen wirkten traurig und voller Reue, sein Mund ernst. Er kratzte sich an der Schläfe, als wüsste dieser bedrohliche, bösartige Mann nicht, was er mit sich anfangen sollte.

»Blue.«

Mein Inneres bebte, als dieses Wort wie ein Flehen von seiner Zunge glitt.

Er schloss die Augen, bevor er sich der Kamera wieder

zuwandte. »Ich habe in meinem Leben schon viele Lieder geschrieben. Für eine verdammt lange Zeit waren sie die einzige Freude, die ich hatte. Und dieses hier ... ist das wichtigste, das ich je geschrieben habe, auch wenn ich mich nie dazu durchringen konnte, es zu Ende zu bringen.«

Er zupfte einen einzelnen Akkord und räusperte sich. »Du weißt, dass ein Lied mehr sagt als alle Worte, die ich je sprechen könnte. Hör zu, Blue! Fuck ...« Er fuhr mit einer Hand durch sein Haar. »Bitte ... hör einfach zu ...«

Leise zupfte er einen weiteren Akkord, und als er seinen hübschen Mund öffnete, klang er verletzlich. Rau, grob und voller Emotion.

Ich zitterte, als ich die ergreifende Melodie erkannte.

Er spielte das ungesungene Lied. Das Lied, das seinen Arm bedeckte und ihn in ein geheimnisvolles, unsichtbares Elend hüllte.

Tränen trübten meine Augen.

Wirst du jemals wissen
Was es bedeutet hat
Dich zu halten
Jetzt bin ich auf den Knien
Und bettle um die Dinge
Die nicht mehr mir gehören
Ich hätte alles gegeben
Aber doch habe ich mich verloren

Die Intensität des Lieds nahm zu, als er zum Refrain überging.

Aber ich komme ...

Ich komme nach Hause zu dir
Endlich mein für immer gefunden
Es hat schon gewartet
Ich komme ...
Ich komme nach Hause zu dir
Sag mir, was ich tun muss
Um diese Chance zu bekommen
Sag, dass ich sie mit dir verbringen darf

Meine Tränen flossen in Strömen, und meine Brust schmerzte und pochte, während meine zittrige Welt sich drehte.

Einst hatte ich gedacht, er hatte gelacht, als er mich fallen gesehen hatte.

Aber jetzt wusste ich es besser. Ein riesiger Teil von Lyrik wollte mich auffangen.

Ich war mir nur nicht sicher, ob er wusste, wie.

Seine Finger rutschten über die Saiten und er atmete angestrengt aus. »Blue.« Er beugte sich vor, als könnte er mich von der anderen Seite des Raums erreichen. »Blue ... den Anfang des Lieds habe ich schon vor verdammt langer Zeit geschrieben. Aber es ist noch nicht fertig. Das weiß ich jetzt. Hilf mir, es zu beenden!«

Der Bildschirm wurde dunkel.

Ein Schluchzen entwich meinem Mund.

Hilf mir, es zu beenden!

Ich stand auf und schritt durch die Stille meines Zimmers. Ich griff in mein Haar und war überzeugt, wahnsinnig sein zu müssen. Völlig, völlig wahnsinnig.

Denn genau das hatte dieser Junge mit mir gemacht.

Ich war schwach.

Aber ich weigerte mich, eine Närrin zu sein.

Nicht, weil ich erstarrt war und Mauern errichtet hatte.

Nein.

Weil ich geliebt werden wollte. So wie ich es verdiente.

Ich war so verwirrt, dass ich aus meinem Zimmer in den Flur stolperte und mich mit der Hand an der Wand abstützte, um nicht zu fallen.

Die Intensität wuchs. Ich verschluckte mich fast an ihr.

Dick.

Schwer.

Massiv.

Ich musste durchatmen, Klarheit gewinnen. Also flog ich zur Haustür hinaus und die Treppe hinunter zu den Grasflächen vor dem Haus.

Ich blieb erschrocken stehen.

Der dunkle, bedrohliche Junge stand am Rande der Kiesauffahrt. Die tätowierten Hände steckten in seinen Taschen. Sein Haar peitschte wild um seinen Kopf.

Mein Mund wurde trocken und ich wich einen Schritt zurück.

Er kam flehend näher. »Blue.«

Ich schüttelte den Kopf, als eine weitere Windböe mich erfasste.

Seine dunklen Augen verschlangen mich und seine Stimme war hart. »Ich habe in diesem Hotelzimmer gesessen, seit ich dich im Zeugenstand gesehen habe. Du warst so mutig.«

Ich verzog das Gesicht. Als könnte mich das vor seinen Worten schützen. Vor diesem Jungen, der die Macht hatte, mich zu verwüsten und zu zerstören.

Mich aufzubauen oder zu brechen.

»All diese Monate ...« Er schüttelte den Kopf, als versuchte er, sich einen Reim darauf zu machen. »Ich hatte das Gefühl, dich einwickeln und beschützen zu müssen. Ich wollte diesen Bastard jagen und ihn für das, was er dir angetan, bezahlen lassen. Ich habe es nicht verstanden, Blue. Ich habe nicht verstanden, was das bedeutet. Nicht bis zu jener Nacht bei mir zu Hause in L. A.«

Ich trat noch einen Schritt zurück. Ich wollte rennen. Zu ihm. Oder von ihm weg. Ich wusste es nicht.

»Ich kann nicht zulassen, dass du mir das antust, Lyrik. Nicht schon wieder.« Ich legte eine Hand auf meine Brust. »Ich kann nicht ertragen, dass du mich zu dir ziehst, bevor du mich wegstößt. Ich weiß nicht, was du von mir willst.«

Er lachte belustigt und kräuselte den Mund. »Weißt du ... als ich dich das erste Mal traf ... dachte ich, dass es das ist, was ich an dir am meisten mag. Das Drücken, das Ziehen. Das Anziehende und das Abstoßende. Dieser verrückte Widerspruch, den ich in deiner Nähe verspürte. Das war etwas, dem ich einfach nicht widerstehen konnte.«

Sein Blick wurde dunkel. »Aber es war so viel mehr als das. Und obwohl ich am liebsten durch den Gerichtssaal gerannt wäre, um dieses Stück Scheiße in Fetzen zu reißen, wusste ich, dass du da oben im Zeugenstand sitzt und es selbst tust. Dass du es selbst tun musstest. Aber ich wusste, dass ich da sein wollte, wenn du mich brauchst. Um dich aufzufangen, wenn du fällst, auch wenn ich wusste, dass mein Mädchen stehen würde.«

Mein Mädchen.

Der Wind peitschte immer wilder.

Und ich erschauderte.

Ich zitterte, als ich von einer Welle nach der anderen überrollt wurde.

»Ich muss dir etwas sagen, Blue.«

»Du kannst nicht ...«, versuchte ich.

Er näherte sich mir, so verdammt groß, stark und lächerlich weich. Seine dunklen Augen wirkten gequält, als er meine Handgelenke packte und mich zu sich zog.

Und ich fühlte mich so klein und verletzlich.

Wie in einem Käfig.

»Bitte ... hör mir zu!«

Ich zappelte und er hielt mich fester, obwohl sein Tonfall weicher wurde. »Hör mir zu, Blue ... Du musst mir zuhören.«

Ich gab nach. So verdammt schwach. Denn das hatte dieser Junge aus mir gemacht.

Er zog mich näher an sich heran und seine Stimme sank zu einem Flüstern, als er mir sein Geständnis zuflüsterte. »Ich habe einen Sohn.«

Seine Worte donnerten auf mich ein wie ein Güterzug, der keine Zeit hatte, abzubremsen.

Sie schossen direkt durch mich hindurch.

Sie veränderten alles.

»Brendon.« Das Wort kratzte in meiner Kehle, als ich verstand. Es war der Name, der sich durch sein Lied schlängelte. Das Herzstück seiner Geschichte.

Er klang ehrfürchtig, als er das Wort murmelnd wiederholte. »Brendon.«

Er verlagerte sein Gewicht, hielt mich aber immer noch fest und starrte auf mich herab. »Ich habe dir doch gesagt, dass ich alles vermassle, Blue. Ich nehme die guten Dinge, die mir gegeben werden, und mache sie kaputt. An jenem Tag, als ich ihn zum ersten Mal sah, musste ich mich auch direkt von ihm verabschieden.«

Er strahlte Schmerz aus. Eine ungebremste Welle des Schmerzes. Endlos. »Ich durfte ihn einmal halten. Einmal, Blue. Aber ich durfte ihn nicht behalten. Fuck, ich wollte es so sehr ... aber ich musste ihn aufgeben, weil es das Einzige war, was ich tun konnte. Das Beste, was ich für ihn tun konnte.«

Mir liefen Tränen übers Gesicht, als er weitersprach. »Ich habe ihm ein Versprechen gegeben ... Ich habe ihm versprochen, dass er der letzte Mensch ist, in den ich mich je verlieben würde. Auf eine verdrehte Art und Weise dachte ich, dass ich irgendetwas wiedergutmachen könnte, indem ich mich selbst in meine eigene persönliche Hölle verdamme.«

Ich zitterte am ganzen Körper.

Mein Herz brach.

Für ihn.

Für das Kind.

Für das Mädchen auf dem Foto.

Gleichzeitig schwoll es vor Eifersucht an.

»Du hast einen Sohn«, wimmerte ich.

Er versuchte, mich näher an sich zu ziehen, als könnte er mich nur so zum Verstehen bringen. »Wie hätte ich gehen und mein Glück finden können, nachdem ich ihn verlassen hatte? Wie, Blue?«

Er wich zurück, zog die Stirn in Falten und sah mich unerbittlich an. »Aber dann kamst du. Dieses schöne, mutige, tapfere Mädchen. Ich glaube, ich wusste von Anfang an, dass du tabu bist. Dass ich dich nicht anfassen sollte. Dass ich mich fernhalten sollte. Denn ich wusste, wenn ich das täte, würde ich nie wieder derselbe sein. Und das bin ich nicht, Blue. Ich bin es nicht. Weil du alles *verändert* hast.«

Mein Innerstes wurde von einem plötzlichen Windstoß durcheinandergewirbelt. Die Situation spitzte sich zu.

Sein Gesichtsausdruck war traurig. »Sieh dich an ...«

Er strich mit den Fingerknöcheln über meine Wangen und ich fröstelte.

Körper und Seele.

»Alles, was ich tue, ist, dich zum Weinen zu bringen. Dich noch mehr verletzen. Aber ich bin fertig, Blue. Damit bin ich verdammt noch mal fertig. Ich weiß, du denkst, dass meine Entschuldigungen nichts zählen, aber diese ... diese beinhaltet alles, was ich zu geben habe. Es tut mir so verdammt leid, was ich gesagt habe. Was ich getan habe. Ich werde nicht versuchen, mich zu rechtfertigen oder so zu tun, als wäre es richtig gewesen, wie ich dich behandelt habe ... Aber du sollst wissen, dass ich versucht habe, mein Herz zu schützen, weil ich dachte, dass es nur meinem Sohn gehören kann.«

Meine Brust spannte und er holte tief Luft. »Und du warst da und hast all die zerbrochenen, spröden Teile zertrümmert und Platz für etwas anderes geschaffen. Für etwas Besseres. Du hast mich von den Toten auferweckt. Du hast mich erkennen lassen, wie es ist, wieder zu fühlen. Du hast mich Dinge fühlen lassen, die ich nie zuvor gefühlt habe. Du hast Platz für dich geschaffen.«

»Lyrik.« So weich, so gebrochen. Genau wie dieser Junge.

Der Sturm gewann an Geschwindigkeit, an Energie.

Das Summen vor dem Blitzschlag.

Mein ganzer Körper bebte und all meine Hoffnungen stiegen an die Oberfläche, um mit meinen Ängsten zu kollidieren. Das Bild, das sich in mein Gedächtnis eingebrannt hatte, das Bild von ihm und dem Mädchen, die Worte, die er gesagt hatte, als ich es gefunden hatte.

Nicht du.

»Wenn du sie noch liebst ...«

Er nahm mein Kinn und zwang mich, mit dem Reden aufzuhören und zu ihm aufzusehen. »Nein, Blue. Das tue ich nicht. Ich liebe dich. Ich liebe dich.«

Lyrik ließ sich plötzlich auf die Knie im Gras fallen.

Ein Angebot.

»Hörst du mich?«

Und zum ersten Mal war ich diejenige, die über diesem einschüchternden Mann thronte.

Der Wind pfiff. Er gewann an Kraft.

Als wären Stickstoff und Sauerstoff zum Leben erwacht.

Als wäre jedes Element in der Luft brennbar.

Explosiv.

Ein Schaudern erfasste mich.

»Ich weiß nicht, wie ich dir vertrauen kann.«

Aber Gott, ich wollte es.

Ich wollte diesen Jungen so sehr, wie ich atmen wollte.

Aber noch mehr als das wollte ich Liebe. Echte Liebe. Mit weniger würde ich mich nicht zufriedengeben.

Seine Worte waren heiser. »Lass es mich dir beweisen, Blue! Ich will dir Nacht für Nacht beweisen, dass ich derjenige sein will, der mit dir schläft, und wenn du morgens aufwachst, will ich derjenige sein, der seine Arme um dich legt.«

Seine Zunge schnellte heraus. Nervös, aber überzeugt. »Und wenn du einen Ring an deinem Finger trägst, will ich derjenige sein, der ihn dir ansteckt.«

Seine Augen, die die Farbe von Pech hatten, waren voller Emotion. Darin sah ich die Dämmerung und den Sonnenaufgang. »Und wenn du Mutter wirst, möchte ich, dass du mein Kind in den Armen hältst.«

Ich keuchte.

Überwältigt von diesem Mann.

Diesmal war es an mir, auf die Knie zu fallen.

Fassungslos.

Entrückt.

Sein.

Er nahm mein Gesicht in seine Hände. Seine Daumen wischten die Tränen von meinen Wangen. »Ich liebe dich, Tamar Gibson. Hörst du mich?«

Ich höre dich.

Ich höre dich.

»Sei mit mir zusammen, Blue! Sag mir, dass du mir gehörst! Denn ich glaube nicht, dass ich dich gehen lassen kann. Und es besteht eine echte Chance, dass mein Sohn ein Teil meines Lebens sein wird. Denn du bist es, die mir gezeigt hat, was es heißt, mutig zu sein. Dass ich mich meiner Vergangenheit stellen muss, wenn ich weitermachen will.

Teile sie mit mir, Blue! Meine Vergangenheit und meine Zukunft.«

Er vergrub sein Gesicht in meinem Haar, drückte den Mund an mein Ohr. »Bitte ... sag nicht Nein!«

Meine Stimme war ein Räuspern. »Das könnte ich nie.«

Bei Lyrik hatte ich das noch nie gekonnt.

Er keuchte erleichtert auf, drückte eine dicke Locke meines dunklen Haars an seine Nase und lachte ungläubig auf. Er atmete mich ein. Dann wich er ein Stück zurück, damit er mich mit seinen unnachgiebigen Augen ansehen konnte. Ein sanftes Grinsen umspielte seinen Mund. Aber es fehlte die Bedrohung. Stattdessen wärmte es mich.

Dieser einschüchternde, bösartige Mann war so unglaublich sanft.

In seinen Worten schwang Ehrfurcht mit. »Du bist so verdammt schön.«

Dann war sein Mund auf meinem.

Er küsste mich auf eine Art und Weise, die ganz und gar tiefgründig war.

Sanft und tief.

Langsam und hart.

Mit dem Versprechen, dass er mich nie wieder loslassen würde.

Die Luft knisterte vor Energie.

Ein Licht leuchtete an den Rändern meiner Sicht auf.

Intensiv und lebendig.

Mit der Kraft eines Gewitterblitzes.

Wo der Blitz einschlägt.

Und ich fühlte mich so klein. Ängstlich. Aber gleichzeitig auch stark. Zeuge dieser ungesehenen Schönheit zu sein. Berührt von einer Erfahrung, von der ich dachte, ich würde sie nur aus der Ferne beobachten.

Liebe.

Sie war blendend.

Mächtig.

Offenbar war dieser Junge der perfekte Sturm.

»Sag es noch mal«, flüsterte ich an seinem Mund.

Lyrik zog sich zurück. Ich beobachtete das schwere Zucken in seiner Kehle. Das Heben seiner Brust. Die Ernsthaftigkeit in seinen pechschwarzen Augen.

»Blue, du lässt meine Seele singen.«

EPILOG
LYRIK

MAN SOLLTE MEINEN, dass ich das gut beherrschte, weil ich Gitarre spielte und so.

Flinke Finger.

Schnelle Hände.

Nicht ganz.

Ich gluckste leise und biss konzentriert auf meine Unterlippe, während ich die dicke Nadel durch den Stoff führte. Ich kreierte ein Patchwork-Muster. Jede Schattierung von Rosa. Gingan und Kattun und Unis.

Also, ja. Man könnte mich für ein Weichei halten, weil ich die Namen all dieser Muster kannte. Aber ... nun ja, meine Mom.

Ich klemmte die Nadel zwischen meine ungeschickten Finger und versuchte, sie gerade zu halten.

Brendon lachte, als wäre es das Lustigste, was er je gesehen hatte. »Dad ... du machst das ganz falsch.«

»Was meinst du damit, ich mache es falsch?«

Er lehnte sich näher an den Tisch in der Küchenecke, an dem wir gerade arbeiteten. Es sah aus, als wäre hier ein ganzer

Kunsthandwerkermarkt explodiert. Vielleicht hatten der Kleine und ich es im Laden ein wenig übertrieben.

Verklagt mich.

»Du setzt das Ohr verkehrt herum auf.«

»Mist«, murmelte ich vor mich hin und er musste lachen. Ich wuschelte mit einer Hand durch sein Haar. »Wo ist deine Oma, wenn wir sie brauchen?«

Seine dunklen, dunklen Augen weiteten sich, als er mich ansah. Voller Schalk. »Gut, dass sie nicht hier ist, denn sonst würde sie die Augen verdrehen.«

Ich öffnete den Mund, als wäre ich beleidigt.

Der Junge war eine kleine Schlange. Er testete bei jeder Gelegenheit, wie weit er mit seiner Spottlust gehen konnte. Ich konnte nicht anders. Ich fand das die süßeste Sache der Welt.

»Du sollst wissen, dass ich diesen Bären ... ganz allein gemacht habe.« Ich zeigte auf das schäbige, zerfledderte Ding, das er immer noch nicht hergeben wollte. »Er hat jahrelang gehalten. Wie ist das für jemanden, der keine Ahnung hat, was er tut?«

»Du hattest Glück?«, schoss er zurück und hob die Augenbrauen.

»Alter ... dafür wirst du auf jeden Fall büßen.«

Er grinste und wollte schon loslaufen, als die süße Stimme meines Mädchens durch die schwere Holztür drang, die die Küche vom Rest des Hauses trennte. »Klopf, klopf.«

Die meisten würden diese Stimme wohl nicht als süß bezeichnen, wenn man berücksichtigte, dass sie heiser und verdammt sexy war und allein ihr Klang Gänsehaut verursachte. Aber das bedeutete nicht, dass sie mich nicht wie Honig umhüllte.

»Nicht reinkommen!«, rief Brendon und schenkte mir ein schiefes Grinsen.

»Seid ihr immer noch nicht fertig?«, rief sie zurück.

»Nö«, rief er.

Ich konnte ihr übertriebenes Seufzen hören und ihr Lächeln fast sehen. »Na gut. Ich werde einfach hier draußen sitzen ... einsam ... und warten ... ganz allein ...«

»Da ist wohl jemand etwas überdramatisch«, sagte ich neckisch und zwinkerte meinem Sohn zu, woraufhin Brendon leise kicherte.

»Ich glaube, sie mag uns einfach«, sagte er ein wenig unschuldig.

Fuck.

Ja.

Ich hatte wohl Glück, dass dieses hübsche Mädchen mich nach allem, was ich getan hatte, immer noch mochte.

»Hier, Kumpel, warum führst du die nicht hindurch?«, schlug ich vor, während ich ein Stück rosa Schleife durch das Nadelöhr führte.

Brendon schob die Zunge zur Seite und fädelte das letzte Stück durch den Bären, dann half er mir, die Augen und den Mund mit schwarzem Garn anzunähen.

»Meinst du, er wird ihr gefallen?«, flüsterte er.

»Ich denke, sie wird ihn lieben.«

Das würden sie beide.

»Bist du bereit, ihn ihr zu geben?«

Er kletterte vom Stuhl. »Ja.«

Er versteckte ihn hinter seinem Rücken, während wir durch die große Küche gingen. Sie war etwas rustikal eingerichtet, in Anlehnung an Savannah, wo wir uns kennengelernt hatten, die Schränke weiß, die Insel salbeigrün und die Arbeitsplatten grau. Sie wirkte heimelig. Bewohnt.

Wirklich, das ganze große Haus fühlte sich so an.

Warm.

Zu Hause.

Ich hätte nie gedacht, dass ich so etwas bekommen würde.

Ich hätte nie gedacht, dass ich es verdiente.

Ich hatte schon zu oft Mist gebaut. Zu viel Gutes ruiniert.

Und irgendwie ... irgendwie hatte ich alles bekommen.

Ich folgte Brendon durch das großzügige Foyer. Die Nacht drang durch die Fenster – die Stadt lag unter uns – und glitzerte durch die raumhohen Fenster in Wohn- und Esszimmer.

Wir betraten das Wohnzimmer, das Tamars Lieblingsraum im Haus zu sein schien. Gemütlich mit einem Kamin und einem weichen Teppich. An den Wänden hingen Vergrößerungen einiger ihrer Lieblingsfotos, die sie im Laufe der Jahre gemacht hatte. Einige von Blitzen. Andere von uns, dem Rest unserer Familien und unseren Freunden.

Eine Menge von Brendon.

Als ich um die Ecke bog, stockte mir der verdammte Atem.

Es spielte keine Rolle, wie oft ich sie sah. Es war immer ein heftiger Schock für meine Sinne. Sie war kühn und frech, ein Blitz aus einer Million leuchtender Farben, die in der Nacht schimmerten.

Erotisch und verführerisch.

Rein und süß.

Ein Engel mit einem Hauch von dämonischer Energie dazwischen.

Vielleicht störte es mich also gar nicht so sehr, wenn Red zum Spielen herauskam.

Denn Tamar West war all diese Dinge.

Dieser perfekte Widerspruch, der mich stets im Griff hatte.

Sie saß im Schneidersitz auf dem Boden, ihr dicker Bauch ruhte in der Vertiefung ihrer Beine. Sie trug ein schwarzes Tanktop, das all ihre Kurven umspielte, und sie lächelte, als sie uns hereinkommen sah.

Nun, ich ging. Brendon rannte. Er rutschte neben ihr auf dem Boden auf die Knie. »Wir haben deine Überraschung fertig!«

Sie fuhr mit den Fingern durch sein dunkles Haar. »Habt ihr das?«

Sie warf mir einen Blick zu, der eine Welle der Zuneigung durch mich sandte, mein Herz ergriff und mich mit Freude füllte.

Ich konnte gar nicht erklären, was es mit mir machte, sie mit meinem Kind zu sehen. Zu sehen, wie sehr sie ihn liebte, wie sie ihn als Teil von sich akzeptierte, weil er ein Teil von mir war, so schockierend und plötzlich, wie sein Auftauchen in unserem Leben gewesen war.

Eine Woche, nachdem ich nach Arizona geflogen war, um Tamar zurückzuholen, hatte Kenzie mich angerufen, dass Brendon mich sehen wollte. Sie und Brad hatten ihm erklärt, wer ich war, so wie es jemand in seinem Alter verstehen konnte.

Wir hatten es langsam angehen lassen, damit Brendon sich daran gewöhnen konnte, dass ich ein Teil seines Lebens war. Ihrer aller Leben, um ehrlich zu sein. Ich hatte nicht wie ein egoistischer Mistkerl hereinplatzen und Zeit einfordern wollen, die ich nicht verdient hatte.

Offen gesagt war ich überrascht, dass Kenzie und Brad überhaupt bereit waren, mir etwas zu geben. Aber Kenzie war schon immer so gewesen, freundlich und gewillt, das Beste für jeden zu tun, und sie war der Meinung, dass es das Beste für Brendon war, mich an seinem Leben teilhaben zu lassen.

In den ersten paar Monaten hatten wir eine Routine entwickelt. Während meiner Besuche in der Stadt war ich mehrmals in der Woche mit ihm an einen coolen Ort gegangen. Und mindestens einmal am Wochenende hatte er bei uns übernachtet.

Selbst nach zwei Jahren hatten wir immer noch kein gerichtlich angeordnetes Besuchsrecht. Ich respektierte Kenzie und sie respektierte mich, und wir ließen den Dingen ihren Lauf.

Nein.

Ich konnte ihn nicht annähernd so oft sehen, wie ich wollte. Aber ich genoss jede einzelne Sekunde, die ich mit ihm hatte.

Blue kitzelte ihn. »Zeig mal her!«, forderte sie spielerisch. Sie bemühte sich, nicht zu lachen.

Brendon neckte sie für ein paar Sekunden und hielt den Bären hinter seinem Rücken verborgen, bevor er wieder diesen zärtlichen Gesichtsausdruck aufsetzte. Es war dieser Blick, der in seinen Augen schimmerte, wenn er etwas Tiefes fühlte. Er hielt inne, bevor er den Bären herauszog.

Sie keuchte leise auf. Obwohl sie gewusst hatte, woran wir gearbeitet hatten – sie hatte die beiden Bären, die meine Mom immer noch in ihrer Küche aufbewahrte, schon tausendmal gesehen, genau wie Brendons, den er nie aus den Augen ließ -, bildeten sich Tränen in ihren Augen. Sie nahm den Bären entgegen und setzte ihn sanft auf ihren Schoß.

»Ich liebe ihn«, flüsterte sie.

»Wirklich?«, fragte er.

»Wirklich.«

Ich konnte mich nicht zurückhalten und kletterte neben die beiden. Brendon saß auf seinen Knien, wo er über Blue schwebte, und ich legte mich auf die andere Seite und genoss einfach den Moment.

»Weißt du, was er bedeutet?«, fragte er, als würde er ihr gleich das größte Geheimnis verraten.

»Sag es mir«, murmelte sie zurück.

»Oma sagt, er symbolisiert die Familie, die durch eine Geburt zusammengeführt wird.« Er fuhr mit dem Finger über die rosa Flecken. »Jedes Stück Stoff steht für die Menschen, die diese Familie ausmachen, und das Band ist die Liebe, die sie alle zusammenhält. Sie sagt, diese Bären bringen wirklich Glück.«

Ein wehmütiges Lächeln umspielte ihren Mund. »Er ist

wunderschön. Ich wette, das wird der Lieblingsbär deiner Schwester sein.«

Er berührte einen kräftigen pinken Flecken. »Das bist du«, flüsterte er und berührte dann einen anderen. »Und das ist Dad.«

Sein Grinsen war groß und aufgeregt. »Und das ist meine kleine Schwester.«

Sie lächelte ihn an. »Und wo bist du?«

»Genau hier«, sagte er und berührte einen kleinen Stoffstreifen.

Diese Familie ganz zu machen, kam mir verrückt vor.

Genau wie die Tatsache, dass all diese hohlen Orte in mir gefüllt wurden, nachdem ich so viele Jahre allein gelebt und mich dazu gezwungen hatte, Tag für Tag zu leiden und für meine Taten zu büßen. Ich war so voll, dass ich mich kaum noch daran erinnern konnte, wie sie sich das Hohle angefühlt hatte.

Aber ein Teil von mir hielt an diesem Gefühl fest. Nein, nicht, weil ich noch immer in jener Hölle lebte.

Denn diese beiden hatten mich ins Leben zurückgeholt.

Aber es erinnerte mich täglich daran, dankbar zu sein. Niemals zu vergessen, dass die Familie ein Segen war, die niemals vernachlässigt oder missachtet werden durfte. Denn sie war das Wichtigste im Leben.

Sie *war* das Leben.

Wir saßen alle noch eine Weile auf dem Boden und unterhielten uns, bis es spät wurde. »Okay, Kumpel, es ist Zeit fürs Bett«, sagte ich schließlich.

»Ach Mann!«, sagte er übertrieben. »Bist du sicher, dass du ein Rockstar bist? Du bist nämlich überhaupt nicht cool.«

Wie gesagt.

Eine kleine Schlange.

Die Mädchen waren wie Wachs in den Händen dieses

Jungen. Natürlich war Sebastian nicht begeistert gewesen, als ich ihm vorgeschlagen hatte, dass Brendon und Kallie perfekt zueinander passen würden – die beiden waren wie Pech und Schwefel und irgendwie immer perfekt, wenn sie zusammen waren.

Glucksend stand ich auf. »Oh, dafür wirst du wirklich bezahlen.«

Schon war er auf den Beinen, rannte aus dem Zimmer und flog die geschwungene Treppe zum zweiten Stock hinauf. Ich jagte ihm hinterher, streckte die Hand aus und *verfehlte* ihn jedes Mal knapp.

Bei manchen Spielen wollte ich den Jungen einfach gewinnen lassen.

In seinem Zimmer angekommen, hüpfte er auf sein Bett. Ich zog ihm seine Decke bis zur Brust und drückte ihm einen Kuss auf die Stirn.

Er umklammerte seine Decke, hob sein Kinn an und kuschelte sich in sein Kissen. Dann grinste er so breit, dass ich es mitten in meiner Brust spürte.

Frieden.

Fröhlichkeit.

Gelassenheit.

Tamar lehnte am Türpfosten, die Arme vor der Brust verschränkt, und beobachtete uns mit diesem kleinen, zärtlichen Lächeln. Schließlich tastete sie sich nach vorn, der Bauch, der mich ein wenig verrückt machte, brachte sie aus dem Gleichgewicht. Sie beugte sich vor und fuhr mit ihren Fingern durch Brendons Haar.

Dieses Kind, das unser Sohn geworden war.

Starke Zuneigung.

Echt.

Intensiv.

»Nacht, Momma Blue«, sagte er.

»Gute Nacht, mein Schatz.« Sie drückte ihre Lippen auf seine Wange und strich mit ihrer Hand über meine Brust, als sie das Zimmer verließ.

Ich lächelte meinem Sohn zu. »Ich liebe dich, Kumpel.«

»Ich liebe dich mehr«, sagte er mit einem übermütigen Grinsen.

Ich ließ meinem Lächeln freien Lauf. Nein. Unmöglich. Aber das würde ich ihm zugestehen. Ich küsste seine Stirn. »Schlaf gut. Wir sehen uns morgen früh.«

Ich durchquerte sein Zimmer, betätigte den Lichtschalter und ließ seine Tür einen Spalt offen.

Wie von einem Magneten angezogen, ging ich auf unser Zimmer zu. Ich wusste, dass sie dort war. Sie stand direkt vor der Balkontür und blickte über die Stadt, die von unten zu uns herauf blinzelte. Ihr schwarzes Haar wehte in der Brise.

Dieses Mädchen war so verdammt hübsch, dass es mein Herz verdrehte und mich in die Knie zwang.

Besessen.

Ich hätte es wissen müssen, als ich sie das erste Mal gesehen hatte.

Aber manchmal waren diese Lektionen notwendig.

Notwendig, damit wir verstanden, wie wichtig eine Person sein konnte.

Damit wir verstanden, was es bedeutete, füreinander *bestimmt* zu sein.

Ich dankte einfach meinen verdammten Sternen, dass sie zugestimmt hatte.

Die Dinge mit *Sunder* waren ... wild. Die Band war größer geworden, als wir es uns je hätten träumen lassen. Wir hatten schon lange gewusst, dass es so kommen würde, aber Sebastian war vor etwas mehr als einem Jahr endgültig zurückgetreten.

Ich konnte es dem Mann nicht verübeln. Die Zeit, die er bei seiner Familie sein wollte, war keine Zeit, die er auf der Straße verbringen wollte. Aber er hatte uns nicht ganz verlassen. Er hatte Anthonys Haus auf Tybee Island gekauft, das Aufnahmestudio war bereits in Betrieb, und er hatte sein Talent als Produzent entdeckt. Meistens arbeitete er mit uns zusammen, aber er betreute auch ein paar andere Bands, die abseits der Hektik der Stadt aufnehmen wollten.

Nein.

Ich hatte seinen Platz nicht eingenommen. Die Wahrheit war, dass ich nicht die Führung übernehmen wollte. Diese Rolle gehörte jemand anderem. Jemandem, von dem ich wusste, dass er immerzu dorthin gehört hatte.

Blue und ich hatten auch ein Haus in Savannah.

Aber meistens waren wir in L. A., weil wir dort näher bei ihrer und meiner Familie waren und vor allem, weil dies Brendons Zuhause war. Natürlich hatte Tamar nie etwas dagegen, in ein Flugzeug zu springen und mit mir zu reisen, denn sie war nur zu begierig darauf, sich auf die Tanzfläche zu begeben und sich in der Musik zu verlieren.

Dieses Mädchen war wohl mein größter Fan.

Ohne ihre Kamera ging sie nirgendwo hin. Ihre Inspiration fand sie jeden Tag. Überall. In der Art, wie sie die Welt betrachtete.

Da das Baby in ein paar Wochen kommen würde, musste sich einiges ändern. Ich wusste, dass sie dann nicht mehr einfach aufbrechen konnte, wann immer sie wollte.

Aber ich hatte mich geirrt.

Ich hatte mich geirrt, als ich gedacht hatte, ich könnte keine Familie und *Sunder* haben.

Denn dieses Mädchen hatte mir alles gegeben. Meine Träume. Das Spielen. Musik. Sie zu lieben.

Ich hatte beides.

Ich hatte alles.

Ich schob mich hinter sie und nahm sie in den Arm. Sie

presste ihren Rücken an meine Brust und ihr Bauch war in meinen Händen.

Ich hielt sie fest.

Beschützend.

Besitzergreifend.

Das kleine Mädchen hüpfte und strampelte.

Fuck.

Ich war so verliebt. Ich konnte es kaum erwarten, sie in meinen Armen zu halten. Um es *richtigzumachen*.

Ich drückte meine Nase in Blues Haar. »Hey, Baby.«

Sie seufzte, ein so zufriedener Laut, dass es mich überwältigte.

»Weißt du, was das mit mir macht? Dich hier so stehen zu sehen? Als wärst du meiner Lieblingsfantasie entsprungen?«

Sie kicherte. »Wohl kaum.«

Aber genau da lag dieses Mädchen falsch.

Sie war alles, was ich mochte.

Alles, was ich wollte.

Wenn ich sie nur berührte, war mein Schwanz schon hart. Ich wollte sie fühlen. Erforschen. Spüren. Dieses Mädchen nehmen, denn sie gehörte *mir*.

So verdammt lecker und heiß.

Lust und Inspiration.

Sie war alles, von dem ich nicht geahnt hatte, dass ich es einmal brauchen würde.

Meine Lippen liebkosten ihre Schläfe. »Du bist so verdammt schön. So sexy. Ich möchte mein Leben damit verbringen, mich in dir zu vergraben.«

Sie kicherte wieder, aber dieses Mal war es ein verführerischer Laut. »Was meinst du damit, du möchtest? Ich bin mir ziemlich sicher, dass du das bereits tust.«

Ein leises Glucksen ertönte aus meiner Brust. »Kannst du mir das verübeln?«

Sie schmiegte sich noch enger an mich. »Wie sind wir zu diesem Leben gekommen?«

Ich drückte sie noch ein bisschen fester an mich. Gott, sie roch so gut, nach Zimt und Gewürzen, mit einem Hauch von Süße.

»Ich glaube, wir waren einfach füreinander bestimmt. Du ziehst mich an, egal, wo ich bin. Ich weiß nicht, ob ich jemals hätte wegbleiben können. Ich hatte das Gefühl, dass ich dich auf die eine oder andere Weise gefunden hätte.«

Ihre Stimme klang sehnsüchtig. »Oder ich hätte dich gefunden.«

Meine Lippen streichelten ihren zarten Hals. »Denn du hättest mich rufen hören ... ich kannte dich nicht einmal und schon warst du in meinen Liedern.«

Sie verschränkte ihre Finger mit meinen, die Worte waren auf meinen Knöcheln eingeprägt, dort, wo unsere verschränkten Hände gegen ihre Brust gepresst waren.

Sing my soul.

Du lässt meine Seele singen.

Ich hatte es für einen Fluch gehalten.

Jemanden zu lieben. Sich anfällig zu machen für Herzschmerz, Kummer und Leid.

All der belastende Scheiß, den ich nicht mehr ertragen hatte.

»Und ich hätte dich immer gehört«, murmelte sie in die Nacht.

Aber sie zu lieben, hatte all den Schmerz gelindert.

Sie hatte den überwältigenden Kummer ausgelöscht und die leeren Stellen gefüllt.

Sie hatte mir ein Leben gezeigt.

Einst hatte ich sie für die schlimmste aller Versuchungen gehalten. Für Zerstörung und blendendes Licht. Die Art von Mädchen, das alles kaputt machen konnte, woran ich glaubte.

Blue ...

Versuchung. Ja, das war sie wirklich.

Sie hatte mich in Versuchung geführt, zu leben.

Jetzt würde ich dieses Leben damit verbringen, für sie zu leben.

Mit ihr.

Sie drehte sich in meinen Armen und stellte sich auf die Zehenspitzen. Sie war so klein, dass sie Mühe hatte, mich zu erreichen. Ich konnte mein Lächeln auf ihrem Mund spüren. So verdammt süß.

Ich konnte spüren, wie das Feuer durch meine Adern raste.

Dieses Mädchen war ein Feuerwerkskörper, das lediglich auf den Funken wartete.

Ich nahm sie hoch, trug sie zu unserem Bett und legte sie in die Mitte.

Ich blickte auf das Mädchen hinunter, das mich anschaute.

Hart und weich.

Schmutzig und rein.

Dämonin und Engel.

Sie berührte mein Gesicht genauso bestimmt, wie sie mein Herz berührte.

Sie strahlte in allen Farben, in Rot und Blau, im tiefsten Schwarz und im strahlendsten Weiß.

Energie und Leben.

Bumm.

Ende

Hat dir die Geschichte von Lyrik & Tamar gefallen? Hilf mit, sie zu verbreiten, indem du eine kurze Rezension hinterlässt – ich würde mich sehr freuen. Ich wusste, dass die Geschichte

von Lyrik & Tamar einen bleibenden Eindruck in meinem
Herzen hinterlassen würde.
Ich hoffe, sie hat dich auch berührt.
Xoxo ~ Amy

Melde dich für A.L. Jacksons Newsletter an, um Informationen
über ihre kommenden Veröffentlichungen zu erhalten!
https://geni.us/ALJacksonNewsG

AUCH VON A.L. JACKSON

Blutende Sterne

Ein Stein in seinem Ozean

Nach Luft schnappen

Wo der Blitz einschlägt

ÜBER DEN AUTOR

ÜBER DIE AUTORIN

A.L. Jackson hat sowohl die Bestsellerlisten der New York Times als auch der USA Today mit ihren zeitgenössischen Liebesromanen erobert. Sie schreibt gefühlvolle, erotisch aufgeladene und bewegende Geschichten über Jungs, die für gewöhnlich darauf stehen, ein bisschen böse zu sein.

Wenn sie nicht gerade schreibt, liegt sie am Pool mit ihrer Familie, trinkt einen Cocktail mit ihren Freunden oder vergräbt die Nase in einem Buch.

Du möchtest keine Neuerscheinungen und Angebote von A.L. Jackson verpassen? Dann melde dich für ihren Newsletter an!